메가스터디 N제

고1 국어 189제

내신·학평 완벽 대비 1등급 필수문제집

이 책의
구성과 특징

Point ❶ **영역별 기본 개념**부터 **주요 기출 문제**와 **실전 문제**까지 올인원 학습이 가능하도록 개발하였습니다.

Point ❷ 기출 분석을 통해 **핵심 유형을 선별**하고, 해당 유형 해결 시 꼭 알아 두어야 할 사항들을 **단계별로 학습**할 수 있도록 구성하였습니다.

Point ❸ **풍부한 기출 문제**와 실제 시험과 유사한 구성의 지문과 유형의 **예상 문제**를 통해 실력을 다져 **실전 감각**을 높일 수 있도록 하였습니다.

STEP 1 기출로 유형 익히기

- 수능 및 평가원, 전국연합 기출 데이터를 바탕으로 실제 시험에서 출제되는 핵심 유형을 제시하였습니다.
- '기출이 주목한 개념'을 통해 문제 해결을 위해 꼭 알아 두어야 할 개념들을 자세하게 정리해 두었습니다.
- 유형별 대표 기출 문제를 실전처럼 풀어 보면서 수능 / 전국연합 핵심 출제 경향과 해결 전략을 함께 익힐 수 있도록 구성하였습니다.

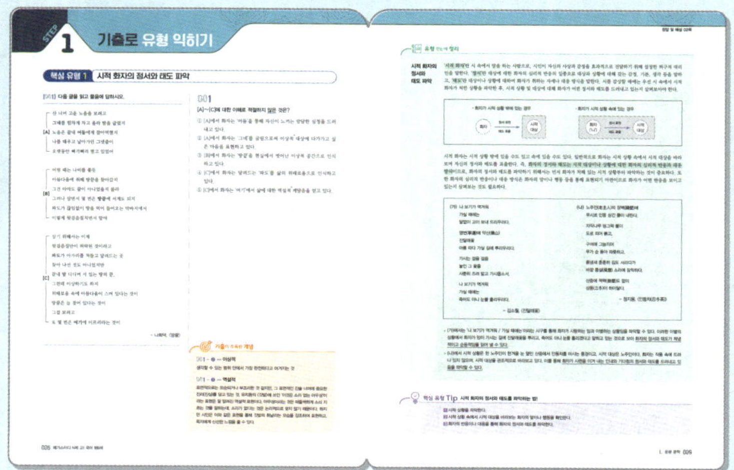

- 고1 학생들이 가장 어려워하는 문법 영역을 강화하여 제시하였습니다.
- '음운 – 단어 – 문장 – 담화 – 국어의 규범과 역사'로 이어지는 자세한 이론 설명과 문항별 '기출이 주목한 개념'을 통해 알쏭달쏭한 문법 개념을 확실하게 익힐 수 있도록 하였습니다.
- 실제 시험과 유사한 구성과 형태의 풍부한 실전 문제를 통해 문법 실력을 향상시킬 수 있도록 구성하였습니다.

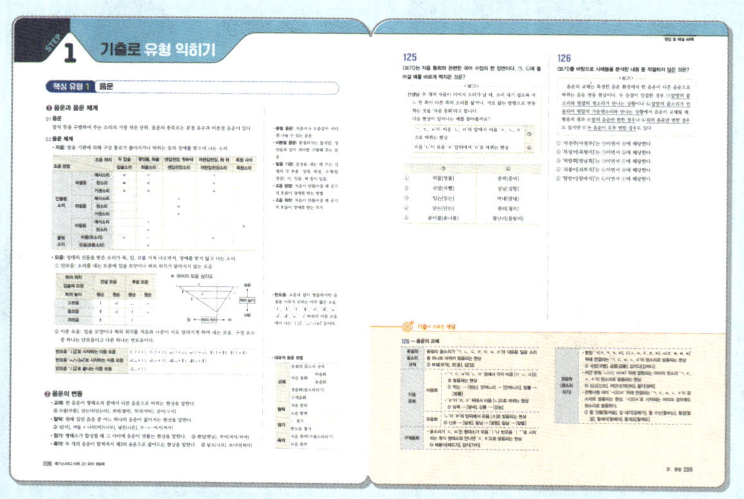

STEP 2 실전으로 실력 키우기

• 다양한 형태의 실전 문제를 제시하여 Step1에서 학습한 핵심 유형들이 어떻게 확장되어 출제되는지 살펴볼 수 있도록 하였습니다.

• 고1 학생들이 반드시 알아야 할 문학 작품과 독서 지문을 활용해 수준 높은 수능형 문제를 제시함으로써 실전에 대한 감을 높일 수 있도록 하였습니다.

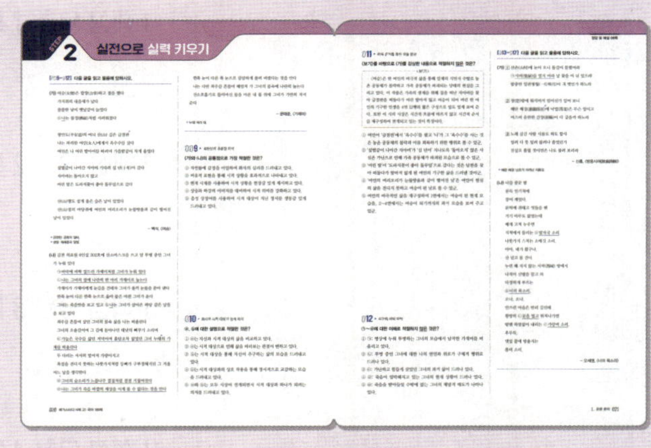

STEP 3 실전 모의고사

• 'Step1 – Step2' 학습을 마무리한 뒤, 자신의 향상된 실력을 점검해 볼 수 있도록 실전 모의고사를 제시하였습니다.

• 최신 수능 및 전국연합 학력평가의 난이도와 출제 경향을 반영하여 수능의 기초를 탄탄히 쌓을 수 있도록 하였습니다.

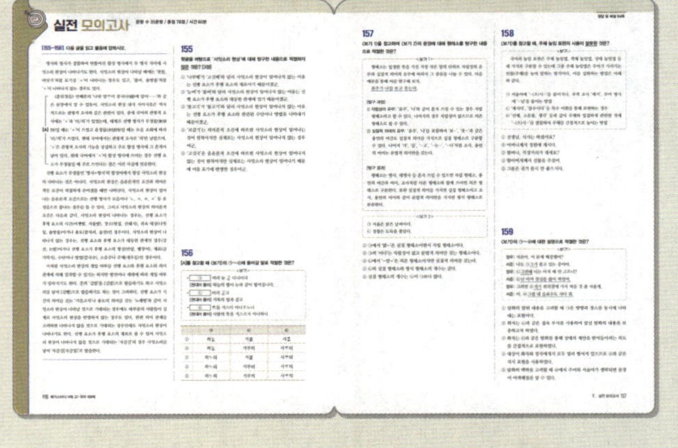

STEP + 정답 및 해설

• 모든 작품 / 지문에 대한 충분한 분석을 통해 작품 감상 능력, 지문 독해 능력을 키울 수 있도록 하였습니다.

• 명쾌한 정답 해설과 상세한 오답 풀이를 수록하여 틀린 이유를 확인하고 점검해 볼 수 있도록 하였습니다.

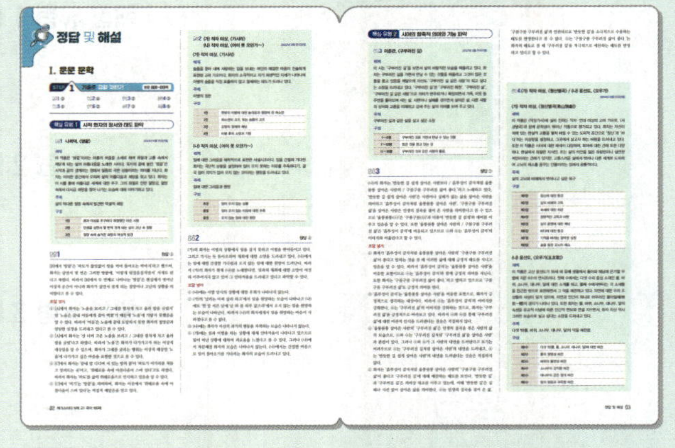

이 책의
차례

I 시 문학

STEP 1 기출로 유형 익히기

STEP 2 실전으로 실력 키우기

II 산문 문학

STEP 1 기출로 유형 익히기

이 책의
차례

I

시 문학

STEP 1 기출로 유형 익히기

핵심 유형 1 시적 화자의 정서와 태도 파악

[001] 다음 글을 읽고 물음에 답하시오.

[A]
산 너머 고운 노을을 보려고
그네를 힘차게 차고 올라 발을 굴렀지
노을은 끝내 **어둠**에게 잡아먹혔지
나를 태우고 날아가던 그넷줄이
오랫동안 삐걱삐걱 떨고 있었어

[B]
어릴 때는 나비를 쫓듯
아름다움에 취해 땅끝을 찾아갔지
그건 아마도 끝이 아니었을지 몰라
그러나 살면서 몇 번은 **땅끝**에 서게도 되지
파도가 끊임없이 땅을 먹어 들어오는 막바지에서
이렇게 뒷걸음질치면서 말야

[C]
살기 위해서는 이제
뒷걸음질만이 허락된 것이라고
파도가 아가리를 쳐들고 달려드는 곳
찾아 나선 것도 아니었지만
끝내 발 디디며 서 있는 땅의 끝,
그런데 이상하기도 하지
위태로움 속에 아름다움이 스며 있다는 것이
땅끝은 늘 젖어 있다는 것이
그걸 보려고
또 몇 번은 **여기**에 이르리라는 것이

– 나희덕, 〈땅끝〉

001

[A]~[C]에 대한 이해로 적절하지 않은 것은?

① [A]에서 화자는 '어둠'을 통해 자신이 느끼는 암담한 심정을 드러내고 있다.
② [A]에서 화자는 '그네'를 굴림으로써 이상적* 대상에 다가가고 싶은 마음을 표현하고 있다.
③ [B]에서 화자는 '땅끝'을 현실에서 벗어난 이상적 공간으로 인식하고 있다.
④ [C]에서 화자는 달려드는 '파도'를 삶의 위태로움으로 인식하고 있다.
⑤ [C]에서 화자는 '여기'에서 삶에 대한 역설적* 깨달음을 얻고 있다.

기출이 주목한 개념

001 – ❷ ››› 이상적
생각할 수 있는 범위 안에서 가장 완전하다고 여겨지는 것

001 – ❺ ››› 역설적
표면적으로는 모순되거나 부조리한 것 같지만, 그 표면적인 진술 너머에 중요한 진리(진실)를 담고 있는 것. 유치환의 〈깃발〉에 쓰인 '이것은 소리 없는 아우성'이라는 표현은 잘 알려진 역설적 표현이다. 아우성이라는 것은 떠들썩하게 소리 지르는 것을 말하는데, 소리가 없다는 것은 논리적으로 맞지 않기 때문이다. 하지만 시인은 이와 같은 표현을 통해 깃발의 휘날리는 모습을 강조하여 표현하고, 독자에게 신선한 느낌을 줄 수 있다.

유형 한눈에 정리

시적 화자의 정서와 태도 파악

'시적 화자'란 시 속에서 말을 하는 사람으로, 시인이 자신의 사상과 감정을 효과적으로 전달하기 위해 설정한 허구적 대리인을 말한다. '정서'란 대상에 대한 화자의 심리적 반응의 일종으로 대상과 상황에 대해 갖는 감정, 기분, 생각 등을 말하고, '태도'란 대상이나 상황에 대하여 화자가 취하는 자세나 대응 방식을 말한다. 시를 감상할 때에는 우선 시 속에서 시적 화자가 처한 상황을 파악한 후, 시적 상황 및 대상에 대해 화자가 어떤 정서와 태도를 드러내고 있는지 살펴보아야 한다.

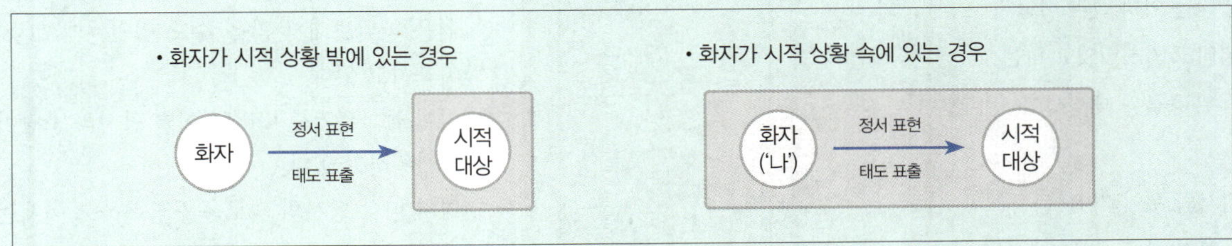

시적 화자는 시적 상황 밖에 있을 수도 있고 속에 있을 수도 있다. 일반적으로 화자는 시적 상황 속에서 시적 대상을 바라보며 자신의 정서와 태도를 표출한다. 즉, 화자의 정서와 태도는 시적 대상이나 상황에 대한 화자의 심리적 반응과 대응 방식이므로, 화자의 정서와 태도를 파악하기 위해서는 먼저 화자가 처해 있는 시적 상황부터 파악하는 것이 중요하다. 또한 화자의 심리적 반응이나 대응 방식은 화자의 말이나 행동 등을 통해 표현되기 마련이므로 화자가 어떤 반응을 보이고 있는지 살펴보는 것도 필요하다.

(가) 나 보기가 역겨워
가실 때에는
말없이 고이 보내 드리우리다.

영변(寧邊)에 약산(藥山)
진달래꽃
아름 따다 가실 길에 뿌리우리다.

가시는 걸음 걸음
놓인 그 꽃을
사뿐히 즈려 밟고 가시옵소서.

나 보기가 역겨워
가실 때에는
죽어도 아니 눈물 흘리우리다.

– 김소월, 〈진달래꽃〉

(나) 노주인(老主人)의 장벽(腸壁)에
무시로 인동 삼긴 물이 내린다.

자작나무 덩그럭 불이
도로 피어 붉고,

구석에 그늘지어
무가 순 돋아 파릇하고,

흙냄새 훈훈히 김도 서리다가
바깥 풍설(風雪) 소리에 잠착하다.

산중에 책력(冊曆)도 없이
삼동(三冬)이 하이얗다.

– 정지용, 〈인동차(忍冬茶)〉

▸ (가)에서는 '나 보기가 역겨워 / 가실 때에는'이라는 시구를 통해 화자가 사랑하는 임과 이별하는 상황임을 파악할 수 있다. 이러한 이별의 상황에서 화자가 임이 가시는 길에 진달래꽃을 뿌리고, 죽어도 아니 눈물 흘리겠다고 말하고 있는 것으로 보아 화자의 정서와 태도가 체념적이고 순응적임을 읽어 낼 수 있다.

▸ (나)에서 시적 상황은 한 노주인이 한겨울 눈 덮인 산중에서 인동차를 마시는 풍경이고, 시적 대상은 노주인이다. 화자는 작품 속에 드러나 있지 않으며, 시적 대상을 관조적으로 바라보고 있다. 이를 통해 화자가 시련을 이겨 내는 인내와 기다림의 정서와 태도를 드러내고 있음을 파악할 수 있다.

핵심 유형 Tip 시적 화자의 정서와 태도를 파악하는 법!

1 시적 상황을 파악한다.
2 시적 상황 속에서 시적 대상을 바라보는 화자의 말이나 행동을 확인한다.
3 화자의 반응이나 대응을 통해 화자의 정서와 태도를 파악한다.

[002] 다음 글을 읽고 물음에 답하시오.

(가) 가시리 가시리잇고 나는*
버리고 가시리잇고 나는
위 증즐가 대평성대(大平盛代)

날러는 어찌 살라 하고
버리고 가시리잇고 나는
위 증즐가 대평성대(大平盛代)

잡사와 두어리마나는*
선하면* 아니 올세라*
위 증즐가 대평성대(大平盛代)

설온* 님 보내옵나니 나는
가시는 듯 돌아오소서 나는
위 증즐가 대평성대(大平盛代)

– 작자 미상, 〈가시리〉

* 나는: 특별한 의미 없이, 음악적 효과를 위해 사용하는 여음.
* 잡사와 두어리마나는: 붙잡아 두고 싶지만.
* 선하면: 서운하면, 귀찮게 하면.
* 아니 올세라: 오지 않을까 두렵습니다.
* 설온: 서러운.

(나) 어이 못 오던가 무삼 일로 못 오던가
너 오는 길에 무쇠로 성을 쌓고 성 안에 담 쌓고 담 안에 집을 짓고 집 안에 뒤주 놓고 뒤주 안에 궤를 놓고 그 안에 너를 필자형(必字形)으로 결박하여 넣고 쌍배목(雙排目)* 걸쇠에 금거북 자물쇠로 수기수기 잠가 있더냐 네 어이 그리 아니 오더냐
한 해도 열두 달이오 한 달 서른 날에 날 와 볼 하루 없으랴

– 작자 미상

* 쌍배목: 쌍으로 된 문고리를 거는 쇠.

002

(가)의 시적 상황을 경험한 화자가 (나)의 노래를 했다고 가정*할 때, (나)의 화자에 대한 설명으로 가장 적절한 것은?

① 이별 당시 임을 서운하게 했던 상황을 떠올리며 후회하고 있다.
② 임을 원망했던 이별 당시의 마음이 사라지면서 그리움이 더욱 깊어지고 있다.
③ 임을 떠나보내지 않을 수도 있었는데 그렇게 하지 않은 행동을 자책*하고 있다.
④ 임이 돌아오기를 바라던 이별 당시의 소망이 이루어지지 않아 안타까워하고 있다.
⑤ 임이 떠날 당시의 괴로움을 극복하고 이제는 차분한 마음으로 임을 기다리고 있다.

기출이 주목한 개념

002 ››› 가정
사실이 아니거나 또는 사실인지 아닌지 분명하지 않은 것을 임시로 인정하여 생각하는 것

002 – ③ ››› 자책
자신의 결함이나 잘못에 대하여 스스로 깊이 뉘우치고 자신을 책망하는 태도를 가리켜 말함.

핵심 유형 2 시어의 함축적 의미와 기능 파악

[003] 다음 글을 읽고 물음에 답하시오.

나는 구부러진 길이 좋다.
구부러진 길을 가면
나비의 밥그릇 같은 민들레를 만날 수 있고
감자를 심는 사람을 만날 수 있다.
날이 저물면 울타리 너머로 밥 먹으라고 부르는
어머니의 목소리도 들을 수 있다.
구부러진 하천에 물고기가 많이 모여 살듯이
들꽃도 많이 피고 별도 많이 뜨는 구부러진 길.
구부러진 길은 산을 품고 마을을 품고
구불구불 간다.
[A] 그 구부러진 길처럼 살아온 사람이 나는 또한 좋다.
반듯한 길 쉽게 살아온 사람보다
흙투성이 감자처럼 ⓐ울퉁불퉁 살아온 사람의
ⓑ구불구불 구부러진 삶이 좋다.
구부러진 주름살에 가족을 품고 이웃을 품고 가는
구부러진 길 같은 사람이 좋다.

– 이준관, 〈구부러진 길〉

003

[A]의 시적 맥락*을 고려할 때, ⓐ와 ⓑ에 대한 이해로 가장 적절한 것은?

① ⓐ는 '흙투성이 감자'의 긍정적 의미와 어울리고, ⓑ는 '구부러진 삶'의 부정적 측면과 어울린다.
② ⓐ는 ⓑ와 더불어 '반듯한 길 쉽게'와 의미상 대비*를 이루며 '흙투성이 감자'의 이미지와 어울린다.
③ ⓐ는 ⓑ와 더불어 '흙투성이 감자'의 이미지를 강화하면서 '구부러진 삶'에 대한 비관적 인식을 드러낸다.
④ ⓐ는 '구부러진 길처럼 살아온 사람'의 내면을 드러내고, ⓑ는 '반듯한 길 쉽게 살아온 사람'의 내면을 드러낸다.
⑤ ⓐ는 '반듯한 길'을 소극적으로 수용하는 태도를 반영하고, ⓑ는 '구부러진 길'을 적극적으로 예찬하는 태도를 반영한다.

기출이 주목한 개념

003 ▸▸▸ 시적 맥락
시적 맥락은 일반적으로 시어 간의 관계를 바탕으로 시의 흐름을 파악함으로써 이해가 가능하다. 소설에서 상황을 파악하는 것과 유사한 의미로, 화자가 어떠한 대상을 어떻게 바라보고 정서를 드러내는지를 두루 이해해야 한다.

003 – ❷ ▸▸▸ 대비
두 가지의 차이를 밝히기 위하여 서로 맞대어 비교함. 또는 그런 비교

유형 한눈에 정리

시어의 함축적 의미와 기능 파악

시는 작가의 사상과 정서를 운율이 느껴지는 언어로 압축하여 표현한 문학이다. 따라서 시에서는 주로 압축적이고 함축적인 시어들이 많이 사용된다. 시어는 사전적 의미가 같은 단어라도 시상의 흐름 속에서 작가의 의도에 따라 다양한 의미로 변용되며, 그에 따라 이미지를 형성한다.

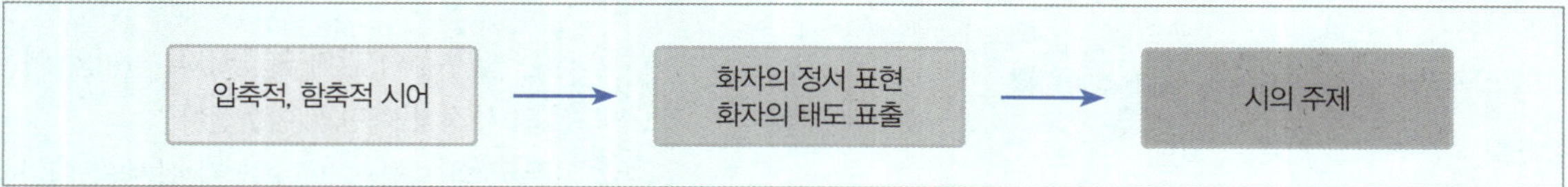

압축적이고 함축적인 시어의 의미를 파악함으로써 화자가 대상에 대해 느끼는 정서와 태도를 파악할 수 있으며, 이를 통해 작가의 의도를 파악할 수 있다. 즉, 시어의 함축적 의미를 찾는 것은 작품의 주제를 파악하기 위한 중요한 열쇠가 되는 것이다.

시어가 지닌 함축적 의미를 파악하려면 작품의 주제 의식이나 전체적인 분위기와 관련지어 제시된 시어가 어떤 의미를 지니고 있는지, 어떤 이미지를 만들어 내는지, 어떤 정서를 환기하고 있는지를 살펴보도록 한다. 또한 시어의 사전적 의미나 시어가 가리키는 대상의 속성에 대해 생각해 보는 것도 도움이 된다.

(가) 푸른 하늘에 닿을 듯이
세월에 불타고 우뚝 남아서서
차라리 봄도 꽃피진 말어라.

낡은 거미집 휘두르고
끝없는 꿈길에 혼자 설레이는
마음은 아예 뉘우침 아니리

검은 그림자 쓸쓸하면
마침내 호수(湖水) 속 깊이 거꾸러져
차마 바람도 흔들진 못해라.

…… SS에게 ……

– 이육사, 〈교목(喬木)〉

(나) 제 손으로 만들지 않고
한꺼번에 싸게 사서
마구 쓰다가 / 망가지면 내다 버리는
플라스틱 물건처럼 느껴질 때
나는 당장 버스에서 뛰어내리고 싶다
현대 아파트가 들어서며
홍은동 사거리에서 사라진
털보네 대장간을 찾아가고 싶다
풀무질로 이글거리는 불 속에
시우쇠처럼 나를 달구고
모루 위에서 벼리고
숫돌에 갈아
시퍼런 무쇠 낫으로 바꾸고 싶다

– 김광규, 〈대장간의 유혹〉

▸ (가)에서 '세월에 불타고', '낡은 거미집', '바람'은 부정적 이미지의 시어이다. 즉, 화자가 부정적으로 인식하는 현실을 드러내기 위해 사용한 함축적 시어들이라고 할 수 있다. 이는 이 시가 쓰인 시대적 배경을 고려했을 때 일제의 탄압과 관련하여 해석할 수 있다. 이러한 부정적 현실 속에서 화자는 자연물인 '교목'과 자신을 동일시하면서 부정 명령형 어미의 반복('말어라', '못해라')을 통해 현실에 대한 강렬한 저항 의지를 상징적으로 형상화하고 있는 것이다.

▸ (나)에서 '플라스틱 물건'은 '마구 쓰다가 / 망가지면 내다 버리는' 물건임을 감안할 때 화자가 부정적으로 인식하는 대상임을 알 수 있고, 이와는 대조적으로 이글거리는 불 속에서 오래 단련된 '무쇠 낫'은 화자가 가치 있는 대상으로 인식하고 있음을 파악할 수 있다. 이러한 시어들의 함축적인 의미를 파악하는 과정을 통해 화자가 자신을 갈고 닦고 싶은 마음을 '무쇠 낫'을 단련하는 과정으로 표현하였음을 이해할 수 있다.

핵심 유형 Tip 시어의 함축적 의미와 기능을 파악하는 법!

1 시의 문맥적 상황을 파악한다.
2 시어의 사전적 의미를 바탕으로 작품 속에 나타나는 시어의 이미지를 파악한다.
3 시어의 이미지가 환기하는 정서를 바탕으로 함축적 의미를 파악한다.

[004] 다음 글을 읽고 물음에 답하시오.

(가) 살어리 살어리랏다 청산에 살어리랏다.
멀위랑 ᄃᆞ래랑 먹고 청산에 살어리랏다.
얄리얄리 얄랑셩 얄라리 얄라 〈제1장〉

우러라 우러라 새여 자고 니러 우러라 새여.
널라와 시름 한 나도 자고 니러 우니로라.
얄리얄리 얄라셩 얄라리 얄라 〈제2장〉

어듸라 더디던 ㉠돌코 누리라 마치던 돌코.
믜리도 괴리도 업시 마자셔 우니노라.
얄리얄리 얄라셩 얄라리 얄라 〈제5장〉

– 작자 미상, 〈청산별곡(靑山別曲)〉

(나) 내 벗이 몇이나 하니 수석(水石)과 송죽(松竹)이라.
동산에 달 오르니 긔 더욱 반갑구나.
두어라 이 다섯 밧긔 또 더하여 무엇하리. 〈제1수〉

꽃은 무슨 일로 피면서 쉬이 지고
풀은 어이 하여 푸르는 듯 누르나니
아마도 변치 아닐손 ㉡바위뿐인가 하노라. 〈제3수〉

나무도 아닌 것이 풀도 아닌 것이
곧기는 뉘 시기며 속은 어이 비었느냐.
저렇게 사시(四時)에 푸르니 그를 좋아하노라. 〈제5수〉

– 윤선도, 〈오우가(五友歌)〉

004

㉠, ㉡에 대한 설명으로 적절한 것은?

① ㉠과 ㉡은 모두 자아 성찰의 매개물*이다.
② ㉠과 ㉡은 모두 감정이 이입*된 소재이다.
③ ㉠은 설움을, ㉡은 흠모의 감정을 유발한다.
④ ㉠은 수용해야 할, ㉡은 극복해야 할 대상이다.
⑤ ㉠은 초월적 힘을, ㉡은 세속적 권력을 상징한다.

기출이 주목한 개념

004 – ❶ ··· 매개물
둘 사이에서 양편의 관계를 맺어 주는 물건. 문학에서는 인물과 인물을 연결해 주는 소재(사물)나 인물이나 화자의 감정이나 정서를 유발하는 소재를 가리킨다.

004 – ❷ ··· 감정 이입
화자의 감정을 다른 대상 속에 불어넣어 마치 대상이 그렇게 느끼고 생각하는 것처럼 표현하는 방법. 문학에서는 주로 자연물이나 사물에 화자의 감정을 이입하여 표현하기 때문에 의인화(사람이 아닌 것을 사람에 비기어 표현함.)가 동반된다.

핵심 유형 3 표현상의 특징 파악

[005] 다음 글을 읽고 물음에 답하시오.

(가) 노랗게 속 차오르는 배추밭머리에 서서
생각하노니
옛날에 옛날에는 배추꼬리도 맛이 있었나니 눈 덮인 움 속에서 찾아냈었나니

하얗게 밑둥 드러내는 무밭머리에 서서
생각하노니
옛날에 옛날에는 무꼬리 발에 채였었나니 아작아작 먹었었나니

㉠달삭한 맛

산모롱을 굽이도는 기적 소리에 떠나간 사람 얼굴도 스쳐가나니 설핏 비껴가나니 풀무 불빛에 싸여 달덩이처럼

오늘은
이마 조아리며 빌고 싶은 고향

– 박용래, 〈밭머리에 서서〉

(나) 추석날 천릿길 고향에 내려가
너무 늙어 앞도 잘 보지 못하는
할머니의 손톱과 발톱을 깎아 드린다.
어느덧 ㉡산국화 냄새 나는 팔순 할머니
팔십 평생 행여 풀여치 하나 밟을세라
안절부절 허리 굽혀 살아오신 할머니
추석날 천릿길 고향에 내려가
할머니의 손톱과 발톱을 깎아 주면서
언제나 변함없는 대밭을 바라본다.
돌아가신 할아버님이 그렇게 소중히 가꾸신 대밭
대밭이 죽으면 집안과 나라가 망한다고
가는 해마다 거름 주고 오는 해마다 거름 주며
죽순 하나 뽑지 못하게 하시던 할아버님
할아버님의 흰 옷자락을 그리워하며
그 시절 도깨비들이 춤추던 대밭을 바라본다.
너무 늙어 앞도 잘 보지 못하는
할머니의 손톱과 발톱을 깎아 주면서
강강술래 나는 논이 되고 싶었다.
강강술래 나는 밭이 되고 싶었다.

– 김준태, 〈강강술래〉

005

〈보기〉에서 선생님이 제시한 과제를 수행한 결과로 적절하지 않은 것은?

〈보기〉

선생님: (가)와 (나)는 이미지가 돋보이는 시입니다. 시에서 이미지는 대상에 대한 인상을 선명하게 하거나 정서를 환기하여 시적 상황을 생생하게 느낄 수 있게 합니다. 다음 그림과 같이 (가)의 ㉠과 (나)의 ㉡의 이미지에 대해 설명하고자 할 때, A, B, C에 들어갈 내용을 이야기해 봅시다.

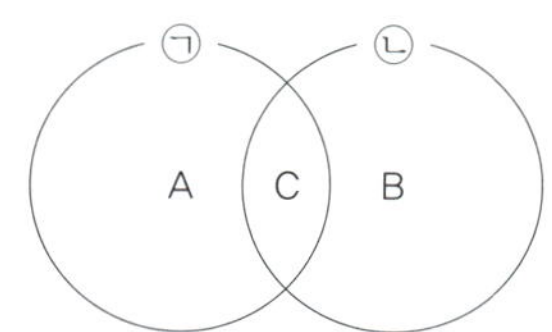

① A: 화자가 느끼고 있는 그리움을 미각적 이미지를 통해 환기*하고 있어.
② A: 화자의 지난날의 경험을 구체적인 감각을 통해 생생하게 전달하고 있어.
③ B: 인물에 대한 인상을 후각적 이미지를 통해 나타내고 있어.
④ C: 대상에 대한 화자의 정서를 감각적 이미지*를 통해 선명하게 드러내고 있어.
⑤ C: 감각적 표현을 통해 화자의 과거와 현재 상황을 연결하고 있어.

기출이 주목한 개념

005 – ❶ ··· 환기
주의나 여론, 생각 따위를 불러일으키는 것

005 – ❹ ··· 감각적 이미지
시각, 청각, 후각, 미각, 촉각 등 감각에 의하여 획득한 현상이 마음속에서 재생된 것. 모양, 빛깔 등 눈으로 볼 수 있는 시각적 이미지, 소리와 같이 귀로 들을 수 있는 청각적 이미지, 냄새와 같이 코로 맡을 수 있는 후각적 이미지, 맛과 같이 혀로 맛볼 수 있는 미각적 이미지, 감촉 · 온도와 같이 피부로 느낄 수 있는 촉각적 이미지가 있다.

유형 한눈에 정리

표현상의 특징 파악

시에서 표현상의 특징이란, 시의 형식을 바탕으로 작품 속의 생각이나 느낌을 드러내는 방식을 말한다. 즉, 작가의 생각이나 느낌을 '어떻게' 표현하였는가와 관련 있다. 시는 산문에 비해 형식적으로 길이가 짧고 운율을 갖추고 있다. 참신하고 함축적인 표현이 많으므로 수사법이 무엇인지 이해하고, 시적 대상이나 시상을 효과적으로 나타내기 위해 선택한 표현 기법을 파악하는 것이 중요하다. 즉, 비유와 상징, 심상, 역설, 반어, 감정 이입, 시상 전개 방식, 언어유희 등에 주목해야 한다. 또한 어조를 통해 전달되는 화자의 정서와 태도를 파악하는 것도 중요하다.

운율	비유, 상징	심상(이미지)	역설
음악적인 리듬이 느껴지는 표현	눈으로 볼 수 없는 것을 그림 그리듯 보여 주는 표현	마음속에 그려지는 사물의 모습이나 느낌으로 정서·분위기를 불러일으키는 표현	상식적인 생각을 뒤집거나 깨뜨려 지적 충격을 주는 표현

시적 표현은 일상생활에서 쓰던 표현을 보다 섬세하게 다듬어 나타내는데, 발상의 참신함과 표현의 창의성을 추구한다. 감정 이입은 대상에 작가의 감정이나 정신을 불어넣어 대상을 통해 화자의 정서를 심화시키는 표현이고, 언어유희는 단어나 낱자를 소재로 말놀이를 하여 나타내는 표현이다. 시상 전개 방식으로는 병렬이나 대립의 방식 등을 들 수 있고, 화자의 어조를 달리 하여 주제 의식을 효과적으로 드러낼 수도 있다. 이 외에도 반어적 표현을 사용하여 시적 긴장감을 조성하거나 작가만의 창의적인 상징 표현으로 참신함을 더할 수도 있다. 또한 후렴구를 반복적으로 사용하여 운율감을 형성하고 전체적인 구성미를 드러내기도 한다.

(가) 이것은 소리 없는 아우성,
저 푸른 해원(海原)을 향하여 흔드는
영원한 노스탤지어의 손수건.
순정은 물결같이 바람에 나부끼고
오로지 맑고 곧은 이념(理念)의 푯대 끝에
애수는 백로처럼 날개를 펴다.
아 누구던가,
이렇게 슬프고도 애달픈 마음을
맨 처음 공중에 달 줄을 안 그는.

– 유치환, 〈깃발〉

(나) 매영(梅影)이 부딪힌 창에 옥인 금차(玉人金釵) 비겼으니
이삼 백발옹(白髮翁)은 거문고와 노래로다
이윽고 잔 잡어 권할 적에 달이 또한 오르더라

〈제1수〉

빙자옥질(氷姿玉質)이여 눈 속에 네로구나
가만히 향기 놓아 황혼월(黃昏月)을 기약하니
아마도 아치 고절(雅致高節)은 너뿐인가 하노라

〈제3수〉

– 안민영, 〈매화사〉

▸ (가)에는 여러 가지 표현상의 특징이 나타나 있는데, 먼저 '소리 없는 아우성'에는 역설법이 사용되었다. 그리고 깃발을 '영원한 노스탤지어의 손수건'에 비유하여 상징적으로 표현하였으며, 직유법을 사용하여 '순정은 물결같이'라고 표현하였다. 또한 7~9행에서는 영탄법과 도치법의 표현 방식이 드러나며, 전체적으로 흰색과 파란색이 색채 대비를 이루고 있다.

▸ (나)는 다양한 감각적 심상을 사용하여 대상을 예찬하고 있다. 〈제1수〉에서는 청각적 심상과 시각적 심상이 두드러지고, 〈제3수〉에는 시각적 심상과 후각적 심상이 주로 나타나고 있다.

핵심 유형 Tip 시의 표현상 특징을 파악하는 법!

1 시의 운율과 심상을 통해 전체적인 분위기를 파악한다.
2 시에 사용된 비유, 상징 등의 표현이 함축하고 있는 의미를 해석한다.
3 파악한 표현 방식과 미리 학습한 주요 표현 방식에 대한 이해를 바탕으로 시의 주제 의식이 무엇인지 파악한다.

[006] 다음 글을 읽고 물음에 답하시오.

강호(江湖)에 병이 깊어 죽림(竹林)에 누웠더니
관동 팔백 리의 방면*을 맡기시니
어와 성은(聖恩)이야 갈수록 망극하다
연추문 들이달아 경회 남문 바라보며
하직하고 물러나니 옥절*이 앞에 섰다
평구역 말을 갈아 흑수로 돌아드니
섬강은 어디메요 치악이 여기로다
소양강 내린 물이 어디로 흘러드나
고신(孤臣)* 거국(去國)*에 백발도 많기도 많구나
동주에서 밤 겨우 새워 북관정에 오르니
삼각산 제일봉이 어쩌면 보이리라
궁예 왕 대궐 터에 오작* 지저귀니
천고(千古) 흥망을 아는가 모르는가
회양 옛 이름이 마침 같을시고
급장유* 풍채를 고쳐 아니 볼 것인가
영중(營中)*이 무사(無事)하고 시절이 삼월인 적에
화천 시내길이 풍악으로 뻗어 있다
행장(行裝)을 다 떨치고 석경(石逕)*에 막대 짚어
백천동 곁에 두고 만폭동 들어가니
은 같은 무지개 옥 같은 용의 꼬리
섞여 돌며 뿜는 소리 십 리에 잦았으니
들을 적에는 우레더니 볼 때는 눈이로다

– 정철, 〈관동별곡(關東別曲)〉

* 방면: 관찰사의 소임.
* 옥절: 옥으로 만든, 임금이 신표로 주는 패.
* 고신: 외로운 신하.
* 거국: 나라를 떠남. 여기서는 '한양을 떠남'을 의미함.
* 오작: 까마귀와 까치.
* 급장유: 한나라 무제 때의 충신. 회양 태수로 있으면서 백성들을 잘 다스렸다고 함.
* 영중: 관찰사의 관청 안.
* 석경: 돌이 많은 길.

006

윗글의 표현상 특징으로 적절하지 <u>않은</u> 것은?

① 대구*의 방식을 활용하여 리듬감을 부여하고 있다.
② 대상을 점층적*으로 강조하여 시적 긴장감을 높이고 있다.
③ 감각적 심상을 활용하여 대상을 생동감 있게 묘사하고 있다.
④ 비유의 방식을 사용하여 대상이 지닌 속성을 부각하고 있다.
⑤ 영탄법*을 사용하여 화자의 감정을 직접적으로 표출하고 있다.

기출이 주목한 개념

006 – ❶ ··· 대구

앞과 뒤가 비슷한 형태를 갖는 것을 말하며, 구절을 맞세워 표현하는 방법. 말의 가락이 비슷한 구절을 대립이 되도록 늘어놓아 병행의 미와 대칭의 미를 주고자 할 때 사용한다. 보통 문장이 그 구조 면에서 병행이 이루어지면, 즉 두 문장이 서로 짝을 이루면 그것이 대구법이다. '범은 죽어서 가죽을 남기고, 사람은 죽어서 이름을 남긴다', '인생은 짧고 예술은 길다'처럼 서로 대응하는 짝을 가지고 있다.

006 – ❷ ··· 점층적

말하고자 하는 내용의 비중이나 강도를 점차 높이거나 넓혀 그 뜻을 강조하는 표현 기법으로, 작고 약하고 좁은 것에서 크고 강하고 넓은 것으로 표현을 확대해 가는 것을 말한다. 반대로 그 정도를 점점 약하게 하거나, 작게 하거나, 낮게 하는 것은 '점강적'이라고 한다.

006 – ❺ ··· 영탄법

'영탄'은 마음속 깊이 느끼어 감탄한다는 의미이다. 슬픔이나 기쁨, 감동 등의 벅찬 감정을 강조하여 표현하는 수법으로, 고조된 감정을 그대로 드러내어 감탄의 형태로 표현하는 방법이다. 감탄사를 사용하거나, 호격 조사 '야, 이시여' 등과 감탄형 종결 어미 '–아라/–어라, –구나, –ㄴ가' 등을 사용하여 강하고 깊은 감정을 드러낸다.

핵심 유형 4 외적 준거를 통한 작품 감상

[007] 다음 글을 읽고 물음에 답하시오.

모란이 피기까지는
나는 아직 나의 봄을 기다리고 있을 테요
모란이 **뚝뚝** 떨어져 버린 날
나는 **비로소** 봄을 여읜 설움에 잠길 테요
오월 어느 날 그 하루 무덥던 날
떨어져 누운 꽃잎마저 시들어 버리고는
천지에 모란은 자취도 없어지고
뻗쳐오르던 내 보람 서운케 무너졌느니
모란이 지고 말면 그뿐 내 한 해는 **다** 가고 말아
삼백예순 날 **하냥*** 섭섭해 우옵네다
모란이 피기까지는
나는 **아직** 기다리고 있을 테요 찬란한 슬픔의 봄을

– 김영랑, 〈모란이 피기까지는〉

* 하냥: 늘, 한결같이.

007

〈보기〉를 참조하여 윗글을 이해한 내용으로 적절하지 않은 것은?

< 보기 >

〈모란이 피기까지는〉에는 모란이 피면 기뻐하고, 모란이 지면 절망에 빠지면서도 또다시 모란이 피기를 기다리는 화자의 심정이 드러나 있다. 특히 부사어를 통해 이런 화자의 심정이 강조되어 나타난다.

① 3행의 '뚝뚝'은 모란이 떨어지는 모습을 바라보는 화자의 안타까움을 강조한다.
② 4행의 '비로소'는 모란이 완전히 져버린 것에 대한 화자의 상실감을 강조한다.
③ 9행의 '다'는 모란이 피지 못할 것이라는 화자의 불안감을 강조한다.
④ 10행의 '하냥'은 모란을 보지 못하는 것에 대한 화자의 슬픔을 강조한다.
⑤ 12행의 '아직'은 모란이 다시 피기를 기다리는 화자의 간절함을 강조한다.

기출이 주목한 개념

플러스 개념 ››› 수미 상관

김영랑의 〈모란이 피기까지는〉에서는 첫 1~2행과 마지막 11~12행을 유사하게 구성하는 수미 상관의 방식을 활용하고 있다. 수미 상관은 시에서 첫 연을 끝 연에 다시 반복하는 문학적 구성법을 말하며, 수미쌍관(首尾雙關) 또는 수미상응(首尾相應)이라고도 한다. 머리와 꼬리, 처음과 끝이 서로 관련이 있다는 뜻으로 첫 연을 끝 연에 반복해서 쓰거나, 비슷한 내용의 구절이나 문장을 반복적으로 배치한다. ① 같은 어구를 반복함으로써 뜻을 강조하고, ② 처음과 끝에 같은 운율을 되풀이해 음악적 효과를 살리고, ③ 처음과 끝이 균형을 이루어 안정감을 주며, ④ 여운을 통해 감동을 마무리하는 효과가 있다.

유형 한눈에 정리

외적 준거를 통한 작품 감상

외적 준거에 따라 작품을 감상한다는 것은 작품 이외에 추가로 제공된 자료를 기준으로 작품을 해석하거나 평가하는 것을 말한다. 이때에는 작품의 맥락을 고려해야 하는데, 문학 작품의 맥락이란 작품 바깥을 둘러싸고 있는 외부적 요소를 가리킨다. 문학 작품을 감상할 때는 내재적 관점에서 작품 자체의 내용과 형식, 표현에 주목하기도 하지만, 문학 작품을 쓴 작가(표현론적 관점)나 문학 작품이 생산되고 수용되는 사회 · 문화적 배경(반영론적 관점), 독자의 수용 양상(효용론적 관점) 등 외재적 관점에 따라 작품을 감상하기도 한다. 또한 한 작품이 다른 작품과 맺고 있는 연관성(상호 텍스트성)을 염두에 두고 작품을 평가하기도 한다.

외적 준거는 보통 〈보기〉로 제시되는데, 〈보기〉의 내용이 드러내는 작품 해석의 관점을 파악하여 외적 준거의 내용이 무엇인지 명확하게 이해해야 한다. 그리고 이를 기준으로 작품을 적절하게 감상하였는지 판단하도록 한다.

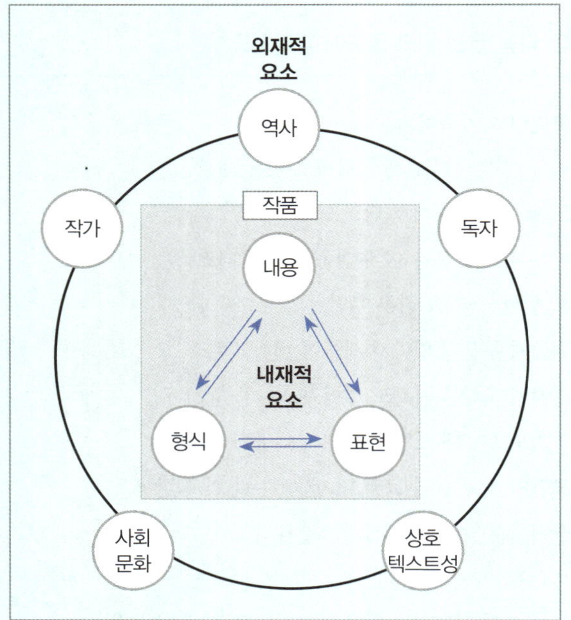

가야 할 때가 언제인가를
분명히 알고 가는 이의
뒷모습은 얼마나 아름다운가.

봄 한철
격정을 인내한
나의 사랑은 지고 있다.

분분한 낙화…….
결별이 이룩하는 축복에 싸여
지금은 가야 할 때.

무성한 녹음과 그리고
머지않아 열매 맺는
가을을 향하여
나의 청춘은 꽃답게 죽는다.

헤어지자
섬세한 손길을 흔들며
하롱하롱 꽃잎이 지는 어느 날

나의 사랑, 나의 결별,
샘터에 물 고이듯 성숙하는
내 영혼의 슬픈 눈.

– 이형기, 〈낙화〉

<보기>

〈낙화〉는 인간사의 이별을 꽃의 떨어짐에 비유함으로써 청춘기 자아의 성장 과정을 상징적으로 보여 준다. 자아는 시련에 부딪혀 자신이 갖고 있던 정체성의 변화를 겪게 되고, 그러한 변화를 인정하고 수용하면서 새로운 자아상을 확립해 나가게 된다.

▸ 위의 시와 함께 주어진 〈보기〉가 외적 준거에 해당한다. 〈보기〉는 위의 시가 인간사의 청춘기 자아의 성장 과정을 보여 준다고 해석하는 관점이다. 따라서 이러한 외적 준거를 바탕으로 시를 감상하면, 1, 3연의 '가야 할 때'는 새로운 자아의 모습을 찾게 되는 계기라 볼 수 있고, 3연의 '결별이 이룩하는 축복에 싸여'는 변화의 수용이 자아 성장의 과정으로 이어질 수 있음을 나타낸다. 또한 5연의 '헤어지자 / 섬세한 손길을 흔들며'에서 자아와 세계와의 관계가 변화되었음을, 6연의 '내 영혼의 슬픈 눈'에서 시련을 통해 새로운 자아상이 확립되었음을 알 수 있다. 이처럼 외적 준거인 〈보기〉의 내용을 바탕으로 작품을 해석할 수 있어야 한다.

핵심 유형 Tip 외적 준거를 통해 작품을 감상하는 법!

1 시의 내용과 형식, 표현을 이해한다.
2 〈보기〉로 제시된 외적 준거의 작품 해석 관점이 무엇인지 파악한다.
3 외적 준거의 관점에서 작품을 감상하고 있는지 서술된 문장의 적절성을 파악한다.
(※ 이 유형의 문항은 대부분 배점이 3점이므로, 집중하여 내용을 명확하게 이해할 수 있도록 한다.)

[008] 다음 글을 읽고 물음에 답하시오.

이 몸 생겨날 때 임을 따라 생겼으니
한평생 연분(緣分)이며 하늘 모를 일이던가
㉠나 하나 젊어 있고 임 하나 날 사랑하시니
이 마음 이 사랑 견줄 데 전혀 없다
평생(平生)에 원하기를 함께 살자 하였더니
㉡늙어서야 무슨 일로 외로이 그리는가
㉢엊그제 임을 모셔 광한전(廣寒殿)*에 올랐는데
그 사이 어찌하여 하계(下界)에 내려오니
올 적에 빗은 머리 흐트러진 지 삼 년(三年)일세
㉣연지분(臙脂粉)* 있다마는 누굴 위해 곱게 할까
마음에 맺힌 시름 첩첩이 쌓여 있어
㉤짓는 것이 한숨이오 지는 것이 눈물이라
인생은 유한(有限)한데 시름도 끝이 없네
무심(無心)한 세월(歲月)은 물 흐르듯 하는구나
계절이 때를 알아 가는 듯 다시 오니
듣거니 보거니 느낄 일도 많고 많다
동풍(東風)이 살짝 불어 쌓인 눈을 헤쳐 내니
창 밖에 심은 매화(梅花) 두세 가지 피었구나
가뜩이나 냉담한데 암향(暗香)*은 무슨 일인가
황혼(黃昏)녘에 달이 돋아 베갯맡에 비치니
느끼는 듯 반기는 듯 임이신가 아니신가
저 매화(梅花) 꺾어 내어 임 계신 데 보내고저
임이 너를 보고 어떻게 여기실까
꽃 지고 새 잎 나니, 녹음이 깔렸는데
나위(羅幃)* 적막하고 수막(繡幕)*이 비어 있다
부용(芙蓉)*을 걷어 놓고 공작을 둘러 두니
가뜩 시름 많은데 날은 어찌 길었던가
원앙금(鴛鴦錦) 베어 놓고 오색실을 풀어내어
금자로 겨누어서 임의 옷 지어내니
수품(手品)은 물론이고 제도(制度)*도 갖추었네
산호수 지게 위에 백옥함*에 담아 두고
임에게 보내려고 임 계신 데 바라보니
산인가 구름인가? 험하고 험할시고
천리 만리 길에 뉘라서 찾아갈고
가거든 열어 두고 나인가 반기실가

– 정철, 〈사미인곡(思美人曲)〉

* 광한전: 달 속에 있다는 궁전.
* 암향: 그윽한 향기.
* 수막: 수놓은 장막.
* 제도: 마련된 법도. 여기서는 옷을 만드는 격식을 가리킴.
* 연지분: 볼에 바르는 연지와 분.
* 나위: 비단으로 만든 포장.
* 부용: 부용장(芙蓉帳). 연꽃무늬 비단으로 만든 방장.
* 백옥함: 흰 옥으로 만든 함.

008

〈보기〉를 바탕으로 윗글을 감상했을 때, 적절하지 않은 것은?

<보기>

이 작품은 '적강 모티프*'를 취하고 있다. '적강'이란 천상적 존재가 천상에서 지은 죄과*로 말미암아 지상으로 유배 오는 것을 말하는데, 이 작품에서 시적 화자는 천상계에서 임의 사랑을 받다가 지상계로 쫓겨 와 임을 그리워하는 존재로 설정되어 있다. 천상계는 화자가 과거에 존재했던 공간이자 충족의 공간으로, 지상계는 화자가 현재 존재하고 있는 공간이자 결핍의 공간으로 나타난다.

① ㉠은 화자가 천상계에서 임의 사랑을 받으며 지내던 모습을 표현한 것이겠군.
② ㉡은 화자가 적강하여 임을 그리워하며 살아가는 모습을 표현한 것이겠군.
③ ㉢은 화자가 과거에는 천상계에 존재하다가 현재는 지상계로 쫓겨 왔음을 드러낸 것이겠군.
④ ㉣은 임이 없는 결핍의 공간에서 화자가 느끼는 상실감을 표현한 것이겠군.
⑤ ㉤은 지상계로 화자를 쫓아 낸 대상에 대한 원망을 드러낸 것이겠군.

기출이 주목한 개념

008 ››› 모티프

회화, 조각, 소설 따위의 예술 작품을 표현하는 동기가 된 작가의 중심 사상. '적강 모티프'는 천상적 존재가 인간 세상에 내려오거나 인간으로 태어나는 이야기 요소를 말한다. 천상계와 지상계라는 이원적 공간으로 나뉘며 두 공간은 필연적 연관성을 지닌다.

008 ››› 죄과

죄와 허물을 아울러 이르는 말

[009~012] 다음 글을 읽고 물음에 답하시오.

(가) 여승(女僧)은 합장(合掌)하고 절을 했다
가지취의 내음새가 났다
쓸쓸한 낯이 옛날같이 늙었다
ⓐ나는 불경(佛經)처럼 서러워졌다

평안도(平安道)의 어늬 산(山) 깊은 금점판*
나는 파리한 여인(女人)에게서 옥수수를 샀다
여인은 나 어린 딸아이를 따리며 가을밤같이 차게 울었다

섶벌*같이 나아간 지아비 기다려 십 년(十年)이 갔다
지아비는 돌아오지 않고
어린 딸은 도라지꽃이 좋아 돌무덤으로 갔다

산(山)꿩도 설게 울은 슬픈 날이 있었다
산(山)절의 마당귀에 여인의 머리오리가 눈물방울과 같이 떨어진 날이 있었다

– 백석, 〈여승〉

* 금점판: 금광의 일터.
* 섶벌: 재래종의 일벌.

(나) 김천 의료원 6인실 302호에 산소마스크를 쓰고 암 투병 중인 그녀가 누워 있다
㉠바닥에 바짝 엎드린 가재미처럼 그녀가 누워 있다
㉡나는 그녀의 옆에 나란히 한 마리 가재미로 눕는다
가재미가 가재미에게 눈길을 건네자 그녀가 울컥 눈물을 쏟아 낸다
한쪽 눈이 다른 한쪽 눈으로 옮아 붙은 야윈 그녀가 운다
그녀는 죽음만을 보고 있고 ⓑ나는 그녀가 살아온 파랑 같은 날들을 보고 있다
좌우를 흔들며 살던 그녀의 물속 삶을 나는 떠올린다
그녀의 오솔길이며 그 길에 돋아나던 대낮의 뻐꾸기 소리며
㉢가늘은 국수를 삶던 저녁이며 흙담조차 없었던 그녀 누대*의 가계를 떠올린다
두 다리는 서서히 멀어져 가랑이지고
폭설을 견디지 못하는 나뭇가지처럼 등뼈가 구부정해지던 그 겨울 어느 날을 생각한다
㉣그녀의 숨소리가 느릅나무 껍질처럼 점점 거칠어진다
㉤나는 그녀가 죽음 바깥의 세상을 이제 볼 수 없다는 것을 안다
한쪽 눈이 다른 쪽 눈으로 캄캄하게 쏠려 버렸다는 것을 안다
나는 다만 좌우를 흔들며 헤엄쳐 가 그녀의 물속에 나란히 눕는다
산소호흡기로 들이마신 물을 마른 내 몸 위에 그녀가 가만히 적셔 준다

– 문태준, 〈가재미〉

* 누대: 여러 대.

009 ▸ 표현상의 공통점 파악

(가)와 (나)의 공통점으로 가장 적절한 것은?

① 자연물에 감정을 이입하여 화자의 심리를 드러내고 있다.
② 비유적 표현을 통해 시적 상황을 효과적으로 나타내고 있다.
③ 현재 시제를 사용하여 시적 상황을 현장감 있게 제시하고 있다.
④ 상승과 하강의 이미지를 대비하여 시적 의미를 강화하고 있다.
⑤ 음성 상징어를 사용하여 시적 대상이 지닌 정서를 생동감 있게 드러내고 있다.

010 ▸ 화자와 시적 대상의 관계 파악

ⓐ, ⓑ에 대한 설명으로 적절한 것은?

① ⓐ는 자신과 시적 대상의 삶을 비교하고 있다.
② ⓐ는 시적 대상으로 인해 삶을 바라보는 관점이 변하고 있다.
③ ⓑ는 시적 대상을 통해 자신이 추구하는 삶의 모습을 드러내고 있다.
④ ⓑ는 시적 대상과의 상호 작용을 통해 정서적으로 교감하는 모습을 드러내고 있다.
⑤ ⓐ와 ⓑ는 모두 시상이 전개되면서 시적 대상과 하나가 되려는 의지를 드러내고 있다.

011 ▸ 외적 준거를 통한 작품 감상

〈보기〉를 바탕으로 (가)를 감상한 내용으로 적절하지 않은 것은?

< 보기 >

〈여승〉은 한 여인의 비극적 삶을 통해 일제의 식민지 수탈로 농촌 공동체가 몰락하고 가족 공동체가 파괴되는 당대의 현실을 그리고 있다. 이 작품은 가족의 생계를 위해 집을 떠난 지아비를 찾아 금점판을 떠돌다가 어린 딸마저 잃고 여승이 되어 버린 한 여인의 기구한 인생을 4연 12행의 짧은 구성으로 밀도 있게 보여 준다. 또한 이 시의 시상은 시간적 흐름에 따르지 않고 시간적 순서를 재구성하여 전개되고 있는 것이 특징이다.

① 여인이 '금점판'에서 '옥수수'를 팔고 '나'가 그 '옥수수'를 사는 것은 농촌 공동체의 몰락과 이를 회복하기 위한 행위로 볼 수 있군.
② '섶벌같이 나아간 지아비'가 '십 년이' 지나도록 '돌아오지' 않은 사실은 가난으로 인해 가족 공동체가 파괴된 모습으로 볼 수 있군.
③ '어린 딸'이 '도라지꽃이 좋아 돌무덤'으로 갔다는 것은 남편을 찾아 떠돌다가 딸마저 잃게 된 여인의 기구한 삶을 드러낸 것이군.
④ '여인의 머리오리가 눈물방울과 같이 떨어진 날'은 여인이 현실의 삶을 견디지 못하고 여승이 된 날로 볼 수 있군.
⑤ 여인의 비극적인 삶을 재구성하여 1연에서는 여승이 된 현재 모습을, 2~4연에서는 여승이 되기까지의 과거 모습을 보여 주고 있군.

012 ▸ 시구의 의미 파악

㉠~㉤에 대한 이해로 적절하지 않은 것은?

① ㉠: 병상에 누워 투병하는 그녀의 모습에서 납작한 가재미를 떠올리고 있다.
② ㉡: 투병 중인 그녀에 대한 나의 연민과 위로가 구체적 행위로 드러나 있다.
③ ㉢: 가난하고 힘들게 살았던 그녀의 과거 삶이 드러나 있다.
④ ㉣: 죽음이 임박해지고 있는 그녀의 현재 상황이 드러나 있다.
⑤ ㉤: 죽음을 받아들일 수밖에 없는 그녀의 체념적 태도가 나타나 있다.

[013~017] 다음 글을 읽고 물음에 답하시오.

(가) 1 산촌(山村)에 눈이 오니 돌길이 묻혔어라
㉠시비(柴扉)를 열지 마라 날 찾을 이 뉘 있으랴
밤중만 일편명월(一片明月)이 긔 벗인가 하노라

2 창(窓)밖에 워석버석 임이신가 일어 보니
혜란 혜경(蕙蘭蹊徑)*에 낙엽(落葉)은 무슨 일이고
어즈버 유한한 간장(肝腸)이 다 긏을까 하노라

3 노래 삼긴 사람 시름도 하도 할샤
일러 다 못 일러 불러나 풀었던가
진실로 풀릴 것이면은 나도 불러 보리라

– 신흠, 〈방옹시여(放翁詩餘)〉

* 혜란 혜경: 난초가 자라난 지름길.

(나) 너를 꿈꾼 밤
문득 인기척에
잠이 깨었다.
문턱에 귀대고 엿들을 땐
거기 아무도 없었는데
베개 고쳐 누우면
지척에서 들리는 ⓐ발자국 소리.
나뭇가지 스치는 소매깃 소리.
아아, 네가 왔구나.
산 넘고 물 건너
누런 해 지지 않는 서역(西域) 땅에서
나직이 신발을 끌고 와
다정하게 부르는
ⓑ너의 목소리,
오냐, 오냐,
안쓰런 마음은 만리 길인데
황망히 ㉡문을 열고 뛰쳐나가면
밖엔 하염없이 내리는 ⓒ가랑비 소리,
후두둑,
댓잎 끝에 방울지는
봄비 소리.

– 오세영, 〈너의 목소리〉

013 ▸ 표현상의 공통점 파악

(가)와 (나)의 표현상 공통점으로 가장 적절한 것은?

① 영탄적 표현을 통해 감정을 효과적으로 표출하고 있다.
② 명사로 시상을 마무리하여 시적 여운을 자아내고 있다.
③ 의문형 진술을 활용하여 심리적 태도를 부각하고 있다.
④ 말을 건네는 방식을 사용하여 친밀감을 강화하고 있다.
⑤ 자연물에 인격을 부여하여 주제 의식을 드러내고 있다.

014 ▸ 시적 상황의 공통점 파악

다음은 탐구 학습을 통해 (가)의 ②와 (나)를 비교하여 정리한 내용이다. ㄱ~ㅁ 중, 적절하지 않은 것은?

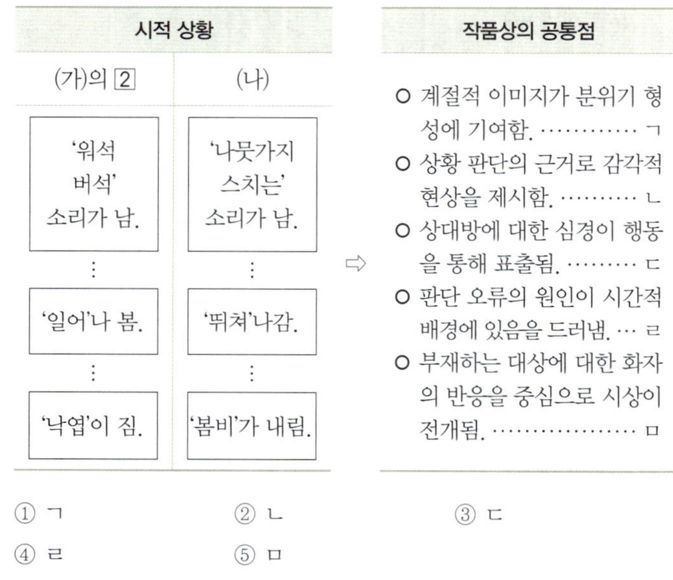

① ㄱ　② ㄴ　③ ㄷ
④ ㄹ　⑤ ㅁ

015 ▸ 시구의 의미 비교

㉠과 ㉡에 대한 설명으로 가장 적절한 것은?

① ㉠에는 ㉡과 달리 화자의 소망이 투영되어 있다.
② ㉡에는 ㉠과 달리 화자의 억울한 심정이 내재되어 있다.
③ ㉠에는 화자의 단절감이, ㉡에는 화자의 기대감이 담겨 있다.
④ ㉠에는 냉소적 태도가, ㉡에는 관조적 태도가 반영되어 있다.
⑤ ㉠과 ㉡에는 결핍 상태가 충족된 내면 심리가 나타나 있다.

016 ▸ 외적 준거를 통한 작품 감상

〈보기〉를 바탕으로 (가)를 감상한 내용으로 적절하지 않은 것은?

<보기>

(가)는 선조의 총애를 받던 신흠이 선조 사후 '계축옥사'에 연루되어 관직을 박탈당하고 김포로 내쫓겼던 시기에 쓴 시조 30수 중 일부이다. 이들 30수는 자연 지향, 세태 비판, 연군, 취흥 등의 다양한 주제 의식을 형성하고 있으며, 우리말 시가에 대한 작가의 인식도 엿볼 수 있다. 그 서문 격인 「방옹시여서」에는 창작 당시 그의 심경이 다음과 같이 적혀 있다. "내 이미 전원으로 돌아오매 세상이 진실로 나를 버렸고 나 또한 세상사에 지쳤기 때문이다."

① '산촌'은 세상과 대비되는 공간으로서의 자연의 의미를 지니는 것이겠군.
② '일편명월'은 세태를 비판하고 자신의 억울한 처지를 호소하는 작가를 상징하는 것이겠군.
③ '임'을 군왕으로 이해한다면 '간장이 다 궂을까 하노라'는 임금을 향한 신하의 애끓는 심정이 함축된 것이겠군.
④ '시름'은 정치적 혼란기에 정계에서 쫓겨나 버림받은 작자의 복잡한 심경을 나타내는 것이겠군.
⑤ '노래'는 세상사에 지치고 뒤엉킨 작가의 마음을 풀어 내는 수단으로서의 성격을 지니는 것이겠군.

017 ▸ 감상의 적절성 파악

ⓐ~ⓒ와 관련하여 (나)를 이해한 내용으로 적절하지 않은 것은?

① 화자가 꾼 '꿈'은 빗소리를 ⓐ로 여기는 계기가 된다고 볼 수 있겠군.
② '너'에 대한 화자의 그리움이 고조됨에 따라 빗소리가 ⓐ에서 ⓑ로 인식된다고 볼 수 있겠군.
③ ⓑ는 '산 넘고 물 건너' 들려오는 것이기에 화자에게 반가움과 동시에 과거의 추억을 환기한다고 볼 수 있겠군.
④ '하염없이 내리는' ⓒ는 하강의 이미지를 통해 만남이 무산된 화자의 좌절감과 조응한다고 볼 수 있겠군.
⑤ ⓑ가 ⓒ임을 알고 난 후의 화자의 허탈감이 '후두둑'을 통해 청각적 이미지로 부각된다고 볼 수 있겠군.

[018~021] 다음 글을 읽고 물음에 답하시오.

(가) 직업소개에는 실업자들이 일터와 같이 출근하였다. 아무 일도 안 하면 일할 때보다는 야위어진다. 검푸른 황혼은 언덕 아래로 깔리어 오고 가로수와 절망과 같은 나의 기-ㄴ 그림자는 군집(群集)의 대하(大河)에 짓밟히었다.

바보와 같이 거물어지는 하늘을 보며 나는 나의 키보다 얕은 가로수에 기대어 섰다. **병든 나**에게도 고향은 있다. 근육이 풀릴 때 향수는 실마리처럼 풀려나온다. 나는 젊음의 자랑과 희망을, 나의 무거운 절망의 그림자와 함께, 뭇사람의 웃음과 발길에 채이고 밟히며 스미어오는 황혼에 맡겨버린다.

제 집을 향하는 많은 군중들은 시끄러이 떠들며, 부산-히 어둠 속으로 흩어져버리고. 나는 공복의 가는 눈을 떠, 희미한 노등(路燈)을 본다. 띄엄띄엄 서 있는 포도(鋪道)* 위에 잎새 없는 ㉠가로수도 나와 같이 공허하고나.

고향이여! 황혼의 저자에서 나는 **아리따운 너의 기억**을 찾아 나의 마음을 전서구*와 같이 날려보낸다. 정든 고샅*. 썩은 울타리. 늙은 아베의 하-얀 상투에는 몇 나절의 때묻은 회상이 맺혀 있는가. 우거진 송림 속으로 곱게 보이는 고향이여! **병든 학**이었다. **너는 날마다 야위어가는**……

어디를 가도 사람보다 일 잘하는 기계는 나날이 늘어나가고, 나는 병든 사나이. 야윈 손을 들어 오랫동안 타태*와, 무기력을 극진히 어루만졌다. 어두워지는 황혼 속에서, 아무도 보는 이 없는, 보이지 않는 황혼 속에서, **나는 힘없는 분노와 절망을 묻어버린다.**

– 오장환, 〈황혼(黃昏)〉

* 포도: 포장도로.
* 전서구: 편지를 보내는 데 쓸 수 있게 훈련된 비둘기.
* 고샅: 시골 마을의 좁은 골목길. 또는 골목 사이.
* 타태: 열심히 하려는 마음이 없고 게으름.

(나) 모래는 모두가
작지만 고집센 한 알이다
그러나 한 알만의 모래는 없다
한알한알이 **무수하게 모여서 모래**다
오죽이나 외로워 그랬을까 하고 보면
웬걸 모여서는 서로가
모른 체 등을 돌리고 있는 모래
모래를 서로 손잡게 하려고
신이 모래밭에 하루종일 **봄비를 뿌**린다
하지만 뿌리면 뿌리는 그대로
모래 밑으로 모조리 새나가 버리는 봄비
자비로운 신은 또 민들레 **꽃씨**를
모래밭에 한 옴큼 날려 보낸다
싹트는 법이 없다
더 이상은 손을 쓸 도리가 없군
구제불능이야
신은 드디어 포기를 결정한다
신의 눈 밖에 난 **영원한 갈증**!

– 이형기, 〈모래〉

(다) **여러 사람**이 **맨살 부대끼며 오래 살**다보면 어느덧 비슷한 말투, 비슷한 욕심, 비슷한 얼굴을 가지게 됩니다.

서로 바라보면 거울 대한 듯 비슷비슷합니다. 자기가 다른 사람과 비슷하다는 사실, 여럿 중의 평범한 하나에 불과하다는 사실은 대부분의 사람들이 못마땅하게 여깁니다. 기성품처럼 개성이 없고 값어치가 훨씬 떨어지는 것으로 받아들입니다. '개인의 세기(世紀)'에 살고 있는 우리들의 당연한 사고입니다.

그러면 다른 사람과 조금도 닮지 않은 개인이나 탁월한 천재가 과연 있는가. 물론 없습니다. 있다면 그것은 외형만 그럴 뿐입니다. 다른 사람과 아무런 내왕이 없는 '순수한 개인'이란 ㉡무인도의 로빈슨 크루소처럼 소설 속에나 있는 것이며, **천재**란 그것이 어느 개인이나 순간의 독창이 아니라 **오랜 중지(衆智)*의 집성**이며 협동의 결정(結晶)임을 우리는 알고 있습니다.

우리들이 잊고 있는 것은 아무리 **담장을 높이**더라도 사람들은 결국 서로가 서로의 일부가 되어 함께 햇빛을 나누며, 함께 비를 맞으며 '함께' 살아가고 있다는 사실입니다.

화폐가 중간에 들면, 쌀이 남고 소금이 부족한 사람과, 소금이 남고 쌀이 부족한 사람이 서로 만나지 않더라도 교환이 이루어집니다. 천 갈래 만 갈래 분업과 **거대한 조직**, 그리고 거기서 생겨나는 **물신성(物神性)***은 사람들의 만남을 멀리 떼어놓기 때문에 '함께' 살아간다는 뜻을 깨닫기 어렵게 합니다.

같은 이해(利害), 같은 운명으로 연대된 '한 배 탄 마음'은 '나무도 보고 숲도 보는' 지혜이며, 한 포기 미나리아재비나 보잘것없는 개똥벌레 한 마리도 그냥 지나치지 않는 '열린 사랑'입니다. 한 그루의 나무가 되라고 한다면 나는 산봉우리의 낙락장송보다 수많은 나무들이 **합창하는 숲속**에 서고 싶습니다. 한 알의 물방울이 되라고 한다면 저는 단연 바다를 선택하고 싶습니다. 그리하여 가장 많은 사람들이 모여 사는 나지막한 동네에서 비슷한 말투, 비슷한 욕심, 비슷한 얼굴을 가지고 싶습니다.

– 신영복, 〈비슷한 얼굴 – 계수님께〉

* 중지: 여러 사람의 지혜.
* 물신성: 사람과 사람의 사회적인 관계가 그가 소유한 물질과 물질의 관계로 나타나는 것. 또는 그렇게 보이는 사회 현상의 성격.

018 ▸ 표현상의 특징 파악

(가)~(다)에 대한 설명으로 적절하지 않은 것은?

① (가)와 (나)는 모두 영탄적 어조를 통해 화자의 정서를 부각하고 있다.
② (가)와 (다)는 모두 비유적 표현을 통해 대상의 의미를 강조하고 있다.
③ (나)와 (다)는 모두 공간을 대비하여 지향하는 가치를 부각하고 있다.
④ (가)는 (나)와 달리, 음성 상징어를 통해 시각적 인상을 구체화하고 있다.
⑤ (다)는 (나)와 달리, 처음과 끝에 동일한 구절을 배치하여 주제를 강조하고 있다.

019 ▸ 외적 준거를 통한 작품 감상

〈보기〉를 바탕으로 (가)를 감상한 내용으로 적절하지 않은 것은?

<보기>

〈황혼〉에는 1930년대 도시 노동자로서 화자가 느끼는 무력감과 절망감이 드러나 있다. 특히 기계화가 가속되는 현실 속 화자와 나날이 퇴락해 가는 고향, 이 모두가 병든 것으로 형상화되어 근대 자본주의에 대한 작가의 회의적 태도를 엿볼 수 있다.

① '병든 나', '병든 학'을 통해 화자와 고향 모두가 병든 것으로 형상화되고 있음을 알 수 있군.
② '아리따운 너의 기억'을 통해 근대 자본주의를 지향하는 작가의 태도를 확인할 수 있군.
③ '너는 날마다 야위어가는'을 통해 나날이 퇴락해 가는 고향의 모습을 짐작할 수 있군.
④ '어디를 가도 사람보다 일 잘하는 기계는 나날이 늘어나가고'를 통해 기계화가 가속되는 현실을 확인할 수 있군.
⑤ '나는 힘없는 분노와 절망을 묻어버린다'를 통해 화자가 현실에 대해 느끼는 무력감을 짐작할 수 있군.

020 ▸ 외적 준거에 따른 비교

〈보기〉를 바탕으로 (나)와 (다)를 이해한 것으로 적절하지 않은 것은?

<보기>

문학은 종종 집단 속에 놓인 개인의 모습을 통해 공동체적 삶을 드러낸다. 독선적인 태도를 지닌 개인은 스스로를 소외시켜 자신의 삶을 황폐하게 만들면서 동시에 공동체적 삶으로 나아가지 못한다. 그러나 정서적 공감을 바탕으로 연대하는 개인은 서로에게 기대면서 집단 속에서 완성되며 공동체적 삶을 이룩하게 된다.

① (나)의 '무수하게 모여서' 된 '모래'와 (다)의 '맨살 부대끼며 오래 살'아가는 '여러 사람'은 모두 집단 속에 놓인 개인의 모습을 보여 준다.
② (나)의 '모른 체 등을 돌리'는 행위와 (다)의 '담장을 높이'는 행위는 연대하지 않으려는 태도를 의미한다.
③ (나)의 '봄비를 뿌'려 주는 '신'과 (다)의 '거대한 조직'에서 생겨난 '물신성'은 개인이 직면하게 되는 소외의 원인에 해당한다.
④ (나)의 '꽃씨'가 '싹트는 법이 없'는 '모래밭'은 개인들의 황폐한 삶을, (다)의 '오랜 중지의 집성'인 '천재'는 집단 속에서 완성되어 가는 개인의 삶을 보여 준다.
⑤ (나)의 '영원한 갈증'은 공동체적 삶으로 나아가지 못한 삶의 모습을, (다)의 '합창하는 숲속'은 서로에게 기대어 이룩한 공동체적 삶의 모습을 의미한다.

021 ▸ 소재의 의미 및 기능 파악

㉠과 ㉡에 대한 이해로 가장 적절한 것은?

① ㉠, ㉡은 모두 성숙의 이미지가 드러난다.
② ㉠, ㉡은 모두 자족의 이미지가 드러난다.
③ ㉠은 단절의 이미지가, ㉡은 소통의 이미지가 드러난다.
④ ㉠은 고독의 이미지가, ㉡은 고립의 이미지가 드러난다.
⑤ ㉠은 상생의 이미지가, ㉡은 공존의 이미지가 드러난다.

[022~025] 다음 글을 읽고 물음에 답하시오.

(가) 어리석고 세상물정 어둡기는 나보다 더한 이 없다
길흉화복을 하늘에 맡겨 두고
누항(陋巷)* 깊은 곳에 초가를 지어 두고
궂은 날씨에 썩은 짚이 땔감이 되어
세 홉 밥 닷 홉 죽에 연기(煙氣)도 많기도 많구나
설 데운 숭늉에 고픈 배를 속일 뿐이로다
㉠생애 이러하다 대장부의 뜻을 옮기겠는가
안빈일념(安貧一念)*을 적을망정 품고 이셔
옳은 일을 좇아 살려 하나 날이 갈수록 어긋난다 〈중략〉
소 한 번 주마 하고 엉성하게 하는 말씀
친절하다 여긴 집에 / ㉡달 없는 황혼에 허위허위 달려가서
굳게 닫은 문밖에 우두커니 혼자 서서
큰 기침 에헴이를 오래토록 하온 후에
어와 그 뉘신고 염치 없는 내옵노라
초경도 거읜데 그 어찌 와 계신고
해마다 이러하기 구차한 줄 알건마는
소 없는 가난한 집에 걱정 많아 왔노라
공짜로나 값을 쳐서나 줌 직도 하지마는
다만 어제 밤에 건넛집 저 사람이
목 붉은 수꿩을 구슬 같은 기름에 구워 내고
[A] 갓 익은 삼해주(三亥酒)를 취하도록 권하거든
이러한 은혜를 어이 아니 갚을런고
내일로 주마 하고 큰 언약 하였거든
실약(失約)이 미편(未便)하니* 말하기가 어려왜라
사실이 그러하면 설마 어이할고
헌 모자 숙여 쓰고 축 없는 짚신에 설피설피 물러 오니
풍채 적은 모습에 개 짖을 뿐이로다
누추한 집에 들어간들 잠이 와서 누웠으랴
북창에 기대 앉아 새벽을 기다리니
무정한 오디새는 이 내 한을 돕는구나
㉢아침이 끝나도록 슬퍼하며 먼 들을 바라보니
즐거운 농가(農歌)도 흥 없이 들리는구나
세상 인정 모른 한숨은 그칠 줄을 모르는구나
㉣아까운 저 쟁기*는 볏보님도 좋을시고*
가시 엉킨 묵은 밭도 쉽게 갈련마는
빈 집 벽 가운데에 쓸데없이 걸렸구나
봄농사도 거의로다 팽개쳐 던져 두자
강호(江湖)에서 큰 꿈을 생각한 지도 오래더니
먹고 사는 것이 누가 되어 아아 잊었구나
저 물가를 바라보니 푸른 대나무가 많기도 많구나
㉤교양 있는 선비들아 낚싯대 하나 빌려다오
갈대꽃 깊은 곳에 명월청풍(明月淸風) 벗이 되어
임자 없는 풍월강산(風月江山)에 절로절로 늙으리라

– 박인로, 〈누항사(陋巷詞)〉

* 누항: 누추한 곳.
* 안빈일념: 가난 속에서도 마음을 편히 갖겠다는 생각.
* 실약이 미편하니: 약속을 어기기가 어려우니.
* 쟁기: 말이나 소에 끌려 논밭을 가는 농기구.
* 볏보님도 좋을시고: 쟁기 날이 잘 관리된 상태라는 의미로 추정됨.

(나) 다음은 어느 중로(中老)의 여인에게서 들은 이야기다. 여인이 젊었을 때였다. 남편이 거듭 사업에 실패하자, 이들 내외는 갑자기 가난 속에 빠지고 말았다.

남편은 다시 일어나 사과 장사를 시작했다. 서울에서 사과를 싣고 춘천에 갔다 넘기면 다소의 이윤이 생겼다.

그런데 한 번은, 춘천으로 떠난 남편이 이틀이 되고 사흘이 되어도 돌아오지를 않았다. 제 날로 돌아오기는 어렵지만, 이틀째에는 틀림없이 돌아오는 남편이었다. 아내는 기다리다 못해 닷새째 되는 날 남편을 찾아 춘천으로 떠났다.

"춘천에만 닿으면 만나려니 했지요. 춘천을 손바닥만 하게 알았나 봐요. 정말 막막하더군요. 하는 수 없이 여관을 뒤졌지요. 여관이란 여관은 모조리 다 뒤졌지만, 그이는 없었어요. 하룻밤을 여관에서 뜬눈으로 새웠지요. 이튿날 아침, 문득 그이의 친한 친구 한 분이 도청에 계시다는 것이 생각나서, 그분을 찾아 나섰지요. 가는 길에 혹시나 하고 정거장에 들러 봤더니……."

매표구 앞에 늘어선 줄 속에 남편이 서 있었다. 아내는 너무 반갑고 원망스러워 말이 나오지 않았다.

트럭에다 사과를 싣고 춘천으로 떠난 남편은, 가는 길에 사람을 몇 태웠다고 했다. 그들이 사과 가마니를 깔고 앉는 바람에 사과가 상해서 제 값을 받을 수 없었다. 남편은 도저히 손해를 보아서는 안 될 처지였기에 친구의 집에 기숙을 하면서, 시장 옆에 자리를 구해 사과 소매를 시작했다. 그래서, 어젯밤 늦게서야 겨우 다 팔 수 있었다는 것이다. 전보도 옳게 제 구실을 하지 못하던 8 · 15 직후였으니…….

함께 춘천을 떠나 서울로 향하는 차 속에서 남편은 아내의 손을 꼭 쥐었다. 그때만 해도 세 시간 남아 걸리던 경춘선, 남편은 한 번도 그 손을 놓지 않았다. 아내는 한 손을 맡긴 채 너무도 행복해서 그저 황홀에 잠길 뿐이었다.

[B] 그 남편은 그러나 6 · 25 때 죽었다고 한다. 여인은 어린 자녀들을 이끌고 모진 세파(世波)와 싸우지 않으면 안 되었다.

"이제 아이들도 다 커서 대학엘 다니고 있으니, 그이에게 조금은 면목이 선 것도 같아요. 제가 지금까지 살아 올 수 있었던 것은, 춘천서 서울까지 제 손을 놓지 않았던 그이의 손길, 그것 때문일지도 모르지요."

여인은 조용히 웃으면서 이렇게 말을 맺었다.

지난날의 가난은 잊지 않는 게 좋겠다. 더구나 그 속에 빛나던 사랑만은 잊지 말아야겠다. "행복은 반드시 부와 일치하진 않는다."라는 말은 결코 진부한 일 편의 경구(警句)만은 아니다.

– 김소운, 〈가난한 날의 행복〉

022 ▸ 작품의 공통점 파악

(가)와 (나)의 공통점으로 가장 적절한 것은?

① 특정한 인물을 통해 자신의 삶을 반성하고 있다.
② 감정의 절제를 통해 사건을 객관적으로 바라보고 있다.
③ 공간의 이동을 통해 대상에 대한 그리움을 드러내고 있다.
④ 영탄적 표현을 활용하여 화자의 간절한 소망을 드러내고 있다.
⑤ 구체적 일화를 활용하여 지향하는 삶의 태도를 드러내고 있다.

023 ▸ 작품의 내용과 형식 이해

[A]와 [B]에 대한 이해로 적절하지 않은 것은?

① [A]는 규칙적인 음보 사용을 통해 리듬감을 형성하고 있다.
② [B]는 경구를 활용하여 글을 효과적으로 마무리하고 있다.
③ [A]는 [B]와 달리 비유적 표현을 활용하여 인물의 특징을 드러내고 있다.
④ [B]는 [A]와 달리 특정한 어휘를 사용하여 구체적 시대상을 반영하고 있다.
⑤ [A]와 [B]는 모두 대화를 활용하여 중심인물의 상황을 전달하고 있다.

024 ▸ 외적 준거를 통한 작품 감상

〈보기〉를 참고하여 ㉠~㉤을 이해한 것으로 적절하지 않은 것은?

<보기>

〈누항사〉는 전란을 겪은 사대부가 누항에서 스스로 노동하며 가난하게 살면서도 이상적 삶을 추구하려고 노력하는 모습을 그리고 있다. 화자가 처한 상황과 심리의 변화는 다음과 같은 흐름을 나타낸다.

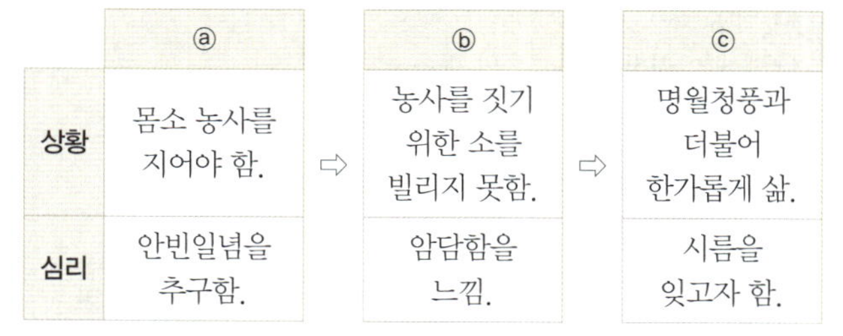

	ⓐ		ⓑ		ⓒ
상황	몸소 농사를 지어야 함.	⇨	농사를 짓기 위한 소를 빌리지 못함.	⇨	명월청풍과 더불어 한가롭게 삶.
심리	안빈일념을 추구함.		암담함을 느낌.		시름을 잊고자 함.

① ㉠에는 ⓐ의 심리에서 드러나는 가치를 이루고자 하는 화자의 의지가 드러나고 있다.
② ㉡에는 ⓐ의 상황을 해결하고자 하는 화자의 다급한 심정이 제시되어 있다.
③ ㉢에는 ⓑ의 심리가 화자의 처량한 모습을 통해 드러나고 있다.
④ ㉣에는 ⓒ의 심리가 화자의 눈에 비친 대상에 투영되어 있다.
⑤ ㉤에는 ⓒ의 상황을 실천하기 위한 화자의 의도가 드러나고 있다.

025 ▸ 상징적 의미 파악

(가)의 풍월강산과 (나)의 경춘선에 대한 설명으로 가장 적절한 것은?

① '풍월강산'은 환상적 세계를, '경춘선'은 낭만적 세계를 의미하는 공간이다.
② '풍월강산'은 현재의 소망을 다짐하는, '경춘선'은 과거의 추억이 깃든 공간이다.
③ '풍월강산'은 과거에 대한 동경을, '경춘선'은 현재의 자긍심을 드러내는 공간이다.
④ '풍월강산'은 현재의 어려움을 비판하는, '경춘선'은 미래의 희망을 기원하는 공간이다.
⑤ '풍월강산'은 전통적인 삶의 모습을, '경춘선'은 현대적인 삶의 모습을 드러내는 공간이다.

[026~028] 다음 글을 읽고 물음에 답하시오.

(가) 나무는 자기 몸으로 / 나무이다
자기 온몸으로 나무는 나무가 된다
자기 온몸으로 헐벗고 영하 13도
영하 20도 지상에 / 온몸을 뿌리박고 대가리 쳐들고
무방비의 나목으로 서서 / 두 손 올리고 벌 받는 자세로 서서
아 벌 받은 몸으로, 벌 받는 목숨으로 기립하여, 그러나
이게 아닌데 이게 아닌데
온 혼(魂)으로 애타면서 속으로 몸속으로 불타면서
버티면서 거부하면서 영하에서
영상으로 영상 5도 영상 13도 지상으로
밀고 간다, 막 밀고 올라간다
온몸이 으스러지도록 / 으스러지도록 부르터지면서
터지면서 자기의 뜨거운 혀로 싹을 내밀고
천천히, 서서히, 문득, 푸른 잎이 되고
푸르른 사월 하늘 들이받으면서
나무는 자기의 온몸으로 나무가 된다
아아, 마침내, 끝끝내
꽃 피는 나무는 자기 몸으로
꽃 피는 나무이다

– 황지우, 〈겨울-나무로부터 봄-나무에로〉

(나) 잃어버렸습니다.
무얼 어디다 잃었는지 몰라 / 두 손이 주머니를 더듬어
길에 나아갑니다.

돌과 돌과 돌이 끝없이 연달아 / 길은 돌담을 끼고 갑니다.

담은 쇠문을 굳게 닫아 / 길 위에 긴 그림자를 드리우고

길은 아침에서 저녁으로
저녁에서 아침으로 통했습니다.

돌담을 더듬어 눈물짓다 / 쳐다보면 하늘은 부끄럽게도 푸릅니다.

풀 한 포기 없는 이 길을 걷는 것은
담 저쪽에 내가 남아 있는 까닭이고,

내가 사는 것은, 다만, / 잃은 것을 찾는 까닭입니다.

– 윤동주, 〈길〉

026 ▸ 표현상의 공통점 파악

(가)와 (나)의 공통점으로 가장 적절한 것은?

① 영탄적 표현을 통해 대상에 대한 정서를 드러내고 있다.
② 표면에 드러나 있는 화자가 주제 의식을 드러내고 있다.
③ 4음보의 정형적 운율을 사용하여 리듬감을 드러내고 있다.
④ 사물을 의인화하여 현실에 대한 비판 의식을 드러내고 있다.
⑤ 현재형 표현을 통해 시적 상황을 특징적으로 드러내고 있다.

027 ▸ 작가의 창작 의도 파악

다음은 (가)에 대한 학생의 감상이다. 이를 바탕으로 (가)의 창작 의도를 추론한 내용으로 적절하지 않은 것은?

작가는 이 작품을 통해 '봄이 오면 나무에 잎이 나고 꽃이 핀다.'라는 일반적인 인식에서 벗어나, 나무를 독창적인 시각으로 바라보고 능동적이고 주체적인 삶의 모습을 형상화하려고 한 것 같아. 또한 힘겨운 상황을 극복하고 의지적인 나무로 변화하는 과정을 통해 우리가 지향해야 하는 가치를 보여 주고 있어. 이러한 작가의 창작 의도는 작품의 여러 부분에서 찾아볼 수 있어.

- 나무가 처한 힘겨운 상황을 나타낸 부분
  ⇒ '영하 13도 / 영하 20도 지상에' ······ ①
- 나무의 의지적인 모습을 부각한 부분
  ⇒ '밀고 간다, 막 밀고 올라간다' ······ ②
- 나무가 지향하는 대상을 표현한 부분
  ⇒ '푸르른 사월 하늘 들이받으면서' ······ ③
- 나무가 서서히 변화한다는 인식을 드러낸 부분
  ⇒ '아아, 마침내, 끝끝내' ······ ④
- 나무에 대한 독창적인 시각을 나타낸 부분
  ⇒ '꽃 피는 나무는 자기 몸으로 / 꽃 피는 나무이다' ······ ⑤

028 ▸ 시상 전개 및 시구의 의미 파악

(나)의 시상의 흐름을 다음과 같이 정리했을 때, 적절하지 않은 것은?

시상의 흐름	이해한 내용
시적 상황	• 1연의 '잃어버렸습니다.'는 화자가 처한 문제 상황을 단적으로 드러내고 있군. ······ ① • 2연의 '돌과 돌과 돌이 끝없이 연달아' 있는 길은 화자의 여정이 쉽지 않음을 의미하겠군. ······ ② • 3연의 '쇠문'은 길을 걷는 '나'와 '담 저쪽'의 '내'가 만날 수 있는 가능성을 암시하겠군. ······ ③
상황에서 비롯된 정서	• 5연의 '부끄럽게 푸릅니다.'에는 하늘을 보며 느낀 자신의 모습에 대한 자책의 정서가 담겨 있군. ··· ④
상황에 대한 화자의 대응	• 6연의 '풀 한 포기 없는 이 길'을 계속 걷는 것은 암담한 상황 속에서도 희망을 버리지 않는 화자의 의지를 드러내는 것이겠군. ······ ⑤

[029~031] 다음 글을 읽고 물음에 답하시오.

(가) 매운 계절(季節)의 채찍에 갈겨
마침내 북방(北方)으로 휩쓸려 오다

하늘도 그만 지쳐 끝난 고원(高原)
서릿발 칼날진 그 위에 서다

어데다 무릎을 꿇어야 하나?
한 발 재겨 디딜 곳조차 없다

이러매 눈 감아 생각해 볼밖에
겨울은 강철로 된 무지갠가 보다.

– 이육사, 〈절정〉

(나) 산에는 꽃 피네
꽃이 피네.
갈 봄 여름 없이
꽃이 피네.

산에
산에
피는 꽃은
저만치 혼자서 피어 있네.

산에서 우는 작은 새여,
꽃이 좋아
산에서
사노라네.

산에는 꽃 지네
꽃이 지네.
갈 봄 여름 없이
꽃이 지네.

– 김소월, 〈산유화〉

029 ▸ 표현상의 공통점 파악

(가)와 (나)의 공통점으로 가장 적절한 것은?

① 수미 상관을 통해 화자의 의지를 드러내고 있다.
② 공간의 이동에 따라 화자의 정서가 심화되고 있다.
③ 반어적 표현을 통해 화자의 의도를 강조하고 있다.
④ 동일한 종결 어미를 반복하여 각운을 형성하고 있다.
⑤ 단어의 어순을 바꾸어 시적 긴장감을 조성하고 있다.

030 ▸ 다른 작품과의 비교 감상

〈보기〉는 (가)를 자료로 한 수업의 일부이다. 학생들의 의견으로 적절하지 않은 것은?

<보기>

선생님: 이육사는 일제 강점기에 활동했던 시인으로 일제에 대한 저항 의식을 드러낸 작품을 많이 남긴 것으로 유명한데, (가)와 다음 제시하는 작품 역시 일제 강점기에 대한 작가의 유사한 인식을 담아 내고 있습니다. 그럼 다음 작품의 일부를 (가)와 함께 감상해 볼까요?

지금 눈 내리고
매화 향기(梅花香氣) 홀로 아득하니
내 여기 가난한 노래의 씨를 뿌려라.

– 이육사, 〈광야〉 중에서

① 희라: (가)와 〈광야〉 모두 일제 강점기의 현실을 겨울로 인식하고 있습니다.
② 애라: (가)의 '강철'과 〈광야〉의 '매화 향기'는 상징적인 의미가 서로 유사합니다.
③ 시라: (가)는 〈광야〉와 달리 역설적 표현을 통해 주제 의식을 드러내고 있습니다.
④ 아라: 〈광야〉는 (가)와 달리 명령형 어미를 사용해 화자의 의지를 강조하고 있습니다.
⑤ 보라: 〈광야〉에 드러나 있는 미래에 대한 화자의 인식은 (가)의 4연에 드러나 있습니다.

031 ▸ 외적 준거를 통한 작품 감상

〈보기〉를 참고하여 (나)를 감상한 내용으로 적절하지 않은 것은?

<보기>

〈산유화〉는 다양한 소재를 활용하여 모든 존재가 지니고 있는 근원적 고독감을 노래하고 있다. 또한 이러한 고독감은 일시적인 것이 아니라 끊임없이 순환되는 것이기 때문에, 결국 인간은 그러한 고독한 운명을 담담히 수용해야 한다는 태도를 드러내고 있다.

① '산'은 화자가 존재의 근원적 고독감을 발견하는 공간이라 할 수 있군.

② '저만치'에서 드러나는 꽃과 다른 꽃들 간의 거리감에서 꽃의 고독감을 알 수 있군.

③ '산에서 우는'이란 표현에서 고독감으로 인한 화자의 서글픔을 엿볼 수 있군.

④ '꽃이 좋아 산에서 사'는 작은 새는 존재의 고독감을 이겨 낸 존재로군.

⑤ '갈 봄 여름 없이' 피고 지는 꽃의 모습을 통해 고독한 운명의 순환을 드러내고 있군.

[032~034] 다음 글을 읽고 물음에 답하시오.

(가)

新芻濁酒如湩白	새로 거른 막걸리 젖빛처럼 뿌옇고
大碗麥飯高一尺	㉠큰 사발에 보리밥 높기가 한 자로세.
飯罷取耞登場立	밥 먹자 도리깨 잡고 마당에 나서니
雙肩漆澤翻日赤	검게 탄 두 어깨 햇볕 받아 번쩍이네.
呼邪作聲擧趾齊	㉡옹헤야 소리 내며 발맞추어 두드리니
須臾麥穗都狼藉	삽시간에 보리 낟알 온 마당에 가득하네.
雜歌互答聲轉高	㉢주고받는 노랫가락 점점 높아지는데
但見屋角紛飛麥	보이느니 지붕 위에 보리티끌뿐이로다.
觀其氣色樂莫樂	㉣그 기색 살펴보니 즐겁기 짝이 없어
了不以心爲形役	마음이 몸의 노예 되지 않았네.
樂園樂郊不遠有	㉤낙원이 먼 곳에 있는 게 아닌데
何苦去作風塵客	무엇하러 벼슬길에 헤매고 있으리요.

– 정약용, 〈보리타작(打麥行)〉

(나)

棉布新治雪樣鮮	새로 짜낸 무명이 눈결같이 고왔는데,
黃頭來博吏房錢	이방* 줄 돈이라고 황두*가 빼어 가네.
漏田督稅如星火	누전* 세금 독촉이 성화같이 급하구나,
三月中旬道發船	삼월 중순 세곡선(稅穀船)*이 서울로 떠난다고.

– 정약용, 〈탐진촌요(耽津村謠)〉

* 이방, 황두: 지방 관리.
* 누전: 토지 대장의 기록에서 빠진 토지.
* 세곡선: 조세로 바친 곡식을 실어 나르는 배.

032 ▸ 표현상의 특징 파악

(가)와 (나)에 대한 설명으로 적절하지 않은 것은?

① (가)에서는 대조를 통해 화자의 자기반성을 드러내고 있다.

② (나)에서는 문장의 순서를 도치하여 부정적인 세태를 강조하고 있다.

③ (가)는 (나)와 달리 설의법을 활용하여 화자의 정서를 나타내고 있다.

④ (나)는 (가)와 달리 비유법을 사용하여 화자의 현실 개혁 의지를 드러낸다.

⑤ (가)와 (나) 모두 시적 상황을 구체적으로 묘사하여 사실성을 높이고 있다.

033 ▸ 시구의 의미와 기능 파악

㉠~㉤에 대한 설명으로 적절하지 않은 것은?

① ㉠: 과장법을 통해 농민들의 소박하고 건강한 삶을 드러내고 있다.
② ㉡: 노동요에 맞추어 보리타작하는 농민들의 모습을 드러내고 있다.
③ ㉢: 청각적 심상을 통해 노동의 강도 변화를 드러내고 있다.
④ ㉣: 화자가 농민들과 함께 노동하며 느낀 정서를 드러내고 있다.
⑤ ㉤: 농민들의 삶을 바라보는 화자의 시각을 드러내고 있다.

034 ▸ 외적 준거를 통한 작품 감상

〈보기〉를 바탕으로 (나)를 감상한 내용으로 적절하지 않은 것은?

〈보기〉

다산 정약용이 저술한 《목민심서(牧民心書)》는 목민관, 즉 수령이 지켜야 할 지침을 밝히고 있다. 그중 제3강 봉공(奉公)편 제5조 공납(貢納)*에 따르면 '재물은 백성으로부터 나오며 이것을 수납하는 것은 수령이다. **아전**의 부정을 잘 살핀다면 비록 수령이 관대해도 피해가 없지만, 부정을 살피지 못하면 비록 엄하게 하여도 이익됨이 없을 것이다. **전조(田租)***나 전포(田布)는 국가의 재정에 충당하는 것이다. 넉넉한 집부터 징수하고 아전들이 빼돌리지 않도록 하여야만 기한(飢寒)에 댈 수 있을 것이다. …… 대궐 안에 쓰는 물건을 상납하는 것은 기한을 어기면 또한 사건의 실마리가 생길 것이니 소홀히 해서는 안 된다.'라고 했다.

* 공납: 백성이 그 지방에서 나는 특산물을 조정에 바치던 일.
* 전조: 논밭에 대한 세금.

① (나)의 화자는 백성들을 수탈하는 '아전'을 비판적으로 바라보고 있다.
② 〈보기〉의 다산은 백성들이 내는 '세금'이 국가적으로 중요하다고 여겼을 것이다.
③ 〈보기〉의 다산은 공납 물품을 실어 나르는 '세곡선'이 관리들의 부정을 부추긴다고 비판할 것이다.
④ 〈보기〉의 다산은 백성들에게 엄하게 조세를 징수하기 전에 '황두'의 부정을 먼저 살펴야 한다고 주장할 것이다.
⑤ (나)의 화자는 누전과 같이 세금을 매길 근거가 없는 땅에까지 '전조'를 부과하여 세금을 가로채는 상황을 부정적으로 바라보고 있다.

[035~038] 다음 글을 읽고 물음에 답하시오.

(가) 나의 무덤 앞에는 그 차가운 빗돌을 세우지 말라.
나의 무덤 주위에는 그 노오란 해바라기를 심어 달라.
그리고 해바라기의 긴 줄거리 사이로 끝없는 보리밭을 보여 달라.
노오란 해바라기는 늘 태양같이 태양같이 하던 화려한 나의 사랑이라고 생각하라.
푸른 보리밭 사이로 하늘을 쏘는 ⓐ노고지리가 있거든 아직도 날아오르는 나의 꿈이라고 생각하라.

– 함형수, 〈해바라기의 비명(碑銘) – 청년 화가 L을 위하여〉

(나) 화란춘성(花爛春城)하고 만화방창(萬化方暢)이라. 때 좋다 벗님네야, 산천경개(山川景槪)를 구경을 가세.
㉠죽장망혜(竹杖芒鞋) 단표자(單瓢子)로 천리 강산을 들어를 가니, 만산 홍록(滿山紅綠)들은 일 년 일도(一年一度) 다시 피어 춘색(春色)을 자랑노라 색색이 붉었는데, 창송취죽(蒼松翠竹)은 창창울울(蒼蒼鬱鬱)한데, 기화요초(琪花瑤草) 난만 중(爛漫中)에 꽃 속에 잠든 나비 자취 없이 날아난다.
㉡유상앵비(柳上鶯飛)는 편편금(片片金)이요, 화간접무(花間蝶舞)는 분분설(紛紛雪)이라. 삼춘가절(三春佳節)이 좋을씨고 도화만발 점점홍(桃花滿發點點紅)이로구나. 어주축수 애산춘(漁舟逐水愛山春)이어던 무릉도원(武陵桃源)이 예 아니냐. ㉢양류세지(楊柳細枝) 사사록(絲絲綠)하니, 황산곡리 당춘절(黃山谷裏當春節)에 연명오류(淵明五柳)가 예 아니냐.
제비는 물을 차고, ⓑ기러기 무리져서 거지 중천(居之中天)에 높이 떠서 두 나래 훨씬 펴고, 펄펄펄 백운간(白雲間)에 높이 떠서 천리강산 머나먼 길을 어이 갈꼬 슬피 운다.
㉣원산(遠山)은 첩첩(疊疊) 태산(泰山)은 주춤하여, 기암(奇岩)은 층층(層層), 장송(長松)은 낙락(落落), 에이 구부러져 광풍(狂風)에 흥을 겨워 우줄우줄 춤을 춘다.
층암 절벽상(層岩絕壁上)의 폭포수(瀑布水)는 콸콸, 수정렴(水晶簾) 드리운 듯 이 골 물이 주루루룩, 저 골 물이 쌀쌀, 열의 열 골 물이 한데 합수(合水)하여 천방져 지방져 소쿠라지고 펑퍼져 넌출지고 방울져, 건너 병풍석(屛風石)으로 으르렁 콸콸 흐르는 물결이 은옥(銀玉)같이 흩어지니, 소부(巢父) 허유(許由) 문답하던 기산영수(箕山潁水)가 예 아니냐.
㉤주곡제금(奏穀啼禽)은 천고절(千古節)이요, 적다정조(積多鼎鳥)는 일년풍(一年豊)이라. 일출낙조(日出落照)가 눈앞에 어려라 경개무궁(景槪無窮) 좋을씨고.

– 작자 미상, 〈유산가(遊山歌)〉

035 ▸ 표현상의 특징 파악

(가)에 대한 설명으로 적절하지 않은 것은?

① 시각적 이미지를 통해 주제 의식을 부각하고 있다.
② 반복적 표현을 통해 화자의 정서를 나타내고 있다.
③ 단정적 어조를 통해 화자의 의지를 강조하고 있다.
④ 대상에 감정을 이입하여 화자의 인식을 나타내고 있다.
⑤ 의도적으로 문법 규칙에서 벗어난 표현을 통해 역동성을 강조하고 있다.

036 ▸ 외적 준거를 통한 작품 감상

〈보기〉를 참고하여 (나)를 이해한 반응으로 적절하지 않은 것은?

<보기>

(나)는 조선 후기 서울 지방을 중심으로 불린 잡가의 대표적인 작품으로 전문적인 소리패들이 양반 계층을 상대로 부른 노래라는 특징이 글자의 이중적 표기를 통해 드러나고 있다. 운율 면에서 3·4조, 4·4조의 기본 음수율을 계승하면서도 우리말 표현이 두드러진 부분에서는 파격을 드러낸다는 특징을 지니고 있다. 내용 면에서는 자연의 아름다움에 감탄하고 무릉도원을 예찬하는 모습에서 현실의 어려움을 잊고 자연에 몰입하려는 태도를 살펴볼 수 있는데, 이러한 쾌락 지향적인 태도가 조선 후기의 현실에 대한 인식을 하지 못하게 만들었다고 해석하는 부정적인 시각이 존재하기도 한다.

① '천방져 지방져 소쿠라지고 펑퍼져 넌출지고 방울져'와 같이 우리말 표현이 두드러진 부분에서 기본 음수율이 파괴되는 모습을 볼 수 있군.
② 꽃이 활짝 핀 모습을 '기화요초(琪花瑤草) 난만 중(爛漫中)'이라고 표현한 부분에서 양반 계층을 대상으로 부른 노래라는 점을 알 수 있군.
③ '소부(巢父) 허유(許由) 문답하던 기산영수(箕山潁水)가 예 아니냐.'라는 표현에서 현실과 단절되어 자연을 즐기려는 태도를 엿볼 수 있군.
④ '창송취죽(蒼松翠竹)은 창창울울(蒼蒼鬱鬱)한데'라는 표현에서 조선 후기에 제대로 하늘을 바라볼 수 없었던 부정적 현실의 모습을 드러내고 있군.
⑤ 폭포수가 흘러내리는 모습을 '이 골 물이 주루루룩, 저 골 물이 쏼쏼'이라고 표현한 부분에서 창작 계층인 전문 소리패들이 사용하던 언어의 특성을 살펴볼 수 있군.

037 ▸ 시어의 의미 이해

ⓐ와 ⓑ에 대해 이해한 내용으로 가장 적절한 것은?

① ⓐ와 달리 ⓑ는 화자의 정서를 반영하고 있다.
② ⓑ와 달리 ⓐ는 화자가 관찰하고 있는 대상이다.
③ ⓑ와 달리 ⓐ는 화자가 지향하는 가치를 드러내고 있다.
④ ⓐ와 ⓑ 모두 화자가 겪고 있는 시련과 고난을 나타낸다.
⑤ ⓐ와 ⓑ 모두 화자를 둘러싼 현실을 상징적으로 나타낸다.

038 ▸ 시구의 의미 이해

㉠~㉤에 대한 설명으로 적절하지 않은 것은?

① ㉠은 소박한 태도로 자연을 즐기려는 모습을 나타내고 있다.
② ㉡은 자연물의 모습을 통해 아름다운 봄의 풍경을 나타내고 있다.
③ ㉢은 중국 고사를 인용하여 화려한 경치를 나타내고 있다.
④ ㉣은 의태어를 활용하여 자연의 모습을 실감나게 나타내고 있다.
⑤ ㉤은 새들의 모습을 대조적으로 제시하여 풍년을 기원하는 마음을 나타내고 있다.

[039~041] 다음 글을 읽고 물음에 답하시오.

㉠강호(江湖)에 봄이 드니 미친 흥이 절로 난다
탁료계변(濁醪溪邊)*에 금린어(錦鱗魚) 안주로다
이 몸이 한가해옴도 역군은(亦君恩)이샷다. 〈춘사(春詞)〉

강호에 여름이 드니 초당에 일이 없다
유신(有信)한 강파(江波)는 보내나니 바람이로다
이 몸이 서늘해옴도 역군은이샷다. 〈하사(夏詞)〉

강호에 가을이 드니 고기마다 살져 잇다
소정(小艇)에 그물 실어 흘리 띄워 던져 두고
이 몸이 소일(消日)해옴도 역군은이샷다. 〈추사(秋詞)〉

강호에 겨울이 드니 눈 깊이 자히 남다
삿갓 빗기 쓰고 누역*으로 옷을 삼아
이 몸이 춥지 아니해옴도 역군은이샷다. 〈동사(冬詞)〉

– 맹사성, 〈강호사시가(江湖四時歌)〉

* 탁료계변: 막걸리를 마시며 노는 시냇가.
* 누역: 재래식 우비. '도롱이'의 옛말.

039 ▸ 표현상의 특징 파악

윗글에 대한 설명으로 적절하지 않은 것은?

① 대유법을 통해 주제를 효과적으로 드러내고 있다.
② 일정한 글자 수의 반복을 통해 운율을 형성하고 있다.
③ 구체적인 상황 묘사를 바탕으로 시상을 전개하고 있다.
④ 계절의 흐름에 따라 화자의 정서 변화를 드러내고 있다.
⑤ 동일한 구조의 연을 반복하여 형태적 안정감을 취하고 있다.

040 ▸ 시어의 의미와 기능 파악

윗글의 ㉠과 〈보기〉의 ⓐ를 비교한 것으로 가장 적절한 것은?

〈보기〉

ⓐ강호에 놀자 하니 임금을 저버리겠고
임금을 섬기자 하니 즐거움에 어긋나네
혼자서 기로*에 서서 갈 데 몰라 하노라

– 권호문, 〈한거십팔곡(閑居十八曲)〉

* 기로(岐路): 갈림길.

① ㉠이 화자가 인식을 전환하는 공간이라면, ⓐ는 화자가 현실을 도피하는 공간이다.
② ㉠이 화자가 추구하는 공간이라면, ⓐ는 화자에게 내적 갈등을 일으키는 공간이다.
③ ㉠이 화자가 자아를 성찰하는 공간이라면, ⓐ는 화자가 인식을 전환하는 공간이다.
④ ㉠이 화자에게 내적 갈등을 일으키는 공간이라면, ⓐ는 화자가 만족하는 공간이다.
⑤ ㉠이 화자가 현실을 도피하는 공간이라면, ⓐ는 화자가 자아를 성찰하는 공간이다.

041 ▸ 시적 화자의 정서 파악

윗글의 화자가 불렀음 직한 노래로 가장 적절한 것은?

① 눈 맞아 휘어진 대를 뉘라셔 굽다턴고.
굽을 절(節)이면 눈 속에 푸를쏘냐.
아마도 세한 고절(歲寒孤節)은 너뿐인가 하노라.
② 강산이 좋다 한들 내 분(分)으로 누었나냐.
임금 은혜(恩惠)를 이제 더욱 아노이다.
아무리 갚고자 하여도 해올 일이 업세라.
③ 마음이 어린 후(後)니 하는 일이 다 어리다.
만중운산(萬重雲山)에 어느 임 오리마는,
지는 잎 부는 바람에 행여 긘가 하노라.
④ 동지(冬至)ㅅ달 기나긴 밤을 한 허리를 버혀 내어,
춘풍(春風) 니불 아래 서리서리 너헛다가,
어론님 오신 날 밤이여든 구뷔구뷔 펴리라.
⑤ 이 몸이 주거 주거 일백 번 고쳐 주거,
백골(白骨)이 진토(塵土) 되어 넋이라도 잇고 업고,
임 향한 일편단심(一片丹心)이야 가실 줄이 이시랴.

Ⅱ

산문 문학

STEP 1 기출로 유형 익히기

핵심 유형 1 서술상의 특징과 효과 파악

[042] 다음 글을 읽고 물음에 답하시오.

[앞부분의 줄거리] 시골에서 서울로 올라온 소년 수남이는 전기용품점에서 일을 한다. 수남이는 부지런해서 주위 사람들에게 칭찬을 받고, 자신에게 친절한 주인 영감님을 잘 따른다. 어느 날 영감님의 심부름으로 거래처에 수금을 하던 중, 세워 둔 자전거가 바람에 넘어져 신사의 자동차에 작은 흠집을 내게 되어 수남이는 곤경에 처한다.

"아니 욘석이 이제 보니 이런 큰일 저지르고 그냥 내뺄 심사 아냐? 요런 악질 녀석 같으니라고."

신사의 표정은 은은히 감돌던 연민이 싹 가시고 점잖게 무표정해진다. 그러고는 옆에 섰던 운전사인 듯한 남자에게,

"안 되겠네. 요런 악질 깡패 녀석하고 시비해 봤댔자 공연히 시간만 낭비니, 자네 자물쇠 하나 마련해다 주게. 이 녀석 자전걸 잡아 놓기로 하세. 언제든지 오천 원 가져와서 찾아가라고."

그러고는 주머니에서 오백 원짜리를 한 장 꺼내서 운전사에게 주는 것이었다. 수남이로서는 전혀 예기치 못했던 사태였다. 주머니의 만 원에 대해서만 생각했었지 자전거에 대해선 전혀 생각이 미치지 못했었다.

운전사는 금방 커다란 자물쇠를 하나 사 가지고 왔다. 신사는 다시 네놈은 쳐다보기도 싫다는 듯이 수남이를 전혀 상대 안 하고, 묵묵히 자전거 바퀴에다 자물쇠를 채우고, 앞에 빌딩을 가리키면서,

"나 저기 306호실에 있으니까 돈 오천 원 갖고 와. 그러면 열쇠 내 줄 테니."

〈중략〉

이상한 용기가 솟았다. 수남이는 자전거를 마치 검부러기처럼 가볍게 옆구리에 끼고 질풍같이 달렸다. 정말이지 조금도 안 무거웠다. 타고 달릴 때보다 더 신나게 달렸다. 달리면서 마치 오래 참았던 오줌을 시원스레 내깔기는 듯한 쾌감까지 느꼈다.

주인 영감님은 자전거를 옆에 끼고 질풍처럼 달려온 놈을 눈을 휘둥그렇게 뜨고 바라볼 뿐이었다. 오늘 바람이 세더니만 필시 이 조그만 놈이 바람에 날아왔나, 설마 그럴 리야 없을 텐데 내 눈이 어떻게 된 것인가 그런 눈치였다.

수남이는 너무 숨이 차서 이런 주인 영감님의 궁금증을 시원히 풀어 주지 못하고 한동안 헉헉대기만 한다.

"인마, 말을 해. 무슨 일이야? 네 놈 꼴이 영락없이 도둑놈 꼴이다, 인마."

도둑놈 꼴이라는 소리가 수남이의 가슴에 가시처럼 걸린다. 수남이는 겨우 숨을 가라앉히고 자초지종을 주인 영감님께 고해 바친다. 다 듣고 난 주인 영감님은 무엇이 그리 좋은지 무릎을 치면서 통쾌해한다.

"잘 했다, 잘 했어. 맨날 촌놈인 줄만 알았더니 제법인데, 제법이야."

그러고는 가게에서 쓰는 드라이버와 펜치를 가지고 자전거에 채운 자물쇠를 분해하기 시작한다. 엎드려서 그 짓을 하고 있는 주인 영감님이 수남이의 눈에 흡사 도둑놈 두목 같아 보여 속으로 정이 떨어진다. 주인 영감님 얼굴이 누런 똥빛인 것조차 지금 깨달은 것 같아 속이 메스껍다.

마침내 자물쇠를 깨뜨렸나 보다. 영감님 얼굴에 회심의 미소가 떠오르더니 자유롭게 된 자전거 바퀴를 시험이라도 하려는 듯이 자전거로 골목을 한 바퀴 빙그르르 돌아 들어와서는,

"네 놈 오늘 운 텄다."

그러고는 수남이의 머리를 쓰다듬고 볼과 턱을 두둑한 손으로 귀여운 듯이 감쌌다. 영감님이 기분이 좋을 때면 수남이에 대한 애정의 표시로 으레 그렇게 했었고, 수남이도 그걸 좋아했었다.

그런데 오늘은 싫다. 영감님의 손이 싫다. 그것이 운 트기는커녕 재수 옴 붙었다는 생각이 여전하고, 수남이는 그날 온종일 우울했다. 그러나 자기가 왜 그렇게 우울한지 그걸 차분히 생각할 새도 없는 바쁜 하루였다.

가게 문을 닫고 주인댁에서 날라 온 저녁밥을 먹고 나면 비로소 수남이 혼자만의 시간이다. 꿀 같은 시간이었다. 책을 펴놓고 영어 단어를 찾고, 수학 문제를 풀어 보고, 턱을 괴고 소년답게 감미로운 공상에 잠길 수 있는 그런 시간이었다. 그러나 오늘 수남이는 그게 되지를 않았다. 책을 집어던졌다.

낮에 내가 한 짓은 옳은 짓이었을까? 옳을 것도 없지만 나쁠 것은 또 뭔가. 자가용까지 있는 주제에 나 같은 아이에게 오천 원을 우려 내려고 그렇게 간악하게 굴던 신사를 그 정도 골려 준 것이 뭐가 나쁜가? 그런데도 왜 무섭고 떨렸던가. 그 때의 내 꼴이 어땠으면, 주인 영감님까지 "네 놈 꼴이 꼭 도둑놈 꼴이다."고 하였을까.

그럼 내가 한 짓은 도둑질이었단 말인가. 그럼 나는 도둑질을 하면서 그렇게 기쁨을 느꼈더란 말인가.

수남이는 몸을 부르르 떨면서 낮에 자전거를 갖고 달리면서 맛본 공포와 함께 그 까닭 모를 쾌감을 회상한다.

마치 참았던 오줌을 내깔길 때처럼 무거운 억압이 갑자기 풀리면서 전신이 날아갈 듯이 가벼워지는 그 상쾌한 해방감 — 한 번 맛보면 도저히 잊혀질 것 같지 않은 그 짙은 쾌감, 아아 도둑질하면서도 나는 죄

책감보다는 쾌감을 더 짙게 느꼈던 것이다.

혹시 내 피 속에 도둑놈의 피가 흐르고 있기 때문이 아닐까.

순간 수남이는 방바닥에서 송곳이라도 치솟은 듯이 후닥닥 일어서서 안절부절을 못하고 좁은 방 안을 헤맸다.

– 박완서, 〈자전거 도둑〉

042

윗글의 서술상 특징으로 가장 적절한 것은?

① 작품 속 서술자가 다른 인물을 관찰하여 서술하고 있다.
② 장면마다 서술자를 교체하여 사건을 입체적으로 전달하고 있다.
③ 작품 밖 서술자가 등장인물의 행동에 대해 직접 평가하고 있다.
④ 작품 밖 서술자가 관찰자의 입장에서 사건을 객관적으로 전달하고 있다.
⑤ 작품 밖 서술자가 특정 인물의 행동과 내면 심리를 중심으로 서술하고 있다.

유형 한눈에 정리

서술상의 특징과 효과 파악

소설을 비롯하여 극, 수필 등의 산문은 시에 비해서 함축적이지는 않지만, 다양한 표현 방법을 통해 인물의 심리나 행동, 사건과 배경을 효과적으로 제시한다. 소설은 특정 인물의 이야기를 풀어내거나 사건을 관찰하여 서술하는 갈래이므로 구조나 형식, 서술 방식 등에 따라 주제 의식이나 내용의 전달 효과가 달라질 수 있다. 따라서 소설에서는 서술상의 특징과 관련하여 시점, 서술자, 서술 방식, 문체 등을 살펴봐야 한다.

< 시점 >

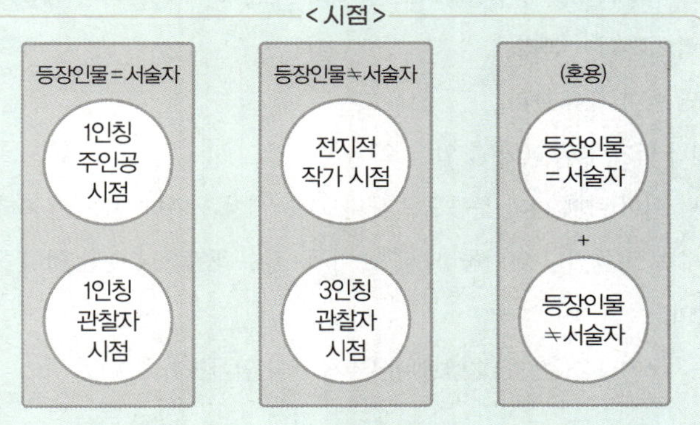

시점은 사건을 관찰하고 전달하는 서술자의 위치나 각도를 일컫는다. 1인칭 시점과 3인칭 시점으로 구분할 수 있으며, 작가가 세상을 바라보는 태도를 드러낸다. 서술 방식에는 인물의 외양이나 행동, 성격을 서술자가 직접 설명하는 직접적 제시 방법과 인물의 대화나 묘사로 장면을 보여 줌으로써 사건을 전개하는 간접적 제시 방법이 있다.

> 그 후, 그는 부모 잃은 땅에 오래 머물기 싫었다. 신의주로, 안동현으로 품을 팔다가, 일본으로 또 돈벌이를 찾아가게 되었다. 구주 탄광에 있어도 보고, 대판 철공장에도 몸을 담아 보았다. 벌이는 조금 나았으나 외롭고 젊은 몸은 자연히 방탕해졌다.
>
> 〈중략〉
>
> "고향에 가시니 반가워하는 사람이 있습디까?"
> "반가워하는 사람이 다 뭐기오, 고향이 통 없어졌더마."
> "그렇겠지요. 구 년 동안이면 퍽 변했겠지요."
> "변하고 뭐고 간에 아무것도 없더마. 집도 없고, 사람도 없고, 개 한 마리도 얼씬을 않더마."
>
> – 현진건, 〈고향〉

▸ 윗글의 앞부분에서는 '그'가 고향을 떠나 떠돌이 생활을 했던 내력을 서술자가 요약적으로 서술하고 있고, 뒷부분에 제시된 인물의 대화는 사건 전개 양상을 간접적으로 드러내고 있다.

핵심 유형 Tip 서술상의 특징과 효과를 파악하는 법!

1. 작품의 서술자와 시점을 파악한다.
2. 서술 방식을 통해 작가의 태도와 관점을 이해한다.
3. 작품의 서술상 특징이 어떠한 주제 의식을 드러내는지 파악한다.

[043] 다음 글을 읽고 물음에 답하시오.

"일이 났소, 일이 났소. 아씨님 일이 났소. 사랑에서 일이 났소. 우리 댁 좌수님이 둘이 되었으니, 보는 바 처음이라. 가중의 이런 변이 세상에 또 있는가."

마누라님 이 말 듣고 대경실색하여,

"애고애고, 이게 웬 말이냐. 너의 좌수님이 중을 보면 결박하고 악한 형벌 무수하고, 불도를 능멸하며 팔십 당년 늙은 모친 박대한 죄 없을소냐. 지신(地神)이 발동하고 부처님이 도술하여 하늘이 주신 죄를 인력으로 어이 하리."

춘단 어미 바삐 불러,

"네가 나가 진위(眞僞)를 알아 오라."

춘단 어미 바삐 나와 문틈으로 내다보니, '네가 옹가다, 내가 옹가다' 하며 서로 호령하니 언어동정 이목구비 두 좌수 똑같으니 춘단 어미 하는 말이,

"수지오지자웅(誰知烏之雌雄)*이라, 게 뉘라 알아볼까."

〈중략〉

마누라님 이 말 듣고 변색하여 하는 말이,

"우리 둘이 만날 적에 여필종부 본을 받아 서산에 지는 해를 긴 노로 잡아매고, 살아서 이별 말고 죽어도 한날 죽자 천지로 맹세하고 일월로 증인(證人)터니, 의외에 변이 있으니 꿈이냐 생시냐. 이 일이 웬일인가. 도덕 높은 공부자도 양호의 얼을 입었다가 도로 놓여 성인(聖人) 되었으니, 자고로 성인네도 일시곤액 있거니와, 우리 집에 이런 변이 또 있을까. 내 행실 가지기를 송백같이 굳은 마음 두 낭군이 무삼일꼬."

이같이 자탄할 제 며늘아기 여쭈오되,

"집안의 변을 보매 무슨 체모 있으리까."

사랑문을 열고 들어가니 허옹가 나앉으며,

"아가, 자세히 들어 보아라. 창원 마산포에서 너희 신행하여 올 제, 기마 10여 필에 온갖 기물 실어 두고, 나는 후배하여 따라올 제 상사마 한 필 뒤동걸어 실은 것이 모두 다 파삭파삭 절단나서, 놋동이 한 복판이 떨어져서 쓰지 못하고 벽장에 넣었으니 그도 또한 헛말이냐. 너의 애비는 나로다."

실옹가 나앉으며,

"애고 저놈 보소. 내가 할 말 제가 하네. 애고애고 이 일을 어찌하랴. 새아가, 내 얼굴 자세히 보아라. 네 시아비는 내가 아니냐."

며느리 여쭈오되,

"우리 아버님은 두상에 금이 있고 금 가운데 백발이 있사오니 그 표를 보사이다."

실옹가 나앉으며 머리를 풀고 표를 뵈니, 이 대가리 딴딴하여 송곳으로 찔러도 물 한 점 아니 날레라. 허옹가 나앉으며 요술 부려 흰 털을 빼어다가 저의 머리 붙이니, 실옹가의 표는 쓸데없고 허옹가의 표가 분명하다.

"며늘아가, 내 머리 자세히 보아라."

하니, 며느리 나앉으며,

"예, 우리 시아버님이오."

하니, 실옹가 갖은 복통(腹痛)하여 머리를 와득와득 두드리며 하는 말이,

"애고애고, 허옹가는 제 애비 삼고, 실옹가는 구박하네. 기막혀 나 죽겠네. 내 마음 설운 원정 눌더러 하여 볼까."

[중략 부분의 줄거리] 결국 실옹가와 허옹가는 동헌에 가서 사또의 판정을 받는다. 이 과정에서 가짜로 판정된 실옹가는 집에서 쫓겨나 방황을 하다가 산속에서 도사를 만난다.

실옹가 듣기를 다하여, 천방지방 도사 앞에 급히 나아가 합장 배례하며 공손히 하는 말이,

"이놈의 죄를 생각하면 천사(千死)라도 무석(無惜)이요 만사라도 무석이나, 명령하신 도덕하에 제발 살려 주오. 당상의 늙은 모친, 규중의 어린 처자 다시 보게 하옵소서. 원견지 하온 후는 돌아가도 여한이 없을까 하나이다. 제발 살려 주옵소서."

만단으로 애걸하니 도사 하는 말이,

"천지간에 몹쓸 놈아, 인제도 팔십 당년 늙은 모친 냉돌방에 구박할까, 불도를 능멸할까, 너 같은 몹쓸 놈은 응당 죽일 것이로되, 정상이 가긍하고 너의 처자 불쌍한고로 방송(放送)하나니, 돌아가서 개과천선하라."

하며, 부적을 써 주며 가로되,

"이 부적을 몸에 붙이고 네 집에 돌아가면 괴이한 일이 있으리라."하고 인홀불견 간데없거늘, 실옹이 질거 돌아와서 제집 문전 다다르니, 고루거각 높은 집에 청풍명월 맑은 경은 옛 놀던 풍경이라. 담장 안에 홍련화는 나를 보고 반기는 듯, 영산홍아 잘 있더냐, 자산홍아 무사하냐. 옛일을 생각하니 각금시이작비*로 옛집을 다시 찾아오니 죽을 마음 전혀 없다.

"가소롭다 허옹가야, 이제도 네가 옹가라 장담할까?"

하며 들어가니, 마누라 이 거동을 보고 심히 대경실색하여 하는 말이,

"애고애고 좌수님, 저놈 천살 맞았는지 또 와서 지랄하고 들어오니, 이 일을 어찌하리까."

이러할 즈음에 방에 있던 옹가 간데없고 짚 한 묶음이 놓여 있고, 허옹가의 자식들도 문득 허수아비 되니, 가중제인이 박장대소하더라.

좌수가 부인보고 하는 말이,

"마누라 그새 허수아비 자식을 저렇듯 무수히 낳았으니, 그놈과 한가지로 얼마나 좋아하였는가, 한상에 밥도 먹었는가?"

부인이 어처구니없어 묵묵부답하고 방 안에 돌아다니며 허옹가의 자식 살펴보니, 이리 보아도 허수아비, 저리 보아도 허수아비 떼가 분명하다. 부인이 일변은 반갑고 일변은 부끄러워하더라.

도사의 술법을 탄복하여, 옹좌수 모친께 효성하고, 불도를 공경하여 개과천선하니 그 어짊을 칭찬하더라.

– 작자 미상, 〈옹고집전〉

* 수지오지자웅: 누가 까마귀의 암컷과 수컷을 구별할 수 있으랴는 뜻.
* 각금시이작비: 이제는 옳고 지난날은 그릇되었음을 깨달았다는 뜻.

043

윗글에 대한 설명으로 적절하지 않은 것은?

① 인물 간의 대화를 중심으로 사건이 전개된다.
② 인물의 과장된 행동을 통해 웃음을 유발한다.
③ 새로운 사건을 도입하면서 서술자를 교체한다.
④ 서술자의 목소리가 작중 상황에 직접 드러난다.
⑤ 비현실적인 상황을 설정하여 전기성이 드러난다.

기출이 주목한 개념

042 – ❶ ▸▸▸ 서술자

소설의 내용을 독자에게 효과적으로 전달하기 위해 작가가 만든 허구적 대리인. 서술자의 위치(작품 내부 · 외부)와 태도에 따라 시점과 태도가 나누어진다.

서술자의 위치	내부 서술자	등장인물 중 하나인 '나' – 1인칭
	외부 서술자	등장인물이 아닌 제3자(작가) – 3인칭
서술 대상에 대한 태도	객관적 태도	보고 들은 것을 그대로 서술함.
	주관적 태도	대상에 주관적으로 개입하여 심리나 상황을 설명함.

042 – ❷ / 043 – ❸ ▸▸▸ 서술자 교체

교체는 '사람이나 사물을 다른 사람이나 사물로 대신 함.'이라는 뜻이다. 여러 명의 서술자가 번갈아 가며 또는 차례로 등장할 때 '서술자의 교체'가 이루어졌다고 말할 수 있다.

042 – ❹ ▸▸▸ 관찰자

'관찰자'는 사물이나 현상을 주의하여 자세히 살펴보는 사람을 말한다. 소설에서 서술자가 관찰자의 입장에서 사건을 전달한다는 것은 작가 관찰자 시점이나 1인칭 관찰자 시점으로 서술하고 있음을 의미한다. 특히 객관적인 태도가 드러나는 것은 서술자가 소설 밖 관찰자의 위치에서 소설 속 등장인물과 세계를 관찰하고 관찰한 내용을 그대로 서술하는 시점인 작가 관찰자 시점이다. 이때 서술자는 등장인물의 내면이나 사건의 전말이 아니라 관찰 가능한 사실이나 확실히 드러나는 인물의 말과 행동, 주변 배경만 전달할 뿐이므로 객관성이 높다.

043 – ❺ ▸▸▸ 전기성

현실 세계에서 나타나기 어려운 비현실적인 요소가 작품 속에 등장하는 것을 가리킨다. 사건의 전개나 해결이 인과 관계에 의해 뒷받침되는 것이 아니라 우연성이나 전기성에 의해 이루어지는 것이 고전 소설의 특징이다.

핵심 유형 2 인물의 성격과 심리 추리

[044] 다음 글을 읽고 물음에 답하시오.

[앞부분의 줄거리] 신문 기자인 '나'는 어떤 줄광대에 관한 기사를 취재하기 위해 C읍으로 간다. 그곳에서 만난, 트럼펫을 불던 사내는 나에게 '허 노인'과 '운'에 대한 이야기를 들려준다.

허 노인이 줄을 타는 모습은 정말 아름다웠다. 천장 포장을 걷어 젖히고 넓은 밤하늘을 배경으로 허 노인은 흰 옷에 조명을 받으며 줄을 건너는 것이었는데, 발을 움직이는 것 같지도 않게 그냥 흘러가듯 조용히 줄을 건너가는 노인의 모습은 유령 같기도 하고, 어떤 때는 그냥 땅 위에서 하품을 하고 있는 것 같기도 했다. 이상한 것은 그렇게 줄을 타는 허 노인이었지만 줄에서 내려오면 그의 온몸은 언제나 땀에 흠뻑 젖어 있곤 했던 것이다. 그리고 단장은 그런 허 노인의 줄타기를 몹시도 싫어했다.

— 구경꾼 놈들의 간덩이를 덜컹덜컹 놀라게 해 주란 말야. 재주를 좀 부려, 재주를.

단장은 허 노인을 매번 나무랐다. 허 노인은 얼굴이 파랗게 질려서 대꾸도 못 하고 땀만 뻘뻘 흘리다간 단장 앞을 물러나오곤 했었다. 그러나 그 다음날도 허 노인은 여전히 전처럼 줄을 타는 것이었다. 운은 누가 뭐래도 허 노인이 그렇게 줄을 타는 것이 좋았고, 자기도 그렇게 줄을 탈 수 있기를 바랐다. 그러던 어느 날 밤, 줄 위에서 그렇게 유연하던 노인의 발길이 한 번 변을 일으켰다. 딱 한 번 노인의 발길이 가볍게 허공을 차는 듯한 동작을 하더니 줄이 잠시 상하 반동을 했다. 허 노인은 가만히 몸을 지탱하고 있다가 곧 다시 줄을 건너갔다. 누구도 그것을 실수로 생각한 사람은 없었다. 객석에 눈을 두고 있던 단장은 거기서 일어나는 무의식적인 함성에 놀라 하늘을 쳐다보았으나 줄이 상하로 조금씩 움직이는 것밖에 무슨 일이 일어났는지조차 알 수 없었던 것이다.

"허 노인이 줄을 잘 탔다고 하는 것은 운의 생각입니까, 혹은 노인의 생각입니까?"

나는 트럼펫의 사내가 숨을 좀 돌리게 하기 위하여 이야기로 뛰어들었다. 사내는 한마디 말을 하기 위해서 거의 한 번씩 숨을 들이쉬었다.

"그건 물론 운의 생각이었습니다."

"그럼 이상하지 않습니까, 노인께서 운의 생각을 말씀하신다는 것은?"

"그렇지요. 하지만 이렇게 누워서 많이 생각을 했지요. 그리고 운은 나와 나이가 가장 가까웠으니까 제가 그의 심중을 비교적 많이 이해하는 편이었고, 그도 제게만은 조금씩 얘기를 할 때가 있었습니다. 그리고 저는 그때 벌써 나팔장이가 다 되었으니까 웬만큼 나팔을 불어 주고 남은 시간을 대개 그 부자가 지내는 뒷마당에서 보냈었지요. 그런데 말입니다. 그러니까 허 노인이 한 번 발을 헛디뎠던 다음날이었지요. 마침 그날도 나는 운이 줄타기 연습을 하는 것을 보고 있었는데 이상하게도, 그날은 허 노인이 아들의 줄타기를 보면서 땀을 뻘뻘 흘리고 있었습니다. 나는 줄 위에 있는 운이 아니라 무섭도록 줄을 쏘아보고 있는 노인의 눈과 땀이 송송 솟고 있는 이마를 보고 있었습니다. 그런데 ㉠<u>노인은 갑자기 '이놈아!' 하고 벽력같은 소리를 지르면서 줄 밑으로 내닫는 것</u>이 아니겠습니까. 그때야 나는 줄 위를 쳐다보았지요. 그런데 운은 그 소리를 듣지 못한 채 그냥 줄을 건너가고 있었습니다.

— 이놈…… 너는 이 아비의 말도 듣지 않느냐?

운이 줄을 내려왔을 때 노인이 호령을 했으나, 그는 역시 어리둥절해 있기만 했어요. 내가 놀란 것은 그때 허 노인이 빙그레 웃었다는 것입니다. 그리고 부자는 그 길로 곧 함께 주막 술집을 찾아 들어갔습니다."

사내의 이야기는 다시 계속되었다.

그날 주막에서 허 노인은 운에게 술잔을 따라 주고, 그날 밤으로 운을 줄로 오르라고 했다.

— 줄 끝이 멀리 보여서는 더욱 안 되지만, 가깝고 넓어 보여서도 안 되는 법이다. 그 줄이라는 것이 눈에서 아주 사라져 버리고, 줄에만 올라서면 거기만의 자유로운 세상이 있어야 하는 게야. 제일 위험한 것은 눈과 귀가 열리는 것이다. 줄에서는 눈이 없어야 하고 귀가 열리지 않아야 하고 생각이 땅에 머무르지 않아야 한단 말이다.

노인은 조용조용 당부를 했다. 그 한마디 한마디는 마치 노인의 일생을 몇 개로 잘라서 압축해 놓은 듯한 무게와 힘과, 그리고 알 수 없는 깊이를 지니고 있었다. 자기의 전 생애를 운에게 떠넘겨주려는 듯한 안간힘이 거기에는 있는 것 같았다. 운은 비로소 허 노인이 끝끝내 줄타기 자세를 바꾸지 못하는 내력을 알 것 같았다.

— 아버지, 이젠 줄을 그만두시고 좀 쉬십시오.

운이 말했으나 노인은 조용히 머리를 가로저었다.

— 줄에서 내 발바닥의 기력이 다했다고 다른 곳을 밟고 살겠느냐? 같이 타자.

그날 밤, 줄에는 두 사람이 함께 올라섰다. 운이 앞을 서고 허 노인이 뒤를 따랐다. 운이 줄을 다 건넜을 때는 객석이 뒤숭숭하니 난장판이 되어 있었다. 뒤를 따르던 허 노인이 줄에서 떨어져 이미 운명을 하고 만 뒤였다.

– 이청준, 〈줄〉

044

㉠에 대한 설명으로 가장 적절한 것은?

① 운의 귀가 열리지 않았는지 시험하기 위한 행동이군.
② 운의 생각이 땅에 머물고 있음을 한탄하는 행동이군.
③ 운의 잘못된 줄타기 자세를 바로잡으려고 하는 행동이군.
④ 운의 줄타기가 높은 경지에 도달한 것을 기뻐하는 행동이군.
⑤ 운이 자신의 가르침을 귀담아 듣지 않는 것을 질책하기 위한 행동이군.

유형 한눈에 정리

서술상의 특징과 효과 파악

인물은 작품 속에 등장하는 사람이다. 각 인물들은 작품 속에서 유기적인 관계를 맺고 특정한 사건을 계기로 갈등을 빚거나 협력 관계에 놓이기도 하는데, 이를 이해하기 위해서는 인물의 성격과 상황 속 심리를 파악하는 것이 중요하다. 작가는 인물의 성격을 드러낼 때, '직접 제시(설명적 제시) 방법'을 택하기도 하고, '간접 제시(장면적 제시) 방법'을 사용하기도 한다.

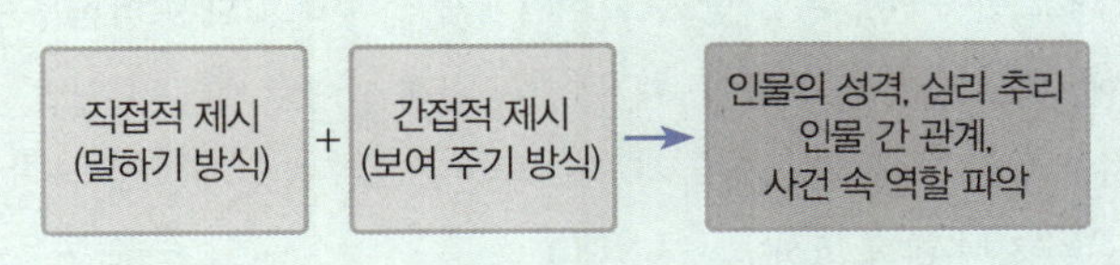

시점은 사건을 관찰하고 전달하는 서술자의 위치나 각도를 일컫는다. 1인칭 시점과 3인칭 시점으로 구분할 수 있으며, 작가가 세상을 바라보는 태도를 드러낸다. 서술 방식에는 인물의 외양이나 행동, 성격을 서술자가 직접 설명하는 직접적 제시 방법과 인물의 대화나 묘사로 장면을 보여 줌으로써 사건을 전개하는 간접적 제시 방법이 있다.

> "백선군이 왔으니, 이 칼이 빠지면 원수를 갚아 낭자의 원혼을 위로하리라."
> 하고 몸에서 칼을 빼니, 칼이 문득 빠지며, 그 구멍에서 파랑새 한 마리가 나오며,
> "매월이다. 매월이다. 매월이다." / 세 번 울고 날아갔다.
> 다시 파랑새가 한 마리가 또 나오며, / "매월이다. 매월이다. 매월이다." / 세 번 울고 날아갔다. 그제야 선군이 시비 매월의 소행인 줄 알고, 화를 이기지 못하여 급히 밖에 나와 형구를 벌이고 모든 노복을 차례로 신문하였다. 간악한 매월이 매를 견디지 못하여 승복하여 울며 가로되,
> "상공께서 숙영낭자를 의심하시기로 제가 마침 원통한 마음이 있던 차에 때를 타서 감히 간계를 행하였으니, 함께 일을 꾸민 놈은 돌이로소이다."
>
> – 작자 미상, 〈숙영낭자전〉

▸ 윗글에 등장하는 '매월'의 성격과 심리를 추리하여 사건과의 관계를 파악할 수 있어야 한다. 먼저 윗글의 주요한 사건은 숙영낭자가 억울한 누명을 쓰고 칼에 찔려 죽음을 맞이한 이후에 백선군이 매월을 벌하여 자백을 받는 것이다. 여기서 핵심 인물인 매월은 숙영낭자가 누명을 쓰도록 간계를 꾸민 인물이다. 즉, 매월은 주인공과 대립하는 반동 인물로서 자신의 원통함 때문에 이러한 간계를 꾸몄다는 사실을 인물 간의 대화를 통해 알 수 있다. 또한 매월이 돌이와 함께 꾸민 일은 상공의 집안에 갈등을 초래하여 작품의 사건 전개를 절정에 이르게 하는 역할을 한다.

핵심 유형 Tip 인물의 성격과 심리를 파악하는 법!

1. 작품 속 서술이나 인물의 대화나 행동을 바탕으로 성격을 파악한다.
2. 사건 전개 속에 드러나는 인물 간의 관계를 파악한다.
3. 인물 간의 갈등 양상을 파악하여 각 상황에서의 심리를 추리한다.

[045] 다음 글을 읽고 물음에 답하시오.

[앞부분의 줄거리] 군관 직책의 배 비장은 제주 목사가 벌인 잔치에 자신은 여색을 멀리한다며 참석하지 않는다. 이에 제주 목사는 기생 애랑을 시켜 배 비장을 유혹하게 하고, 애랑은 자신에게 반한 배 비장에게 삼경에 집으로 오라는 편지를 보낸다.

강호에 병이 들어 덧없이 죽겠더니, 낭자 회답이 반갑도다. 삼경에 기약 두고, 해 지기만 바라더니, 석양이 다 저물어 간다. 방자 입시(入侍) 보내고 빈방 안에 문을 닫고 그 여자에게 잘 뵈려고 다시 의관을 차릴 적에, 외올 망건 정주 탕건, 쾌자, 전립 관대 띠에 동개*를 차 제법 그럴싸하고 빈방 안에 혼자 우뚝 서서 도깨비 들린 듯이 혼잣말로 두런거리며 연습 삼아 하는 말이,

"가만가만 걸어가서 여자 문 앞에 들어서며 기침 한 번을 가만히 하면 그 여인이 기척 채고 문을 펄쩍 열것다. 걸음을 한번 팔자걸음으로 이렇게 걸어 들어가, 옛말에 이르기를, '수인사(修人事) 대천명(待天命)이라.' 하니, ㉠여자에게 한번 이렇게 군대의 예절로 뵈렸다."

한창 이리 연습할 제, 방자 놈이 뜻밖에 문을 펄쩍 열며,

"나리, 무엇하오?"

배 비장 깜짝 놀라,

"너 벌써 왔느냐?"

"예, 군례 전에 대령하였소."

"㉡이놈, 내 깜짝 놀라 바로 땀이 난다."

하며 동개한 채로 썩 나서니, 달이 진 산에 까마귀 울고, 고기잡이 불빛이 물에 비친다. 앞개울에 있던 사람은 돌아가고, 봄바람에 학이 운다.

"앞서 기약 맺은 낭자, 이 밤중에 어서 찾아가자."

거들거려 가려 할 제 방자 놈 이른 말이,

"나으리, 생각이 전혀 없소. 밤중에 유부녀 희롱 가오면서 비단 옷 입고 저리 하고 가다가는 될 일도 안 될 것이니, 그 의관 다 벗으시오."

"벗으면 초라하지 않겠느냐?"

"초라하거든 가지 마옵시다."

"이 얘야, 요란히 굴지 마라. 내 벗으마."

활짝 벗고 알몸으로 서서,

"어떠하냐?"

"그것이 참 좋소마는, 누가 보면 한라산 매 사냥꾼으로 알겠소. 제주 인물 복색으로 차리시오."

"제주 인물 복색은 어떤 것이냐?"

"개가죽 두루마기에 노펑거지*를 쓰시오."

"그것은 너무 초라하구나."

"초라하거든 그만두시오."

"말인즉 그러하단 말이다. 개가죽이 아니라, 도야지가죽이라도 내 입으마."

하더니, 구록피(狗鹿皮) 두루마기에 노펑거지를 쓰고 나서서 앞뒤를 살펴보며,

"이 애야, 범이 보면 개로 알겠다. 군기총(軍器銃) 하나만 내어 들고 가자."

"무섭거든 가지 마옵시다."

"이 애야, 그러하단 말이냐? 네 성정 그러한 줄 몰랐구나. ㉢정 못 갈 터이면, 내 업고라도 가마."

배 비장이 뒤따라가며 하는 말이,

"기약 둔 사랑하는 여자, 어서 가 반겨 보자."

서쪽으로 낸 대나무로 엮은 창 돌아들어, 동쪽에 있는 소나무로 만든 댓돌에 다다르니, 북쪽 창에 밝게 켠 등불 하나만이 외로이 섰는데, 밤은 깊은 삼경이라. 높은 담 구멍 찾아가서 방자 먼저 기어들며,

"쉬, 나리 잘못하다가는 일 날 것이니, 두 발을 한데 모아 요령 있게 들이미시오."

배 비장이 방자 말을 옳게 듣고 두 발을 모아 들이민다. 방자 놈이 안에서 배 비장의 두 발목을 모아 쥐고 힘껏 잡아당기니, 부른 배가 딱 걸려서 들도 나도 아니하는구나. 배 비장 두 눈을 희게 뜨고 이를 갈며,

"좀 놓아다고!" / 하면서, 죽어도 문자(文字)는 쓰던 것이었다.

"포복불입(飽腹不入)하니 출분이기사(出糞而幾死)로다*."

방자가 안에서 웃으며 탁 놓으니, 배 비장이 곤두박질하였다가 일어나 앉으며 하는 말이,

"매사가 순리로 아니 되니 큰 낭패로다. 산모의 해산법으로 말하여도 아이를 머리부터 낳아야 순산이라 하니, 내 상투를 들이밀 것이니 잘 잡아당겨라."

방자 놈이 배 비장의 상투를 노펑거지 쓴 채 왈칵 잡아당기니, 아무리 하여도 나은 줄 모르겠다. 죽을 고비에서 살아났으니, 목숨은 원래 하늘에 달렸음이라. 뻥 하고 들어가니 배 비장이 아프단 말도 못 하고,

"㉣어허, 아마도 내 등에는 꼰질곤자판*을 놓았나 보다."

〈중략〉

배 비장이 한편 좋기도 하고 한편 조심도 되어, 가만가만 자취 없이 들어가서 이리 기웃 저리 기웃 문 앞에 가서 사뿐사뿐 손가락에 침을 발라 문 구멍을 배비작 배비작 뚫고 한 눈으로 들여다보니, 깊은 밤 등불 아래 앉은 저 여인, 나이 겨우 이팔의 고운 태도라, 켜 놓은 등불이 밝다 한들 너를 보니 어두운 듯, 피는 복숭아꽃이 곱다 하되 너를 보니 무색한 듯, 저 여인 거동 보소 김해 간죽 백통관에 삼등초를 서뿐 담아 청동 화로 백탄 불에 사뿐 질러 빨아낸다. 향기로운 담배 연기가 한 오라기 보랏빛으로 피어나니 붉은 안개 피어 돋는 듯, 한 오리 두 오리 풍기어서 창 구멍으로 돌아 나온다. 배 비장이 그 담뱃내를 손으로 움키어 먹다가 생 담뱃내가 콧구멍으로 들어가서 재채기 한 번을 악칵 하니, 저 여인이 놀라는 체하고 문을 펄쩍 열뜨리고,

"도적이야."

소리 하니, 배 비장이 엉겁결에,

"문안드리오."

저 여인이 보다가 하는 말이,

"ⓜ호랑이를 그리다가 솜씨 서툴러서 강아지를 그림이로고, 아마도 뉘 집 미친개가 길 잘못 들어 왔나 보다."

인두판으로 한 번 지끈 치니 배 비장이 하는 말이,

"나는 개가 아니오."

"그러면 무엇이냐?"

"배 걸덕쇠요."

– 작자 미상, 〈배 비장전(裵裨將傳)〉

* 동개: 활과 화살을 찬 주머니.
* 노펑거지: 노끈으로 만든 벙거지.
* 포복불입(飽腹不入)하니 출분이기사(出糞而幾死)로다.: 배가 불러 들어갈 수 없으니 똥이 나와 죽겠구나.
* 꼰질곤자판: 고누판. '고누'는 장기와 비슷한 옛날의 놀이.

045

㉠~㉤에 대한 설명으로 적절하지 않은 것은?

① ㉠: 애랑의 환심을 사기 위해 노력을 하고 있는 배 비장의 모습이 나타나 있다.
② ㉡: 방자에게 자신의 행동을 들켰을까 봐 당황하는 배 비장의 태도가 나타나 있다.
③ ㉢: 애랑을 만나고 싶어 하는 배 비장의 간절한 마음이 나타나 있다.
④ ㉣: 방자에 대한 불만을 노골적*으로 드러내는 배 비장의 모습이 나타나 있다.
⑤ ㉤: 배 비장의 정체를 알고도 짐짓 모른 체하는 애랑의 태도가 나타나 있다.

기출이 주목한 개념

045 – ④ ⋯ 노골적

숨김없이 모두를 있는 그대로 드러내는 것

⊕ 플러스 개념 ⋯ 갈등의 유형 / 인물의 성격 제시 방법

*** 내적 갈등**
한 인물의 내면에서 일어나는 대립적 심리 상태. 상반되는 두 심리의 충돌로 발생하며 인물의 마음속에서 일어나는 불안감, 고민, 방황 등의 모습으로 제시된다.

*** 외적 갈등**
인물과 외부 세계와의 대립으로 발생하는 갈등을 말하며, 갈등 유발 대상에 따라 인물과 인물의 갈등, 인물과 사회의 갈등, 인물과 자연의 갈등, 인물과 운명의 갈등으로 나누어 볼 수 있다. '인물과 인물의 갈등'은 인물 사이의 가치관, 성격, 욕구, 이해관계, 정치 · 문화적 견해 등의 차이로 발생하는 갈등이고, '인물과 사회의 갈등'은 인물이 사회적 배경 속에서 제도나 윤리, 경제, 이념 등의 문제로 겪게 되는 갈등이며, '인물과 자연의 갈등'은 인물이 자신이 처한 자연환경과 부딪쳐 싸우며 겪게 되는 갈등이고, '인물과 운명의 갈등'은 인물이 타고난 운명에 저항하는 과정에서 겪게 되는 갈등으로 대부분의 인물이 운명에 패배하거나 순응하는 내용으로 끝나게 된다.

*** 인물의 성격 제시 방법 ❶ – 직접 제시**
인물의 성격을 직접적으로 제시하는 방식. 분석적 제시, 말하기(telling)라고 한다. 서술자가 인물의 성격을 직접 설명해 주는 방식으로, 내용 파악이 쉽고 작가의 의도를 드러내기에 좋으나 독자의 상상력을 제한한다.

*** 인물의 성격 제시 방법 ❷ – 간접 제시**
서술자가 인물의 성격을 행동이나 대화 등을 통해 간접적으로 제시하는 방식을 간접 제시, 극적 제시, 보여주기(showing)라고 한다. 인물의 행동이나 대화 등을 통해서 인물의 성격을 독자가 스스로 판단해야 하고 생동감을 느낄 수 있다.

핵심 유형 3 배경과 소재 파악

[046] 다음 글을 읽고 물음에 답하시오.

"아이고 형님 오셔요."

아내의 인사하는 소리가 들리더니 처형이 계집 하인에게 무엇을 들리고 들어온다. 나도 반갑게 인사를 하였다.

"그날 매우 욕을 보셨지요? "못 잡숫는 술을 무슨 짝에 그렇게 잡수셔요."

그는 이런 인사를 하다가 급작스럽게 계집 하인이 든 것을 앗더니 그 속에서 신문지로 싼 것을 끄집어내어 아내를 주며

"내 신 사는데 네 신도 한 켤레 샀다. 그날 청목당혜*를……."

말을 하려다가 나를 곁눈으로 흘끗 보고 그만 입을 닫친다.

"그것을 왜 또 사셨어요."

해쓱한 얼굴에 꽃물을 들이며 아내가 치사*하는 것도 들은 체 만 체하고 처형은 또 이야기를 시작한다.

"올 적에 사랑양반을 졸라서 돈 백 원을 얻었겠지. 그래서 오늘 종로에 나와서 옷감도 바꾸고 신도 사고……."

그는 자랑과 기쁨의 빛이 얼굴에 퍼지며 싼 보를 끌러

"이런 것이야."

하고 우리 앞에 펼쳐 놓는다.

〈중략〉

"그래도 옷감 바꿀 돈을 주었으니 기다리는 것이 애처롭기는 하겠지."

밉살스러우니 추근추근하니 하여도 물질의 만족만 얻으면 그것으로 위로하고 기뻐하는 그의 생활이 참 가련하다 하였다.

"참, 그런가 보아요."

아내도 웃으며 내 말을 받는다. 이때에 처형이 사 준 신이 그의 눈에 띄었는지 (혹은 나를 꺼려, 보고 싶은 것을 참았는지 모르나) 그것을 집어 들고 조심조심 펴 보려다가 말고 머뭇머뭇한다. 그 속에 그를 해롭게 할 무슨 위험품이나 든 것 같이.

"어서 펴 보구려."

아내가 하도 머뭇머뭇하기로 보다 못하여 내가 재촉을 하였다.

아내는 이 말을 듣더니

'작히 좋으랴.'

하는 듯이 활발하게 싼 신문지를 헤친다.

"퍽 이쁜 걸요."

그는 근일에 드문 기쁜 소리를 치며 방바닥 위에 사뿐 내려놓고 버선을 당기며 곱게 신어 본다.

"어쩌면 이렇게 맞어요!"

연해연방 감탄사를 부르짖는 그의 얼굴에 흔연한 희색이 넘쳐흐른다.

"……."

묵묵히 아내의 기뻐하는 양을 보고 있는 나는 또다시

'여자란 할 수 없어.'

하는 생각이 들며

'조심하였을 따름이다.'

하매 밤빛 같은 검은 그림자가 가슴을 어둡게 하였다. 그러면 아까 처형의 옷감을 볼 적에도 물론 마음속으로는 부러워하였을 것이다. 다만 표면에 드러내지 않았을 따름이다. 겨우, '어서 펴 보구려.' 하는 한마디에 가슴에 숨겼던 생각을 속임 없이 나타내는구나 하였다.

내가 무엇을 생각하고 있는지 저는 모르고, 새 신 신은 발을 조금 쳐들며,

"신 모양이 어때요."

"매우 이뻐!"

겉으로는 좋은 듯이 대답을 하였으나 마음은 쓸쓸하였다. 내가 제게 신 한 켤레를 사 주지 못하여 남에게 얻은 것으로 만족하고 기뻐하는도다.

웬일인지 이번에는 그만 불쾌한 생각이 일어나지 아니하였다. 처형이 동서(同壻)를 밉다거니 무엇이니 하면서도 기차를 놓치면 남편이 기다릴까 염려하여 급히 가던 것이 생각난다. 그것을 미루어 아내의 심사도 알 수가 있다. 부득이한 경우라 하릴없이 정신적 행복에만 만족하려고 애를 쓰지마는 기실(其實) 부족한 것이다. 다만 참을 따름이다. 그것은 내가 생각해야 된다. 이런 생각을 하니 전날 아내에게 그런 말을 한 것이 후회가 난다.

'어느 때라도 제 은공을 갚아 줄 날이 있겠지!'

나는 마음을 좀 너그럽게 먹고 이런 생각을 하며 아내를 보았다.

"나도 어서 출세를 하여 비단신 한 켤레쯤은 사 주게 되었으면 좋으련만……."

아내가 이런 말을 듣기는 참 처음이다.

"네에?"

아내는 제 귀를 못 미더워하는 듯이 의아한 눈으로 나를 보더니, 얼굴에 살짝 열기가 오르며

"얼마 안 되어 그렇게 될 것이야요!"

라고 힘 있게 말하였다.

"정말 그럴 것 같소?"

나는 약간 흥분하여 반문하였다.

"그러먼요, 그렇고말고요."

아직 아무도 인정해 주지 않은 무명작가인 나를 다만 저 하나가 깊이 깊이 인정해 준다. 그러기에 그 강한 물질에 대한 본능적 요구도 참아 가며, 오늘날까지 몹시 눈살을 찌푸리지 아니하고 나를 도와준 것이다.

'아아, 나에게 위안을 주고 원조를 주는 천사여!'

– 현진건, 〈빈처〉

* 청목당혜: 흰 바탕이나 붉은 바탕에 푸른 무늬를 놓은 신.
* 치사: 다른 사람을 칭찬함.

046

윗글에서 '신발'의 기능으로 적절하지 않은 것은?

① '나'에게 신발은 '아내'에 대한 안쓰러움과 죄책감을 들게 하는 소재이다.
② '나'와 '아내'에게 신발은 서로의 사랑을 확인해 주는 매개체이다.
③ '아내'에게 신발은 감추어져 있던 물질에 대한 욕망을 나타내는 소재이다.
④ '처형'에게 신발은 자신의 부를 은근히 과시하는 소재이다.
⑤ '동서'에게 신발은 '처형'에 대한 자신의 사랑을 보여 주는 역할을 한다.

유형 한눈에 정리

배경과 소재 파악

문학 작품의 의미가 생성되는 데는 배경과 소재가 중요한 역할을 한다. 배경은 사건이 일어나거나 어떤 상황이 전개되는 시간과 공간을 일컫는다. 작가는 주제를 효과적으로 전달하기 위해 시간적 배경과 공간적 배경을 의도적으로 선택하여 구성한다.

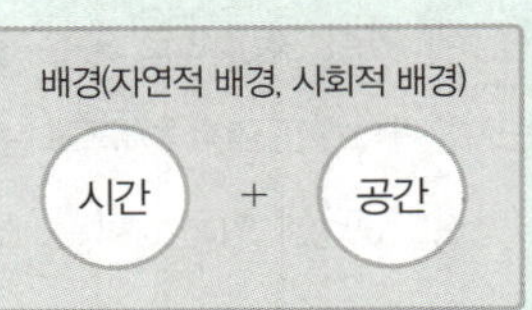

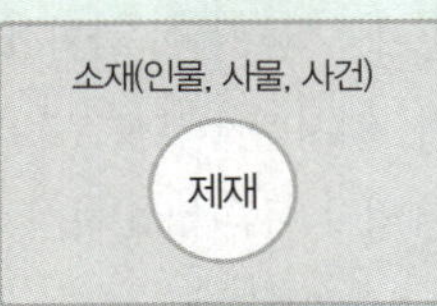

문학 작품의 배경과 소재는 지시적 의미만 지니는 것이 아니라 함축적 의미를 함께 지니는 경우가 있다. 따라서 작품의 전체적인 맥락 속에서 배경과 소재가 나타내는 의미와 기능을 파악해야 한다.

> (가) 암소의 뿔은 수소의 그것보다도 더 한층 겸허하다. 이 애상적인 뿔이 나를 받을 리 없으니 나는 마음 놓고 그 곁 풀밭에 가 누워도 좋다. 나는 누워서 우선 소를 본다.
>
> 소는 잠시 반추(反芻)를 그치고 나를 응시한다.
>
> 〈중략〉
>
> 소의 체구가 크면 클수록 그의 권태도 크고 슬프다. 나는 소 앞에 누워 내 세균같이 사소한 고독을 겸손하면서 나도 사색의 반추는 가능할는지 불가능할는지 몰래 좀 생각해 본다.
>
> (나) 불나비가 달려들어 불을 끈다. 불나비는 죽었든지 화상을 입었으리라. 그러나 불나비라는 놈은 사는 방법을 아는 놈이다. 불을 보면 뛰어들 줄을 알고— 평상(平常)에 불을 초조히 찾아다닐 줄도 아는 정열의 생물이니 말이다. / 그러나 여기 어디 불을 찾으려는 정열이 있으며 뛰어들 불이 있느냐. 없다. 나에게는 아무것도 없고 아무것도 없는 내 눈에는 아무것도 보이지 않는다.
>
> – 이상, 〈권태〉

▸ 윗글은 글쓴이가 일상의 시 · 공간, 자연, 인간 등을 탐색하고 이를 통해 의미를 발견한 수필이다. (가)를 보면 글쓴이는 '낮(시간적 배경)'에 '풀밭(공간적 배경)'에서 '소(소재)'를 통해 자신이 권태에 빠진 고독한 존재임을 이야기한다. 그리고 (나)에서는 '밤(시간적 배경)'에 '좁은 방(공간적 배경)'에서 '불나비(소재)'를 보면서 자신이 열정 없이 살아가는 존재임을 확인하고는 권태가 지속될 내일을 두려워하고 있다. 이처럼 배경과 소재가 글쓴이의 인간적 탐색을 통한 주제 의식을 드러내는 데에 효과적인 역할을 하고 있는 것이다. 여기서 '소'와 '불나비'는 작품의 주제 의식을 전달하는 제재의 역할을 담당하고 있다.

핵심 유형 Tip 배경과 소재를 파악하는 법!

1. 작품의 시 · 공간적 배경, 사회적 · 문화적 · 역사적 배경을 파악한다.
2. 작품에 등장하는 각각의 소재에 담긴 의미를 파악한다.
3. 배경과 소재가 드러내고 있는 주제 의식을 통해 작가가 전달하고자 하는 바를 이해한다.

[047] 다음 글을 읽고 물음에 답하시오.

[앞부분의 줄거리] 중국 명나라 이부시랑 이익은 오랫동안 자식이 없다가 금화산 백운암의 노승에게 시주하여 대봉을 낳는다. 이후 간신 왕희의 참소로 대봉과 함께 백설도로 유배된다. 유배를 가던 중 왕희의 명령을 받은 사공들이 이익과 대봉을 물에 던진다. 바다에서 표류하다 서해 용왕이 보낸 동자의 도움으로 살아난 대봉은 금화산 백운암에서 수련하면서 세월을 보낸다.

이때에 이공자 대봉이 **금화산** 백운암에 있어 밤낮으로 공부를 부지런히 하여, 시서백가(詩書百家)와 육도삼략(六韜三略)을 모르는 바가 없더라. 세월이 여류(如流)하여 나이 이팔(二八)에 이르렀더니, 일일은 노승이 공자더러 왈,

"이제는 공자가 액운이 다하고 길운(吉運)이 돌아왔으니 빨리 경성에 올라가 공명을 이루라."

공자가 대답하기를,

"소생의 궁박한 명(命)이 대사의 두터운 은혜를 입사와 칠 년을 의지하였삽더니, 오늘날 나가라 하시니 부모의 생사를 알지 못하고, 무인지경(無人之境)에 어디로 가라 하시니잇고?"

노승 왈,

"공자가 이 절에서 노승과 칠 년을 동거하였사오나, 금일은 인연이 다하였으니 장차 공자의 부모를 만나고 국난(國難)을 평정하여 공을 이루소서."

말을 마치고 떠날 준비를 재촉하니, 공자 왈,

"여기서 중원(中原)*이 얼마나 되며, 어디로 가야 도달하리잇가?"

노승 왈,

"황성은 예서 일만사천 리요, **농서**는 삼천 리오니, 농서로 가오면 자연 중원을 도달하리이다."

하며 바랑을 열고 실과를 내어 주며 왈,

"서(西)로 향하여 가다가 시장하거든 이로써 요기하소서."

하고 서로 이별할 새, 피차에 연연한 정을 이기지 못하더라.

이 날 공자가 금화산을 떠나 농서로 향하다가 천문(天文)*을 살펴보니 북방 신성이 태극을 범하였거늘, 북흉노가 중국을 범하는 줄 알고 분기를 이기지 못하여 밤낮으로 바삐 달려가더라.

각설. 흉노가 대병을 거느려 상군 땅에 다달아 묵특남, 동돌수를 돌아보며 왈,

"중원 산천을 보니 장부의 마음이 즐겁도다. 오늘은 비록 명 황제의 강산이나 지나는 길은 반드시 우리 천지될 것이니 어찌 즐겁지 않으리오? 중원에 비록 인물이 많다 하나 나 같은 영웅과 그대 같은 명장이 어디 있으리오?"

하며 **상군읍**에 이르러 보니, 대명(大明) 대원수 곽대의 성중에 들어 군사를 쉬게 하고 격서를 보내어 싸움을 청하거늘, 흉노가 동돌수를 불러 대적하라 하니, 동돌수 내달아 곽대의와 싸워 수합에 못하여 곽대의를 사로잡고 진중에 들어가 좌충우돌하니, 명진 장졸 장수를 잃고 적세를 당치 못할 줄 알고 성문을 열어 항복하거늘, 동돌수가 항서를 받고, 이튿날 북해 태수가 나와 항복하거늘 북지를 또 얻고, 이튿날 진주를 얻고, 또 이튿날 건주를 쳐 얻고, 하북에 다다르니 절도사 이동식이 군사를 거느려 대적하다가 패하여 달아나거늘 하북을 얻고, 군사를 재촉하여 여러 날 만에 기주에 이르니 자사가 대적하다가 도망하거늘, 흉노의 장졸이 **기주성** 안에 들어가 자칭 천자라 하고 군사로 하여금 인민의 쌀과 곡식을 노략질하니, 그 때 백성이 다 견디지 못하여 도망하더라.

〈중략〉

각설. 이때는 기축 정월 초순이라. 천자가 **금릉**으로 피란하였다가 적세 급함을 당치 못할 줄 알고 성문을 굳게 닫고 종시 접전치 아니하더니, 적장 묵특남이 군사를 몰아 사면으로 점점 싸고 철기 오천을 거느려 성문을 깨치고 성중에 들이 달아 좌우충돌하며 명진 장졸을 습격하여 죽이니, 명진의 군량이 다 떨어지고 기운 피곤하여 능히 접전치 못하는지라. 우승상 왕희와 병부상서 진택이 황제께 주하되,

"사세 가장 위급하오니 바라옵건대 황상은 항복하옵소서."

천자가 마지못하여 옥새를 끌러 목에 걸고 진문 밖에 나아가 용포 소매를 들어 옥루를 씻으며 하늘을 우러러 통곡 왈,

"구주 강산이 흉노의 땅이 되고 종묘 사직이 오늘날 망케 되었으니 어찌 통분치 아니 하리오? 원수 장계운이 만일 있더면 어찌 이 욕을 당하리오?"

하시니, 좌우제장과 만조백관이 누가 아니 통곡하리오? 흉노는 장대에 높이 앉아 승전고를 울리며 항복함을 재촉하는 호령이 눈서리같이 엄한지라.

이때 대봉이 점점 오며 바라보니 천자께서 흰 옷에 흰 띠를 두르고 진문 밖에 나와 통곡하시고 제장 군졸이 다 우는지라. 이 경상 보매 분한 기운이 하늘을 찌를 듯하니 눈을 부릅뜨고 소리를 벽력같이 지르며 청룡언월도를 비껴 적진에 달려들어 크게 꾸짖어 왈,

"역적 흉노야! 네가 중원을 침범하기도 죽음을 면치 못하거든 감히 천자를 핍박하니 하늘이 두렵지 아니하랴? 나는 대국 충의장군 이대봉이라. 나의 청룡도로 반적의 머리를 베어 우리 황상의 분을 풀리라."

하고 청룡도를 들어 적장의 머리를 풀 베히듯 하니, 묵특남이 정신을 수습치 못하여 피하고자 하거늘, 다시 칼을 들어 묵특남의 머리를 베어 칼 끝에 꿰어 들고 좌충우돌하니, 군중이 크게 어지러워 죽는 자 태반이라.

– 작자 미상, 〈이대봉전〉

* 중원: 중국의 황허 강 중류의 남부 지역. 흔히 한때 군웅이 할거했던 중국의 중심부나 중국 땅을 가리킴.

* 천문: 우주와 천체의 온갖 현상과 그에 내재된 법칙성.

047

윗글의 공간적 배경을 다음과 같이 도식화할 때, ⓐ~ⓔ에 대한 설명으로 적절하지 않은 것은?

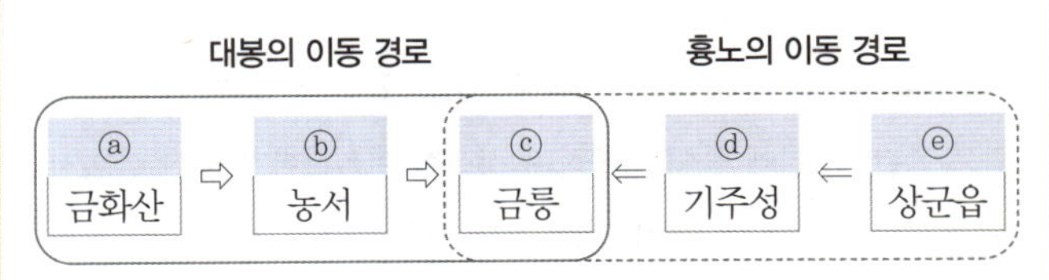

① 대봉은 ⓐ에서 수련을 하여 세상에 나아갈 능력을 갖추었다.
② 대봉은 ⓑ로 가던 도중 천문을 살펴보고 나라가 위기에 빠졌음을 알게 되었다.
③ 흉노의 공격을 방어하지 못한 천자는 ⓒ로 피란하여 대봉을 기다렸다.
④ 흉노가 ⓓ에 쳐들어가 노략질을 하자 백성들은 견디지 못하여 도망갔다.
⑤ 명나라 군사는 ⓔ에서 흉노와 싸웠지만 패하여 항복하였다.

기출이 주목한 개념

047 ››› 공간적 배경

사건이 일어나고 인물이 행동하는 구체적 공간. 지리적 배경, 자연환경, 생활 환경 등을 아울러 이르는 개념이다.

047 ››› 도식화

사물의 구조, 관계, 변화 상태 따위를 그림이나 양식으로 만든 것

⊕ 플러스 개념 ››› 시간적 배경 / 사회적 배경

* **시간적 배경**
  사건이 발생하는 시간. 시대나 계절 등을 모두 포함한다.
* **사회적 배경**
  인물을 둘러싼 사회적 현실 또는 역사적 · 시대적 상황을 말한다.

핵심 유형 4 외적 준거를 통한 작품 감상

[048] 다음 글을 읽고 물음에 답하시오.

"어린 자식을 데리고 굶다 못하여 형님 처분 바라자고 염치 불구하고 왔사오니 양식이 만일 못 되거든 돈 서 푼만 주시오면 하루라도 살겠나이다."

놀부 더욱 화를 내어 하는 말이,

"이놈아, 들어 보아라. 쌀이 많이 있다 한들 너 주자고 섬을 헐며, 벼가 많이 있다 한들 너 주자고 노적 헐며, 돈이 많이 있다 한들 너 주자고 괫돈 헐며, 쌀 한 되나 주자 한들 너 주자고 대독에 가득한 걸 떠내며, 의복가지나 주자 한들 너 주자고 행랑것들 벗기며, 찬 밥술이나 주자 한들 너 주자고 마루 아래 청삽사리를 굶기며, 지게미나 주자 한들 새끼 낳은 돼지를 굶기며, 콩 섬이나 주자 한들 큰 농우가 네 필이니 너를 주고 소 굶기랴. 염치없고 체면 없는 놈이로다."

흥부 하는 말이,

"아무리 그러실지라도 죽는 동생 살려 주오."

놀부 화를 버럭 내어 벽력같은 소리로 하인 마당쇠를 부르니 마당쇠가,

"예"

하고 나오거늘, 놀부 분부하되,

"이놈아, 뒤 광문 열고 들어가면 저편에 보리 쌓은 더미 있지?"

이때 흥부 그 말 듣고 내심에,

'옳다! 우리 형님이 보리 말이나 주시려나 보다.'

하고 은근히 기꺼하더니, 놀부놈이 마당쇠를 시켜 보리 섬 뒤에 두었던 도낏자루 묶음을 내놓고 손에 맞는 대로 골라잡더니 그만 달려들어 흥부 뒤꼭지를 잔뜩 홈쳐 쥐고 몽둥이로 함부로 치는데, 마치 손 잰 스님의 비질하듯, 상좌 중이 법고 치듯 아주 탕탕 두드리니, 흥부 울며 하는 말이,

"에고 형님, 이것이 웬일이오? 방약무인(傍若無人) 도척*이도 이에서 성인이요 무거불측(無據不測) 관숙*이도 이에서는 군자로다. 우리 형제 어찌하여 이렇게 하오? 아니 주면 그만이시지 때리기는 무슨 일인고, 에고 어머니, 나 죽소!"

놀부의 모진 마음 그래도 그치지 아니하고 지끈지끈 함부로 치다가 제 기운에 못 이기어 몽둥이를 내던지고 숨을 헐떡이며,

"이놈, 내 눈앞에서 뵈지 마라."

하고 사랑으로 분분히 들어가며 문을 벼락같이 닫으니,

이때 흥부는 어찌 맞았던지 일신이 느른하여 돌아갈 마음 그지없건만, 그중에도 형수나 보고 가려고 엉금엉금 기어 부엌 근처로 가니 놀부 아내가 마침 밥을 푸는지라. 흥부가 매 맞는 것은 고사하고 여러 날 굶은 창자에 밥 냄새 맡더니 오장이 뒤집히어,

"에고, 형수씨, 밥 한 술만 주오. 이 동생 좀 살려 주오."

하며 부엌으로 뛰어 들어가니, 이년 또한 몹쓸 년이라 와락 돌아서며 하는 말이,

"남녀가 유별한데 어디를 들어오누?"

하며 밥 푸던 주걱으로 흥부의 바른 뺨을 지끈 때리니, 흥부가 그 뺨 한 번을 맞은 즉슨 두 눈에 불이 화끈하며 정신이 어찔하다가 뺨을 슬며시 만져 보니 밥이 볼따귀에 붙었는지라 일변 입으로 훔쳐 넣으며 하는 말이,

"아주머님은 뺨을 쳐도 먹여 가며 치시니 감사한 말을 어찌 다 하오리까. 수고스럽지마는 이 뺨마저 쳐 주시오. 밥 좀 많이 붙은 주걱으로. 그 밥 갖다가 아이들 구경이나 시키겠소."

이 몹쓸 년이 밥주걱은 놓고 부지깽이로 흥부를 흠씬 때려 놓으니, 흥부 아프단 말도 못하고 하릴없이 통곡하며 돌아오니 천지가 망망하더라.

〈중략〉

흥부 아내 생각에 시형 내외 마음을 짐작할지라.

"그만 두시오, 알겠소. 형님 속도 내가 알고 시아주버니 속도 내가 아오. 돈 닷 냥, 쌀 서 말이 무엇이오. 내게다 그런 말을 하시오?"

하며 자기 남편을 보니 유혈이 낭자하여 얼굴이 모두 붓고 온몸을 만져 보니 성한 곳이 바이없으니, 흥부 아내 기가 막히어 땅에 펄썩 주저앉으며,

"에고, 이것이 웬일인가, 가기 싫다 하는 가장 내 말 어려워 가시더니 저 모양이 웬일이오, 팔자 그른 이 몹쓸 년 가장 하나 못 섬기고 이런 광경 당하게 하니 잠시인들 살아 무엇 하리. 모질고 악한 양반, 구산같이 쌓인 곡식 누구 주자 아끼어서 저리 몹시 친단 말고."

흥부의 착한 마음 형의 말은 아니하고,

"여보 마누라, 슬퍼 마소. 가난 구제는 나라에서도 못 한다 하니 형님인들 어찌하시나. 우리 양주 품이나 팔아 살아가세."

흥부 아내 응하고 서로 나서 품을 판다.

[A] 용정(舂精)*하여 방아 찧기, 술집에 가 술 거르기, 초상난 집 제복 짓기, 사고 있는 집 그릇 닦기, 굿하는 집 떡 만들기, 시궁발치 오줌 치기, 해빙하면 나물 캐기, 춘모 갈아 보리 놓기, 온 가지로 품을 팔고, 흥부는 이월동풍 가래질하기, 삼사월에 부침질하기, 일등 전답 무논 갈기, 이 집 저 집 이엉 엮기, 날 궂은 날 멍석 맺기, 시장 갓에 나무 베기, 무곡 주인 역인 서기, 각 읍 주인 삯길 가기, 술밥 먹고 말짐 싣기, 오 푼 받고 마철 박기, 두 푼 받고 똥재 치기, 한 푼 받고 비 매기, 식전이면 마당 쓸기, 이웃집 물 긷기, 진주 감영 돈짐 지기, 대구 감영 태전 지기, 온 가지로 다하여도 굶기를 밥 먹는 듯하여 살 길이 없는지라.

– 작자 미상, 〈흥부전〉

* 도척: 춘추시대 노나라의 큰 도적.
* 관숙: 주나라 무왕의 아우. 무왕이 죽은 뒤 주공을 모함하고 상나라 주의 아들 무경과 함께 반란을 일으켰다.
* 용정: 곡식을 찧음.

048

〈보기〉와 [A]를 읽은 학생의 반응으로 적절하지 않은 것은?

〈보기〉

'판소리'는 창자(소리꾼)가 고수와 함께 장단에 맞추어 이야기를 창(노래)과 아니리로 엮은 공연 예술이다. 조선 후기 서민들의 생활을 주로 그려 냈으며, 풍자와 해학이 풍부하다. 서민에서 양반까지 관객층이 폭넓어 이들의 언어가 혼재하며, 이들의 흥미를 반영해 공연 상황에 따라 특정 장면을 축소 · 확장하기도 한다. 이 소설은 '판소리'가 소설화되어 정착된 것으로, '판소리'의 특징이 드러난다.

① 다양한 종류의 품 팔기를 보니, 그 시대 서민들의 삶이 소재가 되었군.

② 일정한 음보가 반복되는 것을 보니, 소리 공연인 판소리의 특징을 확인할 수 있군.

③ 한자어와 고유어를 동시에 사용한 것을 보니, 판소리가 소설화되면서 해학성이 강화되었겠군.

④ 문장의 호흡이 짧은 것을 보니, 이 부분은 판소리 공연에서 창자가 빠른 장단에 맞추어 노래를 불렀겠군.

⑤ 열거의 방식으로 내용을 서술한 것을 보니, 이 부분은 판소리 공연에서 내용이 줄거나 추가될 수 있었겠군.

유형 한눈에 정리

외적 준거를 통한 작품 감상

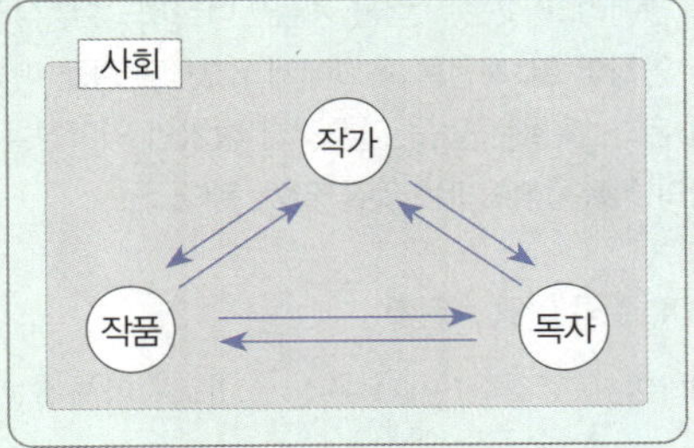

외적 준거에 따라 작품을 감상하는 것은 문제에 추가로 제시된 자료를 기준으로 작품을 해석하거나 평가하는 것을 말한다. 이때 제시된 외적 준거가 작품을 감상하는 맥락 가운데 어떠한 관점을 바탕으로 하고 있는지를 파악하는 것이 중요하다.

작가를 고려한 감상은 작가의 전기적 사실과 가치관을 고려하는 관점이다. 사회 · 문화적 맥락을 고려한 감상은 동시대를 살고 있는 사람들에게서 나타나는 보편적인 정신세계나 태도를 고려하는 관점이다. 역사(시대)적 맥락을 고려한 감상은 작품에 나타나는 배경과 사건을 현실 세계와 비교하거나 역사적 요인이 작품에 어떠한 영향을 미쳤는지 파악해 보는 관점이다. 독자를 고려한 감상은 독자의 반응을 고려하여 작품의 어떤 부분이 독자의 감동을 불러일으켰는지 파악하는 방법이다.

> 김영철: 법률이라는 것이 그렇게 무서운 거라는 것은 아마 여태껏 맛을 몰랐지. 집달리를 데리고 와서 말짱만 박어 노면 아무리 자네네가 피땀을 흘려 지어 논 농사라도 다시는 손끝도 대지 못하는 것이야. 그러나 (하며 박첨지 옆으로 와서 앉는다) 나 역시 이런 일은 허구 싶지 않으니까 자네하고 또 한 번 의논을 좀 할 일이 있네. 내 이야기 좀 들어주겠나?
>
> 박첨지, 고개를 든다.
>
> 김영철: 자네 딸 말이야. (흘깃 입분이를 본다. 입분이, 상을 찌푸리며 소스라친다. 잠깐 주저한 후에) 저 애를 나한테 보내지 않겠나?
>
> – 유진오, 〈박첨지〉

〈시점〉

문학 작품은 당대 사회상과의 관련 속에서 이해할 수 있다. 우리는 문학 작품을 통해 당대의 세태와 관습뿐 아니라 의식 등을 다각도로 확인할 수 있다.

▸ 윗글과 함께 주어진 〈보기〉가 외적 준거에 해당한다. 〈보기〉는 문학 작품을 사회 · 문화적 맥락 안에서 해석해야 한다는 관점이다. 이러한 준거에 따라 '김영철'이 법을 내세워 협박하는 것을 통해 당시에는 법률이 악용되기도 했음을 알 수 있고, 빚 대신 '입분이'를 요구하는 것을 보아 딸이 금전적 거래의 대상이 되기도 했음을 파악할 수 있다.

핵심 유형 Tip 외적 준거를 통해 작품을 감상하는 법!

1 작품의 내용과 형식, 표현을 이해한다.
2 〈보기〉에 나타난 외적 준거의 작품 해석 관점이 무엇인지 파악한다.
3 외적 준거의 관점에서 작품을 감상하고 있는지 선지에 제시된 문장의 적절성을 판단한다.

[049] 다음 글을 읽고 물음에 답하시오.

[앞부분의 줄거리] 화개 장터에서 주막을 운영하는 옥화는 아들 성기의 역마살을 없애려고 갖은 노력을 기울인다. 어느 날, 장터를 떠돌며 살아 가는 체 장수 영감이 딸 계연을 옥화에게 맡긴 뒤 길을 떠나고, 성기와 계연은 사랑하게 된다. 옥화는 둘을 결혼시켜 성기의 역마살을 없애려고 하지만 계연이 옥화의 이복동생이라는 것을 알게 된다.

S# 101. 주막 마당 / 뒤꼍

성기: (미칠 것 같다) 이기 무신 소리고? 아부질 따라 간다꼬?

계연: (고개도 들지 않는다)

성기: 말 해바라. 아주 가는 기 아이라고. 어이?

계연: 인제 아부지랑 살라요.

성기: 너… 너… (버럭) 지금 사램 놀리나? 어델 간다는 건데?

옥화: 보내줘라.

성기: (계연의 어깨 잡아 흔들며) 이기 무신 짓꺼리고? 내, 니랑 살라꼬 내려온 거 몰라 그라나? 인제 여기서 뿌리박고 살겠다는데… 니도 좋다 안했나?

체 장수: (뭔가 기회를 잡은 듯, 다그친다) 니들 뭔 짓 했냐? 엉? 저눔이 너한테 뭔 짓을 했어? 빨리 말혀.

그 모습 기막히고 치사하다는 듯 보는 옥화

계연: (바락) 하긴 뭔 짓을 혀요?

체 장수가 잠시 주춤하는 사이
계연의 손목을 끌고 뒤꼍으로 가는 성기

성기: (계연과 눈 마주치려 애쓰며) 니가 와 이라는지는 모르겄지만… 부탁이다. 바른대로 말해라. 니가 여기가 싫다면 같이 뜨자. 다른 데 가서 살자고. 니… 내 좋아허잖냐. 응? 응?

계연: (성기를 똑바로 보며) 아니, 난 여기가 싫소. 도시 가서 살랑게.

계연의 눈빛엔 추호도 흔들림이 없다.
성기, 믿어지지 않는 상황에 뒤로 몇 발짝 물러난다.
뒤따라온 옥화조차 계연의 단호함에 다소 놀란다.
일순, 옥화와 시선을 맞추고는 말로 하지 못한 많은 말을 눈빛에 담아 보내는 계연.
그 눈빛에서 모든 사실을 알고 있음을 눈치 채는 옥화.
계연, 성기를 남겨둔 채 바깥을 향해 발걸음 떼놓는다.
떨어뜨린 짐을 주워 들고 계연의 뒤를 따라 나가는 체 장수.
옥화는 그런 체 장수의 뒷모습을 허허롭게 바라만 본다.

성기: 계연아!

성기, 힘을 다해 뛰어나가 계연의 앞을 가로막는다.
잠시 서로를 응시하는 두 사람…
세상에 오로지 그들 둘뿐인 것처럼 빨아들일 듯 바라보고 있다.
옥화도 상돌 엄마도, 체 장수까지도 그 팽팽한 긴장을 깨지 못하고 있는데

계연: (한참을 망설이다 어렵고 어렵게) … 오라버니… !

옥화: (오라버니란 말에 눈을 질끈 감는다)

성기: …

계연: 편히 사시오… 오라버니, 아부지, 갑시다!

오라버니란 말을 되씹듯 의미 담아 발음하고는 그대로 스쳐 나가는 계연.
성기는 못박힌 듯 그대로 서있고, 상돌 엄마는 옥화를 부축한 채 고개를 돌린다.

S# 102. 밖

세 갈래 길 중 한 길을 택해 걷는 두 부녀, 구례 쪽 방향이다.
주막 앞 앙상한 버드나무 가지 아래를 지나…
기러기 울음소리 속에 멀어져 가는 두 사람의 모습
한 번도 뒤돌아보지 않는다.

성기: (E)* (발작하듯) 아~~~악!

〈중략〉

S# 107. 주막 마당(다른 날 낮)

처마에선 똑똑 눈 녹은 물이 떨어져 내린다.
툇마루에 걸터앉아 기둥에 등을 기대고 겨울 햇빛을 쬐는 성기의 뒷모습
눈을 돌려 멀리 보면
앞의 산엔 눈이 녹아 조금씩 푸른 빛이 돌기 시작한다.

(E) 채쟁 챙 챙… 괘앵 괘앵 괭~ 사당패의 꽹과리와 징 소리 점점 커지고 –

옥화: (E) (찢어지는 목소리로) 안 된다. 한 발짝도 몬 나간대이~!

S# 108. 주막 마당(낮)

주막 밖으로 사당패*가 지나가고 있다.
아이들이 덩달아 신나서 흙먼지를 일으키며 와아 하고 따라간다.
어깨에 보따리를 둘러멘 성기, 신발을 신으며 마루에서 내려선다.
성기의 보따리를 잡은 채 발악하듯 매달리는 옥화

성기: (덤덤히) 기양 한 멧 년 바람 쐬고 올 것잉게… 잡지 마소, 엄니.

성기, 성큼성큼 밖을 향해 걸어 나간다.
등에 멘 보따리 틈으로 햇빛에 반짝이는 꽹과리의 몸체와 함께 빨간 표지의 책이 보인다.

– 김동리 원작, 홍윤정 · 동희선 각색, 〈역마〉

* E: 효과음.
* 사당패: 무리를 지어 떠돌아다니면서 노래와 춤을 공연하던 집단.

049

〈보기〉를 참고하여 윗글을 감상한 내용으로 적절하지 않은 것은?

< 보기 >

〈역마〉에서는 정착하지 못하고 떠돌아다녀야 하는 '역마살'이 낀 인물들이 등장한다. 이 작품에서 인물들의 삶은 자신의 의지나 선택에 의해 바뀌지 않는 운명적인 것이다. 주인공을 둘러싼 인물들은 처음에는 운명적 질서를 거부하지만 결국 받아들이게 된다. 이를 통해 작가는 일반적인 사회 통념에서 보면 고달픈 삶이라 하더라도, 저마다의 운명이 주어져 있다면 그 운명을 받아들이는 것도 삶의 한 방법이라는 것을 말하고 있다.

① '계연'이 떠나는 것은 자신의 의지가 아닌 것으로 이해할 수 있군.
② '성기'가 집을 떠나는 것은 운명적 삶을 받아들인 것으로 이해할 수 있군.
③ '성기'가 '계연'과 결혼하려는 것은 운명적 질서를 수용하려는 것으로 이해할 수 있군.
④ '옥화'가 '성기'에게 매달리는 것은 운명적 질서를 거부하려는 몸짓으로 이해할 수 있군.
⑤ '체장수 영감'이 장터를 떠도는 것은 일반적인 사회 통념에서 보면 고달픈 삶으로 이해할 수 있군.

기출이 주목한 개념

048 ··· 풍자

사회적 현상이나 현실을 곧이곧대로 드러내지 않고 과장하거나 왜곡, 비꼬아서 표현하여 우스꽝스럽게 나타내고 웃음을 유발함으로써 대상을 비판하고 공격하여 바로잡고자 하는 방법. 고전 소설에서 '풍자 소설'은 중세적 봉건 질서가 무너져 가던 조선 후기에 양반들의 경제적 무능과 위선을 풍자·비판하는 작품을 일컫는다.

048 – ❷ ··· 음보

시에 있어서 운율을 이루는 기본 단위. 우리나라 시의 경우 대체로 휴지(休止)의 주기라고 할 수 있는 3음절이나 4음절이 한 음보를 이룬다. 예를 들면 4음보의 '오백 년 / 도읍지를 / 필마로 / 돌아드니' 따위가 있다.

048 – ❸ ··· 해학성

익살스럽고도 멋이 있는 농담(弄談). 정답고 긍정적인 우스개를 말한다. 표현 대상과 주체, 독자가 대등한 위치에서 함께 웃을 수 있도록 하는 표현 방법이다. 평범하거나 그 이하인 인물의 행위에서 드러나는 파격성, 비합리성, 비정형성을 통해 글의 흥미를 높이는 효과가 있다. 인간에 대해 선의를 가지고 그 약점이나 실수를 부드럽게 감싸며 극복하게 하는 공감적인 태도를 보인다.

048 – ❺ ··· 열거

내용적으로 연결되거나 비슷한 어구, 여러 가지 예나 사실을 낱낱이 죽 늘어놓아 전체의 내용을 표현하는 것.

049 – ❺ ··· 사회 통념

사회적으로 널리 용인되는 개념. 사회에 널리 퍼져 있어 사람들이 일반적으로 알고 있거나 인정하는 생각을 말한다.

[050~052] 다음 글을 읽고 물음에 답하시오.

우리 집안은 일찍부터 논이나 밭뙈기 한 두렁도 가져 본 적 없었으므로, 아버지는 낫이나 호미 자루 한 번 잡아 보지 않았다. 그렇다고 일정한 직업을 가져 본 적도 없었다. 일 년을 따져 평균 아홉 달은 집을 떠나 어디론가 떠돌아 다녔고, 집에 붙어 있는 나머지 달은 낚시로 소일했다. 이태 전 봄까지만도 우리는 읍내 거리 장마당 부근에 살았다. 그때 역시 엄마는 근동 **장터를 떠돌며 어물 장사를** 했고, 아버지는 읍내에서 사 킬로 정도 떨어진 지금 우리가 사는 주남 저수지에 낚시를 다니며, 늘 집 떠날 궁리만 하고 지냈다. 새마을 도로가 확장되는 통에 우리가 세 든 읍내 장터 집이 헐리게 되자, 아버지는 엄마를 졸라 주남 저수지 옆 민 씨 별채로 이사를 오게 되었다.

"주남 저수지는 우리나라에서 알아주는 철새 도래지 아인가. 내가 새를 무척 좋아하거덩."

아버지가 말했다.

"㉠당신이사 땅으로 걸어댕기는 철새인께 날아댕기는 철새가 좋겠지예. 그런데 새 구경하는 거도 좋지만 그 구경 댕기모 밥이 생기요 떡이 생기요?"

엄마는 말도 되잖은 소리란 듯 한숨을 내쉬며 돌아앉고 말았다.

"그거 말고도, 관리인 민 씨 말이 타지에서 오는 낚시꾼들 뒷바라지나 해 주모 찬값 정도는 번다 안카나……."

엄마는 그쪽으로 이사하면 당장 장사 다니는 길이 먼 줄을 알면서도, 어떻게 아버지가 집에 눌러 있을까 싶었던지 그 말에 선선히 동의했다. 그러나 주남 저수지 쪽으로 이사 와서 보름을 채 못 넘겨 아버지는 슬그머니 집을 떠나고 말았다. 부산과 마산의 낚시꾼들이 떡밥은 물론 술이며 안주 접시까지 심부름시키는 데 아버지는 더 참아 낼 수 없었던 것이다. 더러운 세상, 나쁜 놈들이라며 전에는 입에 담지 않던 욕설을 술김에 종종 뱉더니, 기어코 그 떠돌이 병에 발동이 걸렸다. 늘 궁금한 일이지만, 아버지는 집을 떠나 떠돌 동안 숙식을 어떻게 해결하고 다니는지 알 수 없었다. 그로부터 두 달 뒤, 여름이 끝날 무렵에서야 아버지는 돌아왔다. 그 행려 끝에 무슨 결심을 굳혔는지 돌배산 자락을 덮은 민 씨네 대나무 밭의 굵은 대 몇 그루를 쪄 와 방패연을 만들기 시작했다. 내가 어릴 때 아버지는 더러 방패연을 만들어 주기도 했지만, 근래에는 한 번도 없던 짓거리였다. 대나무를 가늘게 쪼개어 햇빛에 말려선, 장두칼로 다듬고, 한지에 바람 구멍을 뚫어, 거기에 다섯 개 댓개비를 붙여 방패연을 만드는 솜씨는 아버지가 지닌 유일한 기술 같아 보였다. 천장 가운데 태극무늬나 붉은 원을 오려 붙여 만든 연이 큰 놈은 두 번 접은 신문지만 했고 작은 놈은 교과서만 한 크기도 있었다.

"㉡겨울도 아인데 그 많은 연을 어데다 팔라 캅니꺼?"

내가 물었다.

"머 꼭 돈이 목적이라서 맹그나. 쓸모읎어도 맹글고 싶으이께 맹들제. 참새가 날라 카모 기러기만큼 와 하늘 높이 몬 날겠노. 먼 데꺼정 갈 필요가 읎으이께 지 오를 만큼 오르고 말지러."

아버지가 쓸데없이 비유까지 곁들여 말했다.

"옛적에 연 맹글어 줬다는 돌아가신 할아부지 생각이 나서 맹글어예?"

"사람은 어데 갈 **목적이 읎어도 어떤 때는 연맨크로 그냥 멀리로 떠나 댕기**고 싶은 꿈이 있는 기라. ㉢그런 꿈 읎이 일만 하는 사람은 꼭 개미 같아. 사람은 개미가 아이잖나. 돈 벌라고 밤낮으로 일만 하는 사람을 보모 사람 사는 목적이 저런가 싶을 때가 있지러. 그 사람들이 보모 **내 같은 사람이 쓸모읎이 보일란지 몰라도**……."

아버지가 어설픈 미소를 띠어 보였다.

"묵고살기 바쁘모 그래 산천 구경하고 싶어도 몬 떠나는 거 아입니꺼."

하며, 나는 엄마를 생각했다.

"그렇기사 하겠제. 그라고 보모 나는 아매 떠돌아댕기는 팔자를 타고 났나 보제."

아버지가 시무룩이 말했다.

[중략 부분의 줄거리] 나와 아버지는 낚시꾼들에게 방패연을 팔러 가지만 연은 거의 팔리지 않는다. 그 무렵 아버지는 훌쩍 또 집을 떠나고, 장마가 시작된 여름밤에 다시 돌아온다. 나는 장사 가신 어머니를 마중 나가기 위해 자전거를 끌고 장터로 간다.

뇌성이 다시 한차례 하늘 복판에서 쪼개졌다. 엄마는 흠칫 어깨를 떨었고, 나는 몸이 오그라드는 듯한 놀람으로 무심결에 자전거 핸들을 눌러 잡았다.

"짝대기라 캤나? 그라몬 어데 다쳤단 말인가?"

"그렇지는 않은 거 같고……."

"늘 배창자가 아푸다더니 속병이 생긴 게로구나. 객지로 돌아댕기며 굶기도 오지게 굶었을끼고."

그럴 줄 알았다는 듯 엄마는 아무렇지 않게 말했다.

"㉣참, 양석 떨어졌을 낀데 너그들 저녁밥은 우쨌노?"

"장 씨 집에서 라면 두 봉지 꿔다 묵었지예."

"아부지는?"

"읍내서 묵고 왔다 캅디더."

자전거 짐받이에 얹힌 함지박을 고무줄로 묶고, 나는 천천히 자전거를 몰았다. 함지박 쪽에서 쿰쿰한 비린내가 코끝을 따라왔다. 그 냄새는 이미 후각에 익은 엄마의 냄새이기도 했다.

"㉤엄마, 자전거에 타예. 그라몬 퍼뜩 갈 수 있을 낀데."

다른 때 같으면 사양했을 엄마가 오늘따라 아무 말없이 안장 앞쪽 파이프에 머릿수건을 깔고 올라앉았다. 내색은 않았지만 엄마 역시 아버지를 빨리 만나고 싶은 모양이었다. 힘주어 페달을 밟자 엄마 온몸에서 풍겨 나는 비린내가 내 쪽으로 옮아 왔다.

"쯧쯧, 그래도 숨질이 붙었으몬 **더러 처자슥은 보고 싶은지 집구석이라고 찾아**드니……. 원쑤도, 그런 원쑤가 어딨노. 그런 남정네가 이 시상에 몇이나 될꼬. 그래 굶으미 맥 놓고 떠돌아댕기도 우째 안죽 객사를 안 하는공 모리겠데이."

엄마는 한숨 끝에 아버지를 두고 혼잣말을 중얼거렸다.

뙤약볕 아래 장터마다 싸다니느라 까맣게 그을린 엄마 얼굴을 떠올리자, 나는 공연히 코허리가 찡하게 쓰렸다. 엄마는 키가 작고 몸매가 깡마른데다 살결이 검어, 볼 때마다 안쓰럽고 측은한 마음이 마음 귀퉁이에 그늘을 만들었다. 그럴 적마다 아버지에 대한 원망 또한 반사적으로 감정을 자극했다. 아버지에 대한 원망 섞인 감정은 증오라기보다 썰물이 되어 당신을 내 옆에서 멀리로 밀어내는 작용을 했다. 아버지에 대한 그런 마음은 엄마의 경우도 비슷하리라 여겨졌다. 다만 **순환의 법칙을 좇아** 한때의 미움도 시간이 흐르면 연민으로 녹아, 끝내 **밀물**이 되어 엄마 여윈 마음을 다시 채워 주리란 점만이 다를 뿐이었다.

– 김원일, 〈연(鳶)〉

050 ▸ 서술상의 특징 파악

윗글의 서술상 특징에 대한 설명으로 적절한 것은?

① 장면마다 다른 서술자를 설정하여 사건을 다각도로 제시하고 있다.
② 사건을 체험한 서술자가 중심인물과 관련된 자신의 생각을 드러내고 있다.
③ 외부 이야기에서 내부 이야기로 장면을 전환하면서 사건을 전개하고 있다.
④ 작품 밖의 서술자가 중심인물의 내적 갈등이 해소되는 과정을 서술하고 있다.
⑤ 동시에 일어나는 두 개의 사건을 병렬적으로 배치하여 긴장감을 조성하고 있다.

051 ▸ 대화의 의도 및 의미 이해

㉠~㉤에 대한 이해로 적절하지 않은 것은?

① ㉠: 저수지 근처로 이사를 가자는 아버지의 제안을 못마땅해 하는 어머니의 푸념이 담겨 있다.
② ㉡: 뜬금없이 많은 연을 만드는 아버지의 행동에 대해 의아해 하는 '나'의 심리가 담겨 있다.
③ ㉢: 생계를 위한 경제적 활동에 얽매이고 싶지 않은 아버지의 삶의 태도가 담겨 있다.
④ ㉣: 어려운 가정 형편 속에서 자식들을 걱정하는 어머니의 애정이 담겨 있다.
⑤ ㉤: 아버지의 끼니를 염려하는 마음에 어머니를 빨리 모셔 가려는 '나'의 의도가 담겨 있다.

052 ▸ 외적 준거를 통한 작품 감상

〈보기〉를 참고하여 윗글을 감상한 내용으로 적절하지 않은 것은?

<보기>

이 작품은 역마살을 타고나 여기저기 떠돌아다니는 아버지의 삶과, 생계를 책임진 채 아버지에 대한 원망과 애정을 안고 살아가는 어머니의 삶을 그리고 있다. 작품의 주요 소재인 '연'은 바람이 부는 대로 하늘을 날아다니지만 연줄로 '얼레'에 매여 있어 지상으로 돌아올 수밖에 없다. '연'과 '얼레'의 이러한 속성은 이리저리 떠돌다 가족들이 있는 집으로 돌아오는 아버지의 삶을 형상화하는 데 기여하고 있다.

① '장터를 떠돌며 어물 장사를' 하는 것에서, 가족의 생계를 떠안고 사는 어머니의 삶을 엿볼 수 있어.
② '목적이 읎어도 어떤 때는 연맨크로 그냥 멀리로 떠나 댕기'는 삶에 대해 말한 부분에서, 아버지가 하늘을 나는 연처럼 자유롭게 떠돌며 살기를 원한다는 것을 알 수 있어.
③ '내 같은 사람이 쓸모읎이 보일란지 몰라도'라고 말한 부분에서, 아버지가 역마살로 인해 무능할 수밖에 없었던 자신의 삶을 후회하고 있음을 엿볼 수 있어.
④ '더러 처자슥은 보고 싶은지 집구석이라고 찾아'든다는 말에서, 어머니는 아버지에게 가족들이 얼레와 같은 역할을 하고 있다고 생각하고 있음을 알 수 있어.
⑤ '순환의 법칙을 좇아' 미움도 시간이 흐르면 연민이 되어 '밀물'처럼 마음을 채워 준다는 부분에서, 아버지에 대한 원망과 애정을 안고 사는 어머니에 대한 나의 인식을 엿볼 수 있어.

[053~055] 다음 글을 읽고 물음에 답하시오.

[앞부분의 줄거리] 덕순은 동네 어른으로부터 이상한 병에 걸린 사람이 병원에 가면 월급도 주고 병도 고쳐 준다는 말을 듣는다. 덕순은 열세 달이 되도록 배가 불러만 있는 아내가 이상한 병에 걸렸다고 믿고, 아내를 업고 팔자를 고칠 희망에 차 대학 병원으로 향한다.

"이 뱃속에 어린애가 있는데요, 나올려다 소문이 적어서 그대로 죽었어요. 이걸 그냥 둔다면 앞으로 일주일을 못 갈 것이니 불가불 수술을 해야 하겠으나 또 그 결과가 반드시 좋다고 단언할 수도 없는 것이매 배를 가르고 아이를 꺼내다 만일 사불여의*하여 불행을 본다더라도 전혀 관계없다는 승낙만 있으면 내일이라도 곧 수술을 하겠어요."

하고 나 어린 간호부는 조금도 거리낌 없는 어조로 줄줄 쏟아 놓다가,

"어떻게 하실 테야요?"

"글쎄요……."

덕순이는 이렇게 얼떨떨한 낯으로 다시 한번 뒤통수를 긁지 않을 수 없었다.

간호부의 말이 무슨 소린지 다는 모른다 하더라도 속대중으로 저쯤은 알아챘던 것이니 아내의 생명이 위험하다는 그 말이 두렵기도 하려니와 겨우 아이를 뱄다는 것쯤, 연구 거리는 못 되는 병인 양 싶어 우선 낙심하고 마는 것이다. 하나 이왕 버린 노릇이매,

"그럼 먹을 것이 없는데요……."

"그건 여기서 입원시키고 먹일 것이니까 염려 마셔요……."

"그런데요 저……."

하고 덕순이는 열적은* 낯을 무얼로 가릴지 몰라 주볏주볏,

"월급 같은 건 안 주나요?"

"무슨 월급이오?"

"왜 여기서 병을 고치면 월급을 주는 수도 있다지요."

"제 병 고쳐 주는데 무슨 월급을 준단 말이오?"

하고 맨망스레도 톡 쏘는 바람에 덕순이는 고만 얼굴이 벌게지고 말았다. 팔자를 고치려던 그 계획이 완전히 어그러졌음을 알자, 그의 주린 창자는 척 꺾이며 두꺼운 손으로 이마의 진땀이나 훑어보는 밖에 별 도리가 없는 것이다. 하나 아내의 생명은 어차피 건져야 하겠기로 공손히 허리를 굽신하여,

"그럼 낼 데리고 올게, 어떻게 해 주십시오."

하고 되도록 빌붙어 보았던 것이, 그때까지 끔찍끔찍한 소리에 얼이 빠져서 멀뚱히 누웠던 아내가 별안간 기급을 하여 일어나 살뚱맞은 목성으로,

"나는 죽으면 죽었지 배는 안 째요."

하고 얼굴이 노랗게 되는 데는 더 할 말이 없었다. 죽이더라도 제 원대로나 죽게 하는 것이 혹은 남편 된 사람의 도릴지도 모른다. 아내의 꼴에 하도 어이가 없어,

"죽는 거보담야 수술을 하는 게 좀 낫겠지요!"

비소*를 금치 못하고 섰는 간호부와 의사가 눈에 보이지 않도록, 덕순이는 시선을 외면하여 뚱싯뚱싯 아내를 업고 나왔다. 지게 위에 올려놓은 다음 엎디어 다시 지고 일어나려니 이게 웬일일까, 아까 오던 때와는 갑절이나 무거웠다.

㉠덕순이는 얼마 전에 희망이 가득히 차 올라가던 길을 힘 풀린 걸음으로 터덜터덜 내려오고 있었다. 보지는 않아도 지게 위에서 소리를 죽여 훌쩍훌쩍 울고 있는 아내가 눈앞에 환한 것이다. 학식이 많은 의사는 일자무식인 덕순이 내외보다는 더 많이 알 것이니 생명이 한 이레를 못 가리라던 그 말을 어째 볼 도리가 없다. 인제 남은 것은 우중충한 그 냉골에 갖다 다시 눕혀 놓고 죽을 때나 기다리고 있을 따름이었다.

덕순이는 눈 위로 덮는 땀방울을 주먹으로 훔쳐 가며 장차 캄캄하여 올 그 전도를 생각해 본다. 서울을 장대고 왔던 것이 벌이도 제대로 안 되고 게다가 인젠 아내까지 잃는 것이다. 지에미붙을! 이놈의 팔자가, 하고 딱한 탄식이 목을 넘어오다 꽉 깨무는 바람에 한숨으로 터져 버린다.

한나절이 되자 더위는 더한층 무서워진다.

덕순이는 통째 짓무를 듯싶은 등어리를 견디지 못하여 먼젓번에 쉬어 가던 나무 그늘에 지게를 벗어 놓는다. 땀을 들여 가며 아내를 가만히 내려다보니 그동안 고생만 시키고 변변히 먹이지도 못하였던 것이 갑자기 후회가 나는 것이다. ㉡이럴 줄 알았더면 동냇집 닭이라도 훔쳐다 먹였을 걸 싶어.

"울지 말아, 그것들이 뭘 아나 제까짓 게!"

하고 소리를 뻑 지르고는,

"채미* 하나 먹어 볼 테야?"

"채민 싫어요."

아내는 더위에 속이 탔음인지 한길 건너 저쪽 그늘에서 팔고 있는 얼음냉수를 손으로 가리킨다. 남편이 한푼 더 보태어 담배를 사려던 그 돈으로 얼음냉수를 한 그릇 사다가 입에 먹여까지 주니 아내도 황송하여 한숨에 들이켠다. ㉢한 그릇을 다 먹고 나서 하나 더 사다 주랴 물었을 때 이번에 왜떡이 먹고 싶다 하였다. 덕순이는 이것이 마지막이라는 생각으로 나머지 돈으로 왜떡 세 개를 사다 주고는 그대로 눈물도 씻을 줄 모르고 그걸 오직오직 깨물고 있는 아내를 이윽히 바라보고 있었다. 그러나 아내가 무슨 생각을 하였는지 왜떡을 입에 문 채 훌쩍훌쩍 울며,

㉣"저 사촌 형님께 쌀 두 되 꿔다 먹은 거 부대 잊지 말구 갚우."

하고 부탁할 제 이것이 필연 아내의 유언이라 깨닫고는,

"그래 그건 염려 말아!"

"그리구 임자 옷은 영근 어머니더러 사정 얘길 하구 좀 빨아 달래우."

하고 이야기를 곧잘 하다가 다시 입을 일그리고 훌쩍훌쩍 우는 것이다.

덕순이는 그 유언이 너무 처량하여 눈에 눈물이 핑 돌아 가지고는 지게를 도로 지고 일어선다. 얼른 갖다 눕히고 죽이라도 한 그릇 더 얻어다 먹이는 것이 남편의 도릴 게다.

㉤때는 중복, 허리의 쇠뿔도 녹이려는 뜨거운 땡볕이었다.

덕순이는 빗발같이 내려붓는 등골의 땀을 두 손으로 번갈아 훔쳐 가

며 끙끙 내려올 제, 아내는 지게 위에서 그칠 줄 모르는 그 수많은 유언을 차근차근 남기자, 울자, 하는 것이다.

– 김유정, 〈땡볕〉

* 사불여의: 일이 뜻대로 되지 아니함.
* 열적은: 부끄러운.
* 비소: 남을 비방하거나 비난하여 웃음.
* 채미: 참외의 사투리.

053 ▸ 서술상의 특징 파악

윗글의 서술상 특징으로 가장 적절한 것은?

① 시점의 변화를 통해 사건을 다각적으로 제시하고 있다.
② 특정 인물의 심리에 초점을 맞춰 사건을 서술하고 있다.
③ 객관적인 시선으로 등장인물들의 행동을 관찰하고 있다.
④ 이야기 속의 이야기를 통해 인물의 심리를 드러내고 있다.
⑤ 과거와 현재의 반복적인 교차로 사건의 원인을 드러내고 있다.

054 ▸ 구절의 의미 파악

㉠~㉤에 대한 이해로 적절하지 않은 것은?

① ㉠: 상황에 대한 덕순의 인식이 달라졌음을 보여 준다.
② ㉡: 덕순의 어려운 가정 형편과 아내에 대한 안타까운 마음을 드러낸다.
③ ㉢: 아내를 위로함으로써 상황이 나아질 것이라는 기대감을 드러낸다.
④ ㉣: 비정한 현실 속에서도 따뜻한 인간미를 잃지 않는 아내의 모습을 보여 준다.
⑤ ㉤: 덕순 내외가 겪는 삶의 힘겨움과 가혹한 현실을 드러낸다.

055 ▸ 외적 준거를 통한 작품 감상

〈보기〉를 참고하여 윗글을 감상한 내용으로 적절하지 않은 것은?

<보기>

김유정 작품의 특징은 중심인물들이 대부분 순박하고 어리숙하다는 점이다. 작가는 그런 인물들을 연민의 시선으로 바라봄으로써 인물이 겪는 문제의 원인이 개인이 아니라 부조리한 사회에 있음을 보여 준다.

작가는 〈땡볕〉에서 이러한 문제의식을 보여 주기 위해 인물의 성격과 대비되는 속성을 가진 대학 병원을 배경으로 설정했다. 덕순 내외는 동네 어른의 말만 믿고 희망에 차 대학 병원을 찾았으나 돈이 없어 병을 치료하지 못하고 비극적 죽음을 앞두게 된다. 이를 통해 근대 자본주의 사회의 비인간성과 모순을 비판하고 있다.

① 돈이 없어 죽음을 맞을 수밖에 없는 부조리한 현실을 통해 당대 사회의 문제를 비판하고 있군.
② 동네 어른의 말만 믿고 무작정 병원을 찾아가는 모습을 통해 덕순의 어리숙한 성격을 알 수 있군.
③ 죽음을 앞두고 소리 죽여 우는 아내의 모습을 통해 비극적 상황에 좌절하는 개인을 형상화하고 있군.
④ 덕순이 월급을 받을 수 없다는 사실에 실망하는 장면을 통해 자본주의 사회의 비인간성을 보여 주고 있군.
⑤ 순박한 인간미를 가진 인물과 냉정한 속성을 지닌 대학 병원의 대비를 통해 작가의 문제의식이 부각되고 있군.

[056~059] 다음 글을 읽고 물음에 답하시오.

[앞부분의 줄거리] 이생은 우연히 본 최 여인을 사모하게 되고 시를 주고 받으며 서로 사랑하는 사이가 된다. 이 사실을 알게 된 이생의 부모는 크게 노해 이생을 고향으로 쫓아 보내고, 최 여인은 이생과 만나지 못해 상사병에 걸린다. 이에 최 여인의 부모는 이생 부모를 설득해 이생과 최 여인을 혼인시킨다. 그 후 홍건적의 난이 일어나 이생은 간신히 도망하여 목숨을 보전하였으나, 최 여인은 정조를 지키려다가 홍건적의 손에 죽는다.

한편 이생은 황폐한 들에 숨어서 목숨을 보전하다가 도적의 무리가 떠났다는 소식을 듣고 부모님이 살던 옛집을 찾아갔다. 그러나 집은 이미 전쟁에 타 버리고 없었다. 다시 처가에 가 보니 행랑채는 쓸쓸하고 집 안에는 쥐들이 우글거리고 새들만 지저귈 뿐이었다. 이생은 슬픔을 이기지 못해 작은 누각에 올라가서 눈물을 거두고 길게 한숨을 쉬며 날이 저물도록 앉아서 지난날의 즐겁던 일을 생각해 보니 완연히 한바탕 꿈만 같았다.

밤중이 거의 되자 희미한 달빛이 들보를 비춰 주는데 복도에서 발자국 소리가 들려왔다. 그 소리는 먼 데서 차차 가까이 다가왔다. 살펴보니 사랑하는 최 여인이 거기 있었다. 이생은 그녀가 이미 이승에 없는 사람임을 알고 있었으나 너무나 사랑하는 마음에 반가움이 앞서 의심도 하지 않고 말했다.

"부인은 어디로 피란하여 목숨을 보전하였소?"

여인은 이생의 손을 잡고 한바탕 통곡하더니 곧 사정을 이야기했다.

〈중략〉

이윽고 이야기가 집안의 재산에 미치자 여인은 말했다.

"조금도 잃지 않고 어떤 산골짜기에 묻어 두었습니다."

"우리 두 집 부모님의 해골은 어디에 있소?"

"하는 수 없이 어떤 곳에 모셔 두었습니다."

서로 쌓였던 이야기가 끝나고 자리에 드니 지극한 정이 옛날과 같았다.

이튿날 여인은 이생과 함께 옛날 개령동을 찾아갔다. 거기에는 금은 몇 덩어리와 재물 약간이 있었다. 그들은 두 집 부모님의 유골을 거두고 금은과 재물을 팔아서 각각 오관산 기슭에 합장하고는 나무를 세우고 제사를 드려 모든 예절을 다 마쳤다.

그 후 이생은 벼슬을 구하지 않고 아내와 함께 살게 되니 피란 갔던 노복들도 또한 찾아 들었다. 이생은 이로부터 인간의 모든 일을 잊어버리고서 친척과 귀한 손의 길흉사 방문에도 문을 닫고 나가지 않았으며 늘 아내와 함께 시를 지어 주고받으며 즐거이 세월을 보냈다.

어느덧 두서너 해가 지난 어떤 날 저녁에 여인은 이생에게 말했다.

"세 번이나 가약을 맺었습니다마는 세상일이 뜻대로 되지 않았으므로 즐거움도 다하기 전에 슬픈 이별이 갑자기 닥쳐 왔습니다."

하고는 마침내 목메어 울었다. 이생은 깜짝 놀라면서 물었다.

"무슨 까닭으로 그런 말씀을 하시오?"

여인은 대답했다.

"저승길은 피할 수가 없습니다. 저와 낭군의 연분이 끊어지지 않았고 또 전생에 아무런 죄악도 없었으므로 옥황상제께서 이 몸을 빌려 주어 잠시 낭군을 뵈어 시름을 풀게 했던 것입니다. 오랫동안 인간 세상에 머물러 있으면서 산 사람을 유혹할 수는 없습니다."

하더니 시비에게 명하여 술을 올리게 하고는 옥루춘곡에 맞추어 시를 지어 부르면서 이생에게 술을 권했다.

도적떼 밀려와서 처참한 싸움터에
몰죽음당하니 원앙도 짝 잃었네
여기저기 흩어진 해골 그 누가 묻어 주리
피투성이 그 유혼은 하소연도 할 곳 없네

슬프다 이내 몸은 무산 선녀 될 수 없고
깨진 거울 갈라지니 마음만 쓰라리네
이로부터 작별하면 둘이 모두 아득하네
저승과 이승 사이 소식조차 막히리라

시 한 구절씩 부를 때마다 눈물에 목이 막혀 거의 곡조를 이루지 못했다. 이생도 또한 슬픔을 걷잡지 못했다.

"나도 차라리 부인과 함께 황천으로 갔으면 하오. 어찌 무료히 홀로 여생을 보내겠소. 지난번에 난리를 겪고 난 후에 친척과 노복들이 각각 서로 흩어지고, 돌아가신 부모님의 유골이 들판에 버려져 있을 때, 부인이 아니었더라면 누가 능히 장사를 지내 주었겠소. 옛사람의 말씀에 부모님이 살아 계실 때는 예절로써 섬기고 돌아가신 후에도 예절로써 장사 지내야 한다 했는데 이런 일을 모두 부인이 실천했소. 그것은 부인의 천성이 효성이 지극하고 인정이 두터운 때문이니 감격해 마지않았으며, 스스로 부끄러움을 이기지 못하였소. 부인은 이승에서 함께 오래 살다가 백년 후에 같이 세상을 떠나는 것이 어떻겠소?"

여인은 대답했다.

"낭군의 수명은 아직 남아 있으나, 저는 이미 저승의 명부에 이름이 실려 있으니 오래 머물러 있을 수가 없습니다. 만약 굳이 인간 세상을 그리워해서 미련을 가진다면, 명부의 법에 위반됩니다. 그렇게 되면 죄가 저에게만 미칠 것이 아니라 낭군님에게까지 그 허물이 미칠 것입니다. 다만 저의 유골이 아직 그곳에 흩어져 있으니, 만약 은혜를 베풀어 주시겠다면 유골을 거두어 비바람 맞지 않게 해 주십시오."

두 사람은 서로 바라보며 눈물을 흘렸다. 잠시 후에 여인은 말했다.

"낭군님, 부디 안녕히 계십시오."

말을 마치자 점점 사라져서 마침내 종적을 감추었다. 이생은 아내가 말한 대로 그녀의 유골을 거두어 부모의 무덤 곁에 장사를 지내 주었다.

㉠<u>그 후 이생은 아내를 지극히 생각한 나머지 병이 나서 두서너 달 만에 그도 또한 세상을 떠났다.</u>

이 사실을 들은 사람들은 모두 슬퍼하고 탄식하면서, 그들의 절개를 사모하지 않는 이가 없었다고 한다.

– 김시습, 〈이생규장전〉

056 ▸ 서술상의 특징 파악

윗글에 대한 설명으로 적절한 것은?

① 삽입된 시를 통해 인물의 심리를 드러내고 있다.
② 배경 묘사를 통해 인물 간 갈등 상황을 암시하고 있다.
③ 잦은 장면 전환을 통해 긴박한 분위기를 조성하고 있다.
④ 서술자의 직접 개입을 통해 반전된 상황을 제시하고 있다.
⑤ 과거와 현재의 교차를 통해 사건의 입체감을 부여하고 있다.

057 ▸ 인물의 심리·태도 파악

윗글의 등장인물에 대한 설명으로 가장 적절한 것은?

① 최 여인은 이생의 집에서 이생을 기다리고 있었다.
② 이생은 최 여인과의 이별을 차분히 준비하고 있었다.
③ 이생은 양가 부모님과의 재회를 간절히 바라고 있다.
④ 최 여인은 전쟁 중에 자신을 버린 이생을 오해하고 있다.
⑤ 이생은 부모의 유골을 모셔 둔 최 여인에게 고마워하고 있다.

058 ▸ 사건 전개 과정의 이해

윗글에 나타난 주요 사건을 〈보기〉와 같이 정리할 때, (가)~(다)에 대한 설명으로 적절하지 <u>않은</u> 것은?

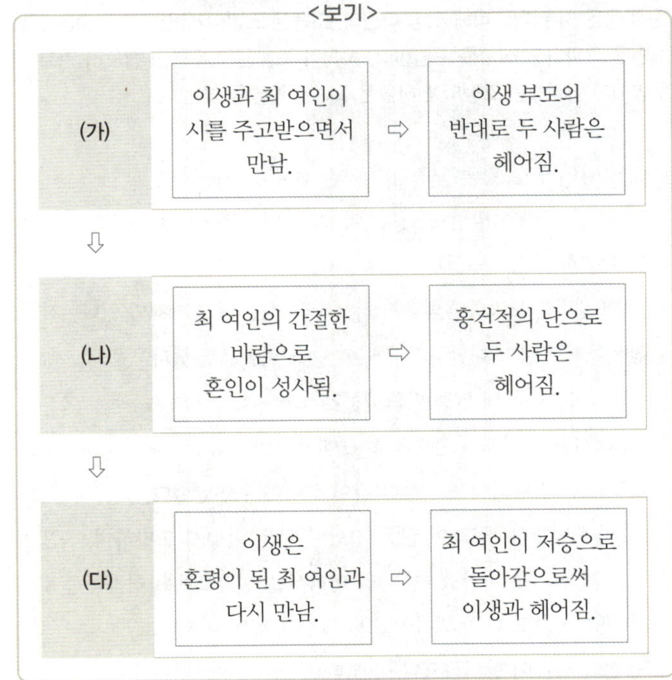

① (다)의 만남은 생사를 초월하여 주인공들의 사랑이 이어진다.
② (다)의 헤어짐은 현실에서의 재회를 전제로 주인공들의 사랑이 연기된다.
③ (다)의 만남에서는 (가)의 만남과 달리 제3자의 도움으로 주인공들의 사랑이 이루어진다.
④ (다)의 헤어짐에서는 (나)의 헤어짐과 달리 운명적 요인으로 주인공들의 사랑이 좌절된다.
⑤ (가)~(다)는 주인공들이 사랑을 이루기 위해 자신들을 둘러싼 세계와 끊임없이 갈등하는 과정이다.

059 ▸ 상황에 맞는 한자 성어

㉠의 상황을 나타내는 말로 가장 적절한 것은?

① 두문불출(杜門不出)
② 역지사지(易地思之)
③ 일편단심(一片丹心)
④ 적반하장(賊反荷杖)
⑤ 환골탈태(換骨奪胎)

[060~062] 다음 글을 읽고 물음에 답하시오.

[앞부분의 줄거리] 중국 송나라 문제 때 간신 이두병은 황제가 죽은 후 태자를 귀양 보내고 스스로 황제라 칭한다. 이두병의 모함으로 죽은 조정인의 아들 조웅은 이두병을 피해 도망 다닌다. 조웅은 스님에게 병법과 무술을 배워 서번을 격파하고 태자를 구출한다. 곧이어 조웅은 이두병을 잡으러 가고 이두병에게 협력했던 조정의 신하들은 살아날 방법을 찾는다.

이날 밤에 승상 황덕이 조정의 여러 신하와 의논했다.

"이제 곧 나라가 망할 것이니, 아무리 해도 살길이 없는지라. 그대들은 어찌하려 하느뇨?"

"우리 생각은 도망하면 좋을까 하는데, 승상은 무슨 계교가 있나이까?"

신하들이 이같이 대답하자 황덕이 칼을 빼놓고 말했다.

"그대들은 모두 내 말을 따르겠는가?"

"죽고 사는 일인데 무슨 일인들 못하오리까?"

대답을 듣고 황덕이 오랫동안 깊이 생각하다가 말했다.

"이제 도망한다 해도 이 많은 사람이 모두 어떻게 도망하며, 도망한들 어찌 살기를 바라겠소? 나의 어리석은 생각으로는 처자식을 구하고 좋은 벼슬도 할 묘책이 있으니 그렇게 함이 어떠한고?"

"승상의 말씀이 당연하오니 어찌 따르지 아니하오리까?"

모두 몹시 반기며 말했다.

"㉠ 우리 중에 용맹이 있는 장수 육십 명을 가려 뽑아 가만히 궐내에 들어가 황제와 그의 자식 오 형제를 다 결박한 뒤 조웅에게 바치면 우리는 제일의 공신(功臣)이 될 것이니, 이 꾀가 어떠하오?"

"그렇게 함이 실로 가장 좋은 계책이로소이다."

황덕의 제의를 모두 반겼다.

㉡ 그날 밤에 용맹스런 장수 육십여 명을 궐내에 숨겨 놓았다가 밤이 깊은 뒤에 달려들어 황제와 오 형제를 다 결박하니 이미 동쪽 하늘이 밝아 왔다. 이날 조정 신하들이 이두병과 이관 오 형제를 수레에 싣고 조 원수를 찾아갔다.

이때에 황성의 백성은 원수가 온다는 말을 듣고 즐거워하며 마중 나오니, 가히 그 수를 헤아리지 못할 정도였다. 이두병을 잡아 온다는 말을 듣고 황성의 백성이 남녀노소 할 것 없이 다 즐거워하며 말했다.

"극악한 이두병이 제 세력만 믿고 스스로 천자라 하면서 권세가 끝이 없기를 바라더니, 잠시도 보존치 못하고 어이 그리 짧게 끝나는고? 하늘이 밝게 보시어 네 죄를 알았구나. 무지한 백성도 네 고기를 원하는도다. 착하고 빛나도다! 해 같고 달 같은 조 원수를 보니 고통스러운 백성이 가뭄에 단비를 만났도다. 사방으로 흩어진 충신들도 소식을 알았던가? 남녀노소 백성아, 구경을 가자꾸나!"

백성이 다투어 구경했다.

원수가 팔십만 대병을 몰아 황성으로 쳐들어오니 황성 백성이 남녀노소 할 것 없이 길을 막고 나와 원수께 치하했다.

"장하고 장하도다. 어디를 가셨다가 이제야 오시는가? 하늘이 돕고 귀신이 도와 송나라를 회복했도다."

"살아서 너희를 다시 보니 반갑기 그지없도다."

㉢ 원수가 백성을 위로하며 행군을 재촉하여 수일 만에 황자강에 이르니 강산 풍경이 예전과 같았다. 문득 옛일을 생각하니 서글픈 마음을 금하지 못하겠는지라.

사공을 재촉하여 강을 건너니 황성관 어귀에 조정 신하들이 이두병과 이관 오 형제를 수레 위에 높이 싣고 원수의 군대를 기다리고 있었다. 원수가 오는 것을 보고는 나아와 땅에 엎드려 애걸했다.

"소인 등이 임금을 속이고 반역을 꾀했으니 죽어 마땅하오나 그때는 도망칠 수도 이두병의 형세를 당해낼 수도 없어 그리한 것이옵니다. 소신도 송 태자를 생각하면 가슴이 막혀 한 순간인들 편안치 않았사옵니다. 하늘이 도와 원수가 이리 오신다 하기에 지난 죄를 돌아보지 않고 이두병 부자를 결박하여 바치옵니다. 엎드려 바라건대 원수께서 불쌍히 여기시어 널리 용서해 주소서. 소인들의 목숨을 보전하여 주시기를 바라나이다."

㉣ 원수가 이두병을 보니 분한 마음이 하늘을 찌르는지라. 군대를 머무르게 하고 군사를 호령하여 "두병을 잡아들여라!" 명하니, 군사들이 일시에 달려들어 이두병을 진중에 꿇어앉혔다.

"두병아! 네 얼굴을 들어 나를 보라. 네 죄를 생각하면 죽여도 아깝지 않도다. 태자를 귀양 보내고 사약을 내리니 그 죄가 어떠하며, 나를 잡으려고 장졸을 보내어 세상을 시끄럽게 하니 그 어인 일인고? 사실대로 똑바로 아뢰어라."

원수의 호령에 좌우의 무사들이 달려들어 창검으로 두병을 찌르며 '바삐 아뢰라!' 다그쳤다. 잠시 후 두병이 겨우 진정하여 말했다.

"조정의 신하들이 그 사람됨이 비할 수 없이 음흉하고 사악한 놈들이라. 자신들의 죄를 면하고자 우리 부자를 잡아 이 지경이 되었으니 이제 무슨 말을 하리오? 원수의 처분대로 하라."

이 말에 원수가 크게 성내어 무사들에게 심문하라 호령하니, 무사들이 일시에 달려들어 창검으로 찔렀다. 두병이 고통을 견디지 못하여 말했다.

"이미 일이 발각되었으니 무슨 말을 못하겠는가? 송나라의 신하들은 만고의 소인이로다. 애초에 반역을 모의한 것과 태자를 변방 땅에 멀리 귀양 보내고 사약을 내린 것도 모두 저들의 생각이라. ㉤ 저들이 죄를 면하려고 간교한 계책을 내어 내가 이 지경이 되었으나 다 저들의 죄요, 진실로 나는 태자를 해치고자 함이 아니었노라. 이제 나에게만 죄를 묻고 저들은 죄를 면하고자 함이로다."

원수가 듣고 분기충천(憤氣沖天)하여 큰소리로 꾸짖었다.

"이 간악한 놈아, 너를 잠시인들 어찌 살려 두겠느냐. 하지만 살려 두는 것은 태자를 모셔 온 뒤에 죽이려 함이라."

또 이관 오 형제를 잡아들여 죄를 묻고 이두병과 그 아들 오 형제를 다 수레 위에 올려 앉히고 춤추며 행군하여 황성으로 들어갔다.

– 작자 미상, 〈조웅전〉

060 ▸ 세부 내용의 이해

윗글에 대한 이해로 적절하지 않은 것은?

① '황덕'은 자신이 살아남기 위해 '이두병'과 그의 자식을 잡는 계책을 세운다.
② '이두병'을 잡으러 황성으로 쳐들어오는 '원수'를 '황성의 백성'들은 열렬히 환영한다.
③ '조정의 신하들'은 '황덕'의 계획에 동의하고 '이두병'과 그의 자식을 결박하는 일에 협조한다.
④ '원수'는 '이두병'의 죄를 열거하며 사실대로 말할 것을 명령한다.
⑤ '이두병'은 '원수'의 위엄에 압도되어 자신의 죄를 반성하며 용서를 구한다.

061 ▸ 서술상의 특징 파악

㉠~㉤에 대한 설명으로 가장 적절한 것은?

① ㉠: 앞으로 전개될 사건을 예측할 수 없게 하여 긴장감을 조성하고 있다.
② ㉡: 밤 동안에 있었던 사건을 서술자가 요약해서 이야기하고 있다.
③ ㉢: 외부 정경에 대한 구체적 묘사를 통해 인물의 심리를 간접적으로 드러내고 있다.
④ ㉣: 행동과 배경에 대한 묘사를 통해 인물의 심리를 표현하고 있다.
⑤ ㉤: 중립적인 입장에 있던 인물을 통해 사건의 진상을 이야기하고 있다.

062 ▸ 외적 준거를 통한 작품 감상

〈보기〉를 참고하여 윗글을 감상한 내용으로 적절하지 않은 것은?

<보기>

〈조웅전〉은 조선 시대에 창작되어 독자들에게 많이 읽힌 소설이다. 이 소설은 두 가지 면에서 당시의 독자들이 원하는 세계를 잘 보여 주었기 때문에 그들의 공감을 이끌어 낼 수 있었다. 하나는 충(忠)이라는 가치관을 바탕으로 하였기 때문이고, 또 하나는 선인(善人)과 악인(惡人)의 대결 구도를 만들어 선인이 악인의 횡포를 이기는 과정을 재미있게 보여 주었기 때문이다.

① 조웅이 반역을 한 이두병을 심문하는 것은 충이라는 가치관을 반영한 것으로 볼 수 있겠군.
② 조정의 신하와 이두병이 서로 대립하는 것은 선인과 악인의 대결로 볼 수 있겠군.
③ 이두병이 스스로 왕이라 칭하며 태자를 귀양 보내고 조웅을 잡으려 하는 것은 악인의 횡포로 볼 수 있겠군.
④ 조웅이 이두병을 제압하고 태자를 구하는 것은 선인이 악인의 횡포를 이기는 과정으로 볼 수 있겠군.
⑤ 고난을 겪던 조웅이 이두병을 잡아 심문하는 장면에서 독자들은 재미를 느꼈다고 볼 수 있겠군.

[063~065] 다음 글을 읽고 물음에 답하시오.

S#90. 전철역 안/오후

경숙, 비틀거리며 뒤편에 있는 의자로 가서 앉는다. 점점 일그러지는 그녀의 표정. 조금씩 새어 나오는 신음 소리. 배를 움켜쥔 손. 의자로 점점 기울어져 눕다시피 되는 경숙. 점점 흐려지는 눈빛.

(플래시백*)

동물원의 인파 속에 서 있는 젊은 경숙과 어린 초원. 초원은 한쪽 손에 풍선을 들고 멍하게 서 있고, 경숙은 초원의 손을 잡고 있다. 우울한 표정의 경숙, 초원을 바라보고 서 있다. ⓐ스르륵 풀리는 초원의 손. 초원, 사람들 틈으로 마술처럼 사라진다.

S#93. 병원 병실/밤

경숙: 이왕 이렇게 세상에 태어난 이상, 뭐 하나라도 즐길 수 있는 거, 살아 있다는 기분 느낄 수 있는 거 하나쯤 엄마가 만들어 주고 떠나자. 그런데 어느 날 보니……. 그러면서, 내가 좋아하고 꿈꾸고 위로받고 있는 거였어. 아무것도 모르는 애를 멋대로 굴려 가면서. 하지만 그만둘 수가 없었어. 그럼 난 살 수가 없을 것 같았거든. (눈물을 떨군다) …… 애가 기억하더라구. 옛날에 동물원에서 잃어버렸던 걸……. 기억나지 당신도? 사실은 말야, 그때, 내가 초원이를 버렸던 거야. 사람들 틈에서 손을 놓았지. 도저히, 키울 자신이 없었거든……. 그러니까, 제 살자고 애를 버렸던 엄마가, 이제 또 제가 살려고 애를 그렇게 한평생 못살게 군 거야.

희근: 당신 그때 스물일곱이었어.

경숙: 지금은 아니야. 담임 선생님이 그랬어. 애가 힘들어도 힘들단 소리를 안 한대. 내가 늘 그랬거든. 초원이 힘들어, 안 힘들어? 안 힘들지? 힘들지 않지? 좋지? 좋아하지? …… 십오 년을 그렇게 애를 다그쳤어. 그래서 이젠 힘들다, 하기 싫단 말을 아예 못 해. 어떡하지? 우리 초원이 불쌍해서? 어쩜, 초원이는 엄마가 자길 또 내버릴까 봐, 그렇게 열심히, 힘들단 소리도 못 하고 지금껏 산 거 아닐까, 여보? 어떡하지? 그럼 나 정말 지옥 갈 거야, 그치?

S#94. 병원 정원/낮

정욱: 예전에 초원이 마라톤 좋아한다고 했을 때, 내가 직접 달려 보지도 않고 그딴 소리하지 말라고 한 거 기억나요?

허공을 바라보고 있는 경숙에게 진지하게 계속 말하는 정욱.

정욱: 그건 정말 모르는 거예요. 직접 뛰어 본 사람만 아는 거죠. 승부를 위해, 기록을 위해, 다른 사람을 위해 뛰는 거랑은 다른 거거든요. 그럴 땐 멈추고 싶죠. 그리고 멈춰 서 있으면……. 그 느낌은 쉽게 까먹어요. 그럼 영영 다시 뛸 수 없죠. (경숙을 바라보며) 제가 페이스메이커 할게요. 같이 뛴다구요.

경숙: 하지만, 우리 앤 달라요. 남들과 달라요. 똑같지 않다구요! 그걸 깨닫는 데 20년 걸렸어요. 바보처럼……. 그깟 200시간으로 뭐가 달라졌을 것 같아요? 어림도 없어요. 애 맘을 아냐구요? 그걸 알면, 난 지금 당장 죽어도 소원이 없어요. (큰 목소리로) 가세요! 이젠, 안 해요! 내가 그놈의 걸 알 때까지 하루라도 더 살기 위해서라도 이제 마라톤 안 해요!

S#95. 몽타주

- 학교로 가는 승합차에 올라타는 초원. 차에 타기 전 아파트를 올려다보지만 엄마가 늘 손 흔들어 주던 자리엔 아무도 없다. ……………… ㉠
- 병원에서 탁상 달력을 바라보는 경숙. 10월 10일 날짜에 눈이 간다. 미련을 버리려는 듯, 텔레비전을 켠다. ……………………………… ㉡
- 아파트 복도 구석에 앉아 정욱이 사준 얼룩말 러닝화를 박스에서 꺼내 보는 초원. 냄새를 킁킁 맡아 본 후, 다시 박스에 넣는다. ………… ㉢

[중략 부분의 줄거리] 경숙은 퇴원하고, 초원은 정욱에게 마라톤 훈련을 받지 않으나 깊은 밤 운동장을 스스로 달린다. 10월 10일 마라톤 대회가 열리는 날, 초원은 혼자 대회 현장으로 향한다. 초원이 사라지자 놀란 경숙과 동생 중원은 초원을 찾아 나서고, 대회 현장에서 초원을 발견한다.

S#101. 춘천 공설 운동장/아침

경숙, 초원을 잡아끌지만, 초원은 움직일 생각을 안 한다.

경숙: 너 뛰다가 쓰러지면 또 주사 맞잖아. 주사 맞을 거야?

초원: (머뭇거리다가 이내) 안 쓰러져. 초원이 안 쓰러져.

그 순간 '타앙' 울리는 출발 총성. '와아'하는 함성 소리와 함께 물밀 듯이 밀려 나가기 시작하는 사람들. 그 틈바구니에서 손을 붙잡은 채, 서로 노려보고 있는 초원과 경숙.

중원: (가운데에 서서 간절한 표정으로) 엄마!

경숙: 초원아, 나중에 오자. 오늘은 안 돼. 너 혼자선 안 돼.

초원 모자와 거칠게 부딪치면서 출발하는 사람들. 달려 나가는 수많은 사람들 틈에서, 보였다 안 보였다 하는 초원과 경숙. 하지만 초원의 손을 꼭 잡고 있는 경숙.

경숙: 초원아, 엄마가 잘못했어. 이제, 이런 거 안 시킬게.

초원: 초원이 다리는…….

경숙, 숨이 멎는 듯

초원: 초원이 다리는……?

경숙: (경숙의 눈가가 젖어 들고) 백만 불짜리 다리…….

어느새, ⓑ스르르 손이 풀리고, 초원은 바람처럼 군중들 틈으로 사라진다.

– 정윤철 · 윤진호 · 송예진 각본, 〈말아톤〉

* 플래시백: 영화가 순차적으로 진행되는 도중 과거 시간대의 장면을 삽입하는 기법.

063 ▸ 연출 계획의 적절성 평가

윗글을 영화로 연출하기 위한 연출자의 주문 사항으로 적절하지 않은 것은?

① S#93에서 경숙이 말할 때, 자책감을 담아낼 수 있는 표정으로 연기해 주세요.
② S#94에서 정욱이 경숙을 설득할 때, 진지한 태도가 드러나는 어조로 대사를 해 주세요.
③ S#94에서 경숙이 정욱의 제안을 거절할 때, 감정을 억누르려는 차분한 목소리로 연기해 주세요.
④ S#101에서 마라톤 대회가 시작되는 상황일 때, 생생한 현장감이 부각될 수 있는 효과음을 넣어 주세요.
⑤ S#101에서 초원과 경숙이 대화할 때, 마라토너들은 일시에 그들의 주변을 빠르게 지나쳐 가도록 해 주세요.

064 ▸ 외적 준거를 통한 작품 감상

<보기>를 감독의 인터뷰라고 할 때, <보기>를 바탕으로 S#95의 ㉠~㉢을 감상한 내용으로 적절하지 않은 것은?

<보기>

"S#95에서 몽타주 기법을 사용한 것은 장면과 장면을 연결해 주면서 사건을 압축적으로 전개하고자 했기 때문입니다. 몽타주 기법을 사용하게 되면 장면들이 서로 연결되면서, 하나의 장면만으로는 보여 줄 수 없었던 사건의 진행 과정과 인물의 심리를 관객들이 짐작할 수 있게 됩니다. 그리고 자칫 느슨해질 수 있는 사건 전개에 속도감을 부여하여 영화에 대한 몰입도를 높일 수 있습니다."

① ㉠은 S#90과 연계된 S#93에서 경숙이 입원한 것과 관련하여 초원의 일상에 변화가 생겼음을 알 수 있게 하는군.
② ㉡은 S#94에서의 대사와는 달리 초원의 마라톤 대회 참가에 대해 경숙이 미련을 가지고 있었음을 알 수 있게 하는군.
③ ㉢은 S#101에서 마라톤을 하고 싶어 하는 모습을 보이는 초원과 연결하여 이해할 수 있겠군.
④ ㉡, ㉢을 통해 초원과 경숙의 모습을 대비하여 S#101에서 중원에 의해 두 사람의 갈등이 해소될 것임을 나타내는군.
⑤ ㉠~㉢을 나열한 것은 초원과 경숙의 일상을 압축적으로 보여 줌으로써 속도감 있게 사건을 전개하기 위한 것이군.

065 ▸ 구절의 의미 파악

ⓐ와 ⓑ를 연계하여 초원에 대한 경숙의 인식 변화를 이해한 것으로 가장 적절한 것은?

① 책임을 져야 하는 부담스러운 존재에서 의지를 지닌 주체적인 존재로 인정하게 되었음을 알 수 있다.
② 보살핌을 받지 못하던 소외된 존재에서 남을 위해 애쓰는 대견한 존재로 인식하게 되었음을 알 수 있다.
③ 다가가기 어려운 고독한 존재에서 먼저 마음을 열고 다가오는 살가운 존재로 인식하게 되었음을 알 수 있다.
④ 가르침에 잘 따르는 순종적인 존재에서 자기 고집만 내세우는 야속한 존재로 받아들이게 되었음을 알 수 있다.
⑤ 함께하며 위안을 얻는 존재에서 뒤늦게 속마음을 알게 되어 미안함을 느끼는 존재로 생각하게 되었음을 알 수 있다.

[066~069] 다음 글을 읽고 물음에 답하시오.

나이? …… 올해 일흔두 살입니다. 그러나 시삐 여기진 마시오. 심장비대증으로 천식(喘息)기가 좀 있어 망정이지, 정정한 품이 서른 살 먹은 장정 여대친답니다. 무얼 가지고 겨루든지 말이지요.

그 차림새가 또한 혼란스럽습니다. 옷은 안팎으로 윤이 지르르 흐르는 모시 진솔 것이요, 머리에는 탕건에 받쳐 죽영(竹纓) 달린 통영갓이 날아갈 듯 올라앉았습니다.

발에는 크막하니 솜을 한 근씩은 두었음 직한 흰 버선에, 운두 새까만 마른신을 조마맣게 신고, 바른손에는 은으로 개 대가리를 만들어 붙인 화류 개화장이요, 왼손에는 서른네 살배기 묵직한 합죽선입니다.

이 풍신이야말로 아까울사, 옛날 세상이었더라면 일도(一道)의 방백(方伯)*일시 분명합니다. 그런 것을 간혹 입이 비뚤어진 친구는 광대로 인식 착오를 일으키고, 동경 · 대판의 사탕 장수들은 캐러멜 대장감으로 침을 삼키니 통탄할 일입니다.

인력거에서 내려선 윤 직원 영감은, 저절로 떠억 벌어지는 두루마기 앞섶을 여미려고 하다가 도로 걷어 젖히고서, 간드러지게 허리띠에 가 매달린 새파란 염낭끈을 풉니다.

"인력거 쌕이 멫 푼이당가?"

이 이야기를 쓰고 있는 당자 역시 전라도 태생이기는 하지만, 그 전라도 말이라는 게 좀 경망스럽습니다.

"그저 처분해 줍사요!"

인력거꾼은 담요로 팔짱 낀 허리를 굽신합니다. 좀 점잖다는 손님한테는 항투로 쓰는 말이지만, 이 풍신 좋은 어른께는 진심으로 하는 소립니다. 후히 생각해 달란 뜻이지요.

"으응! 그리여잉? 그럼, 그냥 가소!"

윤 직원 영감은, 인력거꾼을 짯짯이 바라다보다가 고개를 돌리더니, 풀었던 염낭끈을 도로 비끄러맵니다.

인력거꾼은 어쩐 영문인지를 몰라, 뚜렛뚜렛하다가, 혹시 외상인가 하고 뒤통수를 긁적긁적하면서…….

"그럼, 내일 오랍쇼니까?"

"내일? 내일 무엇허러 올랑가?"

윤 직원 영감은 지금 심정이 약간 좋지 못한 일이 있는데, 가뜩이나 긴찮이 잔말을 씹힌대서 저으기 안색이 변합니다.

그러나 이편 인력거꾼으로 당하고 보면, 무엇하러 오다니, 외상 준 인력거 삯 받으러 오지요라는 것이지만, 어디 무엄스럽게 그런 말을 똑바로 대고 하는 수야 있나요. 그러니 말은 바른대로 하지 못하고, 그래 자못 난처한 판인데, 남의 그런 속도 몰라 주고, 윤 직원 영감은 인제는 내 할 말 다아 했다는 듯이 천천히 돌아서 버리자고 합니다.

인력거꾼은, 이러다가는 여느 때도 아니요, 허파가 터질 뻔한 오늘 벌이가, 눈 멀뚱멀뚱 뜨고 그만 허사가 되지 싶어, 대체 이 어른이 어째서 이러는지는 모르겠어도, 그건 어찌 되었든지 간에 좌우간 이렇게 병신스럽게 우물쭈물하고만 있을 일이 아니라고 크게 과단을 내지 않을 수가 없습니다.

"저어, 삯 말씀이올습니다. 헤……."

크게 과단을 낸다는 게 결국은 크게 조심을 하는 것뿐입니다.

"싹?"

"네에!"

"아니 여보소, 이 사람……."

윤 직원 영감은 더러 역정을 내어, 하마 삿대질이라도 할 듯이 한 걸음 나섭니다.

"…… 자네가 아까 날더러, 처분대로 허라구 허잖있넝가?"

"네에!"

"그렇지? …… 그런디 거, 처분대로 허람 말은 맘대루 허람 말이 아닝가?"

인력거꾼은 비로소 속을 알았습니다.

알고 보니 참 기가 막힙니다. 농도 할 사람이 따로 있지요. 웬만하면, 허허! 하고 한바탕 웃어 젖힐 노릇이겠지만, 점잖은 어른 앞에서 그럴 수는 없고 그래 히죽이 웃기만 합니다.

"…… 그리서 나넌 그렇기 처분대루, 응? …… 맘대루 말이네. 맘대루 허라구 허길래, 아 인력거 삯 안 주어도 갱기찮언 종 알구서, 그냥 가라구 히였지!"

인력거꾼은 이 어른이 끝끝내 농을 하느라고 이러는가 했지만, 윤 직원 영감의 안색이며 말씨며 조금도 그런 내색이 보이지 않습니다.

[중략 부분의 줄거리] 윤 직원은 아들과 손자를 군수와 경찰서장으로 만들고 싶어 하지만, 아들과 장손은 노름과 주색에 빠져 있다. 어느 날 윤 직원은 가장 큰 기대를 걸었던 둘째 손자 종학이 사회주의 운동으로 피검됐다는 전보를 받는다.

"㉠사회주의라니? 으응? 으응? ……"

윤 직원 영감은 사뭇 사람을 아무나 하나 잡아먹을 듯, 집이 떠나게 큰 소리로 포효(咆哮)를 합니다.

"…… 으응? 그놈이 사회주의를 허다니! 으응? 그게, 참말이냐? 참말이여?"

"허긴 그놈이 작년 여름 방학에 나왔을 때버틈 그런 기미가 좀 뵈긴 했어요!"

"그러머넌 참말이구나! 그러머넌 참말이여, 으응! ……"

윤 직원 영감은 이마로 얼굴로 땀이 방울방울 배어 오릅니다.

"…… 그런 쳐 죽일 놈이, 깎어 죽여두 아깝잖을 놈이! 그놈이 경찰서장 허라닝개루, 생판 사회주의 허다가 뎁다 경찰서에 잽혀? 으응? …… 오사육시를 헐 놈이, 그놈이 그게 어디 당헌 것이라구 지가 사회주의를 히여? 부잣놈의 자식이 무엇이 대껴서 부랑당패에 들어? ……"

아무도 숨도 크게 쉬지 못하고 고개를 떨어뜨리고 섰기 아니면 앉았을 뿐 윤 직원 영감이 잠깐 말을 그치자 방 안은 물을 친 듯이 조용합니다.

"…… 오죽이나 좋은 세상이여? 오죽이나 ……."

윤 직원 영감은 팔을 부르걷은 주먹으로 방바닥을 땅 치면서 성난 황소가 영각을 하듯 고함을 지릅니다.

"화적패가 있너냐아? 부랑당 같은 수령(守令)들이 있더냐? …… 재산이 있대야 도적놈의 것이요, 목숨은 파리 목숨 같던 말세(末世)넌 다 지내가고오……, 자 부아라, 거리거리 순사요, 골골마다 공명헌 정사(政事), 오죽이나 좋은 세상이여……. 남은 수십만 명 동병(動兵)을 히여서, 우리 조선 놈 보호히여 주니, 오죽이나 고마운 세상이여? 으응? …… 제 것 지니고 앉어서 편안허게 살 태평 세상, 이걸 태평천하라구 허는 것이여, 태평천하! …… 그런디 이런 태평천하에 태어난 부잣놈의 자식이, 더군다나 왜 지가 떵떵거리구 편안허게 살 것이지, 어찌서 지가 세상 망쳐 놀 부랑당패에 참섭을 헌담 말이여, 으응?"

– 채만식, 〈태평천하〉

* 방백: '도지사'를 예스럽게 이르는 말.

066 ▸ 서술상의 특징 파악

윗글의 서술상 특징으로 적절하지 않은 것은?

① 인물의 외양을 묘사하여 성격을 간접적으로 제시하고 있다.
② 인물의 대사를 통해 상황에 대한 인식과 가치관을 드러내고 있다.
③ 서술자가 작중 상황에 직접 개입하여 주관적 평가를 내리고 있다.
④ 특정 지역의 사투리를 사용하여 생동감과 사실성을 획득하고 있다.
⑤ 작품 내의 서술자가 관찰한 내용을 독자에게 상세히 설명하고 있다.

067 ▸ 인물의 성격 및 태도 파악

윗글에 대한 이해로 가장 적절한 것은?

① 사필귀정(事必歸正)이라더니 결국 종학은 자신이 한 일에 대한 죗값을 치르게 되겠군.
② 만석꾼인 윤 직원이 얼마 안 되는 인력거 삯에도 인색한 걸 보니 노승발검(怒蠅拔劍)이로군.
③ 종학이 사회주의 운동을 하다 잡혀갔다는 소식을 듣고 분노한 윤 직원의 모습은 마치 연목구어(緣木求魚)와 같아.
④ '그저 처분해 달라'는 인력거꾼의 말을 돈을 안 내도 된다고 해석한 윤 직원의 태도는 아전인수(我田引水) 격인 셈이지.
⑤ 인력거꾼이 윤 직원의 억지에도 어쩔 수 없이 공손한 태도를 보이는 것은 지록위마(指鹿爲馬)의 전형적인 예라 할 수 있어.

068 ▸ 외적 준거를 통한 작품 감상

다음은 〈보기〉를 읽고 윗글에 대해 학생들이 나눈 대화이다. 작품의 내용을 잘못 이해한 것은?

<보기>

채만식의 문학은 전반적으로 풍자적이고 반어적인 경향을 띤다. 작가는 일제의 침탈로 인한 사회적 모순을 드러내고 그 속에서 살아가는 부정적 인물들의 모습을 짐짓 진중한 어조로 희화화하고 조롱함으로써 풍자를 완성한다. 〈태평천하〉에서도 작가는 단소리 사설과 탈춤을 계승한 해학적이고 풍자적인 어조를 활용함으로써 부정적 인물인 윤 직원과 그 주변인들을 비판하고 있다.

① 은혜: 서술자는 격에 맞지 않게 화려하기만 한 윤 직원의 차림새에 대해 '입이 비뚤어진 친구는 광대로 인식 착오를 일으'킨다고 표현했는데, 이는 그가 광대나 마찬가지라는 것을 강조하려는 의도야.
② 종혁: 응, 그런 것 같아. 그러니까 윤 직원을 '일도(一道)의 방백(方伯)'이라고 평한 것은 반어적 표현이겠지?
③ 코미: 반어적 표현은 제목에도 나타났다고 생각해. 배경이 일제 강점기인데 멀쩡한 조선 사람이었다면 그 시기를 '태평천하'라고 하지는 않을 테니까.
④ 경우: 인력거 삯조차 착취하려는 윤 직원의 모습은 동포의 고통을 외면하고 자신들만의 '태평천하'를 추구하는 이기적인 사람들을 나타내는 거지.
⑤ 윤희: 결국 진정한 '태평천하'란 인력거꾼과 같은 하층 노동자들도 사람답게 살 수 있는 평등한 세상이라는 주제 의식을 보여 주고 있어.

069 ▸ 소재의 의미와 기능 파악

㉠에 대한 설명으로 적절하지 않은 것은?

① 종학에 대한 윤 직원의 기대가 무너지는 계기가 된다.
② '전보'의 중심 내용을 이루는 사건인 종학의 피검 원인에 해당한다.
③ 온 가족이 종학이 사회주의 활동을 한 것을 전혀 눈치 채지 못했다.
④ '부랑당패'와 통하는 말로 윤 직원의 부정적 가치관이 반영되어 있다.
⑤ 당시 상황으로 보아 왜곡된 현실에 맞서는 정의로운 활동으로 볼 수 있다.

[070~072] 다음 글을 읽고 물음에 답하시오.

(가) 이장은 민 씨를 흘기듯 노려보았다.

"왜 농민 보고 농민 궐기 대회 꼭 나오라 캤는데, 뭐가 잘못됐나."

민 씨는 자신도 모르게 따지는 어조가 되었다.

"군 전체가 모두 모여도 몇 명 안되었더라면서요. 그런 자리에 황만근 씨가 꼭 가야 합니까. 아니, 황만근 씨만 가야 할 이유라도 있습니까. 따로 황만근 씨한테 부탁을 할 정도로."

"이 사람이 뭐라 카는 기라. 이장이 동민한테 농가 부채 탕감 촉구 전국 농민 총궐기 대회가 있다, 꼭 참석해서 우리의 입장을 밝히자 카는데 뭐가 잘못됐다 말이라."

"잘못이라는 게 아니고요, 다른 사람들은 다 돌아왔는데 왜 황만근 씨만 못 오고 있나 하는 겁니다."

"내가 아나. 읍에 가 보이 장날이더라고. 보나마나 어데서 술 처먹고 주질러 앉았을 끼라. 백릿길을 깅운기를 끌고 갔으이 시간도 마이 걸릴 끼고."

다른 사람들은 말이 없었고 민 씨와 이장만이 공을 주고받는 꼴이 되어 버렸다.

"글쎄, 그 자리에 꼭 황만근 씨만 경운기를 끌고 갔어야 했느냐 이 말입니다. 그것도 고장 난 경운기를."

"깅운기를 끌고 오라는 기 내 말이라? 투쟁 방침이 그렇다카이. 깅운기도 그렇지, 고장은 무신 고장. 만그이가 그걸 하루이틀 몰았나. 남들이 못 몬다뿌이지."

"그럼 이장님은 왜 경운기를 안 타고 트럭을 타고 가셨나요. 이장님부터 솔선수범을 해야지 다른 동민들이 따라할 텐데, 지금 거꾸로 되었잖습니까."

"내사 민사무소에서 인원 점검하고 다른 이장들하고 의논도 해야 되고 울매나 바쁜 사람인데 깅운기를 타고 언제 가고 말고 자빠졌나. 다른 동네 이장들도 민소 앞에서 모이 가지고 트럭 타고 갔는 거를. 진짜로 깅운기를 끌고 갔으마 군 대회에는 늦어도 한참 늦었지. 군청에 갔는데 비가 와 가이고 온 사람도 및 없더마. 소리마 및 분 지르고 왔지. 군청까지 깅운기를 타고 갈 수나 있던가. 국도에 차들이 미치괘이맨구로 쌩쌩 달리는데 받치만 우얘라고. 다른 동네서는 자가용으로 간 사람도 쌨어."

(나) 전날 밤, 분명 꿈은 아니었다. 민 씨는 황만근의 말을 이렇게 들었다.

"농사꾼은 빚을 지마 안 된다 카이."

(한 번 빚을 지면 그 빚을 갚으려고 무리하게 일을 벌인다. 동네 곳곳 텅 빈 우사(牛舍), 마른똥만 뒹구는 축사, 잡초만 무성한 비닐하우스를 보라. 농어민 복지, 소득 향상, 생활 개선? 다 좋다. 그걸 제 돈으로 해야 한다. 제 돈으로 하지 않으면 그건 노름이나 다를 바 없다. 빚은 만근산의 눈덩이, 처마의 고드름처럼 자꾸 커진다.)

"기계화 영농 카더이마 집집마다 바퀴 달린 기계가 및이나 되나. 깅운기, 트랙터, 콤바인, 이앙기, 거다 탈곡기, 건조기에…… 다 빚으로 산 기라. 농사 지봐야 그 빚 갚느라고 정신없다."

〈중략〉

"그런 기 다 쌀값에 언차진다(얹어진다). 언차져야 하는데 사실로는 수매하마 먹고살기 간당간당한 돈을 준다. 그 대신에 빚을 준다, 자금을 대 준다 카는데 둘 다 안 했으마 좋겠다. 둘 다 농사꾼을 바보 멍텅구리로 만든다."

(따라서 제대로 된 농사꾼이 점점 없어진다.)

"지 입에 들어갈 양석(양식), 곡석을 짓는 사람이 그 고마운 곡석, 양석한테 장난치겠나. 저도 남도 해로운 농약 뿌리고 비싸고 나쁜 비료 쳐서 보기만 좋은 열매를 뺏으마 그마이가?"

(모두 빚을 갚기 위해 그러는 것이다. 그러므로 빚을 제 주머니에서 아들 용돈 주듯이 내 주는 사람, 기관은 다 농사꾼을 나쁘게 만든다. 정책 자금, 선심 자금, 농어촌 구조 개선 자금, 주택 개량 자금, 무슨무슨 자금 해서 빌려 줄 때는 인심 좋게 빌려 주는 척하더니 이제 와서 그 자금이 상환 능력도 없는 사람들을 파산 지경으로 몰아넣고 있다. 이제 와서 그 빚을 못 갚겠다고 하는데 거기에는 충분한 이유가 있다.)

"내가 왜 빚을 안 졌니야고. 아무도 나한테 빚 준다고 안 캐. 바보라고 아무도 보증 서라는 이야기도 안 했다. 나는 내 짓고 싶은 대로 농사 지민서 안 망하고 백 년을 살끼라."

(다) 황만근, 황 선생은 어리석게 태어났는지는 모르지만 해가 가며 차츰 신지(神智)가 돌아왔다. 하늘이 착한 사람을 따뜻이 덮어 주고 땅이 은혜롭게 부리를 대어 알껍질을 까 주었다. 그리하여 후년에는 그 누구보다 지혜로웠다. 그는 누구에게도 해를 끼치지 않았듯 그 지혜로 어떤 수고로운 가르침도 함부로 남기지 않았다. 스스로 땅의 자손을 자처하여 늘 부지런하고 근면하였다. 사람들이 빚만 남는 농사에 공연히 뼈를 상한다고 하였으나 개의치 아니하였다. 사람 사이에 어려움이 있으면 언제나 함께하였고 공에는 자신보다 남을 내세워 뒷사람을 놀라게 했다. 하늘이 내린 효자로서 평생 어머니 봉양을 극진히 했다. 아들에게는 따뜻하고 이해심 많은 아버지였고 훈육을 할 때는 알아듣기 쉽게 하여 마음으로 감복시켰다.

(라) 전일에, 선생은 경운기를 끌고 면 소재지로 갔지만 경운기를 타고 온 사람이 없어 같이 갈 사람을 만나지 못했다. 선생은 다시 경운기를 끌고 백릿길을 달려 약속 장소인 군청까지 갔다. 가는 동안 선생은 여러 번 차에 부딪힐 뻔했다. 마른 봄바람에 섞인 먼지가 눈을 괴롭혔다. 날은 흐렸고 추웠다. 이윽고 비가 내리기 시작했다. 경운기

에는 비를 피할 만한 덮개가 없어서 선생은 뼛속까지 젖어드는 추위에 몸을 떨었다. 선생이 군청 앞까지 갔을 때 이미 대회는 끝나고 아무도 없었다. 어머니에게 가져다 줄 생선을 사고 몸을 녹인 선생은 날이 어두워 오는 줄도 모르고 경운기에 올라 집으로 향했다. 경운기에는 빠르게 달리는 차량의 주의를 끌 만한 표지가 없어서 선생은 몇 번이나 사고를 당할 뻔했다. 그때마다 멈추었다가 다시 출발하는 바람에 시간은 점점 늦어졌다. 어두워지면서 경운기는 길옆의 논으로 떨어졌고 수레는 부서졌다. 결국 선생은 그 밤 안으로 집에 돌아갈 수 없다는 걸 알았다. 선생은 경운기에 실려 있는 땅의 젖에 취하여 경운기 옆에 앉아 경운기를 지켰다. 그러나 경운기는 선생을 지켜 주지 않았다. 추위와 졸음으로부터 선생을 지켜 주지 못했다. 아아, 선생이 좀 더 살았더라면 난세의 혹염에 그늘의 덕을 널리 베푸는 큰 나무가 되었을 것이다.

– 성석제, 〈황만근은 이렇게 말했다〉

070 ▸ 인물의 성격 파악

윗글을 읽은 후의 반응으로 적절하지 않은 것은?

① 이장은 자기 잘못을 정당화하는 비겁한 사람으로 그려지고 있어.
② 황만근은 비록 바보 같지만 사실 자신의 길과 세상의 도리를 아는 사람이었던 것 같아.
③ 마을 사람들이 황만근을 바보 취급한 것은 이치를 깨달은 지혜로운 사람에 대한 질투심 때문이었겠지.
④ 황만근은 효성도 지극했다는데, 이는 경운기로 먼 길을 다녀오면서도 어머니께 드릴 생선을 산 데서 드러나.
⑤ 이 소설의 제목은 말로만 떠들고 실천하지 않는 사람들의 부정적 모습과 더불어 농촌 사회의 모순에 대한 작가의 비판적 의식을 보여 주고 있어.

071 ▸ 소재의 의미와 역할 파악

윗글에 나타난 '경운기'의 의미와 역할을 설명한 내용으로 적절하지 않은 것은?

① 황만근의 느릿하고 우직한 삶의 모습을 상징한다.
② 기계화 영농으로 대변되는 당대 농촌의 현실을 상징한다.
③ 농민의 삶을 피폐하게 만드는 부정적 요소로 작용하기도 한다.
④ 황만근에 대한 사람들의 인식이 변화하게 되는 계기를 마련해 준다.
⑤ 이장을 비롯한 마을 사람들의 위선적인 태도를 부각하는 역할을 한다.

072 ▸ 외적 준거를 통한 작품 감상

〈보기〉를 참고하여 윗글을 이해한 내용으로 적절하지 않은 것은?

<보기>

전통적 문학 양식으로서의 '전(傳)'이란 한 인물의 일생을 시간의 순서에 따라 서술하는 서사 양식으로 고대로부터 전해 오는 이야기 형식 중 가장 자연스럽고 대중적인 것이었다. 대부분의 신화와 위인 전설이 이런 형식을 취하며, 그 형식은 후대의 소설에서도 그대로 이어진다. 전의 서술 방식에는 일정한 형식이 있는데, 첫머리에서는 그 사람의 선조와 출생의 내력 및 성장 과정을 서술하고, 다음으로 그가 남긴 업적이나 잘못 등을 열거하고 그 원인과 결과 등을 분석한다. 마지막에는 그 인물에 대한 저자 자신의 견해와 평가를 밝히는 동시에 교훈을 제시하고자 한다.

〈황만근은 이렇게 말했다〉는 이러한 전의 양식을 차용한 소설로서 우리의 전통적 서사 양식에서 나타나는 해학성과 모순적인 농촌 사회의 모습을 한 데 버무려 풍자의 효과를 거두고 독자에게는 현실에 대한 비판 의식과 교훈을 전달하고 있다.

① (가)에는 황만근이 저지른 잘못과 그로 인한 결과가 나타나 있다.
② (나)에서는 황만근의 말을 통해 모순적인 농촌 현실의 모습을 보여 주고 있다.
③ (다)에서는 '전'이라는 전통적 문학 양식을 차용하여 황만근에 대해 서술하고 있다.
④ (다)에는 황만근의 일생과 업적이 나타나 있으며 이를 통해 독자들은 교훈을 얻을 수 있다.
⑤ (라)에는 황만근이 죽음에 이르게 된 경과와 함께 황만근의 죽음에 대한 서술자의 평이 제시되어 있다.

[073~075] 다음 글을 읽고 물음에 답하시오.

[앞부분의 줄거리] 허생은 가난한 선비로 책 읽기에 열중하던 중, 생활고를 견디지 못한 아내의 질책에 공부를 포기하고 가출한다. 허생은 부자 변 씨를 만나 만 냥을 빌려, 과일과 말총을 매점매석하여 많은 이익을 남긴 뒤 십만 냥을 갚는다.

변 씨는 본래 이완(李浣) 이 정승과 잘 아는 사이였다. 이완이 당시 어영 대장이 되어서 변 씨에게 위항(委巷)이나 여염(閭閻)에 혹시 쓸 만한 인재가 없는가를 물었다. 변 씨가 허생의 이야기를 하였더니, 이 대장은 깜짝 놀라며,

"기이하다. 그게 정말인가? 그의 이름이 무엇이라 하였던가?"

하고 묻는 것이었다.

㉠"소인이 그분과 상종해서 3년이 지나도록 여태껏 이름도 모르옵니다."

"그인 이인(異人)이야. 자네와 같이 가 보세."

밤에 이 대장은 구종들도 다 물리치고 변 씨만 데리고 걸어서 허생을 찾아갔다. 변 씨는 이 대장을 문밖에 서서 기다리게 하고 혼자 먼저 들어가서, 허생을 보고 이 대장이 몸소 찾아온 연유를 이야기했다. 허생은 못 들은 체하고,

"당신이 차고 온 술병이나 어서 이리 내놓으시오."

했다. 그리하여 즐겁게 술을 들이켜는 것이었다. 변 씨는 이 대장을 밖에 오래 서 있게 하는 것이 민망해서 자주 말하였으나, 허생은 대꾸도 않다가 야심해서 비로소 손을 부르게 하는 것이었다. 이 대장이 방에 들어와도 허생은 자리에서 일어서지도 않았다. 이 대장은 몸 둘 곳을 몰라 하며 나라에서 어진 인재를 구하는 뜻을 설명하자, 허생은 손을 저으며 막았다.

㉡"밤은 짧은데 말이 너무 길어서 듣기에 지루하다. 너는 지금 무슨 벼슬에 있느냐?"

"대장이오."

"그렇다면 너는 나라의 신임받는 신하로군. 내가 와룡 선생(臥龍先生) 같은 이를 천거하겠으니, 네가 임금께 아뢰어서 삼고초려(三顧草廬)를 하게 할 수 있겠느냐?"

이 대장은 고개를 숙이고 한참 생각하더니,

㉢"어렵습니다. 제이(第二)의 계책을 듣고자 하옵니다."

했다.

"나는 원래 '제이'라는 것은 모른다."

하고 허생은 외면하다가, 이 대장의 간청에 못 이겨 말을 이었다.

"명(明)나라 장졸들이 조선은 옛 은혜가 있다고 하여, 그 자손들이 많이 우리나라로 망명해 와서 정처 없이 떠돌고 있으니, 너는 조정에 청하여 종실(宗室)의 딸들을 내어 모두 그들에게 시집보내고, 훈척(勳戚) 권귀(權貴)의 집을 빼앗아서 그들에게 나누어 주게 할 수 있겠느냐?"

이 대장은 또 머리를 숙이고 한참을 생각하더니,

"어렵습니다."

했다.

"이것도 어렵다, 저것도 어렵다 하면 도대체 무슨 일을 하겠느냐? 가장 쉬운 일이 있는데, 네가 능히 할 수 있겠느냐?"

"말씀을 듣고자 하옵니다."

"무릇, 천하에 대의(大義)를 외치려면 먼저 천하의 호걸들과 접촉하여 결탁하지 않고는 안 되고, 남의 나라를 치려면 먼저 첩자를 보내지 않고는 성공할 수 없는 법이다. 지금 만주 정부가 갑자기 천하의 주인이 되어서 중국 민족과는 친근해지지 못하는 판에, 조선이 다른 나라보다 먼저 섬기게 되어 저들이 우리를 가장 믿는 터이다. 진실로 당(唐)나라, 원(元)나라 때처럼 우리 자제들이 유학 가서 벼슬까지 하도록 허용해 줄 것과, 상인의 출입을 금하지 말도록 할 것을 간청하면, 저들도 반드시 자기네에게 친근하려 함을 보고 기뻐 승낙할 것이다. 국중의 자제들을 가려 뽑아 머리를 깎고 되놈의 옷을 입혀서, 그중 선비는 가서 빈공과(賓貢科)에 응시하고, 또 서민은 멀리 강남(江南)에 건너가서 장사를 하면서, 저 나라의 실정을 정탐하는 한편, 저 땅의 호걸들과 결탁한다면 한번 천하를 뒤집고 국치(國恥)를 씻을 수 있을 것이다. 그리고 만약 명나라 황족에서 구해도 사람을 얻지 못할 경우, 천하의 제후(諸侯)를 거느리고 적당한 사람을 하늘에 천거한다면, 잘 되면 대국(大國)의 스승이 될 것이고, 못 되어도 백구지국(伯舅之國)의 지위를 잃지 않을 것이다."

이 대장은 힘없이 말했다.

㉣"사대부들이 모두 조심스럽게 예법(禮法)을 지키는데, 누가 변발(辮髮)을 하고 호복(胡服)을 입으려 하겠습니까?"

허생은 크게 꾸짖어 말했다.

"㉤소위 사대부란 것들이 무엇이란 말인가? 오랑캐 땅에서 태어나 자칭 사대부라 뽐내다니, 이런 어리석을 데가 있느냐? 의복은 흰옷을 입으니 그것이야말로 상인(喪人)이나 입는 것이고, 머리털을 한데 묶어 송곳같이 만든 것은 남쪽 오랑캐의 습속에 지나지 못한데, 대체 무엇을 가지고 예법이라 한단 말이냐? 번오기(樊於期)는 원수를 갚기 위해서 자신의 머리를 아끼지 않았고, 무령왕(武靈王)은 나라를 강성하게 만들기 위해서 되놈의 옷을 부끄럽게 여기지 않았다. 이제 대명(大明)을 위해 원수를 갚겠다 하면서, 그까짓 머리털 하나를 아끼고, 또 장차 말을 달리고 칼을 쓰고 창을 던지며 활을 당기고 돌을 던져야 할 판국에 넓은 소매의 옷을 고쳐 입지 않고 딴에 예법이라고 한단 말이냐? 내가 세 가지를 들어 말하였는데, 너는 한 가지도 행하지 못한다면서 그래도 신임받는 신하라 하겠는가? 신임받는 신하라는 게 참으로 이렇단 말이냐? 너 같은 자는 칼로 목을 잘라야 할 것이다."

하고 좌우를 돌아보며 칼을 찾아서 찌르려 했다. 이 대장은 놀라서 일어나 급히 뒷문으로 뛰쳐나가 도망쳐서 돌아갔다.

이튿날, 다시 찾아가 보았더니, 집이 텅 비어 있고, 허생이 간 곳이 없었다.

– 박지원, 〈허생전〉

073 ▸ 서술상의 특징 파악

〈보기〉에서 윗글에 대한 설명으로 적절한 것만을 골라 묶은 것은?

<보기>

ㄱ. 인물 간의 대화를 통해서 주제 의식을 부각하고 있다.
ㄴ. 전기적인 요소를 사용하여 비현실적인 장면을 묘사하고 있다.
ㄷ. 갈등을 중심으로 볼 때 결말이 미완의 구조로 마무리되고 있다.
ㄹ. 서술자의 논평과 인물의 발화를 통해 인물의 심리를 드러내고 있다.

① ㄱ, ㄴ ② ㄱ, ㄷ ③ ㄱ, ㄹ
④ ㄴ, ㄷ ⑤ ㄷ, ㄹ

074 ▸ 인물의 태도 파악

㉠~㉤을 이해한 내용으로 적절하지 않은 것은?

① ㉠: 존경심을 드러내며 허생이 비범한 존재임을 부각하고 있다.
② ㉡: 권력에 굴하지 않는 태도로 집권층에 대한 반감을 엿볼 수 있다.
③ ㉢: 계책이 실행되기 어려움을 말하며 현실과 화합할 수 있는 방안을 요청하고 있다.
④ ㉣: 상대방의 말에 공감하면서도 사대부들의 태도를 옹호하고 있다.
⑤ ㉤: 명분에 얽매인 사대부에 대한 냉소적인 태도를 드러내고 있다.

075 ▸ 외적 준거를 통한 작품 감상

〈보기〉를 바탕으로 윗글을 감상한 내용으로 적절하지 않은 것은?

<보기>

〈허생전〉은 주인공 허생을 내세워 당시의 경제적 · 정치적 모순을 비판하면서 근대적 사회 개혁을 주장하고 있다. 작가는 청나라를 몰아내자는 사대부들의 주장, 즉 북벌론에 반대한 것은 아니었다. 다만 그가 청나라를 인정하고 배우자는 것은 우선 적을 알아야 청나라를 정벌할 수 있다는 점을 알았기 때문이다. 그러나 명분보다 실리를 강조하는 작자의 주장은 당시 사대부 계층이 받아들이기에는 너무나 급진적이었다.

① 허생이 제시한 인재 등용의 정책으로 보아 당시 조선 사회는 훌륭한 인재가 있어도 제대로 쓰지 못하는 정치적 모순이 있었음을 짐작할 수 있군.
② 허생이 사대부들을 비판하면서 '번오기'와 '무령왕'의 예를 든 것은, 그 역사적 인물들이 명분에 집착하다 실리를 얻지 못한 사람들이기 때문이군.
③ 허생의 계책에 대해 한 가지도 행하지 못하겠다는 이완의 태도로 보아 허생의 주장이 그만큼 당시 사대부들이 받아들이기에는 급진적이었음을 알 수 있군.
④ 국중의 자제들을 가려 뽑아 되놈의 옷을 입혀 청나라에 보내자는 허생의 견해는 궁극적으로 청나라와의 실질적 교류가 청나라를 정복할 수 있는 방법의 하나라 생각했기 때문이군.
⑤ 허생은 훈척 권귀의 집을 빼앗아 명나라 자손들에게 나누어 주자는 견해를 통해, 명나라와의 명분을 내세우면서 정작 명나라 후손들을 돌보지 않고 있는 사대부들의 모순된 행동을 지적하고 있군.

[076~078] 다음 글을 읽고 물음에 답하시오.

한번은 가시 박힌 자리가 성이 나 손이 퉁퉁 부었던 적이 있다. 벌겋게 부어오른 상처를 보면서 나는 생각했다. 왜 탱자나무에 가시가 있는 것일까. 그리고 찔레꽃, 장미꽃, 아카시아…… 가시를 가진 꽃이나 나무들을 차례로 꼽아 보았다. 그 가시들에는 아마 독이 들어 있을 거라고 혼자 멋대로 단정해 버리기도 했다.

얼마 후에 아버지는 내게 가르쳐 주셨다. 가시에 독이 있는 것은 아니고, 그저 아름다운 꽃과 열매를 지키기 위해 그런 나무들에는 가시가 있는 거라고, 다른 나무들은 가시 대신 냄새가 지독한 것도 있고, 나뭇잎이 아주 써서 먹을 수 없거나 열매에 독성이 있는 것도 있고, 모습이 아주 흉하게 생긴 것도 있고…… 이렇게 살아 있는 생명에게는 자기를 지킬 수 있는 힘이 하나씩 주어져 있다고.

그러던 어느 날 탱자 꽃잎을 보다가 스스로의 가시에 찔린 흔적을 발견하게 되었다. 바람에 흔들리다가 제 가시에 쓸렸으리라. 스스로를 지키기 위해 주어진 가시가 때로는 스스로를 찌르기도 한다는 사실에 나는 알 수 없는 슬픔을 느꼈다. 그걸 어렴풋하게 느낄 무렵, 소읍에서의 내 유년은 끝나 가고 있었다.

언제부턴가 내 손에는 더 이상 둥글고 향긋한 탱자 열매가 들어 있지 않게 되었다. 그 손에는 무거운 책가방과 영어 단어장이, 그다음에는 누군가를 향해 던지는 돌멩이가, 때로는 술잔이 들려 있곤 했다. 친구나 애인의 따뜻한 손을 잡고 다니던 때도 없지는 않았지만, 그 후로 무거운 장바구니, 빨랫감, 행주나 걸레 같은 것을 들고 있을 때가 더 많았다.

[A] 생활의 짐은 한 번도 더 가벼워진 적이 없으며, 그러는 동안 내 속에는 날카로운 가시들이 자라나기 시작했다. 가시는 꽃과 나무에게만 있는 것이 아니었다. 세상에, 또는 스스로에게 수없이 찔리면서 사람은 누구나 제 속에 자라는 가시를 발견하게 된다. 한 번 심어지고 나면 쉽게 뽑아낼 수 없는 탱자나무 같은 것이 마음에 자리 잡고 있다는 것을, 뽑아내려고 몸부림칠수록 가시는 더 아프게 자신을 찔러 댄다는 것을 알게 되었다. 그 후로 내내 크고 작은 가시들이 나를 키웠다.

아무리 행복해 보이는 사람에게도 그를 괴롭히는 가시가 있기 마련이다. 어떤 사람에게는 용모나 육체적인 장애가 가시가 되기도 하고, 어떤 사람에게는 가난한 환경이 가시가 되기도 한다. 나약하고 내성적인 성격이 가시가 되기도 하고, 원하는 재능이 없다는 것이 가시가 되기도 한다. 그리고 그 가시 때문에 오래도록 괴로워하고 삶을 혐오하게 되기도 한다.

로트렉*이라는 화가는 부유한 귀족의 아들이었지만 사고로 인해 두 다리를 차례로 다쳤다. 그로 인해 다른 사람보다 다리가 자유롭지 못했고 다리 한쪽이 좀 짧았다고 한다. 다리 때문에 그는 방탕한 생활 끝에 불우한 생을 마감했다. 그러나 그런 절망 속에서 그렸던 그림들은 아직까지 남아서 전해진다.

"내 다리 한쪽이 짧지 않았더라면 나는 그림을 그리지 않았을 것이다."라고 그는 말한 적이 있다. 그에게 있어서 가시는 바로 남들보다 약간 짧은 다리 한쪽이었던 것이다.

로트렉의 그림만이 아니라, 우리가 오래 고통받아 온 것이 오히려 존재를 들어올리는 힘이 되곤 하는 것을 겪곤 한다. 그러니 가시 자체가 무엇인가 하는 것은 그리 중요한 문제가 아닐지도 모른다. 어차피 뺄 수 없는 삶의 가시라면 그것을 어떻게 받아들이고 다스려 나가느냐가 더 중요하지 않을까 싶다. 그것마저 없었다면 우리는 인생이라는 잔을 얼마나 쉽게 마셔 버렸을 것인가. 인생의 소중함과 고통의 깊이를 채 알기도 전에 얼마나 웃자라* 버렸을 것인가.

실제로 너무 아름답거나 너무 부유하거나 너무 강하거나 너무 재능이 많은 것이 삶을 망가뜨리는 경우를 자주 보게 된다. 그런 점에서 사람에게 주어진 고통, 그 날카로운 가시야말로 그를 참으로 겸허하게 만들어 줄 선물일 수도 있다. 그리고 뽑혀지기를 간절히 바라는 가시야말로 우리가 더 깊이 끌어안고 살아야 할 존재인지도 모른다.

– 나희덕, 〈내 유년의 울타리는 탱자나무였다〉

* 로트렉: 19세기 프랑스의 인상파 화가.
* 웃자라: 쓸데없이 보통 이상으로 많이 자라 연약하게 되어.

---

076 ▸ 서술상의 특징 파악

윗글에 대한 설명으로 적절하지 않은 것은?

① 대상과 관련한 글쓴이의 경험이 제시되어 있다.
② 글쓴이의 삶을 바탕으로 대상에 의미를 부여하고 있다.
③ 대상의 과거와 현재를 대비하여 차이점을 부각하고 있다.
④ 역설적 표현을 사용하여 글쓴이의 깨달음을 드러내고 있다.
⑤ 다른 사람의 말을 인용하여 글쓴이의 생각을 강조하고 있다.

077 ▸ 작품의 구조 파악

윗글을 〈보기〉와 같이 나타냈을 때, ⓐ~ⓔ에 대한 이해로 적절하지 않은 것은?

<보기>

유년기에 탱자나무 가시에 찔림. … ⓐ
⇩
아버지가 탱자나무 가시에 대해 가르쳐 줌. … ⓑ
⇩
탱자나무가 자신의 가시에 찔린 흔적을 발견함. … ⓒ
⇩
고단한 삶에서 글쓴이가 자신의 가시를 발견함. … ⓓ
⇩
성장한 이후 가시에 대한 인식이 변화함. … ⓔ

① ⓐ에서 글쓴이는 가시에 독이 있을 것이라고 혼자 단정한다.
② ⓑ에서 아버지는 가시가 나무 자신을 지키는 힘이라고 설명한다.
③ ⓒ에서 글쓴이는 나무가 자신의 가시에 찔린 흔적을 보며 슬퍼한다.
④ ⓓ에서 글쓴이는 자신의 가시로 상처 입은 타인에 대해 안타까워한다.
⑤ ⓔ에서 글쓴이는 내면의 가시를 잘 수용하고 다스려야 한다는 것을 깨닫는다.

078 ▸ 다른 작품과의 비교 감상

윗글의 [A]와 〈보기〉를 비교하여 이해한 내용으로 가장 적절한 것은?

<보기>

난 어제보다 얇아졌다 / 바람이 와서 자꾸만 살을 저며 간다
누구를 벨 수도 없는 칼날이 / 하루하루 자라고 있다

칼날을 베고 잠들던 날 / 탱자꽃 피어 있던 고향 집이 꿈에 보였다
내가 칼날을 키우는 동안 / 탱자나무는 가시들을 무성하게 키웠다
그러나 꽃도 함께 피워 / 탱자나무 울타리 아래가 환했다

꽃들을 지키려고 탱자는 가시를 가졌을까
지킬 것도 없이 얇아져 가는 나는
내 속의 칼날에 마음을 자꾸 베이는데
탱자 꽃잎에도 제 가시에 찔린 흔적이 있다

침을 발라 탱자 가시를 손에도 붙이고
코에도 붙이고 놀던 어린 시절
바람이 와서 탱자 가시를 가져가고 살을 가져가고

나는 어제보다 얇아졌다 / 나는 탱자 꽃잎보다 얇아졌다
누구를 벨지도 모르는 칼날이 / 하루하루 자라고 있다

– 나희덕, 〈탱자 꽃잎보다도 얇은〉

① [A]의 '나'와 〈보기〉의 '나'는 모두 '가시'가 자신을 키운다고 생각하고 있군.
② [A]의 '나'와 〈보기〉의 '나'는 모두 '탱자나무'의 모습을 본받고자 하고 있군.
③ [A]의 '생활의 짐'과 〈보기〉의 '바람'은 화자의 힘겨운 현실을 드러내고 있군.
④ [A]의 '날카로운 가시'와 〈보기〉의 '칼날'은 서로 대조적인 의미를 지니고 있군.
⑤ [A]의 '탱자나무'는 〈보기〉의 '탱자나무'와 달리 화자가 현실에서 바라보고 있는 대상이군.

[079~081] 다음 글을 읽고 물음에 답하시오.

(하인, 남자에게 봉투를 하나 내민다. 남자는 봉투에서 쪽지를 꺼내 읽더니 아무 말 없이 여자에게 건네준다.)

여자: '나가라!' 나가라가 뭐예요?
남자: 네. 주인으로부터 온 경고문입니다. 시간이 다 지났으니 나가라는 거지요.
여자: 나가라……. 그럼 이 집도 당신 것이 아니었어요?
남자: 내 것이라곤 없습니다.
여자: (충격을 받는다.)
남자: 모두 빌린 것들뿐이었지요. 저기 하늘의 햇님도, 은빛의 구름도, 이 하늬바람도, 그리고 어쩌면 여기 있는 나마저도, 또 당신마저도…… (미소를 짓고) 잠시 빌린 겁니다.
여자: 잠시 빌렸다구요?
남자: 네, 그렇습니다.

(하인, 엄청나게 큰 구두 한 짝을 가져오더니 발에 신는다. 그 구둣발로 차 낼 듯한 험악한 분위기가 조성된다.)

남자: 결혼해 주십시오. 당신을 빌린 동안 오직 사랑만을 하겠습니다.
여자: ……아, 어쩌면 좋아?

(하인, 구두를 거의 다 신는다.)

여자: 맹세는요, 맹세는 어떻게 하죠? 어머니께 오른손을 든…….
남자: 글쎄 그건……. (탁상 위의 사진들을 쓸어 모아 여자에게 주면서) 이것을 보여 드립시다. 시간이 지나가고 남자에게 남는 건 사랑이라면, 여자에게 남는 것은 무엇이겠습니까? 그건 사진 석 장입니다. 젊을 때 한 장, 그 다음에 한 장, 늙고 나서 한 장. 당신 어머니도 이해하실 겁니다.
여자: 이해 못 하실 걸요, 어머닌. (슬프고 낙담해서 사진들을 핸드백 속에 담는다.) 오늘 즐거웠어요. 정말이에요……. 그럼, 안녕히 계세요.

(여자, 작별 인사를 하고 문 앞까지 걸어 나간다.)

남자: 잠깐만요, 덤…….
여자: (멈칫 선다. 그러나 얼굴은 남자를 외면한다.)
남자: 가시는 겁니까, 나를 두고서?
여자: (침묵)
남자: 덤으로 내 말을 조금 더 들어 봐요.
여자: (악의적인 느낌이 없이) 당신은 사기꾼이에요.
남자: 그래요, 난 사기꾼입니다. 이 세상 것을 잠시 빌렸었죠. 그리고 시간이 되니까 하나 둘씩 되돌려줘야 했습니다. 이제 난 본색이 드러나 이렇게 빈털터리입니다. 그러나 덤, 여기 있는 사람들에게 물어봐요. 누구 하나 자신 있게 이건 내 것이다, 말할 수 있는가를. 아무도 없을 겁니다. 없다니까요. 모두들 덤으로 빌렸지요. (관객석으로 가서 관객

들이 갖고 있는 물건을 가리키며) 이게 당신 겁니까? 정해진 시간이 얼마지요? 잘 아꼈다가 그 시간이 되면 꼭 돌려주십시오. 덤, 이젠 알겠어요?

(여자, 얼굴을 외면한 채 걸어 나간다. 하인, 서서히 남자에게 다가온다. 남자는 뒷걸음질을 친다. 그는 마지막으로 절규하듯이 여자에게 말한다.)

[A] 남자: 덤, 난 가진 것 하나 없습니다. 모두 빌렸던 겁니다. 그런데 덤, 당신은 어떻습니까? 당신이 가진 건 뭡니까? 무엇이 정말 당신 것입니까? (넥타이를 빌렸었던 남성 관객에게) 내 말을 들어 보시오. 그럼 당신은 나를 이해할 거요. 내가 당신에게서 넥타이를 빌렸을 때, 내가 당신 물건을 어떻게 다루던가요? 마구 험하게 했습니까? 어딜 망가뜨렸습니까? 아닙니다. 오히려 빌렸던 것이니까 소중하게 아꼈다간 되돌려 드렸지요. 덤, 당신은 내 말을 듣고 있어요? 여기, 증인이 있습니다. 이 증인 앞에서 약속하지만, 내가 이 세상에서 덤 당신을 빌리는 동안에, 아끼고, 사랑하고, 그랬다가 언젠가 끝나는 그 시간이 되면 공손하게 되돌려 줄 테요. 덤! 내 인생에서 당신은 나의 소중한 덤입니다. 덤! 덤! 덤!

(남자, 하인의 구둣발에 걷어차인다. 여자, 더 이상 참을 수 없다는 듯 다급하게 되돌아와서 남자를 부축해 일으키고 포옹한다.)

여자: 그만해요!
남자: 이제야 날 사랑합니까?
여자: 그래요! 당신 아니고 또 누굴 사랑하겠어요!
남자: 어서 결혼하러 갑시다, 구둣발에 차이기 전에!
여자: 이래서요, 어머니도 말짱한 사기꾼과 결혼했었다던데…….
남자: 자아, 빨리 갑시다!
여자: 네, 어서 가요!

– 이강백, 〈결혼〉

---

079 ▸ 작품의 종합적 이해

윗글에 대한 설명으로 가장 적절한 것은?

① 상징적인 소품을 사용하여 긴장감을 고조시키고 있다.
② 잦은 장면 전환을 통해 사건에 입체감을 부여하고 있다.
③ 인물의 독백을 통해 사건 해결의 실마리를 제시하고 있다.
④ 비현실적인 공간 배경을 통해 환상적 분위기를 조성하고 있다.
⑤ 특정 인물의 계속되는 거짓말로 인해 인물 간의 갈등이 심화되고 있다.

080 ▸ 갈래의 특성 파악

〈보기〉와 [A]에 공통적으로 드러나고 있는 극의 특징으로 적절한 것은?

<보기>

말뚝이: 쉬이. (반주 그친다.) 여보 구경하시는 양반들, 말씀 좀 들어 보시오. 짤따란 곰방대로 잡숫지 말고 저 연죽전(煙竹廛)으로 가서 돈이 없으면 내게 기별이래도 해서 양칠간죽(洋漆竿竹), 자문죽(自紋竹)을 한 발가웃씩 되는 것을 사다가 육모깍지 희자죽(喜子竹), 오동수복(梧桐壽福) 연변죽을 이리저리 맞추어 가지고 저 재령(載寧) 나무리 거이 낚시 걸 듯 죽 걸어 놓고 잡수시오.
양반들: 뭐야아!

① 극 중 인물을 희화화하여 관객의 웃음을 유발하고 있다.
② 상대방을 조롱하는 대사를 통해 관객의 공감을 얻고 있다.
③ 어려운 한자어의 사용을 통해 관객의 수준을 드러내고 있다.
④ 관객에게 끊임없이 질문을 던져 관객을 혼란스럽게 하고 있다.
⑤ 무대와 객석의 경계를 무너뜨려 관객이 극에 참여하도록 하고 있다.

081 ▸ 외적 준거를 통한 작품 감상

〈보기〉를 바탕으로 윗글을 이해한 내용으로 적절하지 않은 것은?

<보기>

〈결혼〉의 주요한 제재는 결혼이다. 결혼을 하기 위해 갖가지 물건과 저택, 하인까지 빌려 부자 행세를 하는 가난한 사기꾼과, 남자의 경제적 능력을 결혼의 중요한 조건으로 여기는 여자의 만남이 이루어진다. 작가는 한정된 시간 안에 결혼을 해야 하는 가난한 사기꾼의 결혼 성공담을 통해 세상의 모든 것은 본래부터 남들에게서 빌린 것에 지나지 않는다는 주제 의식을 전달하며, 헌신적인 사랑이야 말로 절대적 가치를 지닌 것임을 드러내고 있다.

① '하인'은 제한된 시간이 지나자 '남자'를 저택에서 쫓아내려 하고 있군.
② 자신을 속인 '남자'와 이별하려던 '여자'는 결국 '남자'의 사랑을 받아들이는군.
③ '남자'는 소유의 본질과 진정한 사랑의 의미를 깨닫고 '여자'를 설득하고 있군.
④ '여자'는 헌신적인 사랑의 의미를 이해하지 못하는 자신의 어머니를 원망하고 있군.
⑤ 작가는 '남자'의 대사에서 '빌리다'라는 어휘를 반복하며 주제 의식을 강조하고 있군.

III

독서

기출로 유형 익히기

핵심 유형 1 핵심 내용 및 글의 전개 방식 파악

[082] 다음 글을 읽고 물음에 답하시오.

종이가 개발되기 전, 인류는 동물의 뼈나 양피지 등에 필요한 정보를 기록해 왔다. 하지만 담긴 정보량에 비해 부피가 방대하였고 그로 인해 보존과 가독에 어려움을 겪었다. 그런데 종이의 개발로 부피가 줄어들면서 종이로 된 책이 주된 기록 매체가 되었고 책의 보존성과 가독성, 휴대성 등을 더욱 높이기 위한 제책 기술의 발달이 요구되었다.

서양은 종이 책을 만들기 시작했을 때 제지 기술이 동양에 비해 미숙했고 질 나쁜 종이로 책을 제작해야 했기에 책의 내구성을 높이기 위한 기술이 필요했다. 그래서 표지에 가죽을 씌우거나 나무판을 덧대는 방법을 개발했는데 이를 양장(洋裝)이라 한다. 양장은 내지 묶기와 표지 제작을 따로 한 후에 합치는 방법이다. 내지는 실매기 방식을 활용해 실로 단단히 묶고, 표지는 판지에 천이나 가죽 등의 마감 재료를 접착하여 만든다. 표지와 내지를 결합할 때는 책등*과 결합되는 내지 부분에 접착제를 발라 책등에 붙인다. 또한 내지보다 두껍고 질긴 종이인 면지를 표지와 내지 사이에 접착제로 붙여 이어 줌으로써 책의 내구성을 높인다. 표지 부착 후에는 가열한 쇠막대로 앞뒤 표지의 책등 쪽 가까운 부분을 눌러 홈을 만들어 책의 펼침성이 좋도록 한다.

18세기 말에 유럽은 산업 혁명으로 인쇄가 기계화되면서 대량 생산을 위한 기반이 갖추어지고, 경제의 발전으로 일부 계층에만 국한됐던 독서 인구가 확대되어 제책 기술도 대량 생산이 가능한 방식으로 발전해야 했다. 이를 위해 간편하게 철사를 사용해 매는 제책 기술이 개발되었는데 처음에는 '옆매기'라 불리는 기술을 사용하였다. 그러나 옆매기는 책장 넘김이 용이하지 않아 '가운데매기'라 불리는 중철(中綴)이 주된 방식으로 자리 잡았다. 중철은 인쇄지를 포개 놓고 책장이 접히는 한가운데 부분을 ㄷ자형 철침을 이용해 매었는데, 보통 2개의 철침으로 표지와 내지를 고정하지만 표지나 내지가 한가운데서부터 떨어지는 경우가 잦아 철침을 4개로 박기도 하였다. 중철은 광고지, 팸플릿 등 오랜 보관이 필요 없거나 분량이 적은 인쇄물에 사용해 왔으며, 중철된 책은 쉽게 펼치거나 넘길 수 있고 두루마리처럼 말아서 간편하게 휴대할 수도 있다.

20세기 중반에는 화학 접착제가 개발되며 무선철(無線綴)이라는 제책 기술이 등장했다. 이름처럼 실이나 철사 없이 화학 접착제만으로 책을 묶는 방식이다. 이 방법은 자동화가 가능해 대량 생산에 더욱 적합했고, 생산 단가가 낮아지면서 판매 가격을 낮출 수 있어 책의 대중화에 기여했다. 그리고 1990년대에는 습기경화형 우레탄 핫멜트가 개발되면서 개발 초보다 내구성이 더욱 강화된 책을 만들게 되었다. 무선철 기술은 지금도 계속 보완, 발전하고 있으며 그로 인해 오늘날 대부분의 책은 무선철 방식으로 제작되고 있다.

* 책등: 책을 매어 놓은 쪽의 표지 부분.

082

윗글의 표제*와 부제*로 가장 적절한 것은?

① 제책 기술의 발전과 한계
- 문제점 진단과 보완 방안을 중심으로

② 제책 기술 현대화의 경향
- 화학 접착제의 개발을 중심으로

③ 제책 기술의 등장 배경과 유형
- 책 묶기 방식의 발전 과정을 중심으로

④ 제책 기술의 발전과 사회적 영향
- 기술 개발의 방향과 문제점을 중심으로

⑤ 제책 기술의 필요성과 의의
- 책의 내구성 향상 단계를 중심으로

기출이 주목한 개념

082 ››› 표제
신문이나 잡지 기사 등 글의 제목

082 ››› 부제
서적, 논문, 문예 작품 따위의 제목에 덧붙어 그것을 보충하는 제목

유형 한눈에 정리

핵심 내용 및 글의 전개 방식 파악

글은 단어, 문장, 문단 등의 단위들로 구성되어 있다. 글을 읽는 것은 작은 단위인 단어의 이해부터 큰 단위인 글 전체의 이해로 나아가는 것이다. 따라서 단어, 문장, 문단 등 글을 구성하는 단위의 내용과 그들 사이의 의미 관계를 파악하면, 글의 전체적인 전개 방식과 핵심 내용을 파악할 수 있다.

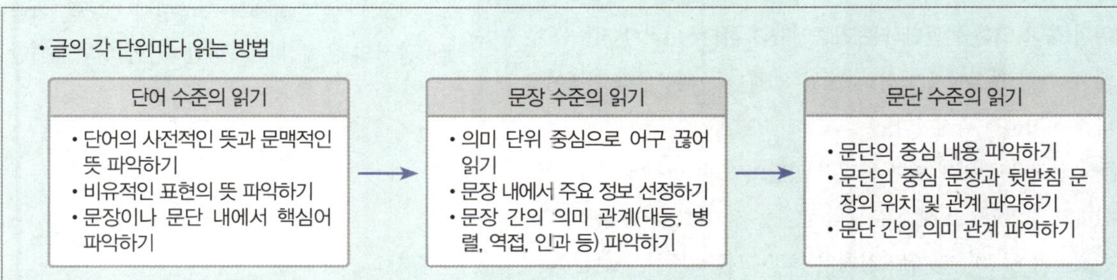

글을 읽을 때는 가장 먼저 글의 화제가 무엇인지 파악하고, 이를 통해 글쓴이의 중심 생각을 파악해야 한다. 대부분의 글은 하나의 중심 제재, 즉 화제에 대한 내용을 전개한다. 따라서 화제를 파악하고 중심 내용과 뒷받침 내용을 구분하여 글쓴이의 중심 생각을 파악하는 것이 중요하다. 그리고 글쓴이가 글의 내용을 전개하는 방식인 글의 논지 전개 방식과 전체 글의 구조를 이해하면 글의 내용을 요약하여 주제를 파악하기 쉽다. 이때 글에 나타난 정보뿐 아니라 독자 자신의 지식과 경험, 글을 읽는 상황 맥락 등을 적극적으로 활용한다.

(가) 요즘 시청자들은 자신도 모르는 사이에 간접 광고에 수시로 노출되어 광고와 더불어 살아가는 환경에 놓이게 됐다. 방송 프로그램의 앞과 뒤에 붙어 방송되는 직접 광고와 달리 PPL(product placement)이라고도 하는 간접 광고는 프로그램 내에 상품을 배치해 광고 효과를 거두려 하는 광고 형태이다. 간접 광고에서는 이러한 광고 효과를 거두기 위해 주류적 배치와 주변적 배치를 활용한다. 〈중략〉

(나) 우리나라는 협찬 제도를 그대로 유지하면서 광고주와 방송사 등의 요구에 따라 방송법에 '간접 광고'라는 조항을 신설하여 2010년부터 시행하였다. 간접 광고 제도가 도입된 취지는 프로그램 내에서 광고를 하는 행위에 대해 법적인 규제를 완화하여 방송 광고 산업을 활성화하겠다는 것이었다. 〈중략〉 그럼에도 불구하고 간접 광고 제도를 비판하는 사람들은 간접 광고로 인해 광고 노출 시간이 길어지고 프로그램의 맥락과 동떨어진 억지스러운 상품 배치가 빈번해 프로그램의 질이 떨어지고 있다고 주장한다.

(다) 이처럼 시청자의 인식 속에 은연 중 파고드는 간접 광고에 적절히 대응하기 위해서는 시청자들에게 간접 광고에 대한 주체적 해석이 요구된다.

▸ 글의 내용과 글쓴이의 중심 생각을 파악하기 위해서 먼저 화제를 파악하고, 문장과 문단 단위의 핵심어를 찾아야 한다. 윗글은 전반적으로 '간접 광고'라는 단어가 자주 노출되고 있으므로 화제를 쉽게 파악할 수 있다. (가)에서는 간접 광고의 개념과 특성을 밝히고, 배치 방식에 따라 간접 광고를 구분하고 있다. (나)에서는 간접 광고와 관련된 제도인 협찬 제도와 간접 광고 제도에 대해 소개하고, 간접 광고 제도에 대한 비판적 견해도 서술하고 있다. (다)에서는 글쓴이의 생각이 드러나는데 간접 광고에 대한 시청자의 주체적 해석을 요구하고 있다.

핵심 유형 Tip 핵심 내용 및 글의 전개 방식을 파악하는 방법!

1. 단어, 문장, 문단 수준에서 핵심어를 찾는다.
2. 단어, 문장, 문단 간의 의미 관계를 파악한다.
3. 내용을 요약하여 핵심 내용을 파악한다.
4. 배경지식과 경험, 글 읽는 상황 맥락 등을 적극적으로 활용한다.

[083] 다음 글을 읽고 물음에 답하시오.

다음 상황을 생각해 보자. A가 등교하는 길에 다리가 불편한 할머니가 횡단보도 건너는 것을 도와 달라고 하였다. 지금 학교에 가지 않으면 지각을 하여 벌점을 받게 된다. A는 할머니를 도와야 할까, 아니면 학교에 가야 할까? 이런 상황을 도덕적 딜레마라 한다. 이런 상황에서 개인 행위의 옳고 그름을 판단하는 기준이 필요하다. 이러한 기준을 우리는 크게 두 가지 관점에서 제시할 수 있다. 하나는 의무론적 관점이고 다른 하나는 목적론적 관점이다.

의무론적 관점은 행위에 대한 도덕적 판단이 도덕 법칙에 따라 이루어져야 한다고 보았다. 이 관점은 도덕 법칙을 지키려는 의지를 의무로 보았으며 결과와 무관하게 행위 자체의 옳고 그름에 주목하였다. 도덕 법칙은 언제나 타당하고 보편적인 것이기에 '왜'라는 질문은 성립하지 않는다. 따라서 좋지 않은 결과를 초래하더라도 도덕 법칙은 지켜야 한다. 이런 의미에서 의무론적 관점을 법칙론이라고도 한다.

그러나 의무론적 관점에는 한계가 있다. 두 개의 옳은 도덕 법칙이 충돌할 때 의무론적 관점에 따르면 결정을 내릴 수 없다. 예를 들어 1번 철로에는 3명의 인부가, 2번 철로에는 5명의 인부가 일을 하고 있을 때 브레이크가 고장 난 기차의 기관사는 어떤 길을 선택해야 할까? 의무론적 관점은 이 상황에서 어떤 철로를 선택해야 할지 결정을 내릴 수 없다.

한편, 목적론적 관점은 행복이나 쾌락을 인간이 추구해야 할 목적으로 보았다. 이 관점은 오로지 최선의 결과를 가져오는 행위가 옳은 행위이며, 경험을 통하여 도덕을 얻을 수 있다고 생각하였다. 도덕은 '보다 많은 사람들에게 보다 많은 행복을 가져오는 행위'이다. 따라서 어떤 행위를 결정할 때는 미래에 있을 결과를 고려해야 한다. 이런 의미에서 목적론적 관점을 결과론이라고도 한다.

그러나 목적론적 관점도 한계가 있다. 똑같은 결과라도 사람마다 판단이 달라질 수 있기 때문이다. 위의 예에서 1번 철로를 선택하는 것이 목적론적 관점에서는 옳은 선택이지만 1번 철로에 있던 인부의 가족에게 물었을 경우 대답은 달라질 것이다. 이런 문제 때문에 목적론적 관점은 도덕 법칙에 대해 많은 예외를 허용할 우려가 있다.

083

윗글에 쓰인 전개 방식으로 적절한 것은?

① 다른 대상과 비교*하여 가설*을 입증하고 있다.
② 통념*의 문제점을 제시하며 주장을 강조하고 있다.
③ 중심 대상의 개념을 밝히고 사례를 들어 설명하고 있다.
④ 서로 다른 관점을 절충*하면서 결론을 이끌어 내고 있다.
⑤ 관점의 문제점을 지적한 후 합리적인 대안을 제시하고 있다.

기출이 주목한 개념

083 – ❶ ··· 비교
둘 이상의 사물을 견주어 서로 간의 유사점을 고찰하는 일

083 – ❶ ··· 가설
어떤 사실을 설명하거나 어떤 이론 체계를 연역하기 위하여 설정한 가정. 이로부터 이론적으로 도출된 결과가 관찰이나 실험에 의하여 검증되면, 가설의 위치를 벗어나 일정한 한계 안에서 타당한 진리가 됨.

083 – ❷ ··· 통념
일반적으로 널리 통하는 개념. 사회에 널리 퍼져 있어 사람들이 일반적으로 알고 있거나 인정하는 생각을 말하며, 글쓴이는 글에서 통념을 제시하여 독자의 공감을 불러일으키거나 일반적인 통념에 대해 문제를 제기하는 방식으로 다른 견해를 드러내기도 함.

083 – ❹ ··· 절충
서로 다른 사물이나 의견, 관점 따위를 알맞게 조절하여 서로 잘 어울리게 함.

핵심 유형 2 세부 정보의 파악

[084] 다음 글을 읽고 물음에 답하시오.

대상을 있는 그대로 재현하는 데 중점을 두었던 과거의 작가들과 달리 현대의 많은 작가들은 자신이 인식하고 해석한 세계를 표현하는 것에 중점을 두었다. 그중, M.C. 에셔는 기하학적 표현을 활용하여 공간에 대한 자기만의 새로운 인식을 표현한 작가이다.

에셔는 먼저 '평면의 규칙적 분할'을 활용하여 2차원의 평면 구조를 표현하는 것에 관심을 가졌다. 우선 그는 새, 물고기 등 구체적이고 일상적인 사물들을 단순화하여 평면 구조를 표현하기 위한 기본 형태로 설정했다. 이것을 반복하여, 상하좌우로 평행 이동시키거나 한 지점을 축으로 다양한 각도로 회전시키기도 하고, 평행 이동한 후 거울에 비친 것처럼 반사시키기도 하면서 분할된 평면을 빈틈없이 채웠다. 또한 기본 형태를 점점 축소하거나 확대하는 과정을 반복하여 평면을 무한히 분할하는 듯한 효과를 주어 평면이 가진 무한성을 드러내고자 하였다.

〈대칭 105〉

이때 인접한 기본 형태들은 명도 대비*를 이루며 윤곽선을 공유하면서 반복된다. 일반적으로 인간이 사물의 형태를 인지하기 위해서는 해당 사물의 윤곽선을 기준으로 그 윤곽선의 밖을 배경으로 인식해야 한다. 예를 들어 에셔의 작품 〈대칭 105〉에서는 평행 이동하는 형태들의 윤곽선을 기준으로 흰 말을 사물의 형태로 인지할 경우 다른 색의 말은 사물이 아닌 배경으로 인식되고, 반대로 다른 색의 말을 사물의 형태로 인지할 경우 흰 말은 배경으로 인식된다. 이를 통해 에셔는 어떠한 형태들이 배경이나 사물로 인식되는 것은 절대적으로 정해져 있는 것이 아니라, 관찰자의 선택에 의해 상대적으로 달라질 수 있음을 드러낸다. 이는 어떠한 형태도 배경 없이는 스스로 존재할 수 없다는 인식을 드러낸 것이기도 하다.

그리고 그는 평면 분할에서 나아가 3차원의 형태인 원통이나 원뿔, 구의 표면을 평면 분할 기법을 적용하여 분할하기도 하고, 이를 다시 평면으로 그려낸 작품을 만들기도 했다. 더 나아가 하나의 작품 안에서 평면과 공간을 넘나드는 순환 체계를 드러내기도 했다. 이러한 작품에서는 2차원의 평면 분할에 활용된 기본 형태를 3차원의 실제 사물처럼 입체적으로 변형시켜 표현하고, 이를 다시 평면의 기본 형태로 바꾸는 과정을 통해 2차원과 3차원을 넘나드는 새로운 차원을 드러내고자 하였다.

에셔의 작품에 사용된 평면의 규칙적 분할은 현재 다양한 제품의 디자인에 활용되고 있으며, 차원을 넘나들며 순환하는 환상적 공간 구성은 영화 및 광고 매체의 중요한 모티프로 응용되고 있다. 이러한 점에서 에셔의 작품 세계는 오늘날 다양한 분야에 영향을 끼쳤다고 할 수 있다.

* 명도 대비: 밝기가 다른 두 색이 서로의 영향을 받아서 밝은색은 더 밝게, 어두운색은 더 어둡게 보이는 현상.

084

윗글의 내용과 일치하지 않는 것은?

① 에셔는 대상을 있는 그대로 재현하기 위해 기하학적 표현을 활용하였다.
② 에셔는 평면 구조를 표현하기 위해 분할된 평면을 빈틈없이 채우는 방법을 활용하기도 했다.
③ 에셔는 기본 형태를 평행 이동한 후 거울에 반사시킨 것처럼 나타내는 방식을 사용하기도 했다.
④ 에셔는 평면 분할의 기법을 원통이나 원뿔 등의 3차원의 형태에 적용하기도 했다.
⑤ 에셔가 사용한 기법들은 오늘날의 제품 디자인에 영향을 미쳤다.

유형 한눈에 정리

세부 정보의 파악

글을 읽을 때에는, 그 목적에 따라 독자에게 직접적으로 필요한 정보만 발췌하여 그 부분을 중심으로 세밀하게 읽을 수 있어야 한다. 그러기 위해서 먼저 글을 읽는 목적을 명확히 하고 글의 내용 구조를 전체적으로 파악한 다음, 필요한 부분을 찾기 위해 빠른 속도로 읽는다. 이때 글의 전개 방식과 구조적 특징을 활용하면 필요한 정보가 어디에 있는지 그 위치를 빨리 찾을 수 있다.

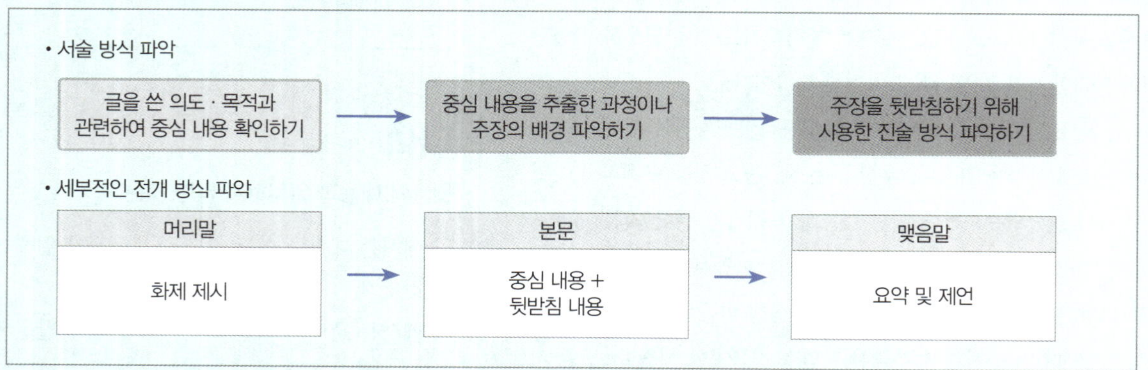

세부 정보를 파악하는 것은 해당 단어의 의미와 특정 문단의 내용만을 파악한다고 해서 알 수 있는 것이 아니다. 글의 전체적인 내용 전개 방식, 구조적 특성을 파악해야 세부 정보를 파악하는 데 도움이 된다. 글은 보통 머리말, 본문, 맺음말의 구조를 지니고 있으며, 글쓴이의 의도나 목적에 따라 '문제 – 해결', '주장 – 근거', '시간의 흐름' 등의 구조가 사용된다. 또한 세부 정보를 파악할 때는 단어와 문장, 문단의 구조와 이들 간의 의미 관계를 파악하는 것이 중요하다. 그래야 특정 단어나 문장의 의미를 전체 글의 맥락 안에서 해석할 수 있기 때문이다. 이때 지시어, 접속어, 표지어, 생략 · 반복의 표현법, 유의어 · 반의어 관계 등을 염두에 둔다.

(가) CD 드라이브는 디스크 모터, 광 픽업 장치, 광학계 구동 모터로 구성된다. 디스크 모터는 CD를 회전시킨다. CD 아래에 있는 광 픽업 장치는 레이저 광선을 발생시켜 CD 기록면에 조사하고, CD에서 반사된 광선은 광 픽업 장치 안의 광 검출기가 받아들인다. 광선의 경로 상에 있는 포커싱 렌즈는 광선을 트랙의 한 지점에 모으고, 광 검출기는 반사된 광선의 양을 측정하여 랜드와 피트의 정보를 읽어 낸다. 이때 CD의 회전 속도에 맞춰 트랙에 광선이 조사될 수 있도록 광학계 구동 모터가 광 픽업 장치를 CD의 중심부에서 바깥쪽으로 서서히 직선으로 이동시킨다.

(나) CD의 고속 회전 등으로 진동이 생기면 광선의 위치가 트랙을 벗어나거나 초점이 맞지 않아 데이터를 잘못 읽을 수 있다. 이를 막으려면 트래킹 조절 장치와 초점 조절 장치를 제어해 실시간으로 편차를 보정해야 한다. 편차 보정에는 광 검출기가 사용된다. 광 검출기는 가운데를 기준으로 전후좌우의 네 영역으로 분할되어 있는데, 트랙의 방향과 같은 방향으로 전후 영역이 직각 방향으로 좌우 영역이 배치되어 있다. 이때 각 영역에 조사되는 빛의 양이 많아지면 그 영역의 출력값도 커지며 네 영역의 출력값의 합을 통해 피트와 랜드를 구별한다.

▸ 윗글에 나타난 각 장치에 대해 세부적인 정보를 이해하고 있는지 확인할 수 있어야 한다. 글의 내용 구조를 체계적으로 머릿속에 그려 보는 것이 중요하다. 윗글에서 세부 정보에 해당하는 내용을 검토해 보면, '1) 광 픽업 장치에는 레이저 광선을 발생시키는 부분과 반사된 레이저 광선을 검출하는 부분이 있다. 2) 초점 조절 장치는 포커싱 렌즈의 위치를 이동시키고, 포커싱 렌즈는 레이저 광선을 트랙의 한 지점에 모아 주는 역할을 한다. 3) 광 검출기의 출력값은 트래킹 조절 장치를 제어하는 데 사용된다.' 등의 세부 내용을 확인할 수 있다.

핵심 유형 Tip 세부 정보를 파악하는 방법!

1 글을 읽는 목적이 무엇인지 파악한다.
2 글의 전체적인 내용 구조를 파악한다.
3 필요한 세부 정보를 빠른 속도로 찾아 읽는다.

[085] 다음 글을 읽고 물음에 답하시오.

시장 경제 체제에서 사람들은 타고난 능력이나 자신에게 주어지는 기회가 다르기 때문에 소득에서 차이가 날 수밖에 없다. 그렇다면 한 사회에서 소득의 분배가 얼마나 불평등한지를 측정하는 방법에는 무엇이 있을까? 일반적으로 소득 분배의 불평등 정도를 측정하기 위해 '10분위 분배율', '로렌츠곡선', '지니계수' 등을 사용하고 있다.

㉠10분위 분배율이란 가장 가난한 사람들로부터 가장 부유한 사람들까지 일렬로 배열하여 10개의 계층으로 나눈 후, 하위 소득 계층 40%의 소득 점유율을 상위 소득 계층 20%의 소득 점유율로 나눈 것을 말한다. 이때 나온 값이 작을수록 불평등한 소득 분배를 의미한다. 10분위 분배율은 측정이 간단하면서도 소득 분배 정책의 주 대상이 되는 하위 40% 소득 계층의 소득 분배 상태를 직접 나타낼 수 있고, 이를 상위 계층의 소득 분배 상태와 비교할 수 있다는 장점이 있다. 이 때문에 10분위 분배율은 소득 분배 측정 방법 가운데 가장 널리 사용된다.

계층별 소득 분배를 측정하는 또 다른 지표로는 ㉡로렌츠곡선을 들 수 있다. 로렌츠곡선은 정사각형 상자의 가로축에는 인구 누적 비율을, 세로축에는 소득 누적 점유율을 표시한다. 만약 모든 사람들이 똑같은 소득을 얻고 있다면 로렌츠곡선은 그림의 점선과 같이 대각선으로 나타나게 된다. 그러나 실제로는 소득의 불평등으로 인해 로렌츠곡선은 대각선보다 오른쪽 아래에 있는 것이 보통이다. 일반적으로 로렌츠곡선이 평평하여 대각선에 가까울수록 평등한 소득 분배를, 많이 구부러져 직각에 가까울수록 불평등한 소득 분배를 나타낸다.

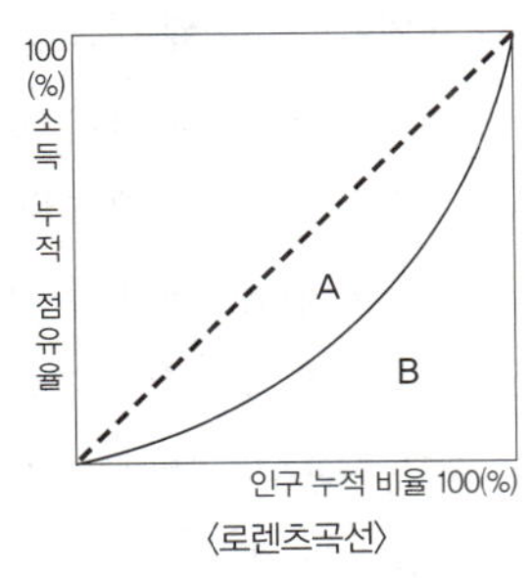

〈로렌츠곡선〉

로렌츠곡선은 소득 분배의 불평등 정도를 그림으로 나타내 한눈에 쉽게 파악할 수 있는 장점을 지니고 있다. 예를 들어 우리나라의 로렌츠곡선이 미국의 그것보다 더 대각선에 가깝게 나타난다면, 우리나라의 소득 분배가 미국보다 평등하다는 의미이다. 그러나 여러 나라를 비교할 때는 나라의 수만큼 곡선을 그려야 한다는 불편한 점이 있다. 또한 한 좌표 안에 여러 나라의 로렌츠곡선을 그리다 보면 서로 엇갈리면서 교차하는 경우가 나타날 수 있는데, 이때는 나라별 소득 분배 상태를 비교하기가 어렵게 된다.

로렌츠곡선의 단점을 보완하여 사용되는 지표가 바로 ㉢지니계수이다. 위의 그림처럼 대각선 아래의 삼각형은 로렌츠곡선을 기준으로 A와 B로 나누어진다. 지니계수는 A의 넓이를 A와 B를 합한 넓이로 나눈 값이다. 지니계수는 로렌츠곡선이 대각선에 가까울수록 영(0)에 가까운 값을, 대각선에서 멀어질수록 1에 가까운 값을 갖지만, 10분위 분배율과는 반대로 그 값이 클수록 더욱 불평등한 소득 분배 상태를 나타낸다. 이렇듯 지니계수는 소득 분배 상태를 숫자로 간단하게 나타낼 수 있는 장점이 있는 반면 특정 소득 계층의 소득 분배 상태를 나타내지 못한다는 한계를 가진다.

085

㉠~㉢에 대한 설명으로 적절한 것은?

① ㉠은 ㉡과 달리 소득 분배의 불평등 정도를 그림으로 단순하게 나타낼 수 있다.
② ㉠은 ㉢과 달리 특정 계층의 소득 점유율을 알 수 있다.
③ ㉡이 ㉢보다 여러 나라의 소득 분배 상태를 수치로 비교하기에 유리하다.
④ ㉢이 ㉠보다 소득 분배를 측정하는 보편적인 방법이다.
⑤ ㉠의 값이 커질수록 ㉡과 ㉢의 값도 커진다.

핵심 유형 3 추론 및 비판적 이해

[086] 다음 글을 읽고 물음에 답하시오.

초고층 건물은 높이가 200미터 이상이거나 50층 이상인 건물을 말한다. 이런 초고층 건물을 지을 때는 건물에 작용하는 힘을 고려해야 한다. 건물에 작용하는 힘에는 수직 하중과 수평 하중이 있다. 수직 하중은 건물 자체의 무게로 인해 땅 표면에 수직 방향으로 작용하는 힘이고, 수평 하중은 바람이나 지진 등에 의해 건물에 가로 방향으로 작용하는 힘이다.

수직 하중을 견디기 위해서 고안된 가장 단순한 구조는 보기둥 구조이다. 보기둥 구조는 기둥과 기둥 사이를 가로지르는 수평 구조물인 보를 설치하고 그 위에 바닥판을 놓은 구조이다. 보기둥 구조에서는 설치된 보의 두께만큼 건물의 한 층당 높이가 높아지지만, 바닥판에 작용하는 하중이 기둥에 집중되지 않고 보에 의해 분산되기 때문에 수직 하중을 잘 견딜 수 있다.

위에서 아래 방향으로만 작용하는 수직 하중과 달리 수평 하중은 사방에서 작용하는 힘이기 때문에 초고층 건물의 안전에 미치는 영향이 수직 하중보다 훨씬 크다. 수평 하중은 초고층 건물의 안전을 위협하는 주요 요인인데, 바람은 건물에 작용하는 수평 하중의 90% 이상을 차지한다. 건물이 많은 도심에서는 넓은 공간에서 좁은 공간으로 바람이 불어오면서 풍속이 빨라지는 현상이 발생해 건물에 작용하는 수평 하중을 크게 만든다. 그리고 바람에 의해 공명 현상*이 발생하면 건물이 매우 크게 흔들리게 되어 건물의 안전을 위협하게 된다.

건물이 수평 하중을 견디기 위해서는 기본적으로 뼈대에 해당하는 보와 기둥을 아주 단단하게 붙여야 하지만, 초고층 건물의 경우 이것만으로는 수평 하중을 견디기 힘들다. 그래서 등장한 것이 코어 구조이다. 코어는 빈 파이프 모양의 철골 콘크리트 구조물을 건물 중앙에 세운 것으로, 코어에 건물의 보와 기둥들을 강하게 접합한다. 이렇게 하면 외부에서 작용하는 수평 하중에도 불구하고 코어로 인해 건물이 크게 흔들리지 않게 된다. 그런데 초고층 건물은 그 높이가 높아질수록 수평 하중이 커지고 그에 따라 코어의 크기도 커져야 한다. 코어 구조는 가운데 빈 공간이 있어 공간 활용의 효율성이 떨어지기 때문에 현대의 초고층 건물은 ㉮코어에 승강기나 화장실, 계단, 수도, 파이프 같은 시설을 설치하는 경우가 많다.

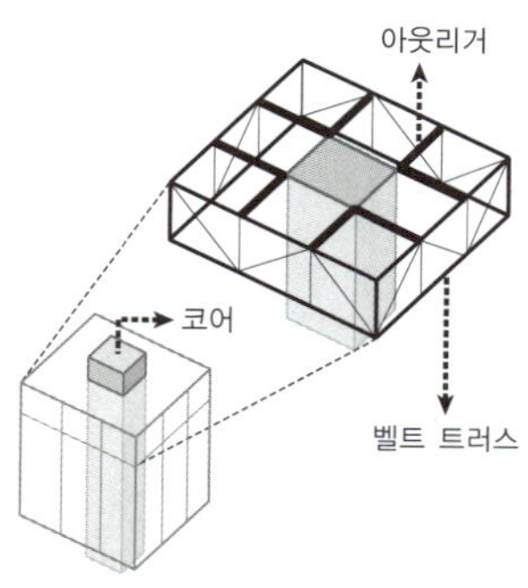

〈아웃리거-벨트 트러스 구조〉

그런데 초고층 건물의 높이가 점점 높아지면 코어 구조만으로는 수평 하중을 완벽하게 견뎌 낼 수 없다. 그래서 아웃리거-벨트 트러스 구조를 사용하여 코어 구조를 보완한다. 아웃리거-벨트 트러스 구조에서 벨트 트러스는 철골을 사용하여 건물의 외부 기둥들을 삼각형 구조의 트러스로 짜서 벨트처럼 둘러싼 것으로 수평 하중을 지탱하는 역할을 한다. 삼각형 구조의 트러스로 외부 기둥들을 연결하면 외부에서 작용하는 힘이 철골 접합부를 통해 전체적으로 분산되기 때문에 코어에 무리한 힘이 가해지는 것을 예방할 수 있다. 그리고 아웃리거는 콘크리트를 사용하여 건물 외벽에 설치된 벨트 트러스를 내부의 코어와 견고하게 연결한 것으로, 아웃리거와 벨트 트러스는 필요에 따라 건물 중간중간에 여러 개가 설치될 수 있다. 그런데 아웃리거는 건물 내부를 가로지를 수밖에 없어서 효율적인 공간 구성에 방해가 된다. 이런 단점을 극복하기 위해 ㉯아웃리거를 기계 설비층에 설치하거나 층과 층 사이, 즉 위층 바닥과 아래층 천장 사이에 설치하기도 한다.

초고층 건물은 특수한 설비를 이용하여 바람으로 인한 건물의 흔들림을 줄이기도 하는데 대표적인 것이 TLCD, 즉 동조 액체 기둥형 댐퍼이다. TLCD는 U자형 관 안에 수백 톤의 물이 채워진 것으로 초고층 건물의 상층부 중앙에 설치한다. 바람이 불어 건물이 한쪽으로 기울어져도 물은 관성의 법칙에 따라 원래의 자리에 있으려 하기 때문에 건물이 기울어진 반대 쪽에 있는 관의 물 높이가 높아진다. 그렇게 되면 그 관의 아래로 작용하는 중력도 커지고, 이로 인해 건물을 기울어지게 하는 힘을 약화시켜 흔들림이 줄어들게 된다. 물이 무거울수록 그리고 관 전체의 가로 폭이 넓어질수록 수평 방향의 흔들림을 줄여 주는 효과가 크다. 하지만 그에 따라 수직 하중이 증가하므로 TLCD는 수평 하중과 수직 하중을 함께 고려하여 설계해야 한다.

* 공명 현상: 진동체가 그 고유 진동수와 같은 진동수를 가진 외부의 힘을 받아 진폭이 뚜렷하게 증가하는 현상.

086

문맥을 고려할 때, ㉮와 ㉯의 이유로 가장 적절한 것은?

① 건물의 외부 미관을 살리기 위해서
② 건물의 건설 비용을 줄이기 위해서
③ 건물의 공간을 효율적으로 활용하기 위해서
④ 건물에 작용하는 외부의 힘을 줄이기 위해서
⑤ 필요에 따라 공간의 용도를 변경하기 위해서

유형 한눈에 정리

추론 및 비판적 이해

추론적 독해는 사실적 독해를 바탕으로 글에서 생략되어 드러나지 않는 글쓴이의 생각을 파악하는 활동이라고 할 수 있다. 즉, 글에 나타난 단서를 근거로 하여 글쓴이의 의도와 목적, 숨겨진 주제, 관점 등을 논리적으로 추측하는 것이다.

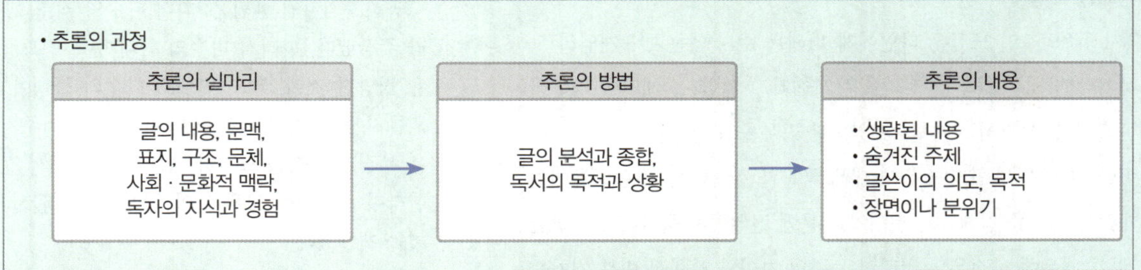

비판적 독해는 논리적이고 합리적인 사고를 바탕으로 내용의 타당성과 공정성, 자료의 정확성과 적절성 등을 분석하며, 글쓴이의 생각에 공감하거나 반박할 부분을 찾아서 평가하거나 판단하며 읽는 방법이다. 비판적으로 글을 읽는 방법은 글의 내용이 옳은지, 어느 한쪽으로 치우치지 않았는지, 자료는 객관적이고 수준이 적절한지를 판단하고, 글쓴이의 생각을 비판하며 글의 구성이나 표현이 효과적인지, 글감이나 주제가 유사한 다른 글과 비교하며 관점이나 구성의 차이를 검토할 수도 있다.

• 비판적 이해의 유형

내용의 타당성과 자료의 정확성 평가하기	글쓴이의 가치관이나 이념 비판하기	구성 및 표현의 효과 평가하기	다른 글의 관점이나 구성 등과 비교하기

(가) 진화고고학에서는 인간의 삶은 자연환경에 더욱 잘 적응하기 위한 선택이라고 보는 진화론에 초점을 맞추어 과거를 설명한다. 진화론이 적용된 사례를 토기의 변화에 대한 연구를 통해 구체적으로 살펴보자. 이 연구에서는 서기 1세기부터 약 1천 년 동안 어느 한 지역에서 출토된 조리용 토기들의 두께와, 토기에 탄화된 채로 남아 있던 식재료에 사용된 곡물의 전분 함량을 조사했다. 그 결과 후대로 갈수록 토기 두께가 상당히 얇아지고 곡물의 전분 함량은 증가한다는 사실을 발견했다. 진화고고학은 이렇게 토기 두께가 얇아진 이유를 전분이 좀 더 많은 씨앗의 출현이라는 외부 환경의 변화에 적응하였기 때문이라고 설명한다. 〈중략〉 즉, 자연환경이 변화하여 껍질이 두껍고 전분 함량이 높은 씨앗이 많아짐으로써 씨앗의 채집량이 늘어날 수 있었고, 이 씨앗은 그 특성상 오래 가열해야 하므로 열전도가 빠른 토기가 사용되었다고 해석하는 것이다.

(나) 진화고고학과는 달리 유물의 의미를 해석할 때 기능적 요인보다는 개개의 유물이 사용된 맥락을 찾는 것이 더 중요하다고 보고, 그 유물을 사용한 사람의 사회적 위치와 기호 변화 등 사회문화적 요인으로 유물의 의미를 설명하려는 관점도 있다. 이 관점에서는 4세기경에 토기의 두께가 급격히 얇아지는 이유를 다음과 같이 설명한다. (　　　　㉠　　　　)

▸ 윗글은 토기의 변화에 대한 연구를 예로 들어 발굴을 통해 얻은 유물을 해석하는 다양한 고고학적 접근 방법을 소개하고 있다. (가)의 진화고고학에서는 진화론에 기초하여 토기의 변화를 설명하였으나, (나)에서처럼 유물이 사용된 사회문화적 맥락을 강조한 설명 등과 같은 새로운 해석이 나타났다. 사회문화적 요인으로 유물의 의미를 설명하려는 관점에서는 개개의 유물이 사용된 맥락을 찾는 것이 더 중요하다고 보고, 그 유물을 사용한 사람의 사회적 위치와 기호 변화 등의 요인들에 주목한다. 이 같은 관점으로 ㉠에 들어갈 내용은 '집단 간의 활발한 교류로 새로운 토기가 유입되었고 사람들이 그것을 선호하게 되었기 때문이다.'와 같은 문장이 될 수 있다.

핵심 유형 Tip 글의 정보를 추측하거나 비판적으로 읽는 전략!

1 독자의 배경지식과 글에 나타난 단서를 활용하여 읽는다.
2 글의 종류에 따라 추론의 방법과 내용이 다름을 염두에 둔다.
3 글쓴이가 숨겨 놓은 의도와 관점, 주제 등을 파악한다.
4 내용의 타당성과 공정성을 판단한다.
5 글에 사용된 자료의 정확성과 적절성을 분석한다.
6 글쓴이의 생각에 동의하거나 반박할 부분을 찾아 평가한다.

[087] 다음 글을 읽고 물음에 답하시오.

사람들은 누구나 정의로운 사회에 살기를 원한다. 그렇다면 정의로운 사회란 무엇일까? 이에 대해 철학자 로버트 노직과 존 롤스는 서로 다른 견해를 보인다.

자유지상주의자인 노직은 타인에게 피해를 주지 않는 한, 개인의 모든 자유가 보장되는 사회를 정의로운 사회라고 말한다. 개인이 정당하게 얻은 결과를 온전히 소유할 수 있도록 자유를 보장하는 것이 정의라는 것이다. 따라서 개인의 소유에 대해 국가가 간섭하는 것은 소유권이라는 개인의 자유를 침해하는 것이기 때문에 정의롭지 못하다고 주장한다. 그렇기 때문에 노직은 선천적인 능력의 차이와 사회적 빈부 격차를 당연한 것으로 본다. 따라서 복지 제도나 누진세 등과 같은 국가의 간섭에 의한 재분배 시도에 대해서는 강력하게 반대한다. 다만 빈부 격차를 해소하기 위한 사람들의 자발적 기부에 대해서는 인정한다.

롤스는 개인의 자유를 보장하면서도 사회적 약자를 배려하는 사회가 정의로운 사회라고 말한다. 롤스는 정의로운 사회가 되기 위해서는 세 가지 조건을 만족해야 한다고 주장한다. 첫 번째 조건은 사회 원칙을 정하는 데 있어서 사회 구성원 간의 합의 과정이 있어야 한다는 것이다. 이러한 합의를 통해 정의로운 세계의 규칙 또는 기준이 만들어진다고 보았다. 두 번째 조건은 사회적 약자의 입장을 고려해야 한다는 것이다. 롤스는 인간의 출생, 신체, 지위 등에는 우연의 요소가 많은 영향을 미칠 수 있다고 본다. 따라서 누구나 우연에 의해 사회적 약자가 될 수 있기 때문에 사회적 약자를 차별하는 것은 정당하지 못한 것이 된다. 마지막 조건은 개인이 정당하게 얻은 소유일지라도 그 이익의 일부는 사회적 약자에게 돌아가야 한다는 것이다. 왜냐하면 사회적 약자가 될 가능성은 누구에게나 있으므로, 자발적 기부나 사회적 제도를 통해 사회적 약자의 처지를 최대한 배려하는 것이 사회 전체로 볼 때 공정하고 정의로운 것이기 때문이다.

노직과 롤스는 이윤 추구나 자유 경쟁 등을 허용한다는 면에서는 공통점을 보인다. 그러나 노직은 개인의 자유를 중시하여 사회적 약자의 자연적 · 사회적 불평등의 해결을 개인의 선택에 맡긴다. 반면에 롤스는 개인의 자유를 중시하는 한편, 사람들이 공정한 규칙에 합의하는 과정도 중시하며, 자연적 · 사회적 불평등을 복지를 통해 보완해야 한다고 주장한다. 롤스의 주장은 소수의 권익을 위한 이론적 틀을 제시했으며, 평등의 이념을 확장시켜 복지 국가에 대한 이론적 근거를 마련했다고 할 수 있다.

087

윗글을 이해한 학생이 롤스의 입장에서 〈보기〉에 대해 제기할 수 있는 비판으로 가장 적절한 것은?

<보기>

공리주의*자인 벤담은 '최대 다수의 최대 행복'이 정의로운 것이라 주장했다. 따라서 다수의 최대 행복이 보장된다면 소수의 불행은 정당한 것이 되고, 반대로 다수의 불행이 나타나는 상황은 정의롭지 못한 것이 된다. 벤담은 걸인과 마주치는 대다수의 사람들은 부정적 감정을 느끼기 때문에, 거리에서 걸인을 사라지게 해야 한다며 걸인들을 모두 모아 한곳에서 생활시키는 강제 수용소 설치를 제안했다.

① 다수의 처지를 배려할 때 사회 전체의 행복이 증가하지 않을까요?
② 문제를 강제로 해결하려고 하기보다는 스스로 해결하도록 맡겨 두어야 하지 않을까요?
③ 감정적 차원에서 사람을 싫어하는 것은 인간적 도리를 지키지 않는 태도가 아닌가요?
④ 대다수의 사람들이 걸인에게 부정적 감정을 느낀다고 판단하는 것은 문제가 있지 않을까요?
⑤ 걸인이 된 것은 우연적 요소에 의한 것일 수도 있는데 그들을 차별하지 않아야 정의로운 것이 아닌가요?

기출이 주목한 개념

087 ··· 공리주의

행위의 목적이나 선악 판단의 기준을 인간의 이익과 행복을 증진하는 데에 두는 사상. 개인의 복지를 중시하는 견해와, 최대 다수의 최대 행복을 내세우며 사회 전체의 복지를 중시하는 견해가 있다.

핵심 유형 4 구체적 적용

[088] 다음 글을 읽고 물음에 답하시오.

우리 몸 안에서 가장 큰 장기는 간으로, 커다란 크기만큼 하는 일이 많아서 '인체의 화학 공장'이라고 한다. 우선 우리가 음식을 섭취하게 되면 위나 장에서 영양소를 흡수하게 되는데, 여기서 흡수된 여러 영양소는 대부분 혈액을 통해 간으로 이동한다. 간은 그 영양소들을 몸에서 요구하는 다른 영양소로 만들거나, 우리 몸을 위해 저장하기도 한다. 이런 것들이 가능한 이유는 간의 구조와 혈액의 공급 방식 때문이다.

간은 육각형 기둥 모양의 간소엽이라는 작은 공장들로 이루어져 있고 그 내부는 간의 주요 기능을 수행하는 간세포로 채워져 있다. 간소엽의 중심부에는 중심 정맥이 놓여 있어 간을 거친 혈액을 간정맥으로 보내 심장으로 흐르게 한다. 그리고 육각형 기둥의 각 모서리에는 간문맥, 간동맥, 담관이 지나가고 있는데, 간문맥과 간동맥은 혈액이 다른 장기에서 간으로 유입되는 관이고, 담관은 담즙이 간에서 배출되는 관이다.

인체의 거의 모든 장기의 혈액 순환은 혈액이 동맥으로 들어와 모세혈관을 거치면서 산소와 영양소의 교환이 이루어진 다음에 정맥을 통해 나가는 방식이다. 그러나 간의 혈액 순환은 예외적으로 혈액이 간동맥과 간문맥이라는 2개의 혈관을 통해서 들어와 미세혈관을 지나 중심 정맥으로 흘러 나간다. 이 과정을 자세히 살펴보면 동맥인 '간동맥'을 통해서 들어오는 혈액은 산소를 운반하고, 소장과 간을 연결하는 혈관인 '간문맥'을 통해서 들어오는 혈액은 위나 장에서 흡수된 영양소를 간으로 이동시킨다. 이 두 혈관들은 간소엽 내부에서 점차 가늘어져 '시누소이드'라는 미세혈관으로 합쳐지는데, 시누소이드는 밭이랑처럼 길게 배열되어 있는 간세포들 사이에 위치해 있다. 시누소이드를 흐르는 혈액은 대사 활동에 필요한 산소와 영양소를 간세포에 공급하고, 간세포의 대사 활동의 결과물인 대사산물과 이산화탄소 같은 노폐물 등을 흡수하는데 이러한 과정을 '물질 교환'이라 한다. 이렇게 시누소이드를 거친 혈액은 중심 정맥으로 유입된 후, 다시 간정맥으로 합쳐져 심장으로 들어가는 것이다.

이러한 혈액 순환을 통해서 간에서는 단백질 합성이 일어난다. 식사를 통해 몸으로 들어온 단백질은 위나 장에서 아미노산의 형태로 분해되어 혈액과 함께 간으로 이동된다. 간세포는 시누소이드를 통해 공급된 아미노산을 분해하여 혈액 응고에 관여하는 새로운 단백질을 합성한다. 이때 아미노산이 분해되는 과정에서 유독 물질인 암모니아가 생성되는데, 간은 이것을 요소로 변화시켜 콩팥으로 보내어 몸 밖으로 배출하게 한다. 또한 간은 비타민 A를 저장하기도 하고, 지방의 소화를 촉진시키는 담즙을 생산하여 담관을 통해 쓸개로 보내기도 한다.

그러나 간의 일부 기능은 간세포만으로 감당할 수 없어서 간은 다른 세포의 도움을 받아야 한다. 간세포와 시누소이드 사이에 존재하는 세포들 중 쿠퍼세포는 몸 안으로 들어온 바이러스를 면역 체계에 노출시켜 몸이 면역 작용을 할 수 있도록 유도한다. 이처럼 간은 1분마다 1.4L의 혈액을 여과하면서 복잡하고 중요한 기능을 담당하여 우리 몸이 건강을 유지할 수 있도록 하고 있는 것이다.

088

〈보기〉는 간소엽의 일부를 확대한 그림이다. 윗글을 바탕으로 ⓐ~ⓔ를 이해한 내용으로 적절하지 않은 것은?

<보기>

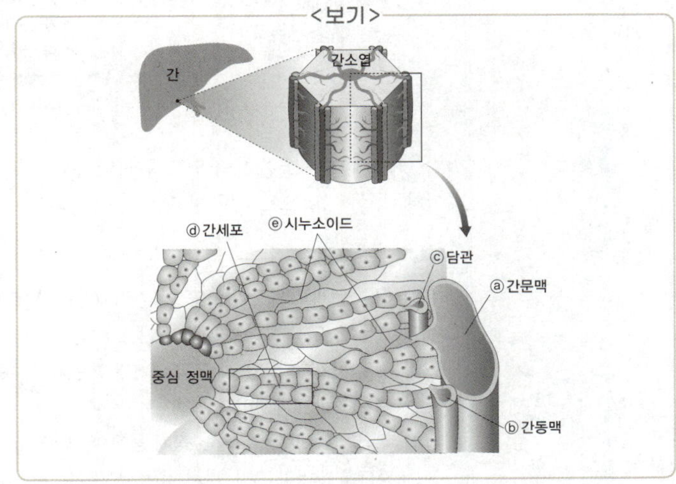

① 장에서 흡수된 영양소는 ⓐ를 통해서 간으로 들어오는군.
② 간에서 만들어진 담즙은 ⓒ를 통해 쓸개로 보내지는군.
③ ⓓ는 ⓔ에서 산소와 영양소를 공급받아 대사 활동을 하는군.
④ ⓔ에서 만들어진 노폐물은 중심 정맥으로 보내지는군.
⑤ ⓔ는 ⓐ와 ⓑ가 간소엽 내부에서 점차 가늘어져 합쳐진 것이군.

유형 한눈에 정리

구체적 적용

글의 내용을 바탕으로 구체적인 사례에 적용하거나 글의 내용을 재구성하는 문항이 출제되는 경우가 많다. 즉 글에 나타난 일반적인 견해나 전제를 기준으로 특정한 사례를 분석해 보고 글의 내용에 적합한 예시인지 판단해 보는 경우가 있다. 또한 글의 내용을 새로운 구조로 재정리하거나 다른 표현으로 재구성할 수도 있다. 이러한 읽기 방법은 비판적 독해, 감상적 독해, 창조적 독해 활동을 모두 포함하는 것이다.

독자는 글의 내용이나 글쓴이의 생각에 공감하며 동일시하기도 하지만, 이에 머물지 않고 글에서 부족하다고 생각되는 점을 보완하거나 대체하려는 생각을 할 수 있다. 이렇듯 글의 내용을 자신의 삶이나 구체적인 상황과 연결시켜 적용해 보거나, 문제 해결에 필요한 방법을 글 속에서 찾아 글의 수준에 머무르지 않고 새로운 대안을 제시하는 등 다양한 감상 활동을 할 수 있다.

• 글의 내용을 적용하고 재구성하는 방법

• 구체적 사례에 적용하기 • 글의 내용 재구성하기	→	• 글쓴이의 생각을 논리적으로 재구성하기 • 개인이나 사회의 문제에 대한 해결 방법을 찾기 • 글쓴이의 생각을 적용하거나 보완하면서 대안 생각하기

먼저 글의 주제와 글쓴이의 의도를 파악하고, 글 전체의 구조와 논리적 전개 방식이 무엇인지 이해하는 것은 필수적인 과제이다. 이를 바탕으로 새롭게 제시된 구체적인 사례를 분석하거나 기존의 내용을 재구성할 수 있기 때문이다.

(가) 어떤 냄새를 일으키는 물질을 '취기재(臭氣材)'라 부르는데, 우리가 어떤 냄새가 난다고 탐지할 수 있는 것은 취기재의 분자가 코의 내벽에 있는 후각 수용기를 자극하기 때문이다.

(나) 우리가 냄새를 맡으려면 공기 중에 취기재의 분자가 충분히 많아야 한다. 다시 말해, 취기재의 농도가 어느 정도에 이르러야 냄새를 탐지할 수 있다. 이처럼 냄새를 탐지할 수 있는 최저 농도를 '탐지 역치'라 한다. 탐지 역치는 취기재에 따라 차이가 있다. 우리가 메탄올보다 박하 냄새를 더 쉽게 알아챌 수 있는 까닭은 메탄올의 탐지 역치가 박하향에 비해 약 3,500배 가량 높기 때문이다.

(다) 취기재의 농도가 탐지 역치 정도의 수준에서는 냄새가 나는지 안 나는지 정도를 탐지할 수 있지만 그 냄새가 무슨 냄새인지 인식하지 못한다. 즉 ㉠ 냄새의 존재 유무를 탐지할 수는 있어도 냄새를 풍기는 취기재의 정체를 인식하지는 못하는 상태가 된다. 취기재의 정체를 인식하려면 취기재의 농도가 탐지 역치보다 3배가량 높아야 한다. 즉 취기재의 농도가 탐지 역치 수준으로 낮은 상태에서는 그 냄새가 꽃향기인지 비린내인지 알 수 없는 것이다. 한편 같은 취기재들 사이에서는 농도가 평균 11% 정도 차이가 나야 냄새의 세기 차이를 구별할 수 있다고 알려져 있다.

▶ 윗글은 인간이 냄새를 맡을 수 있는 메커니즘을 소개하는 글이다. (다)에서 취기재의 정체를 인식하려면 취기재의 농도가 탐지 역치보다 3배가량은 높아야 한다고 언급하고 있다. 따라서 ㉠의 상태는 취기재의 농도가 탐지 역치보다는 높아야 하지만 3배에는 미치지 못하는 것에 해당한다고 볼 수 있다. 윗글을 제시문으로 주고 선지에 구체적인 사례를 제시한 후, ㉠의 경우에 해당하는 것을 선택하는 문항이 출제될 수 있다. 이러한 경우에는 일단 농도가 탐지 역치보다 높고 탐지 역치의 세 배가 넘지 않는 경우가 정답이 될 수 있다. 따라서 '탐지 역치가 10인 취기재의 농도가 5인 경우'는 취기재의 농도가 탐지 역치보다 낮으므로 오답이고, '탐지 역치가 10인 취기재의 농도가 35인 경우'는 취기재의 농도가 탐지 역치의 3배보다 높으므로 오답임을 알 수 있다. 만약 선지에 '탐지 역치가 10인 취기재의 농도가 15인 경우'가 제시되었다면 이것은 정답이 될 수 있다.

핵심 유형 Tip 글의 내용을 구체적으로 적용하고 재구성하며 읽는 전략!

1. 글쓴이의 생각을 논리적으로 재구성한다.
2. 글의 내용을 바탕으로 구체적인 사례나 문제 상황을 분석한다.
3. 글쓴이의 생각을 적용하거나 보완하여 대안을 제시한다.

[089] 다음 글을 읽고 물음에 답하시오.

길거리에서 넘어져 무릎을 다친 사람이 "아!"라고 소리를 지른다면 우리는 그 사람이 통증을 느끼고 있다고 생각한다. 이렇게 타인의 의도나 마음을 이해하는 것을 '공감'이라고 한다. 공감은 인간 생활의 중요한 요소 중 하나이다. 공감으로 인해 사람은 소외감을 극복할 수 있고, 서로 협력할 수 있으며, 이타적인 행위를 할 수 있기 때문이다. 그렇다면 공감은 어떻게 이루어지는 것일까?

20세기까지 공감은 '이론-이론(Theory-Theory)'과 '모의 이론(Simulation Theory)'을 통해 주로 설명되어 왔다. 이론-이론은, 사람이 세상을 접하면서 마음의 작동 방식에 대한 개념적 이론을 갖게 되는데 이를 바탕으로 논리적 추론을 함으로써 타인의 마음을 이해할 수 있다는 이론이다. 사람은 누구나 넘어졌던 경험이 있다. 이러한 경험을 통해, 자신이 다쳤다는 사건, 통증을 느낀다는 마음, 소리를 지른다는 표현, 이 세 가지 사이에는 인과적 법칙이 있다는 개념적 이론을 갖게 된다. 그렇기 때문에 사람은 넘어져 다친 타인이 소리를 지르는 모습을 관찰했을 때 개념적 이론에 근거하여 그가 통증을 느꼈을 것이라고 추론할 수 있다. 이론-이론에 따르면, 사람은 4세부터 마음의 작동 방식에 대한 개념적 이론을 갖게 되어 자기중심적으로 사고하지 않고, 자신의 마음과 타인의 마음이 다를 수 있다는 것을 알게 된다. 이를 통해 비로소 타인의 마음을 이해할 수 있게 된다는 것이다. 이와 달리 모의 이론은 자신이 타인과 같은 상황에 처했다면 어떠할지를 상상함으로써 타인을 이해할 수 있다는 이론이다. 모의 이론에 따르면, 사람은 타인의 상황에 자신을 투사시킨 후 그 상황에서 자신의 마음 상태를 상상하는 모의실험을 하고, 그로 인해 얻은 생각을 다시 타인에게 투사함으로써 타인의 마음을 이해할 수 있다. 넘어져 다친 사람이 소리를 지르는 것을 보았을 때, 그 상황에서 자신이라면 어떤 마음이었을지를 상상으로 재현해 봄으로써 타인의 마음을 이해할 수 있다는 것이다. 이는 동일한 상황에서는 모의실험을 한 자신의 마음과 타인의 마음이 서로 유사하다는 것과, 타인의 마음보다 자신의 마음에 접근하기가 더 쉽다는 것을 전제로 한다.

이론-이론과 모의 이론은 한동안 상호 배타적인 논쟁을 해 왔다. 모의 이론 측에서는 마음의 작동 방식에 대한 개념적 이론이 실제로 존재하지 않는다고 지적하였고, 이론-이론 측에서는 모의실험이 타인의 마음을 정확하게 재현할 수 없다고 지적하였다.

최근에는 두 이론을 통합하려는 움직임이 활발해지고 있다. 대표적으로 리버먼은 두 이론을 통합한 두 체계 이론을 내세운다. 리버먼에 따르면 사람은, 모의 이론에서 말하는 모의실험으로 타인의 마음을 이해하는 '거울 체계'뿐만 아니라 이론-이론에서 말하는 마음의 작동 방식에 대한 개념적 이론을 통해 타인의 마음을 이해하는 '심리화 체계'를 모두 가지고 있다. 그런데 "타인이 무엇을 하고 있는가?"라는 질문을 통해 타인의 상황을 곧바로 이해할 수 있을 때는 거울 체계가 작동하고, "타인이 왜 그렇게 했는가?"라는 질문을 통해 추상적 이유를 알고자 할 때는 심리화 체계가 작동한다. 다시 말해 낮은 수준에서 타인의 행위를 이해하기 위해 '무엇'에 대한 질문을 던지는 순간에는 거울 체계가, 높은 수준에서 타인의 신념이나 동기를 이해하기 위해 '왜'에 대한 질문을 던지는 순간에는 심리화 체계가 작동한다는 것이다. 리버먼의 주장에서 주목할 점은 두 체계의 서로 다른 작동 방식과 두 체계 사이의 순차적인 관계이다. 한 사람이 타인의 행위를 관찰할 경우 거울 체계가 무의식적이면서 자동적으로 작동한다. 이후 의식적인 노력을 기울여 생각에 몰입할 수 있을 때에 비로소 심리화 체계가 작동한다. 이는 어떤 사람이 '무엇'을 하고 있는지를 이해하는 과정이 '왜' 그렇게 하는지를 이해하기 위한 과정에 선행하면서 논리적 추론의 전제가 됨을 의미한다.

다만, 리버먼은 더욱 복잡한 과정을 거치지 않으면 공감이 완성되지 않는다면서 진정한 공감은 거울 체계와 심리화 체계의 작동을 바탕으로 정서적 일치와 실천적 동기까지 나아가야 가능하다고 설명한다. 즉, 타인의 감정 상태와 동일한 느낌을 가지게 되고, 이후 타인을 도와야겠다는 마음이 형성되었을 때 비로소 공감이 완성된다고 보는 것이다.

089

'이론 - 이론'에 근거하여 〈보기〉를 이해한 내용으로 적절하지 않은 것은?

<보기>

[실험 상황] 3~5세의 아동들에게 인형극을 보게 한 후 "방으로 돌아온 샐리가 구슬을 찾기 위해 어디부터 살펴볼까?"라는 질문을 하였다.

[인형극 내용] 샐리와 앤이 함께 방에서 놀고 있다. 샐리는 바구니 안에 자신의 구슬을 넣는다. 샐리가 방을 나가 산책을 간 사이에 앤이 그 구슬을 상자로 옮긴다. 이후 샐리가 다시 방으로 돌아온다.

[실험 결과] 실험 대상자의 30%는 샐리가 바구니에서 구슬을 찾을 것이라고 답하였고, 70%는 상자에서 구슬을 찾을 것이라고 답하였다.

① 상자에서 구슬을 찾을 것이라고 답한 70%의 아동들은 자기중심적 사고를 통해 샐리의 행위를 예측하였겠군.

② 타인의 마음을 인과적으로 추론할 수 있는 아동들은 구슬의 실제 위치를 샐리가 모르고 있다는 것을 파악하였겠군.

③ 바구니에서 구슬을 찾을 것이라고 답한 30%의 아동들은 자신과 샐리가 구슬이 어디에 있는지에 대한 생각이 다를 수 있음을 이해했겠군.

④ 샐리의 마음에 공감한 아동들은 앤이 구슬을 상자로 옮겼다는 것을 알고 있기 때문에 샐리가 상자에서 구슬을 찾을 것이라고 생각했겠군.

⑤ 마음의 작동 방식에 대한 개념적 이론을 가진 아동들은 앤의 행동이 구슬이 있는 위치에 대한 샐리의 믿음에 아무런 영향을 미치지 못했을 것이라고 보았겠군.

[090~093] 다음 글을 읽고 물음에 답하시오.

18세기 경험론의 대표적인 철학자 흄은 '모든 지식은 경험에서 나온다.'라고 주장하면서, 이성을 중심으로 진리를 탐구했던 데카르트의 합리론을 비판하고 경험을 중심으로 한 새로운 철학 이론을 구축하려 하였다. 그러나 지나치게 경험만을 중시한 나머지, 그는 과학적 탐구 방식 및 진리를 인식하는 문제에 대해서도 비판하기에 이른다. 그 결과 ㉠ 흄은 서양 근대 철학사에서 극단적인 회의주의자로 평가받는다.

흄은 지식의 근원을 경험으로 보고 이를 인상과 관념으로 구분하여 설명하였다. 인상은 오감(五感)을 통해 얻을 수 있는 감각이나 감정 등을 말하고, 관념은 인상을 머릿속에 떠올리는 것을 말한다. 가령, 혀로 소금의 '짠맛'을 느끼는 것은 인상이고, 머릿속으로 '짠맛'을 떠올리는 것은 관념이다. 인상은 단순 인상과 복합 인상으로 나뉘는데, 단순 인상은 단일 감각을 통해 얻은 인상을, 복합 인상은 단순 인상들이 결합된 인상을 의미한다. 따라서 '짜다'는 단순 인상에, '짜다'와 '희다' 등의 단순 인상들이 결합된 소금의 인상은 복합 인상에 해당한다. 그리고 단순 인상을 통해 형성되는 관념을 단순 관념, 복합 인상을 통해 형성되는 관념을 복합 관념이라 한다. 흄은 단순 인상이 없다면 단순 관념이 존재하지 않는다고 보았다. 그런데 '황금 소금'은 현실에 존재하지 않기 때문에 그 자체에 대한 복합 인상은 없지만, '황금'과 '소금' 각각의 인상이 존재하기 때문에 복합 관념이 존재할 수 있다. 따라서 복합 관념은 복합 인상이 없더라도 존재할 수 있다. 하지만 흄은 '황금 소금'처럼 인상이 없는 관념은 과학적 지식이 될 수 없다고 말하였다.

흄은 과학적 탐구 방식으로서의 인과 관계에 대해서도 비판적 태도를 보였다. 그는 인과 관계란 시공간적으로 인접한 두 사건이 반복해서 발생할 때 갖는 관찰자의 습관적인 기대에 불과하다고 말하였다. 즉, '까마귀 날자 배 떨어진다'라는 속담이 의미하는 것처럼 인과 관계는 필연적 관계임을 확인할 수 없다는 것이다. 그는 '까마귀가 날아오르는 사건'과 '배가 떨어지는 사건'을 관찰할 수는 있지만, '까마귀가 날아오르는 사건이 배가 떨어지는 사건을 야기했다.'라는 생각은 추측일 뿐 두 사건의 인과적 연결 관계를 관찰할 수 없다고 주장한다. 결국 인과 관계란 시공간적으로 인접한 두 사건에 대한 주관적 판단에 불과하므로, 이런 방법을 통해 얻은 과학적 지식이 필연적이라는 생각은 적합하지 않다고 흄은 비판하였다.

[A] 또한 흄은 진리를 알 수 있는가의 문제에 대해서도 회의적인 태도를 취했다. 전통적인 진리관에서는 진술의 내용이 사실(事實)과 일치할 때 진리라고 본다. 하지만 흄은 진술 내용이 사실과 일치하는지의 여부를 판단할 수 없다고 보았다. 예를 들어 '소금이 짜다.'라는 진술이 진리가 되기 위해서는 실제 소금이 짜야 한다. 그런데 흄에 따르면 우리는 감각 기관을 통해서만 세상을 인식할 수 있기 때문에 실제 소금이 짠지는 알 수 없다. 그러므로 '소금이 짜다.'라는 진술은 '내 입에는 소금이 짜게 느껴진다.'라는 진술에 불과할 뿐이다. 따라서 비록 경험을 통해 얻은 과학적 지식이라 하더라도 그것이 진리인지의 여부는 확인할 수 없다는 것이 흄의 입장이다.

이처럼 흄은 경험론적 입장을 철저하게 고수한 나머지, 과학적 지식조차 회의적으로 바라보았다는 점에서 비판을 받기도 했다. 하지만 그는 이성만 중시했던 당시 철학 사조에 반기를 들고 경험을 중심으로 지식 및 진리의 문제를 탐구했다는 점에서 근대 철학에 새로운 방향성을 제시했다는 평가를 받는다.

---

090 ▸ 세부 정보의 확인

윗글을 통해 알 수 있는 내용이 아닌 것은?

① 데카르트는 이성을 중시하는 관점에서 진리를 찾으려고 하였다.
② 전통적 진리관에 따르면 진리 여부를 판단하는 것은 불가능하다.
③ 흄은 지식의 탐구 과정에서 감각을 통해 얻은 경험을 중시하였다.
④ 흄은 합리론에 반기를 들고 새로운 철학 이론을 구축하려 하였다.
⑤ 흄은 인상을 갖지 않는 관념은 과학적 지식이 될 수 없다고 보았다.

091 ▸ 세부 내용 추론

[A]를 바탕으로 할 때, ㉠의 이유로 가장 적절한 것은?

① 인상이 없는 지식은 진리가 아니라고 보았기 때문에
② 이성만으로는 진리를 탐구할 수 없다고 보았기 때문에
③ 실재 세계의 모습은 끊임없이 변한다고 보았기 때문에
④ 주관적 판단으로 진리를 찾을 수 있다고 보았기 때문에
⑤ 경험을 통해서도 진리를 확인할 수 없다고 보았기 때문에

092 ▸ 구체적 사례 적용

윗글에서 언급된 '흄'의 관점에서 〈보기〉를 이해한 것으로 적절하지 않은 것은?

〈보기〉

① 사과를 보면서 달콤한 맛을 떠올리는 것은 관념에 해당한다.
② 사과를 보면서 '빨개'라고 느끼는 것은 복합 인상에 해당한다.
③ 사과의 실제 색을 알 수 없으므로 '이 사과는 빨개.'라는 생각은 '내 눈에는 이 사과가 빨갛게 보여.'라는 의미일 뿐이다.
④ 사과를 먹는 것과 피부가 고와지는 것 사이의 인과적 연결 관계를 관찰할 수 없다.
⑤ '매일 사과를 먹으니 피부가 고와졌어.'라는 생각은 반복되는 경험을 통해 형성된 습관적 기대에 불과하다.

093 ▸ 외적 준거에 따른 비판

〈보기〉의 사례를 통해 '흄'의 주장을 반박한다고 할 때, 그 내용으로 가장 적절한 것은?

〈보기〉

아래 그림과 같이 무채색을 명도의 변화에 따라 나열한 도표가 있다고 가정하자. 도표의 한 칸을 비워 둔 채 어떤 사람에게 "5번 빈칸에 들어갈 색은 어떤 색인가요?"라고 질문하였다. 그 사람은 빈칸에 들어갈 색을 태어나서 한 번도 본 적이 없지만, 주변 색과 비교하여 그 색이 어떤 색인지 알아맞혔다.

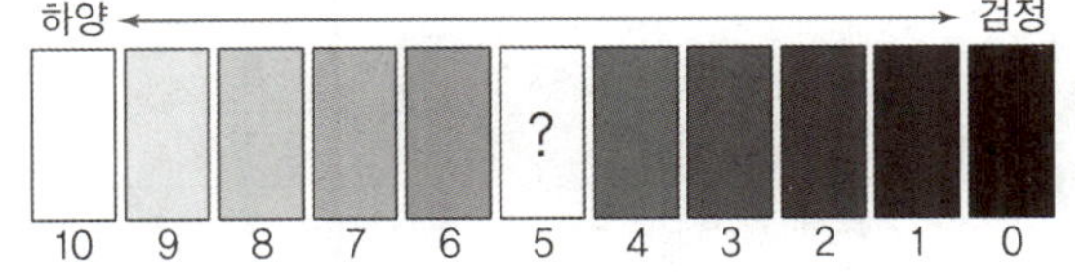

① 세계는 우리의 감각 기관과 독립하여 존재하지 않는다.
② 감각적으로 경험하지 않은 단순 관념이 존재할 수 있다.
③ 관찰과 경험을 통해서 얻은 지식은 필연성을 갖게 된다.
④ 관념을 단순 관념과 복합 관념으로 구분하는 기준은 없다.
⑤ 외부 세계가 어떤 모습인지를 객관적으로 확인할 수 있다.

[094~098] 다음 글을 읽고 물음에 답하시오.

인간은 집단생활을 하기 때문에 분쟁이 발생할 수밖에 없다. 그래서 문제가 발생하는 것을 예방하거나 문제를 원만히 해결하기 위해 규칙을 만든다. 여러 규칙 중 사회 구성원들의 합의에 따라 만들어지고 강제성을 가진 규칙을 법이라고 한다. 이때 강제성은 공공의 이익을 실현하기 위해 사회 구성원들이 동의할 때만 발휘될 수 있다. 이러한 법은 몇 가지 특징이 있는데 먼저 법은 행동의 결과를 중시한다. 왜냐하면 다른 사람이 행동을 평가할 수 있고 그 변화도 확인할 수 있어야 하기 때문이다. 그리고 법은 국민의 자유와 권리를 보호한다. 만약 법이 없다면 권력자나 국가 기관이 멋대로 권력을 휘두를 수 있을 것이다. 마지막으로 법은 최소한의 간섭만 한다. 개인이 처리해도 되는 일까지 법이 간섭한다면 사람들은 숨이 막혀 평온하게 살기 힘들 것이다.

대표적인 법에는 ㉠민법과 형법이 있다. 민법은 국가 기관이 아닌, 사람들 간의 권리관계를 다루는 법률로서 재산 관계와 가족 관계로 구성되어 있다. 근대 사회에서 형성된 민법의 원칙은 오늘날까지도 중요하게 여겨지고 있다. 중요 원칙 중 하나는 개인의 사유 재산에 대해 절대적 지배를 인정하고 국가를 비롯한 단체나 개인은 다른 사람의 사유 재산 행사에 간섭하지 못한다는 것이다. 그리고 다른 사람에게 끼친 손해는 그 행위가 위법이고 동시에 고의나 과실에 의한 경우에만 책임을 진다는 원칙도 있다. 그런데 이 원칙들은 경제적 강자가 경제적 약자를 지배하는 수단으로 악용되기도 하여 20세기에 들면서 제한이 생겼다. 그 결과 개인의 사유 재산에 대한 지배는 여전히 보장되지만 공공복리에 적합하도록 행사해야 한다는 것과 같은 수정된 원칙들이 적용되고 있다.

반면, 형법은 범죄와 형벌을 규정하는 법률로서 ㉡'죄형법정주의'라는 기본 원칙이 있다. 죄형법정주의는 범죄의 행위와 그 범죄에 대한 처벌을 미리 법률로 정해 두어야 한다는 것이다. 그래서 범죄 발생 당시에는 없었던 법이 나중에 생겨도 그것을 소급해서 적용할 수 없다. 또한 민법과 달리 어떤 사항을 직접 규정한 법규가 없을 때, 그와 비슷한 사항을 규정한 법규를 유추하여 적용할 수도 없다.

[A] 형법을 위반한 범죄가 발생하면, 먼저 수사 기관이 수사를 한다. 수사를 개시하는 단서로는 고소, 고발, 인지가 있는데, 이 중 고소는 피해자가 하는 반면 고발은 제3자가 한다. 일반적으로 범죄는 수사기관이 인지하는 것만으로도 수사를 시작할 수 있다. 하지만 명예훼손죄, 폭행죄 등은 수사를 진행했더라도 피해자가 원하지 않으면 처벌하지 않는다. 수사 결과 피의자*가 죄를 범했다고 의심할 만한 충분한 이유가 있다면 구속 영장을 받아 체포해 구속한다. 만약 범죄를 실행 중인 경우는 구속 영장 없이 체포 가능한데, 이 경우 48시간 이내에 구속 영장을 신청해야 하고, 법원은 신청서가 접수된 시간으로부터 48시간 이내에 구속 영장의 발부 여부를 결정해야 한다. 수사 결과 범죄 혐의가 인정되면 검사는 재판을 청구하는데 이를 기소라고 한다. 이때 검사는 피의자의 나이, 환경, 동기 등

을 참작하여 기소를 하지 않을 수 있다. 기소로 재판 절차가 시작되면 법원은 사건을 심리*하여 범죄 사실이 확인된 경우 유죄를 선고한다. 유죄가 인정되면 법원이 형을 선고하고 집행 절차에 들어간다.

그런데 만약 동물이 위법한 행동을 하여 다른 사람에게 손해를 끼치면 어떻게 될까? 결론부터 말하면 동물은 아무런 책임이 없다. 법에서는 인간 이외의 것들은 생명의 유무와 상관없이 모두 물건으로 보는데 물건에는 법적 권리가 없다. 법적 권리가 없는 것은 의무와 책임도 없다. 그러므로 동물은 민, 형법상의 책임을 지지 않아도 된다. 다만 손해를 입은 사람은 민법에 따라 동물의 점유자*에게 배상을 받을 수 있다.

* 피의자: 수사 기관으로부터 범죄의 의심을 받게 되어 수사를 받고 있는 자.
* 심리: 재판의 기초가 되는 사실이나 법률적 판단을 심사하는 행위.
* 점유자: 어떤 물건을 소유하고 사실상 지배하는 사람.

094 ▸ 중심 화제 파악

법에 관한 설명으로 적절하지 않은 것은?

① 문제가 발생하는 것을 예방하기 위해 사회 구성원의 의사를 반영하여 만든다.
② 권력자의 권력 행사를 제한하여 국민들의 자유와 권리를 지키는 역할을 한다.
③ 법의 간섭이 지나치게 커지게 되면 개인이 삶을 평온하게 유지하기 힘들 것이다.
④ 다른 사람들이 행동을 평가하고 그 변화를 확인할 수 있어야 하므로 결과를 중시한다.
⑤ 목적이 공익과 무관하더라도 사회 구성원의 동의가 있다면 강제성이 발휘될 수 있다.

095 ▸ 세부 정보의 확인

㉠에 대한 설명으로 적절하지 않은 것은?

① 경제적 강자로부터 경제적 약자를 보호하기 위해 원칙이 수정되었다.
② 국가 기관이 아닌 사람들 간의 권리관계에 문제가 생겼을 경우 적용한다.
③ 위법한 행위가 발생했을 때 의도적으로 잘못을 한 경우에만 책임을 물을 수 있다.
④ 20세기에 들면서 공공복리에 적합하지 않을 경우 개인의 재산권 행사를 제한할 수 있게 되었다.
⑤ 개인이 재산을 사용하는 것에 대해 국가나 타인이 간섭하지 못한다는 원칙이 근대 사회에서 형성되었다.

096 ▸ 세부 내용 추론

㉡과 관련 있는 말로 적절한 것은?

① 착한 사람은 법이 필요 없고 나쁜 사람은 법망을 피해 간다.
② 법의 생명은 논리에 있는 것이 아니라 경험에 있다.
③ 형법의 반은 이익보다는 해를 끼칠지 모른다.
④ 법률이 없으면 범죄도 없고 형벌도 없다.
⑤ 철학 없는 법학은 출구 없는 미궁이다.

097 ▸ 세부 정보의 확인

[A]를 바탕으로 〈보기〉를 이해한 내용으로 적절한 것은?

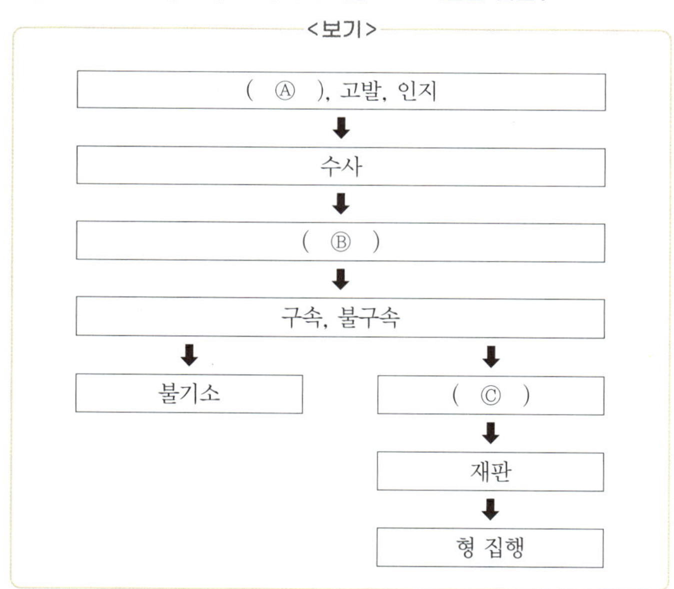

① Ⓐ는 범죄의 피해자와 연관이 있는 제3자가 한다.
② 명예훼손죄, 폭행죄는 Ⓐ가 없어도 수사를 진행할 수 있다.
③ 범죄를 실행 중인 범인을 Ⓑ하였을 경우 48시간 이내에 구속 영장을 발부받아야 한다.
④ 범죄 혐의가 인정될 경우 반드시 Ⓒ를 해야 한다.
⑤ 재판에서 심리를 담당하는 주체가 Ⓒ의 여부를 결정한다.

098 ▸ 구체적 사례 적용

윗글과 〈보기 1〉을 참조하여 〈보기 2〉를 이해한 내용으로 적절하지 않은 것은?

<보기 1>

민법 제759조(동물의 점유자의 책임)

① 동물의 점유자는 그 동물이 타인에게 가한 손해를 배상할 책임이 있다. …….

형법 제257조(상해, 존속상해)

① 사람의 신체를 상해한 자는 7년 이하의 징역, 10년 이하의 자격정지 또는 1천만 원 이하의 벌금에 처한다. …….

<보기 2>

A는 사고로 몸의 대부분을 기계로 대체해 로봇같이 보이지만 여전히 직장생활을 하고 세금을 내는 등 이전과 같은 생활을 하고 있다. B는 C가 구입한 로봇으로 행동과 걸모습이 인간과 구별이 안 된다. 그런데 만약 A와 B가 사람을 때려 다치게 하였다면 법적으로 어떻게 해야 할까?

① 민법 제759조 ①에 따르면 B는 동물과 같이 물건이므로 법적 책임이 없다.

② 민법 제759조 ①을 유추하여 적용한다면 B의 점유자인 C에게 손해 배상 책임을 물을 수 있다.

③ 형법 제257조 ①에 따르면 A는 '사람의 신체를 상해한 자'에 해당하므로 형법에 따른 책임을 져야 한다.

④ 형법 제257조 ①을 유추하여 적용한다면 C는 징역이나 벌금에 처해질 수 있다.

⑤ 형법 제257조에 향후 B가 사람을 다치게 한 행위에 관한 조항이 추가되더라도 이번 사건에 대해서는 B를 처벌할 수 없다.

[099~102] 다음 글을 읽고 물음에 답하시오.

우주 탐사선이 지구에서 태양계 끝까지 날아가기 위해서는 일정 속드 이상에 이르러야 한다. 그러나 탐사선의 추진력만으로는 이러한 속드에 도달하기 어렵다. 추진력을 마음껏 얻을 수 있을 정도로 큰 추진체가 달린 탐사선을 만들 수 없기 때문이다. 대신에 탐사선을 다른 행성에 접근시키는 '스윙바이(Swing-by)'를 통해 속도를 얻는다. 스윙바이란, 말 그대로 탐사선이 행성에 잠깐 다가갔다가 다시 멀어지는 것이다. 탐사선이 행성에 다가갔다가 멀어지는 것만으로 어떻게 속도를 얻을 수 있는지 그 원리에 대해 알아보자.

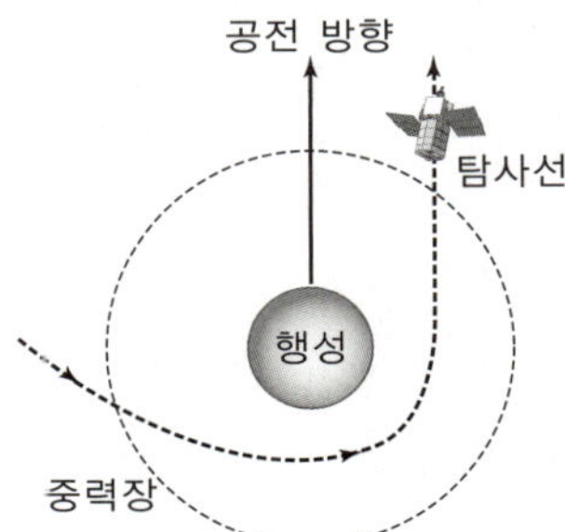

스윙바이의 원리를 이해하기 위해서는 행성이 정지한 채로 있지 않고 태양 주위를 공전한다는 점을 떠올려야 한다. 그리고 뒤에서 바람이 불면 달리기 속도가 빨라지듯이 외부의 영향으로 물체의 속도가 변한다는 점도 기억해야 한다. 탐사선을 행성에 접근시켜 행성의 공전을 이용하는 스윙바이는 그림과 같이 나타낼 수 있다. 탐사선이 공전하는 행성에 접근하여 중력의 영향권인 중력장에 진입할 때에는 행성의 공전 방향과 탐사선의 진입 방향이 서로 달라 탐사선의 속도 증가는 크지 않다. 그런데 탐사선이 곡선 궤도를 그리며 방향을 바꾸어 행성의 공전 방향에 가까워지면 탐사선의 속도는 크게 증가된다. 왜냐하면 탐사선이 행성에서 멀어지는 방향이 행성의 공전 방향에 가까울수록 스윙바이를 통한 속도 증가의 효과는 크기 때문이다.

탐사선의 속도 증가에 행성의 중력도 영향을 미친다고 생각할 수도 있다. 탐사선이 행성에 다가가다 보면 행성이 끌어당기는 중력의 영향으로 탐사선의 속도가 증가하기 때문이다. 그러나 스윙바이를 마친 후 탐사선의 '속도의 크기' 변화에 행성의 중력이 영향을 미치지는 못한다. 왜냐하면 탐사선이 행성 중력의 영향권에서 벗어나면서 중력의 영향으로 얻은 만큼의 속도를 잃기 때문이다. 탐사선을 롤러코스터에 비유한다면 쉽게 이해할 수 있다. 롤러코스터는 높은 곳에서 낮은 곳으로 내려갈 때 속도가 증가하지만, 가장 낮은 지점을 지나 다시 위로 올라가면서 속도가 감소한다.

㉠스윙바이는 행성의 공전 속도를 훔쳐 오는 것이다. 그런데 운동량 보존 법칙에 따라 스윙바이를 통해 탐사선과 행성이 주고받은 운동량은 같다. 이 말은 탐사선의 속도가 빨라진 것처럼 행성의 속도는 느려졌다는 것을 의미한다. 서로 주고받은 운동량은 질량과 속도 변화량을 곱한 것이므로 행성에 비해 질량이 작은 탐사선은 속도가 크게 증가하지만, 질량이 매우 큰 행성은 속도가 거의 줄어들지 않는다. 실제로 지구와의 스윙바이를 통해 초속 8.9km의 속도를 얻은 '갈릴레오 호'로 인해 지구의 공전 속도는 1억 년 동안 1.2cm 쯤 늦어지게 되었다.

099 ▸ 세부 정보의 확인

윗글을 읽고 답할 수 있는 질문이 아닌 것은?

① 탐사선이 스윙바이를 하는 까닭은?
② 스윙바이 동안에 행성의 중력이 변하는 이유는?
③ 스윙바이를 할 때 행성의 공전이 중요한 이유는?
④ 스윙바이를 통해 속도를 효과적으로 얻는 방법은?
⑤ 스윙바이 후 행성의 공전 속도 변화가 매우 작은 이유는?

100 ▸ 구체적 사례 적용

윗글을 바탕으로 〈보기〉를 이해할 때, 적절하지 않은 것은?

<보기>

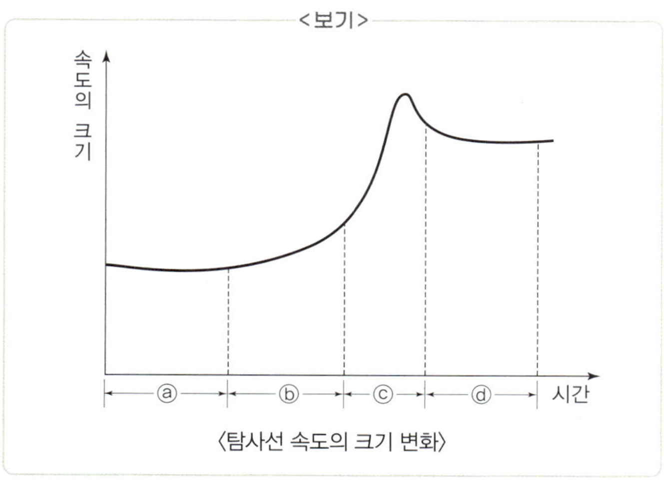

〈탐사선 속도의 크기 변화〉

① ⓐ에서 탐사선은 행성의 중력에 영향을 받지 않는다.
② ⓑ에서 탐사선은 행성에 점점 가까워진다.
③ 스윙바이로 속도가 빨라진 탐사선은 ⓓ에서 행성으로부터 멀어져 간다.
④ ⓑ에서 속도의 크기 변화는 ⓒ에서 속도의 크기 변화와 같다.
⑤ 탐사선은 ⓑ~ⓒ에서 방향을 바꾸어 행성의 공전 방향에 가까워진다.

101 ▸ 다른 상황에의 적용

〈보기〉는 스윙바이의 이해를 돕기 위한 사례이다. 윗글의 공전하는 행성과 가장 유사한 것은?

<보기>

어떤 사람이 궁수가 탄 말을 출발시켰다. 시속 30km로 **달리는 말** 위에서 궁수가 말의 진행 방향으로 시속 150km의 **화살**을 쏘아, **정면에 있는 과녁**에 맞힌다면 궁수에게 화살은 시속 150km로 날아가는 것으로 보인다. 그런데 **옆에 서 있는 사람**에게는 그 화살이 시속 180km로 날아가는 것으로 관찰된다.

① 어떤 사람
② 달리는 말
③ 화살
④ 정면에 있는 과녁
⑤ 옆에 서 있는 사람

102 ▸ 추론적 이해

㉠을 이해한 것으로 적절한 것은?

① 탐사선이 얻은 속도와 행성이 잃은 공전 속도가 같다.
② 탐사선이 얻은 속도가 행성이 잃은 공전 속도보다 작다.
③ 탐사선이 얻은 운동량이 행성이 잃은 운동량과 같다.
④ 탐사선이 얻은 운동량이 행성이 잃은 운동량보다 작다.
⑤ 탐사선이 잃은 운동량이 행성이 얻은 운동량보다 크다.

[103~105] 다음 글을 읽고 물음에 답하시오.

절에서 시간을 알리거나 의식을 행할 때 쓰이는 종을 범종이라고 한다. 범종은 불교가 중국에 유입되면서 나타나기 시작하여 우리나라와 일본의 사찰로 퍼져 나갔다. 중국 종의 영향 속에서도 우리나라와 일본의 범종은 각각 독특한 조형 양식을 발전시켰는데, 우리나라 범종의 전형적인 조형 양식은 신라에서 완성되었다. 신라에서는 독창적이고 섬세한 조형 양식을 지닌 대형 종을 주조하였는데, 이는 중국이나 일본의 주조 공법으로는 만들기 어려운 것이었다. 이러한 신라 종의 조형 양식은 조선 초기를 기점으로 한 ㉠큰 변화가 나타나기 전까지 후대의 범종으로 계승되었다.

신라 종의 몸체는 항아리를 거꾸로 세워 놓은 것과 비슷하게 가운데가 불룩하게 튀어나온 모습을 하고 있다. 이와 달리 중국 종은 몸체의 하부가 팔(八) 자로 벌어져 있으며, 일본 종은 수직 원통형으로 되어 있다. 범종의 정상부에는 종을 매다는 용 모양의 고리인 용뉴(龍鈕)가 있는데, 신라 종의 용뉴는 쌍용 형태인 중국 종이나 일본 종의 용뉴와는 달리 한 마리 용의 모습을 하고 있다. 그리고 용뉴 뒤에는 우리나라의 범종에서만 특징적으로 나타나는 음통이 있다.

주조 공법이 발달했던 신라의 범종에는 섬세한 문양들이 장식되어 있어 중국 종이나 일본 종과 차이를 보인다. 신라 종의 상부와 하부에는 각각 상대와 하대라고 부르는 동일한 크기의 문양 띠가 있는데, 여기에는 덩굴무늬나 연꽃무늬 등의 불교적 상징물이 장식되어 있다. 상대 바로 아래 네 방향에는 사다리꼴의 유곽이 있으며 그 안에 연꽃 봉우리 형상이 장식된 유두가 9개씩 있어, 단순한 꼭지 형상의 유두가 있는 일본 종이나 유두와 유곽 모두 존재하지 않는 중국 종과 차이를 보인다. 그리고 가장 불룩하게 튀어나온 종의 정점부에는 타종 부위인 당좌(撞座)가 있으며, 이 당좌 사이에는 천인상(天人像)이 아름답게 장식되어 있어 가로 세로의 띠만 있는 일본 종과 차이가 있다.

고려 시대에는 이러한 신라 종의 조형 양식이 미약한 변화 속에서 계승된다. 전기에는 상대와 접하는 종의 상판 둘레에 견대라 불리는 어깨 문양의 장식이 추가되고 유곽과 당좌의 위치가 달라지며, 천인상만 부조되어 있던 자리에 삼존불 등이 함께 나타난다. 그리고 고려 후기로 가면 전기 양식의 견대가 연꽃을 세운 모양으로 변하고, 원나라의 침입 이후 전래된 라마교의 영향으로 범자(梵字) 문양 등의 장식이 나타난다. 한편, 범종이 소형화되어 신라 종의 조형 양식이 계승되면서도 그러한 조형 양식을 지닌 대형 종의 주조 공법은 사라지게 된다.

조선 초기에는 새 왕조를 연 왕실 주도로 다시 대형 종이 주조된다. 이때 조선에서는 신라의 대형 종 주조 공법을 대신하여 중국 종의 주조 공법을 도입하게 된다. 그러면서 중국 종처럼 음통이 없이 쌍용으로 된 용뉴가 등장하며, 당좌가 사라지고, 신라 종의 섬세한 장식 대신 중국 종의 전형적인 장식들이 나타나게 된다. 이후 불교를 억제하는 정책에 따라 한동안 범종 제작이 통제되었고, 16세기에 사찰 주도로 소형 종이 주조되면서 사라졌던 신라 종의 조형 양식이 다시 나타난다. 그 후 이러한 혼합 양식과 복고 양식이 병립하다가 복고 양식이 사라지면서 우리나라의 범종은 쇠퇴기에 접어들게 된다.

103 ▸ 세부 정보의 확인

윗글의 내용과 일치하지 않는 것은?

① 고려 시대까지 우리나라의 범종은 외국의 영향을 받지 않으며 신라 종의 조형 양식을 계승하였다.
② 신라 종의 상부와 하부에는 불교적 상징물이 장식되어 있는 동일한 크기의 문양 띠가 있다.
③ 신라 시대부터 범종에 장식되어 있었던 당좌는 조선 시대에 들어와 사라지기도 하였다.
④ 우리나라와 일본에서 범종이 만들어진 것은 중국에서 불교가 전파된 것과 관련이 있다.
⑤ 신라에서는 중국이나 일본과는 다른 주조 공법으로 대형 종을 주조하였다.

104 ▸ 구체적 사례 적용

<보기>는 신라 시대에 만들어진 범종의 그림이다. 이 범종의 ⓐ~ⓔ와 관련된 설명으로 적절하지 않은 것은?

<보기>

① 용이 한 마리인 형태의 ⓐ는 쌍용 형태인 중국 종이나 일본 종과 차이가 있다.
② ⓑ는 중국 종이나 일본 종에는 존재하지 않는 신라 종의 독특한 조형 양식에 해당한다.
③ 중국 종에는 ⓒ가 존재하지 않고, 일본 종에 존재하는 것은 ⓒ와 형상이 다르다.
④ 일본 종은 신라 종과 달리 ⓓ의 주변에 가로 세로의 띠가 있다.
⑤ 신라 종은 중국 종이나 일본 종과 달리 몸체의 정점부가 ⓔ 부분보다 불룩하게 튀어나와 있다.

105 ▸ 추론적 이해

㉠이 나타나게 된 이유로 가장 적절한 것은?

① 조선 시대에 불교를 억제하는 정책을 펴면서 범종 제작이 통제되었기 때문이다.
② 고려 시대에 종이 소형화되면서 신라 종의 조형 양식이 전승되지 못했기 때문이다.
③ 중국 종의 주조 공법으로 대형 종을 만들면서 중국 종의 조형 양식을 따르게 되었기 때문이다.
④ 16세기에 사찰 주도로 범종을 주조할 때 신라 종의 조형 양식을 복원하는 데 한계가 있었기 때문이다.
⑤ 조선 초기에 사찰 주도로 대형 종을 주조하면서 섬세한 조형 양식을 지닌 신라 종을 따르고자 했기 때문이다.

[106~109] 다음 글을 읽고 물음에 답하시오.

서양 철학에서는 고대부터 현대에 이르기까지 '욕망'을 주요한 탐구 대상으로 삼았다. 서양 철학에서 욕망의 개념은 다양하게 해석된다. 먼저 욕망을 자신에게 결여되어 있는 대상에 대한 사랑으로 해석하는 철학자들이 있다. 이들은 욕망을 결핍으로 이해했고 인간의 이성으로 욕망을 제어할 수 있다고 여겼다. 이와는 반대로 ㉮욕망을 인간의 본질로 보아 이성이 욕망을 제어하거나 지배할 수 없다고 여기는 학자들도 있었다. 이들은 욕망의 대상이 좋아 욕망이 생기는 것이 아니라 욕망하기 때문에 욕망 대상이 만들어진다고 보았다. 또 ㉯욕망이 욕망 대상을 얻기 위한 욕망 주체들의 모방적 경쟁에서 발생한다고 보는 해석도 있다. 마지막으로 욕망을 법, 도덕, 관습과 같은 금기를 위반하도록 유혹하고 부추기는 힘으로 보는 관점이 있다. 이 중에서 많은 서양 철학자들이 추구하려고 한 이성적 금욕주의는 첫 번째 해석과 관련이 있다.

이성적 금욕주의란 이성으로 욕망을 제어할 수 있다는 믿음에 근거한 사상으로, 플라톤으로부터 그 기원을 찾을 수 있다. 플라톤은 혼의 정화를 위해 욕망으로부터 벗어나야 함을 강조했다. 인간의 혼은 지혜를 획득하여야 이데아, 즉 존재의 참모습을 직관할 수 있다. 지혜는 순수한 혼에 의해서만 획득할 수 있는데, 문제는 세속적 쾌락을 추구하는 몸의 욕망이 혼을 더럽힌다는 데 있다. 따라서 그는 혼이 몸의 영향에서 최대한 벗어나도록 끊임없이 수련해야 하고, 혼의 힘인 이성을 발휘하려 노력해야 한다고 하였다. 심지어 몸에 대한 집착은 삶을 지속하려고만 하기 때문에, 혼이 몸으로부터 완전히 해방되는 순간인 죽음마저 마다해서는 안 된다고 강조했다.

플라톤의 이 사상은 스토아 철학자인 에픽테토스에게 이어졌다. 그는 욕망을 제어할 수 있는 구체적 방법을 제시했다. 인간의 본성은 이성적임에도 욕망에 사로잡혀 잘못된 판단을 하기도 하고, 때때로 좌절의 낭패를 보며 불행과 고통 속에서 살아간다. 그래서 그는 우리가 제어할 수 있는 일과 제어할 수 없는 일을 구분하여 제어할 수 없는 일은 제쳐 두고 제어할 수 있는 일에만 전념하라고 하였다. 우리가 제어할 수 없는 일은 부와 명예, 권력, 사회적 지위, 출생 등 외부의 것들이고, 제어할 수 있는 일은 욕망, 생각, 싫고 좋음 등 내적인 것들이다. 그는 욕망을 마음의 평정을 깨뜨려 불행에 빠뜨리는 주요인으로 보았다. 그런데 욕망이 강력하기는 하지만 습관에 불과하므로, 우리가 이성과 의지를 발휘하여 몸과 마음을 갈고 닦으면 습관을 고치고 욕망을 제어할 수 있다고 하였다.

근대 철학자인 데카르트는 사랑과 미움, 기쁨과 슬픔, 질투와 욕망 등의 정념을 무시하거나 영혼의 병으로 규정하는 고대 철학자들의 태도를 거부하였다. 모든 인간은 정념을 통해 삶의 감미로움을 얻거나 쓴맛을 보기도 하기 때문에 정념을 지혜롭게 사용하는 기술이 필요하다고 보았다. 특히 욕망은 다른 어떤 정념보다도 격렬하게 심장을 동요시키고, 감각을 예민하게 만드는 더 많은 정기를 뇌에 공급한다. 더구나 욕망은 쾌락을 수반하여 영혼을 크게 혼란에 빠뜨릴 수 있으므로 더욱 세심한 제어가 필요하다. 그는 욕망을 우리가 현재 소유하지 않은 좋은 것과 현존하는 좋은 것의 보존을 바랄 뿐 아니라 이미 우리가 가진 나쁜 것과 미래에 닥칠 나쁜 것을 피하기 바라는 것을 의미한다고 정의하였다. 그는 욕망을 무조건 나쁘다고 여기지는 않았으며, 먼저 자유의지에 의존하는 욕망과 자유의지에 의존하지 않는 욕망을 구별해야 한다고 하였다. 그리고 자유의지에 의존하지 않는 욕망은 신의 섭리나 운에 맡겨야 하고, 자유의지에 의존하는 욕망 중 선한 것을 인식하고 추구해야 하는데 그러기 위해서는 영혼의 고유한 무기인 이성과 의지를 통해 욕망을 제어하는 습관을 들여야 한다고 하였다.

현대인들은 욕망이 인간의 본연의 것임을 부인하지 않으면서도, 모든 욕망을 제어하려는 이성적 금욕주의는 우리가 실천하기에는 버겁다고 여긴다. 하지만 현대는 예전에 비해 욕망할 것이 더 많고, 또 실제로 욕망에 휘둘려 살아가는 현대인들이 무수히 많은 것을 볼 때 이성적 금욕주의는 현대인에게 욕망에 휘둘려 살지 않기 위해서는 이성을 발휘해야 한다는 것을 분명하게 보여 주고 있다.

---

106 ▸ 서술 방식 파악

윗글에 대한 설명으로 가장 적절한 것은?

① 특정 개념을 제시한 후 그 개념을 분석하여 대립되는 현상을 설명하고 있다.
② 특정 개념에 대한 다양한 학자의 견해를 소개하고 그 견해의 모순을 비판하고 있다.
③ 특정 사상을 지향한 학자들의 이론을 소개하며, 그 사상의 현대적 의미를 제시하고 있다.
④ 구체적인 사례를 통해 특정 사상이 과거로부터 현재까지 지속되고 있음을 입증하고 있다.
⑤ 특정 사상에 관해 대립하는 이론의 장점만을 취하여 하나의 새로운 이론을 정립하고 있다.

107 ▸ 세부 내용 파악

윗글의 내용과 일치하지 않는 것은?

① 데카르트는 욕망 중에는 추구해야 할 바람직한 욕망도 있다고 보았다.
② 플라톤과 데카르트는 영혼의 힘으로 욕망을 제어할 수 있다고 보았다.
③ 플라톤은 죽어야만 순수한 혼이 되어 완전한 지혜를 획득할 수 있다고 보았다.
④ 데카르트는 욕망이 인간의 신체와 정신에 강력한 영향을 미칠 수 있다고 보았다.
⑤ 에픽테토스는 인간 외부의 것과 관련된 일은 인간이 제어할 수 없다고 보았다.

108 ▸ 다른 대상과의 비교를 통한 내용 이해

〈보기〉를 바탕으로 윗글을 이해한 내용으로 적절하지 않은 것은?

<보기>

맹자는 인간이 숨을 쉬는 한 욕망에서 벗어날 수 없다고 보았다. 비록 욕망이 경계의 대상이지만, 완전히 없앨 수는 없다는 것이다. 〈맹자〉에서 그는 부귀와 색은 누구나 원하고 바라는 것이라고 여러 차례 말하였다. 따라서 그는 양혜왕에게 조언을 할 때 재물과 색을 밝히는 왕의 처신을 비난하기보다는 왕이 백성을 돌보지 않음이 문제라고 하였다. 이처럼 그는 욕망의 추구가 불가피하다는 점을 인정했다. 다만, 그는 인간의 본성은 순한데, 욕망이 선한 본성을 가려 악의 구렁텅이로 빠뜨린다는 점을 강조했다. 그는 인간이 악에 빠지지 않기 위해 수양을 하여 욕망을 제어한다면 인간의 참모습인 선을 되찾아 누구나 군자가 될 수 있다고 하였다.

① 맹자는 플라톤과 마찬가지로 욕망이 존재의 참모습을 가린다고 보았군.
② 맹자는 에픽테토스와 마찬가지로 꾸준한 수양을 통해 욕망을 제어할 수 있다고 보았군.
③ 맹자는 에픽테토스와 마찬가지로 욕망이 인간을 잘못된 길에 빠지게 할 수 있다고 보았군.
④ 맹자는 데카르트와 마찬가지로 욕망을 좇는 인간의 행위는 불가피한 것이라고 보았군.
⑤ 맹자는 데카르트와 마찬가지로 욕망이란 나쁜 것을 버리지 않으려 하는 것으로 보았군.

109 ▸ 구체적 사례 적용

〈보기〉 중, ㉮와 ㉯의 관점에서 들 수 있는 사례에 해당하는 것을 바르게 고른 것은?

<보기>

ㄱ. '아, 엄마가 누나 오기 전까지는 이 상자를 열어 보지 말라고 하셨는데, 상자에 무엇이 들었는지 너무 궁금해. 아무도 없을 때 살짝 열어 봐야겠어.'

ㄴ. '나는 이 자동차 자체가 좋기 때문에 갖고 싶은 마음이 들었던 것이 아니야. 자동차를 갖고 싶다는 참을 수 없는 생각 때문에 이 자동차가 좋아 보인 것일 뿐이야.'

ㄷ. '나는 이번 수학 시험을 망쳤는데, 영철이는 A학원에 다니면서 수학 성적이 많이 올랐어. 그러니까 나도 당장 내가 다니는 학원 대신에 A학원으로 옮겨야겠어.'

	㉮	㉯
①	ㄱ	ㄷ
②	ㄴ	ㄱ
③	ㄴ	ㄷ
④	ㄷ	ㄱ
⑤	ㄷ	ㄴ

[110~115] 다음 글을 읽고 물음에 답하시오.

통화량이나 이자율을 조절하여 경기 안정과 물가 안정 등의 정책 목표를 ⓐ달성하고자 하는 것을 통화 정책이라 한다. 이때 통화 당국이 통화량이나 이자율에 영향을 미치기 위하여 사용할 수 있는 정책 도구를 통화 정책의 수단이라 한다. 통화 정책의 수단은 크게 일반적 정책 수단과 선별적 정책 수단으로 나눌 수 있다. 일반적 정책 수단이란 정책의 효과가 국민 경제의 전반에 영향을 미칠 수 있는 정책 수단을 말하며, 선별적 정책 수단이란 정책 효과가 국민 경제의 어느 특정 부분에만 선별적으로 영향을 미치는 정책 수단을 말한다. 일반적 정책 수단에는 공개 시장 조작, 재할인율 정책, 지급 준비율 정책 등이 있다.

공개 시장 조작이란 중앙은행이 채권 시장에서 금융 기관 등으로부터 국공채 등의 유가 증권*을 매입하거나 ⓑ매각함으로써 통화량을 늘리거나 줄이는 방법을 말한다. 미국의 경우에는 국채인 재무성 증권의 발행 규모가 크고, 유통 시장이 잘 발달되어 있기 때문에 미국의 중앙은행은 재무성 증권을 매매함으로써 공개 시장 조작을 하여 왔다. 그러나 우리나라의 경우에는 국채의 유통 시장이 잘 발달되어 있지 않아 국채를 이용한 공개 시장 조작은 이루어지지 않고 있다. 대신 한국은행이 통화의 공급을 조절하고 그 가치를 안정시키기 위한 통화 안정 증권을 발행하여 통화량을 조절하고 있다.

재할인율 정책이란 중앙은행이 금융 기관에 빌려주는 대출금에 대한 이자율을 높이거나 낮춤으로써 본원 통화량을 조절하는 정책 수단이다. 재할인이란 예금 은행이 대출을 하면서 받는 어음을 중앙은행이 매입하는 것을 말하는데, 매입 대금을 현금이나 기준 예치금 증액의 형태로 지불함으로써 본원 통화*가 증가하게 된다. 어음은 약정 기일에 얼마의 금액을 지급하겠다는 약속이므로 중앙은행은 이자에 해당하는 만큼 어음을 할인하여 매입한다. 이때 적용되는 할인율을 재할인율이라 하는데, 재할인율이 높을수록 이자율을 높게 받는 셈이다. ㉠중앙은행이 본원 통화의 공급을 감소시키기를 원할 경우에는 재할인율을 높이는 정책을 쓴다. 재할인율이 높아지면 중앙은행으로부터의 차입 비용이 높아지므로 예금 은행들이 중앙은행으로부터의 차입금 규모를 줄여 통화량이 줄어들게 된다.

지급 준비율 정책이란 중앙은행이 예금 은행에 요구하는 지급 준비율*을 ⓒ변경함으로써 통화량을 조절하는 정책을 말한다. 예를 들어 지급 준비율을 인상하는 경우 예금 은행의 대출이 감소하여 통화량이 감소하게 된다. 그런데 지급 준비율의 변경은 통화량에 영향을 미칠 뿐만 아니라 예금 은행의 수익에도 영향을 미친다. 은행의 예금 금리가 8%이고 대출 금리가 10%인 경우 지급 준비율이 10%라면 100만 원의 예금으로부터 은행은 연간 (90만 원×10%)−(100만 원×8%)=1만 원의 수익을 낼 수 있다. 그러나 지급 준비율이 15%로 높아진다면 예금 금리나 대출 금리에 변화가 없을 경우 은행의 수익은 5천 원으로 줄어들게 된다. 이처럼 지급 준비율의 변경은 통화량뿐만 아니라 은행의 수익에도 큰 영향을 미치기 때문에 지급 준비율 정책은 다른 정책 수단에 비해 자주 사용되지 않는다.

[A] 이와 같은 정책 수단을 통해 통화 당국은 물가 안정이나 완전 고용과 같은 정책 목표를 달성하려고 한다. 그런데 이들 통화 정책 수단들이 정책 목표에 대해 영향을 미치기까지는 상당한 시간이 ⓓ소요된다. 이와 같은 정책 시차의 문제를 극복하기 위해 통화 당국은 대개 정책 수단과 정책 목표 사이에 중간 목표를 설정한다. 일반적으로 통화 정책의 중간 목표로는 통화량과 이자율의 두 변수가 사용되는데, 통화량과 이자율을 동시에 중간 목표로 사용하는 것은 불가능하다. 왜냐하면 통화량을 통제할 경우 화폐 수요 곡선의 변동에 따라 이자율이 변동하게 되고, 반대로 이자율을 통제할 경우 화폐 수요의 변동에 따라 통화량이 변하기 때문이다.

따라서 중앙은행은 각 중간 목표의 장단점을 ⓔ감안하여 이자율과 통화량 중 어느 것을 통화 정책의 중간 목표로 사용할 것인지를 선택해야 한다. 이자율을 목표로 사용할 경우에는 통화 정책이 경기 변동을 오히려 심화할 우려가 있다. 예를 들어 경기 호황기에는 이자율이 상승하는데 중앙은행이 이자율을 안정시키기 위해 통화 공급을 늘린다면 총수요가 증가하여 경기가 더욱 과열될 수도 있다. 뿐만 아니라 이자율 목표를 사용하는 경우에는 통화량 목표를 사용하는 경우에 비해 인플레이션이 심화될 우려도 있다.

그러나 통화량을 중간 목표로 사용하는 경우에도 문제가 없는 것은 아니다. 통화량 중간 목표가 기대한 대로의 성과를 거두기 위해서는 화폐 수요가 안정적이어야 한다. 그런데 1980년대에 이루어진 금융 규제 완화와 금융 혁신은 화폐 유통 속도와 화폐 수요를 불안정하게 만들었다. 뿐만 아니라 통화 지표에는 포함되지 않았지만 화폐와 대체성이 높은 금융 자산이 새로이 등장함에 따라 전통적인 통화 지표와 통화 정책의 목표 변수들 간에 존재했던 안정적인 관계가 사라지게 되었다.

이에 따라 거시 경제 변수들과 안정적인 관계를 가지는 새로운 통화 지표를 찾기 위한 노력이 활발하게 이루어지고 있다. 특히 최근 들어 통화량이나 이자율과 같은 전통적인 중간 목표 대신 신용 총액이나 명목 GDP와 같은 새로운 중간 목표가 제안되기도 하였다. 예를 들어 명목 GDP 중간 목표란 중앙은행이 명목 GDP 증가율 목표를 정하고 실제 증가율이 목표보다 클 때 통화량 증가율을 낮추는 것이다. 명목 GDP 중간 목표는 불안정한 화폐 유통 속도를 수용할 수 있기 때문에 경제학자들은 통화량 중간 목표보다 더 물가와 국민 소득을 안정시킬 수 있다고 주장한다.

* 유가 증권: 사법상 재산권을 표시한 증권. 권리의 발생, 행사, 이전이 증권으로 이루어지는 것으로 어음, 수표, 채권, 주권, 선하 증권, 상품권 따위가 있다.
* 본원 통화: 통화량 증감의 원천이 되는 돈. 어느 시점의 화폐 발행고와 예금 은행 지급 준비 예치금의 합계로 표시된다.
* 지급 준비율: 은행이 고객으로부터 받아들인 예금 중에서 중앙은행에 의무적으로 적립해야 하는 비율.

110 ▸ 세부 정보 파악

윗글의 내용과 일치하지 않는 것은?

① 금융 규제를 완화하면 화폐에 대한 수요가 안정적이게 된다.
② 지급 준비율은 시중 은행의 수익에 직접적인 영향을 미친다.
③ 우리나라는 국채 대신 통화 안정 증권으로 통화량을 조절한다.
④ 재할인율이 높을수록 예금 은행은 이자에 대한 부담이 높아진다.
⑤ 공개 시장 조작은 국민 경제의 전반에 영향을 미치는 정책 수단이다.

111 ▸ 다른 상황에의 적용

〈보기〉에 대한 설명으로 적절하지 않은 것은?

〈보기〉

현재 예금 은행의 예금 금리는 7%이고, 대출 금리는 10%이다. A 은행에 예금된 돈은 100만 원이고 지급 준비율은 20%이다.

① 현재의 상황에서 A 은행의 수익은 1만 원이 된다.
② 대출 금리를 9%로 낮출 경우 A 은행의 수익은 2천 원이 된다.
③ 예금 금리를 5%로 낮출 경우 A 은행의 수익은 3만 원이 된다.
④ 지급 준비율을 10%로 낮출 경우 A 은행의 수익은 2만 원이 된다.
⑤ 지급 준비율을 30%로 올릴 경우 A 은행은 5천 원의 손해를 입게 된다.

112 ▸ 구체적 상황에의 적용

[A]를 바탕으로 〈보기〉의 그래프를 해석한 것으로 적절한 것은?

<보기>

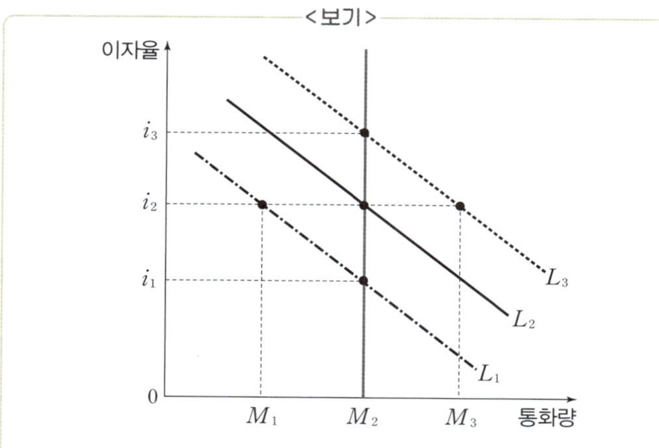

중앙은행은 통화량 목표 M_2와 이자율 목표 i_2 중에서 하나를 중간 목표로 설정하려고 한다.

① 화폐 수요 곡선이 L_1일 때 통화량 목표를 달성하려면 이자율이 i_1으로 낮아진다.
② 화폐 수요 곡선이 L_2일 때 통화량 목표를 달성하려면 이자율이 i_3로 높아진다.
③ 화폐 수요 곡선이 L_3일 때 통화량 목표를 달성하려면 이자율이 i_1으로 낮아진다.
④ 화폐 수요 곡선이 L_1일 때 이자율 목표를 달성하려면 통화량이 M_3로 높아진다.
⑤ 화폐 수요 곡선이 L_3일 때 이자율 목표를 달성하려면 통화량이 M_1으로 낮아진다.

113 ▸ 핵심 정보 파악

중간 목표에 대한 설명으로 가장 적절한 것은?

① 통화량을 중간 목표로 설정하려면 화폐의 공급이 안정적이어야 한다.
② 이자율을 중간 목표로 설정하면 경기 호황기에 인플레이션이 심화될 수 있다.
③ 과거에는 통화량과 이자율을 동시에 중간 목표로 설정하는 방식이 사용되었다.
④ 명목 GDP 중간 목표는 불안정한 화폐의 유통 속도를 안정시킨다는 장점이 있다.
⑤ 명목 GDP 증가율 목표보다 실제 증가율이 낮으면 통화량 증가율을 낮추어야 한다.

114 ▸ 세부 내용 추론

㉠에 해당하는 정책으로 적절하지 않은 것은?

① 중앙은행이 통화 안정 증권을 발행한다.
② 중앙은행이 예금 은행의 차입금 규모를 늘린다.
③ 중앙은행이 국공채와 같은 유가 증권을 매각한다.
④ 중앙은행이 예금 은행에 요구하는 지급 준비율을 인상한다.
⑤ 중앙은행이 예금 은행으로부터 매입하는 어음의 할인율을 높인다.

115 ▸ 어휘의 의미 파악

문맥상 ⓐ~ⓔ와 바꿔 쓰기에 적절하지 않은 것은?

① ⓐ: 이루고자
② ⓑ: 팔아 버림으로써
③ ⓒ: 바꿈으로써
④ ⓓ: 걸린다
⑤ ⓔ: 받아들여

[116~119] 다음 글을 읽고 물음에 답하시오.

미술 작품을 도상학적으로 연구하는 방법은 주제의 의미를 우선으로 생각하는 것이다. 작품을 도상학적으로 분석할 때에는 대개 형식적 특징보다는 내용에 초점을 맞추는 것이 통례이다. 미술 작품을 도상학적으로 연구한 중요한 학자들은 바르부르크 연구소와 관련된 일군의 학자들이었다. ⓐ에르빈 파노프스키는 바르부르크를 주도한 인물이자 도상학적 연구 방법의 창시자였다. 그는 도상학적으로 작품을 읽는 방법을 3단계로 구분했다.

제 1단계는 '전 도상학적' 단계, 즉 '일차적이고 자연 그대로의 주제'의 단계이다. 예를 들어 기독교 미술에서 십자가에 못 박힌 남자 인물을 보고 십자가에 못 박힌 남자라고 기술하는 것은 전 도상학적 해석이다. 제 2단계는 '도상학적 단계'이다. 이는 관습과 전례의 차원에서 작품을 해석하는 단계로서, 이에 따르면 십자가에 못 박힌 남자는 '십자가에 못 박힌 예수상'을 의미한다. 이렇게 이해할 때 이 이미지는 신약 복음서에 나오는 그리스도의 죽음에 대한 이야기라고 확인할 수 있다. 이 단계에서는 텍스트가 이미지의 기초가 된다.

제 3단계는 이미지의 내재적 의미에 도달하는 '도상 해석학적 단계'이다. 이 단계에서는 그 이미지가 만들어진 시간과 장소, 지배적인 문화의 양식이나 특정 미술가의 양식, 그리고 후원자의 요망 사항 등을 계산에 넣는다. 이것은 종합적인 해석 단계로서 여러 가지 원천으로부터 수집한 데이터를 종합하는 단계이다. 그것은 문화적 테마, 참조할 수 있는 당대의 문헌들, 과거의 문화로부터 전해 내려온 텍스트들, 예술적 선례 등을 포함한다.

[A] 이렇게 분류한 것을 대중 만화의 주인공인 미키 마우스에 적용해 보면 그 성격이 좀 더 명확해질 것이다. 미키를 전 도상학적 단계에서 살펴보면 우리는 그 모습을 보고 얼굴이 동그랗고 귀가 크고 둥글고 검으며 흰 단추가 달린 빨간 반바지를 입고 노란 신을 신은 쥐라고 생각할 것이다. 그 다음 도상학적 단계에서는 우리가 그 속성을 잘 알고 있기 때문에 이 쥐를 미키 마우스라고 인식하게 된다. 즉 우리는 이 특정 주인공이 관례상 어떻게 표현되는지 알고 있다. 우리는 그의 모습, 그가 입는 옷을 알고 있고 그가 사람처럼 직립하며 사람처럼 행동하고 말한다는 사실을 알고 있다. 만약 우리가 미키가 레오폴드 스토코프스키*와 악수하는 장면이나 마술사의 요술 같은 장난이 시작되는 장면이 있는 영화 '환타지아'를 본 일이 있다면 이 쥐가 미키마우스이며 어떤 특성을 가지는지 더 명확하게 알 수 있을 것이다.

미키의 본질적인 의미를 연구하는 세 번째 단계의 도상학적 해석을 위해서는 미키 마우스의 원래 만화를 조사하고 오래된 미키 마우스 영화들을 보아야 하며, 그에 관한 글을 읽고 처음에 그를 만든 사람이 아닌 다른 미술가들이 묘사해 온 방식을 살펴봐야 한다. 할리우드 영화 산업이라는 맥락에서 미키 마우스를 착상해 낸 본래의 뜻과 전개 과정에도 관심을 가져야 할 것이다. 즉 그의 크고 둥근 귀는 초기 영사기의 릴에서 따온 것이고, 그의 얼굴은 사악하지 않고 좀 더 귀엽게 보이도록 설치류의 길쭉한 형태를 둥근 모양으로 발전시킨 것이다. 미키 마우스는 문화적 아이콘이 되었기 때문에 많은 의미들을 갖게 되었다. 이 의미들 중 어떤 것은 20세기의 아메리카라는 맥락에서 생각해야 하고, 미국이나 다른 지역에서 미키 마우스의 인기가 어느 정도인지도 조사해야 할 것이다.

도상학과 관련된 연구는 도상 해석학, 즉 이미지의 '과학'이라고 하는데, 이는 작품이 속하는 보다 넓은 지평에 대한 연구이다. 곰브리치에 의하면 도상 해석학은 전체적인 문화의 지평을 재구축하는 것이며 그렇기 때문에 단일한 ㉠텍스트보다 많은 것을 포괄하는 것이다. 그리하여 그것은 예술적인 배경뿐 아니라 문화적인 배경을 포함하는 하나의 ㉡컨텍스트 속에 들어간다.

* 레오폴드 스토코프스키(Leopold, Stokovski): 합창 지휘자, 오르가니스트, 음악 감독.

116 ▸ 핵심 정보 파악

윗글을 통해 알 수 있는 내용이 아닌 것은?

① 도상학적 작품 감상의 단계
② 도상학적 연구 방법의 특징
③ 도상학적 연구 방법의 한계
④ 도상학적 연구 방법의 창시자
⑤ 도상학적 연구 방법에 대한 평가

117 ▸ 구체적 사례 적용

윗글을 바탕으로 〈보기〉에 대해 도상학적으로 감상한 내용으로 적절한 것은?

<보기>

고대 그리스에서 '에우로페의 능욕' 신화의 모습은 기원전 490년경 베를린 화가가 적색상 도기에 그린 장면에서 분명히 나타난다. 에우로페는 티루스의 왕 아게노르의 딸이었다 . 그녀는 황소로 변장한 제우스에게 납치되어 바다 건너 크레타로 끌려갔다. 그곳에서 그녀는 미노스와 라다만토스를 낳았다. 미노스는 크레타의 왕이 되었고 라다만토스는 저승의 심판관이 되었다.

	단계	해석 내용
①	전 도상학적 단계	'에우로페의 능욕' 신화에 근거하여 황소의 뿔을 잡고 있는 소녀를 에우로페, 황소를 제우스로 해석한다.
②	도상학적 단계	기원전 490년경에 베를린 화가가 '에우로페의 능욕' 신화를 도기에 그린 배경을 분석한다.
③	도상학적 단계	도기에 그려진 그림을 황소의 뿔을 잡기 위해 황소를 따라 달리는 소녀를 그린 그림으로 해석한다.
④	도상 해석학적 단계	'에우로페의 능욕' 신화의 핵심적인 내용이 도기에 잘 표현되어 있는지 평가한다.
⑤	도상 해석학적 단계	도기가 제작되었던 당시의 지배적인 문화 양식을 토대로 도기에 그려진 장면의 의미를 종합적으로 해석한다.

118 ▸ 세부 내용 추론

㉠과 ㉡을 바탕으로 [A]에 대해 이해한 내용으로 적절한 것은?

① 다른 미술가들이 미키 마우스를 묘사한 다양한 방식은 ㉠에 해당한다.
② 미키 마우스의 초기 모습에서부터 변형되어 온 과정은 ㉠에 해당한다.
③ 할리우드 영화 산업의 맥락은 미키 마우스를 해석하는 데 있어 ㉠에 해당한다.
④ 미국 이외에 다른 지역에서 미키 마우스의 인기도는 ㉡에 해당한다.
⑤ 미키 마우스가 등장하는 영화 '환타지아'는 대표적인 ㉡에 해당한다.

119 ▸ 반응의 적절성 파악

ⓐ의 주장에 대해 〈보기〉의 ⓑ가 보일 반응으로 가장 적절한 것은?

<보기>

ⓑ프라이는 미술이 생물학에서 분화되어 나온 것으로 보았다. 눈의 생물학적 기능이 눈에 들어오는 것을 보는 것이라면 그 예술적·미적 기능은 주시하는 것이다. 하나의 사물을 주시할 때 우리는 그 형태의 관계를 인식한다. 프라이는 미술과 삶의 차이를 강조함으로써 작품들을 '맥락에서 분리하여' 시간과 공간의 표현이 아닌 순수한 형태로 보고 분석하였다.

① 예술 작품의 의미는 작품이 놓인 사회적 맥락에 의해 결정된다.
② 예술 작품과 인간의 삶은 떼려야 뗄 수 없는 불가분의 관계에 있다.
③ 예술 작품의 각 부분들이 만들어 내는 미적 효과에 관심을 가져야 한다.
④ 예술 작품에 숨겨진 의미를 해석하기 위해서는 통합적인 접근이 필요하다.
⑤ 예술 작품에 대한 관객의 미적 반응을 고려하여 작품의 의미를 해석해야 한다.

[120~124] 다음 글을 읽고 물음에 답하시오.

비행선(飛行船)은 기체의 밀도 차로 발생하는 부력을 이용하여 비행하는 항공기이다. 부력을 얻기 위한 기체로는 주로 헬륨을 사용한다. 수소는 헬륨보다 밀도가 낮아 더 많은 부력을 얻을 수 있지만 폭발의 위험이 있기 때문이다. 땅 위에서 공기의 무게는 1㎥ 당 1.2kg 정도인데, 밀도가 공기의 1/7 정도인 헬륨을 이 정도 부피의 아주 얇은 주머니에 넣으면 약 1kg을 들어 올릴 수 있는 부력이 발생한다. 하지만 고도 20km의 성층권에서는 기압이 낮아져서 1㎥의 공기 무게가 90g밖에 나가지 않는다. 이는 20km 상공에서 지상에서와 같은 무게를 들어 올리기 위해서는 헬륨을 담는 주머니의 부피가 13배 이상 커져야 함을 의미한다. 이 때문에 비행선은 동일한 고도를 나는 비행기보다 부피가 매우 크다.

비행선을 이루는 주요 구조는 기낭, 보조 기낭, 추진 장치, 조종 장치, 곤돌라* 등이다. 비행선의 핵심 장치인 기낭은 헬륨을 담는 주머니로, 주로 가볍고 질기면서 유연성이 있는 폴리에스테르 재질로 만든다. 비행선의 선체는 비행할 때 공기의 저항을 줄이기 위해 대부분 유선형을 취하는데, 기낭은 연식이나 반경식 비행선에서는 그러한 선체의 외형을 유지하는 역할도 한다. 기낭의 내부와 외부의 압력차는 1/200기압으로 매우 작다. 이 때문에 불의의 사고로 기낭에 작은 구멍이 생기더라도 헬륨이 새는 속도는 극히 느려서 비행선의 안전에 영향을 미치기까지는 몇 시간 심지어는 몇 주가 걸리기도 한다.

수소나 헬륨같이 공기보다 밀도가 낮은 기체는 고도가 높아지거나 낮아짐에 따라 부피가 팽창하거나 수축한다. 일반적인 비행선의 경우 이 때문에 선체 외형의 변형이 일어날 수 있고, 이는 비행 안정성에 영향을 미친다. 이를 막기 위해서는 기낭의 내부 압력을 유지해야 하는데, 이 기능을 담당하는 구조물이 보조 기낭이다. 보조 기낭은 기낭 내부에 있는 공기 주머니로, 일반적으로 두 개를 설치한다. 비행선의 고도가 높아지면 기압이 낮아져 헬륨이 팽창하고 이에 따라 기낭의 내부 압력도 높아진다. 이때 높아진 내부 압력에 의해 보조 기낭과 연결된 공기 밸브가 자동으로 열리면서 보조 기낭의 공기를 배출하여 내부 압력을 유지한다. 공기가 빠져나가면서 보조 기낭의 부피가 줄어들고, 그만큼 헬륨이 차지할 수 있는 공간이 늘어나 높아진 내부 압력이 낮아지는 것이다. 그리고 ㉠<u>비행선이 다시 하강하면 공기 흡입구를 통해 공기를 빨아들여 보조 기낭을 채운다.</u> 한편, 보조 기낭은 비행선의 고도를 조절하는 데도 이용된다. 팬 등을 이용해 보조 기낭에 공기를 불어넣으면 선체가 무거워져 비행선이 하강하고, 반대로 인위적으로 공기 밸브를 열어 공기를 빼내면 선체가 가벼워져서 상승한다.

선체의 뒷부분에 수직 방향과 수평 방향으로 달려 있는 꼬리 날개는 비행선의 자세를 제어하여 안정성을 높인다. 수직 꼬리 날개의 끝부분에 달린 방향타는 비행선의 좌우 방향을 제어하고, 수평 꼬리 날개의 끝부분에 달린 승강타는 비행선 앞부분의 오르내림을 제어한다. 또한 ㅂ행선은 프로펠러가 달린 소형 엔진을 추진 장치로 이용해 수평 이동을 위한 추력*을 얻는다. 최근에는 프로펠러의 방향을 아래나 위로 바꿀 수 있도록 하여 이륙과 착륙을 돕기도 한다. 선체 아래에 부착하는 곤돌라는 승무원과 승객이 탑승하는 공간으로, 튼튼하고 가벼운 탄소 섬유로 만들어진다.

비행선은 크게 경식 비행선, 연식 비행선, 반경식 비행선으로 분류한다. 경식 비행선은 선체 내부에 프레임*을 가지고 있다. 프레임은 앞뒤 방향과 원주 방향으로 격자 형상의 경식 구조를 배치함으로써 이루어진다. 그리고 알루미늄 합금 등 가볍고 튼튼한 재료로 만든 프레임 위에 외피를 붙여서 선체의 외형을 만든다. 곤돌라, 엔진, 꼬리 날개 등의 장치는 프레임에 직접 부착한다. 프레임으로 구성된 선체 안에 여러 개의 기낭을 설치할 수 있어 외부 충격에서 기낭을 보호할 수 있고, 대형 비행선을 제작하기에도 유리하다. 그러나 무게가 많이 나가고 제작 비용이 많이 들어 현재는 거의 제작하지 않는다.

프레임 없이 기낭 안의 가스 압력만으로 선체의 외형을 유지하는 비행선을 [연식 비행선]이라 한다. 연식 비행선은 헬륨의 압력으로 기낭의 형태, 즉 선체의 형태를 유지하며, 기낭 내부에 있는 보조 기낭 두 개의 공기 양을 조절하여 이를 지지한다. 꼬리 날개와 곤돌라, 엔진 등의 장치는 기낭의 외부에 케이블을 사용하여 부착한다. 반경식 비행선은 경식과 연식을 결합한 형태로, 기낭이나 보조 기낭 등 주 구조는 연식 비행선과 거의 동일하지만 아래쪽 부분에 비행선의 길이를 유지하면서 엔진과 곤돌라 등의 장치를 부착할 수 있는 프레임을 설치한다.

* 곤돌라: 승무원, 승객이 타거나 화물 또는 별도 장비를 사용하기 위해 설치한 구조물.
* 추력: 물체를 운동 방향으로 밀어붙이는 힘. 프로펠러의 회전 또는 분사 가스의 반동에 의하여 생기는 추진력을 이른다.
* 프레임: 자동차, 자전거 따위의 뼈대.

120 ▸ 세부 내용 파악

윗글의 내용과 일치하는 것은?

① 최근에는 물건을 대량 수송하는 데에 유리한 경식 비행선을 주로 제작한다.
② 연식 비행선은 기낭에 작은 구멍이라도 나면 순식간에 추락할 위험이 있다.
③ 비행선의 비행 고도가 높아질수록 기낭의 전체 무게는 상대적으로 무거워진다.
④ 반경식 비행선은 연식 비행선보다 외부 충격에 대한 기낭 보호 기능이 뛰어나다.
⑤ 하나의 비행선이 상승할 경우 보조 기낭의 부피가 최소일 때 최고 고도에 이른다.

121 ▸ 세부 내용 추론

비행선의 부력에 대한 이해로 적절하지 않은 것은?

① 기낭 안에 든 헬륨이 비행선을 공중에 뜨게 하는 부력을 발생시킨다.
② 같은 부피의 헬륨이라도 지상에서 높아질수록 더 많은 부력을 지닌다.
③ 보조 기낭에 공기를 주입하거나 배출함으로써 비행선의 부력을 제어한다.
④ 부력의 크기는 공기보다 낮은 밀도의 기체를 담는 기낭의 부피에 비례한다.
⑤ 기낭 안에 헬륨보다 밀도가 낮은 기체를 넣으면 비행선의 부력이 더 커진다.

122 ▸ 구체적 상황에의 적용

윗글을 참고할 때, 〈보기〉의 ⓐ~ⓔ에 대한 이해로 적절하지 않은 것은?

<보기>

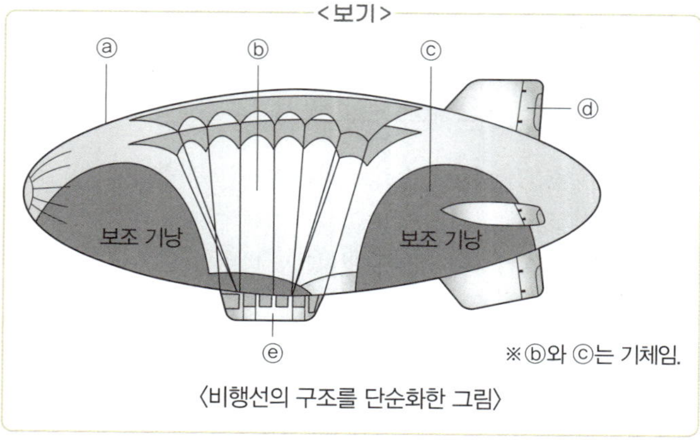

〈비행선의 구조를 단순화한 그림〉

① ⓐ는 프레임 없이 내부의 가스 압력만으로 형태를 유지하겠군.
② ⓑ는 동일한 무게라도 비행선의 고도에 따라 부피가 달라지겠군.
③ ⓒ를 인위적으로 넣으면 선체가 무거워져 비행선이 하강하겠군.
④ ⓓ를 이용하여 비행선의 이착륙과 좌우 비행 방향을 조작하겠군.
⑤ ⓔ는 선체 외형을 이루는 기낭에 케이블을 사용하여 부착하겠군.

123 ▸ 인과 관계, 상관관계 추론

㉠의 이유로 가장 적절한 것은?

① 비행선이 하강하는 속도를 더 빠르게 하기 위해
② 비행선이 더 많은 부력을 얻을 수 있도록 하기 위해
③ 선체 외형을 이루는 기낭이 쪼그라드는 것을 막기 위해
④ 낮아진 내부 압력을 높여 비행선의 고도를 회복하기 위해
⑤ 보조 기낭의 부피를 팽창시켜 헬륨의 과다 팽창을 막기 위해

124 ▸ 유사한 상황과의 비교

〈보기〉의 열기구와 윗글의 연식 비행선을 비교한 내용으로 적절하지 않은 것은?

<보기>

열기구(熱氣球)는 기낭 속의 공기를 가열하여 하늘을 나는 비행체이다. 열기구는 밑부분이 뚫린 구형의 기낭, 버너, 곤돌라로 구성되어 있다. 곤돌라에는 연료통, 고도계, 모래 주머니 등이 적재된다. 버너를 이용하여 기낭 속 공기를 가열하면 공기 분자들의 운동이 활발해지면서 기낭 속의 밀도가 바깥보다 낮아진다. 그 결과 부력이 생기면서 열기구가 위로 뜬다. 그리고 조종사가 기낭 상단부에 있는 공기 밸브를 열어 뜨거운 공기를 배출하면 열기구가 하강한다. 열기구가 일정한 고도를 유지하기 위해서는 기낭 안의 공기 온도를 일정하게 유지해야 한다. 열기구의 수평 이동은 바람을 이용한다. 공중에 뜬 열기구는 바람의 속도와 방향에 따라 흘러가는데, 고도에 따라 바람 방향이 다르므로 조종사는 열기구의 상승과 하강을 조절하여 원하는 방향으로 비행한다.

① 연식 비행선은 열기구와 달리 선체 대부분이 유선형이다.
② 연식 비행선은 열기구와 달리 일정한 비행 고도를 자동으로 유지한다.
③ 열기구는 연식 비행선과 달리 수평 이동을 하기 위한 추진 장치가 없다.
④ 열기구는 연식 비행선과 달리 내부에 보조 기낭이 없는 기낭을 사용한다.
⑤ 연식 비행선과 열기구는 모두 기체의 밀도 차이로 인한 부력을 이용한다.

IV

문법

STEP 1 기출로 유형 익히기

핵심 유형 1 음운

❶ 음운과 음운 체계

01 음운

말의 뜻을 구별하여 주는 소리의 가장 작은 단위. 음운의 종류로는 분절 음운과 비분절 음운이 있다.

02 음운 체계

• **자음:** 발음 기관에 의해 구강 통로가 좁아지거나 막히는 등의 장애를 받으며 나는 소리

조음 방법 \ 조음 위치			두 입술	윗잇몸, 혀끝	센입천장, 혓바닥	여린입천장, 혀 뒤	목청 사이
			입술소리	혀끝소리	센입천장소리	여린입천장소리	목청소리
안울림 소리	파열음	예사소리	ㅂ	ㄷ		ㄱ	
		된소리	ㅃ	ㄸ		ㄲ	
		거센소리	ㅍ	ㅌ		ㅋ	
	파찰음	예사소리			ㅈ		
		된소리			ㅉ		
		거센소리			ㅊ		
	마찰음	예사소리		ㅅ			ㅎ
		된소리		ㅆ			
울림 소리	비음(콧소리)		ㅁ	ㄴ		ㅇ	
	유음(흐름소리)			ㄹ			

• **모음:** 성대의 진동을 받은 소리가 목, 입, 코를 거쳐 나오면서, 장애를 받지 않고 나는 소리

① 단모음: 소리를 내는 도중에 입술 모양이나 혀의 위치가 달라지지 않는 모음

혀의 위치 / 입술의 모양 / 혀의 높이	전설 모음		후설 모음	
	평순	원순	평순	원순
고모음	ㅣ	ㅟ	ㅡ	ㅜ
중모음	ㅔ	ㅚ	ㅓ	ㅗ
저모음	ㅐ		ㅏ	

※ 국어의 모음 삼각도

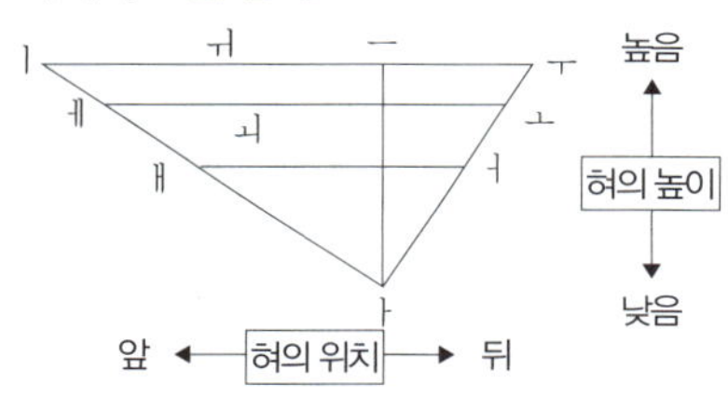

② 이중 모음: 입술 모양이나 혀의 위치를 처음과 나중이 서로 달라지게 하여 내는 모음. 구성 요소 중 하나는 단모음이고 다른 하나는 반모음이다.

반모음 'ㅣ[j]'로 시작하는 이중 모음	ㅑ(ㅣ+ㅏ), ㅕ(ㅣ+ㅓ), ㅛ(ㅣ+ㅗ), ㅠ(ㅣ+ㅜ), ㅒ(ㅣ+ㅐ), ㅖ(ㅣ+ㅔ)
반모음 'ㅗ/ㅜ[w]'로 시작하는 이중 모음	ㅘ(ㅗ+ㅏ), ㅝ(ㅜ+ㅓ), ㅙ(ㅗ+ㅐ), ㅞ(ㅜ+ㅔ)
반모음 'ㅣ[j]'로 끝나는 이중 모음	ㅢ(ㅡ+ㅣ)

❷ 음운의 변동

• **교체:** 한 음운이 형태소의 끝에서 다른 음운으로 바뀌는 현상을 말한다.
예 무릎[무릅], 닫는다[단는다], 권력[궐력], 작다[작따], 굳이[구지]

• **탈락:** 원래 있던 음운 중 어느 하나의 음운이 없어지는 현상을 말한다.
예 넋[넉], 버들 + 나무[버드나무], 낳은[나은], 쓰-+-어서[써서]

• **첨가:** 형태소가 합성될 때 그 사이에 음운이 덧붙는 현상을 말한다. 예 맨입[맨닙], 피어[피어/피여]

• **축약:** 두 개의 음운이 합쳐져서 제3의 음운으로 줄어드는 현상을 말한다. 예 낳고[나코], 보이다[뵈다]

• **분절 음운:** 자음이나 모음같이 마디를 나눌 수 있는 음운
• **비분절 음운:** 분절되지는 않지만, 장단음과 같이 의미를 구별해 주는 음운
• **발음 기관:** 음성을 내는 데 쓰는 신체의 각 부분. 성대, 목젖, 구개(입천장), 이, 잇몸, 혀 등이 있음.
• **조음 방법:** 자음이 만들어질 때 공기의 흐름이 장애를 받는 방법
• **조음 위치:** 자음이 만들어질 때 공기의 흐름이 장애를 받는 위치

• **반모음:** 모음과 같이 발음하지만 음절을 이루지 못하는 아주 짧은 모음. 'ㅑ', 'ㅒ', 'ㅕ', 'ㅖ', 'ㅘ', 'ㅙ', 'ㅛ', 'ㅝ', 'ㅞ', 'ㅠ', 'ㅢ' 따위의 이중 모음에서 나는 'ㅣ[j]', 'ㅗ/ㅜ[w]' 등이다.

• 대표적 음운 변동

교체	음절의 끝소리 규칙	
	자음 동화	비음화
		유음화
	경음화(된소리되기)	
	구개음화	
탈락	자음 탈락	
	모음 탈락	
첨가	ㄴ 첨가	
	반모음 첨가	
축약	자음 축약(거센소리되기)	
	모음 축약	

125

〈보기〉는 자음 동화와 관련한 국어 수업의 한 장면이다. ㉠, ㉡에 들어갈 예를 바르게 짝지은 것은?

<보기>

선생님: 두 개의 자음이 이어서 소리가 날 때, 소리 내기 쉽도록 어느 한 쪽이 다른 쪽의 소리를 닮거나, 서로 닮는 방향으로 변동하는 것을 '자음 동화'라고 합니다.
다음 현상이 일어나는 예를 찾아볼까요?

'ㄱ, ㄷ, ㅂ'이 비음 'ㄴ, ㅁ'의 앞에서 비음 'ㅇ, ㄴ, ㅁ'으로 바뀌는 현상	㉠
비음 'ㄴ'이 유음 'ㄹ' 앞뒤에서 'ㄹ'로 바뀌는 현상	㉡

	㉠	㉡
①	먹물[멍물]	중력[중녁]
②	국밥[국빱]	설날[설랄]
③	입는[임는]	막내[망내]
④	닫는[단는]	권리[궐리]
⑤	솜이불[솜니불]	물난리[물랄리]

126

〈보기〉를 바탕으로 사례들을 분석한 내용 중 적절하지 않은 것은?

<보기>

음운의 교체는 특정한 음운 환경에서 한 음운이 다른 음운으로 바뀌는 음운 변동 현상이다. 두 음절이 인접한 경우 ㉠앞말의 끝소리와 뒷말의 첫소리가 만나는 상황이나 ㉡앞말의 끝소리가 연음되어 뒷말의 가운뎃소리와 만나는 상황에서 음운이 교체될 때, 발음의 결과 ⓐ앞의 음운만 변한 경우나 ⓑ뒤의 음운만 변한 경우도 있지만 ⓒ두 음운이 모두 변한 경우도 있다.

① '마천루[마철루]'는 ㉠이면서 ⓐ에 해당한다.
② '목덜미[목떨미]'는 ㉠이면서 ⓑ에 해당한다.
③ '박람회[방남회]'는 ㉠이면서 ⓒ에 해당한다.
④ '쇠붙이[쇠부치]'는 ㉡이면서 ⓐ에 해당한다.
⑤ '땀받이[땀바지]'는 ㉡이면서 ⓒ에 해당한다.

기출이 주목한 개념

126 ▸▸▸ 음운의 교체

구분		내용
음절의 끝소리 규칙		음절의 끝소리가 'ㄱ, ㄴ, ㄷ, ㄹ, ㅁ, ㅂ, ㅇ'의 대표음 일곱 소리 중 하나로 바뀌어 발음되는 현상 예 부엌[부억], 옷[옫], 잎[입]
자음 동화	비음화	• 'ㄱ, ㄷ, ㅂ'이 'ㄴ, ㅁ' 앞에서 각각 비음 [ㅇ, ㄴ, ㅁ]으로 발음되는 현상 예 먹는 → [멍는], 맏며느리 → [만며느리], 밥물 → [밤물] • 'ㄹ'이 'ㅁ, ㅇ' 뒤에서 비음 [ㄴ]으로 바뀌는 현상 예 담력 → [담녁], 강릉 → [강능]
	유음화	'ㄴ'이 'ㄹ'의 앞뒤에서 유음 [ㄹ]로 발음되는 현상 예 난로 → [날로], 달님 → [달림], 칼날 → [칼랄]
구개음화		• 끝소리가 'ㄷ, ㅌ'인 형태소가 모음 'ㅣ'나 반모음 'ㅣ̆'로 시작되는 형식 형태소와 만나면 'ㅈ, ㅊ'으로 발음되는 현상 예 해돋이[해도지], 같이[가치]
경음화 (된소리 되기)		• 받침 'ㄱ(ㄲ, ㅋ, ㄳ, ㄺ), ㄷ(ㅅ, ㅆ, ㅈ, ㅊ, ㅌ), ㅂ(ㅍ, ㄼ, ㄿ, ㅄ)' 뒤에 연결되는 'ㄱ, ㄷ, ㅂ, ㅅ, ㅈ'이 된소리로 발음되는 현상 예 국밥[국빱], 곱돌[곱똘], 값지다[갑찌다] • 어간 받침 'ㄴ(ㄵ), ㅁ(ㄻ)' 뒤에 결합되는 어미의 첫소리 'ㄱ, ㄷ, ㅅ, ㅈ'이 된소리로 발음되는 현상 예 신고[신꼬], 껴안다[껴안따], 젊지[점찌] • 관형사형 어미 '-(으)ㄹ' 뒤에 연결되는 'ㄱ, ㄷ, ㅂ, ㅅ, ㅈ'이 된소리로 발음되는 현상. '-(으)ㄹ'로 시작되는 어미의 경우에도 된소리로 발음한다. 예 할 것을[할꺼슬], 갈 데가[갈떼가], 할 수는[할쑤는], 할걸[할껄], 할세라[할쎄라], 할게요[할께요]

핵심 유형 2 단어

❶ 단어의 형성

- **어근과 접사:** 어근은 단어의 구성 요소 중 실질적인 의미를 나타내는 중심 부분을 말하고, 접사는 어근에 붙어서 뜻을 한정하거나 문법적 변화를 가져오는 주변 부분을 말한다. 예 높-(어근)+-이(접사)
- **단일어와 복합어:** 단일어는 하나의 어근으로 이루어진 단어, 복합어는 두 개 이상의 어근이나 어근과 파생 접사로 이루어진 단어를 말한다. 복합어는 합성어와 파생어로 나눌 수 있다.
  - 합성어: 두 개 이상의 어근이 결합된 단어 예 발+목, 밤+낮, 높-+푸르다
  - 파생어: 어근과 파생 접사로 이루어진 단어 예 짓-+밟다, 새-+파랗다, 헛-+웃음, 바늘+-질

- **형태소와 단어:** 일정한 의미를 가진 가장 작은 말의 단위, 즉 최소의 의미 단위를 '형태소'라고 하고, 문장에서 분리하여 자립할 수 있는 말 가운데 가장 작은 말의 단위를 '단어'라고 한다. 이에 준하는 말인 의존 명사, 또는 다른 단어의 뒤에 붙어서 문법적 기능을 나타내는 말인 조사 역시 단어에 속한다.

형태소
그/가/밥/을/먹-/-었-/-다.
단어
그/가/밥/을/먹었다.

❷ 단어의 분류

01 체언

- **명사:** 사물의 이름을 나타내는 품사. 특정한 사람이나 물건에 쓰이는 이름이냐 일반적인 사물에 두루 쓰이는 이름이냐에 따라 고유 명사와 보통 명사로, 자립적으로 쓰이느냐 그 앞에 반드시 꾸미는 말이 있어야 하느냐에 따라 자립 명사(하늘, 구름 등)와 의존 명사(것, 따름 등)로 나뉜다.
- **대명사:** 명사를 대신하여 대상을 가리키는 말로, 인칭 대명사(나, 너 등)와 지시 대명사(이것, 저기 등)로 나뉜다.
- **수사:** 주로 사물의 수량(하나, 둘, 셋 등)이나 순서(첫째, 둘째, 셋째 등)를 나타내는 말이다.

02 용언

- **동사:** 사람이나 사물의 움직임이나 작용 등을 나타내는 단어로, 목적어를 요구하는 동사를 타동사(먹다, 사다 등), 요구하지 않는 동사를 자동사(달리다, 웃다 등)라고 한다.
- **형용사:** 어떤 성질이나 상태를 나타내는 단어로, 성질이나 상태를 나타내는 성상 형용사(예쁘다, 높다 등)와 의미를 대신 가리키는 지시 형용사(이러하다, 그러하다, 저러하다 등)로 분류할 수 있다.

- **용언의 활용:** 용언 어간에 어미가 결합하는 것을 말하며, 동사, 형용사, 서술격 조사가 활용한다.
  - 규칙 활용: 어간과 어미가 결합할 때 어간, 어미 모두 형태 변화가 없거나, 형태 변화가 있어도 보편적 음운 규칙으로 설명되는 활용
    예 먹다: 먹-+-어 → 먹어
  - 불규칙 활용: 보편적 음운 규칙으로 설명할 수 없는 형태 변화를 하는 활용. 특히 어간이나 어미의 기본 형태가 달라지는 경우를 말한다.
    예 걷다: 걷-+-어 → 걸어

03 수식언

- **관형사:** 체언 앞에 놓여서 그 체언을 자세히 꾸며 주는 단어로, 체언의 성질이나 상태를 제한하는 성상 관형사(새, 헌, 옛 등), 대상을 가리키는 지시 관형사(이, 그, 저, 이런, 저런 등), 사물의 수량이나 순서를 나타내는 수 관형사(한, 두, 세, 여러 등)가 있다.
- **부사:** 주로 용언이나 문장을 꾸며 주는 구실을 하는 단어로, 특정 문장 성분을 꾸미는 성분 부사와 문장 전체를 꾸며 주는 문장 부사가 있으며, 문장 내 위치가 비교적 자유롭다.

04 관계언

- **조사:** 문장에서 자립성이 있는 말(주로 체언) 뒤에 붙어서 나타난다. 조사는 앞에 오는 체언이 문장 안에서 일정한 자격을 갖도록 해 주는 격 조사(이/가, 을/를 등), 두 단어나 구를 같은 자격으로 이어 주는 구실을 하는 접속 조사(와/과 등), 앞말에 특별한 의미를 더해 주는 보조사(만, 도, 등)로 나뉜다.

05 독립언

- **감탄사:** 놀람, 부름, 느낌, 대답 등을 나타내는 말로서, 문장의 다른 성분들과 특별한 관계를 맺지 않는다.

❸ 단어의 의미

어떤 단어가 지니고 있는 가장 객관적이고 기본적인 의미를 개념적 의미, 또는 사전적 의미라고 한다.

- **단어 간의 의미 관계**

유의 관계	의미가 같거나 비슷한 둘 이상의 단어가 맺는 관계 예 가끔 – 이따금 – 때로
반의 관계	둘 이상의 단어에서 의미가 서로 짝을 이루어 대립하는 관계 예 오다 : 가다, 총각 : 처녀
상하 관계	한쪽이 다른 한쪽을 포함하거나 포함되는 관계. 포함하는 단어는 상의어, 포함되는 단어는 하의어라고 함. 예 과일 : 사과
부분–전체 관계	한쪽이 다른 한쪽의 부분이 되는 관계 예 단추 : 옷, 시침 : 시계

동음이의어	소리는 같으나 뜻이 다른 단어 예 해(日) : 해(年)
다의어	하나의 단어가 둘 이상의 의미를 가진 단어 예 손(手)이 아프다. 손(노동력)이 모자라다.

- **단어의 의미 변화 양상**

의미의 확대	단어의 의미 영역이 넓어지는 양상 예 다리(동물의 다리 → 무생물의 다리까지 포함)
의미의 축소	단어의 의미 영역이 좁아지는 양상 예 얼굴(몸 전체 → 안면)
의미의 이동	단어의 의미가 아예 변화하는 양상 예 어여쁘다(불쌍하다 → 아름답다)

127

〈보기〉를 바탕으로 단어 형성법에 대해 탐구한 것으로 적절하지 않은 것은?

<보기>

단어에서 실질적 의미를 나타내는 중심 부분을 어근이라 하고, 어근에 붙어 그 뜻을 더하는 부분을 접사라고 한다. 단어는 형성 방법에 따라 단일어와 파생어, 합성어로 나누어진다. 단일어는 '바다', '놀다'와 같이 하나의 어근으로 이루어진 말이고, 파생어는 '군살'이나 '멋쟁이'처럼 어근과 접사의 결합으로 이루어진 말이다. 합성어는 어근과 어근이 결합한 말로 '달빛'이나 '뛰놀다'와 같은 말이 이에 해당한다.

① '치솟다'는 접사가 어근에 붙어 뜻을 더하고 있으므로 파생어이군.
② '밤하늘'은 실질적 의미를 지닌 어근끼리 결합하였으므로 합성어이군.
③ '지우개'는 어근에 접사가 결합한 파생어이고, '닭고기'는 어근끼리 결합한 합성어이군.
④ '나무꾼'과 '검붉다'는 모두 실질적인 뜻을 가진 어근끼리 결합하였으므로 합성어이군.
⑤ '개살구'와 '부채질'은 모두 어근에 접사가 결합하여 이루어진 단어이므로 파생어에 해당하는군.

128

〈보기〉를 참고하여 각 항목에 해당하는 예문을 작성하였다. 적절하지 않은 것은?

<보기>

1. '같이'가 조사로 쓰일 경우 – 앞말에 붙여 쓴다.

ㄱ. 체언 뒤에 붙어 '~처럼'의 뜻일 때
ㄴ. '때'를 나타내는 명사 뒤에 붙어 '때'를 강조할 때

2. '같이'가 부사로 쓰일 경우 – 앞말과 띄어 쓴다.

ㄷ. '바로 그대로'의 의미일 때
ㄹ. '서로 함께'의 의미일 때
ㅁ. '어떤 상황이나 행동 따위와 다름이 없이'의 의미일 때

① ㄱ: 그는 눈같이 맑은 영혼의 소유자였다.
② ㄴ: 내일은 새벽같이 일어나야 한다.
③ ㄷ: 예상한 바와 같이 우리 반이 이겼어.
④ ㄹ: 지난 10년 동안 같이 알고 지낸 사이야.
⑤ ㅁ: 은숙이와 친구는 같이 사업을 했다.

기출이 주목한 개념

127 – ❶ ▸▸▸ 파생어

접사와 어근으로 이루어진 단어

접두사에 의한 파생	어근의 의미를 제한하는 한정적 기능. 대부분은 품사 파생이 안 됨. 예 개살구, 짓누르다, 새파랗다, 드높다
접미사에 의한 파생	의미 제한과 품사 파생 기능 모두 가지고 있음. 예 장난꾸러기, 바느질 얼- + -음 = 얼음(동사 → 명사), 낱낱 + -이 = 낱낱이(명사 → 부사)

127 – ❷ ▸▸▸ 합성어

둘 이상의 어근으로 이루어진 단어

통사적 합성법	국어의 일반적 단어 배열 방법과 일치하는 합성법 예 주어 + 서술어: 힘들다(힘이 들다) 부사 + 서술어: 잘하다(잘 + 하다) 명사 + 명사: 봄비(봄 + 비) 관형어 + 명사: 작은형(작은 형) 어간 + 연결 어미 + 어간: 잡아먹다(잡- + -아 + 먹다)
비통사적 합성법	국어의 일반적 단어 배열 방법에 어긋나는 합성법 예 덮밥, 검붉다, 부슬비

핵심 유형 3 문장

❶ 문장 성분의 종류

01 주성분

- **주어:** 한 문장의 주체를 나타내는 성분이다.
- **서술어:** 주어의 동작, 상태, 성질 따위를 서술하는 기능을 하는 문장 성분이다.
- **목적어:** 서술어의 동작 대상이 되는 문장 성분이다.
- **보어:** '되다, 아니다'를 꼭 필요로 하는 문장 성분이다.

02 부속 성분

- **관형어:** 체언 앞에서 그 체언의 뜻을 꾸며 주는 문장 성분이다.
- **부사어:** 의미가 분명하게 드러나도록 주로 서술어를 꾸며 주는 문장 성분이다.

03 독립 성분

- **독립어:** 문장 중 어느 성분과도 직접적인 관련이 없는 독립된 문장 성분이다.

❷ 문장의 구조

01 홑문장

주어와 서술어의 관계가 한 번 나타나는 문장을 말한다. 예 날씨가 맑다.

02 겹문장

- **안긴문장과 안은문장:** 다른 문장 속에 들어가 하나의 성분처럼 쓰이는 홑문장을 안긴문장이라고 하며, 이 홑문장을 포함한 문장을 안은문장이라고 한다.
- **이어진문장:** 홑문장과 홑문장이 이어진 겹문장을 말한다. 대등하게 이어진문장(나열, 대조, 선택 등)과 종속적으로 이어진문장(이유, 조건, 의도 등)이 있다. 예 인생은 짧고 예술은 길다. / 봄이 오니 꽃이 핀다.

❸ 문장의 문법 요소

01 높임 표현

- **상대 높임법:** 화자가 청자에 대해 높이거나 낮추어 말하는 방법으로, 종결 표현으로 실현된다.
- **주체 높임법:** 서술의 주체를 높이는 방법으로, 서술어에 선어말 어미 '-(으)시-'가 붙어 실현된다.
- **객체 높임법:** 목적어나 부사어가 지시하는 대상을 높이는 방법으로, 특수 어휘나 조사 '께'를 사용한다.

02 피동 표현과 사동 표현

- **피동 표현:** 주어가 다른 주체에 의해 동작을 당하게 되는 것을 '피동'이라고 한다. 피동사는 피동 접미사 '-이-', '-히-', '-리-', '-기-' 또는 '-어지다', '-게 되다'에 의해 실현된다.
- **사동 표현:** 주어가 남에게 어떤 동작을 하도록 시키는 것을 '사동'이라고 한다. 사동사는 사동 접미사인 '-이-', '-히-', '-리-', '-기-', '-우-', '-구-', '-추-'와 '-게 하다'에 의해 실현된다.

03 부정 표현

- **'안' 부정문(상태 · 의지 부정):** 어떤 상태가 그렇지 않음을 나타내거나 동작을 행하는 주어의 의지에 의해 어떤 동작이 일어나지 않음을 나타낸다. 예 나는 귀찮아서 밥을 안 먹었다.
- **'못' 부정문(능력 부정):** 주어의 의지가 아닌 그의 능력이나 그 밖의 다른 상황 때문에 그 일이 일어나지 못함을 나타낸다. 예 나는 아파서 밥을 못 먹었다.

04 시간 표현

- **과거 시제:** 사건시가 발화시보다 앞서 있는 시제로, 선어말 어미 '-았-/-었-', '-더-'의 활용이나 '어제', '옛날'과 같은 시간 부사어 활용으로 나타난다. 예 그가 어제 책을 읽고 있더라.
- **현재 시제:** 사건시와 발화시가 일치하는 시제로, 동사의 경우에는 선어말 어미 '-는-/-ㄴ-'에 의해 실현되고, 형용사나 '이다'의 경우에는 선어말 어미가 결합되지 않은 채 실현된다. 예 꽃이 예쁘다.
- **미래 시제:** 사건시가 발화시보다 나중인 시제로, 선어말 어미 '-겠-'에 의해 실현되며 관형사형 어미와 의존 명사가 합쳐져 '-(으)ㄹ 것'에 의해 실현되기도 한다. 예 나는 내일 학교에 가지 않겠다.

- **문장 성분의 형성**
  - 주어: 체언이나 용언의 명사형에 주격 조사 '이/가'가 붙어서 성립함. 주격 조사 대신 보조사가 붙을 수 있음.
  - 서술어: 동사나 형용사 또는 체언에 서술격 조사 '-이다'가 붙어서 성립함.
  - 목적어: 목적격 조사 '을/를'이 붙어서 성립함.
  - 보어: 보격 조사 '이/가'가 붙어서 성립함.
  - 관형어: 관형사, 체언 단독, 체언+관형격 조사, 용언의 관형사형에 의해 성립함.
  - 부사어: 부사, 체언+부사격 조사, 용언의 부사형, 부사절에 의해 성립함.
  - 독립어: 감탄, 체언+호격 조사, 체언(제시어) 단독에 의해 성립함.

- **필수적 부사어:** 부사어는 문장에서 꼭 필요한 성분은 아니지만 '다르다, 생기다, 같다, 비슷하다, 닮다'와 같은 두 자리 서술어나, '주다, 삼다, 넣다, 두다'와 같은 세 자리 서술어는 반드시 부사어가 필요하다.
  예 나는 너와는 다르다.

- **안긴문장**
  - 명사절: 명사 구실
    예 그가 범인임이 밝혀졌다.
  - 관형절: 체언 수식
    예 봄에 돌아온 제비는 박씨를 물고 왔다.
  - 부사절: 부사어 구실
    예 눈이 소리도 없이 내렸다.
  - 서술절: 서술어 구실
    예 이 책은 재미가 없다.
  - 인용절: 간접 인용 및 직접 인용
    예 준영이는 다시는 혜수와 놀지 않겠다고 말했다.

- **중의문:** 하나의 문장이 둘 이상의 의미로 해석되는 문장을 '중의문'이라고 한다. 중의문은 둘 이상의 의미로 해석될 수 있어, 문장의 해석에 혼란을 줄 수 있으므로 피해야 한다.
  예 영희는 철수보다 형우를 더 좋아한다.
  → 영희가 더 좋아하는 사람은 철수가 아니라 형우이다.
  → 영희는 철수가 형우를 좋아하는 것보다 더 형우를 좋아한다.

129

〈보기〉의 [A]~[C]에 들어갈 예를 바르게 짝지은 것은?

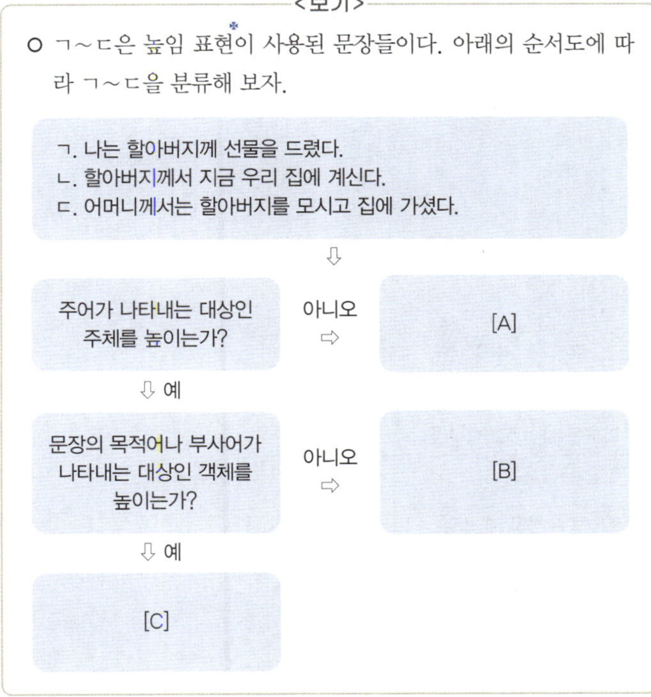
<보기>

○ ㄱ~ㄷ은 높임 표현이 사용된 문장들이다. 아래의 순서도에 따라 ㄱ~ㄷ을 분류해 보자.

ㄱ. 나는 할아버지께 선물을 드렸다.
ㄴ. 할아버지께서 지금 우리 집에 계신다.
ㄷ. 어머니께서는 할아버지를 모시고 집에 가셨다.

	[A]	[B]	[C]
①	ㄱ	ㄴ	ㄷ
②	ㄱ	ㄷ	ㄴ
③	ㄴ	ㄱ	ㄷ
④	ㄴ	ㄷ	ㄱ
⑤	ㄷ	ㄴ	ㄱ

130

다음과 같은 문법 수업에서 ㄱ~ㅁ을 분석한 결과로 적절하지 않은 것은?

선생님: 서술어는 주어의 동작, 상태, 성질 따위를 풀이하는 기능을 하는 문장 성분이에요. 서술어는 그 성격에 따라서 필요로 하는 문장 성분의 개수가 다른데, 이를 서술어의 자릿수라고 한답니다. 그럼, 다음 문장들에 쓰인 서술어의 자릿수를 알아봅시다.

ㄱ. 물이 얼음이 되었다.
ㄴ. 우정은 보석과 같다.
ㄷ. 누나가 새 책을 샀다.
ㄹ. 동수가 교가를 부른다.
ㅁ. 민수가 편지 봉투에 우표를 붙였다.

① ㄱ의 서술어 '되었다'는 주어와 보어를 필요로 하는 두 자리 서술어이다.
② ㄴ의 서술어 '같다'는 주어와 부사어를 필요로 하는 두 자리 서술어이다.
③ ㄷ의 서술어 '샀다'는 주어와 관형어, 목적어를 필요로 하는 세 자리 서술어이다.
④ ㄹ의 서술어 '부른다'는 주어와 목적어를 필요로 하는 두 자리 서술어이다.
⑤ ㅁ의 서술어 '붙였다'는 주어와 부사어, 목적어를 필요로 하는 세 자리 서술어이다.

기출이 주목한 개념

129 ▸▸▸ 높임 표현 – 주체 높임법과 객체 높임법

- **주체 높임법:** 화자가 서술의 주체에 대하여 높임의 태도를 나타내는 방법. 주체 높임 선어말 어미 '-시-'가 서술어에 나타나는 것이 가장 대표적이며 대부분 주어를 높이는 조사 '께서', 높임 접미사 '-님'과 함께 나타난다. 진지(밥), 연세(나이), 계시다(있다) 등의 특수 어휘를 사용하기도 한다.
- **객체 높임법:** 문장의 목적어나 부사어가 지시하는 대상, 즉 서술의 객체에 대하여 높임의 태도를 나타내는 방법. 모시다(데리다), 뵙다(만나다), 여쭈다(묻다), 드리다(주다) 등의 특수 어휘를 사용하여 높임을 나타낸다.

130 ▸▸▸ 서술어의 자릿수

서술어의 성격에 따라 서술어가 필요로 하는 문장 성분들의 개수가 다른데, 이를 '서술어의 자릿수'라고 한다.

한 자리 서술어	주어 + 서술어 예 코스모스가 피었다.
두 자리 서술어	주어 + (목적어 / 보어 / 필수적 부사어) + 서술어 예 하나가 책을 읽었다.
세 자리 서술어	주어 + 목적어 + 필수적 부사어 + 서술어 예 나는 그녀를 딸로 삼았다.

핵심 유형 4 담화

❶ 담화의 개념

화자와 청자는 이들이 처한 시 · 공간적 상황에서 말을 주고받는다. 이때 장면 속에서 문장 단위로 실현된 말을 '발화'라고 하며, 발화들이 연속된 것을 '담화'라고 한다. 담화는 화자, 청자, 언어, 맥락으로 구성된다.

❷ 담화의 유형

01 발화자의 의도에 따라

정보 제공 담화	정보를 제공하고자 하는 의도를 가짐. 예 강의, 뉴스
호소 담화	상대를 설득하고자 하는 의도를 가짐. 예 광고, 설교
약속 담화	발화에 담긴 내용을 수행하겠다는 다짐을 함. 예 선서
사교 담화	사회적 상호 작용을 하고자 하는 의도를 가짐. 예 잡담
선언 담화	자신의 주장을 정식으로 표명하여 새로운 상황을 불러일으키려는 의도를 가짐. 예 임명장

02 발화 의도와 표현 관계에 따라

직접 발화	발화자의 의도가 직접적으로 표현됨. 알고 싶은 정보에 대해 직접적으로 요청할 때 쓰임. 예 창문 좀 닫아 줄래?
간접 발화	발화자의 의도가 간접적으로 표현됨. 요청이나 명령의 말을 정중하게 전할 때 의문형이나 청유형으로 표현함. 예 (열린 창문을 바라보며) 날씨가 많이 춥지 않니?

03 전달 매체에 따라

• **음성 담화(구어 담화)**

① 화자와 청자 사이에 말로 이루어지는 담화이다. 즉흥적, 비문법적, 비체계적인 특징을 보이며 '음', '뭐', '그래' 등과 같은 군말이 많이 사용된다. 예 일상 대화, 전화 대화 등

② 단어의 반복, 어순의 자유로운 교체 등이 나타나며 표정, 억양, 몸짓 등 반언어적 · 비언어적 표현이 의사소통에 영향을 미친다.

• **문장 담화(문어 담화)**

① 글쓴이와 독자 사이에 여러 개의 문장으로 이루어지는 담화이다. 계획적, 문법적, 체계적인 특징을 보이며 음성 담화에 비해 비교적 일관된 화제로 구성된다. 예 신문 기사, 학술서 등

② 반언어적 · 비언어적 표현을 사용하기 어려우므로 정확하고 효과적인 어휘와 문장을 사용해야 한다.

❸ 담화의 의미

01 지시 표현

화자와 청자가 대화를 나누는 시 · 공간적 장면을 통해서 이해할 수 있다. 즉 지시 표현의 의미를 파악하기 위해서는 상황 맥락을 고려하여 이를 이해해야 한다.

02 생략 표현

실제 담화에서는 문장의 필수 성분이라고 해도 맥락상 이해 가능한 부분은 생략하는 경우가 종종 발생한다. 이를 장면이나 맥락으로부터 제대로 복원할 수 있어야 한다.

예 A: 영희가 어디로 갔는지 아니?
B: (영희가 어디로 갔는지) 모르겠어요.

03 높임 표현

화자는 자신과 청자 사이의 상하 관계를 고려하여 높임 표현과 낮춤 표현을 구별하여 사용한다.

04 접속 표현

문장과 문장, 또는 문단과 문단 사이에 문맥이 통하도록 이어 주는 역할을 하는 말을 말한다. 이를 적절히 사용하면 문장 간의 연결이 매끄러워지고 의미 전달이 원활하게 된다.

예 순접(그리고, 그러므로), 역접(그러나, 하지만), 인과(따라서, 그래서), 첨가(게다가, 또한), 전환(그런데, 한편) 등

• **대용 표현:** 앞에서 한 말의 어휘나 문장을 대신하는 말. 담화의 내용을 중복되지 않게 해 주며, 상황에 따라 강조의 용법으로 사용되기도 한다.

131

〈보기〉의 (가), (나)에 들어갈 내용으로 적절한 것은?

<보기>

단어는 문맥에 따라 여러 가지 뜻을 가진다. 그래서 반의어도 여럿이 될 수 있다. 예를 들어 '시계가 서다.'에서 '서다'의 반의어는 '가다'인데, '기강이 서다.'에서 '서다'의 반의어는 '무너지다'가 된다. '벗다'도 문맥에 따라 여러 가지 뜻을 가지기 때문에 반의어가 여럿이다.

단어	예문	반의어
벗다	외투를 벗다.	입다
	(가)	쓰다
	배낭을 벗다.	(나)

	(가)	(나)
①	누명을 벗다.	메다
②	안경을 벗다.	끼다
③	장갑을 벗다.	차다
④	모자를 벗다.	걸다
⑤	허물을 벗다.	들다

132

〈보기〉에 나타난 담화의 기능으로 가장 적절한 것은?

<보기>

① 대상에 대한 정보를 전달하고 있다.
② 말하는 내용을 수행하겠다고 약속하고 있다.
③ 집단의 방침을 외부에 정식으로 표명하고 있다.
④ 심리적 정서를 전달하여 관계를 원활하게 만들고 있다.
⑤ 상대의 마음을 움직여 무엇인가를 하도록 유도하고 있다.

기출이 주목한 개념

131 ››› 반의어

둘 이상의 단어에서 의미가 서로 짝을 이루어 대립하는 의미 관계를 '반의 관계'라고 하고, 반의 관계에 있는 단어를 '반의어'라고 한다. 반의어는 둘 사이에 공통적인 의미 요소를 지니면서 한 개의 요소만 달라야 하며, 다의어의 경우에는 한 단어에 여러 개의 반의어가 존재하기도 한다.

㉮ 오다 : 가다, 높다 : 낮다, 남자 : 여자 등

⊕ 플러스 개념 ››› 유의어

의미가 같거나 비슷한 둘 이상의 단어가 맺는 의미 관계를 '유의 관계'라고 하며, 유의 관계에 있는 단어들을 '유의어'라고 한다.

㉮ 가끔 – 이따금 – 때로 – 간혹 등

핵심 유형 5 국어의 규범과 역사

❶ 국어의 규범

01 표준 발음법

표준어란 '교양 있는 사람들이 두루 쓰는 현대 서울말'로, 한 나라에서 공용어로 쓰기 위해 정해 놓은 규범으로서의 언어이다.

> **제1항** 표준 발음법은 표준어의 실제 발음을 따르되, 국어의 전통성과 합리성을 고려하여 정함을 원칙으로 한다.

02 한글 맞춤법

한글로써 우리말을 어법에 맞게 표기하는 규칙으로, 소리에 관한 것과 형태에 관한 것, 띄어쓰기 등으로 나뉘어 있다.

> **제1항** 한글 맞춤법은 표준어를 소리대로 적되, 어법에 맞도록 함을 원칙으로 한다.
> **제2항** 문장의 각 단어는 띄어 씀을 원칙으로 한다.

03 로마자 표기법

국어를 로마자로 표기하는 방법을 나타낸 규정

> **제1항** 국어의 로마자 표기는 국어의 표준 발음법에 따라 적는 것을 원칙으로 한다.
> **제2항** 로마자 이외의 부호는 되도록 사용하지 않는다.

04 외래어 표기법

외래어를 한글로 표기하는 방법

> **제1항** 외래어는 국어의 현용 24 자모만으로 적는다.
> **제2항** 외래어의 1 음운은 원칙적으로 1 기호로 적는다.
> **제3항** 받침에는 'ㄱ, ㄴ, ㄹ, ㅁ, ㅂ, ㅅ, ㅇ'만을 쓴다.
> **제4항** 파열음 표기에는 된소리를 쓰지 않는 것을 원칙으로 한다.
> **제5항** 이미 굳어진 외래어는 관용을 존중하되, 그 범위와 용례는 따로 정한다.

❷ 국어의 역사

01 중세 국어의 주격 조사와 목적격 조사

	주격 조사	목적격 조사
선행 체언의 말음이 자음일 때	이 예 고지(곶이) / 世尊(세존)이	ᄋᆞᆯ/을(모음 조화에 의해 교체) 예 사ᄅᆞᆷᄋᆞᆯ / ᄠᅳ들
선행 체언의 말음이 모음일 때	ㅣ('이'나 'ㅣ'로 끝나는 이중 모음 제외) 예 ᄇᆡ(바+ㅣ) / 始祖(시조)ㅣ	ㄹ/ᄅᆞᆯ/를(모음 조화에 의해 교체) 예 位(위)ㄹ / 이ᄅᆞᆯ / 번게를
선행 체언의 말음이 '이'나 'ㅣ'일 때	∅ 예 불휘(불휘+∅) 기픈(뿌리가 깊은)	

02 중세 국어의 관형격 조사와 호격 조사

		관형격 조사	호격 조사
유정물 평칭	선행 체언의 말음이 자음일 때	ᄋᆡ/의(모음 조화에 의해 교체)	아
	선행 체언의 말음이 모음일 때	예 나ᄆᆡ(ᄂᆞᆷ+ᄋᆡ, 남의) / 거부븨(거붑+의, 거북의)	야/여
유정물(사람) 존칭		ㅅ 예 부텻(부처의), 大王ㅅ(대왕의)	하
무정물		ㅅ 예 나못(나무의)	예 님금하 / 달하

• 중세 국어의 음운과 표기
- 8종성법에 따라 받침에는 주로 여덟 개의 초성자 'ㄱ, ㄴ, ㄷ, ㄹ, ㅁ, ㅂ, ㅅ, ㆁ'가 사용되었다. 오늘날에는 사용되지 않는 'ㅸ, ㅿ, ㆆ, ㆁ' 등도 사용되었다.
- 초성에는 어두 자음군이 놓였으며, 방점을 사용하여 음절의 높낮이인 성조를 표시하였다.
- 일반적으로 한 음절의 종성을 다음 자의 초성으로 내려 쓰는 이어 적기 방식이 나타나며, 모음 조화는 대체로 지켜지는 편이었다.

• 중세 국어의 높임법

주체 높임법	선어말 어미 '-시-', '-샤-'가 쓰임. 예 니ᄅᆞ샤ᄃᆡ
객체 높임법	선어말 어미 '-ᅀᆞᆸ-/-ᅌᆞᆸ-/-ᄌᆞᆸ-'이 쓰임. 예 듣ᄌᆞᆸ고
상대 높임법	선어말 어미 '-이-', '-잇-', 종결 표현이 쓰임. 예 업스이다 / 가리잇고

133

다음 대화를 바탕으로 〈보기〉의 밑줄 친 단어에 대해 설명한 것으로 적절하지 않은 것은?

> 학생: 선생님, 한글맞춤법 제1항*에 표준어를 소리대로 적는다고 되어 있는데, 이건 표준어를 발음 형태대로 적는다는 뜻이에요?
> 선생님: 맞아, 그러면 표기할 때 편하지. 그런데 뜻이 얼른 파악되지 않는 경우도 있어. 그래서 어법에 맞도록 한다는 또 하나의 원칙이 붙어 있어.
> 학생: 어법에 맞도록 한다는 건 무슨 의미예요?
> 선생님: 어근의 형태를 파악하기 쉽도록 각 형태소의 본 모양을 밝히어 적는다는 말이야.

<보기>

가－1. 지리산은 전라, 충청, 경상도 어름에 있다.
가－2. 썰매를 타고 얼음을 지쳤다.

나－1. 자세를 반듯이 해라.
나－2. 오늘 반드시 다 마치도록 해라.

① 가－1은 소리대로 적어 표기하기에 편리하다.
② 가－2는 의미 파악이 쉽도록 어법에 맞게 적은 것이다.
③ 가－1, 가－2는 발음만으로는 의미를 구분할 수 없다.
④ 나－1처럼 형태소의 본 모양을 적으면 뜻이 쉽게 파악된다.
⑤ 나－2는 어근의 본뜻이 파악되도록 어법에 맞게 적은 것이다.

134

〈보기〉의 ㉠~㉤을 탐구한 것으로 적절하지 않은 것은?

<보기>

븕은 ㉠긔운이 명낭ᄒᆞ야 첫 ㉡홍식을 헤앗고 텬듕의 징반 ᄀᆞᆺᄒᆞᆫ 것이 수레박희 ᄀᆞᆺᄒᆞ야 믈속으로셔 치미러 밧치ᄃᆞ시 올나 븟흐며 항 독 ㉢ᄀᆞᆺᄒᆞᆫ 긔운이 스러디고 처엄 븕어 것출 빗최던 ㉣거ᄉᆞᆫ 모혀 소 혀텨로 드리워 믈속의 풍덩 ㉤빠디ᄂᆞᆫ 듯시브더라

－ 의유당, 〈동명일기〉(1772년)

[현대어 풀이]

붉은 기운이 명랑하여 첫 홍색을 헤치고, 하늘 한가운데 쟁반 같은 것이 수레바퀴 같아서 물속에서 치밀어 받치듯이 올라붙으며, 항아리, 독 같은 기운이 없어지고, 처음 붉게 겉을 비추던 것은 모여 소의 혀처럼 드리워 물속에 풍덩 빠지는 듯싶더라.

	탐구 대상	비교 자료	탐구 결과
①	㉠	기운이	'긔운'과 '이'를 끊어 적었군.*
②	㉡	홍색을	현대 국어와 같은 형태의 '을'이 사용되었군.
③	㉢	같은	현대에는 소실된 'ㆍ'가 당시에는 사용되었군.
④	㉣	것은	앞 글자의 받침 'ㅅ'을 거듭 적었군.
⑤	㉤	빠지는	현대 국어에서 쓰이지 않는 'ㅄ'이 사용되었군.

기출이 주목한 개념

133 ··· 한글 맞춤법 제1항

한글 맞춤법은 표준어를 소리대로 적되, 어법에 맞도록 함을 원칙으로 한다.
→ 표준어를 소리대로 적는다는 것은 표준어의 발음대로 적는다는 뜻이다. 그런데 이 원칙만을 적용하기 어려운 경우도 있다. 예를 들어 '밥을'을 '바블'과 같이 소리대로 적는다면, 그 뜻이 얼른 파악되지 않는다. 따라서 어법에 맞도록 한다는 또 하나의 원칙이 붙은 것이다.

134 – ❶ ··· 끊어 적기와 이어 적기

끊어 적기는 어원을 밝혀 적는 것으로 앞말의 종성을 적고 뒷말의 초성에는 소릿값이 없는 'ㅇ'을 적는 것을 말한다. 이어 적기는 소리 나는 대로 적는 것으로 앞말의 종성을 뒷말의 초성에 내려 적는 것을 말한다. '깊은'과 같이 적는 것이 끊어 적기이고 '기픈'과 같이 적는 것이 이어 적기이다.

[135~136] 다음 글을 읽고 물음에 답하시오.

〈대화 1〉

〈자료〉

관형어는 문장을 구성하는 성분 중 하나로, 품사 가운데 명사나 대명사와 같은 체언 앞에서 그 뜻을 꾸며 주는 기능을 한다. 예를 들어 '모든 책'의 '모든'은 뒤에 오는 명사 '책'에 '빠짐이나 남김이 없이 전부의.'라는 의미를 더해 주는 관형어이다.

다음 문장들의 밑줄 친 부분은 모두 관형어이다.

ㄱ. 선생님의 목소리가 들린다.
ㄴ. 마실 물이 있다.
　 맑은 물이 있다.
ㄷ. 온갖 꽃이 활짝 피어 있다.

ㄱ은 체언에 관형격 조사 '의'가 결합하여 관형어가 된 경우이다. '선생님의'는 명사 '선생님'에 관형격 조사 '의'가 결합하여 '목소리'를 꾸며 주고 있다. 이 경우 '선생님 목소리'와 같이 관형격 조사 없이 명사만으로도 관형어가 될 수 있다. 하지만 관형격 조사 '의'를 반드시 써야 하는 경우가 있고, '의'가 생략되면 의미가 달라지는 경우도 있다.

ㄴ은 동사나 형용사와 같은 용언의 어간에 관형사형 어미 '-(으)ㄴ', '-(으)ㄹ' 등이 결합하여 관형어가 된 경우이다. '마실'은 동사의 어간 '마시-'에 관형사형 어미 '-ㄹ'이 결합하여 '물'을 꾸며 주고 있고, '맑은'은 형용사의 어간 '맑-'에 관형사형 어미 '-은'이 결합하여 '물'을 꾸며 주고 있다.

ㄷ은 관형사가 관형어가 된 경우이다. 관형사는 체언 앞에서 체언의 뜻을 꾸며 주는 품사이다. 관형사 '온갖'은 명사 '꽃'을 꾸며 주며 '이런저런 여러 가지의.'라는 의미를 더해 주고 있다. 관형사는 체언과 달리 조사와 결합할 수 없으며, 용언과 달리 활용이 불가능하다는 특성이 있다.

〈대화 2〉

135 ▸ 관형사와 관형어의 이해

[A], [B]에 들어갈 말을 바르게 짝지은 것은?

	[A]	[B]
①	품사가 무엇인가	의미가 무엇인가
②	품사가 무엇인가	문장 성분이 무엇인가
③	문장 성분이 무엇인가	문장의 종류가 무엇인가
④	문장의 종류가 무엇인가	의미가 무엇인가
⑤	문장의 종류가 무엇인가	문장 성분이 무엇인가

136 ▸ 관형어의 특징 파악

윗글을 참고하여 〈보기〉를 이해한 것으로 적절하지 않은 것은?

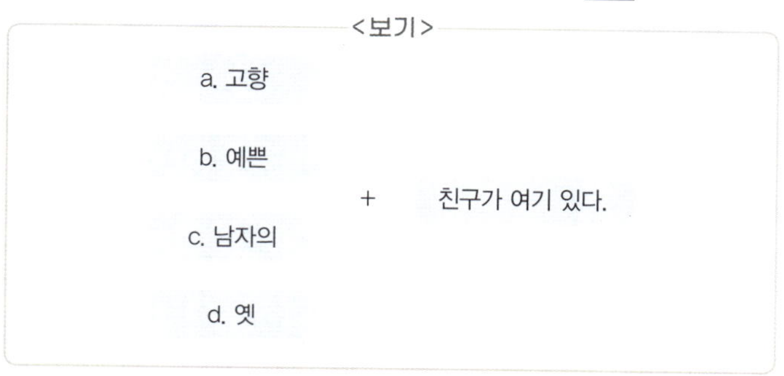

① a~d는 모두 체언 '친구'를 꾸며 주는 역할을 한다.
② a는 조사가 없이 체언만으로 관형어가 된 경우이다.
③ b는 용언의 어간 '예쁘-'에 관형사형 어미 '-ㄴ'이 결합된 것이다.
④ c에서 관형격 조사 '의'가 생략되어도 문장의 원래 의미가 달라지지 않는다.
⑤ d는 조사가 결합할 수 없으며 활용이 불가능하다.

137 ▸ 동화의 이해

〈보기〉의 '활동 1'과 '활동 2'를 연결하여 '활동 자료'의 단어를 탐구한 내용으로 적절한 것은?

<보기>

[활동 자료]

국민[궁민], 글눈[글룬], 명랑[명낭], 신랑[실랑], 잡념[잠념]

[활동 1] 음운 변동이 있는 음운은 '1', 없는 음운은 '0'으로 표시하면 '국물[궁물]'은 '001000'으로 표시할 수 있습니다. '활동 자료'의 단어는 어떻게 표시될까요?

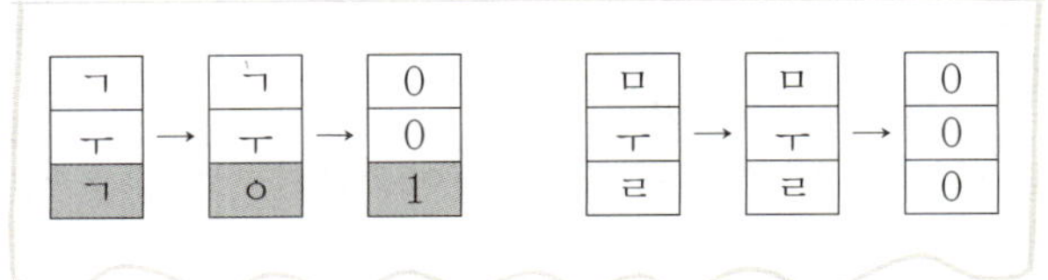

[활동 2] '활동 자료'의 단어를 발음할 때 순행 동화가 일어나는지 역행 동화가 일어나는지 알아봅시다.

- 순행 동화: 뒤의 음운이 앞의 음운의 영향을 받아 그와 비슷하거나 같게 소리 나는 현상
- 역행 동화: 앞의 음운이 뒤의 음운의 영향을 받아 그와 비슷하거나 같게 소리 나는 현상

① '국민'은 '001000'으로 표시할 수 있으므로 순행 동화이다.
② '글눈'은 '000100'으로 표시할 수 있으므로 역행 동화이다.
③ '명랑'은 '001000'으로 표시할 수 있으므로 순행 동화이다.
④ '신랑'은 '000100'으로 표시할 수 있으므로 역행 동화이다.
⑤ '잡념'은 '001000'으로 표시할 수 있으므로 역행 동화이다.

138 ▸ 한글 맞춤법의 이해

〈브기 1〉을 바탕으로 〈보기 2〉의 ㉠~㉤에 대해 탐구한 내용으로 적절하지 않은 것은?

<보기 1>

〈한글 맞춤법〉

제15항 용언의 어간과 어미는 구별하여 적는다.

[붙임 1] 두 개의 용언이 어울려 한 개의 용언이 될 적에, 앞말의 본뜻이 유지되고 있는 것은 그 원형을 밝히어 적고, 그 본뜻에서 멀어진 것은 밝히어 적지 아니한다.

제19항 어간에 '-이'나 '-음/-ㅁ'이 붙어서 명사로 된 것과 '-이'나 '-히'가 붙어서 부사로 된 것은 그 어간의 원형을 밝히어 적는다.

제23항 '-하다'나 '-거리다'가 붙는 어근에 '-이'가 붙어서 명사가 된 것은 그 원형을 밝히어 적는다.

<보기 2>

- 나는 모퉁이를 ㉠도라가다 예쁜 꽃을 보았다.
- 바닷물이 빠지자 갯벌이 ㉡드러났다.
- 날씨가 너무 더워서 ㉢얼음이 녹았다.
- 건축 기사가 건물의 ㉣노피를 측량했다.
- 요새 동생이 밥을 잘 먹지 못해 ㉤홀쭈기가 되었다.

① ㉠은 제15항 [붙임 1]을 적용해 '돌아가다'로 정정해야겠군.
② ㉡은 제15항 [붙임 1]을 적용해 '드러났다'로 표기한 것이 적절하군.
③ ㉢은 제19항을 적용해 '얼음'으로 표기한 것이 적절하군.
④ ㉣은 제23항을 적용해 '높이'로 정정해야겠군.
⑤ ㉤은 제23항을 적용해 '홀쭉이'로 정정해야겠군.

139 ▸ 단어의 의미 관계 파악

〈노기〉의 ㉠과 ㉡에 해당하는 사례로 적절하지 않은 것은?

<보기>

단어들은 의미를 중심으로 관계를 맺고 있다. 의미가 같거나 비슷한 둘 이상의 단어가 맺는 의미 관계를 ㉠유의 관계, 둘 이상의 단어에서 의미가 서로 짝을 이루어 대립하는 의미 관계를 ㉡반의 관계, 한 쪽이 의미상 다른 쪽을 포함하거나 다른 쪽에 포함되는 의미 관계를 상하 관계라 한다.

	㉠	㉡
①	옷 : 의복	밤 : 낮
②	서점 : 책방	기쁨 : 슬픔
③	걱정 : 근심	학생 : 남학생
④	환하다 : 밝다	오르다 : 내리다
⑤	분명하다 : 명료하다	숨기다 : 드러내다

[140~141] 다음 글을 읽고 물음에 답하시오.

담화 상황에서 화자가 자신의 의도를 명확하게 전달하고 청자와 원활하게 의사소통을 하기 위해서는 대상과 상황에 맞게 문법 요소를 활용해야 한다. 이러한 문법 요소에는 높임 표현, 피동 표현 등이 있다.

높임 표현은 화자가 대상의 높고 낮은 정도를 언어적으로 구별하는 것이다. 이는 화자가 높이려는 대상이 누구인지에 따라 주체 높임, 객체 높임, 상대 높임으로 구분된다. 주체 높임은 서술어의 주체를 높이는 방식이다. 이는 일반적으로 서술어에 선어말 어미 '-(으)시-'가 붙어서 실현되며, '주무시다, 잡수시다'와 같은 특수한 어휘나 조사 '께서'로 실현되기도 한다. 주체 높임에는 높임의 대상을 직접적으로 높이는 방식과 높이려는 대상의 신체 일부분, 소유물, 생각 등과 관련된 서술어에 '-(으)시-'를 사용해 높임의 대상을 간접적으로 높이는 방식이 있다. 객체 높임은 목적어나 부사어가 지시하는 대상, 즉 서술어의 객체를 높이는 방식이다. 이는 보통 '드리다, 모시다'와 같은 특수한 어휘나 조사 '께'로 실현된다. 상대 높임은 청자를 높이거나 낮추는 방식이다. 상대 높임은 종결 어미를 통해 실현되는데 하십시오체, 하오체, 하게체, 해라체와 같은 격식체와 해요체, 해체와 같은 비격식체로 나뉜다. 보통 공적인 상황에서 예의를 갖추며 상대를 높일 때에는 격식체의 하십시오체를 사용하고, 사적인 상황에서 친밀감을 드러내며 높일 때에는 비격식체의 해요체를 사용한다.

[A] 한편 피동 표현은 주어가 다른 주체에 의해 동작이나 행위를 당하는 것을 표현하는 것이다. 이와 반대로 주어가 동작이나 행위를 제힘으로 함을 표현하는 것은 능동 표현이라고 한다. 그런데 능동 표현을 피동 표현으로 바꾸거나 피동 표현을 능동 표현으로 바꾸면 문장 성분에 변화가 일어난다. 피동 표현은 능동의 동사에 피동 접미사 '-이-', '-히-', '-리-', '-기-'가 붙거나, 동사의 어간에 '-어/아지다', '-게 되다' 등이 붙어서 실현된다. 그리고 일부 명사 뒤에 '-되다'가 결합하여 실현되기도 한다. 피동 표현이 실현되면 동작이나 행위를 당하는 대상이 주어로 나타나므로 동작이나 행위를 당한 대상이 강조되는 효과가 있다. 그런데 간혹 피동 표현을 만드는 요소를 중복으로 결합하여 이중 피동 표현을 사용하는 일이 발생한다. 이러한 경우 잘못된 표현이 되어 화자의 의도를 효과적으로 드러내기 어렵고 상대방과의 원활한 의사소통을 방해할 수 있다. 그러므로 피동 표현의 쓰임새를 정확하게 이해하여 피동 표현을 사용하는 일은 중요하다.

140 ▸ 높임법의 이해

윗글을 바탕으로 〈보기〉를 탐구한 내용으로 적절하지 않은 것은?

<보기>

ㄱ. (회장이 학급 친구들에게) 지금부터 학급 회의를 시작하겠습니다.
ㄴ. (언니가 동생에게) 나는 지난주에 할머니를 뵙고 왔어.
ㄷ. (형이 동생에게) 할아버지께서는 지금 어디 계시니?
ㄹ. (학생이 선생님에게) 선생님의 옷이 멋지십니다.
ㅁ. (아들이 어머니에게) 아버지께 다녀왔어요.

① ㄱ: '회장'은 공적인 상황에서 종결 어미를 사용하여 상대인 '학급 친구들'을 높이고 있다.
② ㄴ: '언니'는 특수한 어휘를 사용하여 객체인 '할머니'를 높이고 있다.
③ ㄷ: '형'은 조사와 선어말 어미를 사용하여 주체인 '할아버지'를 높이고 있다.
④ ㄹ: '학생'은 선어말 어미를 사용하여 '선생님'을 간접적으로 높이고 있다.
⑤ ㅁ: '아들'은 조사를 사용하여 객체인 '아버지'를 높이고 있다.

141 ▸ 피동 표현의 이해

[A]를 바탕으로 〈보기〉의 ㉠~㉤에 대해 설명한 것으로 적절하지 않은 것은?

<보기>

학생 1: 어제 유기견 보호 센터에서 한 봉사활동은 어땠어?
학생 2: 응, 좋았어. 강아지들과 놀아 주고 산책도 했어. 그리고 친구들의 마음이 ㉠담긴 성금도 전달했지.
학생 1: ㉡버려지는 강아지들이 ㉢구조되는 데 성금이 ㉣쓰인다고 해서 나도 모금에 동참했어.
학생 2: 아, 그래? 유기견 보호 행사가 다음 주에 ㉤열린다는데 너도 같이 갈래?
학생 1: 응, 좋아.

① ㉠은 능동의 동사에 피동 접미사 '-기-'가 결합하여 실현된 피동 표현이다.
② ㉡은 피동 접미사 '-리-'가 쓰인 동사의 어간에 '-어지다'가 중복해서 결합한 이중 피동 표현이다.
③ ㉢은 명사 뒤에 '-되다'가 결합하여 주어가 행위를 당하는 것을 표현하고 있다.
④ ㉣은 '쓴다고'와 같이 능동 표현으로 바뀔 경우 ㉣의 주어가 목적어로 바뀐다.
⑤ ㉤은 행사를 여는 주체보다 '유기견 보호 행사'가 강조되는 효과가 드러나는 피동 표현이다.

142 ▸ 파생어의 이해

다음은 학생들이 '-쟁이'와 '-장이'에 대해 탐구한 내용이다. ㄱ~ㅁ에 제시된 탐구 결과 중 적절하지 않은 것은?

탐구 목표	어근의 뒤에 붙어 새로운 단어를 만드는 접미사 중 '-쟁이'와 '-장이'의 의미와 쓰임을 구분해 사용할 수 있다.
탐구 자료	(1) 고집쟁이: 고집이 센 사람 거짓말쟁이: 거짓말을 잘하는 사람 (2) 노래쟁이: '가수(歌手)'를 낮잡아 이르는 말 그림쟁이: '화가(畫家)'를 낮잡아 이르는 말 (3) 땜장이: 땜질을 직업으로 하는 사람 옹기장이: 옹기 만드는 일을 직업으로 하는 사람
탐구 결과	○ (1)의 '-쟁이'의 의미는 '어떤 속성을 많이 가진 사람'으로 볼 수 있다. ······ ㄱ ○ (2)와 (3)은 둘 다 직업과 관련된 말이지만, '기술자'를 의미할 때는 '-장이'를 쓴다. ······ ㄴ ○ (1)~(3)을 볼 때, '-쟁이'와 '-장이'는 모두 명사와 결합하여 새로운 단어를 만든다. ······ ㄷ ○ (1)~(3)을 볼 때, '-쟁이'와 '-장이'는 모두 어근의 품사를 변화시키지 않는 접미사이다. ······ ㄹ ○ (1), (2), (3)의 예로 '욕심쟁이', '대장쟁이', '중매장이'를 각각 추가할 수 있다. ······ ㅁ

① ㄱ ② ㄴ ③ ㄷ ④ ㄹ ⑤ ㅁ

143 ▸ 음운 변동의 이해

〈보기〉에서 (ㄱ)과 (ㄴ)의 '음운 변동'을 바르게 짝지은 것은?

<보기>

- 어떤 음운이 그 놓이는 환경에 따라 다른 음운으로 바뀌는 현상을 음운 변동이라고 한다. 음운 변동은 그 결과에 따라 한 음운이 다른 음운으로 바뀌는 교체, 원래 있던 음운이 없어지는 탈락, 없던 음운이 추가되는 첨가, 두 개의 음운이 합쳐져서 하나로 되는 축약으로 분류할 수 있다.
- 음운 변동의 예: 숱한 ⟶ [숟한] ⟶ [수탄]
  (ㄱ) (ㄴ)

	(ㄱ)	(ㄴ)		(ㄱ)	(ㄴ)
①	교체	축약	②	교체	첨가
③	탈락	축약	④	첨가	교체
⑤	첨가	탈락			

144 ▸ 중세 국어의 특징 파악

〈보기 1〉을 바탕으로 〈보기 2〉의 ㉠~㉤을 탐구한 내용으로 적절하지 않은 것은?

<보기 1>

조사와 어미는 앞말의 뒤에 붙어서 문장 안에서 문법적 의미를 표시한다는 점에서 유사한 특징을 지닌다.

<보기 2>

나랏 말ᄊᆞ미 ㉠ 中듕國귁에 달아 文문字ᄍᆞᆼ와로 서르 ᄉᆞᄆᆞᆺ디 ㉡아니ᄒᆞᆯᄊᆡ 이런 젼ᄎᆞ로 ㉢어린 百ᄇᆡᆨ姓셩이 니르고져 ᄒᆞᇙ ㉣배 이셔도 ᄆᆞᄎᆞᆷ내 제 ㉤ᄠᅳ들 시러 펴디 몯ᄒᆞᇙ 노미 하니라

-『훈민정음』 언해

[현대어 풀이]
우리나라의 말이 중국과 달라 문자와 서로 통하지 아니하므로 이런 까닭으로 어리석은 백성이 말하고자 하는 바가 있어도 마침내 제 뜻을 능히 펴지 못하는 사람이 많다.

	탐구 대상	비교 대상	탐구한 내용
①	㉠의 '에'	'중국과'의 '과'	'에'는 앞말이 장소임을 표시하는 조사이다.
②	㉡의 '-ㄹ씨'	'아니하므로'의 '-므로'	'-ㄹ씨'는 앞말이 뒤에 오는 내용과 인과 관계로 연결됨을 표시하는 어미이다.
③	㉢의 '-ㄴ'	'어리석은'의 '-은'	'-ㄴ'은 앞말이 뒤에 오는 말을 수식함을 표시하는 어미이다.
④	㉣의 'ㅣ'	'바가'의 '가'	'ㅣ'는 앞말이 문장의 주어임을 표시하는 조사이다.
⑤	㉤의 '을'	'뜻을'의 '을'	'을'은 앞말이 문장의 목적어임을 표시하는 조사이다.

[145~146] 다음 글을 읽고 물음에 답하시오.

조사는 자립성이 있는 말에 붙어 그 말과 다른 말과의 관계를 표시하거나 어떤 뜻을 더해 주는 품사이다. 예를 들어 '그가 밥과 빵을 먹는다.'에서 '가'는 대명사 '그'가 이 문장의 주어가 됨을 표시하고, '과'는 앞의 '밥'과 뒤의 '빵'을 같은 자격으로 접속시켜 주며, '을'은 명사 '빵'으로 하여금 후행하는 '먹는다'의 목적어가 되도록 한다. 또 '빨리도 걷는다.'에서 '도'는 부사 '빨리'에 붙어 어떤 감정을 강조하는 뜻을 더하는 기능을 한다. ㉠다른 말과의 관계를 표시하는 조사를 격 조사, 어떤 뜻을 더해 주는 조사를 보조사, ㉡둘 이상의 체언을 같은 자격으로 접속시켜 주는 조사를 접속 조사라 한다.

조사가 자립성이 있는 말과 어울릴 때는 그 형태가 교체될 수도 있고, 앞의 말에 영향을 받을 수도 있다. 가령, '귤을 먹는다.'의 '을'은 '사과를 먹는다.'처럼 앞의 말이 모음으로 되어 있을 때는 '를'로 교체된다. 마찬가지로 '귤은 노랗다.'의 '은' 역시 '사과는 빨갛다.'처럼 앞의 말이 모음으로 되어 있을 때는 '는'으로 교체된다. 이렇게 음운론적 조건에 따라 교체되는 형태들을 ㉮음운론적 이형태라 부른다. ㉢체언에 조사가 붙을 때 영향을 많이 받는 것은 대명사이다. '제가 가겠습니다.'에서 '제가'는 '저'에 '가'가 붙은 것인데 대명사가 '제'로 모습을 바꾸고 있다. 이런 현상은 주격에서 가장 현저하고 관형격과 ㉣부사격에서도 목격된다.

격 조사와 ㉤접속 조사 가운데는 의미는 같지만 문체적인 차이를 수반하는 것이 있다. 예를 들어 '그것은 동생한테 주었다.'의 '한테'와 '그것은 동생에게 주었다.'의 '에게'는 의미의 차이가 없다. 하지만 '한테'는 일상 회화나 소설의 대화 등 구어체에 많이 쓰이며, '에게'는 설명문, 논설문, 소설 등 문어체에 많이 쓰인다는 차이를 지닌다.

145 ▸ 조사의 이해

㉠~㉤에 대한 구체적인 설명으로 적절하지 않은 것은?

① ㉠: '사과는 먹어도 배는 먹지 마라.'에서 '는'은 '사과'와 '배'가 주어임을 표시한다.
② ㉡: '옷이며 신이며 죄다 벗었다.'에서 '이며'는 '옷'과 '신'을 같은 자격으로 접속시켜 준다.
③ ㉢: '누가 범인이냐?'에서 '누가'는 주격 조사 '가'의 영향을 받아 '누구'에서 '구'가 탈락된 것이다.
④ ㉣: '그는 나에게 말을 건넸다.'에서 '나에게'는 '나'에 부사격 조사 '에게'가 붙은 것으로 '내게'로 바뀌어 쓰일 수 있다.
⑤ ㉤: '사과하고 감하고 사 오너라.'에서 '하고'는 구어체에 쓰이며, '사과와 감을 사다.'에서 '와'는 문어체에 쓰인다.

146 ▸ 음운론적 이형태의 이해

㉮의 사례로 적절하지 않은 것은?

① 학벌이고 뭐고 다 소용없다.
② 수지야, 다빈아, 와서 밥 먹어.
③ 그는 집으로 가고, 나는 학교로 간다.
④ 어머니는 빵과 사과와 음료수를 샀다.
⑤ 그렇게 작던 아이가 어른이 다 되었다.

147 ▸ 표준 발음법의 이해

<보기>는 음운의 변동과 관련된 어문 규정이다. ㉠~㉤의 예로 적절하지 않은 것은?

<보기>

〈표준어 규정〉
제17항 받침 'ㄷ, ㅌ'이 조사나 접미사의 모음 'ㅣ'와 결합되는 경우에는 [ㅈ, ㅊ]으로 바꾸어서 뒤 음절 첫소리로 옮겨 발음한다. …… ㉠
[붙임] 'ㄷ' 뒤에 접미사 '히'가 결합되어 '티'를 이루는 것은 [치]로 발음한다. …… ㉡
제18항 받침 'ㄱ, ㄷ, ㅂ'은 'ㄴ, ㅁ' 앞에서 [ㅇ, ㄴ, ㅁ]으로 발음한다. …… ㉢
[붙임] 두 단어를 이어서 한 마디로 발음하는 경우에도 이와 같다. … ㉣
제20항 'ㄴ'은 'ㄹ'의 앞이나 뒤에서 [ㄹ]로 발음한다. ………… ㉤

① ㉠: 해돋이, 밭에
② ㉡: 닫히다, 걷히다
③ ㉢: 붇는, 잡는
④ ㉣: 책 넣는다, 밥 먹는다
⑤ ㉤: 칼날, 물난리

148 ▸ 합성어의 유형 파악

〈보기〉를 참고하여 ㉠~㉤의 예를 바르게 연결한 것은?

<보기>

단어는 크게 단일어와 복합어로 나누어 볼 수 있는데, 단일어는 하나의 어근만으로 이루어진 단어이고, 복합어는 다시 어근과 어근이 결합한 합성어, 어근과 접사가 만난 파생어로 나누어 볼 수 있다. 이 중 합성어는 우리말의 일반적인 어순과 일치하는 ㉠통사적 합성어, 일반적인 우리말의 어순과 다른 형태의 ㉡비통사적 합성어로 분류할 수 있다. 한편 합성어는 어근과 어근이 본래의 뜻을 유지하며 대등하게 결합한 ㉢대등 합성어, 한 어근이 다른 한쪽을 꾸며 주는 ㉣종속 합성어, 둘 이상의 어근이 만나 새로운 의미를 이루는 ㉤융합 합성어 등으로 나누기도 한다.

	㉠	㉡	㉢	㉣	㉤
①	덮밥	뛰어가다	손발	밤낮	책가방
②	뛰어가다	검푸르다	앞뒤	책가방	밤낮
③	덮밥	검버섯	밤낮	뛰어가다	책가방
④	검푸르다	뛰어가다	손발	밤낮	앞뒤
⑤	검버섯	덮밥	책가방	책가방	앞뒤

149 ▸ 중세 국어의 특징 파악

〈보기〉를 바탕으로 중세 국어의 특징에 대해 탐구할 때, 탐구 자료와 탐구 내용이 적절하게 연결된 것은?

<보기>

	중세 국어		현대어 풀이
(가)	ᄯᆞ리 (ᄯᆞᆯ+이)	>	딸이
(나)	바ᄅᆞ래 (바ᄅᆞᆯ+애)	>	바다에
(다)	굴허에 (굴헝+에)	>	구렁에
(라)	남기 (나모+이)	>	나무가

	탐구 자료	탐구 내용
①	(가)	현대 국어와 같이 어두에 둘 이상의 자음을 나란히 붙여 썼다.
②	(가)+(다)	이어 적기와 끊어 적기가 함께 쓰였다.
③	(가)+(라)	현대 국어보다 주격 조사의 형태가 다양하였다.
④	(나)+(다)	체언과 조사가 결합될 때 모음 조화가 지켜졌다.
⑤	(다)	체언이 조사와 결합할 때 새로운 음운이 첨가되며 형태가 변하였다.

[150~151] 다음 글을 읽고 물음에 답하시오.

용언은 다른 단어들과 달리 활용을 한다. 용언이 활용을 할 때 '먹-'처럼 변하지 않는 부분과 '-다', '-고'와 같이 변하는 부분이 있다. 변하지 않는 부분은 중심 의미를 드러내는 반면, 변하는 부분은 문법적인 기능을 담당한다. 전자는 단어의 줄기가 된다는 뜻에서 어간(語幹)이라 하고, 후자는 단어의 끝에 위치한다는 점에서 어미(語尾)라 한다.

국어는 어미가 아주 잘 발달된 언어이다. 국어의 어미는 그 기능과 위치에 따라 크게 어말 어미와 선어말 어미로 구분된다. 어말 어미는 문장이나 절의 끝에 붙어 문장을 종결시키는 종결 어미와 문장을 종결시키지 않는 비종결 어미로 나뉜다. 그리고 비종결 어미는 다시 절을 다른 절에 연결시키는 연결 어미와 용언을 다른 문장의 성분이 되게 하는 전성 어미로 나뉜다. 전성 어미에는 명사형 전성 어미, 관형사형 전성 어미, 부사형 전성 어미 등이 있다.

한편 선어말 어미는 어말 어미 앞에 위치하는 어미로서, 모든 어간에 두루 붙어 높임이나 시제 혹은 강조 등의 문법적 기능을 담당한다. 선어말 어미는 어말 어미와 달리 활용할 때 형태를 바꾸지 않는다. 그렇지만 어간이 단어 의미의 중심을 이루는 것과는 달리 선어말 어미는 문법적인 기능만을 담당한다. 이러한 이유 때문에 선어말 어미는 어간으로 보지 않고 어미로 본다. 선어말 어미는 몇 가지가 겹쳐서 나타나기도 하는데 이때는 일정한 순서로 나타난다.

용언에 붙는 접사들은 선어말 어미와 구분된다. 접사는 어간에 포함되지만 선어말 어미는 어간에 포함되지 않는다. 가령, '먹이다'의 '-이-'는 붙을 수 있는 용언이 매우 제한되는 접사인 반면, '먹었다'의 '-었-'은 모든 용언에 두루 붙을 수 있는 선어말 어미이다. 또한 의미를 살펴보더라도, '먹다'에 '-이-'가 붙은 '먹이다'는 사동의 의미로 동작 자체가 변화하였지만, '먹다'에 '-었-'이 붙은 '먹었다'는 동작이 일어난 시간만 다를 뿐 동작 자체는 변하지 않았다.

150 ▸ 어미의 특징 이해

윗글을 통해 알 수 있는 어미의 특징으로 적절한 것은?

① 어미는 크게 어말 어미와 전성 어미로 구분할 수 있다.
② 선어말 어미는 어간의 중심 의미를 바꾸는 기능이 있다.
③ 용언이 활용을 할 때 형태가 변화하는 것은 어말 어미뿐이다.
④ 용언이 활용을 하게 되면 용언에 붙은 접사의 형태가 바뀐다.
⑤ 전성 어미는 하나의 절을 다른 절에 연결시키는 기능을 한다.

151 ▸ 어미의 이해

윗글을 바탕으로, 〈보기〉의 ㄱ~ㅁ에 쓰인 어미를 분석한 것으로 적절하지 않은 것은?

<보기>

ㄱ. 민수는 가기를 꺼렸니?
ㄴ. 비가 오다가 갑자기 멈추었다.
ㄷ. 수지가 가고 성미가 왔네.
ㄹ. 할아버지께서 지금 도착하셨습니다.
ㅁ. 작은 꼬마가 무척 귀엽구나!

		전성 어미	연결 어미	선어말 어미	종결 어미
①	ㄱ	-기	-	-었-	-니
②	ㄴ	-	-가	-었-	-다
③	ㄷ	-	-고	-았-	-네
④	ㄹ	-	-	-시-, -었-	-습니다
⑤	ㅁ	-은	-	-	-구나

152 ▸ 음운의 특징 파악

〈보기〉의 ㉠~㉤에 해당하는 예로 적절하지 않은 것은?

<보기>

선생님: 이번 시간에 배운 음운의 특징을 정리하면 다음과 같습니다.
- 각 언어의 음운 체계는 서로 다를 수 있다. ………………… ㉠
- 음운은 분절 음운과 비분절 음운으로 나뉜다. ……………… ㉡
- 음운은 서로 모여 발음될 때 형태가 바뀔 수 있다. ………… ㉢
- 음운은 같은 소리로 인식되는 추상적인 말소리이다. ……… ㉣
- 음운은 뜻을 구별해 주는 소리의 가장 작은 단위이다. ……… ㉤

① ㉠: 한국인은 'ㅂ-ㅃ-ㅍ'을 서로 다른 음운으로 인식하지만 영어를 사용하는 외국인은 그렇지 않다.
② ㉡: '눈:[雪]'은 자음, 모음이라는 음운과 소리의 길이라는 음운을 통해 뜻을 나타낸다.
③ ㉢: '독립'은 'ㄱ'이 'ㅇ'으로, 'ㄹ'이 'ㄴ'으로 형태가 바뀌어 [동닙]으로 발음된다.
④ ㉣: 아이가 귀엽게 말한 '사(四)'와 성인이 말한 '사(四)'는 같은 소리로 인식된다.
⑤ ㉤: 같은 소리라도 한국어의 '북[鼓]'과 영어의 '북(book)'은 뜻이 서로 다르다.

153 ▸ 관형절의 이해

밑줄 친 부분에서 생략된 성분이 〈보기〉의 ㉠~㉢의 사례로 적절하지 않은 것은?

<보기>

하나의 문장이 관형절이 되어 다른 문장에 안길 때, 관형절이 수식하는 단어와 동일한 단어는 관형절 내에서 생략된다. 이때 관형절에서 생략된 단어를 복원하여 완벽한 문장을 만들면, 생략된 단어는 관형절 내에서 ㉠주어의 역할, ㉡목적어의 역할, ㉢부사어의 역할을 하고 있음을 알 수 있다.

① ㉠: 이 사진을 찍은 사람은 우리 형이다.
② ㉡: 그는 내가 만난 남자 중에서 가장 멋있다.
③ ㉡: 내가 철수에게 선물한 책이 바로 이것이다.
④ ㉢: 그가 결혼한 여자는 꽤나 미인이다.
⑤ ㉢: 나와 비슷한 사람을 거리에서 마주쳤다.

154 ▸ 담화의 이해

밑줄 친 부분이 〈보기〉의 ㉠~㉢의 예로 적절하지 않은 것은?

<보기>

발화와 발화를 내용적으로 긴밀하게 연결하기 위하여 사용하는 형식적인 문법 장치에는 접속, 지시, 대용 등이 있다. ㉠접속은 발화와 발화를 접속하는 말을 이용하여 내용을 긴밀하게 연결하는 방법이다. ㉡지시는 발화 속의 어떤 말이 다른 무엇을 가리키는 것을 말한다. 한편 언어적 맥락이나 담화 상황 속에서 되풀이되어 쓰인 요소를 다른 말로 바꾸어 표현하는 것을 ㉢대용이라 한다.

① ㉠: 그녀는 예뻤어. 그렇지만 성격은 안 좋았어.
② ㉡: 성호야, 어떡하지? 네 가방이 물에 젖었어.
③ ㉡: 여기 파란 분필과 노란 분필이 하나씩 있다.
④ ㉢: 민수가 도움을 주려고 했는데, 영수가 그것을 거부했어.
⑤ ㉢: 그는 조용히 이렇게 말했어. "저는 범인이 아닙니다."라고.

V

실전 모의고사

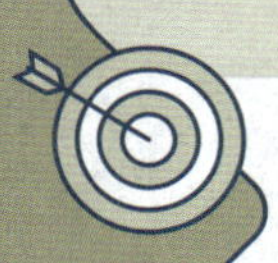

실전 모의고사

문항 수 35문항 / 총점 78점 / 시간 60분

[155~156] 다음 글을 읽고 물음에 답하시오.

명사와 명사가 결합하여 만들어진 합성 명사에서 두 명사 사이에 사잇소리 현상이 나타나기도 한다. 사잇소리 현상이 나타날 때에는 '콧물, 바닷가'처럼 표기상 'ㅅ'이 나타나는 경우도 있고, '봄비, 솔방울'처럼 'ㅅ'이 나타나지 않는 경우도 있다.

[A] 《훈민정음》 언해본의 '나랏 말ᄊᆞ미 중국(中國)에 달아……'와 같은 문장에서 알 수 있듯이, 사잇소리 현상 내지 사이시옷은 역사적으로는 관형격 조사와 깊은 관련이 있다. 중세 국어의 관형격 조사에는 'ㅅ'과 'ᄋᆡ/의'가 있었는데, 대체로 선행 명사가 무정물(無情物)일 때는 'ㅅ'이 쓰였고 유정물(有情物)일 때는 모음 조화에 따라 'ᄋᆡ/의'가 쓰였다. 현대 국어에서는 관형격 조사로 '의'만 남았으며, 'ㅅ'은 관형격 조사의 기능을 상실하고 주로 합성 명사에 그 흔적이 남아 있다. 현대 국어에서 'ㅅ'이 합성 명사에 쓰이는 경우 선행 요소가 무정물일 때 주로 쓰인다는 점은 이런 사실에 연유한다.

선행 요소가 무정물인 '명사+명사'의 합성어에서 항상 사잇소리 현상이 나타나는 것은 아니다. 사잇소리 현상은 음운론적인 조건과 의미론적인 조건이 적절하게 주어졌을 때만 나타난다. 사잇소리 현상이 일어나는 음운론적 조건으로는 선행 명사가 모음이나 'ㄴ, ㄹ, ㅁ, ㅇ' 등 유성음으로 끝나는 경우를 들 수 있다. 그리고 사잇소리 현상의 의미론적 조건은 다음과 같다. 사잇소리 현상이 나타나는 경우는, 선행 요소가 후행 요소의 시간(어젯밤, 겨울밤), 장소(뒷집, 산돼지), 귀속 대상(나뭇잎, 솔방울)이거나 용도(잠자리, 술잔)인 경우이다. 사잇소리 현상이 나타나지 않는 경우는, 선행 요소와 후행 요소가 대등한 관계인 경우(강산, 논밭)이거나 선행 요소가 후행 요소의 형상(반달, 뱀장어), 재료(금가락지), 수단이나 방법(칼국수), 소유주나 주체(새우등)인 경우이다.

이처럼 사잇소리 현상의 개입 여부를 선행 요소와 후행 요소의 의미 관계에 의해 짐작할 수 있기는 하지만 방언이나 세대에 따라 개입 여부가 달라지기도 한다. 흔히 '김밥'을 [김밥]으로 발음하기도 하고 사잇소리를 넣어 [김빱]으로 발음하기도 하는 것이 그러하다. 선행 요소가 시간의 의미를 갖는 '가을고치'나 용도의 의미를 갖는 '노래방'과 같이 사잇소리 현상이 나타날 것으로 기대되는 경우에도 대부분의 사람들이 실제로 사잇소리 현상을 반영하지 않는 경우도 있다. 한편 의미 관계를 고려하면 나타나지 않을 것으로 기대되는 경우인데도 사잇소리 현상이 나타나기도 한다. 선행 요소가 후행 요소의 재료로 볼 수 있어 사잇소리 현상이 나타나지 않을 것으로 기대되는 '자갈길'의 경우 사잇소리를 넣어 '자갈길[자갈낄]'로 발음한다.

155

윗글을 바탕으로 '사잇소리 현상'에 대해 탐구한 내용으로 적절하지 <u>않은</u> 것은? [3점]

① '나무배'가 '고깃배'와 달리 사잇소리 현상이 일어나지 않는 이유는 선행 요소가 후행 요소의 재료이기 때문이겠군.

② '눈비'가 '봄비'와 달리 사잇소리 현상이 일어나지 않는 이유는 선행 요소가 후행 요소와 대등한 관계에 있기 때문이겠군.

③ '불고기'가 '물고기'와 달리 사잇소리 현상이 일어나지 않는 이유는 선행 요소가 후행 요소와 관련된 수단이나 방법을 나타내기 때문이겠군.

④ '코감기'는 의미론적 조건에 따르면 사잇소리 현상이 일어나는 것이 원칙이지만 실제로는 사잇소리 현상이 일어나지 않는 경우이군.

⑤ '고깃국'은 음운론적 조건에 따르면 사잇소리 현상이 일어나지 않는 것이 원칙이지만 실제로는 사잇소리 현상이 일어나기 때문에 이를 표기에 반영한 경우이군.

156

[A]를 참고할 때 〈보기〉의 ㉠~㉢에 들어갈 말로 적절한 것은?

<보기>

• [㉠] 벼리 눈 ᄀᆞᆮ 디니이다
[현대어 풀이] 하늘의 별이 눈과 같이 떨어집니다.

• [㉡] 터리 ᄀᆞᆮ고
[현대어 풀이] 거북의 털과 같고

• [㉢] ᄠᅳ들 거스디 아니ᄒᆞ노니
[현대어 풀이] 사람의 뜻을 거스르지 아니하니

	㉠	㉡	㉢
①	하ᄂᆞᆳ	거붒	사ᄅᆞᇝ
②	하ᄂᆞᆳ	거부븨	사ᄅᆞ미
③	하ᄂᆞ릐	거붒	사ᄅᆞ미
④	하ᄂᆞ릐	거부비	사ᄅᆞ믜
⑤	하ᄂᆞ릐	거부븨	사ᄅᆞ믜

157

〈보기 1〉을 참고하여 〈보기 2〉의 문장에 대해 형태소를 탐구한 내용으로 적절한 것은?

<보기 1>

형태소는 일정한 뜻을 가진 가장 작은 말의 단위로 자립성의 유무와 실질적 의미의 유무에 따라서 그 종류를 나눌 수 있다. 다음 예문을 통해 이를 탐구해 보자.

윤주가 나를 보고 웃는다.

[탐구 과정]

1) 자립성의 유무: '윤주', '나'와 같이 혼자 쓰일 수 있는 경우 자립 형태소라고 할 수 있다. 나머지의 경우 자립성이 없으므로 의존 형태소로 볼 수 있다.
2) 실질적 의미의 유무: '윤주', '나'를 포함하여 '보-', '웃-'과 같은 용언의 어간도 실질적 의미를 가지므로 실질 형태소로 구분할 수 있다. 나머지 '가', '를', '-고', '-는-', '-다'처럼 조사, 용언의 어미는 문법적 의미만을 갖는다.

[탐구 결과]

형태소는 명사, 대명사 등 혼자 쓰일 수 있으면 자립 형태소, 용언의 어간과 어미, 조사처럼 다른 형태소와 함께 쓰이면 의존 형태소로 구분한다. 또한 실질적 의미를 가지면 실질 형태소이고 조사, 용언의 어미와 같이 문법적 의미만을 가지면 형식 형태소로 분류한다.

<보기 2>

㉠ 서울은 맑은 날씨이다.
㉡ 경찰은 도둑을 쫓았다.

① ㉠에서 '맑-'은 실질 형태소이면서 자립 형태소이다.
② ㉠의 '이다'는 자립성이 없고 문법적 의미만 갖는 형태소이다.
③ ㉡에서 '-았-'은 의존 형태소이지만 실질적 의미를 갖는다.
④ ㉡의 실질 형태소와 형식 형태소의 개수는 같다.
⑤ 실질 형태소의 개수는 ㉡이 ㉠보다 많다.

158

〈보기〉를 참고할 때, 주체 높임 표현의 사용이 잘못된 것은?

<보기>

국어의 높임 표현은 주체 높임법, 객체 높임법, 상대 높임법 등 세 가지로 구분할 수 있는데 그중 주체 높임법은 주어가 가리키는 인물(주체)을 높여 말하는 방식이다. 이를 실현하는 방법은 아래와 같다.

㉠ 서술어에 '-(으)시-'를 붙이거나, 주격 조사 '께서', 주어 명사에 '-님'을 붙이는 방법
㉡ '계시다', '잡수시다' 등 특수 어휘를 통해 표현하는 경우
㉢ '신체, 소유물, 생각' 등과 같이 주체와 밀접하게 관련된 것에 '-(으)시-'를 결합하여 주체를 간접적으로 높이는 방법

① 선생님, 식사는 하셨어요?
② 어머니께서 정원에 계시다.
③ 할머니, 걱정거리가 계세요?
④ 할아버지께서 선물을 주셨어.
⑤ 그분은 귀가 몹시 안 좋으시다.

159

〈보기〉의 ㉠~㉤에 대한 설명으로 적절한 것은?

<보기>

정우: 서준아, 이 문제 해결했어?
서준: 나도 ㉠그거 풀고 있는 중이야.
정우: ㉡그런데 너는 아직 배 안 고프니?
서준: ㉢난 아까 점심을 많이 먹었어.
정우: 그러면 ㉣저기 편의점에 가서 먹을 것 좀 사올게.
서준: 아, ㉤그럼 내 음료수도 사다 줘.

① 담화의 앞뒤 내용을 고려할 때 ㉠은 방향과 장소를 동시에 나타내는 표현이다.
② 화자는 ㉡과 같은 접속 부사를 사용하여 앞선 발화의 내용을 보충하고자 하였다.
③ 화자는 ㉢과 같은 발화를 통해 상대의 제안을 받아들이려는 의도를 간접적으로 표현하였다.
④ 대상이 화자와 청자에게서 모두 멀리 떨어져 있으므로 ㉣과 같은 지시 표현을 사용하였다.
⑤ 담화의 맥락을 고려할 때 ㉤에서 주어와 서술어가 생략되면 문장이 어색해짐을 알 수 있다.

[160~164] 다음 글을 읽고 물음에 답하시오.

(가) 바람이 거센 밤이면
몇 번이고 꺼지는 네모난 장명등을
궤짝 밟고 서서 몇 번이고 새로 밝힐 때
누나는 / 별 많은 밤이 되어 무섭다고 했다

국숫집 찾아가는 다리 위에서
문득 그리워지는
누나도 나도 어려선 국숫집 아이

단오도 설도 아닌 풀벌레 우는 가을철
단 하루 / 아버지의 제삿날만 일을 쉬고
어른처럼 곡을 했다

– 이용악, 〈다리 위에서〉

(나) 눈이 많이 와서 / 산엣새가 벌로 나려 멕이고
눈구덩이에 토끼가 더러 빠지기도 하면
마을에는 그 무슨 반가운 것이 오는가 보다
한가한 애동들은 어둡도록 꿩사냥을 하고
가난한 엄매는 밤중에 김치가재미*로 가고
마을을 구수한 즐거움에 사서 은근하니 흥성흥성 들뜨게 하며

[A]
㉠이것은 오는 것이다
이것은 어늬 양지귀* 혹은 능달*쪽 외따른 산 옆 은댕이* 예데가리밭*에서
하로밤 뽀오햔 흰 김 속에 접시귀 소기름불이 뿌우현 부엌에
산멍에* 같은 분틀*을 타고 오는 것이다

[B]
이것은 아득한 녯날 한가하고 즐겁든 세월로부터
실 같은 봄비 속을 타는 듯한 녀름볕 속을 지나서 들쿠레한 구시월 갈바람 속을 지나서
대대로 나며 죽으며 죽으며 나며 하는 이 마을 사람들의 으젓한 마음을 지나서 텁텁한 꿈을 지나서
지붕에 마당에 우물 둔덩에 함박눈이 푹푹 쌓이는 여늬 하로밤
아배 앞에 그 어린 아들 앞에 아배 앞에는 왕사발에 아들 앞에는 새끼 사발에 그득히 사리워 오는 것이다

[C]
이것은 그 곰의 잔등에 업혀서 길여 났다는 먼 녯적 큰마니*가
또 그 짚등색이*에 서서 자채기*를 하면 산넘엣 마을까지 들렸다는
먼 녯적 큰아바지가 오는 것 같이 오는 것이다

[D]
아, 이 반가운 것은 무엇인가
이 히수무레하고 부드럽고 수수하고 슴슴한* 것은 무엇인가
겨울밤 쩡하니 닉은 동티미국을 좋아하고 얼얼한 댕추가루를 좋아하고 싱싱한 산꿩의 고기를 좋아하고
그리고 담배 내음새 탄수* 내음새 또 수육을 삶는 육수국 내음새 자욱한 더북한 삿방* 쩔쩔 끓는 아르굳*을 좋아하는 이것은 무엇인가

[E]
이 조용한 마을과 이 마을의 으젓한 사람들과 살틀하니* 친한 것은 무엇인가
이 그지없이 고담(枯淡)하고 소박(素朴)한 것은 무엇인가

– 백석, 〈국수〉

* 김치가재미: 김치를 보관하는 창고를 뜻하는 방언.
* 양지귀: '양지'의 방언.
* 능달: '응달'의 방언.
* 은댕이: '가장자리'의 방언.
* 예데가리밭: 산꼭대기에 있는 오래된 비탈밭.
* 산멍에: 전설상의 커다란 뱀. '이무기'의 방언.
* 분틀: 국수를 뽑아내는 틀.
* 큰마니: '할머니'의 방언.
* 짚등색이: '짚 등석(짚이나 칡덩굴로 짜서 만든 자리)'의 방언.
* 자채기: '재채기'의 방언.
* 슴슴한: '심심하다(음식 맛이 조금 싱겁다.)'의 방언.
* 탄수: '식초'의 방언.
* 삿방: '갈대를 엮어 자리를 깐 방'을 가리키는 방언.
* 아르굳: '아랫목'의 방언.
* 살틀하니: '살뜰하다(사랑하고 위하는 마음이 자상하고 지극하다.)'의 방언.

(다) '냉면'이라는 말에 '평양'이 붙어서 '평양냉면'이라야 비로소 어울리는 격에 맞는 말이 되듯이 냉면은 평양에 있어 대표적인 음식이다. 언제부터 이 냉면이 평양에 들어왔으며 언제부터 냉면이 평안도 사람의 입에 가장 많이 기호에 맞는 음식물이 되었는지는 나 같은 무식쟁이에게는 알 수도 없고 또 알려고도 아니한다.

어렸을 때 우리가 냉면을 ㉡국수라 하여 비로소 입에 대게 된 시일을 기억하는 평안도 사람은 극히 드물 것이다. 나도 그중의 한 사람이다. 밥보다도 아니 쌀로 만든 음식물보다도 이르게 나는 이 국수 맛을 알았을는지도 모른다. 어머니의 등에 업혀서 어른들의 냉면 그릇에서 여남은 오리를 끊어서 이가 서너 개 나나 마나 한 입으로 메밀로 만든 이 음식물을 받아 삼킨 것이 아마도 내가 냉면을 입에 대어 본 처음일 것이다. 젖 먹다 뽑은 작은 입으로 이 매끈거리는 국수 오리를 감물고 쭐쭐 빨아올리던 기억이 있는지 없는지 가물가물하다.

누가 마을을 오든가 한 때에 점심이나 밤참에 반드시 이 국수를 먹던 것을 나는 겨우 기억할 따름이다. 잔칫날, 그러므로 약혼하고 편지 부치는 날에서부터 예물 보내는 날, 장가가는 날 며느리 데려오는 날, 시집가는 날 보내는 날, 장가 와서 묵는 날 가는 날에 이르기까지 언제나 이 국수가 출동한다. 이 밖에 환갑날, 생일날, 제삿날, 장례날, 길사, 경사, 흉사를 물론하고 이 국수를 때로는 냉면으로 때로는 온면으로 먹어 왔다.

심지어는 정월 열나흘 작은 보름날 이닭기엿, 귀밝이술과 함께 수명이 국수 오리처럼 길어야 한다고 '명길이국수'라 이름 지어서까지 이 냉면 먹을 기회를 만들어 놓았다. 지금 생각해 보면 평안도 사람의 단순하고 담백한 식도락을 추상할 수 있어 흥미가 새롭다.

속이 클클한* 때라든가 화가 치밀어 오를 때 화풀이로 담배를 피운다든가 술을 마신다든가 하는 일은 흔히 있는 일이지만 이런 때에 국수를

먹는 사람의 심리는 평안도 태생이 아니고는 좀처럼 이해하기 힘들 것이다. 도박에 져서 실패한 김에 국수 한 양푼을 먹었다는 말이 우리 시골에 있다. 이렇게 될 때에 이 국수는 확실히 술의 대신이다. 나같이 술잔이나 다소 할 줄 아는 사람도 속이 클클한 채 멍하니 방 안에 처박혀 있다간 불현듯 냉면 생각이 나서 관철동이나 모교* 다리 옆을 찾아갈 때가 드물지 않다. 그런 때 거리에서 친구를 만나,

"차나 마시러 갈까?"

하면,

"여보, 차는 무슨 차, 우리 냉면 먹으러 갑시다."

하고 앞서서 냉면집을 찾았다.

모든 자유를 잃고 그러므로 음식물의 선택의 자유까지를 잃었을 경우에 항상 애끊는 향수같이 엄습하여 마음을 괴롭히는 식욕의 대상은 우선 냉면이다. 이렇게 되고 보니 냉면이 우리에게 가지는 은연한 세력은 상당히 큰 것이라고 보지 않을 수 없다.

– 김남천, 〈냉면〉

* 클클한: 마음이 시원스럽게 트이지 못하고 좀 답답하거나 궁금한 생각이 있는.
* 모교: 모전교의 다른 이름. 청계천에 있는 다리.

160

(가)~(다)의 공통점으로 가장 적절한 것은?

① 과거 회상을 통해 현재 부재하는 대상에 대한 그리움의 정서를 보여 주고 있다.
② 일상적 소재를 활용하여 인간의 삶을 보여 줌으로써 주제 의식을 구체화하고 있다.
③ 현재의 상황에 대한 뚜렷한 인식을 바탕으로 부정적 현실에 대한 절망과 슬픔을 표현하고 있다.
④ 동화적이고 환상적인 분위기의 상황 묘사를 통해 지향하는 세계를 구체적으로 형상화하고 있다.
⑤ 특정한 장소에서 있었던 구체적 경험을 제시하여 변해 버린 세상에 대한 안타까움을 드러내고 있다.

161

(가), (나)에 대한 설명으로 적절하지 않은 것은?

① (가)는 (나)와 달리 명사 종결을 활용하여 과거 화자의 처지를 제시하고 있다.
② (나)는 (가)와 달리 유사한 문장 구조의 반복을 통해 운율감을 조성하고 있다.
③ (가)는 시간의 흐름에 따라, (나)는 공간의 이동에 따라 시상이 전개되고 있다.
④ (가)는 과거형 진술을 통해, (나)는 현재형 진술을 통해 시적 상황이나 대상을 제시하고 있다.
⑤ (가)와 (나)는 모두 감각적 이미지를 활용하여 화자의 정서나 대상에 대한 태도를 드러내고 있다.

162

㉠과 ㉡에 대한 감상으로 가장 적절한 것은?

① ㉠은 ㉡과 달리 형태적 특성과 관련된 별칭이 있다.
② ㉡은 ㉠과 달리 화자의 외로운 처지를 심화시킨다.
③ ㉠과 ㉡은 모두 공동체적 정감을 환기해 준다.
④ ㉠과 ㉡은 모두 암울한 현실에 위로가 되는 대상이다.
⑤ ㉠과 ㉡은 모두 현재 상황의 변화에 대한 기대가 담긴 소재이다.

163

〈보기〉를 참고하여 [A]~[E]를 이해한 내용으로 적절하지 않은 것은? [3점]

<보기>

백석의 〈국수〉가 창작된 시기는 1941년으로 우리말 사용이 금지되고 창씨개명이 강요되던 때였으며, 당시 시인은 만주에서 유랑을 하고 있었다. 이 시에 그려진 국수와 관련된 추억들은 시인뿐만 아니라 당시를 살아가던 우리 민족이 공유했을 만한 역사와 문화를 환기한다. 이런 맥락에서 볼 때, '이것'의 반복은 가난하지만 소박하게 살아온 우리 민족의 삶을 그리면서, 또한 민족의 정신적 가치를 부각하고 민족적 정서와 유대감을 강조하는 것으로 볼 수 있다.

① [A]: '뽀오얀 흰 김', '뿌우현 부엌', '분틀을 타고' 등을 통해, 화자의 기억 속에 있는 '이것'이 만들어지는 과정을 표현하고 있다.
② [B]: '대대로 나며 죽으며 죽으며 나며 하는 이 마을 사람들의 으젓한 마음'을 통해, '이것'이 민족적 정서와 함께 이어져 온 것임을 드러내고 있다.
③ [C]: '먼 넷적 큰마니', '먼 넷적 큰아바지'와 결부하여, '이것'이 우리 민족의 역사와 문화 속에서 오랫동안 이어져 온 것임을 환기하고 있다.
④ [D]: '이 반가운 것', '좋아하고' 등을 통해, '이것'으로 인해 민족적 삶과 유대감이 형성되어 가는 과정을 묘사하고 있다.
⑤ [E]: '살틀하니 친한 것', '고담하고 소박한 것'이라고 하여, '이것'이 우리 민족의 소박한 심성과 삶이 깃들어 있는 존재임을 나타내고 있다.

164

〈보기〉의 '선생님' 안내에 따라 학생들이 (다)를 감상한 내용 중 적절하지 않은 것은?

<보기>

선생님: 〈냉면〉은 1930년대에 쓰인 김남천의 에세이로, 당시의 음식 문화와 풍속 세태를 엿볼 수 있습니다. 카프(KAPF)의 중추적인 작가와 평론가로 활동하면서 감옥 생활도 경험했던 작가는 치열한 사회주의적 리얼리즘을 추구하면서도 가족과 고향에 대한 그리움 앞에서는 감상주의자이기도 했습니다. 또 뚜렷한 주관과 입장을 지닌 대가들이나 에세이를 쓰는 것이므로 자신은 그에 못 미친다며 에세이를 쓸 기회를 스스로 멀리하면서도, 작가는 풍속과 문화에 대한 폭넓은 관심을 보여 주는 에세이를 남겼습니다. 풍속이 사회 경제사나 예술의 역사와 밀접한 관련을 가진다고 생각한 작가는, 때로는 섬세한 관찰과 기록이 돋보이는 작품을 통해 당대의 풍속과 세태에 대한 애정을 드러냈습니다.

학생 1: 스스로를 '무식쟁이'라고 표현한 것은, 작가가 자신은 뚜렷한 주관과 입장을 지닌 대가의 반열에 도달하지 못했다고 한 겸손한 태도와 관련된 것으로 볼 수 있어요.
학생 2: 국수를 먹던 다양한 '잔칫날'을 열거하는 것에서, 당대의 풍속과 문화에 대해 작가가 폭넓은 관심을 가지고 있었음을 알 수 있어요.
학생 3: 돈을 잃고 '국수'를 먹었다는 고향 사람 이야기와 그런 마음을 '평안도 태생'만이 이해한다고 말하는 것에는 실향민으로서의 비애감에서 비롯된 감상주의적 태도가 나타난다고 볼 수 있어요.
학생 4: '관철동이나 모교 다리'에서 만난 친구와 함께 냉면집을 찾는 작가의 심리에는 객지에서 느끼는 향수와 현실에 대한 답답함이 복합적으로 담겨 있다고 볼 수 있어요.
학생 5: '모든 자유'와 '음식물의 선택의 자유'까지 잃었을 경우라는 것은 작가가 감옥 생활을 하던 경험과 관련지어 생각해 볼 수 있어요.

① 학생 1　② 학생 2　③ 학생 3
④ 학생 4　⑤ 학생 5

[165~167] 다음 글을 읽고 물음에 답하시오.

엊그제 젊었더니 어찌 이리 다 늙었나.
소년 행락(少年行樂)* 생각하니 일러도 속절없다.
늙어야 서러운 말 하자니 목이 멘다.
부생모육(父生母育) 신고(辛苦)하야 이내 몸 길러 낼 때
공후 배필(公侯配匹)*은 못 바라도 군자 호구(君子好逑)* 원(願)하더니,
삼생(三生)의 원업(怨業)이오 월하(月下)의 연분(緣分)으로,*
장안 유협(長安遊俠) 경박자(輕薄子)*를 꿈같이 만나서,
당시(當時)의 용심하기 살얼음 디디는 듯,
삼오 이팔(三五二八) 겨우 지나 천연 여질(天然麗質) 절로 이니,*
이 얼굴 이 태도(態度)로 백년 기약(百年期約) 하였더니,
연광(年光)*이 훌훌하고 조물주가 시기하여,
봄바람 가을 물이 베올 사이 북 지나듯.
설빈 화안(雪鬢花顔)* 어디 두고 면목가증(面目可憎)* 되었구나.
내 얼굴 내 보거니 어느 임이 날 괼쏘냐.
스스로 참괴(慚愧)하니* 누구를 원망(怨望)하리.
〈중략〉
차라리 잠이 들어 꿈에나 보려 하니,
바람에 지는 잎과 ㉠풀 속에 우는 벌레,
무슨 일 원수로서 잠조차 깨우는고.
천상(天上)의 ㉡견우직녀(牽牛織女) 은하수(銀河水) 막혔어도,
칠월 칠석(七月七夕) 일 년 한 번 때마다 만나는데,
우리 임 가신 후는 무슨 ㉢약수(弱水)* 가렸기에,
오거나 가거나 소식(消息)조차 그쳤는고.
난간(欄干)에 기대서서 임 가신 데 바라보니,
㉣초로(草露)는 맺혀 있고 모운(暮雲)이 지나갈 때,
죽림(竹林) 푸른 곳에 ㉤새 소리 더욱 섧다.
세상에 설운 사람 수없이 많겠지만,
박명(薄命)한 여자야 나 같은 이 또 있을까.
아마도 이 임의 탓으로 살동말동 하여라.

– 허난설헌, 〈규원가(閨怨歌)〉

* 소년 행락(少年行樂): 어릴 적 즐겁게 지내던 일.
* 공후 배필(公侯配匹): 높은 벼슬아치의 아내.
* 군자 호구(君子好逑): 군자의 좋은 짝.
* 삼생(三生)의 원업(怨業)이오 월하(月下)의 연분(緣分)으로: 전생, 현생, 내생의 원망스러운 업보요 부부의 인연으로.
* 장안 유협(長安遊俠) 경박자(輕薄子): 서울 거리의 호탕한 풍류객.
* 삼오 이팔(三五二八) 겨우 지나 천연 여질(天然麗質) 절로 이니: 15,16세 겨우 지나 타고난 아름다운 모습이 절로 나타나니.
* 연광(年光): 세월.
* 설빈 화안(雪鬢花顔): 눈처럼 고운 머리채와 꽃같이 아름다운 얼굴.
* 면목가증(面目可憎): 밉살스러운 얼굴 생김새.
* 참괴(慚愧)하니: 부끄러워하니.
* 약수(弱水): 신선이 살았다는 중국 서쪽의 전설 속의 강. 기러기 털도 가라앉았을 만큼 부력(浮力)이 약해 사람도 건널 수 없는 곳. 이별의 강.

165

윗글에 대한 설명으로 적절한 것은?

① 비유적 표현을 사용하여 대상을 예찬하고 있다.
② 언어유희를 통해 해학적인 상황을 부각하고 있다.
③ 자연물에 감정을 이입하여 시대 상황을 비판하고 있다.
④ 의문형 종결 어미를 사용하여 화자의 정서를 강조하고 있다.
⑤ 과거와 현재의 대조를 통해 자신의 잘못을 정당화하고 있다.

166

윗글의 ㉠~㉤ 중 〈보기〉의 ⓐ와 유사한 기능을 하는 것을 모두 골라 바르게 묶은 것은?

〈보기〉

잠시 동안에 역진(力盡)하여 풋잠을 잠깐 드니
정성(情誠)이 지극하여 꿈에 임을 보니
옥(玉) 같은 얼굴이 반(半)도 넘게 늙었어라.
마음에 먹은 말을 실컷 사뢰자 하니
눈물이 계속 나니 말인들 어이 하며
정(情)을 못 다하여 목조차 메여하니
방정맞은 ⓐ계성(鷄聲)에 잠은 어찌 깨었던가.
어와 허사(虛事)로다 이 임이 어디 갔는고.
잠결에 일어나 앉자 창(窓)을 열고 바라보니
가엾은 그림자가 날 좇을 뿐이로다.

– 정철, 〈속미인곡〉

① ㉠, ㉡ ② ㉠, ㉢ ③ ㉡, ㉣
④ ㉢, ㉤ ⑤ ㉣, ㉤

167

〈보기〉를 참고할 때, 윗글에 대해 학생들이 보일 반응으로 적절하지 않은 것은? [3점]

<보기>

성리학의 질서가 지배한 조선에서 당대 여성들은 뛰어난 재능을 지녔다 해도 자신이 지닌 능력을 펼쳐 보일 기회를 얻을 수 없었다. 〈규원가〉의 작가인 허난설헌 역시 뛰어난 예술적 재능을 드러냈지만, 15세 때 김성립(金誠立)과 결혼한 이후 유교적이고 가부장적인 사회 질서로 인해 규중에서 인내하고 순종적인 삶을 살아야만 했다. 가정을 등한시하는 바깥으로만 다니는 남편, 어린 두 자식의 죽음, 친정 가문의 몰락 등으로 힘겨워하던 허난설헌은 결국 27살이 되던 1589년 한(恨) 많은 삶을 마감한다.

① 윗글은 규중에서 인내하고 순종하며 살아야 했던 작가의 삶이 반영된 것이겠군.
② '장안 유협(長安遊俠) 경박자(輕薄子)'는 작가의 남편이었던 '김성립'을 의미하는군.
③ '아마도 이 임의 탓으로 살동말동 하여라.'는 작가가 자신의 이른 죽음을 예고한 것이겠군.
④ 작가가 '군자 호구(君子好逑)'가 되기를 원했던 데에는 당시의 성리학적 질서가 밑바탕에 깔려 있었겠군.
⑤ 작가가 '박명(薄命)한 여자'라고 한탄한 것은 가정을 등한시하던 남편과 자식의 죽음, 친정의 몰락 등으로 인한 슬픔의 표현이겠군.

[168~172] 다음 글을 읽고 물음에 답하시오.

이효석의 소설 〈메밀꽃 필 무렵〉의 주인공 허 생원은 봉평장을 중심으로 근처의 여러 지역의 장을 돌아다니며 물건을 판다. 한 곳에 가게를 차려 놓고 손님을 기다리는 것이 더 편했을 것인데, 왜 그는 나귀에 상품을 싣고 이곳저곳을 옮겨 다녀야 했을까? 소설 속 상황으로 보면 그 이유는 가게를 차릴 자본이 없어서이다. 하지만 경제학적으로 보면 보다 근본적인 이유가 있다. 바로 상설 시장이 들어설 만큼 수요가 확보되지 않아서이다. 5일장*처럼 한 번 장이 섰다가 파하면 일정 기간 판매 휴지기를 ⓐ둔 뒤, 구매 수요가 어느 정도 확보된 시점에 다시 열리는 장을 정기 시장이라고 한다. 이때 구매 수요는 대개 인구수에 비례한다. 오늘날에는 소규모 읍 · 면 지역을 제외한 ㉠<u>대부분의 도시에서 정기 시장을 찾아보기 어렵다.</u> 도시에 있는 재래 시장 역시 대개 매일 문을 열고 상품을 파는 상설 시장이다. 그러면 정기 시장과 상설 시장이 서는 곳에는 어떤 차이가 있을까?

이를 알기 위해서는 먼저 '최소 요구치'와 '재화의 도달 범위'의 관계를 이해해야 한다. '최소 요구치'란 어떠한 중심 기능이 그 기능을 유지하기 위해 요구되는 최소한의 수요이다. 예를 들어, 어떤 아이스크림 전문점에서 2,000원짜리 아이스크림이 하루 평균 100개 팔려 나간다고 하자. 그러면 이 가게의 주인은 하루에 20만 원, 쉬는 날이 없다고 가정할 경우 한 달 평균 약 600만 원의 수익을 올릴 수 있다. 하지만 순이익, 즉 이윤을 따져 보려면 제품의 생산과 판매에 드는 비용을 수익에서 빼야 한다. 아이스크림 제조 비용, 가게 임차료, 전기 요금과 인건비 등 아이스크림을 생산 · 판매하는 데 하루에 들어가는 총비용이 25만 원이라고 가정한다면 이 가게는 적자를 보게 된다. 이런 상황이 지속된다면 하루빨리 가게 문을 닫는 것이 손실을 최소화하는 합리적 선택이다. 따라서 아이스크림 전문점이 문을 닫지 않고 계속 한 자리에서 영업을 하기 위해서는 하루에 최소 25만 원어치의 아이스크림을 팔아야 한다. 즉 매일 평균 아이스크림 25만 원어치를 구매할 사람들을 확보해야만 최소한 손해는 보지 않게 된다. 그런데 일정 수 이상의 구매자들을 확보하기 위해서는 그 수의 사람들이 살거나 근무하는 공간이 필요하다. 이 구매자들이 퍼져 있는 공간적 범위가 바로 '최소 요구치'이다. 결국 최소 요구치란 어떤 상업 시설의 중심 기능이 이윤을 발생시키기 위한 공간적 손익 분기점*인 셈이다.

한편, 아이스크림 가격을 3,000원으로 올려서 수익을 늘릴 수도 있다. 하지만 경제학적 관점에서 재화의 가격과 수요는 대개 반비례하므로 상품 가격을 높이면 구매자는 그만큼 줄어든다. 결국 아이스크림 가격을 올리더라도 최소 요구치의 변화에는 거의 영향을 미치지 못해 수익 또한 실질적으로 변화가 없게 된다. 다만, 다른 요소의 변화 없이 상품의 생산 원가가 줄어들거나 상품에 대한 수요가 증가하면 최소 요구치가 축소된다. 따라서 대량 생산이나 재료 원가의 절감 등으로 제조 비용 자체를 줄여 최소 요구치를 줄이면 이익을 낼 수 있어 상황을 호전시킬 수 있다. 아니면 동일한 비용이 들되 수요가 많은 곳을 찾아 가게를 이전하는 수밖에 없다.

그렇다면 '재화의 도달 범위'는 무엇일까? 재화란 사람들의 욕구를 충족시켜 줄 수 있는 물질이나 물건의 총칭으로, 아이스크림 전문점에서의 재화는 곧 아이스크림이다. 그리고 재화의 도달 범위란 그 가게에서 아이스크림이 최대한 팔려 나가는 공간적 범위, 곧 재화의 기능이 미치는 최대의 공간적 범위를 말한다. 아이스크림 전문점의 경우 아이스크림을 녹지 않게 들고 갈 수 있거나 구매자가 아이스크림을 사기 위해 발품을 팔 수 있는 거리가 아이스크림의 도달 범위가 된다.

지금까지의 내용을 종합하면, 어떤 중심 기능이 유지되기 위해서는 최소 요구치가 재화의 도달 범위 안에 포함되어야 하며, 그 반대의 상황에서는 중심 기능이 유지 목적을 상실하고 만다. 그래서 최소 요구치보다 재화의 도달 범위가 넓어서 시장 기능이 한 곳에 계속 머무르며 유지될 수 있는 곳에는 상설 시장이 들어서지만, 재화의 도달 범위보다 최소 요구치가 넓은 경우에는 시장이 새로운 구매 수요자를 찾아 이동할 수밖에 없으므로 정기 시장이 서게 된다. 하지만 최근에는 경제 성장으로 인한 소득의 증가와 구매력 향상, 생활 패턴의 다양화로 인한 활동 시간 확대, 정보 통신 기술의 발달로 인한 전자 상거래의 활성화, 교통 발달에 따른 구매자의 이동 범위 확대, 배송 수단의 발달 등으로 인해 상업 시설이 전통적인 지역적 입지 조건에 크게 얽매이지 않고 상설적으로 들어서는 경우가 늘어나고 있다.

* 5일장: 닷새에 한 번씩 서는 장.
* 손익 분기점: 한 기간의 매출액이 당해 기간의 총비용과 일치하는 점. 비용을 회수하기 위하여 필요한 매출액을 의미하며, 매출액이 이 점을 넘으면 이익이 생긴다.

168

윗글에서 사용한 설명 방식에 해당하는 것을 모두 골라 묶은 것은?

<보기>

ㄱ. 대조의 설명 방식을 통해 대상의 가치를 부각하고 있다.
ㄴ. 중요 용어의 개념을 정의하여 내용의 이해를 돕고 있다.
ㄷ. 묻고 답하는 방식으로 화제에 대한 관심을 유발하고 있다.
ㄹ. 추상적인 대상을 쉽고 친숙한 대상에 빗대어 설명하고 있다.

① ㄱ, ㄹ ② ㄴ, ㄷ ③ ㄴ, ㄹ
④ ㄱ, ㄴ, ㄷ ⑤ ㄴ, ㄷ, ㄹ

169

윗글을 통해 이끌어 낼 수 있는 내용으로 적절하지 않은 것은?

① 최소 요구치와 재화의 도달 범위의 관계에 따라 시장의 형태가 달라진다.
② 최소 요구치와 재화의 도달 범위가 일치하는 지점이 손익 분기점이 된다.
③ 재화를 생산하고 판매하는 데 드는 비용을 줄이면 최소 요구치가 줄어든다.
④ 재화의 도달 범위가 최소 요구치보다 좁으면 시장의 중심 기능이 유지되기 어렵다.
⑤ 소비자의 경제 수준이 높고 소비 성향이 강한 곳일수록 정기 시장의 기능이 강화된다.

170

윗글을 바탕으로 〈보기〉를 분석한 내용으로 적절하지 않은 것은? [3점]

<보기>

[A시 ○○동에 있는 모 햄버거 가게 조사 결과]
– 한 달 평균 수익: 800만 원
– 하루에 들어가는 평균 총비용: 40만 원
– 햄버거 1개 가격: 4천 원
– 한 달 평균 영업 일수: 20일

※ 동일한 가격의 햄버거 한 종류만 판매하며, 비용은 영업일에만 발생한다고 가정함. 그리고 가게가 있는 지역의 인구 밀도가 균일하다고 가정함.

① 이 가게는 최소 요구치와 재화의 도달 범위가 일치하는 입지 조건을 갖추었겠군.
② 이 가게는 햄버거 판매 가격을 낮추어 최소 요구치를 좁혀야 이윤을 낼 수 있겠군.
③ 이 가게가 영업 일수에 변화를 주더라도 햄버거 판매만으로는 이윤을 내기 어렵겠군.
④ 이 가게는 영업을 하는 날에 햄버거를 평균 100개씩 팔아야 최소 요구치가 충족되겠군.
⑤ 이 가게가 포장법을 개선하여 햄버거의 도달 범위를 넓히면 지금보다 수익이 늘어나겠군.

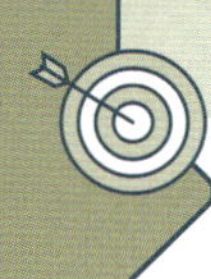

171

윗글을 바탕으로, ㉠의 원인을 추론한 것으로 적절하지 않은 것은?

① 경제 성장으로 인한 소득 증가로 소비자들의 구매력이 높아졌기 때문에

② 교통이나 배송 수단의 발달 등으로 재화의 도달 범위가 늘어났기 때문에

③ 대량 생산으로 상품의 생산 원가가 줄면서 최소 요구치가 축소되었기 때문에

④ 상업 시설이 새로운 구매 수요자를 창출하려고 적극적으로 이동하기 때문에

⑤ 도시 지역의 인구가 많아 시장에서 파는 재화의 구매 수요가 충분하기 때문에

172

문맥상 의미가 ⓐ와 가장 가까운 것은?

① 떠난 사람에게는 미련을 두지 마라.

② 두 약은 반드시 간격을 두고 먹어야 한다.

③ 새뱃돈은 잘 두었다가 꼭 필요할 때 써라.

④ 소화기는 항상 눈에 잘 띄는 곳에 두어야 한다.

⑤ 판단 기준을 어디에 두느냐에 따라 결과는 달라진다.

[173~175] 다음 글을 읽고 물음에 답하시오.

이때 평국이 병세 차차 나으매 생각하되,

'어의가 내 맥을 보았으니 본색이 탄로날지라. 이제 하릴없으니 여복으로 고쳐 입고 규중에 몸을 숨어 세월을 보냄이 옳다.'

하고, 즉시 남복을 벗고 여복 입고 부모 앞에 뵈어 흐느끼며 두 볼에 눈물이 흘러내리거늘 부모도 눈물을 흘리며 위로하더라.

계월 비감하여 우는 거동은 추(秋) 구월 연화꽃이 세우(細雨)를 머금고 초승달이 수운(水雲)*에 잠긴 듯하며 아리따운 모습은 당대에 제일이라.

이때 계월이 천자께 상소를 올렸거늘,

[A] '한림학사 겸 대원수 좌승상 청주후 평국은 머리가 땅에 닿도록 거듭 절하며 아뢰옵니다. 신첩이 오 세에 장사랑 난에 부모를 잃었삽고 도적 맹길을 만나 수중고혼*이 되올 것을 여공의 은덕으로 살아났사오나 일념(一念)에 생각하온즉 여자의 행색을 하여서는 규중에 늙어 부모의 해골을 찾지 못함이 되옵기로 여자의 행실을 버리고 남자의 복색을 하와 황상을 속이옵고 조정에 들었사오니 신첩의 죄 죽어도 아깝지 않으며 큰 벌을 각오하고 있기에 유지와 인수를 올리옵나이다. 임금을 속인 큰 죄를 빨리 처벌해 주시옵소서.'

하였거늘 천자 글을 보시고 용상을 치며 좌우를 돌아보고 이르기를,

"평국을 누가 여자로 보았으리오. 고금에 없는 일이로다. 문무겸전*하고 갈충보국*하여 그 기재는 남자라도 미치지 못하리로다. 비록 여자나 벼슬을 어찌 거두리오."

하시고는 환관에게 명하여 유지와 인수*를 도로 환송하시고 비답하였거늘 계월이 황공 감사하여 받아 보니,

"경의 상소를 보고 놀랍고 일변 장하도다. 충효를 겸전하여 반적 소멸하고 사직을 안보하기는 다 경의 하해 같은 덕이라. 짐이 어찌 여자라 허물하리오. 유지와 인수를 환송하니 추호도 괘념치 말고 경은 갈충보국하여 짐을 도우라."

하였거늘 계월이 사양하지 못하여 여복을 입고 그 위에 관복을 입고 부리던 제장 백여 명과 군사 천여 명을 갑주를 갖추어 승상부 문밖에 진을 치고 있게 하니 그 위의 엄숙하더라.

[중략 부분의 줄거리] 평국의 정체를 알게 된 천자는 보국과의 혼인을 주선해 준다. 양가 부모의 허락이 있은 후, 계월은 남자로 태어나지 못한 것을 슬퍼하며 아버지를 통해 마지막 군사 사열을 황제에게 요청하여 승낙을 받는다.

이때 원수 좌우를 돌아보고 이르기를,

"중군이 어찌 이다지 거만하뇨. 바삐 현신하라."

호령이 추상(秋霜) 같거늘 군졸의 대답 소리 장안이 끓는지라. 중군이 그 위엄을 보고 겁이 나고 얼떨떨해 갑주를 끌고 몸을 굽혀 들어가니 얼굴에 땀이 흘렀는지라. 바삐 나가 장대 앞에 엎드리니, 원수 정색하고 꾸짖기를,

"군법이 지중하거늘, 중군이 되었거든 즉시 대령하였다가 명 내림을 기다릴 것이거늘, 장령을 중히 여기지 않고 태만한 마음을 두어 군령

을 게을리하니 중군의 죄는 아주 무엄한지라. 즉시 군법을 시행할 것이로되, 십분 짐작하거니와 그대로는 두지 못하리라."

하고 군사를 호령하여 중군을 빨리 잡아내라 하는 소리 추상 같은지라, 무사 일시에 고함하고 달려들어 장대 앞에 꿇리니 중군이 정신을 잃었다가 겨우 진정하여 아뢰되,

[B] "소장이 신병(身病)이 있어 치료하옵다가 미처 당치 못하였사오니 태만한 죄는 죽어 마땅하오나 병든 몸이 중상을 당하오면 명을 보전하지 못하겠삽고 만일 죽사오면 부모에게 불효를 면하지 못하오니 엎드려 바라건대, 원수는 하해 같은 은덕을 내리사 전일 깊은 정을 생각하와 소장을 살려 주시면 불효를 면할까 하나이다."

하며 무수히 애걸하니, 원수 속마음은 우수(憂愁)*나 겉으로는 호령하기를,

"중군이 신병이 있으면 어찌 영춘각의 애첩(愛妾) 영춘으로 더불어 주야 풍류를 즐기는고? 그러나 사정이 없지 못하여 용서하거니와 차후는 그리 마라."

분부하니 보국이 백배사례하고 물러나니라.

원수 이렇듯 즐기다가 군을 물리치고 본궁에 돌아올새, 보국이 원수께 하직하고 돌아와 부모 전에 욕뵌 사연을 낱낱이 고하니 여공이 그 말을 듣고 웃어 칭찬하기를,

"내 며느리는 천고의 여중군자(女中君子)로다."

하고 보국더러 일러 말하기를,

"계월이 너를 욕뵘이 다름 아니라 어명으로 너의 배필을 정하매 전일 중군으로 부리던 연고라. 마음이 다시는 부리지 못할까 하여 희롱함이니, 너는 추호도 꺼리고 미워하지 말라."

하더라.

– 작자 미상, 〈홍계월전〉

* 수운(水雲): 물과 구름을 아울러 이르는 말(대자연).
* 수중고혼(水中孤魂): 물속의 외로운 혼.
* 문무겸전(文武兼全): 학문과 무예(책략)를 다 갖추고 있음.
* 갈충보국(竭忠報國): 충성을 다하여 나라의 은혜를 갚음.
* 유지와 인수: 임금이 신하에게 내리던 글과 도장, 그리고 병부 주머니.
* 우수(憂愁): 걱정과 근심.

173

[A]와 [B]에 대한 설명으로 가장 적절한 것은?

① [A]에서는 자신의 능력을 과장하면서 상대를 업신여기고 있다.
② [B]에서는 배신감을 토로하면서 상대와의 대결 의지를 드러내고 있다.
③ [A]에서는 [B]와 달리 상대와의 친분을 내세워 상대의 공감을 요구하고 있다.
④ [B]에서는 [A]와 달리 인정에 호소하여 위기를 모면하려 하고 있다.
⑤ [A]와 [B]에서는 모두 불행한 상황을 가정하여 상대의 각성을 촉구하고 있다.

174

〈보기〉를 참고하여 윗글을 감상한 내용으로 적절하지 않은 것은?

〈보기〉

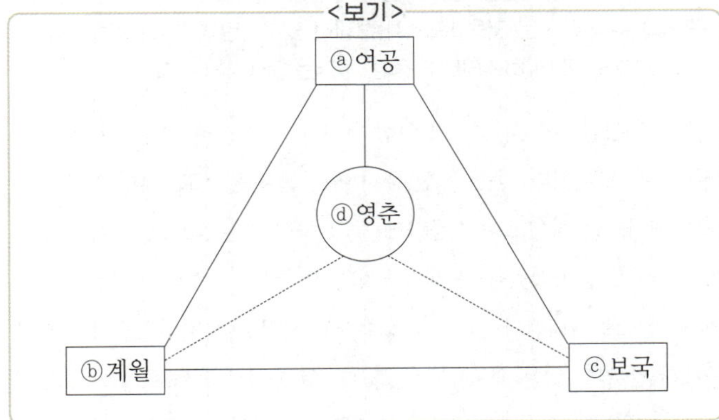

① ⓐ는 과거에 ⓑ를 위기에서 구해 준 적이 있다.
② ⓐ는 ⓑ를 며느리로서 흡족하게 생각하고 있다.
③ ⓑ는 ⓒ가 ⓓ에 대해 관심을 갖지 않도록 주의를 주고 있다.
④ ⓑ는 사회적 지위를 이용해서 ⓒ를 희롱하고 있다.
⑤ ⓒ는 ⓑ의 문제로 인해서 ⓓ와 갈등하고 있다.

175

〈보기〉를 참고하여 윗글을 감상한 내용으로 적절하지 않은 것은? [3점]

〈보기〉

과거 가부장제 사회에서는 여성의 사회적 진출이 매우 제한적이었다. 그래서 능력 있는 여성이 주인공으로 나오는 소설에서는 여성이 남장을 하고 사회 활동을 하는 경우가 많은데, 〈홍계월전〉의 주인공 홍계월도 마찬가지이다. 후에 계월이 여성임이 밝혀지면서 능력 있는 여성과 그것을 인정하지 않는 사회 질서와의 갈등이 드러나기 시작하지만, 계월은 남성들과의 경쟁에서 위축되지 않고 자신의 능력을 발휘한다.

① 계월이 충신으로서 조정에 수많은 공을 세운 것을 통해 우월한 능력을 지닌 여성임을 알 수 있군.
② 계월이 남장을 한 이유는 사회 활동을 하는 데 여성보다 남성이 유리하다고 생각했기 때문이겠군.
③ 가부장적인 사고를 가진 보국이 계월의 능력을 인정하지 않는다면 새로운 갈등이 생길 수 있겠군.
④ 계월이 상소를 올리기 전 남복을 벗고 여복을 입은 것은 사회 활동의 반경을 넓히려는 의도였겠군.
⑤ 계월을 재신임하는 것으로 보아 천자는 사회 질서에 얽매이지 않고 능력 위주로 인물을 평가하고 있군.

[176~179] 다음 글을 읽고 물음에 답하시오.

[앞부분의 줄거리] 장돌뱅이인 허 생원이 봉평 장에서 동이라는 장돌뱅이가 충줏집과 수작을 하는 것을 보고 화를 내며 쫓아버린 후 바로 화해한다. 다음 장터로 가는 길에 허 생원, 조 선달, 동이는 동행하게 된다.

드팀전 장돌이를 시작한 지 이십 년이나 되어도 허 생원은 봉평 장을 빼논 적은 드물었다. 충주 제천 등의 이웃 군에도 가고, 멀리 영남 지방도 헤매이기는 하였으나 강릉쯤에 물건 하러 가는 외에는 처음부터 끝까지 군내를 돌아다녔다. 닷새만큼씩의 장날에는 달보다도 확실하게 면에서 면으로 건너간다. 고향이 청주라고 자랑삼아 말하였으나 고향에 돌보러 간 일도 있는 것 같지는 않았다. ㉠장에서 장으로 가는 길의 아름다운 강산이 그대로 그에게는 그리운 고향이었다. 반날 동안이나 뚜벅뚜벅 걷고 장터 있는 마을에 거지반 가까웠을 때, 지친 나귀가 한바탕 우렁차게 울면 — 더구나 그것이 저녁녘이어서 등불들이 어둠 속에 깜박거릴 무렵이면 늘 당하는 것이건만 허 생원은 변치 않고 언제든지 가슴이 뛰놀았다.

젊은 시절에는 알뜰하게 벌어 돈푼이나 모아 본 적도 있기는 있었으나, 읍내에 백중이 열린 해 호탕스럽게 놀고 투전을 하고 하여 사흘 동안에 다 털어 버렸다. 나귀까지 팔게 된 판이었으나 애끓는 정분에 그것만은 이를 물고 단념하였다. 결국 도로아미타불로 장돌이를 다시 시작할 수밖에는 없었다. 짐승을 데리고 읍내를 도망해 나왔을 때에는 너를 팔지 않기 다행이었다고 ㉡길가에서 울면서 짐승의 등을 어루만졌던 것이었다. 빚을 지기 시작하니 재산을 모을 염은 당초에 틀리고 간신히 입에 풀칠을 하러 장에서 장으로 돌아다니게 되었다.

호탕스럽게 놀았다고는 하여도 계집 하나 후려 보지는 못하였다. 계집이란 쌀쌀하고 매정한 것이었다. 평생 인연이 없는 것이라고 신세가 서글퍼졌다. 일신에 가까운 것이라고는 언제나 변함없는 한 필의 당나귀였다.

그렇다고는 하여도 꼭 한 번의 첫 일을 잊을 수는 없었다. 뒤에도 처음에도 없는 단 한 번의 괴이한 인연! 봉평에 다니기 시작한 젊은 시절의 일이었으나 그것을 생각할 적만은 그도 산 보람을 느꼈다.

"달밤이었으나 어떻게 해서 그렇게 됐는지 지금 생각해두 도무지 알 수 없어."

허 생원은 오늘 밤도 또 그 이야기를 끄집어내려는 것이다. 조 선달은 친구가 된 이래 귀에 못이 박이도록 들어 왔다. 그렇다고 싫증을 낼 수도 없었으나, 허 생원은 시침을 떼고 되풀이할 대로는 되풀이하고야 말았다.

[A] "달밤에는 그런 이야기가 격에 맞거든."

조 선달 편을 바라는 보았으나 물론 미안해서가 아니라 달빛에 감동하여서였다. 이지러는졌으나 보름을 가제 지난 달은 부드러운 빛을 흐붓이 흘리고 있다. ㉢대화까지는 칠십 리의 밤길. 고개를 둘이나 넘고 개울을 하나 건너고 벌판과 산길을 걸어야 된다. 길은 지금 긴 산허리에 걸려 있다. 밤중을 지난 무렵인지 죽은 듯이 고요한 속에서 짐승 같은 달의 숨소리가 손에 잡힐 듯이 들리며, 콩 포기와 옥수수 잎새가 한층 달에 푸르게 젖었다. 산허리는 온통 메밀밭이어서 피기 시작한 꽃이 소금을 뿌린 듯이 흐뭇한 달빛에 숨이 막힐 지경이다. 붉은 대궁이 향기같이 애잔하고, 나귀들의 걸음도 시원하다. ㉣길이 좁은 까닭에 세 사람은 나귀를 타고 외줄로 늘어섰다. 방울 소리가 시원스럽게 딸랑딸랑 메밀밭께로 흘러간다. 앞장선 허 생원의 이야기 소리는 꽁무니에 선 동이에게는 확적히는 안 들렸으나, 그는 그대로 개운한 제멋에 적적하지는 않았다.

"장 선 꼭 이런 날 밤이었네. ⓐ객줏집 토방이란 무더워서 잠이 들어야지. 밤중은 돼서 혼자 일어나 개울가에 목욕하러 나갔지. 봉평은 지금이나 그제나 마찬가지나 보이는 곳마다 메밀밭이어서 개울가가 어디 없이 하얀 꽃이야. 돌밭에 벗어도 좋을 것을, ⓑ달이 너무도 밝은 까닭에 옷을 벗으러 물방앗간으로 들어가지 않았나. 이상한 일도 많지. 거기서 난데없는 성 서방네 처녀와 마주쳤단 말이네. 봉평서야 제일가는 일색이었지."

"팔자에 있었나 부지."

아무렴 하고 응답하면서 말머리를 아끼는 듯이 한참이나 담배를 빨 뿐이었다.

구수한 자줏빛 연기가 밤기운 속에 흘러서는 녹았다.

"날 기다린 것은 아니었으나 그렇다고 달리 기다리는 놈팽이가 있는 것두 아니었네. 처녀는 울고 있단 말야. 짐작은 대고 있었으나 성 서방네는 한창 어려워서 들고날 판인 때였지. ⓒ한집안 일이니 딸에겐들 걱정이 없을 리 있겠나. 좋은 데만 있으면 시집도 보내련만 시집은 죽어도 싫다지…… 그러나 처녀란 울 때같이 정을 끄는 때가 있을까. 처음에는 놀라기도 한 눈치였으나 걱정 있을 때는 누그러지기도 쉬운 듯해서 이럭저럭 이야기가 되었네…… 생각하면 무섭고도 기막힌 밤이었어."

"제천인지로 줄행랑을 놓은 건 그 다음날이었나?"

"다음 장도막에는 벌써 온 집안이 사라진 뒤였네. 장판은 소문에 발끈 뒤집혀 고작해야 술집에 팔려가기가 상수라고 처녀의 뒷공론이 자자들 하단 말이야. 제천 장판을 몇 번이나 뒤졌겠나. 하나 처녀의 꼴은 꿩 궈 먹은 자리야. 첫날밤이 마지막 밤이었지. 그때부터 봉평이 마음에 든 것이 반평생을 두고 다니게 되었네. 평생인들 잊을 수 있겠나."

"수 좋았지. 그렇게 신통한 일이란 쉽지 않어. 항용 못난 것 얻어 새끼 낳고, 걱정 늘고 생각만 해두 진저리 나지…… 그러나 늘그막바지까지 장돌뱅이로 지내기도 힘드는 노릇 아닌가? 난 가을까지만 하구 이 생애와두 하직하려네. 대화쯤에 조그만 전방이나 하나 벌이구 식구들을 부르겠어. 사시장철 뚜벅뚜벅 걷기란 여간이래야지."

"옛 처녀나 만나면 같이나 살까…… 난 거꾸러질 때까지 ㉤이 길 걷고 저 달 볼 테야."

산길을 벗어나니 큰길로 틔어졌다. 꽁무니의 동이도 앞으로 나서 나귀들은 가로 늘어섰다.

"총각두 젊겠다, 지금이 한창 시절이렷다. 충줏집에서는 그만 실수를 해서 그 꼴이 되었으나 쉽게 생각 말게."

"천 천만에요. 되려 부끄러워요. 계집이란 지금 웬 제격인가요? 자나 깨나 어머니 생각뿐인데요."

허 생원의 이야기로 실심해한 끝이라 동이의 어조는 한풀 수그러진 것이었다.

"아비 어미란 말에 가슴이 터지는 것도 같았으나 제겐 아버지가 없어요. 피붙이라고는 어머니 하나뿐인걸요."

"돌아가셨나?"

"당초부터 없어요."

"그런 법이 세상에."

생원과 선달이 야단스럽게 껄껄들 웃으니, 동이는 정색하고 우길 수밖에는 없었다.

"부끄러워서 말하지 않으려 했으나 정말예요. 제천 촌에서 달도 차지 않은 아이를 낳고 어머니는 집을 쫓겨났죠. 우스운 이야기나, 그렇기 때문에 지금까지 아버지 얼굴도 본 적 없고, 있는 고장도 모르고 지내 와요."

고개가 앞에 놓인 까닭에 세 사람은 나귀를 내렸다. 둔덕은 험하고, 입을 벌리기도 대근하여 이야기는 한동안 끊겼다. 나귀는 건듯하면 미끄러졌다. 허 생원은 숨이 차 몇 번이고 다리를 쉬지 않으면 안 되었다. 고개를 넘을 때마다 나이가 알렸다. 동이 같은 젊은 축이 그지없이 부러웠다. 땀이 등을 한바탕 쭉 씻어 내렸다.

– 이효석, 〈메밀꽃 필 무렵〉

176

윗글의 서술상 특징으로 가장 적절한 것은?

① 독백적인 어조를 통해 현실과 단절된 주인공의 의식 상태를 서술하고 있다.
② 과거의 사건은 요약적 서술로, 현재의 사건은 장면적 서술로 제시되어 있다.
③ 특정 서술자가 여러 인물에 대해 일정한 거리를 두며 논평하여 서술하고 있다.
④ 공간에 따라 서술자를 달리하여 묘사함으로써 작품에 입체성을 부여하고 있다.
⑤ 다른 장소에서 벌어지는 두 가지의 사건들을 역순행적 방식으로 전개하고 있다.

177

〈보기〉를 바탕으로 [A]를 감상한 내용으로 적절하지 않은 것은? [3점]

<보기>

〈메밀꽃 필 무렵〉은 문체의 아름다움으로 인해 걸작으로 평가받고 있다. 이 작품은 객관적 정보를 전달하는 표현과 주관적 생각을 전달하는 표현이 조화롭게 어울리고 있으며, 다양한 색채 묘사를 통해 작품의 분위기를 낭만적으로 표현하고 있다. 또한 참신한 비유를 활용하여 구절의 의미를 효과적으로 보여 주고 있으며, 정적인 이미지와 동적인 이미지의 결합을 통해 상황을 적절하게 드러내고 있다. 그리고 시를 읽는 것과 같이 여러 감각이 뒤섞여 전이(轉移)되는 표현을 통해 서정성 짙은 문체적 특징을 형성하고 있다.

① '보름을 가제 지난 달'이라는 객관적 정보를 전달하는 표현과 '부드러운 빛을 흐뭇이 흘리고 있다.'라는 주관적 생각을 전달하는 표현이 조화를 이루어 달밤의 서정성을 부각하고 있군.
② '달밤'의 노란색과 검은색, '메밀밭'의 하얀색, '콩 포기와 옥수수 잎새'의 푸른색, '붉은 대궁'의 붉은색 등 다양한 색채를 활용하여 공간적 배경을 낭만적으로 표현하고 있군.
③ '짐승 같은 달의 숨소리가 손에 잡힐 듯이 들리며', '피기 시작한 꽃이 소금을 뿌린 듯이'와 같은 참신한 비유를 통해 달밤의 분위기를 효과적으로 묘사하고 있군.
④ '밤중을 지난 무렵인지 죽은 듯이 고요한'이라는 정적인 이미지와 '나귀들의 걸음'이라는 동적인 이미지가 더해져 생기 넘치는 장돌뱅이의 삶을 표현하고 있군.
⑤ '붉은 대궁이 향기같이 애잔하고'와 '방울 소리가 시원스럽게 딸랑딸랑 메밀밭께로 흘러간다.'와 같이 여러 감각이 뒤섞인 표현을 통해 인물이 느낀 달밤의 흥취를 개성 있게 보여 주고 있군.

178

〈보기〉를 참고하여 ㉠~㉤에 대해 이해한 내용으로 적절하지 않은 것은?

<보기>

['길'의 원형적 의미]
- 삶의 여정
- 사색과 위로의 공간
- 유랑과 방황의 공간
- 앞쪽과 뒤쪽의 거리감이 있는 공간
- 과거와 현재의 연결

① ㉠은 '장돌이'로 평생을 살아온 허 생원의 삶의 여정을 의미한다.
② ㉡은 다시 '장돌이'를 해야만 하는 허 생원의 처지를 위로하는 공간이다.
③ ㉢은 머무를 곳 없이 이곳저곳을 떠돌아야 하는 허 생원에게 유랑과 방황의 공간이다.
④ ㉣은 일렬로 가야 하는 좁은 길이라 동이가 허 생원의 이야기를 잘 들을 수 없다는 점에서 거리감이 존재하는 공간이다.
⑤ ㉤은 허 생원이 '장돌이'로서 살아왔던 과거와 현재가 연결되고 있음을 드러낸다.

179

ⓐ~ⓒ의 공통점으로 가장 적절한 것은?

① 작품의 결말을 암시한다.
② 독자의 궁금증을 증폭시킨다.
③ 사건 전개에 개연성을 부연한다.
④ 작품의 해학적인 성격을 부각한다.
⑤ 인물 간의 새로운 갈등을 암시한다.

[180~183] 다음 글을 읽고 물음에 답하시오.

액체를 높은 위치로 올렸다가 다시 낮은 곳으로 옮기기 위해 사용하는 연결 곡관을 '사이펀'이라고 하고, 이 연결 곡관에 사용된 원리를 '사이펀의 원리'라고 한다. 사이펀의 원리는 대기압과 용기 내부의 압력 차이를 이용한 것이다. 사이펀의 원리를 이해하기 위해 우선 다음과 같은 실험에 대해 이해할 필요가 있다.

2개의 컵이 있다. 한 컵에는 물이 어느 정도 차 있고 다른 한 컵은 비어 있다. 이때 물이 차 있는 컵은 빈 컵보다 높은 곳에 위치해 있다. 물이 차 있는 컵을 기울이거나 손상시키지 않고 아래의 빈 컵으로 모두 옮겨 담을 방법은 무엇일까? 우선 물을 흘려보낼 관이 필요할 것이다. 그러나 그저 위아래 컵에 관을 연결한다고만 해서 물은 흐르지 않을 것이다. 왜냐하면 이는 뉴턴의 제1법칙에 위배되기 때문이다. 뉴턴의 제1법칙이란 등속 운동을 하는 모든 물체는 외부에서 힘이 가해져 강제적으로 변화를 주지 않는 한 계속 등속 운동을 한다는 법칙이다. 여기서 등속 운동은 같은 속도로 움직이는 운동뿐만 아니라 정지해 있는 상태도 포함이 된다. 컵 속의 물 분자들은 정지 상태의 등속 운동을 하고 있으므로, 이를 관을 통해 아래의 빈 컵으로 흘려보내기 위해서는 어떤 외부의 힘이 필요한 것이다.

[A] 여기서 우리는 계속 물을 아래로 흘려보내는 것에만 집중하기 쉽다. 하지만 이를 위해서는 먼저 위쪽 컵에 연결된 관의 물이 중력에 역행해 컵의 위쪽으로 올라가 컵 턱을 넘어가야 한다. 물이 위쪽 컵 턱(H_1)을 넘어갈 수 있게 하는 힘은 바로 압력 차이이다. 압력이 높은 곳의 물질은 압력이 낮은 곳으로 움직이게 마련이다.

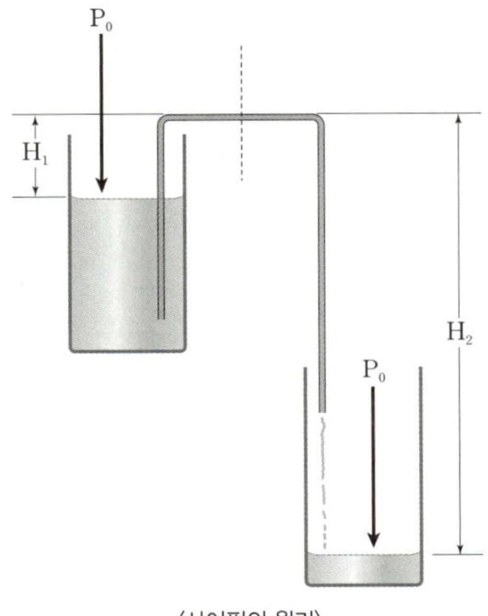

〈사이펀의 원리〉

따라서 위쪽 컵의 수면을 누르는 압력(P_0, 대기압)보다 관 내부의 압력을 작게 만든다면, 위쪽 컵에 담긴 물은 중력에 역행해 관 속으로 빨려 올라가게 될 것이다. 그리고 일단 컵 턱을 넘어가 아래쪽으로 떨어지기만 한다면 응집력*과 인력*이 강한 물 분자의 속성으로 인해 위쪽 컵의 물이 없어질 때까지 계속 물은 관을 따라 흐르게 될 것이다. 쉽게 말하면 아래쪽 컵에 있는 관 입구 쪽에서 관 내부에 있는 공기를 빨아들인다면 관 내부의 압력이 대기압보다 작아지고, 물은 이 압력 차이에 의해 관을 따라 위로 올라갔다 아래로 흐르게 되며, 그 이후에는 물이 지닌 속성으로 인해 물이 계속 흐르게 되는 것이다.

이러한 '사이펀의 원리'가 일상생활에 적용된 대표적인 사례는 수세식 화장실의 변기이다. 우리가 눈으로 확인할 수는 없지만 변기는 그 자체가 사이펀 관으로 만들어졌다. 변기를 사용하고 난 뒤 물을 내리면 탱크에서 물이 흘러나오면서 수면이 상승하게 된다. 이렇게 수면이 상승하게 되면 사이펀 관 내부보다 압력이 높아지게 되어 물이 S자 모양의 사이펀 관 속으로 빨려 나가게 되는 것이다. <u>㉠이렇게 수세식 화장실의 변기에 사이펀의 원리를 적용한 이유는 하수관에서 올라오는 악취를 막기 위해서이다.</u> 변기에 항상 물이 차 있게 함으로써 이 물이 아래쪽 하수관에서 올라오는 악취가 집안으로 들어오지 못하게 막는 역할을 하는 것이다.

* 응집력: 액체 또는 고체에서 그 물질을 구성하고 있는 원자 · 분자 또는 이온 간에 작용하고 있는 끌어당기는 힘.
* 인력: 공간적으로 떨어져 있는 물체끼리 서로 끌어당기는 힘.

180

윗글에 사용된 서술상의 특징을 〈보기〉에서 골라 바르게 묶은 것은?

<보기>

ㄱ. 중심 설명 대상의 원리를 친숙한 사례에 빗대어 설명하고 있다.
ㄴ. 물음에 대한 답을 찾아가며 중심 설명 대상의 원리를 설명하고 있다.
ㄷ. 중심 설명 대상의 개념을 먼저 제시한 후, 이에 대해 상세하게 설명하고 있다.
ㄹ. 중심 설명 대상의 원리가 적용된 사례들을 체계적으로 분류하여 제시하고 있다.

① ㄱ, ㄴ ② ㄱ, ㄷ ③ ㄴ, ㄷ
④ ㄴ, ㄹ ⑤ ㄱ, ㄴ, ㄹ

181

[A]를 바탕으로 〈보기〉의 '계영배'에 대해 이해한 내용으로 적절하지 않은 것은? [3점]

'계영배'란 넘침을 경계하는 잔으로, 사이펀의 원리가 적용되어 있다. 계영배의 안쪽에는 기둥 모양으로 솟아 있는 사이펀 관이 있어, 일정 높이 이상으로 잔이 차지 않으면 술이 흘러나오지 않지만, 그 이상으로 술을 따르면 술이 아래로 흐르게 된다.

(※물과 술의 속성은 같다고 간주한다.)

그림 (가) 그림 (나) 그림 (다)

① 그림 (가)와 (나)는 대기압과 사이펀 관 내부의 압력이 같은 상태로 술잔의 술이 흐르지 않는다.

② 그림 (가)와 (나)의 상태에서도 잔의 아래쪽에서 사이펀 관 안의 공기를 빨아들여 아래쪽으로 술을 흐르게 한다면 잔 속의 술은 모두 흘러내릴 것이다.

③ 그림 (다)의 상태에서는 사이펀 관의 내부 압력보다 수면을 누르는 압력이 크기 때문에 술이 아래로 흐르게 되는 것이다.

④ 그림 (다)의 상태에서는 술이 일정 정도 흐르다가 수면이 그림 (나)에서의 위치로 내려오게 되면 더 이상 물이 아래로 빠져나가지 않게 된다.

⑤ 그림 (다)에서 술이 아래로 빠져나가게 하는 일차적인 힘은 압력이지만, 일단 술이 사이펀 관을 따라 아래쪽으로 흐르게 된 후에는 물의 속성이 술을 아래로 빠져나가게 한다.

182

㉠과 같은 이유로 '사이펀의 원리'를 적용한 사례로 가장 적절한 것은?

① 건물 밖으로 낸 ㄱ자 모양의 가스 배출구

② 옥상 물탱크에서 수직으로 내려오는 상수도관

③ 싱크대와 세면대 아래 설치한 S자 모양의 배수관

④ 건물 내부의 환기를 위해 천장에 미로처럼 설치한 환기관

⑤ 온돌의 원리를 적용해 방바닥에 설치한 S자 모양의 온수관

183

윗글에서 답을 찾을 수 없는 것은?

① '사이펀'과 '사이펀의 원리'의 개념은 무엇인가?

② '사이펀의 원리'가 일상생활에 적용된 사례는 무엇인가?

③ 수세식 화장실의 변기가 하수관의 악취를 막아 주는 이유는 무엇인가?

④ 압력 차이에 의해 흐른 물이 계속되는 현상은 물의 어떤 속성 때문인가?

⑤ 위쪽 용기에 담긴 물을 외부의 힘 없이 아래쪽 용기로 흘려보내는 방법은 무엇인가?

[184~189] 다음 글을 읽고 물음에 답하시오.

동양에서는 인간을 자연과 더불어 지내는 존재로 보고, 자연 공간을 인간이 귀의할 안식처로 여겼다. 이런 자연관은 ㉠유불선(儒佛仙)* 사상에서 비롯된 것으로, 유교, 불교, 도교를 막론하고 인간과 자연의 합일을 인생의 궁극적인 목표로 추구하였다. 유교의 자연관을 잘 드러내는 이론은 천인감응설(天人感應說)이다. 이 이론에 따르면, 우주 질서의 근원은 형이상학적 하늘에 있으며, 자연에서 일어나는 모든 현상은 의지를 지닌 하늘의 지배에 의한 것이다. 그리고 사람은 하늘과 감응하는데, 그 모든 행위에는 하늘의 상벌(賞罰)이 뒤따르며, 사회 현상은 인간이 자연의 변화에 감응한 결과라고 본다. 자연 현상과 사회 현상은 서로 대응 관계에 있으며, 하늘이 자연 현상을 통해 사람에게 바른 도리를 상징적으로 알려 준다고 본다. 이런 자연관은 인간이 도덕적 수련을 통해 자연과 하나가 되는 천인 합일(天人合一)의 경지에 대한 추구로 이어졌다.

도교는 유교와 함께 동양인들의 의식 속에 거대한 세계관으로 자리매김하고 있다. 도교에서 가장 중심이 되는 개념은 '도(道)'이다. 유교에서 도를 인간이 마땅히 걸어가야 할 길로 인식한 것과 달리, 도교에서의 도는 천지 만물을 생성 · 변화하게 하는 절대적 원리를 의미한다. 도교의 핵심 사상을 정립한 노자는 도의 근본을 자연으로 보았다. 도교에서 자연은 객관적이고 물질적인 존재로서의 의미가 아니라, 도가 움직여 천지 만물을 발생시키는 작용 원리를 의미하는 것이다. 인간 역시 천지 만물의 일부이므로 인위적인 목적의식을 버리고 무위*로써 저절로 생성 · 변화하는 자연의 이치에 순응해야 한다.

유교와 도교뿐만 아니라 불교에서도 이와 유사한 자연관이 나타난다. 불교는 우주의 모든 사물은 어떤 것도 고립되어 있지 않고 연기(緣起)* 법칙에 따라 서로 인연을 맺으며 끊임없이 변화한다고 본다. 그리고 모든 사물이 사물로서 존재하게 하는, 어떤 변치 않는 본질적 실재가 있다는 사고를 부정한다. 자연과 인간의 관계도 마찬가지다. 양자는 평등하게 공존하며 상호 인과적으로 영향을 주고받는 이이불이(異而不二)*의 관계이다.

유불선의 자연관을 종합할 때, 동양의 자연관은 자연과 인간 간에 주객(主客)이 구분되지 않는 합일을 지향한다고 할 수 있다. 인간은 자연의 일부로서 자연의 원리에 따라야 하는 존재이기 때문이다. 선비들은 이런 사고를 바탕으로 인간이 자연의 섭리에 순응할 수 있는 길을 끊임없이 찾았다. 산수화가 동양화의 주종이 된 이유도 여기에 있다. 동양에서 산수화는 자연의 섭리와 만물의 질서를 함축한 하나의 소우주를 형상화한 것으로 여겨져 왔으며, 화가는 산수화를 통해 자연 속에서 자신을 찾으려 했고 자기의 마음속에 자연을 담으려 했다.

산수화를 그린 화가는 대부분 선비 계층이었다. 선비들은 기본적으로 현실 세계에 뛰어들어 인간의 삶을 개선하는 데 열중했지만 일단 현실 세계를 떠나면 또 다른 이상을 추구하였는데, 그것은 바로 자연주의적 삶이었다. 자연주의적 삶에 대한 선비들의 이상은 그들이 그려 내는 산수화를 통해 구체화되었다. 산수화는 자연의 경치에서 유발되는 감흥도 크지만 그림 속 인물을 통해 작가의 의도를 확인하는 재미도 있다. 산수화에 등장하는 인물은 대개 은일(隱逸) 선비, 신인(神人)이나 도인(道人) 같이 재야 인물이 주를 이루었다. 작가의 분신으로 볼 수 있는 이들은 감상자로 하여금 그림 속 경치를 유람하도록 만드는 매개체 역할을 한다.

그런데 산수화 속 인물은 매우 작게 그려져 발견하기도 쉽지 않은데, 이러한 인물을 '점경 인물(點景人物)'이라 한다. 점경 인물은 그림 속 풍경에 정취와 생동감을 부여하고, 자연 공간을 돋보이게 하는 역할을 한다. 선비들이 산수화에 이러한 점경 인물을 그린 근본적인 이유는 인간이 자연과 조화를 이루는 대상이라는 인식 때문이었다. 다시 말해 그림 속에 자연만 존재해서는 완전하지 못하다고 여기고 점경 인물을 그려 넣은 것이다. 이런 점에서 점경 인물 또한 작가 감정의 표출이며 정신의 기탁이라고 볼 수 있다.

그런데 ㉡점경 인물은 인물 자체의 정신성이나 목적성이 부각되어서는 안 된다. 그래서 지나치게 정교하게 그리면 안 된다. 그렇다고 자세나 표정을 알아볼 수 없어서도 안 된다. 자세나 표정으로 자연과 하나가 될 때 진정한 점경 인물로서 역할을 다하는 것이다. 또한 점경 인물은 항상 상응하는 대상과 함께 나타난다. 예를 들어 행인에게는 가옥이나 절 같은 목적지가 나타나고, 사대부는 갓을 쓰고 말을 타거나 시종을 거느린다. 조촐한 풍류를 즐길 때는 작은 정자나 술병, 악기 등이 있고, 뒷짐을 지고 시를 읊는 사람에게는 시선과 일치하는 감상의 대상물이 존재한다. 화가는 이런 상응하는 대상을 통해 점경 인물의 상황을 부연 설명함으로써 궁극적 의도를 간접적으로 드러내는 것이다. 그러면서도 화면 전체의 흐름은 자연 중심이며, 점경 인물은 자연과 일치되어 호흡하는 관계로 나타난다.

* 유불선: 유교와 불교와 선교를 아울러 이르는 말. 선교는 일반적으로 도교를 의미함.
* 무위: 중국의 노장 철학에서, 자연에 따라 행하고 인위를 가하지 않는 것. 인간의 지식이나 욕심이 오히려 세상을 혼란시킨다고 여기고 자연 그대로를 최고의 경지로 봄.
* 연기: 불교 용어로, 모든 현상이 인연에 따라 발생하고 소멸하는 법칙.
* 이이불이: 겉으로는 다르지만 실제로는 하나임.

184

윗글에 대한 설명으로 가장 적절한 것은?

① 동양의 자연관과 관련지어 산수화의 개념과 그 유형을 제시하고 있다.
② 동양 사상에 나타난 자연관과 이것을 기반으로 한 산수화의 특징을 설명하고 있다.
③ 동양의 사상들에서 공통적으로 나타나는 자연관의 사회적 효용성을 설명하고 있다.
④ 동양의 종교들이 가진 속성을 분석하고 그 각각의 속성이 산수화에 형상화된 방식을 소개하고 있다.
⑤ 동양 사상이 산수화의 표현 기법이 정립되는 과정에 미친 영향을 고찰하고 그것의 의의를 밝히고 있다.

185

윗글의 내용과 일치하지 않는 것은?

① 산수화에는 세속적 삶을 멀리하거나 초월한 인물들이 주로 등장한다.
② 산수화에 그려진 인위적인 건물은 인간이 자연의 일부라는 인식을 강조한 것이다.
③ 선비들은 자연의 섭리에 순응하며 살고자 하는 바람을 산수화를 통해 표출하였다.
④ 자연 공간을 인간이 귀의할 곳으로 여기는 자연관은 유불선 사상에서 비롯되었다.
⑤ 산수화의 점경 인물은 감상자가 그림 속 경치에 몰입할 수 있도록 만드는 매개체 역할을 한다.

186

윗글을 바탕으로 〈보기〉를 감상한 내용으로 적절하지 않은 것은?

<보기>

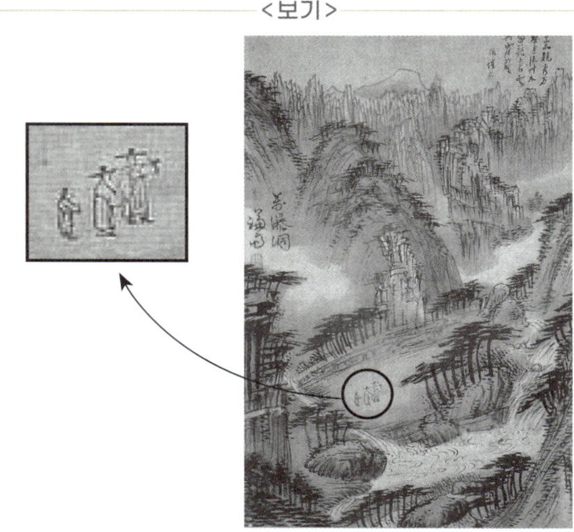

이 그림은 정선의 〈만폭동도〉로, 심산유곡(深山幽谷)인 내금강 만폭동 계곡을 실감 나게 표현한 작품이다. 이 작품에는 두 선비와 어린 승려로 보이는 점경 인물이 등장하는데, 장관에 취한 두 선비가 너럭바위 위에서 물이 넘칠 듯이 흐르는 만폭동 계곡을 가리키며 감탄하고 있다.

① 인물을 작게 그려 넣음으로써 만폭동 계곡의 공간감이 더욱 두드러지게 하고 있군.
② 정선은 의도적으로 점경 인물의 이목구비가 뚜렷하게 드러나지 않도록 그린 것이겠군.
③ 점경 인물이 만폭동 계곡과 조화를 이루게 표현함으로써 화면 전체의 흐름이 인물에 맞춰지게 하고 있군.
④ 만폭동 계곡을 가리키며 감탄하고 있는 점경 인물은 만폭동 계곡에 대한 정취와 생동감을 더하여 주고 있군.
⑤ 천인 합일의 관점에서 볼 때, 만약 점경 인물이 없었다면 산수화로서 완전하지 못한 작품이라는 평가를 받았을 수 있었겠군.

187

〈보기〉를 활용하여 윗글을 보강하고자 할 때, 가장 적절한 것은? [3점]

<보기>

사람은 산을 보고 있는 듯하고, 산도 사람을 굽어보고 있는 듯하며, 거문고는 달에게 들려주는 듯하고, 달도 거문고를 듣고 있는 듯해야 한다. 이렇게 하면 그림을 보는 사람은 그림 속에 뛰어들어 그림 속의 인물과 자리를 같이 못 하는 것을 한탄할 것이다. 그렇지 않으면 산은 산이요 사람은 사람이라는 식으로 전혀 관계없는 것이 되고 만다.

– 왕개, 〈개자원화전(芥子園畫傳)〉

① 동양의 산수화가 서양의 산수화와 어떤 점에서 다른지를 설명하는 데 활용한다.
② 산수화에서 점경 인물이 지닌 미적 측면의 역할과 비중을 설명하는 데 활용한다.
③ 산수화에서 인물과 자연이 조화를 이루도록 그리는 방법을 설명하는 데 활용한다.
④ 현실 세계를 떠난 선비들이 산수화를 중요하게 여긴 이유를 설명하는 데 활용한다.
⑤ 점경 인물을 상응하는 대상과 함께 그려 넣어야 하는 이유를 설명하는 데 활용한다.

188

㉠에 대한 설명으로 적절하지 않은 것은?

① 유교는 불교와 달리 자연을 변화시키는 절대적 존재를 상정한다.
② 유교는 도교와 달리 자연의 변화 양상에 도덕적인 의미를 부여한다.
③ 불교는 도교와 달리 자연과 인간이 상호 인과적으로 영향을 미친다고 본다.
④ 도교는 유교와 달리 인위적 노력으로 자연의 이치에 순응하는 삶을 추구한다.
⑤ 유교, 불교, 도교 모두 인간과 자연이 조화를 이루며 하나가 되는 경지를 이상적인 것으로 여긴다.

189

㉡의 이유를 추론한 것으로 가장 적절한 것은?

① 화가의 표현 의도가 그림에 드러나서는 안 되기 때문에
② 자연 공간에 내재된 법칙과 질서를 강조해야 하기 때문에
③ 자연 풍경을 객관적이고 사실적으로 보여 주어야 하기 때문에
④ 인간을 자연의 일부로 표현하여 자연 공간을 부각해야 하기 때문에
⑤ 그림의 의미를 다양하게 해석할 수 있는 여지를 주어야 하기 때문에

Speed Check

Ⅰ 시 문학

001 ③ 002 ④ 003 ② 004 ③ 005 ⑤

006 ② 007 ③ 008 ⑤ 009 ② 010 ④

011 ① 012 ⑤ 013 ① 014 ④ 015 ③

016 ② 017 ③ 018 ③ 019 ② 020 ③

021 ④ 022 ⑤ 023 ③ 024 ④ 025 ②

026 ⑤ 027 ④ 028 ③ 029 ④ 030 ②

031 ④ 032 ④ 033 ④ 034 ③ 035 ⑤

036 ④ 037 ③ 038 ⑤ 039 ④ 040 ②

041 ②

Ⅱ 산문 문학

042 ⑤ 043 ③ 044 ① 045 ④ 046 ⑤

047 ③ 048 ③ 049 ③ 050 ② 051 ⑤

052 ③ 053 ② 054 ③ 055 ④ 056 ①

057 ⑤ 058 ② 059 ③ 060 ⑤ 061 ②

062 ② 063 ③ 064 ④ 065 ① 066 ⑤

067 ④ 068 ⑤ 069 ③ 070 ③ 071 ④

072 ① 073 ② 074 ④ 075 ② 076 ③

077 ④ 078 ③ 079 ① 080 ⑤ 081 ④

Ⅲ 독서

082 ③ 083 ③ 084 ① 085 ② 086 ③

087 ⑤ 088 ④ 089 ④ 090 ② 091 ⑤

092 ② 093 ② 094 ⑤ 095 ③ 096 ④

097 ② 098 ④ 099 ② 100 ④ 101 ②

102 ③ 103 ① 104 ④ 105 ③ 106 ③

107 ③ 108 ⑤ 109 ③ 110 ① 111 ⑤

112 ① 113 ② 114 ② 115 ⑤ 116 ③

117 ⑤ 118 ④ 119 ③ 120 ⑤ 121 ②

122 ④ 123 ③ 124 ②

Ⅳ 문법

125 ④ 126 ⑤ 127 ④ 128 ⑤ 129 ①

130 ③ 131 ① 132 ⑤ 133 ⑤ 134 ④

135 ② 136 ④ 137 ⑤ 138 ④ 139 ③

140 ③ 141 ② 142 ⑤ 143 ① 144 ①

145 ① 146 ⑤ 147 ① 148 ② 149 ④

150 ③ 151 ② 152 ⑤ 153 ⑤ 154 ②

Ⅴ 실전 모의고사

155 ⑤ 156 ② 157 ② 158 ③ 159 ④

160 ② 161 ③ 162 ③ 163 ④ 164 ③

165 ④ 166 ② 167 ③ 168 ② 169 ⑤

170 ② 171 ④ 172 ② 173 ④ 174 ⑤

175 ④ 176 ② 177 ④ 178 ③ 179 ③

180 ③ 181 ④ 182 ③ 183 ⑤ 184 ②

185 ② 186 ③ 187 ③ 188 ④ 189 ④

MEMO

MEMO

메가스터디 N제

고1 국어 189제

정답 및 해설

정답 및 해설

I. 운문 문학

STEP 1 기출로 유형 익히기 본문 008~019쪽

001 ③	002 ④	003 ②	004 ③
005 ⑤	006 ②	007 ③	008 ⑤

핵심 유형 1 시적 화자의 정서와 태도 파악

001 나희덕, 〈땅끝〉 2018년 6월 전국연합

해제

이 작품은 '땅끝'이라는 이름의 마을을 소재로 하여 좌절과 고통 속에서 깨닫게 되는 삶의 아름다움을 노래한 시이다. 육지의 끝에 놓인 '땅끝'은 시작과 끝의 경계라는 점에서 일종의 극한 상황이라는 의미를 지닌다. 화자는 이러한 공간에서 오히려 삶의 아름다움과 희망을 찾고 있다. 화자는 이 시를 통해 아름다운 세계에 대한 추구, 그의 좌절로 인한 절망감, 절망 속에서 다시금 희망을 찾아 나가는 모습에 대해 이야기하고 있다.

주제

삶의 막다른 절망 속에서 발견한 역설적 희망

구성

1연	꿈과 이상을 추구하다 좌절했던 어린 시절
2연	인생을 살면서 몇 번씩 겪게 되는 삶의 고난 속 절망
3연	절망 속에 숨겨진 희망의 역설적 발견

001 정답 ③

[B]에서 '땅끝'은 '파도가 끊임없이 땅을 먹어 들어오는 막바지'라고 했으며, 화자는 살면서 몇 번은 그러한 땅끝에, '이렇게 뒷걸음질치면서' 서게도 된다고 하였다. 따라서 [B]에서 두 번째로 나타나는 '땅끝'은 현실에서 벗어난 이상적 공간이 아니라 화자가 살면서 겪게 되는 절망이나 고난의 상황을 의미한다고 볼 수 있다.

오답 넘기

① [A]에서 화자는 '노을을 보려고 / 그네를 힘차게 차고 올라 발을 굴렀지'만 '노을은 끝내 어둠에게 잡아 먹혔'기 때문에 '노을'에 가닿지 못했음을 알 수 있다. 따라서 '어둠'은 노을에 끝내 도달하지 못한 화자의 절망감과 암담한 심정을 드러내고 있다고 볼 수 있다.

② [A]에서 화자는 '산 너머 고운 노을을 보려고 / 그네를 힘차게 차고 올라 발을 굴렀'다고 하였다. 따라서 '노을'은 화자가 다가가고자 하는 이상적 대상임을 알 수 있으며, 화자가 그네를 굴리는 행위는 이상적 대상인 '노을'에 다가가고 싶은 마음을 표현한 것으로 볼 수 있다.

④ [C]에서 화자는 '끝내 발 디디며 서 있는 땅의 끝'이 '파도가 아가리를 쳐들고 달려드는 곳'이고, '위태로움 속에 아름다움이 스며 있다'고도 하였다. 따라서 화자는 '파도'를 삶의 위태로움으로 인식하고 있음을 알 수 있다.

⑤ [C]에서 '여기'는 '땅끝'을 의미하며, 화자는 이곳에서 '위태로움 속에 아름다움이 스며 있다'는 역설적 깨달음을 얻고 있다.

002 (가) 작자 미상, 〈가시리〉
(나) 작자 미상, 〈어이 못 오던가~〉 2013년 3월 전국연합

(가) 작자 미상, 〈가시리〉

해제

슬픔을 참아 내며 사랑하는 임을 보내는 여인의 애절한 마음이 진솔하게 표현된 고려 가요이다. 화자의 소극적이고 자기 희생적인 자세가 나타나며 이별의 슬픔을 직접 표출하지 않고 절제하는 태도가 드러나 있다.

주제

이별의 정한

구성

1연	뜻밖의 이별에 대한 놀라움과 원망에 찬 하소연
2연	하소연의 고조, 또는 슬픔의 고조
3연	감정의 절제와 체념
4연	이별 후의 소망과 기원

(나) 작자 미상, 〈어이 못 오던가~〉

해제

임에 대한 그리움을 해학적으로 표현한 사설시조이다. 임을 간절히 기다린 화자는 극단적 상황을 설정하여 임이 오지 못하는 이유를 추측하다가, 결국 임이 의지가 없어 오지 않는 것이라는 원망을 드러내고 있다.

주제

임에 대한 그리움과 원망

구성

초장	임이 오지 않는 상황
중장	임이 오지 않는 이유에 대한 추측
종장	오지 않는 임에 대한 원망

002 정답 ④

(가)의 화자는 이별의 상황에서 임을 잡지 못하고 이별을 받아들이고 있다. 그리고 가시는 듯 돌아오라며 재회에 대한 소망을 드러내고 있다. (나)에서는 임에 대한 간절한 기다림과 오지 않는 임에 대한 원망이 드러난다. 따라서 (가)의 화자가 현재 (나)를 노래한다면, 임과의 재회에 대한 소망이 여전히 이루어지지 않고 있어 그 안타까움을 드러내고 있다고 파악할 수 있다.

오답 넘기

① (나)에는 이별 당시의 상황에 대한 후회가 나타나지 않는다.

② (가)의 '날러는 어찌 살라 하고'에서 임을 원망하는 모습이 나타나고 (나)에도 '한 달 서른 날에 날 와 볼 하루 없으랴'에서 오지 않는 임을 원망하는 모습이 나타난다. 따라서 (나)의 화자에게서 임을 원망하는 마음이 사라졌다고 볼 수 없다.

③ (나)에는 화자가 자신의 과거의 행동을 자책하는 모습은 나타나지 않는다.

⑤ (가)에는 임과 이별을 하는 상황에 대해 안타까움이 나타나고 있으므로 임이 떠난 상황에 대하여 괴로움을 느꼈다고 볼 수 있다. 그러나 (나)에서 차분해진 화자의 모습은 나타나지 않는다. (나)에서는 간절한 마음으로 임이 돌아오기를 기다리는 화자의 모습이 드러나고 있다.

핵심 유형 2 시어의 함축적 의미와 기능 파악

003 이준관, 〈구부러진 길〉

2017년 3월 전국연합

해제

이 시는 '구부러진 길'을 보면서 삶의 바람직한 모습을 떠올리고 있다. 화자는 구부러진 길을 가면서 만날 수 있는 것들을 떠올리고 그것이 많은 것들을 품고 있음을 깨달으며 자신도 '구부러진 길 같은 사람'이 되고 싶다는 소망을 드러내고 있다. '구부러진 길'은 '구부러진 하천', '구부러진 삶', '구부러진 길 같은 사람'으로 의미가 변주되거나 확장되면서 가족, 이웃 등 주변을 돌아보며 사는 삶, 시련이나 실패를 겪으면서 살아온 삶, 다른 사람의 상처와 고통을 이해하고 감싸 주는 삶의 의미를 보여 주고 있다.

주제

구부러진 길과 같은 삶을 살고 싶은 소망

구성

1~6행	구부러진 길을 가면서 만날 수 있는 것들
7~10행	많은 것을 품고 있는 길
11~16행	구부러진 것과 같은 사람이 좋음.

003

정답 ②

(나)의 화자는 '반듯한 길 쉽게 살아온 사람보다 / 흙투성이 감자처럼 울퉁불퉁 살아온 사람의 / 구불구불 구부러진 삶이 좋다.'라고 노래하고 있다. '반듯한 길 쉽게 살아온 사람'은 시련이나 실패가 없는 삶을 살아온 사람을 의미하고 '흙투성이 감자처럼 울퉁불퉁 살아온 사람', '구불구불 구부러진 삶'을 살아온 사람은 인생의 질곡을 겪어 온 사람을 의미한다고 볼 수 있으므로 '울퉁불퉁(ⓐ)'은 '구불구불(ⓑ)'과 더불어 '반듯한 길 쉽게'와 대비를 이루고 있음을 알 수 있다. 또한 '울퉁불퉁 살아온 사람의 / 구불구불 구부러진 삶'은 '흙투성이 감자'에 비유되고 있으므로 ⓐ와 ⓑ는 '흙투성이 감자'의 이미지와 어울린다고 할 수 있다.

오답 넘기

① 화자가 '흙투성이 감자처럼 울퉁불퉁 살아온 사람의' '구불구불 구부러진 삶'이 좋다고 말하는 것을 볼 때 이러한 삶에 대해 긍정적 태도를 지니고 있음을 알 수 있다. 따라서 '흙투성이 감자'는 '울퉁불퉁 살아온 사람'을 비유한 표현이므로 ⓐ는 '흙투성이 감자'와 함께 긍정적 의미를 지닌다. 또한 화자는 '구불구불 구부러진 삶이 좋다.'라고 말하고 있으므로 '구불구불 구부러진 삶'도 긍정적 의미를 띤다.

③ '흙투성이 감자'는 '울퉁불퉁 살아온 사람'을 비유한 표현으로, 화자가 긍정적으로 생각하는 대상이다. 따라서 ⓐ는 '흙투성이 감자'의 이미지를 강화한다. ⓑ는 '구부러진 삶'의 이미지를 강화하는 것으로, 화자는 '구부러진 삶'을 긍정적으로 바라보고 있다. 따라서 ⓐ와 ⓑ를 통해 '구부러진 삶'에 대한 비관적 인식을 드러낸다는 진술은 적절하지 않다.

④ '울퉁불퉁 살아온 사람의' '구부러진 삶'은 인생의 질곡을 겪은 사람의 삶의 모습으로, ⓐ와 ⓑ는 '구부러진 길처럼' '구부러진 삶'을 살아온 사람'과 관련이 있다. 그러나 ⓐ와 ⓑ가 그 사람의 내면을 드러낸다고 보기는 어려우므로 ⓐ는 '구부러진 길처럼 살아온 사람'의 내면을 드러내고, ⓑ는 '반듯한 길 쉽게 살아온 사람'의 내면을 드러낸다는 진술은 적절하지 않다.

⑤ 화자는 '흙투성이 감자처럼 울퉁불퉁 살아온 사람의' '구불구불 구부러진 삶'이 좋다고 '구부러진 길'에 대해 예찬하는 태도를 보인다. '반듯한 길'과 '구부러진 길'은 의미상 대조를 이루고 있는데, 이때 '반듯한 길'은 실패나 시련 없이 살아온 삶을 의미한다. ⓐ는 인생의 질곡을 겪어 온 삶, '구불구불 구부러진 삶'과 연관되므로 '반듯한 길'을 소극적으로 수용하는 태도를 반영한다고 볼 수 없다. ⓑ는 '구불구불 구부러진 삶이 좋다.'는 화자의 태도로 볼 때 '구부러진 길'을 적극적으로 예찬하는 태도를 반영하고 있다고 할 수 있다.

004 (가) 작자 미상, 〈청산별곡〉 / (나) 윤선도, 〈오우가〉

2014년 9월 전국연합

(가) 작자 미상, 〈청산별곡(靑山別曲)〉

해제

이 작품은 〈악장가사〉에 실려 전하는 작자·연대 미상의 고려 가요로, 〈서경별곡〉과 함께 문학성이 뛰어난 작품으로 평가되고 있다. 화자는 자신이 처해 있는 현실적 고통을 떨쳐 버릴 수 있는 도피적 공간으로 '청산'과 '바다'라는 이상향을 설정하고, 그곳에서 살고자 하는 바람을 드러내고 있다. 또한 이 작품은 시어에 대한 해석이 다양하여, 화자에 대한 견해 또한 다양하다. 현실에서 좌절한 지식인, 또는 삶의 터전을 잃은 유랑민이나 실연한 여인이라는 견해가 있지만, 고통스러운 삶에서 벗어나 다른 세계로 도피하여 고뇌의 해소를 꿈꾸는 인물이라는 점에서 공통적이다.

주제

삶의 고뇌와 비애에서 벗어나고 싶은 욕구

구성

제1장	청산에 대한 동경
제2장	삶의 비애와 고독
제3장	속세에 대한 미련
제4장	절망적인 고독과 비탄
제5장	삶의 운명에 대한 체념
제6장	바다에 대한 동경
제7장	기적을 바라는 절박한 심정
제8장	술을 통한 고뇌의 해소

(나) 윤선도, 〈오우가(五友歌)〉

해제

이 작품은 고산 윤선도가 56세 때 유배 생활에서 돌아와 해남에 은거할 무렵에 지은 6수의 연시조이다. 첫째 수에서는 다섯 수의 중심 소재인 물, 바위, 소나무, 대나무, 달에 대한 소개를 하고, 둘째 수에서부터는 각 소재들을 친근한 벗으로 표현하면서 그 덕을 예찬하고 있다. 자연에 대한 우리 조상들의 사상이 담겨 있으며, 자연과 인간이 하나로 어우러진 물아일체(物我一體)의 경지가 나타나 있다. 또한 화자는 물, 바위, 소나무, 대나무, 달의 속성을 유교적 이념에 따른 인간적 면모와 연결 지으면서, 화자 자신 역시 그러한 모습으로 살고 싶다는 소망을 드러내고 있다.

주제

다섯 벗(물, 바위, 소나무, 대나무, 달)의 덕을 예찬함.

구성

제1수	다섯 벗(물, 돌, 소나무, 대나무, 달)에 대한 예찬
제2수	물의 영원성 예찬
제3수	바위의 불변성 예찬
제4수	소나무의 강직함 예찬
제5수	대나무의 곧은 절개 예찬
제6수	달의 밝음과 과묵함 예찬

004

정답 ③

㉠은 '믜리도 괴리도 업시(미워할 이도 사랑할 이도 없이) 마자셔 우니노라'에서 보듯 화자의 의지와는 무관하게 화자를 슬픈 운명으로 몰아넣는 대상으로 화자에게 설움의 감정을 불러일으킨다. ㉡은 '꽃'이나 '풀'과 달리 변하지 않는 속성을 지닌 자연물로 화자에게 흠모의 감정을 불러일으킨다.

오답 넘기

① 자기의 마음을 반성하고 살피는 것을 '성찰'이라고 한다. ㉠과 ㉡은 (가)와 (나)의 화자에게 반성이나 존재의 의미를 살피는 계기가 되는 소재는 아니다.

② 감정 이입이 나타나려면 사물이나 자연물과 같은 대상을 통해 화자의 감정이 드러나야 한다. ㉠과 ㉡ 모두 화자의 감정이 드러나지는 않는다. (가)의 '우니노라'는 '돌'이 우는 것이 아니라 화자가 우는 것을 말한다.

④ ㉠을 맞고 화자는 울면서 운명에 대한 체념적 태도를 보이고 있으므로 이것을 수용해야 할 대상으로 볼 수도 있다. ㉡은 극복해야 할 대상이 아니라 화자가 추구하는 대상이다.

⑤ ㉠은 비극적 운명을, ㉡은 변하지 않는 욕심 없는 강직한 자세를 상징한다.

핵심 유형 3 표현상의 특징 파악

005 (가) 박용래, 〈밭머리에 서서〉 / (나) 김준태, 〈강강술래〉

2016년 3월 전국연합

(가) 박용래, 〈밭머리에 서서〉

해제

이 작품에서는 다양한 감각적 이미지, '배추꼬리'나 '무꼬리'와 같이 고향의 추억이 담겨 있는 소재들을 다양하게 활용하여 화자의 기억 속, 사라져 간 고향의 맛과 정취를 그려 내고 있다. 또한 뒤이어 고향을 떠나간 사람들을 떠올리며 지난날의 고향에 대한 그립고도 아쉬운 마음을 집약적으로 드러내고 있다.

주제

지난날의 고향에 대한 그리움

구성

1연	배추밭머리에 서서 지난날 먹었던 배추꼬리의 맛을 떠올림.
2연	무밭머리에서 서서 지난날 먹었던 무꼬리의 맛을 떠올림.
3연	지난날 고향의 '달삭한 맛'을 떠올림.
4연	고향을 떠나간 사람들을 떠올림.
5연	지난날 고향에 대한 그리움과 아쉬움을 느낌.

(나) 김준태, 〈강강술래〉

해제

이 작품은 고향에 내려간 화자가 할머니와 할아버지의 삶을 생각하며 과거의 농촌 공동체에 대한 그리움을 노래하고 있다. 고향에 내려간 화자는 늙으신 할머니의 손톱과 발톱을 깎아 드리며 할머니에 대한 애정을 드러낸다. 풀여치와 같은 작은 생명도 소중하게 여기며 살아온 할머니의 삶과, 개인보다는 공동체의 삶을 먼저 생각하며 대숲을 가꾸신 할아버지의 삶을 통해 배려와 인정이 넘치던 과거의 농촌 공동체를 형상화하고 있다. 그리고 그러한 공동체에 대한 화자의 그리움을 '논'과 '밭'이 되고 싶었다는 소망을 통해 보여 주고 있다.

주제

과거 농촌 공동체의 삶에 대한 그리움

구성

1~3행	늙은 할머니의 손발톱을 깎아 드리는 '나'
4~6행	자연과 생명을 아끼고 배려하며 평생을 살아오신 할머니
7~9행	변함없는 대밭을 바라보는 '나'
10~15행	할아버지와 과거 농촌 공동체에 대한 그리움
16~19행	공동체적 삶에 대한 지향

005

정답 ⑤

(가)의 화자는 현재 밭머리에 서서 고향에 대한 추억을 '달삭한 맛'을 통해 환기하고 있다. 따라서 '달삭한 맛(㉠)'이라는 미각적 이미지의 감각적 표현을 통해 화자의 과거와 현재를 연결하고 있다고 볼 수 있다. 그러나 '산국화 냄새(㉡)'는 팔순이 되신 현재의 할머니에 대한 화자의 인상을 후각적 이미지를 통해 드러낸 것으로, 과거와 현재를 이어 주고 있다고 볼 수 없다.

오답 넘기

① 화자는 자신이 느끼고 있는 고향에 대한 그리움을 ㉠이라는 미각적 이미지를 통해 환기하고 있다.

② 화자는 지난날 고향에서 눈 덮인 움 속에서 배추꼬리를 찾아내 먹었던 일, 무꼬리를 먹었던 일 등을 ㉠이라는 구체적 감각을 통해 생생하게 전달하고 있다.

③ (나)에서는 너무 늙어 앞도 잘 보지 못하는 팔순 할머니에 대한 인상을 ㉡이라는 후각적 이미지가 나타난 시어를 통해 드러내고 있다. 이는 할머니가 자연과 더불어 소박한 삶을 살아왔음을 의미한다.

④ ㉠에서는 옛 고향에 대한 화자의 그리움을, ㉡에서는 늙어 버린 할머니에 대한 화자의 정서를 각각 미각적 이미지와 후각적 이미지를 통해 선명하게 드러내고 있다.

006 정철, 〈관동별곡(關東別曲)〉

2014년 11월 전국연합

해제

강원도 관찰사로 임명받아 부임하는 과정에서 내금강과 관동 팔경을 두루 살펴보고 자연 경관을 찬양하고 관찰사로서의 포부를 드러내고 있는 가사이다. 화자는 내금강과 관동 팔경을 보며 감탄하기도 하고 때로는 자연에 머물러 신선 같은 삶을 살고 싶다고 이야기한다. 그러면서도 자신의 직분인 관찰사로서의 사명을 잊지 않고 임금을 향한 충정과 선정에 대한 포부를 다짐하는 모습도 함께 드러낸다. 박진감 넘치는 시상 전개와 다채롭고 화려한 비유를 통해 기행 가사의 백미를 보여 준다.

주제

관동 지방의 절경과 선우후락(先憂後樂)의 다짐

구성

서사	관찰사 부임의 기쁨과 선정에의 포부
본사	금강산과 관동 팔경 유람
결사	신선 사상과 선우후락(先憂後樂)의 다짐

006

정답 ②

이 글에서는 대상을 점층적으로 강조하여 시적 긴장감을 높이는 표현 방식은 사용되지 않았다.

오답 넘기

① '은 같은 무지개 옥 같은 용의 꼬리', '들을 적에는 우레더니 볼 때는 눈이로다' 등에서 대구의 방식을 활용하여 리듬감을 부여하고 있음을 확인할 수 있다.

③ '들을 적에는 우레더니 볼 때는 눈이로다'에서 청각과 시각의 감각적 심상을 활용하여 만폭동 폭포의 모습을 생동감 있게 묘사하고 있음을 확인할 수 있다.

④ '은 같은 무지개 옥 같은 용의 꼬리'에서 비유(직유)를 사용하여 폭포의 아름다운 모습을 부각하고 있음을 확인할 수 있다.

⑤ '어와(아아)'에서 영탄법을 통해 화자의 감정을 직접적으로 표출하고 있음을 확인할 수 있다.

핵심 유형 4 외적 준거를 통한 작품 감상

007 김영랑, 〈모란이 피기까지는〉 2016년 6월 전국연합

해제

이 시에서 화자는 봄을 모란이 피는 시간인 동시에 모란이 지는 시기로 인식하고 있다. 따라서 화자에게 봄은 모란이 피는 찬란한 기쁨을 누리는 순간이기도 하고 모란이 지는 슬픔에 잠기는 순간이기도 한 것이다. 이렇게 소망과 절망이 공존하는 상황 속에서 화자는 모란이 지는 것에서 오는 슬픔과 좌절감에 매몰되는 것이 아니라 다시 모란이 피기를 소망하고 있다.

주제

소망이 이루어지기를 기다림.

구성

1~2행	모란이 피기를 기다림(현재).
3~4행	모란이 질 때의 슬픔(미래)
5~10행	모란이 지고 난 후의 슬픔과 절망감(과거)
11~12행	모란에 대한 기다림을 지속하겠다는 의지(현재)

007

정답 ③

이 시의 9행 '모란이 지고 말면 그뿐 내 한 해는 다 가고 말아'는 모란이 지는 것을 인생을 '다' 잃은 것으로 과장하여 표현함으로써 모란이 모두 져 버린 뒤 느끼는 화자의 슬픔을 강조하여 나타낸 부분이다. 따라서 '남거나 빠진 것이 없이 모두'를 뜻하는 부사어인 '다'가 모란이 피지 못할 것이라는 화자의 불안감을 강조한다고 보는 것은 적절하지 않다. '다'에는 모란이 져 버린 것에 대한 화자의 덧없음이 담겨 있다고 보는 것이 적절하다.

오답 넘기

① 물체가 잇따라 아래로 떨어지는 모양을 나타내는 부사어 '뚝뚝'을 사용하여 떨어지는 모란의 모습을 감각적으로 묘사하면서 화자가 느끼는 절망감과 안타까움의 크기를 효과적으로 드러내고 있다.

② 어느 한 시점을 기준으로 그 전까지 이루어지지 아니하였던 사건이나 사태가 이루어지거나 변화하기 시작함을 나타내는 부사어인 '비로소'를 사용하여 모란이 완전히 져 버린 것에 대해 느끼는 화자의 상실감을 강조하고 있다.

④ 늘, 한결같이'를 뜻하는 부사어 '하냥'을 사용하여 삼백예순 날을 섭섭해 운다고 표현함으로써 모란이 다 져 버려 모란을 보지 못하는 화자의 슬픔을 강조하고 있다.

⑤ 어떤 일이나 상태 또는 어떻게 되기까지 시간이 더 지나야 함을 나타내거나, 어떤 일이나 상태가 끝나지 아니하고 지속되고 있음을 나타내는 부사어인 '아직'을 사용하여 모란이 다시 피기를 간절히 기다리는 화자의 심정을 강조하고 있다.

008 정철, 〈사미인곡(思美人曲)〉 2013년 11월 전국연합

해제

이 작품의 제목 '사미인곡(思美人曲)'은 '아름다운 사람을 생각하는 노래'라는 뜻으로, 한 여인이 임을 그리워하는 형식을 빌려 임금에 대한 충성을 노래한 가사이다. 임금을 그리워하고 사모하는 마음을 천상에서 임을 모시다가 지상으로 쫓겨 내려온 선녀의 마음에 빗대어 표현하고 있으며, 화자를 여성으로 설정하여 그 심정을 더욱 절실하게 드러내고 있다. 세련된 표현을 구사하고 있기에 〈속미인곡〉과 함께 가사 문학의 걸작으로 꼽힌다.

주제

연군지정(戀君之情)

구성

서사		임과의 인연과 임과 이별한 뒤의 그리움
본사	봄	임을 향한 변함없는 충정을 알리고 싶은 마음
	여름	자신의 외로움과 임에 대한 정성을 알리고 싶은 마음
	가을	임의 선정을 바라는 마음
	겨울	임의 건강을 염려하며 홀로 밤을 지새우는 마음
결사		죽어서도 임을 따르겠다는 염원과 충정

008

정답 ⑤

〈보기〉에서 '시적 화자는 천상계에서 임의 사랑을 받다가 지상계로 쫓겨 와 임을 그리워하는 존재로 설정되어 있다.'라고 하였다. 따라서 ⓜ에서 지상계의 화자가 짓는 '한숨과 눈물'은 천상계의 임에 대한 그리움 때문이지, 임에 대한 '원망'을 드러낸 것이라고 할 수 없다.

오답 넘기

① 〈보기〉에서 시적 화자는 천상계에서 임의 사랑을 받았다고 하였으므로, ㉠은 그 모습을 표현한 것으로 볼 수 있다.

② '지상계로 쫓겨 와 임을 그리워하는 존재'라는 〈보기〉의 내용과 연결 지어 볼 때, ㉡은 시적 화자가 적강하여 외롭게 임을 그리워하면서 살아가는 모습이라고 할 수 있다.

③ ㉢에서 '광한전'은 〈보기〉의 천상계를, '하계'는 〈보기〉의 지상계를 의미한다고 할 수 있다.

④ ㉣은 '연지분'으로 얼굴을 곱게 해도 보아 줄 임이 없다는 의미이다. 따라서 이를 〈보기〉의 '결핍의 공간'과 연결 지어 감상할 수 있다.

STEP 2 실전으로 실력 키우기 본문 020~032쪽

009 ②	010 ④	011 ①	012 ⑤
013 ①	014 ④	015 ③	016 ②
017 ③	018 ③	019 ②	020 ③
021 ④	022 ⑤	023 ③	024 ④
025 ②	026 ⑤	027 ④	028 ③
029 ④	030 ②	031 ④	032 ④
033 ④	034 ③	035 ⑤	036 ④
037 ③	038 ⑤	039 ④	040 ②
041 ②			

009~012 (가) 백석, 〈여승〉 / (나) 문태준, 〈가재미〉

2019년 6월 전국연합

(가) 백석, 〈여승〉

해제

이 작품은 일제 강점기의 어려운 현실을 살아가는 한 여인의 한스러운 삶을 그린 작품이다. 한 여인이 여승이 되기까지의 기구한 삶을 서술함으로써, 우리 민족의 비극적인 현실을 반영하고 있다. 이 작품은 시간을 역순행적(2연 – 3연 – 4연 – 1연)으로 구성하고 있는데, 이러한 구성은 시상에 입체성을 부여하는 역할을 할 뿐만 아니라, 한 여인의 비극적인 생애를 효과적으로 부각하는 데 기여한다.

주제

① 가족 공동체의 붕괴로 인한 여인의 비극적인 삶
② 일제 강점기 가족 공동체의 파괴

구성

1연	여승과 화자의 재회(현재)
2연	화자와 여인의 첫 만남(과거)
3연	여인의 비극적인 삶(과거)
4연	세상을 등지고 여승이 되는 여인(과거)

(나) 문태준, 〈가재미〉

해제

이 작품은 암 투병 중인 '그녀'를 지켜보는 화자의 슬픔과 연민의 감정을 표현하고 있다. 이 작품에서 화자는 암 투병 중인 그녀를 '가재미'에 비유함으로써 죽음을 앞둔 그녀의 고통과 슬픔을 형상화하고 그녀의 험난했던 지난 삶을 회상하고 있다. 특히 그녀의 죽음에 대한 고통과 슬픔을 공유하고 위로하려는 '나'의 모습도 '가재미'로 나타냄으로써 그녀와 '나'의 일체감과 교감을 효과적으로 드러내고 있다.

주제

① 암 투병 중인 그녀에 대한 연민의 정
② 죽음을 앞둔 존재에 대한 위안과 삶에 대한 성찰

구성

1~2행	암 투병으로 누워 있는 그녀
3~5행	가재미처럼 누워 눈길을 주고받으며 우는 그녀
6~11행	죽음만을 바라보는 그녀를 대신하여 그녀가 살아온 지난 삶에 대해 떠올림.
12~16행	숨소리가 거칠어지는 그녀가 죽음에 임박했음을 깨달으며 그녀와 교감함.

009 정답 ②

(가)는 '가을밤같이 차게 울었다', '섶벌같이 나아간 지아비', '여인의 머리오리가 눈물방울과 같이 떨어진 날이 있었다'에서 비유적 표현을 활용하여 일제 강점기에 힘겨운 삶을 살다가 여승이 된 여인의 비극적인 삶을 효과적으로 나타내고 있다. 한편, (나)는 '가재미처럼 그녀가 누워 있다', '느릅나무 껍질처럼 점점 거칠어진다' 등에서 비유적인 표현을 사용하여 암 투병으로 고통받으며 죽어가는 '그녀'의 상황을 효과적으로 나타내고 있다.

오답 넘기

① (가)는 '설게 울은 산꿩'에 감정을 이입하여 시적 대상인 여승의 한과 슬픔을 드러내고 있다. 하지만 (나)의 '가재미'는 힘겹게 투병 생활을 하는 '그녀'와, 죽음을 앞둔 '그녀'에게 공감하는 화자를 비유적으로 표현한 것이지 감정을 이입한 자연물이 아니다. (나)에는 자연물에 감정을 이입한 표현이 드러나지 않는다.
③ (나)는 '누워 있다', '눕는다', '떠올린다' 등 현재 시제를 사용하여 시적 상황을 현장감 있게 제시하고 있지만 (가)는 '했다', '늙었다'와 같이 과거 시제를 사용하여 회상하듯 시상을 전개하고 있으므로 적절하지 않다.
④ (가)는 '여인의 머리오리가 눈물방울과 같이 떨어진 날이 있었다'에서, (나)는 '그녀가 울컥 눈물을 쏟아낸다'에서 하강의 이미지가 나타나지만, (가)와 (나) 모두에서 상승의 이미지는 드러나지 않는다. 따라서 상승과 하강의 이미지를 대비하여 시적 의미를 강화하고 있다는 설명은 적절하지 않다.
⑤ (가)와 (나) 모두 음성 상징어인 의성어와 의태어의 사용이 드러나지 않는다.

010 정답 ④

(나)의 화자인 '나(ⓑ)'는 죽음만을 바라보며 힘겨운 투병 생활을 하고 있는 시적 대상인 '그녀' 옆에 자신도 한 마리의 가재미가 되어 눕고, 그런 ⓑ를 본 '그녀'는 왈칵 눈물을 쏟으면서 서로 정서적으로 교감하는 모습을 드러내고 있다. 또 시의 마지막에 ⓑ가 그녀의 물속에 나란히 눕자 '그녀'가 산소 호흡기로 들이마신 물을 마른 ⓑ의 몸 위에 가만히 적셔준다는 표현에서도 ⓑ와 '그녀'와의 정서적인 교감이 이루어짐을 확인할 수 있다.

오답 넘기

① (가)의 화자인 '나(ⓐ)'는 시적 대상인 여인의 비극적인 삶을 되돌아보며 서러움을 느끼고 있을 뿐, 자신의 삶과 여인의 삶을 비교하고 있지 않다.
② ⓐ는 시적 대상인 여인의 삶을 감정을 절제하며 비교적 객관적으로 전달하고 있다. 여인으로 인해 화자가 삶을 바라보는 관점이 변하고 있다는 것은 확인되지 않는다.
③ ⓑ는 시적 대상인 '그녀'에게 연민을 느끼고 '그녀'가 살아온 삶에 대해 위로와 공감을 나누고 있지만, '그녀'를 통해 화자 자신이 추구하는 삶의 모습을 드러내고 있지는 않다.
⑤ ⓐ는 시적 대상인 여인의 힘겨운 삶을 관찰하면서 서러움을 느끼고 있고, ⓑ는 시적 대상인 '그녀'와 정서적 교감을 나누며 암 투병으로 괴로워하는 '그녀'의 고통을 이해하고 공감하는 모습을 보이고 있을 뿐이다. ⓐ와 ⓑ 각각 시적 대상인 여인, '그녀'와 하나가 되려는 의지를 드러내고 있지는 않다.

011 정답 ①

〈보기〉를 참고할 때, 여인이 '금점판'에서 '옥수수'를 팔고 있는 것은 집을 떠난 지아비를 찾아 떠돌면서 옥수수를 팔아 생계를 이어 가고 있는 것이므로, 이는 일제의 식민지 수탈로 농촌 공동체가 몰락하고 가족 공동체가 파괴되는 당대의 현실을 드러내는 것으로 볼 수 있다. 그러나 '나'가 그 '옥수수'를 사는 것이 당시 몰락하는 농촌 공동체를 회복하기 위한 행위라고는 볼 수 없다.

오답 넘기

② 일제의 수탈로 생계가 막막해지자 일자리를 찾아 가족을 두고 집을 떠난 '지아비'가 '십 년이' 지나도록 '돌아오지' 않고 있으므로, 이는 가난으로 인해 가족 공동체가 파괴된 모습으로 볼 수 있다.

③ '어린 딸'이 '돌무덤'으로 갔다는 것은 '어린 딸'의 죽음을 의미한다. 집을 떠난 남편을 찾아 떠돌며 힘든 삶을 살아가는 여인이 딸마저 잃게 되는 상황은 여인의 기구하고 비극적인 삶을 드러내는 것이므로 적절하다.

④ '여인의 머리오리가 눈물방울과 같이 떨어진'을 통해 여인이 속세를 떠나 여승이 되기 위해 삭발을 하고 있는 모습을 떠올릴 수 있다. 머리카락이 잘려 나가는 모습을 '눈물방울'이 떨어지는 것으로 표현한 것에서 여인이 힘든 삶을 살아왔고, 현실의 삶을 견디지 못하고 여승이 된 것으로 볼 수 있다.

⑤ 이 시는 여인의 비극적인 삶을 시간의 흐름에 따라 구성한 것이 아니라 시간을 재구성하여 전개하고 있다. 즉 1연은 여승이 된 여인을 화자 '나'가 다시 만나는 현재의 모습을, 2연~4연은 여승이 되기까지의 과거 여인의 모습을 보여 주는 역순행적 구성 방식을 취하고 있다.

012

정답 ⑤

㉤에서 '나'는 그녀가 삶의 궤적에서 점점 멀어지며 죽음만을 기다리고 있다는 것을 인지하고 있다. 즉 그녀의 죽음에 대한 '나'의 현실 인지와 안타까운 마음이 드러나 있는 것이지, 그녀의 체념적 태도가 나타나 있는 것은 아니다.

오답 넘기

① '나'는 힘든 투병 생활로 인해 병상에 힘없이 누워 있는 그녀의 모습을 보고 '바닥에 바짝 엎드린 가재미'를 연상하고 있다.

② '나'는 그녀와 모습이 같은 '한 마리 가재미'가 되어 그녀 옆에 눕는 행동을 함으로써 그녀에 대한 연민과 위로를 드러내고 있다.

③ '가늘은 국수', '흙담조차 없었던'을 통해 그녀의 과거 삶이 가난하고 힘들었다는 것을 알 수 있다.

④ 병세가 악화되어 숨소리가 점점 거칠어지는 것을 거친 '느릅나무 껍질'에 빗대어 표현하면서 그녀가 현재 죽음이 임박했음을 드러내고 있다.

013~017 (가) 신흠, 〈방옹시여〉 (나) 오세영, 〈너의 목소리〉

2019년 3월 전국연합

(가) 신흠, 〈방옹시여(放翁詩餘)〉

해제

신흠이 광해군 5년 계축옥사에 연루되어 고향인 김포로 쫓겨나고 다시 광해군 9년에 춘천으로 유배되었다가 인조반정 이후 복귀하기까지 약 10여 년 사이에 지어진 작품이다. 작가는 강호에서 한가하게 지내는 것이 도리라고 생각하며 현실을 애써 긍정하려 하지만, 그의 의식적 지향은 언제나 임금에게 인정받고 자신의 역량을 발휘하는 관료 세계에 머물러 있었음을 알 수 있다.

주제

자연을 즐기는 마음과 임금에 대한 충정

구성

1(제1수)	속세와 단절된 산촌에서의 삶
2(제19수)	임에 대한 간절함으로 인한 착각과 내면적 고통
3(제30수)	노래를 통해 시름을 풀어 보고자 하는 마음

(나) 오세영, 〈너의 목소리〉

해제

이 시는 화자가 느끼는 '너'에 대한 간절한 그리움을 어느 밤에 일어난 일과 '봄비 소리'라는 특정 상황을 통해 초점화하여 보여 주고 있다. 화자는 어느 밤에 '너'에 대한 꿈을 꾸고 '너'를 간절히 그리워하다가 주변의 모든 소리를 '너의 목소리'로 생각하여 문을 열고 나갔으나 문밖에는 야속하게도 '봄비 소리'만 들릴 뿐이다. 즉 화자는 '봄비 소리'를 '너'가 온 것으로 착각할 만큼 '너'를 그리워하고 있는데, 이러한 화자의 그리움은 '발자국 소리', '소매깃 소리', '너의 목소리', '가랑비 소리', '봄비 소리', '후두둑' 등 청각적 이미지의 시어를 통해 형상화되고 있다.

주제

부재하는 대상에 대한 간절한 그리움

구성

1~8행	'너'의 꿈을 꾸고 '너'의 기척을 느낌.
9~14행	'너'의 목소리가 들리는 듯함.
15~21행	빗소리를 '너'의 기척으로 착각했음을 알게 됨.

013

정답 ①

(가)는 '긔 벗인가 하노라', '어즈버', '시름도 하도 할샤' 등에서, (나)는 '아아, 네가 왔구나.', '오냐, 오냐.'에서 영탄적 표현을 사용하여 화자의 감정을 효과적으로 표출하고 있다.

오답 넘기

② (나)의 마지막 '댓잎 끝에 방울지는 / 봄비 소리.'에서 명사로 시상을 종결하고 있음을 확인할 수 있다. 그러나 (가)에서는 명사로 시상을 마무리하는 부분을 찾아볼 수 없다.

③ (가)의 '날 찾을 이 뉘 있으랴', '낙엽은 무슨 일이고', '일러 다 못 일러 불러나 풀었던가'에서 의문형 진술을 활용하여 자연에 묻혀 사는 삶의 한가로움, 임에 대한 그리움, 시름을 풀고자 하는 마음 등 화자의 심리적 태도를 드러내고 있다. 그러나 (나)에서는 의문형 진술을 활용한 부분을 찾아볼 수 없다.

④ (가)의 '시비를 열지 마라'에서 말을 건네는 방식을 활용하고 있으나 명령적 어조를 사용하고 있으므로 청자와 친밀감을 강화하고 있다고 볼 수 없다. 한편 (나)에서는 '너'를 청자로 설정하여 화자가 '너'에게 말을 건네는 방식을 사용하여 '너'에 대한 친밀감을 강화하고 있다.

⑤ (가)의 1 종장 '밤중만 일편명월이 긔 벗인가 하노라'에서 '일편명월'에 인격을 부여하여 자연 속에 사는 삶에 대한 만족감을 드러내고 있다. 그러나 (나)에서는 자연물에 인격을 부여한 부분을 찾아볼 수 없다.

014

정답 ④

(가)의 2에서 화자는 '워석버석' 소리가 나는 것을 듣고 임이 온 것으로 착각하여 일어나 보니 '낙엽'이었다고 노래하고 있고, (나)에서 화자는 '나뭇가지 스치는' 소리가 나서 문을 열고 뛰쳐나갔더니 '봄비 소리'였다고 노래하고 있다. 이를 통해 볼 때 (가)의 화자는 '낙엽 소리'를 임이 오는 소리로 착

각하고 있고, (나)의 화자는 '봄비 소리'를 '너'가 오는 소리로 착각하고 있다. 이러한 착각은 부재하는 대상에 대한 간절한 그리움 때문이다. 간절하게 대상을 그리워하기 때문에 '낙엽 소리'나 '봄비 소리'를 부재하는 대상이 오는 소리로 착각하는 판단 오류를 일으킨 것이다. (가)의 가을이라는 시간적(계절적) 배경과 (나)의 봄이라는 시간적(계절적) 배경이 화자의 착각에 영향을 주는 것은 아니므로 판단 오류의 원인이 시간적 배경에 있다는 점을 (가)의 ②와 (나)의 공통점이라고 보는 것은 적절하지 않다. 즉 판단 오류의 근본 원인은 임('너')에 대한 간절한 그리움이라는 정서에 있지 시간적 배경에 있는 것이 아니다.

오답 넘기

① (가)의 ②에서는 '낙엽'을 통해, (나)에서는 '봄비'를 통해 계절적 이미지를 드러내고 애상적 분위기를 형성하고 있다.

② (가)의 ②에서 화자는 '워석버석' 소리가 나는 것을 듣고 임이 온 것으로 착각하고, (나)에서 화자는 '나뭇가지 스치는' 소리를 듣고 '너'가 온 것으로 착각한다. 이를 통해 볼 때 (가)와 (나)의 화자 모두 청각적 현상을 근거로 하여 부재하는 대상이 온 것으로 판단하였음을 알 수 있다.

③ (가)의 ②에서 화자는 '워석버석' 소리를 듣고 임이 온 것이라고 생각하여 '일어'나 보고, (나)의 화자는 '나뭇가지 스치는' 소리를 듣고 '너'가 온 것이라고 생각하여 문을 열고 '뛰쳐'나간다. 이를 통해 볼 때 (가)와 (나)의 화자 모두 상대방에 대한 그리움이 '일어'나 보고, '뛰쳐'나가는 행동을 통해 표출됨을 알 수 있다.

⑤ (가)의 ②에서 화자는 낙엽 소리를 듣고 임이 온 것이라고 착각하여 '일어'나 보았으나 임이 오지 않은 상황인 것을 알고 '유한한 간장이 다 긏을까 하노라'라고 임에 대한 그리움으로 인한 고통을 드러내고 있다. (나)의 화자 역시 '나뭇가지 스치는' 소리를 듣고 '너'가 온 것이라고 착각하여 '뛰쳐'나갔지만 '너'가 온 것이 아니라 비가 내리는 상황임을 깨닫고, '댓잎 끝에 방울지는 / 봄비 소리.'와 같이 '너'가 부재하는 상황에서 '너'에 대한 그리움을 드러내고 있다. 이를 통해 볼 때 (가)와 (나)는 모두 부재하는 대상인 임과 '너'에 대한 화자의 반응과 정서를 중심으로 시상이 전개되고 있음을 알 수 있다.

015

정답 ③

(가)의 ①에서 화자는 산촌에 내리는 눈으로 인해 속세로 이어진 돌길마저 묻혀 세상과 단절된 상황에 처해 있다. 이러한 시적 상황과 이어지는 구절 '날 찾을 이 뉘 있으랴'를 통해 볼 때 '시비를 열지 마라(㉠)'에는 스스로 속세를 멀리하고 자연 속에서 은자(隱者)로서의 삶을 살아가고자 하는 의도가 담겨 있다고 할 수 있다. (나)의 화자는 '너'가 온 것으로 착각하여 문을 열고 뛰쳐나가고 있는 상황에 있다. 이를 통해 볼 때 '문을 열고(㉡)'와 같은 행위에는 '너'가 왔는지 기대하는 마음이 담겨 있다고 할 수 있다. 따라서 ㉠에는 화자의 단절감이, ㉡에는 화자의 기대감이 담겨 있다는 진술은 적절하다.

오답 넘기

① ㉠에서 화자는 시비를 열지 말 것을 명령하고 있는데, 이를 통해 화자가 속세를 멀리하고 자연 속에서 살아가고자 하는 소망을 드러내고 있다고 할 수 있다. 또한 ㉡은 화자가 '너'를 만나기 위해 문을 열고 뛰쳐나가는 상황을 그리고 있으므로 ㉡에는 '너'를 만나고자 하는 화자의 소망이 담겨 있다고 할 수 있다. 따라서 ㉠과 ㉡에는 모두 화자의 소망이 투영되어 있다고 할 수 있다.

② ㉠은 화자와 속세의 단절을 의미하고, 이어지는 종장에서 '밤중만 일편명월이 그 벗인가 하노라'와 같이 자연 속에서 사는 삶에 대한 만족감을 드러내고 있으므로 ㉠에 화자의 억울한 심정이 내재되어 있다고 보기 어렵다. 화자는 오히려 어지러운 세상사에서 벗어나 스스로 자연에 묻혀 살기를 원하고 있다. ㉡은 화자가 그리워하는 대상인 '너'를 만나기 위해 문을 열고 뛰쳐나가는 상황을 그리고 있으므로 ㉡에 화자의 억울한 심정이 내재되어 있다고 보기 어렵다.

④ 냉소적 태도는 대상을 부정적으로 보며 비웃는 태도를 의미한다. ㉠이 포함된 (가)의 ① 전체에서 화자는 속세에서 멀어져 자연 속에서 은거하는 삶에 대해 만족감을 드러내고 있다. 속세를 멀리하고자 하므로 속세를 부정적으로 본다고 할 수 있지만, 이를 비웃고 있는 것은 아니므로 ㉠에 냉소적 태도가 반영되어 있다는 것은 적절하지 않다. 또한 관조적 태도는 사물이나 현상과 거리를 두고 고요한 마음으로 차분히 살펴보는 태도를 의미한다. (나)에는 부재하는 대상인 '너'에 대한 간절한 그리움이 담겨 있으며, ㉡의 앞 '황망히' 등의 표현에서 대상에 대한 화자의 감정이 직접적으로 드러나므로 ㉡에 관조적 태도가 반영되어 있다는 것은 적절하지 않다.

⑤ (가)의 ① 전체에서 화자가 결핍 상태에 있다고 추측할 수 있는 부분은 찾아볼 수 없다. 화자가 세상과 단절된 공간에 있는 것은 맞지만, 이는 화자가 바라는 것이므로 결핍으로 볼 수 없고, ㉠ 역시 화자의 의지에 의한 세상과의 단절을 드러내고 있으므로 결핍 상태가 충족되었다고 할 수 없다. (나)에서 화자는 부재하는 대상인 '너'가 온 줄로 알고 문을 열고 뛰쳐나가는데, '너'는 없고 비만 내리고 있다. '너'가 부재하는 상황을 결핍으로 해석할 수 있으나 ㉡에서 '너'는 여전히 부재한 상태이므로 결핍 상태가 충족되었다고 할 수 없다. 따라서 ㉠과 ㉡에 결핍 상태가 충족된 내면 심리가 나타나 있다는 것은 적절하지 않다.

016

정답 ②

<보기>에 따르면 (가)는 작가가 억울하게 관직을 박탈당하고 자연에 은둔하며 살아가고자 하는 마음과 임금에 대한 그리움, 세상사의 시름을 노래를 통해 풀고자 하는 마음을 나타낸 작품이라고 할 수 있다. 특히 (가)의 '밤중만 일편명월이 그 벗인가 하노라'에서는 자연에서 은거하는 삶에 대한 만족감을 드러내고 있다. 이를 통해 볼 때 '일편명월'은 세태를 비판하고 자신의 억울한 처지를 호소하는 작가의 분신이 아니라 화자가 지향하는 세계인 자연을 상징하며, 화자의 벗이 되어 주는 대상이라고 할 수 있다.

오답 넘기

① 산촌에 눈이 오니 돌길이 묻혔어라'로 볼 때 '산촌'은 화자가 은거하는 공간으로, 눈에 의해 세상(속세)과 단절된 공간이다. 또한 '밤중만 일편명월이 그 벗인가 하노라'에서는 자연 속에서 사는 삶에 대한 만족감을 드러내고 있으므로 '산촌'은 자연 속 공간이라고 할 수 있다. 따라서 '산촌'이 세상과 대비되는 공간으로서의 자연의 의미를 지닌다는 진술은 적절하다.

③ <보기>에서 (가)는 연군 등의 다양한 주제 의식을 형성하고 있다고 하였다. 이를 바탕으로 하여 (가)의 ②에서 '임'을 군왕으로 이해한다면 (가)의 ②는 임금에 대한 그리움을 노래하는 시조라고 할 수 있다. 이와 같은 관점에서 볼 때 종장의 '유한한 간장이 다 긏을까 하노라'에는 임금을 향한 신하의 애끓는 충정의 마음이 담겨 있다고 해석할 수 있다.

④ <보기>에서 (가)는 신흠이 관직을 박탈당하고 김포로 내쫓겼던 시기에 창작된 작품이고, 서문에서 "세상이 진실로 나를 버렸고 나 또한 세상사에 지쳤기 때문이다."와 같이 서술하였다고 하였다. 이를 바탕으로 볼 때 (가)의 ③은 억울하게 벼슬에서 물러난 작자가 전원에 은거하며 억울한 마음을 평정하고자 하는 작품이라고 할 수 있다. 이와 같은 관점에서 볼 때 '시름'은 정계에서 쫓겨난 작자 신흠의 복잡한 심경을 나타낸다고 할 수 있다.

⑤ <보기>에서 작가가 "세상이 진실로 나를 버렸고 나 또한 세상사에 지쳤

기 때문이다."라고 서술한 것으로 볼 때 작가는 세상사에 지치고 그로 인해 시름을 겪고 있음을 알 수 있다. 이를 바탕으로 (가)의 [3]을 살펴보면 화자는 '진실로 풀릴 것이면은 나도 불러 보리라'라고 자신의 시름을 해소하는 방법으로 노래를 선택하고 있는데, 이를 통해 작가가 노래를 시름을 푸는 탈출구이자 정서 순화의 기능을 가진 대상으로 보고 있다는 것을 알 수 있다. 이러한 관점에서 볼 때 '노래'는 세상사에 지치고 뒤엉킨 작가의 마음을 풀어 내는 수단으로서의 성격을 지닌 것이라고 볼 수 있다.

017

정답 ③

(나)에서 '너'는 '산 넘고 물 건너 / 누런 해 지지 않는 서역 땅'에서 온 존재이다. '산 넘고 물 건너' 온다는 것은 멀고 험한 곳에서 온다는 의미로 볼 수 있다. 또한 '누런 해 지지 않는 서역 땅'에서 볼 때 '너'의 죽음을 짐작해 볼 수 있다. 즉 화자에게 들리는 '너의 목소리(ⓑ)'는 실제 존재하는 것이 아니라 '너'를 그리워하는 화자의 환청과도 같은 것이다. 화자는 이에 대해 '아아, 네가 왔구나.'와 같이 반가움을 표현하고는 있으나, 과거의 추억을 환기하는 내용은 제시되어 있지 않으므로 ⓑ가 과거의 추억을 환기한다는 진술은 적절하지 않다.

오답 넘기

① (나)의 화자는 '너를 꿈꾼 밤'에 인기척에 잠이 깨어 '너'가 온 것으로 착각하여 '문을 열고 뛰쳐나가'지만 이는 비가 내리는 소리이다. 이를 통해 볼 때 화자가 빗소리를 '너'가 오는 '발자국 소리(ⓐ)'라고 착각한 것은 '너'를 간절하게 그리워하여 '너'에 대한 꿈을 꾸었기 때문이라고 할 수 있다. 따라서 화자가 꾼 '꿈'이 빗소리를 ⓐ로 여기는 계기가 된다는 진술은 적절하다.

② (나)에서 화자는 '너'에 대한 꿈을 꾼 후 문득 인기척에 잠이 깨고 지척에서 들리는 '발자국 소리'를 듣는데, 이는 '나뭇가지 스치는 소매깃 소리'로 들렸다가 '다정하게 부르는 너의 목소리'가 된다. 화자는 '너'가 온 것으로 착각하여 문을 열고 나가지만 이 소리는 모두 빗소리이다. 이를 통해 볼 때 '너'에 대한 꿈을 통해 촉발된 그리움으로 인해 화자는 빗소리를 '발자국 소리'로 듣고, 그 그리움이 고조되어 이를 '너의 목소리'로 구체적으로 인식하고 있음을 알 수 있다. 따라서 '너'에 대한 화자의 그리움이 고조됨에 따라 빗소리가 ⓐ에서 ⓑ로 인식된다는 진술은 적절하다.

④ '가랑비 소리(ⓒ)'는 하염없이 내리므로 하강적 이미지를 드러낸다고 할 수 있다. 이러한 가랑비의 하강적 이미지에는 '너'와의 만남이 무산된 상황에서 화자가 느끼는 허탈함과 안타까움, 좌절감이 투영되어 있다고 볼 수 있다. 따라서 '하염없이 내리는' ⓒ는 하강적 이미지를 통해 '너'와의 만남이 무산된 화자의 좌절감과 조응한다는 진술은 적절하다.

⑤ (나)에서 화자는 '너의 목소리(ⓑ)'가 '가랑비 소리(ⓒ)'인 것을 알고 허탈감과 좌절감을 느낀다. 이러한 화자의 정서가 반영된 시구가 '후두둑, / 댓잎 끝에 방울지는 / 봄비 소리.'라고 할 수 있다. 따라서 ⓑ가 ⓒ임을 알고 난 후의 화자의 허탈감이 '후두둑'을 통해 청각적 이미지로 부각된다는 진술은 적절하다.

018~021 (가) 오장환, 〈황혼(黃昏)〉 (나) 이형기, 〈모래〉 (다) 신영복, 〈비슷한 얼굴 – 계수님께〉 2018년 11월 전국연합

(가) 오장환, 〈황혼(黃昏)〉

해제

이 시는 1930년대를 배경으로, 도시 노동자인 화자가 비극적 현실에서 느끼는 절망감과 무력감을 형상화하고 있는 작품이다. 화자는 직업소개소에 일자리를 얻으러 온 실업자로 해가 저무는 순간까지 일거리를 찾지 못하는 상황에 처해 있는데, 이러한 암담한 현실 속에서 고향을 떠올리며 잠시나마 위로를 받는다. 하지만 '어디를 가도 사람보다 일 잘하는 기계는 나날이 늘어나가고'에서 볼 수 있듯이, 곧 기계화가 가속화되는 현실을 인식하고 무력감을 느낀다. '검푸른 황혼', '거물어지는 하늘' 등에서 화자의 어둡고 우울한 내면이 드러나고 있으며, 기계화가 가속되는 도시에서 살아가는 '나'와 아름답지만 나날이 퇴락해 가는 고향을 둘 다 병들고 야위었다고 표현한 것에서 근대 자본주의에 대한 작가의 회의적 태도를 느낄 수 있다.

주제

암담한 현실에서 느끼는 절망감과 무력감

구성

1연	실업자로서 가지는 소외감
2연	황혼에 느끼는 고향에 대한 향수
3연	군중 속에서 느끼는 소외감
4연	변한 고향에 대한 안타까움
5연	암담한 현실에 대한 분노와 절망

(나) 이형기, 〈모래〉

해제

이 시는 뭉쳐지지 않는 '모래'를 제재로 공동체적 가치관을 추구하지 않는 현대인의 삶을 비판하고 있는 작품이다. 이 시의 표면에는 직접적으로 화자가 드러나지 않으나, 모래에 대한 화자의 감상과 비판이 드러나므로 화자는 모래를 바라보고 있다고 볼 수 있다. 구체적으로는 서로 손잡지 않아서 봄비도 그대로 새나가고, 민들레 꽃씨도 싹트지 못하는 모래의 이기심을 비판적으로 바라보고 있는 것인데, 이 시에서 '모래'는 한 명 한 명의 사람을 비유한 것으로 볼 수 있다. 무수하게 모여 있지만 분열되어 있는 각 개인들은 고집 센 한 알의 모래인 것이다. 사람은 혼자서는 살 수 없기에 모래처럼 모래밭에 모여 공동체를 이루고 살아가지만, 화합하는 삶을 살고 있지는 않다. 이러한 모습을 뭉쳐 굳어지지 않는 모래에 비유하였으며, 이러한 이기적인 삶의 태도는 결국 봄비도, 민들레 씨앗도 소용없는 척박한 모래밭을 만들게 되는 것이다.

주제

공동체적 가치관을 추구하지 않는 현대인의 삶 비판

구성

1~2행	작지만 고집이 센 모래
3~4행	한 알 한 알이 모여서 이루어진 모래
5~7행	모여 있지만 서로 등을 돌리고 있는 모래
8~14행	모래를 손잡게 하려는 신의 노력
15~18행	신의 눈 밖에 난 모래

(다) 신영복, 〈비슷한 얼굴 – 계수님께〉

해제

이 작품은 공동체적 삶에 대한 지향을 성찰적 태도로 나타낸 수필이다. 글쓴이는 사람은 모두 남들과 연관되어 살아가며, 다른 사람과 아무런 내왕이 없는 순수한 개인은 존재하지 않는다고 말한다. 단절된 삶보다 정서적 공감을 바탕으로 연대하며, 공동체적 삶을 이룩하는 것이 인간으로서 살아가는 중요한 가치임을 제시하고 있다. 또한 '개인의 세기(世紀)'에 살고 있는 사람들은 비슷한 말투나 욕심, 얼굴에 대하여 부정적인 인식을 가지고 있지만, 글쓴이는 공동체적인 삶 속에서 얼굴이나 욕심이 비슷해지는 것은 당연한 것이라고 말하고 있으므로 이 작품의 마지막에 제시된 '비슷한 말투, 비슷한 욕심, 비슷한 얼굴'은 글쓴이가 생각하는 공동체적 삶의 지향점이라고 볼 수 있다.

주제

공동체적 삶에 대한 지향

구성

1문단	사람들은 비슷한 말투 · 욕심 · 얼굴을 가짐.
2문단	서로 비슷한 것에 대한 부정적인 통념
3문단	사회적으로 협동하며 살아가는 사람들
4문단	'함께' 살아가는 공동체적 삶
5문단	현대에 공동체적인 삶을 실천하기 어려운 까닭
6문단	공동체적인 삶 지향

018

정답 ③

(다)에서는 개인적인 삶을 살아가는 '무인도'와 사람들이 모여 함께 사는 '나지막한 동네'를 대비하여 제시하고 있다. 이를 통해 글쓴이는 '무인도'가 아닌 '나지막한 동네'에 살고 싶다고 말하며 많은 사람들과 더불어 살아가는 삶에 대한 지향이라는 가치를 드러내고 있다. (나)에서는 '모래밭'이라는 공간이 제시되고 있긴 하지만 모래밭과 대비되는 다른 공간은 확인할 수 없다.

오답 넘기

① (가)는 '고향이여!'에서 영탄적 어조를 통해 고향에 대한 화자의 그리움을, (나)는 '영원한 갈증!'에서 영탄적 어조를 통해 화자의 비판적 태도를 부각하고 있다.

② (가)에서는 고향을 '병든 학'으로 비유하여 아름답지만 쇠락해 가는 고향의 모습을 드러내고 있다. (다)에서는 개성 없는 비슷한 모습을 '기성품'으로, 개인적인 삶을 '무인도의 로빈슨 크루소', 높은 '담장' 등으로 비유하여 함께 사는 삶의 의미를 강조하고 있다.

④ 음성 상징어는 의성어, 의태어를 포함하여 가리키는 개념이다. (가)에서는 3연 '띄엄띄엄 서 있는 포도 위에 잎새 없는 가로수'라는 표현에서 음성 상징어의 활용을 확인할 수 있으나, (나)에서는 음성 상징어를 확인할 수 없다.

⑤ (다)는 시작과 끝에 '비슷한 말투, 비슷한 욕심, 비슷한 얼굴'이라는 동일한 구절을 배치하여, 공동체적인 삶이라는 주제를 강조하고 있다. (나)는 '모래'로 시작하였고, '영원한 갈증!'으로 끝을 내었기 때문에 동일한 구절을 배치한 것이라 볼 수 없다.

019

정답 ②

〈보기〉에서 (가)의 작가는 근대 자본주의에 대해 회의적인 태도를 가지고 있다고 하였다. 또한 '아리따운 너의 기억'은 현재 있는 도시에 대한 기억이 아니라 '고향'에 대한 추억과 향수이다. 따라서 작가가 근대 자본주의를 지향한다는 감상은 적절하지 않다.

오답 넘기

① 〈보기〉에 따르면 화자와 고향 모두 작품에서 병든 것으로 형상화되어 있다고 하였다. '병든 나'는 화자, '병든 학'은 나날이 퇴락해 가는 고향을 의미하므로 적절한 감상이다.

③ 화자는 고향을 그리워하면서 '우거진 송림 속으로 곱게 보이는 고향이여! 병든 학이었다. 너는 날마다 야위어가는……'이라고 하였다. 이를 통해 고향은 '학'처럼 고고하고 아름다운 곳이지만, 나날이 퇴락하고 있다는 것을 짐작할 수 있다.

④ 〈보기〉에서 '특히 기계화가 가속되는 현실'이라고 표현하였으므로 적절한 감상이다.

⑤ 화자는 현재 처한 현실에 대하여 분노와 절망을 느끼고 있지만, 현실을 바로잡으려는 의지가 보이지 않고, 그렇게 할 수 있는 상황도 아니다. 이 부분에서 현실에 대해 느끼는 화자의 무력감을 짐작할 수 있다.

020

정답 ③

〈보기〉에 따르면 '독선적인 태도를 지닌 개인은 스스로를 소외'시킨다. (나)에서 '봄비'는 모래에 생명력을 주려고 노력한 '신'의 선물이었고, '신'은 모래의 독선적 태도를 해결해 보고자 노력한 존재이다. 따라서 (다)의 '거대한 조직'에서 생겨난 '물신성'은 사람들의 만남을 멀리 떼어 놓기 때문에 개인이 직면하게 되는 소외의 원인이 되지만, (나)의 '신'은 개인이 직면하게 되는 소외의 문제를 해결하고자 하므로 소외의 원인이라고 볼 수 없다.

오답 넘기

① (나)의 '모래'는 '한알한알이 무수하게 모여서' 모래가 되었다. (다)의 '여러 사람' 역시 모여 있거나 부대끼며 살아가고 있으므로 〈보기〉에서 언급한 '집단 속에 놓인 개인의 모습'을 보여 준다.

② (나)의 '모래'는 무수히 모여 있으나 서로가 모른 체 등을 돌리고 있는 개인적이고 이기적인 태도를 보여 준다. (다)에서 담장을 높인다는 표현 역시 〈보기〉에서 언급한 독선적인 태도라 할 수 있으며, 이는 연대하지 않으려는 태도를 의미한다.

④ (나)에 따르면 '신'의 여러 노력에도 불구하고 '모래'는 결국 서로 손을 잡지 않는다. 즉 '모래밭'은 개인적이고 이기적인 태도로 인하여 뭉쳐지지도 않고, '꽃씨'가 싹트지도 않는 황폐한 삶을 보여 주고 있다. 반면, (다)에서는 '천재'란 어느 개인이나 순간의 독창이 아니라 '오랜 중지의 집성'이라고 하였다. 즉 '천재'를 〈보기〉에서 말한 '집단 속에서 완성되'는 개인이라고 이해할 수 있다.

⑤ (나)의 '영원한 갈증'은 〈보기〉에서 언급한 '공동체적 삶으로 나아가지 못한' 삶을 의미한다. 반면, (다)의 '합창하는 숲속'은 글쓴이가 지향하는 공동체적인 삶의 모습을 의미한다고 볼 수 있다.

021

정답 ④

(가)에서 '가로수(㉠)'는 화자의 객관적 상관물이다. 화자의 외로움과 공허함, 나약함을 보여 주는 소재이며, '띄엄띄엄 서' 있는 '잎새 없는' 가로수의 모습이 화자의 고독함을 보여 주고 있다. 반면, (다)에서 '무인도(㉡)'는 '다른 사람과 아무런 내왕이 없는' 곳이므로 고립의 이미지를 드러낸다고 볼 수 있다.

오답 넘기

① ㉠, ㉡ 모두 성숙의 이미지를 확인할 수 없다. 특히 ㉡은 글쓴이가 부정적으로 생각하는 고립의 공간, 개인적 공간을 의미한다.

② ㉠은 화자의 객관적 상관물인데, (가)의 화자는 공허함과 외로움을 느끼고 있으므로 자족하고 있다고 볼 수 없다. ㉡에서도 자족의 이미지는 확인할 수 없다.

③ ㉠은 화자의 공허함, 외로움을 드러내는 소재이므로 단절의 이미지라고

볼 수 있으나, '다른 사람과 아무런 내왕이 없는' ㉡을 소통의 이미지로 볼 수 없다.

⑤ ㉠과 ㉡ 모두 공동체적인 삶과는 거리가 먼 소재이다. 상생과 공존의 이미지를 찾을 수 없다.

022~025 (가) 박인로, 〈누항사〉 (나) 김소운, 〈가난한 날의 행복〉

2018년 6월 전국연합

(가) 박인로, 〈누항사(陋巷詞)〉

해제

작가가 관직을 사임하고 고향으로 돌아가 생활할 때 지은 가사로, 이덕형이 작가의 곤궁한 생활에 대해 묻자 이에 대한 답으로 지었다고 한다. 누추한 곳에 초막을 지어 굶주림과 추위가 닥치고 수모가 심하지만 가난을 원망하지 않겠다는 내용이다. 자연을 벗 삼아 충효, 형제간의 화목, 친구 간의 신의를 지키면서 안빈낙도를 추구하고자 하는 유교적 이상을 노래하고 있다.

주제

안빈낙도의 삶의 자세

구성

서사		길흉화복을 하늘에 맡기고 누추한 곳에서 가난하게 살고자 하는 심정
본사	1	지난 7년간의 왜란에서 백전고투하던 일에 대한 회상
	2	몸소 농사를 짓고자 하나 농사일에 쓸 소가 없어 낙심함.
	3	가뭄에 언뜻 내리는 비에 밭을 갈기 위해 소를 빌리러 감.
	4	소를 빌리러 갔다가 수모만 받고 돌아옴.
	5	집으로 돌아와서 야박한 세상인심을 한탄하며 봄갈이 할 생각을 그만둠.
	6	자연을 벗 삼아 임자 없는 자연 속에 절로 늙기를 바람.
결사		가난하지만 원망하지 않고, 충효에 힘쓰고, 형제들과 화목하며 벗들과의 신의를 지킬 것을 다짐함.

(나) 김소운, 〈가난한 날의 행복〉

해제

이 작품은 가난한 시절을 함께 보낸 부부의 소박한 사랑과 추억이 깃든 이야기를 통해 가난하지만 서로에게 보여 주는 따뜻한 배려와 사랑이야말로 인생을 풍요롭게 한다는 진실을 이야기함으로써 참된 행복의 의미에 대해 생각하게 하고 있다. 이 글의 마지막에 인용된, "행복은 반드시 부와 일치하진 않는다."는 경구는 글쓴이가 말하고자 하는 바가 무엇인지 분명하게 보여 주는 것으로서, 글쓴이는 행복이 물질적 풍요가 아닌 정신적 풍요에 있다는 깨달음을 전달하고 있다.

주제

가난 속에도 행복이 있다는 깨달음

구성

1~3문단	남편을 찾아 춘천으로 간 여인
4~5문단	남편과 재회한 여인
6문단	남편에게서 자초지종을 듣게 된 여인
7문단	돌아오는 경춘선 안에서 손을 잡아 준 남편과의 추억
8~9문단	남편과의 추억을 회상하며 행복해 하는 여인
10문단	가난 속에서도 빛나던 사랑을 잊지 않아야 함.

022

정답 ⑤

(가)는 화자가 이웃집에 가 소를 빌리는 일화를 구체적으로 활용하여 궁핍하고 누추한 현실에서 오는 고뇌와 그럼에도 불구하고 자연 친화적 삶을 추구하고자 하는 삶의 태도를 보여 주고 있다. (나)는 아내가 남편을 찾으러 간 일화를 구체적으로 활용하여 가난한 생활 속에서도 부부간의 빛나던 사랑으로 인내하며 행복을 추구하고자 했던 삶의 태도를 보여 주고 있다.

오답 넘기

① (가)와 (나)에는 모두 특정한 인물을 통해 자신의 삶을 '반성'하는 부분이 제시되어 있지 않다.

② (가)의 화자는 자신을 '어리석고 세상물정 어둡'다고 하며, '무정한 오디새'가 자신의 '한을 돕'고 있고, '아침이 끝나도록 슬퍼하'고 있다며 자신의 감정을 직접 드러내고 있다. (나) 역시 글쓴이가 자신의 생각을 직접 드러내고 있으며, 사건을 객관적으로 바라보고 있다고 보기도 힘들다. 그리고 (나)의 일화 속 인물들 역시 감정을 직접적으로 드러내고 있다는 점에서 적절하지 않은 선지이다.

③ (가)에는 화자가 소를 빌리러 간 이웃집에서 누추한 자신의 집으로 움직이는 공간의 이동이 나타나지만, 이를 통해 대상에 대한 그리움을 드러내고 있지는 않다. (나)에는 일화 속 아내가 남편을 찾아 서울에서 춘천으로 이동하는 공간의 이동이 나타나며 이러한 아내의 행동에서 남편에 대한 걱정의 정서를 엿볼 수 있다.

④ (가)의 화자는 '아아 잊었구나'에서 감탄사 '아아'와 감탄형 종결 어미 '-구나'를 사용하여 먹고 사는 것으로 인해 자연과 더불어 살겠다는 큰 꿈을 품었던 것을 잊었음을 영탄적으로 표현하고 있다. 하지만 (나)에는 영탄적 표현이 나타나지 않는다.

023

정답 ③

[A]에서는 '기름'을 '구슬 같'다고 나타낸 비유적 표현이 사용되었지만, 이 구절에서 인물의 특징이 드러나는 것은 아니다. [B]에서 역시 비유적 표현을 활용하여 인물의 특성을 드러낸 부분은 제시되지 않았다.

오답 넘기

① [A]는 주로 4음보의 규칙적인 반복을 통해 리듬감을 형성하고 있다.

② [B]는 "행복은 반드시 부와 일치하진 않는다."라는 경구를 활용하여 주제를 드러내며 글을 효과적으로 마무리하고 있다.

④ [B]는 '전보', '8 · 15', '6 · 25' 등의 특정한 어휘를 사용하여 구체적인 시대상을 나타내고 있다.

⑤ [A]는 소를 빌리러 간 화자와 소 주인의 대화를 통해 소를 빌리지 못하게 된 화자의 상황이 구체적으로 제시되고 있다. [B]는 아내의 말을 직접 활용하여 아내의 현재 상황과 정서를 구체적으로 제시하고 있다.

024

정답 ④

㉣의 '볏보님도 좋을시고'는 쟁기의 날이 잘 관리된 상태라는 의미로 추정된다고 하였다. 그런데 이렇게 잘 관리된 쟁기를 보며 화자는 '빈 집 벽 가운데에 쓸데없이 걸렸구나'라고 하였으므로, 화자의 눈에 비친 대상인 쟁기는 농사를 못 짓게 되어 쓸모없어진 물건일 뿐, 시름을 잊고자 하는 화자의 심리가 투영된 대상이라고 보기는 어렵다.

오답 넘기

① '간빈일념(安貧一念)'은 가난 속에서도 마음을 편히 갖겠다는 생각을 의미한다. 그런데 ㉠에서 화자는 '설 데운 숭늉에 고픈 배를 속일 뿐'인 가

난한 상황에서도 '대장부의 뜻을 옮'길 수는 없다고 말하고 있다. 따라서 ㉠에서 화자는 어려운 상황 속에서도 안빈일념의 가치를 이루고자 하는 의지를 드러내고 있다고 볼 수 있다.

② ㉡에서 화자가 '달 없는 황혼에 허위허위 달려가'는 것은 농사를 짓는 데 필요한 소를 빌리기 위해서이다. 따라서 ㉡에서 직접 농사를 지어야 하는 상황을 해결하고자 하는 화자의 다급한 심정이 드러난다고 볼 수 있다.

③ ㉢에서 화자가 '아침이 끝나도록 슬퍼하며 먼 들을 바라보'고 있는 것은 농사를 짓는 데 필요한 소를 빌리지 못해서이다. 따라서 이 부분에서는 소를 빌리지 못해 농사를 포기할 수밖에 없는 현실적 한계 상황에서 암담함을 느끼는 심리가 화자의 처량한 모습을 통해 드러나고 있다고 볼 수 있다.

⑤ ㉤에서 화자는 현실의 어려움으로 인해 농사를 포기한 상황에서, 교양 있는 선비들에게 낚싯대를 빌려 달라고 한 뒤, '갈대꽃 깊은 곳에 명월청풍(明月淸風) 벗이 되어 임자 없는 풍월강산(風月江山)에서 절로절로 늙으리라'고 하였다. 따라서 ㉤에는 명월청풍과 더불어 한가롭게 사는 삶을 실천하기 위한 화자의 의도가 드러나 있다고 볼 수 있다.

025 정답 ②

(가)의 화자는 농사 짓기를 포기한 후 '풍월강산'에서 명월청풍의 벗이 되어 절로절로 늙어가겠다고 말하고 있다. 따라서 '풍월강산'은 화자가 자연 속에서 안빈일념을 추구하겠다는 소망을 다짐하는 공간이라고 볼 수 있다. (나)의 아내에게 경춘선은 세 시간 가까이 가는 동안 남편이 자신의 손을 한 번도 손을 놓지 않았던 곳으로서 아내는 그 '경춘선' 안에서 너무도 행복해서 황홀에 잠겼다고 했으므로, 아내에게 '경춘선'은 남편과의 추억이 깃든 공간으로 볼 수 있다.

026~028 (가) 황지우, 〈겨울-나무로부터 봄-나무에로〉 (나) 윤동주, 〈길〉

(가) 황지우, 〈겨울-나무로부터 봄-나무에로〉

해제

이 작품은 '나무'를 소재로 하여 바람직한 삶의 자세를 노래하고 있다. 전반부에서 영하의 날씨에 '두 손 올리고 벌 받는 자세'로 서 있는 나무는 부정적 상황에 굴복한 모습을 의미한다. 하지만 '그러나' 이후 시상이 전환되며 이전의 나무의 굴욕적인 태도에 변화가 생긴다. '이게 아닌데'에서는 이전의 굴복적인 모습에 대한 문제의식을, '버티면서 거부하면서', '막 밀고 올라간다'에서는 부정적 상황에 대한 거부와 극복의 과정을 드러낸다. 부정적 상황을 극복해 가는 나무의 생명력과 노력의 과정은, 자기 정체성을 확립해 가는 과정으로 해석할 수 있다. 또한 이 작품이 쓰인 1980년대의 시대 현실을 염두에 둔다면, 이 시는 나무의 모습을 통해 부정적 시대 상황에 굴복하지 않는 의지적인 삶의 태도를 노래한 것으로 볼 수도 있다.

주제

부정적 상황을 극복하는 나무의 생명력과 주체적인 의지

구성

1~3행	주체성과 의지를 지닌 나무
4~9행	시련에 굴복한 나무의 모습
10~20행	굴욕적인 태도에 대한 거부와 시련을 이겨 내는 나무의 의지적인 모습
21~23행	시련을 이기고 스스로 꽃 피우는 나무

(나) 윤동주, 〈길〉

해제

이 작품의 제목이자 주요 소재인 '길'은 '삶'을 의미한다고 볼 수 있다. 즉, 화자가 길을 걷는 것은 하루하루를 살아가는 삶의 과정을 의미한다. 화자가 길을 걷는 이유는 잃어버린 무언가를 찾고자 함인데, 그것은 '담 저쪽'에 남아 있는 또 다른 '나'로 이는 곧 이상적 자아를 의미한다. 결국 화자가 길을 걷는 여정은 잃어버린 이상적 자아를 찾는 과정을 형상화한 것이며, 화자와 '담 저쪽'의 '나' 사이에 놓인 '돌담'과 '쇠문'은 둘의 소통을 가로막는 장애물이라 할 수 있다. 하지만 화자는 암담한 상황에 절망하지 않고, 진정한 자아를 찾고자 하는 의지를 드러낸다.

주제

이상적 자아를 회복하고자 하는 의지

구성

1연	진정한 자아를 찾고자 길을 나섬.
2~4연	진정한 자아를 찾기 힘든 여정
5연	자신의 모습에 대한 부끄러움(자기 성찰)
6~7연	진정한 자아를 회복하고자 하는 의지

026 정답 ⑤

(가)에서는 '나무이다', '올라간다', '된다'와 같은 현재형 표현을 사용하여 시적 상황에 생동감을 부여하고 있다. (나)에서는 '나아갑니다', '끼고 갑니다', '푸릅니다', '까닭입니다'와 같은 현재형 표현을 통해 성찰적이고 의지적인 화자의 현재 모습을 드러내고 있다.

오답 넘기

① 영탄적 표현은 (가)의 9행의 '아', 21행의 '아아'에만 쓰였고, (나)에는 쓰이지 않았다.

② (나)의 6~7연에 '내'가 나타나 있으므로, 화자가 표면에 드러나 있는 것은 (나)에만 해당한다.

③ (가), (나) 모두 4음보의 정형적 운율은 쓰이지 않았다. 정형률은 대부분 시조에서 자주 나타나며, (가)와 (나)에는 내재율이 나타나 있다고 볼 수 있다.

④ (가)에서는 나무를 의인화하여 부정적 현실에 대한 비판 의식과 극복 의지를 드러내고 있다. (나)에는 의인화가 쓰이지 않았다.

027 정답 ④

'아아, 마침내, 끝끝내'는 나무가 서서히 변화한다는 화자의 인식을 드러내는 것이 아니라, 나무의 변화에 대한 화자의 감탄과 예찬적 태도를 드러낸 것이다. 나무가 서서히 변화한다는 인식은 '천천히, 서서히, 문득'에 드러난다.

오답 넘기

① 영하의 추위는 헐벗고 있는 나무에게 시련과 고통을 의미하기 때문에 '영하 13도, 20도'는 나무가 처한 힘겨운 상황이라 할 수 있다.

② '밀고 간다, 막 밀고 올라간다'에서 상승의 이미지를 통해 겨울을 이겨 내려는 나무의 의지적인 모습을 드러내고 있다.

③ '푸르른 사월 하늘'은 색채 이미지를 통해 나무가 지향하는 대상을 상징적으로 표현한 것이다.

⑤ '꽃 피는 나무는 / 자기 몸으로 꽃 피는 나무이다'는 봄이 와야 나무에 꽃이 핀다는 일반적인 인식에서 벗어나, 나무가 자기 스스로 꽃을 피운다는 작가의 독창적인 시각이 담겨 있는 시구로 주체적인 나무의 모습을 드러낸다.

028

정답 ③

'쇠문'은 굳게 닫혀 있으므로 돌담을 사이에 둔 화자와 '담 저쪽'의 '내'가 소통하기 어려운 상황임을 드러낸다.

오답 넘기

① '잃어버렸습니다.'는 이상적 자아를 잃어버린 화자의 상황을 단적으로 드러낸 구절이다.
② '돌과 돌과 돌이 끝없이 연달아' 있다는 것은 돌담 길이 계속 이어져 있다는 것을 의미한다. 돌담 길이 화자와 담 저쪽의 '나' 사이를 가로막는 장애물이므로 화자의 상황이 좋지 않다는 것을 알 수 있다.
④ '부끄럽게 푸릅니다.'에는 담 저쪽의 '나'를 만날 수 없을지 모른다는 절망감에 눈물짓던 화자가 하늘을 보며 느낀 부끄러운 심정이 담겨 있다.
⑤ '풀 한 포기 없는 이 길'은 화자가 걷고 있는 길이 삭막하고 황량함을 의미하는데, 이러한 길을 계속 걷는 것은 진정한 자아를 회복하고자 하는 화자의 의지를 드러낸다.

029~031 (가) 이육사, 〈절정〉 (나) 김소월, 〈산유화〉

(가) 이육사, 〈절정〉

해제

이 작품은 암담한 식민지 현실과 그에 대한 극복 의지를 형상화하여 시인 이육사의 저항 정신을 잘 드러내고 있다. 제목 '절정'은 힘겨움의 절정, 절망의 극치를 의미하는데, 일제 강점기의 혹독한 현실을 상징하는 1연의 '매운 계절의 채찍', '북방'과 2연의 '고원', '서릿발 칼날진 그 위'는 화자가 처한 극한 상황을 드러낸다. 이러한 상황에서 화자는 '겨울은 강철로 된 무지개'라는 인식을 드러내는데, 이는 겨울은 강철처럼 단단하지만 언젠가는 사라지고 말 것이라는 '무지개' 같은 희망을 품고 있는 화자의 태도를 드러낸 것이다. 즉, 힘겨운 현실을 극복하겠다는 화자의 의지를 표현한 것이다.

주제

절망적 상황에 대한 극복 의지

구성

1연	화자가 처한 수평적 한계
2연	화자가 처한 수직적 한계
3연	절망적 상황의 절정, 최고조
4연	절망적 상황에 대한 극복 의지

(나) 김소월, 〈산유화〉

해제

이 작품은 '꽃', '새', 화자의 모습을 통해 모든 존재가 지닌 고독감을 형상화하고 있다. 화자와 '저만치' 떨어져 있는 꽃은 '혼자서'라는 표현을 고려할 때, 다른 꽃들과도 떨어져 있는 외로운 존재이다. 그런 꽃이 좋아 산에 사는 새는 혼자서 피어 있는 꽃 옆에 갈 수 없기 때문에 역시 고독한 존재라고 할 수 있다. 또한 '산에서 우는'에 쓰인 감정 이입을 고려할 때, 화자 역시 고독감으로 인한 서글픔을 지닌 존재임을 알 수 있다. 작가는 계속 피고 지는 꽃의 모습을 통해 고독감에 대한 순환론적 인식을 드러내고, 좋아하는 꽃 곁에 갈 수 없음에도 산에 사는 새의 모습을 통해 고독감을 수용하는 삶의 태도를 노래하고 있다.

주제

모든 존재가 지닌 근원적 고독감

구성

1연	꽃이 핌.
2연	꽃의 고독감
3연	새와 화자의 고독감
4연	꽃이 짐(존재의 순환).

029

정답 ④

(가)에는 '-다'라는 동일한 종결 어미가 각 연의 마지막 행에 반복되고 있고, (나)에는 '-네'라는 종결 어미가 각 연에 반복적으로 쓰여 각운을 형성하고 있다.

오답 넘기

① 수미 상관은 (나)에만 쓰였다. 또한 (나)에서는 수미 상관을 통해 꽃이 피고 지는 순환적인 과정을 드러낼 뿐, 화자의 의지를 드러내는 것은 아니다.
② (나)에는 공간의 이동이 드러나 있지 않다. (가)에서는 '북방 → 고원 → 서릿발 칼날진 그 위'로 공간을 의미하는 시어가 바뀌어 나타나지만, 세 시어는 서로 다른 공간이라기보다는 화자가 처한 절망적인 극한 상황을 드러내는 동일한 공간으로 볼 수 있어, 공간의 이동이라 보기 어렵다.
③ 반어적 표현은 (가), (나) 모두 쓰이지 않았다.
⑤ 단어의 어순이 바뀐 것은 도치라고 할 수 있는데, 도치가 쓰인 것은 (나)에만 해당한다. '봄 여름 갈(가을)'을 '갈(가을) 봄 여름'으로, 계절의 순서를 의도적으로 바꾸어 표현하고 있다.

030

정답 ②

〈광야〉의 '매화 향기'는 계절적으로 봄을 의미하며, 광복에 대한 화자의 기대감과 희망을 드러낸다. (가)에서 독립에 대한 화자의 희망을 의미하는 시어는 '강철'이 아닌 '무지개'이다.

오답 넘기

① (가)와 〈광야〉는 일제 강점기의 현실을 각각 '매운 계절'과 '눈'으로 표현하며 겨울로 인식하고 있다.
③ 역설적 표현은 (가)의 4연 '겨울은 강철로 된 무지갠가 보다.'에만 쓰였다.
④ 단정적 어조가 쓰인 (가)와 달리 〈광야〉는 명령형인 '뿌려라'를 통해 화자의 의지를 강조하고 있다.
⑤ 〈광야〉의 화자는 지금 눈 내리는 힘겨운 상황 속에서도 매화 향기를 통해 봄을 예감하고 씨를 뿌리며 다가올 봄을 준비하고 있다. 독립이 멀지 않았다는 미래에 대한 화자의 긍정적 인식은 (가)의 4연에 잘 드러나 있다.

031

정답 ④

'산에서 우는'이란 표현을 고려할 때, '새'는 고독감을 이겨 낸 존재로 보기 어렵다. 다만 꽃이 좋아 산에서 계속 살아가는 모습을 통해 '새'는 고독감을 이겨 낸 존재가 아닌 고독한 운명을 수용하며 살아가는 존재로 보는 것이 적절하다.

오답 넘기

① '산'은 꽃과 새를 통해 화자가 존재의 근원적 고독감을 발견하는 시적 공간이다.

② '저만치'는 화자와 꽃과의 거리감, 꽃과 다른 꽃들 간의 거리감을 동시에 의미하는 중의적 표현으로, 이를 통해 혼자 피어 있는 꽃의 고독한 상황을 드러낸다.
③ '산에서 우는'은 화자의 정서가 새에 감정 이입된 표현으로, 이를 통해 화자의 서글픔을 읽어 낼 수 있다.
⑤ 존재의 고독감을 드러내는 꽃이 1연에서 피고, 4연에서 지는 모습으로 이어지며 고독한 운명의 순환을 드러낸다.

032~034 (가) 정약용, 〈보리타작〉 (나) 정약용, 〈탐진촌요〉

(가) 정약용, 〈보리타작(打麥行)〉

해제

이 작품은 농민들이 보리타작에 몰두하는 모습을 통해 노동이야말로 참으로 즐겁고 가치 있는 일임을 말하고 있다. 화자는 몸과 마음이 합일된 백성들의 삶이야말로 진정 건강한 삶임을 예찬하고, 벼슬길에 헤매는 자신의 모습을 반성하고 있다.

주제

농민들의 건강한 노동을 통해 얻은 삶의 깨달음

구성

선경	기(1~4행)	노동하는 농민의 건강한 모습
	승(5~8행)	보리타작하는 마당의 정경
후정	전(9~10행)	정신과 육체가 합일된 농민의 삶
	결(11~12행)	자신의 삶에 대한 반성

(나) 정약용, 〈탐진촌요(耽津村謠)〉

해제

〈탐진촌요〉는 〈탐진농가(耽津農家)〉, 〈탐진어가(耽津漁歌)〉와 더불어 3부작으로 이루어져 있다. 〈탐진촌요〉는 모두 15수로 구성되어 있는데, 여기에 실린 것은 그중 한 수이다. 이 작품에서는 관리들의 횡포에 시달리는 농민들의 눈물겨운 삶의 모습을 사실적으로 그리고 있어, 피땀 흘려 짜낸 무명을 황두에게 빼앗기고 세금 독촉에 시달리는 농민들의 삶의 모습이 구체적으로 드러난다. 이를 통해 작가는 피폐한 농촌의 현실을 고발하고, 백성을 위한 정치가 이루어져야 할 것을 촉구하고 있다.

주제

농촌의 모습과 농민 생활의 고초, 탐관오리들의 횡포 고발

구성

기	새로 짜낸 무명의 아름다움
승	관리에게 약탈당하는 현실
전	세금 독촉이 심한 현실
결	지방관의 횡포

032 정답 ④

(나)의 '새로 짜낸 무명이 눈결같이 고왔는데'와 '누전 세금 독촉이 성화같이 급하구나'에 비유법 중 직유법이 사용되었다. 그러나 (나)에 화자의 현실 개혁 의지가 드러나 있지는 않다. 개혁이란 제도나 기구 따위를 새롭게 뜯어고치는 것인데, 화자는 지방 관리들이 백성들에게 부당하게 세금을 걷는 현실을 비판만 하고 있을 뿐이다.

오답 넘기

① (가)에서는 노동을 하며 몸과 마음이 하나 되어 살아가는 농민들의 건강한 삶과, 벼슬길에 헤매고 있는 자신의 삶을 대조하며 반성적 태도를 드러내고 있다.
② (나)의 3~4행은 '삼월 중순 세곡선이 서울로 떠난다고, 누전 세금 독촉이 성화같이 급하구나.'를 도치한 것이다. 이러한 도치의 방법을 통해 세금 독촉으로 시달리는 농민들의 고초를 강조하고 있다.
③ (가)에서는 '~ 있으리요'와 같은 설의법이 사용되었으나, (나)에는 설의법이 사용되지 않았다.
⑤ (가)에는 보리타작하는 농민들의 건강한 삶의 모습이, (나)에는 수탈에 시달리는 농민들의 고초가 사실적으로 드러나 있다.

033 정답 ④

'그 기색 살펴보니'라는 시구로 미루어 볼 때, 화자는 농민들이 보리타작하는 모습을 관찰하고 있다. 또한 마지막 행에서 '벼슬길'을 언급하는 것으로 보아, 화자의 신분은 양반임을 알 수 있다. 양반인 화자는 농민들이 보리타작하는 모습을 관찰하고, 몸과 마음이 하나가 되어 건강하게 살아가는 농민들의 삶을 예찬하고 있다. 따라서 화자가 농민들과 함께 노동한 것이라는 ④의 진술은 적절하지 않다.

오답 넘기

① 한 자는 약 30cm 정도의 길이로, 큰 사발에 담긴 보리밥의 높이가 한 자나 된다는 것은 과장법에 해당한다.
② '옹헤야'는 영남 지방에서 보리타작할 때 부르는 노동요이다. 농민들이 이 같은 노동요를 함께 부르며 보리타작을 하는 모습에서 즐겁고 건강한 삶의 모습이 드러난다.
③ 노랫가락이 점점 높아진다는 것에서 노동의 강도도 그에 따라 점점 높아졌다는 것을 알 수 있다.
⑤ 화자는 농민들의 삶을 '낙원'이라고 표현하며 긍정적으로 바라보고 있다.

034 정답 ③

〈보기〉에서는 '대궐 안에 쓰는 물건을 상납하는 것은 기한을 어기면 또한 사건의 실마리가 생길 것이니 소홀히 해서는 안 된다.'라고 하였다. 이로 보아 〈보기〉의 다산은 진상할 물건들을 정해진 기한에 맞게 대궐로 보낼 것을 주장하고 있다. 따라서 세곡선이 관리들의 부정을 부추긴다고 본 것이 아니라 세곡선을 핑계로 백성들을 수탈하는 아전들을 비판한 것이다.

오답 넘기

① (나)의 화자는 '황두'와 같은 탐관오리가 백성들의 세금을 빼앗아가는 현실을 비판적으로 바라보고 있는데, 이는 〈보기〉에서 '아전'이 부정을 저질러 세금을 빼돌리는 상황과 관련 있다.
② 〈보기〉에서 다산은 백성들의 재물을 잘 수납해야 하고 상납을 소홀히 해서는 안 된다고 말하였으므로, 백성들이 내는 세금이 국가적으로 중요하다고 여겼을 것이다.
④ 〈보기〉에서 다산은 '부정을 살피지 못하면 비록 엄하게 하여도 이익됨이 없을 것이다.'라고 하였는데, 이는 백성들에게 엄하게 조세를 징수하는 것보다 '황두'와 같은 아전의 부정을 먼저 살펴야 한다는 의미이다.
⑤ '누전'은 토지 대장의 기록에서 빠진 토지를 말하며 세금을 매길 근거가 없는 땅에 해당한다. (나)의 화자는 이러한 땅에까지 '전조'를 부과하고 중간에서 세금을 가로채는 아전들의 행태를 비판하고 있다.

035~038 (가) 함형수, 〈해바라기의 비명(碑銘) – 청년 화가 L을 위하여〉 (나) 작자 미상, 〈유산가〉

(가) 함형수, 〈해바라기의 비명(碑銘) – 청년 화가 L을 위하여〉

해제

이 시의 화자는 자신이 죽은 후에 무덤 앞에 비석 대신에 해바라기를 심어 달라고 함으로써 사랑하고 꿈꾸는 삶을 살겠다는 의지를 역설적으로 나타내고 있다. 죽음을 가정한 유언의 형식으로 시상을 전개하고 있으며, 명령형의 단호한 어조로 화자의 의지를 강조하고 있는 점이 돋보이는 작품이다.

주제

죽음을 초월한 생명에의 의지

구성

1행	죽음의 거부
2행	생명에의 의지
3, 4행	풍성한 생명력과 열정적 사랑의 추구
5행	꿈에 대한 의지

(나) 작자 미상, 〈유산가(遊山歌)〉

해제

조선 후기 서울 지방을 중심으로 불린 12잡가의 대표적인 작품으로, 봄을 맞이한 유흥과 감흥을 표현한 노래이다. 화자의 생기발랄한 낙천적 태도가 잘 드러나며 의성어와 의태어 등의 순 우리말 표현을 적절히 구사하여 아름다운 자연 경관과 그 속에 몰입된 화자의 감흥을 생동감 넘치게 표현한 점이 특징적이다.

주제

봄의 아름다운 경치에 대한 감상과 감흥

구성

서사	봄을 맞이하여 경치 구경을 권함.
본사 1	봄의 화려한 경치의 아름다움
본사 2	봄을 맞이한 산들과 폭포의 아름다움
결사	봄의 화려한 경치에 대한 감흥

035 정답 ⑤

(가)에서 의도적으로 문법 규칙에서 벗어난 표현은 '노오란'을 들 수 있다. 하지만 이는 역동성을 강조하고 있기보다는 색채를 좀 더 부각시키기 위한 의도에서 사용된 것으로 보는 것이 적절하다.

오답 넘기

① '노오란 해바라기', '푸른 보리밭' 등의 색채어는 시각적 이미지를 형성하여 주제 의식을 나타내는 데 기여하고 있다.

②, ③ '~달라', '~하라'로 종결되는 문장의 반복을 통해 나타나는 단정적인 어조는 화자의 단호한 의지를 나타내는 데 기여하고 있다.

④ '노고지리'는 화자의 감정이 이입된 대상으로 자유로움을 추구하는 화자의 모습을 반영하고 있는 소재이다.

036 정답 ④

〈보기〉에서는 잡가의 쾌락 지향적인 성격으로 인해 현실에 대한 올바른 인식이 힘들어졌다고 보는 부정적 시각이 일부 있었음을 말해 주고 있다. 이는 잡가에서 현실에 대한 인식을 찾아보기 어려웠다는 점을 의미하는 것이므로, 나무들이 우거진 것을 현실적인 관점으로 인식한 진술은 적절하다고 보기 어렵다.

오답 넘기

① 우리말 표현이 두드러진 부분에서는 3 · 4조, 4 · 4조의 기본 음수율이 지켜지기보다는 열거의 방식을 활용한 표현이 나타나면서 기본 음수율이 파괴되는 모습을 보인다.

② 꽃이 활짝 핀 모습을 굳이 한자어를 활용하여 나타낸 것에서 양반 계층을 고려했음을 알 수 있다.

③ '소부 허유'는 요 임금 때의 은자(隱者)들로, 이들이 머물렀던 곳인 '기산 영수'는 세상과 단절된 곳을 의미한다.

⑤ 음성 상징어를 잘 활용하는 모습에서 우리말 표현 또한 능숙했던 전문 소리패들의 언어 사용 양상을 엿볼 수 있다.

037 정답 ③

ⓐ는 하늘을 날아오르는 자유로운 움직임을 나타내고 있는 대상으로 화자의 꿈을 상징한다고 볼 수 있다.

오답 넘기

① ⓐ는 화자의 정서를 반영하고 있는 소재로 볼 수 있지만, ⓑ는 봄의 화려함을 만끽하는 화자의 정서를 나타내는 소재로 보기 어렵다.

② ⓑ는 화자가 바라보고 있는 대상으로 볼 수 있지만 ⓐ는 화자가 죽었을 때의 상황을 가정하여 진술된 대상이므로 지금 관찰하고 있는 대상으로 확정짓기 어렵다.

④ ⓐ는 꿈을 버리지 않은 화자의 소망이 투사된 대상이고 ⓑ는 화자가 관찰하고 있는 대상으로 둘 모두 화자가 겪고 있는 시련과 고난과는 상관이 없다.

⑤ ⓑ는 화자를 둘러싼 현실을 상징적으로 나타내는 소재가 아니라 화자가 관찰하고 있는 대상물로 파악해야 한다.

038 정답 ⑤

㉤은 '주걱새는 예나 다름이 없고, 소쩍새는 풍년을 노래하고 있다.'라고 해석할 수 있다. 이는 새들의 모습을 대조적으로 제시하고 있다기보다는 대구의 방법을 활용하여 풍년을 기원하는 마음을 나타내고 있다고 보는 것이 적절하다.

039~041 맹사성, 〈강호사시가(江湖四時歌)〉

해제

우리나라 최초의 연시조로, 작가가 나이 들어 벼슬을 그만두고 고향에 돌아가 한가로운 생활을 할 때 지은 작품이다. 봄, 여름, 가을, 겨울 계절별로 1수씩 노래하여 전체 4수로 구성되어 있으며, 자연에서 생활하는 즐거움과 임금의 은혜에 대한 감사가 드러나 있다. 각 연의 초장은 '강호(江湖)에'로 시작하여 계절에 따른 자연의 특징을, 중장은 계절에 어울리는 삶의 모습을, 종장은 '역군은(亦君恩)이샷다.'로 마무리하며 임금의 은혜를 찬양하고 있다.

주제

자연을 벗 삼아 즐기며 임금의 은혜에 감사함.

구성

춘사(春詞)	강호에서 느끼는 봄의 흥취
하사(夏詞)	초당에서 한가로이 지내는 여름의 시원함.
추사(秋詞)	고기잡이하며 소일하는 가을의 여유로움
동사(冬詞)	눈이 쌓인 겨울에 느끼는 안분지족

039

정답 ④

'봄－여름－가을－겨울'로 이어지는 계절의 흐름에 따라 시상이 전개되고 있으나 화자의 정서가 달라지지는 않았다. 이 시의 화자는 일관되게 자연 속에서 살아가는 즐거움과 임금의 은혜에 대한 감사를 노래하고 있다.

오답 넘기

① 자연을 '강호'에 대유하여 자연 속에서 느끼는 흥취와 여유로움을 노래하고 있다.

② 3 · 4, 4 · 4조의 음수율이 나타나 있다.

③ 춘사에는 막걸리를 마시며 노는 모습이, 하사에는 초당에서 강바람을 즐기는 모습이, 추사에는 작은 배를 띄워 고기잡이 하는 모습이, 동사에는 삿갓과 도롱이를 쓴 화자의 모습이 묘사되어 나타나 있다.

⑤ '강호에 ~다'로 시작하여 '이몸이 ~ 역군은이샷다.'로 마무리하는 동일 구조가 반복되고 있다.

040

정답 ②

이 글의 ㉠은 자연이며, 화자가 한가롭고 평화롭게 생활하는 삶의 공간이다. 화자는 그 속에서 살며 내적 만족과 임금의 은혜에 감사함을 느끼고 있다. 따라서 ㉠은 화자가 추구하는 공간으로 볼 수 있다. 반면 〈보기〉의 화자는 몸은 강호에 있으나, 자연에서의 즐거움을 추구해야 할지 유교적 가치(임금)를 따라야 할지 갈등하고 있다. 따라서 ⓐ는 화자에게 내적 갈등을 일으키는 공간이다.

041

정답 ②

②를 현대어로 풀이하면 '강산이 좋다고 한들 나의 분수로 (이렇게 편안히) 누워 있겠는가? / (이 모두가) 임금의 은혜인 것을 이제 더욱 알겠도다. / (이 은혜를) 아무리 갚으려 해도 (내가) 할 수 있는 일이 아무것도 없구나.'이다. ②의 화자는 자연 속에서 살아가는 삶이 임금 덕분이라고 노래하여, 임금의 은혜를 잊지 않는 지극한 충심을 드러내고 있다. 따라서 이 시의 화자가 불렀음 직한 노래이다.

오답 넘기

① '눈 맞아 휘어진 대나무를 누가 굽었다고 하던고. / 굽을 절개이면 눈 속에서 푸르렀을쏘냐. / 아마도 추위 속에 홀로 절개를 지키는 것은 너뿐인가 하노라.'로 풀이할 수 있으며, 대나무의 절개를 예찬하고 있다.

③ '마음이 어리석으니 하는 일이 다 어리석구나. / 구름이 겹겹이 쌓여 험하고 높은 산중으로 어느 임이 (나를) 찾아 오겠는가마는, / 떨어지는 나뭇잎 소리와 바람 부는 소리에 혹시 임인가 하노라.'로 풀이할 수 있으며, 임에 대한 간절한 기다림을 드러내고 있다.

④ '동짓달의 기나긴 밤의 한가운데를 둘로 나누어서 / 따뜻한 이불 아래에 서리서리 넣었다가 / 정든 임이 오시는 날 밤이면 굽이굽이 펴리라.'로 풀이할 수 있으며, 임에 대한 그리움을 드러내고 있다.

⑤ '이 몸이 죽어 죽어 일백 번 다시 죽어, / 백골이 티끌과 흙이 되어 넋이라도 있거나 없거나, / 임(고려 왕조) 향한 일편단심이야 변할 줄이 있으랴.'로 풀이할 수 있으며, 임금과 고려 왕조를 향한 지조와 절개에 대해 노래하고 있다.

Ⅱ. 산문 문학

STEP 1 기출로 유형 익히기 본문 034~049쪽

042 ⑤	043 ③	044 ①	045 ④
046 ⑤	047 ③	048 ③	049 ③

핵심 유형 1 서술상의 특징과 효과 파악

042 박완서, 〈자전거 도둑〉 2016년 6월 전국연합

해제

이 작품은 1970년대 서울의 청계천 세운 상가를 배경으로 하여 수남이라는 순진한 소년이 심부름을 나갔다 벌어진 일에 대해 자신의 행동을 되돌아보면서 갈등을 하고, 결국 도덕적인 삶을 강조한 아버지를 찾아 고향으로 돌아가기로 한다는 내용이다. 이 작품에서는 잘못된 행동에 대해 칭찬하는 주인 영감이라는 인물을 통해 현대인들의 이기적인 모습과 부도덕한 모습을 드러내고 있는데, 이러한 것을 통해 인정이나 양심 등 정신적인 가치를 잃어버린 삭막한 현대인들의 모습을 보여 줌으로써, 우리 스스로 자신의 삶을 돌아볼 수 있는 계기를 마련해 주고 있다.

주제

현대인들의 부도덕성에 대한 비판

구성

발단	수남이가 청계천 세운 상가의 전기용품 도매 상점에서 부지런히 일함.
전개	수남이는 자전거를 타고 배달을 나가서 물건값을 주지 않으려는 가게 주인과 실랑이 끝에 물건값을 받아냄.
위기	길가에 세워 둔 수남이의 자전거가 바람에 넘어져 어떤 차에 흠집을 내고, 차 주인이 수리비를 요구하며 자전거를 묶어 놓자, 수남이가 자전거를 들고 도망침.
절정	수남이의 행동에 대해 주인 영감은 칭찬을 하지만, 수남이는 죄책감으로 괴로워함.
결말	수남이는 아버지를 떠올리며 도덕적으로 자신을 견제해 줄 아버지가 계신 고향으로 돌아갈 결심을 함.

전체 줄거리

시골에서 상경한 소년 수남이는 세운 상가의 어느 전기용품점에서 일을 한다. 어느 날 그의 자전거가 넘어지는 바람에 한 신사의 자동차에 흠집을 낸다. 신사는 수리비를 요구하며 수남이의 자전거를 압수한다. 곤란한 상황에 처한 수남이는 구경꾼들의 속삭임에 넘어가 본인의 자전거를 몰래 가지고 온다. 이야기를 들은 전기용품점 주인은 수남에게 잘했다며 칭찬을 한다. 주인 영감이 자신의 이익만을 생각하는 부도덕한 어른이라는 사실에 수남이는 실망을 한다. 수남이는 도둑질만은 하지 말라던 아버지의 말씀과 도둑질로 순경에게 잡혀간 형의 모습이 떠오르며 죄책감을 느끼고, 결국 자신을 도덕적으로 견제해 줄 아버지가 그리워져 고향으로 돌아가기로 한다.

042 정답 ⑤

서술자가 작품 속 등장인물로 나타나지 않으므로 이 글의 서술자는 '작품 밖'에 위치한다고 보아야 한다. 또, 이 글의 서술자는 전지적 입장에서 주인공 수남이의 행동과 상황에 대한 태도, 내면 심리에 초점을 두어 사건을 서술하고 있으며, 수남의 내면적 갈등 양상까지 구체적으로 드러난다는 점에서 적절한 설명으로 볼 수 있다.

오답 넘기

① 작품 속 서술자가 다른 인물을 관찰하여 서술하는 것은 1인칭 관찰자 시점이다. 이 시점은 서술자 '나'가 작품 내에 등장인물로 나타나 제3자인 주인공의 행적을 관찰하여 이야기한다. 그러나 이 글에는 서술자 '나'가 등장하지 않으므로 서술자는 작품 밖에 있다고 보는 것이 적절하다.

② 이 글의 경우 작품 밖 서술자가 수남이의 행동과 심리에 초점을 맞추어 사건을 서술하고 있다. 장면마다 서술자가 교체되는 양상은 나타나지 않는다.

③ 이 글이 전지적 작가 시점으로 구성되어 있기는 하지만, 서술자가 등장인물에 대해 직접 평가하고 있는 부분은 나타나지 않는다. 서술자가 등장인물의 행동에 대해 직접 평가하는 서술자의 논평은 주로 고전 소설에서 나타나는 서술상의 특징이다.

④ 작품 밖 서술자가 관찰자의 입장에서 사건을 객관적으로 전달하는 것은 3인칭 관찰자 시점이다. 그러나 이 글의 서술자는 수남이의 내면세계를 모두 알고 이야기를 서술하고 있으므로 적절하지 않다.

043 작자 미상, 〈옹고집전〉 2015년 3월 전국연합

해제

심술 많고 인색하여 윤리 도덕을 돌보지 않는 부자 '옹고집'을 징벌하여 다시 새로운 사람이 되게 한다는 내용의 고전 소설로, 표면적으로는 가짜 옹고집과 진짜 옹고집의 진위 다툼을 다루고 있지만, 그 이면에는 조선 후기 사회의 사회 경제적 상황이 반영되어 있는 소설이다. 화폐 경제가 발달하면서 오직 부를 추구하는 데에만 몰두하여 윤리 도덕이나 인정 같은 것은 저버린 부류가 나타나자, 이에 대한 반감이 반영되어 나타난 작품으로 볼 수 있다.

주제

인간의 참된 도리에 대한 교훈 강조

구성

발단	고약하고 인색한 옹고집이 어머님께 불효하고 스님을 능멸함.
전개	도사가 옹고집을 벌주려고 가짜 옹고집을 만듦.
위기	진짜 옹고집과 가짜 옹고집이 진위를 다툼.
절정	진짜 옹고집이 송사에서 지고 집에서 쫓겨나 거지가 되어 떠돎.
결말	도사의 용서로 진짜 옹고집이 가정을 되찾고 개과천선함.

전체 줄거리

옹진골에 사는 옹고집은 부자이면서도 성질이 고약하고 인색하여 노모가 냉방에 병들어 있어도 돌보지 않는다. 월출봉에 있는 도승이 이러한 옹고집을 징벌하기로 하고, 허수아비에 부적을 붙여 가짜 옹고집을 만들어 옹고집의 집에 보내어, 둘이 서로 진짜라고 다투게 된다. 옹고집의 가족조차도 누가 진짜인지를 판별하지 못해서 마침내 관가에 판결을 의뢰하게 되는데, 진짜 옹고집은 가짜로 판결 받아 곤장을 맞고 내쳐지고, 가짜 옹고집은 집으로 들어가서 아내와 자식을 거느리고 살게 된다. 진짜 옹고집은 온갖 고생을 하며 지난날의 잘못을 뉘우치나, 어쩔 도리가 없어 산중에 들어가 자살을 하려는데 월출봉의 도승에게 구출된다. 도승은 뉘우치는 옹고집에게 부적을 주어 돌려보내는데, 옹고집이 집에 돌아가서 그 부적을 던지니, 그동안 집을 차지하고 있던 가짜 옹고집이 허수아비로 변한다. 진짜 옹고집은 비로소 크게 참회하고 새사람이 되어서 착한 일을 하고, 불교를 열심히 믿게 된다.

043 정답 ③

이 글은 전지적 작가 시점의 소설로 작품 밖의 서술자가 인물의 심리 및 사건의 전모를 전달하고 있다. 새로운 사건을 도입하면서 서술자를 교체하는 부분은 찾아볼 수 없다.

오답 넘기

① '허옹가'와 '실옹가' 및 그의 가족, '실옹가'와 '도사' 등 인물 간의 대화를 중심으로 사건이 전개되고 있다.

② 허옹가가 시아버지라는 며느리의 말을 들은 실옹가의 행동을 '머리를 와득와득 두드리며'와 같이 과장하여 표현함으로써 웃음을 유발하고 있다.

④ '이 대가리 딴딴하여 송곳으로 찔러도 물 한 점 아니 날레라'와 같은 부분에서 서술자의 목소리가 작중 상황에 직접 드러나고 있다.

⑤ 허옹가와 그 자식들이 허수아비가 되었다는 등의 비현실적인 상황을 설정하여 전기성을 드러내고 있다.

핵심 유형 2 인물의 성격과 심리 추리

044 이청준, 〈줄〉 2013년 6월 전국연합

해제

이 작품은 2대에 걸친 줄광대의 삶을 통해 우리 삶에서 정신적 가치란 무엇인지에 대한 깨달음을 주는 소설이다. 이를 위해 작가는 외부 이야기 속의 '나'와 내부 이야기 속 인물들의 삶을 대조하여 그들의 삶을 더욱 선명하게 부각시키고 있다. '나'는 일상에 매몰되어 무기력한 삶을 살아가는 현대인을 대변하는 인물이고, '허 노인'과 그의 아들 '운'은 줄타기를 통해 '나'가 잃어버린 정신적 가치를 보여 주는 인물들이다. 작가는 '허 노인'과 '운'의 장인 정신을 통해 무의미한 삶과 쾌락만을 좇는 현대인들에 대한 비판적 시각을 드러내면서, 현대인들이 잃어버린 참된 가치를 일깨우고 있다.

주제

장인 정신의 추구와 현대인의 가치 상실 비판

구성

발단	기자인 '나'는 트럼펫 사내를 만나 '허 노인'과 '운'의 이야기를 들음.
전개	'허 노인'은 '운'에게 줄광대의 장인 정신을 가르치고 줄에서 떨어져 죽음.
위기	'운'은 어떤 여자에게 사랑을 느끼지만, 여자는 이를 거부함.
절정	'운'은 줄 위에서 최후의 연기를 하고 스스로 떨어져 죽음.
결말	트럼펫 사내의 죽음과 '나'의 깨달음.

전체 줄거리

신문 기자인 '나'는 승천한 줄광대에 대한 기사를 취재하라는 지시를 받고 C읍으로 내려간다. 그곳에서 '나'는 예전 서커스단에서 트럼펫을 불었던 사내를 만나 줄광대 허 노인과 그의 아들 운에 대한 이야기를 듣게 된다. C읍의 서커스단에 있던 허 노인은 단장과 불륜을 저질렀다는 의심 끝에 아내를 죽이고 나서도 계속 줄을 탄다. 그의 아들 운은 어려서부터 허 노인을 통해 엄격하게 줄타기를 배우는데, 허 노인은 아들이 진정한 장인의 경지에 이르기를 원한다. 운은 마침내 장인의 경지에 이르게 되고, 허 노인은 아들과 같이 줄에 올랐다가 떨어져 일생을 마친다. 운은 공연 때마다 자신을 보러 오던 한 여인을 만나게 되지만, 절름발이였던 그녀가 사랑한 것은 자신이 아니라 자신의 줄타기였음을 깨닫고 그녀를 목 졸라 죽이려 하다가 그만둔다. 이후 운은 줄 위에 올라 마지막 연기를 보여 주고, 스스로 줄에서 떨어져 죽는다. 여기까지 허 노인과 운의 이야기를 '나'에게 해 준 트럼펫 사내는 '나'가 취재를 마친 다음 날 세상을 뜬다.

044 정답 ①

허 노인이 ㉠(노인은 갑자기 '이놈아!'하고 벽력같은 소리를 지르면서 줄밑으로 내닫는 것)과 같은 행동을 한 것은 운의 귀가 열리지 않았는지를 시험하기 위한 행동이다. 자신의 벽력같은 소리를 줄 위에 있던 운이 듣지 못한 것에 대해 허 노인이 '빙그레 웃었다'는 부분에서 허 노인은 운이 줄 위에서 소리를 듣지 못한 것을 기뻐하고 있음을 알 수 있다. 허 노인이 운에게 줄에 오르라고 하면서 '줄에서는 눈이 없어야 하고 귀가 열리지 않아야 하고 생각이 땅에 머무르지 않아야 한다'고 말한 부분에서도 확인할 수 있다.

오답 넘기

② 허 노인의 행동을 통해 운의 생각이 땅에 머물지 않고 있음을 확인할 수 있다.

③ 허 노인의 행동은 운의 잘못된 줄타기 자세를 바로잡으려고 한 것이 아니라 운의 귀가 열려 있는지를 확인하기 위한 것이다.

④ 이는 ㉠ 이후에 일어난 허 노인의 행동이다. 허 노인은 ㉠과 같이 소리를 지르면서 줄 밑으로 내닫는 행동을 통해 운의 생각이 땅에 머물지 않고 있음을 확인하고, 빙그레 웃었다.

⑤ ㉠은 운이 줄타기에 집중했는지를 확인하기 위한 행동이지, 허 노인이 자신의 가르침을 귀담아 듣지 않는 운을 질책하기 위한 행동이 아니다.

045 작자 미상, 〈배 비장전〉

해제

이 작품은 판소리 열두 마당의 하나인 '배 비장 타령'을 소설화한 것으로, 겉으로는 윤리와 도덕을 외치면서 속으로는 본능적인 욕구 충족에 매달리는 양반들의 위선을 신랄하게 폭로하고 있는 작품이다. 신임 제주 목사를 따라 부임한 배 비장이 호기를 부리며 여색을 멀리하겠다는 내기를 방자와 하지만, 기생 애랑과 방자의 계략에 걸려들어 온갖 망신을 당하는 것이 중심 내용이다. 특히 제주 동헌의 하인인 방자는 배 비장을 해학적으로 조롱하는 일을 주도적으로 담당하는 역할로, 피지배 계층의 입장에서 위선에 찬 지배층의 모습을 폭로하고 풍자하는 작가의 목소리를 대변하는 인물이다.

주제

지배층의 위선에 대한 폭로와 풍자

구성

발단	애랑에게 놀아나는 정 비장을 비웃는 배 비장
전개	계교를 통해 배 비장의 위선을 깨뜨리려는 방자와 애랑
위기	애랑을 만나 상사병에 걸린 배 비장
절정	궤 속에 갇혀 수난을 당하는 배 비장
결말	여러 사람 앞에서 수모를 당하는 배 비장

전체 줄거리

배 비장은 제주 목사로 부임하는 김경이라는 사람의 비장이 되어 제주도에 가게 된다. 전 제주 목사의 비장이었던 정 비장과 애랑의 이별 장면을 본 배 비장은 정 비장을 비웃으며 자신은 애랑에게 넘어가지 않을 것이라며 내기를 하게 된다. 기생과 술자리를 멀리하고 홀로 깨끗한 척하는 배 비장을 유혹하기 위해 제주 목사의 지시로 방자와 애랑이 계교를 꾸민다. 애랑은 배 비장을 유혹하고, 결국 배 비장은 애랑의 집을 찾아간다. 배 비장이 옷을 벗고 있을 때 방자가 애랑의 남편 행세를 하며 들이닥치자 배 비장은 궤에 들어가 숨는다. 배 비장이 들어 있는 궤는 동헌으로 옮겨지고, 사람들이 구경하고 있는 동헌 마당에서 배 비장은 알몸으로 망신을 당한다.

045

정답 ④

㉣은 담 구멍을 어렵게 통과한 배 비장이 아프다는 말도 제대로 하지 못하고, 자기 상황을 합리화하여 말하는 것이다. 따라서 ㉣은 배 비장이 방자에 대한 불만을 노골적으로 드러내는 부분이라고 보기 어렵다.

오답 넘기

① ㉠에서 배 비장이 애랑을 만나 군대의 예절을 보여 주겠다는 말은 예의 있는 멋진 모습을 통해 애랑의 환심을 사겠다는 의도가 담긴 모습으로 볼 수 있다.

② 배 비장은 애랑의 환심을 사기 위해 군대의 예절을 연습하다가 갑자기 방자가 문을 펄쩍 열자 깜짝 놀라 ㉡과 같이 말한 것이다. 따라서 이런 배 비장의 말에는 방자에게 자신의 행동을 들켰을까 봐 당황하는 배 비장의 태도가 나타난 것으로 볼 수 있다.

③ ㉢은 무서우면 가지 말자는 방자에게 못 가겠으면 자신이 방자를 업고라도 가겠다는 의미로, 방자를 업고서라도 애랑을 만나러 가고 싶어 하는 배 비장의 간절함이 드러난다.

⑤ [앞부분의 줄거리]에서 애랑은 배 비장에게 삼경에 집으로 오라는 편지를 보냈다고 했으므로 자신을 찾아온 배 비장의 정체를 이미 알고 있다. 따라서 ㉤에서 배 비장에게 '뉘 집 미친개가 길을 잘못 들어 왔나 보다.'라고 말하는 것은 배 비장의 정체를 알고도 짐짓 모른 체하는 애랑의 태도가 나타난 것으로 볼 수 있다.

핵심 유형 3 배경과 소재 파악

046 현진건, 〈빈처〉

2013년 3월 전국연합

해제

1921년 《개벽》에 발표된 단편 소설로, 극적인 사건 전개 없이 일상의 사소한 사건들을 통해 헌신적인 아내의 내조와 주인공 '나'의 정신적 가치 추구를 담담하게 드러내고 있는 작품이다. 작가를 지망하는 가난한 '나'와 이해와 순종 속에서도 잠시 경제적 유혹에 끌리는 아내의 모습과 심리가 치밀하고 섬세하게 그려져 있어 사실성이 극대화되고 있다. 작가는 가장으로서의 구실을 제대로 하지 못하면서 전근대적 자아상을 지니고 있는 '나'를 통해 전통과 근대의 길목에 서 있던 당대 지식인의 현실 소외 문제를 다루면서, 물질적 가치에 흔들리면서도 정신적 가치를 추구하는 부부의 모습을 통해 물질적 가치보다 정신적 가치가 우위에 있음을 강조하고 있다.

주제

가난한 무명작가 부부의 생활고와 사랑

구성

발단	무명작가로서 넉넉하지 못한 삶
전개	가난으로 인한 아내와 '나'의 갈등
위기	처형에 비해 수척한 아내에게 미안함을 느끼는 '나'
절정	물질보다는 정신적 행복에 만족하는 '나'와 아내
결말	'나'를 인정해 주는 아내에 대한 고마움

전체 줄거리

'나'는 생활 능력이 없는 무명작가이다. 어느 날 친척 T가 찾아오는데, '나'의 아내는 그가 자기 아내에게 주려고 사 온 새 양산을 보고 이제 '나'도 살 도리를 좀 찾으라고 한다. '나'는 기분이 상해 아내에게 소리를 지르지만, 곧 아내의 헌신적인 사랑과 자신의 무능함을 절감하며 아내와 화해한다. 이튿날 '나'는 장인의 생일잔치에서 처형과 비교하여 더욱 수척해 보이는 아내에게 미안해 하는데, 아내는 이대로 의좋게 사는 게 좋다고 한다. 그러나 이틀 뒤 처형이 사 온 신을 신어 보며 기뻐하는 아내를 보면서 '나'는 정신적 행복만으로 만족할 수 없는 현실을 인식한다. 그러면서 '나'를 믿고 물질에 대한 욕구를 참고 사는 아내에게 진정으로 고마움과 사랑을 느낀다.

046

정답 ⑤

처형이 사 온 신발은 '사랑양반을 졸라서 돈 백 원을 얻'어 산 것이다. 처형이 자기 남편의 흉을 보았고, 그런 처형에 대해 '나'가 '물질의 만족만 얻으면 그것으로 위로하고 기뻐하는 그의 생활이 참 가련하다 하였다.'라고 한 것을 종합적으로 고려할 때 처형과 동서의 애정이 돈독한 것은 아니라는 점을 짐작해 볼 수 있다. 따라서 동서에게 신발은 처형에 대한 자신의 사랑을 보여 주는 역할을 한다고 볼 수 없다.

오답 넘기

① '나'의 눈치를 보며 처형에게 얻은 신발을 신어 보고 기뻐하는 아내를 보며 "나도 어서 출세를 하여 비단신 한 켤레쯤은 사 주게 되었으면 좋으련만……." 하는 것에서 아내에 대한 안쓰러움과 죄책감을 확인할 수 있다.

② '나'가 "나도 어서 출세를 하여 비단신 한 켤레쯤은 사 주게 되었으면 좋으련만……."이라고 하자 아내는 감동에 겨워하며 '나'를 응원해 준다. 그런 아내를 두고 '나'는 '나에게 위안을 주고 원조를 주는 천사여!'라고 하고 있으므로 신발은 '나'와 아내의 사랑을 확인해 주는 매개체라고 볼 수 있다.

③ 아내는 '나'의 눈치를 보며 한참을 머뭇거리다가 어서 펴 보라는 '나'의 재촉에 신발을 신어 보고는 '연해연방 감탄사를 부르짖'으며 '얼굴에 흔연한 기색이 넘쳐'흘렀다고 하였다. 또, 그런 아내에 대해 '나'가 '가슴에 숨겼던 생각을 속임 없이 나타내는구나 하였다.'라고 한 것으로 보아 아내에게 신발은 감추어져 있던 물질에 대한 욕망을 나타내는 소재라고 볼 수 있다.

④ 처형은 사랑양반을 졸라서 돈을 얻어 옷감도 바꾸고 신도 샀다고 하면서 신발을 '나'와 아내 앞에 펼쳐 놓았다. '자랑과 기쁨의 빛이 얼굴에 펴지며'라는 표현을 통해 처형에게 신발은 자신의 부를 은근히 과시하는 소재임을 알 수 있다.

047 작자 미상, 〈이대봉전〉

2017년 6월 전국연합

해제

이 작품은 이익의 아들로 어려서 유배 가던 중 바다에서 표류하는 등의 시련을 겪고 혼자서 흉노를 물리치는 이대봉의 일대기를 그리고 있다. 이대봉은 남성 영웅의 전형으로 뜨거운 부부애와 부모의 원수를 갚는 의지적인 모습을 보여 준다. 이 작품은 중국 명나라 때의 사건을 배경으로 하고 있어 우리의 현실과 동떨어진 것처럼 보이지만 이는 단지 현실적 제약과 부담을 줄이기 위한 것으로 볼 수 있다. 이 작품은 조선 후기 유행한 창작 군담 소설의 하나로, 남자 주인공인 이대봉보다 그의 정혼자인 장애황의 활약이 두드러진 것이 특징적이다. 이러한 활약은 조선 후기 민중의 의식이 성장하던 시기를 배경으로 하고 있음과 더불어 성장된 여성 의식과 여성의 사회적 자아실현에 대한 열망이 반영된 것이라고 할 수 있다.

구성

발단	이 상서의 아들 대봉과 장 한림의 딸인 애황이 혼약을 맺음.
전개	간신의 모함으로 대봉과 애황이 헤어짐. 애황은 남장을 하고 과거에 급제하여 남선우와의 전쟁에서 공을 세움.
위기	대봉은 도승의 도움으로 도술을 익혀 북흉노의 침공으로 위기에 빠진 천자를 구해 냄. 돌아오는 길에 죽은 줄 알았던 부친과 다시 만남.
절정	대봉이 북흉노를 물리치고 애황과 재회하여 혼인함.
결말	다시 침략한 북흉노와 남선우를 대봉과 애황이 물리치고 부귀공명을 누리며 여생을 보냄.

전체 줄거리

이익의 아들 대봉과 장한림의 딸 애황은 한날한시에 태어나 서로 혼약한 사이이다. 그러나 간신의 모함으로 이익과 대봉이 유배 가던 도중 서로 헤어지게 되고 애황은 겁탈을 피해 달아나 남장을 하고 호씨 집에 머문다. 애황은 열심히 공부하여 과거에 급제하고 남쪽의 선우가 쳐들어왔을 때 이를 물리친다. 애황이 전장에 있을 때, 북에서 흉노가 침략하고 황제가 피신하는 지경에 이른다. 백운암에서 병법을 익히던 대봉은 위기에 처한 황제를 구하고 흉노를 몰아내며 돌아오는 길에 아버지를 극적으로 만난다. 애황과 대봉은 황성에서 만나게 되고 애황이 여자임이 밝혀지며 둘은 결혼한다. 행복하게 살던 도중 남선우와 북흉노가 재침하고 애황과 대봉은 다시 전쟁에 나간다. 임신 중이던 애황은 선우를 죽이고 돌아오던 도중 기남자를 낳고, 흉노를 파하고 돌아온 대봉과 행복한 여생을 보낸다.

047

정답 ③

'천자가 금릉으로 피란하였다가'로 볼 때 천자가 흉노의 공격을 방어하지 못하고 '금릉(ⓒ)'으로 피란하였음을 알 수 있다. 대봉은 16세로, 금화사 백운암에서 칠 년을 머물러 있었으므로 천자가 대봉의 존재를 알고 있다고 볼 수 없다. 따라서 ⓒ에서 천자가 대봉을 기다렸다는 진술은 적절하지 않다.

오답 넘기

① 대봉은 금화사 백운암에서 '밤낮으로 공부를 부지런히 하여, 시서백가와 육도삼략을 모르는 바가 없'는 지경에 이르렀고, 이를 안 노승이 대봉에게 '경성에 올라가 공명을 이루라'고 제안하고 있으므로 대봉이 '금화산(ⓐ)'에서 수련을 하여 세상에 나아갈 능력을 갖추었음을 알 수 있다.

② 중원이 얼마나 되며, 어디로 가야 할지를 묻는 대봉에게 노승은 농서로 가면 자연 중원에 도달하게 된다고 알려 준다. 대봉은 이에 '금화산을 떠나 농서로 향하다가 천문을 살펴보'며 '북방 신성이 태극을 범하'는 모습을 보고 '북흉노가 중국을 범'한다고 생각하고 바삐 중원으로 달려가는 모습을 보인다. 따라서 대봉이 '농서(ⓑ)'로 가는 도중에 천문을 살펴보고 '북흉노가 중국을 범하는 줄 알'았으므로 이를 통해 대봉이 나라가 위기에 빠졌음을 알게 되었음을 알 수 있다.

④ '흉노의 장졸이 기주성 안에 들어가 자칭 천자라 하고 군사로 하여금 인민의 쌀과 곡식을 노략질하니, 그때 백성이 다 견디지 못하여 도망하더라.'에서 흉노가 '기주성(ⓓ)'에 쳐들어가 노략질을 하자 백성들이 견디지 못하여 도망갔음을 알 수 있다.

⑤ 흉노가 '상군읍에 이르러' 흉노의 장수 동돌수가 명나라 장수 곽대의와 싸워 '곽대의를 사로잡고 '진중에 들어가 좌충우돌하니, 명진 장졸 장수(곽대의)를 잃고 적세를 당치 못할 줄 알고 성문을 열어 항복하거늘'을 통해 명나라 군사가 '상군읍(ⓔ)'에서 흉노와 싸웠지만 패하여 항복하였음을 알 수 있다.

핵심 유형 4 외적 준거를 통한 작품 감상

048 작자 미상, 〈흥부전〉

2014년 9월 전국연합

해제

이 작품은 표면적으로 형제간의 우애라는 도덕적 관념을 내세우는 것처럼 보이지만, 그 이면에는 작품의 배경이 되는 조선 후기 신분제 변동에 따른 유랑 농민과 신흥 부농의 갈등이 반영된 것으로 볼 수 있다. 주인공 '흥부'는 양반이지만 돈이 없어 하루하루의 생계를 걱정해야 하는 빈농이다. 각종 노동을 해도 가난한 삶에서 벗어나지 못하지만 도덕성을 잃지 않으며, 우애 있는 인물로 그려지고 있다. 이러한 흥부의 선한 인품은 권선징악이라는 주제를 구현하는 바탕이 되며, 흥부의 가난은 빈부 격차의 사회 모순을 사실적으로 보여 주는 역할을 한다.

주제

형제간의 우애, 퇴락하는 조선 후기 양반가와 서민의 생활상

구성

발단	심술 고약한 형 놀부는 부모의 유산을 독차지하고 착한 동생 흥부를 내쫓음.
전개	놀부의 집에 쌀을 구하러 갔다가 흥부는 매만 맞고 돌아오고 생계를 위해 매품팔이에 나서게 됨.
위기	흥부는 다리가 부러진 제비 새끼를 치료해 주고, 이듬해 제비는 은혜에 보답코자 박씨를 물어 옴.
절정	박씨를 심어 수확한 박에서 금은보화가 나와 흥부네가 부자가 되자 놀부는 제비 다리를 일부러 부러뜨리고 고쳐 줌. 그러나 제비가 물어온 박씨에서는 괴물이 쏟아져 나와 놀부는 패가망신하게 됨.
결말	이 소식을 들은 흥부는 형 놀부에게 재물을 나누어 줌.

전체 줄거리

옛날에 놀부와 흥부 두 형제가 살았는데, 형인 놀부는 부모의 유산을 독차지하고 동생인 흥부를 내쫓는다. 착한 동생 흥부는 아내와 여러 자식을 거느리고 움집에서 헐벗고 굶주린 채 갖은 고생을 하면서 묵묵히 살아간다. 어느 날 흥부는 땅에 떨어져 다리가 부러진 새끼 제비를 정성껏 돌본 끝에 날려 보낸다. 이듬해에 그 제비는 흥부에게 보은하고자 박씨 한 개를 물어다가 주었는데, 가을이 되어 잘 여문 박을 켜자 박 속에서는 온갖 눈부신 보물들이 끝없이 쏟아져 나와 흥부는 하루아침에 벼락부자가 된다. 그것을 안 놀부가 흥부에게 달려와 자초지종을 듣고는 자기도 새끼 제비 한 마리를 잡아다가 다리를 부러뜨린 뒤 실로 동여매어 날려 보낸다. 그 제비 또한 이듬해 봄에 박씨를 물어다 주었으나, 놀부가 심어서 거둔 박 속에서는 온갖 괴물과 오물이 쏟아져 나와 그의 재산은 눈 깜짝할 사이에 모두 없어지고 그의 집은 수라장이 되고 만다. 그러나 마음씨 고운 흥부는 형인 놀부를 지성으로 섬기고, 놀부는 개과천선하여 함께 우애를 누리게 된다.

048

정답 ③

[A]에 드러난 언어 사용 양상은 관객층의 확대가 반영된 것이다. 즉 양반이 쓰는 한자어와 함께 서민들이 쓰는 일상어와 고유어까지 작품 속에 반영되어 양반과 서민 모두가 판소리의 관객이었음을 드러낸다. 판소리가 소설화되는 것은 해학성의 강화와 관련이 없다.

오답 넘기

① [A]에 나타나는 '방아 찧기, 술 거르기, 제복 짓기, 그릇 닦기' 등의 다양한 종류의 품 팔기는 당시에 가난한 서민들이 하던 일들로, 이 글에서는 이러한 서민들의 삶을 소재로 하고 있다.

② '용정하여 / 방아 찧기 / 술집에 가 / 술 거르기' 등에서 보듯 대체로 4음보가 반복되고 있으며 이를 통해 소리 공연인 판소리의 음악적 특징을

확인할 수 있다.

④ 다양한 품 팔기의 종류를 나열하고 있는 부분인 [A]는 쉼표를 빈번하게 사용하여 문장의 호흡이 짧다. 따라서 이 부분은 실제 공연에서 빠른 장단으로 부르는 창에 해당했을 것임을 짐작할 수 있다.

⑤ 판소리는 공연 상황에 따라 특정 장면이 축소 · 확장될 수 있다는 〈보기〉의 내용에서 보듯 [A]의 내용은 판소리를 듣는 청중의 반응에 따라 내용이 줄거나 추가될 수 있었을 것이다.

049 김동리 원작, 홍윤정 · 동희선 각색, 〈역마〉 2016년 6월 전국연합

해제

이 작품은 전통적 배경인 화개 장터와 한국적 운명관인 역마살을 소재로, 인간과 운명 간의 갈등을 형상화하고 있다. 성기의 역마살을 없애기 위해 옥화가 했던 노력들이 수포로 돌아가고 성기가 결국 자신의 운명을 받아들이고 역마살을 따르는 모습은, 운명을 거스르는 인간들의 노력이 운명의 거대한 힘 앞에서 얼마나 보잘 것 없는 것인지를 보여 준다. 여기에는 운명에 따르는 것이 패배하는 것이 아니며 오히려 그에 순응함으로써 구원에 이를 수 있다는 작가의 시각이 짙게 깔려 있다.

주제

운명에 순응하는 삶

구성

발단	아들 성기의 역마살을 없애려 노력하는 옥화에게 떠돌이 체 장수 영감이 딸 계연을 맡기고 떠남.
전개	옥화는 성기가 정착해 살기를 바라는 마음에 성기와 계연을 맺어 주려 하고 성기와 계연은 서로 사랑하게 됨.
위기	옥화는 귓바퀴의 사마귀를 보고 계연이 자신의 동생일지 모른다는 의심을 하게 되고 점쟁이를 찾아감.
절정	체 장수 영감에 의해 옥화와 계연이 이복 자매라는 사실이 밝혀지고 성기와 계연의 사랑은 좌절됨.
결말	중병을 앓다가 병이 나은 성기는 운명에 순응하는 길을 떠남.

전체 줄거리

역마살을 타고 난 성기는 결혼에는 관심이 없고 어디론가 떠돌아다니고 싶어 한다. 어머니 옥화는 성기의 역마살을 없애기 위해 열 살 때부터 절에 보내어 중노릇을 시키거나 색시들을 두고 접근하게 하지만 성기는 별 다른 관심을 갖지 않는다. 어느 날 체 장수 영감이 딸 계연을 데리고 나타난다. 성기가 그녀를 좋아하는 눈치를 보이자 옥화는 성기와 계연을 짝지어 주고자 한다. 그러나 옥화는 계연의 왼쪽 귓바퀴 위에서 자기와 똑같은 사마귀를 발견하고 자신의 동생이 아닐까 의심하던 중 장삿길에서 돌아와 들려주는 체 장수 영감의 36년 전 이야기와 자기 어머니의 36년 전 이야기가 일치하는 것에 놀란다. 옥화는 명도를 통해 계연이 자기의 동생임을 확인하고 계연을 떠나보낸다. 이 일로 인해 성기는 자리에 눕고 만다. 그러던 어느 날, 옥화는 마침내 성기에게 계연이 자기의 동생임을 알려 준다. 옥화의 이야기를 들은 성기는 기력을 되찾은 뒤 엿판 하나를 구해 콧노래를 흥얼거리며 운명에 순응하여 정처 없는 길을 떠난다.

049 정답 ③

〈보기〉에서는 이 작품의 인물들이 처음에는 운명적 질서를 거부하지만 결국에는 받아들이게 된다고 하면서 인물들의 삶은 자신의 의지나 선택에 의해 바뀌지 않는 운명적인 것이라고 설명하고 있다. 앞부분의 줄거리를 통해 성기가 역마살을 가지고 있는데 엄마인 옥화가 성기를 혼인시켜 그 역마살을 없애려고 노력하고 있음을 알 수 있다. 그러나 혼인시키고자 하는 계연이 성기와 혼인할 수 없는 운명임을 알게 되고, 결국 인물들은 자신들의 운명을 받아들이는 것으로 작품은 마무리되고 있다. 이 작품에서 성기가 계연과 결혼하려고 하는 것은 운명적 질서(역마살)를 받아들이는 것이 아니라 운명을 거부하는 행위라고 볼 수 있다.

오답 넘기

① 계연은 자신이 옥화의 이복동생이라는 사실을 알게 된 뒤로, 성기를 떠난다. 이는 자신의 의지가 아니라 운명에 의해 이별하는 것으로 볼 수 있다.

② 역마살을 타고난 성기가 어머니 옥화의 여러 노력에도 불구하고 집을 떠나는 것은 결국 자신의 운명에 순응하는 것으로, 이는 성기가 선택한 삶의 한 방법이라고 볼 수 있다.

④ '앞부분의 줄거리'를 참고할 때 옥화는 아들 성기의 역마살을 없애려고 갖은 노력을 기울여 왔다는 것을 알 수 있다. 그러한 옥화가 떠나려는 성기에게 매달리는 것은 역마살이라는 운명적 질서를 거부하는 몸짓으로 이해할 수 있다.

⑤ 체장수 영감이 한곳에 정착하지 못하고 장터 이곳저곳을 떠도는 것은 일반적 사회 통념을 고려할 때 고달픈 삶으로 볼 수 있다.

STEP 2 실전으로 실력 키우기 본문 050~068쪽

050 ②	051 ⑤	052 ③	053 ②
054 ③	055 ④	056 ①	057 ⑤
058 ②	059 ③	060 ⑤	061 ②
062 ②	063 ③	064 ④	065 ①
066 ⑤	067 ④	068 ⑤	069 ③
070 ③	071 ④	072 ①	073 ②
074 ④	075 ②	076 ③	077 ④
078 ③	079 ①	080 ⑤	081 ④

050~052 김원일, 〈연〉 2018년 3월 전국연합

해제

이 작품은 역마살이 낀 아버지를 중심으로, 그런 아버지를 바라보는 '나'의 심리를 그린 소설이다. '나'의 아버지는 방물장수인 할아버지로부터 물려받은 타고난 역마살로 인해 집에 정착하지 못하고 이리저리 떠돌아다니는데 이따금 '나'에게 연을 만들어 준다. '나'는 그런 아버지를 바람 부는 대로 하늘을 날아다니다가도 얼레에 매여 지상으로 돌아올 수밖에 없는 연과 같다고 생각한다. 이 작품에서는 이러한 아버지와 관련된 일련의 '사건을 체험한 서술자'인 '나'의 시각을 통해 이상에 대한 동경이라는 보편적인 인간의 문제를 생각해 보게 한다.

주제

역마살을 타고난 인간이 꿈꾸는 이상에 대한 염원

구성

발단	아버지에게 방물장수였던 할아버지와 연에 대한 이야기를 들음.
전개	타고난 역마살로 인해 떠나고 돌아옴을 반복하는 아버지
위기	현실의 삶에 마음을 붙이지 못하고 방황하는 아버지
절정	연을 만들어 자유와 이상을 꿈꾸는 아버지
결말	아버지가 객사하고 허탈해하는 어머니

전체 줄거리

어린 시절 '나'는 아버지로부터 방물장수였던 할아버지의 이야기를 듣는다. 역마살이 있었던 할아버지는 떠돌이 삶을 살다가 가끔 집에 머물 때면 아버지에게 연을 만들어 주었으며, 어느 해 겨울 눈밭에서 객사를 했다는 것이다. '나'의 아버지 역시 타고난 역마살로 인해 집에 오랜 시간 머물지 못하는 인물이다. 아버지는 어릴 적 연 싸움을 하다가 끊어진 연을 따라 선 너머 마을을 떠돌았던 일을 기점으로, 한 곳에 마음을 붙이지 못하고 방랑을 계속한다. 아버지는 할아버지가 그랬던 것과 같이 이따금 집에 들러 '나'에게 연을 만들어 주며 연을 만드는 이유에 대해 이야기한다. 이후에도 아버지는 방랑을 계속하고, 전라도의 어느 섬에서 객사를 하게 된다.

050 정답 ②

이 작품은 서술자인 '나'가 중심인물인 아버지의 삶에 대해 이야기하고 있다. 즉, 아버지와 관련된 사건을 체험한 서술자 '나'가 그 일련의 사건을 겪으며 갖게 된 아버지에 대한 생각을 서술하고 있다고 볼 수 있다.

오답 넘기

① 이 작품은 '나'가 아버지에 대한 이야기를 처음부터 끝까지 하고 있다. 따라서 장면마다 다른 서술자를 설정하여 사건을 다각도로 제시하고 있다는 설명은 적절하지 않다.

③ 제시된 지문에서는 외부 이야기와 내부 이야기로 사건이 나뉘는 액자식 구조가 드러나지 않는다. 따라서 외부 이야기에서 내부 이야기로 장면을 전환하며 사건을 전개하고 있다는 설명은 적절하지 않다.

④ 이 작품은 1인칭 서술자인 '나'의 시점으로 이야기가 전개되고 있으므로, 작품 밖의 서술자가 서술하고 있다는 설명은 적절하지 않다. 또한 이 지문에는 중심인물인 아버지의 내적 갈등이 해소되는 과정이 드러나지 않는다.

⑤ 이 작품은 아버지와 관련된 '나'의 경험이 시간적인 순서에 따라 전개되고 있다. 따라서 동시에 일어나는 두 개의 사건이 병렬적으로 배치되었다는 설명은 적절하지 않으며, 따라서 이로 인한 긴장감도 드러나지 않는다.

051 정답 ⑤

어머니가 아버지의 식사에 대해 묻자, '나'는 '읍내서 묵고 왔다 캅디더.'라고 대답한다. 이를 통해 아버지는 저녁 식사를 했음을 알 수 있으므로, ⓜ에 아버지의 끼니를 염려하여 어머니를 빨리 모셔 가려는 '나'의 의도가 담겨 있다는 것은 적절하지 않다.

오답 넘기

① '그 구경(새 구경) 댕기모 밥이 생기요 떡이 생기요?'라는 어머니의 말을 통해 아버지가 생계는 생각지 않고 새를 좋아한다는 이유만으로 저수지 근처로 이사를 가자고 이야기하고 있으며, 아버지의 제안에 대해 어머니는 못마땅해 하며 푸념하고 있음을 알 수 있다.

② '겨울도 아인데 그 많은 연을 어데다 팔라 캅니꺼?'라는 '나'의 의문을 통해 겨울이 아닐 때는 연이 잘 팔리지 않음을 알 수 있으며, 따라서 '나'가 겨울이 아닌 계절에 연을 많이 만드는 아버지의 행동을 의아하게 생각하고 있음을 알 수 있다.

③ 아버지가 ⓒ에서 말한 '그런 꿈'은 '연맨크로 그냥 멀리로 떠나 댕기고 싶은 꿈'을 의미하며, 그런 꿈이 없는 사람을 아버지는 '개미' 같다며 '사람은 개미가 아이잖나'고 말한다. 그리고 아버지가 이어서 '돈 벌라고 밤낮으로 일만 하는 사람'들에 대해 '사람 사는 목적이 저런가 싶을 때가 있지러'라고 말을 하는 것을 조합해 볼 때 ⓒ의 말에서 아버지는 생계를 위한 경제적 활동에 얽매이지 않고 '연'처럼 멀리 떠나 다니는 삶을 살고 싶어 함을 알 수 있다.

④ 어머니는 자식들이 저녁밥을 굶지는 않았을까 걱정스러운 마음에 질문한 것이므로, 이 말에는 어려운 가정 형편 속에서 자식들의 끼니를 걱정하는 어머니의 애정이 담겨 있음을 알 수 있다.

052 정답 ③

'내 같은 사람이 쓸모없이 보일란지 몰라도'라는 말은 다른 사람이 봤을 때 경제적으로 무능력한 아버지를 쓸모없는 사람이라고 생각할 수도 있다는 말이다. 하지만 '사람은 개미가 아'니라는 말, 또 '돈 벌라고 밤낮으로 일만 하는 사람'에 대해 '사는 목적이 저런가 싶은 때가 있'다는 아버지의 말을 통해 아버지는 삶의 목적이 돈이 아니라고 생각하고 있음을 알 수 있다. 따라서 아버지가 역마살로 인해 무능할 수밖에 없었던 자신의 삶을 후회하고 있다는 설명은 적절하지 않다.

오답 넘기

① 일정한 직업을 가져 본 적이 없다는 서술에서 아버지는 가족의 생계를 책임지지 않음을 알 수 있다. 따라서 어머니가 '장터를 떠돌며 어물 장사를' 하는 것에서 아버지를 대신해 가족의 생계를 떠안은 어머니의 삶을 엿볼 수 있다.

② 아버지는 '멀리로 떠나 댕기고 싶은 꿈'이 없이 일만 하는 사람은 꼭 개미 같다고 생각하며, '사람은 어데 갈 목적이 읎어도 어떤 때는 연맨크로 그냥 멀리로 떠나 댕기는 꿈'이 있다고 말한다. 이를 통해 아버지가 연처럼 자유롭게 떠돌며 살기를 원하고 있음을 알 수 있다.

④ 〈보기〉에서 '연'은 연줄로 '얼레'에 매여 있어 지상으로 돌아올 수밖에 없는데, '연'과 '얼레'의 이러한 속성은 작품 속 아버지의 삶을 형상화하는 데 기여하고 있다고 하였다. 어머니의 말에서는 떠돌이 삶을 사는 아버지가 집으로 돌아오는 이유가 더러 처자식이 보고 싶기 때문임을 알 수 있으므로, 어머니는 아버지에게 가족이 얼레와 같은 역할을 한다고 생각하고 있음을 알 수 있다.

⑤ '나'는 아버지에 대한 원망 섞인 감정이 아버지를 내 옆에서 멀리로 밀어내는 기능을 했으며, 아버지에 대한 이런 마음은 엄마의 경우에도 비슷할 것이라고 생각한다. 하지만 '나'와 달리 엄마의 경우에는 '순환의 법칙을 좇아' 시간이 흐르면 미움이 연민으로 녹아 끝내 밀물이 되어 엄마의 여윈 마음을 다시 채워 줄 것이라고 생각하고 있으므로 이 부분에서 아버지에 대한 원망과 애정을 동시에 안고 사는 어머니에 대한 '나'의 인식을 알 수 있다.

053~055 김유정, 〈땡볕〉

2018년 6월 전국연합

해제

이 작품은 근대 문명의 집합체라고 할 수 있는 서울의 '대학 병원'을 배경으로, 가난한 이농민 부부의 절망적인 삶의 모습과 부부간의 정을 그리고 있다. 이 작품 속 중심인물인 덕순은 희귀한 병에 걸린 사람은 돈도 주고 치료도 해 준다는 말을 듣고 병에 걸린 아내와 함께 땡볕 속을 걸어 병원에 간다. 하지만 아내의 병은 뱃속에서 태아가 자라다 죽은 것으로 밝혀지고, 수술을 받지 않으면 죽는다는 진단에도 이들은 돈이 없어 치료를 받지 못한 채 돌아온다는 내용으로 작품이 끝맺음되는데, 이로 보아 덕순 내외는 농촌의 황폐화로 인해 이농한 1930년대 도시 하층민의 전형적인 인물로 생각할 수 있으며, 작가는 이들의 절망적 삶을 통해 도시 근대 자본주의의 비인간성과 모순을 비판적으로 나타내고 있다.

주제

가난한 이농민 부부의 절망적 삶의 모습과 부부간의 정

구성

발단	동네 어른으로부터 병원에 대한 이야기를 듣는 덕순
전개	아내를 지게에 지고 병원을 찾아가는 덕순
위기	아내의 병이 죽은 아이를 임신한 것임을 알고 실망하는 덕순
절정	수술을 하지 않겠다는 아내를 데리고 집으로 돌아오는 길에 아내로부터 유언을 듣는 덕순
결말	땡볕을 맞으며 집으로 돌아가는 덕순 내외

전체 줄거리

덕순은 언젠가부터 배에 이상이 생긴 아내를 지게에 지고 땡볕 속을 걸어 서울의 한 대학 병원으로 향한다. 동네 어른으로부터 이상한 병에 걸린 사람이 병원에 가면 무료로 치료도 해 주고 병도 고쳐 준다는 말을 들었기 때문이다. 하지만 아내의 병은 배 속에서 태아가 자라다가 죽은 것으로 밝혀지고 덕순과 아내는 절망한다. 또한 당장 수술하지 않으면 아내의 목숨이 위험하다는 말을 들었지만, 수술비가 없는 덕순은 아내를 지게에 지고 다시 땡볕을 걸어 돌아간다.

053

정답 ②

이 작품은 '아내의 생명이 위험하다는 ~ 낙심하고 마는 것이다.', '~ 갑자기 후회가 나는 것이다. 이럴 줄 알았더면 동넷집 닭이라도 훔쳐다 먹였을 걸 싶어.' 등에서 알 수 있듯이, 특정 인물인 덕순의 심리에 초점을 맞추어 사건을 서술하고 있다.

오답 넘기

① 이 작품은 전지적 작가 시점으로 덕순의 심리에 초점을 맞춰 사건을 서술하고 있을 뿐 시점의 변화가 나타나지 않으며, 따라서 이를 통해 사건을 다각적으로 제시하고 있지도 않다.

③ 서술자가 객관적인 시선으로 등장인물들의 행동을 관찰하는 시점은 3인칭 관찰자 시점이다. 하지만 이 작품은 3인칭 관찰자 시점이 아닌 전지적 작가 시점으로 서술되고 있다.

④ 이야기 속에 또 다른 이야기가 들어 있는 구성은 액자식 구조를 의미한다. 그러나 이 작품에는 액자식 구조가 드러나지 않는다.

⑤ 이 작품은 시간의 순행적 흐름에 따라 서술되고 있을 뿐 과거와 현재의 교차가 반복적으로 드러나지 않으며, 따라서 이를 통해 사건의 원인도 드러내고 있지 않다.

054

정답 ③

덕순이 아내가 가리키는 얼음냉수를 사다 먹인 후 '하나 더 사다 주랴'라고 물은 것, 또 이후 왜떡을 사다 먹인 것은 '그동안 고생만 시키고 변변히 먹이지도 못하였던 것이 갑자기 후회'되었기 때문이다. 따라서 덕순이 아내에게 얼음냉수와 왜떡을 사다 준 것은 그간 고생만 한 아내의 슬픔을 위로하려는 행위로 볼 수 있다. 하지만 이런 덕순의 행동은 병원에 다녀온 후 아내의 생명이 일주일을 못 가리라는 말을 듣고 '이것이 마지막이라는 생각으로' 한 행동일 뿐, 상황이 나아질 것이라는 기대감과는 관련이 없다.

오답 넘기

① [앞부분의 줄거리]에서 덕순은 동네 어른으로부터 이상한 병에 걸린 사람이 병원에 가면 월급도 주고 병도 고쳐 준다는 말을 듣고, 아내를 업고 팔자를 고칠 희망에 차 병원에 갔다고 하였다. 이를 통해 아내를 업고 병원에 갔던 순간 덕순은 희망에 차 있었으리라는 것을 짐작할 수 있다. 그러나 병원에서 월급도 받지 못하고 아내가 일주일밖에 살지 못하리라는 진단을 받음으로써 덕순의 기대는 꺾이고 만다. 따라서 ㉠의 서술은 상황에 대한 덕순의 인식이 달라졌음을 길의 오르내림으로 보여 주는 것으로 볼 수 있다.

② 덕순은 일주일밖에 살지 못하리라는 진단을 받은 아내를 내려다보며 '그동안 고생만 시키고 변변히 먹이지도 못하였던 것'을 후회하고 있다. 특히 '동넷집 닭이라도 훔쳐다 먹였을 걸 싶어'라며 후회하는 모습에서 아내에게 닭 한 마리조차 사서 먹이지 못한 안타까움이 드러나며 그만큼 가정 형편이 어려움을 알 수 있다.

④ 덕순과 함께 병원에 다녀온 아내는 자신의 죽음을 눈앞에 두고도 사촌 형님께 꿔다 먹은 쌀 두 되를 잊지 말고 갚으라고 남편에게 당부하고 있다. 이는 비정한 현실 속에서도 다른 사람을 챙기는, 따뜻한 인간미를 잃지 않는 아내의 모습을 보여 준다고 할 수 있다.

⑤ 덕순과 아내는 병원에 가면 병도 치료하고 월급도 받을 수 있다는 희망을 안고 병원에 가지만, 돈을 내고 수술을 받아야 하며 월급도 주지 않는다는 말을 듣게 된다. 그리고 덕순과 아내가 쇠뿔도 녹이려는 듯한 뜨거운 땡볕 속을 걸어가야 하는 장면으로 글을 마무리하고 있는데, 이는 덕순 내외가 겪는 삶의 힘겨움과 가혹한 현실을 '땡볕'이라는 배경을 통해 상징적으로 보여 주고 있는 것이다.

055

정답 ④

덕순은 병원에 가면 월급도 주고 병도 고쳐 준다는 동네 어른의 말을 곧이곧대로 믿고 간호부에게 묻지만, 곧 월급을 받을 수 없다는 사실을 알고 실망한다. 이런 덕순의 모습에서는 그의 어리숙함을 알 수 있을 뿐, 자본주의의 비인간성은 드러나지 않는다. 오히려 가난한 덕순 내외를 보며 비소를 금치 못하는 간호부와 의사의 모습에서 자본주의 사회의 비인간성이 드러난다고 할 수 있다.

오답 넘기

① 덕순의 아내는 당장 수술을 받지 않으면 목숨을 잃을 만큼 위급한 상황이지만 닭 한 마리조차 사 먹지 못할 만큼 가난한 형편으로 인해 병을 치료하지 못하고 집으로 돌아간다. 따라서 가난 때문에 죽음을 맞을 수밖에 없는 부조리한 현실에 처한 덕순 아내의 모습을 통해 당대 사회의 문제(근대 자본주의 사회의 비인간성과 모순)를 비판하고 있다고 볼 수 있다.

② 덕순은 이상한 병에 걸린 사람이 병원에 가면 월급도 주고 병도 고쳐 준다는 동네 어른들의 말만 무작정 믿고 병원에 찾아간다. 아내의 병이 무엇인지도 제대로 모르면서 동네 어른의 말만 믿고 희망을 가졌다는 점에서 그가 어리숙한 인물임을 알 수 있다.

③ 아내는 병을 진단받고 집으로 돌아가는 길에 지게 위에서 소리를 죽인 채 훌쩍훌쩍 울다가 죽음을 준비하듯 덕순에게 유언과 같은 말을 하고, 또다시 울기 시작하는데 이런 아내의 모습을 통해 비극적 상황에 좌절하는 개인을 형상화하고 있다고 볼 수 있다.

⑤ 병원에 가면 병도 고치고 월급도 받을 수 있다고 믿는 덕순 내외에게서는 순박한 인간미가 느껴지는 반면, 대학 병원에서 간호부와 의사가 덕순과 아내를 대하는 모습에서는 냉정함이 느껴진다. 따라서 돈으로 사람을 판단하는 냉정한 대학 병원의 모습은 덕순과 아내의 순박한 성격과 대비되어 사람보다 작가의 문제의식(돈이 우선시되는 사회의 비인간성)을 부각한다고 볼 수 있다.

056~059 김시습, 〈이생규장전〉

2016년 6월 전국연합

해제

이 작품은 김시습의 《금오신화》에 실린 다섯 편의 전기 소설 중 하나로, 이승과 저승의 한계를 뛰어넘어 죽음을 초월한 남녀의 사랑 이야기를 담고 있는 작품이다. '규장(窺墻)'은 '담 안을 엿보다'라는 의미이다. 따라서 이 작품의 제목은 '이생이 담 안을 엿본 이야기' 정도로 이해할 수 있다. 전반부에서는 주로 이생과 최 여인의 사랑을 보여 주고 있는데, 이와 같은 자유연애에 의한 사랑은 작가의 솔직하고 대담한 애정관이 반영된 것으로 볼 수 있다. 그런데 이러한 이생과 최 여인의 사랑은 홍건적의 난으로 인해 깨지고 이후 최 여인의 환생을 통해 다시 이어진다. 이러한 비현실적인 구성은 비극적 현실을 사랑과 환상을 통해 극복하고자 하는 작가의 현실 극복 의지가 반영된 것으로 볼 수 있다.

주제

죽음을 초월한 남녀 간의 애절한 사랑

구성

발단	이생이 우연히 어느 집 담 너머로 최 여인(최랑)을 본 뒤 서로 사랑하는 사이가 됨.
전개	이생 부모의 반대로 두 사람이 헤어지나 최 여인 부모의 적극적 노력으로 결혼함.
위기	홍건적의 난이 일어나 이생은 겨우 살아났으나 최 여인은 정조를 지키려다 죽음.
절정	죽은 최 여인이 환신하여 이승으로 되돌아와서 이생과의 남은 인연을 이어감.
결말	최 여인이 저승으로 돌아가고 이생은 최랑의 유골을 거두어 준 다음 앓다가 죽음.

전체 줄거리

이생은 우연히 담장 너머의 최 여인(최랑)을 보게 되고 이생과 최 여인은 서로 글을 주고받으며 인연을 맺게 된다. 이 사실을 알게 된 이생의 아버지는 이생을 시골로 보내 버리고 최 여인은 이생이 자신을 찾아오지 않자 앓아눕는다. 이러한 사연을 알게 된 최 여인의 부모는 이생과 최 여인을 혼인시킨다. 얼마 후 홍건적의 난이 일어나 이생은 간신히 목숨을 구하지만 최 여인은 목숨을 잃고 만다. 폐가가 된 집에 홀로 찾아온 이생은 최 여인의 환신과 만나고 최 여인이 죽은 사람임을 알면서도 함께 살기로 한다. 이생과 최 여인은 2~3년간 행복한 시간을 보내지만, 최 여인은 자신이 죽은 몸이므로 이승에 오래 머물 수 없음을 이생에게 알린 후 저승으로 떠난다. 그 후 이생은 최 여인을 지극히 생각한 나머지 수개월 만에 병이 들어 죽는다.

056

정답 ①

이 글에 삽입된 시는 이생과 헤어져 저승으로 떠나야만 하는 상황에 처한 최 여인이 읊은 것이다. 1연은 최 여인 자신이 죽음에 이르게 된 경위와 자신의 죽은 뒤의 처지, 억울한 심정 등을 드러내고 있고 2연은 이생과 다시 헤어지게 된 슬픔이 잘 드러나 있다. 따라서 삽입된 시를 통해 인물의 심리를 드러내고 있다는 진술은 적절하다.

오답 넘기

② 이생이 들에 숨어 목숨을 보전하다가 도적의 무리가 떠났다는 소식을 듣고 처가에 가 보는 장면에서 배경 묘사가 나타나나, 이를 통해 인물 간 갈등 상황을 암시하고 있지는 않다. 다만 이생의 쓸쓸한 심정을 배경 묘사를 통해 실감 나게 표현하고 있을 뿐이다.

③ 잦은 장면의 전환은 나타나지 않으며, 긴박한 분위기 또한 조성하고 있지 않다. 죽은 최 여인의 영혼이 이생과 재회하고, 부모의 유골을 거둔 후 함께 지내다가 다시 영원한 이별을 하게 되고 이생마저 병들어 죽는 긴 시간 동안의 이야기가 인물 간의 대화와 압축된 서술을 통해 전개되고 있다.

④ 서술자의 직접 개입을 통해 반전된 상황을 제시하고 있는 부분은 나타나지 않는다.

⑤ 이 글은 시간의 흐름에 따라 전개되고 있다. 따라서 과거와 현재의 교차를 통해 사건에 입체감을 부여하고 있다는 설명은 적절하지 않다.

057

정답 ⑤

이생은 돌아가신 부모님의 유골을 거둬 장사 지내 준 최 여인에게 '감격해 마지않았'다고 하였으므로 적절한 진술이다.

오답 넘기

① 이생의 집은 이미 전쟁에 타 버리고 없었으며, 이생이 처가(최 여인의 집)의 누각에 올라 밤중이 되었을 무렵 최 여인이 나타났다. 따라서 최 여인이 이생의 집에서 이생을 기다리고 있었다는 진술은 적절하지 않다.

② 함께 지낸 지 어느덧 두서너 해가 지난 어떤 날 저녁, 최 여인이 이별을 이야기하며 울자 이생은 깜짝 놀라, 차라리 자신도 함께 황천에 가겠다며 이별을 받아들이기 힘들어하였다.

③ 최 여인과 재회한 이생은 "우리 두 집 부모님의 해골은 어디에 있소?"라며 양가 부모님의 유골에 대해 묻고 있다. 양가 부모님이 이미 돌아가셨음을 아는 이생이 부모님과의 재회를 간절히 바라고 있다고 보기는 어렵다.

④ 최 여인은 사랑하는 이생과의 재회를 위해 옥황상제의 허락을 얻어 잠시 나마 인간 세상에 머문 것이다. 그리고 최 여인이 지어 부른 시에서도 최 여인이 이생과 이별하게 된 상황에 슬퍼하고 있음이 드러난다. 이로 보아 최 여인은 이생이 자신을 버렸다고 오해하고 있지 않다.

058

정답 ②

(다)에서 최 여인은 이승과 저승의 질서에 따라 다시 저승으로 돌아가고, 이생은 최 여인을 그리워하다 죽게 되는 비극적 결말을 맞고 있다. 따라서 두 사람의 헤어짐을 '현실'에서의 재회를 전제로 사랑이 연기된 것이라 보는 것은 적절하지 않다.

오답 넘기

① (다)에서 이생은 홍건적에게 죽임을 당한 최 여인의 혼령과 재회하여 부부로서의 삶을 보내므로 생사를 초월하여 주인공들의 사랑이 이어진다고 볼 수 있다. 이 부분에서는 전기적 요소를 활용하여 생사를 초월한 애절한 사랑을 형상화한 것이다.

③ (가)의 만남은 앞부분의 줄거리 '이생은 우연히 본 최 여인을 사모하게 되고 시를 주고 받으면서 서로 사랑하는 사이가 된다.'에서 보듯 제3자의 도움 없이 두 사람의 의지로 이루어진 것이다. (다)의 만남은 '옥황상제께서 이 몸을 빌려 주어'에서 보듯 제3자의 도움(옥황상제의 개입)으로 이루어진 것이다.

④ (나)의 헤어짐은 '홍건적의 난'이라는 사회적 요인에 의한 것이다. 그러나 (다)의 헤어짐은 죽은 최 여인이 저승으로 돌아가야 한다는 운명적인 요인에 의한 것으로, 이로 인해 주인공들의 사랑이 좌절된다.

⑤ (가)에서 이생과 최 여인은 이생 부모의 반대로 헤어졌다가 최 여인이 상사병에 걸리면서 최 여인 부모의 도움으로 다시 재회하게 된다. 자유연애를 용인하지 않았던 유교적 규범과의 갈등에서 승리한 것이다. (나)에서는 홍건적의 난이라는 사회적 요인에 의해 이별하게 되지만 옥황상제의 도움을 얻어 두 사람은 재회하게 된다. (다)에서는 최 여인이 저승으로 돌아감으로써 갈등을 맞고 있다. 이와 같이 (가)~(다)에서 나타나는 주인공들의 거듭된 만남과 헤어짐은 사랑을 이루기 위해 자신들을 둘러싼 세계와 끊임없이 갈등하는 과정으로 볼 수 있다.

059

정답 ③

㉠ '그 후 이생은 아내를 지극히 생각한 나머지 병이 나서 두서너 달 만에 그도 또한 세상을 떠났다.'에서는 최 여인에 대한 이생의 지극한 사랑을 느낄 수 있다. 이와 같은 상황에는 '진심에서 우러나오는 변치 아니하는 마음'을 뜻하는 '일편단심(一片丹心)'이 알맞다.

오답 넘기

① '집에만 있고 바깥출입을 아니함.'을 뜻하는 말이다.

② '처지를 바꾸어 생각해 봄.'이라는 뜻이다.

④ '잘못한 사람이 아무 잘못도 없는 사람을 나무람.'을 이르는 말이다.

⑤ '사람이 보다 나은 방향으로 변하여 전혀 딴사람처럼 됨.'을 뜻하는 말이다.

060~062 작자 미상, 〈조웅전〉

2015년 6월 전국연합

해제

작자, 연대 미상의 고전 소설이다. 작품의 전반부는 이두병에 의한 조웅의 고생담과 장 소저와의 애정담으로, 후반부는 조웅의 영웅적 무용담으로 구성되어 있다. 조웅의 생애는 일반적인 영웅의 일대기적 구성을 그대로 따르고 있는데, 다른 작품과 달리 특이한 점이 있다면 주인공의 출생 과정에서 부모가 자식을 간절히 바라는 정성이나 신이한 태몽, 천상인의 하강과 같은 모티프가 나타나 있지 않다는 것이다. 또한 이 작품에 나타난 애정담은 전통적인 유교관과 어긋나는데, 부모의 허락 없는 혼전 성사를 그리고 있다는 점이 특징이다.

주제

진충보국(盡忠報國)과 자유연애

구성

발단	이두병의 참소로 문제 때의 공신 조정인이 자살하고, 그 아들 조웅도 어머니와 함께 몸을 피함.
전개	왕이 죽자 이두병이 스스로 황제의 자리에 오르고, 조웅은 도승을 만나 무술을 익히고 장 소저를 만나 혼인함.
위기	조웅은 위국을 침입한 서번군을 격퇴하고, 이두병으로부터 태자를 구함.
절정	조웅이 영웅, 명장을 규합하여 이두병의 군대를 물리침.
결말	조웅은 태자를 등극시키고 제후의 자리에 오름.

전체 줄거리

중국 송나라 문제 때 승상 조정인이 이두병의 참소를 입고 음독자살하니, 그의 외아들 조웅은 이두병의 모해를 피하여 어머니와 함께 도망한다. 온갖 고생을 하며 유랑하던 조웅 모자는 다행히 월경 도사를 만나 강선암으로 들어가 의탁하게 된다. 그 뒤 도사를 찾아가 병법과 무술을 전수받은 조웅은, 강선암으로 돌아가던 도중 장 진사 댁에서 유숙하다가 우연히 장 소자와 만나 혼인을 약속한다. 이때 서번이 침입하고 조웅이 나아가 이를 물리친다. 한편, 이두병이 조웅을 잡기 위한 군대를 일으켰으나 도리어 조웅에게 연패한 끝에 사로잡히고 만다. 태자는 이두병 일파를 처단한 뒤 조웅을 제후로 봉한다.

060

정답 ⑤

이 글의 마지막 부분에서 조웅은 이두병을 심문하며 죄를 사실대로 고하라고 명한다. 하지만 이두병은 자신의 죄를 반성하고 용서를 빌기는커녕 자신의 죄를 조정의 신하들에게 모두 떠넘기려 하고 있다.

오답 넘기

① 황덕은 나라가 망하여 살길이 막히자 장수 육십 명으로 황제(이두병)와 그 자식 오 형제를 잡아 조웅에게 바칠 계획을 세웠다.

② 백성들은 조웅이 온다는 소식을 듣고 즐거워하며 조웅을 마중 나왔으며, 원수에게 치하하는 말을 전했다.

③ 조정의 신하들은 이두병과 그의 자식을 잡아 바치자는 황덕의 제의를 몹시 반기며 이두병과 오 형제를 잡아 수레에 싣고 조웅을 찾아갔다.

④ 조웅은 태자를 귀양 보내고 사약을 내린 일과 자신을 잡으려고 장졸을 보낸 점 등을 열거하며 이두병에게 모든 죄를 사실대로 말할 것을 명령하고 있다.

061

정답 ②

㉡은 황덕과 조정의 신하들이 살아남기 위해 이두병과 그의 아들들을 결박하여 조웅에게 바치기로 합의하고, 그날 밤에 바로 실행에 옮긴 일을 서술자가 요약해서 이야기해 주고 있는 부분이다.

오답 넘기

① ㉠은 황덕이 낸 계책의 구체적 내용으로 앞으로 전개될 사건을 예측할 수 있게 하므로 긴장감을 조성한다고 볼 수 없다.

③ ㉢에는 외부 정경에 대한 구체적인 '묘사'가 나타나지 않으며, 인물의 내면 심리를 서술자가 직접 드러내고 있으므로 적절하지 않은 설명이다.
④ ㉣에서는 인물의 심리를 서술자가 직접 이야기해 주고 있다.
⑤ ㉤에서는 사건의 진상을 그 당사자인 두병이 직접 이야기하고 있다.

062

정답 ②

조정의 신하와 이두병은 과거에는 서로 협력하여 반역을 모의했던 관계이지만, 현재는 목숨을 부지하기 위해 서로에게 죄의 책임을 떠넘기며 대립 양상을 보이고 있다. 따라서 조정의 신하와 이두병의 관계는 선인과 악인의 대결이라보다는 같은 편끼리의 분열로 보는 것이 적절하다.

오답 넘기

① 조웅이 반역을 한 이두병을 심문하는 것은 황제의 권위에 반하는 행위를 허용하지 않는 것이다. 따라서 충(忠)이란 가치관이 반영되어 있는 것으로 볼 수 있다.
③ 이두병이 스스로를 황제라 칭하며 태자를 귀양 보내고 조웅을 잡으려 하는 것은 황제 중심의 지배 질서에 도전하는 것이므로, 악인의 횡포로 볼 수 있다.
④ <조웅전>에서 조웅은 선인을 대표하는 인물이며, 이두병은 악인을 대표하는 인물이므로 조웅이 반역을 한 이두병을 제압하고 태자를 구하는 것은 선인이 악인의 횡포를 이기는 과정으로 볼 수 있다.
⑤ 조웅이 이두병으로 인해 고난을 겪다가 나중에 이두병을 잡아 심문하는 것은 고난을 겪던 선인이 악인을 무찌르는 과정에 해당하므로 이를 보는 독자들은 이 장면에서 흥미와 쾌감을 느꼈을 것이라고 볼 수 있다.

063~065 정윤철, 윤진호, 송예진 각본, <말아톤> 2018년 3월 전국연합

해제
이 작품은 자폐성 장애를 가진 인물인 '초원'이 마라톤을 통해 사회와 소통하며 성장해 나가는 과정을 그리고 있다. 초원의 엄마인 경숙은 초원이 달리기에 소질이 있다는 것을 알고 아들의 훈련에만 매진하는 자기 희생형 어머니이나 아무것도 모르는 아이를 자신의 욕심 때문에 혹사하고 있는 것은 아닌가 하는 자책감에 고민한다. 그러나 초원은 자신의 주체적 의지로 마라톤 대회에 참여하여 본인의 목표를 달성하는데, 이 지점에서 초원에게 마라톤은 세상과 소통하는 매개체이자 스스로 이 세상을 살아갈 수 있다는 것을 보여 주는 희망의 상징이라고 생각해 볼 수 있다.

주제
마라톤을 통한 초원의 성장과 장애를 넘어선 가족애

구성

발단	5살 지능을 가진 초원은 달리기에서 재능을 보임.
전개	정욱이 초원에게 마라톤을 가르치며 초원에게 마음을 열게 됨.
위기	경숙은 자신이 초원을 혹사시킨 것은 아닌지 고민에 빠지고 결국 마라톤 대회 출전을 포기함.
절정	경숙은 정욱의 설득에도 마라톤을 시키지 않겠다며 완강하게 거절하지만 미련을 보임.
결말	초원은 마라톤 대회에 스스로 출전하고 경숙은 초원의 의지를 깨닫고 대회에 출전시킴.

전체 줄거리
엄마 경숙은 자폐증 진단을 받은 초원이 달리기에 소질이 있음을 알고 달리기 연습을 시킨다. 전직 유명 마라토너였던 정욱이 초원의 학교로 오게 되자, 경숙은 그를 찾아가 초원의 코치가 되어 달라고 부탁하나 정욱은 이를 귀찮게 여긴다. 하지만 초원의 순수한 모습에 점차 마음을 열게 되면서 초원에게 '서브 쓰리(마라톤 코스를 3시간 안에 완주하는 것)' 훈련을 시킨다. 한편 경숙은 우연히 초원의 어릴 적 짝꿍이었던 세연이 훌쩍 성장한 모습을 본 뒤로, 자신이 초원의 의사에 상관없이, 아이를 너무 혹사시킨 것은 아닌지 고민에 빠진다. 이후 정욱과 경숙은 의견 차이를 보이며 말다툼을 벌이고, 초원은 마라톤을 그만두게 된다. 하지만 초원은 스스로 마라톤 대회에 나간다. 초원을 찾아낸 경숙이 대회 출전을 반대하지만, 초원은 엄마의 손을 놓고 자신의 목표 '서브 쓰리'를 달성하고 경숙은 초원의 의지를 깨닫는다.

063

정답 ③

S#94에서 경숙은 초원을 마라톤에 내보내자는 정욱의 제안을 거절하며 '가세요! 이젠, 안해요!'와 같이 큰 목소리로 자신의 감정을 숨기지 않고 표출하고 있다. 따라서 경숙의 역할을 맡은 배우에게 감정을 억누르려는 차분한 목소리로 연기해 달라고 주문하는 것은 적절하지 않다.

오답 넘기

① S#93에서 경숙은 희근에게 초원이 동물원에서 엄마를 잃어버렸던 것은 사실 자신이 초원을 버린 것이며, 자신이 계속 애를 다그쳤기 때문에 초원이 힘들다는 말을 못 하는 게 아닐까 고백하며 자책하고 있다. 따라서 경숙의 역할을 맡은 배우에게 자책감이 느껴지는 표정을 지어 달라고 주문할 수 있다.
② S#94에서 정욱은 '제가 페이스메이커 할게요. 같이 뛴다구요.'라며 자신이 초원의 페이스메이커 역할을 할 테니 초원을 마라톤에 내보내자고 진지한 태도로 경숙을 설득하고 있다.
④ S#101에서 마라톤 대회가 시작될 때 "그 순간 '타앙' 울리는 출발 총성"과 "'와아'하는 함성 소리"를 효과음으로 표현하면 마라톤 대회 현장의 생생함을 잘 드러낼 수 있다. 따라서 마라톤 대회가 시작되는 상황일 때 생생한 현장감이 부각될 수 있는 효과음을 넣어 달라는 주문은 적절하다.
⑤ S#101에서 '물밀 듯이 밀려 나가기 시작하는 사람들. 그 틈바구니에서 손을 붙잡은 채, 서로 노려보고 있는 초원과 경숙.'이라고 했으므로, 경숙과 초원이 마라톤을 하는 문제로 대화를 할 때 다른 마라토너들이 일시에 경숙과 초원 주변을 빠르게 지나쳐 가도록 해 달라는 주문은 적절하다.

064

정답 ④

㉡에서 마라톤이 예정된 날짜를 보다가 미련을 버리려는 듯 텔레비전을 켜는 경숙의 모습은 경숙이 초원의 마라톤 대회 참가에 미련이 남아 있음을 보여 준다. 그리고 ㉢에서 초원이 정욱이 사준 얼룩말 러닝화를 꺼내 보고 냄새를 킁킁 맡는 행동을 하는 것은 마라톤을 하고 싶은 초원의 마음을 보여 주는 것이다. 따라서 달력을 보는 경숙과 러닝화를 꺼내 보는 초원의 행동은 대비되는 것이 아니며, 중원에 대한 설명은 나타나 있지 않으므로 S#101에서 초원과 경숙의 갈등이 중원에 의해 해소된다는 진술은 적절하지 않다.

오답 넘기

① ㉠에서 '엄마가 늘 손 흔들어 주던 자리'에 아무도 없는 것은 경숙이 병원에 입원해 있기 때문이므로, ㉠은 S#90과 연계된 S#93에서 경숙이 입원한 것과 관련하여 초원의 일상에 변화가 생겼음을 알 수 있게 한다.

② S#94에서 경숙은 정욱에게 '이제 마라톤 안 해요!'라며 절대 초원에게 마라톤을 시키지 않을 것처럼 말했지만, ㉡에서는 마라톤이 열리는 '10월 10일 날짜'를 바라보다가 '미련을 버리려는 듯' 텔레비전을 켜는 모습을 보인다. 따라서 ㉡은 경숙이 초원의 마라톤 대회 참가에 대해 미련을 가지고 있었음을 알 수 있게 한다.

③ ㉢에서 초원은 '정욱이 사준 얼룩말 러닝화'를 꺼내 보는 행동을 하고, S#101에서는 마라톤에 나가고 싶어 하며 이를 말리는 경숙과 실랑이를 벌인다. 따라서 ㉢의 러닝화를 꺼내 보는 초원의 행동은 S#101에서 마라톤을 하고 싶어 하는 초원의 모습과 연결하여 이해할 수 있다.

⑤ ㉠~㉢에서는 마라톤을 하지 않겠다고 한 후 초원과 경숙의 일상을 단편적으로 압축하여 보여 줌으로써 사건을 속도감 있게 전개하고 있다.

065

정답 ①

S#93에서 경숙은 희근에게 옛날에 동물원에서 초원을 잃어버렸던 일을 꺼내며 '사실은 말야, 그때, 내가 초원이를 버렸던 거야. 사람들 틈에서 손을 놓았지. 도저히, 키울 자신이 없었거든…….'이라고 고백하고 있다. 따라서 ⓐ에서는 경숙이 초원을 자신이 책임져야 할 부담스러운 존재로 여겼음을 알 수 있다. 반면에 ⓑ는 초원이 진심으로 마라톤을 하고 싶어 한다는 것을 알게 된 경숙이 초원이 달릴 수 있도록 손을 놓아 주는 것으로, 경숙이 초원을 의지를 지닌 주체적인 존재로 인정하게 되었음을 알 수 있다.

066~069 채만식, 〈태평천하〉

해제

일제의 수탈과 착취에 의한 궁핍한 현실을 '태평천하'라고 여기는 윤 직원과 그 일가의 모습을 통해 역사의식의 부재(不在)와 당시 친일 지주 계층의 부정적 면모를 반어적이고 풍자적인 수법으로 묘사하고 있는 작품이다. 윤 직원 일가는 왜곡된 현실 인식, 도덕적 타락, 물질주의적 가치관을 지닌 부정적 인물들로 구성되어 있으며, 이들은 작가의 풍자 대상이 된다. 유일하게 풍자의 대상이 되지 않는 인물은 사회주의 운동으로 검거된 손자 종학인데, 작가는 이들 인물의 대비와 풍자를 통해 일제 강점기의 바람직한 시대 인식과 가치관을 제시하고 있다.

주제

윤 직원 일가의 몰락 과정을 통한 식민지 시대의 타락한 삶 비판

구성

발단	윤 직원의 행태
전개	윤 직원과 그의 집안 내력
위기	아들과 큰 손자의 방탕함과 둘째 손자 종학에 대한 기대
절정	동경에서 종학이 피검되었다는 내용의 전보가 옴.
결말	종학이 사회주의 운동을 했음을 알고 분노하는 윤 직원

전체 줄거리

친일파 대지주인 윤 직원은 아버지에게서 물려받은 재산을 지키는 데만 급급한 인물이다. 돈으로 족보를 사고 기생 춘심에게 흑심을 품지만, 그의 궁극적인 관심은 오직 자신의 재산을 늘리고 지키는 일이다. 그러기 위해서 아들과 손자를 군수와 경찰서장으로 만들려고 하지만, 아들은 노름에, 장손은 주색에 빠져 있으며, 가장 기대를 걸었던 둘째 손자 종학은 사회주의 운동으로 피검된다. 화적패 등으로부터 재산을 빼앗길 위협이 사라진 일제 강점기를 '태평천하'라고 생각하는 윤 직원은 자손들의 행태에 깊이 좌절하며 울부짖는다.

066

정답 ⑤

이 글에는 작품 내의 서술자가 아닌 작품 밖의 서술자가 등장하여 상황을 전달하고 주관적인 논평을 내리고 있다.

오답 넘기

① 윤 직원의 외양을 서술한 부분을 통해 그가 풍채가 있고 차림새가 격에 맞지 않게 화려하기만 하다는 것을 알 수 있다. 그런데 이러한 외양 묘사는 뒤에 나오는 윤 직원의 인색한 행동과 대비되어 더욱 부각된다. 이는 서술자가 윤 직원의 부정적 성격을 강조하고 희화화하고자 하는 의도를 담고 있는 것이다.

② 〈중략〉 이후에 나타난 윤 직원의 대사를 통해 그가 사회주의를 부정적으로 여기고 일제 강점기를 '태평천하'로 생각하고 있음을 알 수 있다.

③ 서술자가 작중 상황에 직접 개입하여 주관적 평가를 내리는 것은 편집자적 논평에 해당한다. '이 풍신이야말로 아까울사', '통탄할 일입니다.' 등에서 윤 직원에 대한 논평이 나타난다.

④ 이 글에서는 전라도 사투리를 사용하여 생동감과 사실감을 부여하고 있다.

067

정답 ④

인력거꾼의 말은 '되도록 넉넉한 대가를 달라'의 뜻으로 볼 수 있는데 윤 직원은 이를 '맘대로 하라고 했으니 돈을 안 내도 된다'고 자기에게 유리하게 해석하고 있다. 이는 '억지로 자기에게 이롭도록 꾀함.'을 뜻하는 '아전인수(我田引水)'의 행태라 볼 수 있다.

오답 넘기

① '사필귀정(事必歸正)'은 '모든 일은 반드시 바른길로 돌아감.'이라는 뜻으로 종학이 사회주의 운동을 하다 잡혀가기는 했지만 이를 죄로 보기는 어렵다는 측면에서 상황과 어울리지 않는다.

② '노승발검(怒蠅拔劍)'은 '작은 일에 지나치게 화를 냄.'이라는 뜻으로 인색함과는 어울리지 않는다.

③ '연목구어(緣木求魚)'는 '나무에 올라가서 물고기를 구한다는 뜻으로 도저히 불가능한 일을 굳이 하려 함.'을 비유적으로 이르는 말이므로, 윤 직원이 화를 내는 모습과 어울리지 않는다.

⑤ '지록위마(指鹿爲馬)'는 '윗사람을 농락하여 권세를 마음대로 함.'이라는 뜻인데 인력거꾼은 윤 직원을 농락하고 있지 않으므로 어울리지 않는다.

068

정답 ⑤

'태평천하'란 일제의 약탈을 우회적으로 비판하는 동시에 식민지 현실에 순응하여 민족의 현실을 외면한 채 왜곡된 역사 인식을 지니고 살아가는 인물들에 대해 풍자하고자 한 것이다.

오답 넘기

① '이 풍신이야말로 아까울사, 옛날 세상이었더라면 일도(一道)의 방백(方伯)일시 분명합니다. 그런 것을 간혹 입이 비뚤어진 친구는 광대로 인식 착오를 일으키고, 동경 · 대판의 사탕 장수들은 캐러멜 대장 감으로 침을 삼키니 통탄할 일입니다.'라는 서술자의 평가 자체가 반어적인 서술이므로 실제 윤 직원에 대한 평가는 광대와 같음을 알 수 있다.

② '일도(一道)의 방백(方伯)'은 일개 도를 관장하는 수령으로 높은 지위의 벼슬아치를 가리키는 말이지만, 광대처럼 요란스러운 윤 직원의 차림새를 비아냥대는 반어적 표현이다.

③ 윤 직원은 민족의식, 역사의식과는 거리가 먼 사람으로 일제 강점기 현실을 '태평천하'라고 여기고 있다. 따라서 제목인 '태평천하'는 윤 직원과 같은 부정적 인물들에 대한 반어적 표현에 해당한다.

④ 윤 직원은 부유하면서도 인력거꾼에게 삯조차 주지 않으려고 하는데, 이는 자신들의 안위만을 생각하는 이기적인 사람들의 모습과 관련이 있다.

069 정답 ③

'허긴 그놈이 작년 여름 방학에 나왔을 때버틈 그런 기미가 좀 뵈긴 했어요!'라는 말로 보아, 일부 가족은 종학이 사회주의 활동을 한다는 것을 어렴풋이 짐작하고 있었음을 알 수 있다.

오답 넘기

① 윤 직원은 둘째 손자인 종학이 경찰서장이 되기를 바랐으나 사회주의 활동에 참여했다가 피검됨에 따라 그 기대가 물거품이 되고 있다.

② '전보'의 중심 내용은 종학이 사회주의 활동을 하다가 이로 인해 피검되었다는 것으로 볼 수 있다.

④ '부랑당패'는 사회주의를 빗댄 표현으로 이를 부정적으로 여기는 윤 직원의 가치관이 반영된 명칭으로 볼 수 있다.

⑤ 당시가 일제 강점기라는 현실로 볼 때 '사회주의'는 일제에 맞서는 독립운동이나 저항 운동의 일종으로 보는 것이 타당하다. 이는 부정적인 인물인 윤 직원이 '사회주의'를 '부랑당패'에 비유하거나 일제 강점기의 현실을 '오죽이나 좋은 세상', '태평천하' 등으로 인식한 것에서도 추론할 수 있다.

070~072 성석제, 〈황만근은 이렇게 말했다〉

해제

이 작품은 농촌 마을에서 반푼이로 취급받는 가난하고 어리석은 농부 황만근의 삶을 그리고 있다. 모든 면에서 평균치에 못 미치는 농부 황만근의 일생을 묘비명의 형식을 삽입해 서술하고 있으며, 그의 진면모를 한 외지인의 시선을 통해 그려 내고 있다. 작가는 남의 비웃음을 꺼리지 않고 평생 자신의 일을 다하며 이웃을 돌보다 갑작스럽게 사고사한 황만근의 삶과 함께 힘겨운 농촌의 실상과 이기적인 인간의 모습을 함께 그려 내고 있다. 제목의 '이렇게'는 황만근의 특별한 말을 가리키는 것이라기보다는 황만근의 삶의 태도를 나타내는 것으로, 말없이 도리를 다한 황만근의 생을 통해 현대인들의 욕망과 이기심을 비추고 있다.

주제

농촌의 암울한 현실과 메말라가는 인정 속에서 남을 먼저 생각하고 자신의 분수를 지키는 인간의 본보기

구성

발단	황만근이 사라진 것에 대한 마을 사람들의 반응
전개	황만근의 출생과 성장, 마을에서의 존재 가치
위기	전국 농민 총궐기 대회에 참석하는 황만근
절정, 결말	주검으로 돌아온 황만근과 그의 죽음 앞에 조사를 바치는 민순정

전체 줄거리

새말터의 황만근은 전쟁 때 아버지가 죽고 유복자로 태어나 홀어머니 밑에서 자랐다. 지능이 모자라 아이들에게까지 반편이라는 놀림의 대상이 되고, 몸도 제대로 가누지 못해 늘 넘어지며, 혀도 짧아 발음도 정확하지 않았다. 어느 날 자살하려는 처녀를 구해 아들을 얻지만 여인은 곧 떠나 버리고, 그는 어머니와 아들을 부양하면서 마을의 궂은일을 도맡아 한다. 농가 부채 탕감 촉구를 위한 전국 총궐기 대회가 열리고, 황만근은 이장의 지시대로 경운기를 타고 떠났다가 돌아오는 길에 얼어 죽고 만다. 민 씨는 사라진 지 일주일 만에 돌아온 황만근의 주검 앞에 묘비명을 쓰고 다시 도시로 돌아간다.

070 정답 ③

마을 사람들이 황만근을 바보 취급하는 것은 (나)의 끝부분에서 확인할 수 있으나 그것이 질투심에서 비롯된 것인지는 확인할 수 없다.

오답 넘기

① (가)에서 이장은 황만근에게 경운기로 가라고 한 것은 투쟁 방침이었다고 하는 한편, 자신이 이를 지키지 않은 것은 할 일이 많기 때문이라며 발뺌하고 있다.

② (나)와 (다)를 통해 황만근이 비록 바보 같지만 미리 정해진 대로 행동하는 우직함을 지니고 있고 늘 부지런하고 근면하였음을 알 수 있다.

④ (라)의 '어머니에게 가져다 줄 생선을 사고'라는 구절을 통해 알 수 있다.

⑤ '황만근은 이렇게 말했다'라는 제목에는 실천 없이 말만을 일삼는 이장 및 마을 사람들과 과묵한 황만근을 대비시킴으로써 농촌 사회의 모순을 드러내려는 작가의 주제 의식이 반영되어 있다.

071 정답 ④

황만근에 대한 사람들의 인식이 변화하였는지 여부는 이 글에 나타나 있지 않다. 경운기를 타고 가야 한다는 지침을 지킨 황만근과 이를 지키지 않은 이장 및 마을 사람들의 모습이 대비되어 나타나 있을 뿐이다.

오답 넘기

① 황만근은 순리에 따라 부지런하고 우직하게 사는 진실된 농군의 모습을 보인다. 경운기는 그러한 그의 삶의 모습과 일치하는 대상이다.

②, ③ 경운기는 기계화 영농으로 대변되는 당대 농촌의 상징이며, 한편으로는 농기계 구입을 위해 농민들이 빚을 지고 피폐해지는 직접적 원인이 되기도 하였다.

⑤ 경운기를 타고 가야 한다는 지침은 황만근만 지켰을 뿐, 정작 이 지침을 전한 이장이나 마을 사람들은 이를 지키지 않는 위선적 태도를 보인다.

072 정답 ①

(가)에는 이장과 민 씨가 황만근이 돌아오지 않는 것을 두고 언쟁을 벌이고 있는데, 이는 황만근이 저지른 잘못과는 상관없는 내용이다. 오히려 지침에

따라 경운기를 몰고 간 황만근의 행동과 지침을 따르지 않은 이기적인 이장의 모습을 대비하여 드러내고 있다.

오답 넘기

② (나)에서는 황만근의 말을 통해 기계화 영농을 하기 위해 빚을 지게 되고, 이 빚으로 인해 피폐해진 농촌의 모순된 현실을 드러내고 있다.

③, ④ (다)는 민 씨가 '전'의 양식을 차용하여 황만근을 추도하고 있는 부분이다. 황만근의 일생과 업적이 드러나 있으며 이에 따른 서술자의 긍정적 평가가 나타나 있다. 이를 통해 독자들은 자신의 본분을 다하는 삶에 대한 교훈을 얻을 수 있다.

⑤ (라)에는 황만근이 경운기를 끌고 갔다 죽음에 이르게 되는 과정이 자세히 드러나 있으며, 마지막에 서술자는 황만근의 죽음에 대해 안타까움을 표하고 있다.

073~075 박지원, 〈허생전〉

해제

이 작품은 허생이라는 인물을 내세워 당대 집권층인 사대부의 무능함과 허위의식을 비판하고, 새로운 사회를 지향하고자 하는 작자의 의도를 드러내고 있다. 공부만 하던 허생은 아내의 질책을 받고 가출하여 매점매석으로 큰돈을 버는데, 이는 당시 조선의 경제 구조의 취약성을 간접적으로 비판한 것이다. 또한 허생이 도적들을 모아 섬으로 보내 스스로 살아갈 수 있는 터전을 만들어 주는 것은 도적 문제를 해결하지 못하는 당시 정부의 무능함을 보여 준다. 마지막으로 허생은 현실성 없는 명분에 사로잡혀 북벌론을 내세우고 있는 당시 사대부를 질책하면서 지배 계층의 허위의식을 꼬집고 있다.

주제

당시 지배 계층의 무능과 위선을 비판하고 그들의 각성을 촉구함.

구성

발단	아내의 질책을 받은 허생의 가출
전개	허생의 매점매석에 의한 돈벌이와 이상국 건설 시도
위기	이완에게 시사 삼책을 제안함.
절정 · 결말	허생이 사대부들의 허위의식을 비판하고 종적을 감춤.

전체 줄거리

책 읽기만 즐기던 가난한 선비 허생은 아내의 질책으로 책 읽기를 포기하고 장안의 부자인 변 씨에게 만 냥을 빌려 전국의 과일과 말총을 매점매석한다. 큰돈을 번 허생은 도적들을 모아 빈 섬으로 들어가 농사를 지으며 살도록 권유한다. 이곳에서 농사와 무역으로 부를 축적하여 이상국 건설의 실험을 마친 허생은 섬에서 나와 변 씨를 찾아가 돈을 갚는다. 변 씨로부터 허생의 기이함을 전해 들은 이완 대장은 허생을 찾아온다. 허생은 이완이 요청한 사회 개선책으로, 부국강병을 위한 인재 등용, 명나라 후예들에 대한 세도가들의 지원, 유학과 무역을 통한 청나라 정벌이라는 세 가지 계책을 제안하지만, 이완은 수용할 수 없다고 한다. 이에 허생은 지배 계층의 현실성 없는 명분론을 비판하면서 이완을 내쫓고, 다음 날 자취를 감춘다.

073 정답 ②

허생은 시사 삼책을 통해 현실 대응책을 내놓지만 이를 현실적으로 수용할 수 없다는 이완과의 대화를 통해, 당시 무능한 집권층의 위선을 비판하고 있다. 즉, 두 인물의 대화를 통해 지배층인 사대부의 무능과 위선을 비판하고 있다(ㄱ). 또한 이 글의 결말은 허생과 이완의 갈등이 해소되지 않은 채 미완성의 구조로 마무리 되면서 여운을 남기고 있다(ㄷ).

오답 넘기

ㄴ. 고전 소설에서 흔히 나오는 도술과 같은 전기적인 요소는 사용되지 않고 있고, 비현실적인 장면 또한 묘사되지 않고 있다.

ㄹ. 두 인물의 대화 중심으로 사건이 전개되고 있으며, 서술자의 객관적 설명은 있지만 주관적인 논평은 제시되지 않고 있다.

074 정답 ④

㉣은 허생이 제안한 시사 삼책이 불가능한 현실적인 이유를 들고 있다. 즉, 허생의 말에 공감하는 것이 아니라 허생의 제안이 명분을 중시하는 사대부들에게 있어서는 예법에 맞지 않아 현실적으로 수용하기에 불가능한 것임을 항변하고 있는 것이다.

오답 넘기

① 변 씨는 '그분'이라는 존칭을 사용하여 허생에 대한 존경심을 드러내고 있으며, 3년을 대했지만 이름조차 알 수 없다는 말로써 허생이 신비로운 존재임(비범성)을 부각하고 있다.

② 나라의 중책을 맡고 있는 대장인 이완 앞에서 허생은 위축되지 않고 오히려 '너'라 부르며 얕잡아 보는 태도를 취하고 있다. 이는 명분만 앞세우고 실질적인 정책을 세우지 못하는 당시 지배 계층에 대한 허생의 반감이 나타난 것이라 할 수 있다.

③ 허생이 제안한 인재 등용의 정책이 현실적으로 수용하기 어렵다는 의미이면서, 동시에 다른 계책을 제안해 달라는 요청에 해당한다. 이러한 이완의 말은 사대부들이 현실적으로 수용 가능한 방안을 요청하는 것이라 할 수 있다.

⑤ 허생은 사대부들이 모두 예법을 지키는데 누가 오랑캐처럼 변발을 하면서 그 제안을 따를 수 있겠느냐는 이완의 말에 분노하고 있다. '오랑캐 땅에 태어나 자칭 사대부라 뽐낸다'는 말에는 당시 사대부에 대한 비판 의식과 냉소적인 태도가 담겨 있다.

075 정답 ②

허생은 목표를 이루기 위해 죽음도 불사하고, 오랑캐 옷도 스스럼없이 입은 역사적 인물, '번오기'와 '무령왕'을 내세워 허례허식과 명분에 휩싸인 당시 사대부 계층을 비판하고 있다. 따라서 '번오기'와 '무령왕'을 명분에 집착하다 실리를 얻지 못한 인물로 이해하는 것은 적절하지 않다.

오답 넘기

① 〈보기〉에서 이 글이 경제적 · 정치적 모순을 비판한 글임을 알 수 있고, 허생이 제안한 인재 등용의 정책을 당시 지배 계층인 이완이 수용하지 못하고 있다는 점으로 보아 당시 조선은 훌륭한 인재가 있어도 제대로 쓰지 못한 정치적 모순이 있었음을 짐작할 수 있다.

③ 시사 삼책을 제안했지만 이완이 한 가지도 시행할 수 없다는 태도를 보였다는 것으로 미루어 볼 때, 허생의 제안은 당시 사대부들이 받아들이기에 지나치게 급진적이었음을 알 수 있다.

④ 〈보기〉에서 작자는 진정으로 북벌을 하려면 우선 적을 알아야 한다고 생각했다고 하였다. 국중의 자제들을 청나라에 보내자는 허생의 견해는 이것이 궁극적으로 청나라를 정복할 수 있는 방법의 하나라고 여겼기 때문이다.

⑤ 허생은 명나라의 은혜를 갚기 위해서 청나라를 쳐야 한다는 북벌론을 주장하면서 정작 명나라 유민을 돌보지 않는 당시 사대부 계층의 태도를 비판하고 있다. 이는 또한 명분만 내세우는 북벌론의 허구성을 지적하려는 의도가 있다는 점에서 적절한 감상이다.

076~078 나희덕, 〈내 유년의 울타리는 탱자나무였다〉

해제

이 작품은 탱자나무에 대한 글쓴이의 경험을 바탕으로, 가시에 대한 글쓴이의 인식 변화와 깨달음을 담담하게 전달하고 있다. 가시로 표상되는 삶에서의 고통이 사람을 겸손하게 하며, 그러한 고통을 통해 인생의 소중함을 더 잘 알 수 있다는 글쓴이만의 개성적인 시각이 드러나 있어 수필의 특성을 잘 보여 주는 글이다. 특히 글쓴이는 날카로운 가시야말로 사람을 겸허하게 만들어 줄 선물이라고 하면서, '너무 아름답거나 너무 부유하거나 너무 강하거나 너무 재능이 많은 것이 삶을 망가뜨리는 경우를 자주 보게 된다.'라고 말하는데, 이는 삶에 있어서 겸손한 태도의 중요성을 강조한 부분이라고 볼 수 있다.

주제

삶에서 고통이 주는 의미와 겸손한 자세의 중요성

구성

1문단	가시에 대한 유년기의 생각
2문단	가시에 대한 아버지의 가르침
3문단	가시가 자신에게도 상처를 준다는 것을 알게 됨.
4문단	유년기 이후 글쓴이의 고단한 삶
5문단	고단한 삶 속에서 내면의 가시를 발견한 글쓴이
6문단	누구에게나 존재하는 삶의 가시
7문단	불우한 삶 속에서 훌륭한 그림을 남긴 로트렉
8문단	로트렉의 인생에서 가시였던 짧은 다리
9문단	삶 속에서 깨달은 가시의 가치
10문단	가시에 대해 가져야 할 태도

076 정답 ③

이 글에서 서술의 대상인 '가시'의 과거와 현재를 대비하여 차이점을 부각하는 부분은 찾을 수 없다. 다만 가시에 대한 글쓴이의 인식 변화를 제시하여 삶에서의 고통이 사람을 겸손하게 하며, 겸허한 자세로 살아가야겠다는 깨달음을 제시하고 있다.

오답 넘기

① 탱자나무 가시에 관한 글쓴이의 유년기 경험(탱자나무 가시가 박힌 일, 스스로의 가시에 상처 입는 탱자나무를 본 일)이 제시되어 있다.

② 글쓴이의 삶을 바탕으로 가시(삶의 고통)가 삶에서 뺄 수 없는 존재이며, 삶을 겸손하게 만드는 존재라는 의미를 부여하고 있다.

④ 10문단의 마지막 문장, '뽑혀지기를 간절히 바라는 가시야말로 우리가 더 깊이 끌어안고 살아야 할 존재인지도 모른다.'에 역설적 표현이 드러나며, 이를 통해 글쓴이의 깨달음을 드러내고 있다.

⑤ 8문단에서 로트렉이라는 화가의 말을 인용하여 글쓴이의 생각을 강조하고 있다.

077 정답 ④

글쓴이는 고단한 삶 속에서 자신 속의 가시를 발견하게 된다. 그리고 '뽑아내려고 몸부림칠수록 가시는 더 아프게 자신을 찔러 댄다는 것을 알게 되었다.'라는 구절로 미루어 볼 때, 글쓴이의 가시가 결국 글쓴이 자신을 찌르고 있다는 것을 확인할 수 있다. 따라서 ⓓ를 자신의 가시로 상처 입은 타인에 대한 안타까움이라고 보기는 어렵다.

오답 넘기

① 1문단의 '그 가시들에는 아마 독이 들어 있을 거라고 혼자 멋대로 단정해 버리기도 했다.'를 통해 확인할 수 있다.

② 2문단에서 아버지는 '그저 아름다운 꽃과 열매를 지키기 위해 그런 나무들에는 가시가 있는 거라고' 설명하고 있다.

③ 3문단에서 글쓴이는 스스로를 지키기 위해 주어진 가시가 때로는 스스로를 찌르기도 한다는 사실에 '알 수 없는 슬픔'을 느꼈다고 하였다.

⑤ 9문단의 '어차피 뺄 수 없는 삶의 가시라면 그것을 어떻게 받아들이고 다스려 나가느냐가 더 중요하지 않을까 싶다.'를 통해 확인할 수 있다.

078 정답 ③

[A]의 한 번도 더 가벼워진 적이 없는 '생활의 짐'과 〈보기〉의 자꾸만 와서 화자의 살을 저며 가는 '바람'은 모두 화자의 힘겨운 현실을 함축적으로 드러내는 단어이다.

오답 넘기

① [A]의 '나'는 '가시'가 자신을 키웠다고 생각하지만, 〈보기〉에서는 그런 생각이 드러나지 않는다.

② [A]의 '나'는 '탱자나무'를 떠올리며 자신의 내면에 있는 가시를 깨닫고 있을 뿐, '탱자나무'의 모습을 본받고자 하지는 않았다. 〈보기〉의 '나' 역시 고통스러운 삶 속에서 '탱자나무'를 떠올리고 있을 뿐이다.

④ [A]의 '날카로운 가시'와 〈보기〉의 '칼날'은 모두 글쓴이와 화자의 내면에 있는 것으로 유사한 의미를 지닌다.

⑤ [A]와 〈보기〉의 '탱자나무'는 모두 화자가 현실에서 바라보는 대상이 아니라, 관념 속에 있는 대상이다.

079~081 이강백, 〈결혼〉

해제

이 작품은 전통적인 기법을 벗어나 새로운 극적 기법을 활용한 단막극으로, 별다른 무대 장치도 없고 관객과 무대의 명확한 경계도 없다. 또한 필요한 소품을 관객에게 빌리는 방식으로 관객의 극 중 참여를 유도하고 있다. 이야기책 속의 사건을 극 중 현실로 바꾸어 관객들에게 상황을 설명하는 독특한 방식을 취하고 있는 이 작품은, 한정된 시간 안에 결혼을 해야 하는 가난한 사기꾼이 시간이 지남에 따라 소유의 본질과 헌신적 사랑의 필요성을 인식하고 여자를 설득하여 결혼에 성공하는 이야기이다.

주제

소유의 본질과 진정한 사랑의 의미

구성

발단	이야기책 속의 사건을 통해 작품 전체를 설명하고, 가난한 남자가 여러 물건들을 빌린 후 맞선을 보기로 한 여자를 기다림.
전개	맞선을 보기로 한 여자가 등장하고, 남자는 빌린 물건들로 부자 행세를 함.
절정	약속된 시간이 지나자 하인이 남자에게서 물건을 하나씩 빼앗아가기 시작함.
하강	남자는 하인에게 모든 물건을 빼앗기고, 남자의 처지를 알게 된 여자는 남자를 떠나려 하지만 소유의 본질과 진정한 사랑의 가치를 깨달은 남자가 여자를 설득함.
대단원	여자는 진심 어린 남자의 말에 설득당해 남자의 청혼을 받아들임.

전체 줄거리

가난한 사기꾼인 남자는 결혼을 해야겠다는 결심을 한다. 시간 제약은 있지만 갖가지 물건과 저택, 심지어 하인까지 빌린 남자는 부자 행세를 하며 결혼 상대자를 구한다. 남자와 맞선을 보기로 한 여자는 남자의 부유함에 놀라며 자신의 출생에 얽힌 이야기까지 하며 남자에게 호감을 보이지만, 약속된 시간이 되자 하인은 남자가 빌린 물건을 하나하나 빼앗아가기 시작한다. 모든 물건을 빼앗긴 후 남자가 빈털터리라는 사실을 알게 된 여자는 남자를 떠나려 하지만, 남자의 진심 어린 사랑 고백을 들은 후 결국 그의 청혼을 받아들인다.

079 정답 ①

제한된 시간이 지나자 하인은 남자를 저택에서 쫓아내려 하고 여자는 남자의 거짓말을 알게 된다. 하인이 '엄청나게 큰 구두 한 짝'을 가져와 발에 신고 남자에게 다가와 남자를 걷어차면서 극의 긴장감이 점점 고조되고 있다.

오답 넘기

② 모든 사실을 알게 된 여자와, 자신을 떠나려는 여자를 붙잡고자 하는 남자의 설득이 이어지고 있을 뿐 장면의 전환은 이루어지고 있지 않다.

③ 남자와 여자의 대화를 통해 사건이 진행되고 있으며, 인물의 독백은 드러나 있지 않다.

④ 극의 공간은 커다란 저택 안으로 설정되어 있다.

⑤ 남자는 자신의 본모습을 사실대로 밝히고 여자에 대한 자신의 진심 어린 사랑을 드러내며 여자를 설득하고 있다.

080 정답 ⑤

남자는 자신이 넥타이를 빌렸던 관객에게 다가가 말을 하고, 관객을 증인으로 내세우고 있다. 이처럼 이 작품은 일반적인 현대극과는 달리 무대와 객석의 경계가 명확하지 않아 관객의 극 중 참여가 쉽게 이루어지고 있다. 〈보기〉 또한 말뚝이의 대사를 통해 관객들을 극에 참여시키고 있음을 알 수 있다.

오답 넘기

①, ② 〈보기〉에서 말뚝이는 양반들을 조롱하는 대사를 통해 양반들을 희화화하고 우회적으로 비판하고 있다. [A]에는 희화화나 조롱이 나타나지 않는다.

③ 한자어의 사용은 〈보기〉에만 나타나 있다.

④ [A]에서 관객에게 질문을 던지고 있지만 이는 관객을 극 중에 참여시키기 위한 것일 뿐, 관객을 혼란스럽게 하려는 것은 아니다.

081 정답 ④

여자는 남자를 만나러 오기 전, 자신의 어머니에게 남자가 부유하다면 결혼을 하고 가난한 사람이라면 결혼을 하지 않겠다는 맹세를 하였다. 부유한 줄 알았던 남자가 사실은 빈털터리 사기꾼이라는 사실을 알게 되자, 여자는 어머니에게 했던 맹세를 떠올리며 남자와 결혼할 수 없다고 말하고 있다. 여자는 자신이 호감을 느낀 남자와 결혼할 수 없다는 사실에 실망하고 있는 것이지, 자신의 어머니를 원망하고 있는 것은 아니다.

Ⅲ. 독서

STEP 1 기출로 유형 익히기 본문 070~081쪽

082 ③	083 ③	084 ①	085 ②
086 ③	087 ⑤	088 ④	089 ④

핵심 유형 1 핵심 내용 및 글의 전개 방식 파악

082 〈제책 기술의 발달〉 2017년 9월 전국연합

해제

제책 기술의 등장 배경과 함께 시대의 흐름에 따라 발달한 제책 기술의 유형을 소개한 글이다. 종이 책을 처음 만들 때는 책의 내구성을 높이기 위해 표지에 가죽을 씌우거나 나무판을 덧대고, 내지 묶기와 표지 제작을 따로 하는 양장이 개발되어 사용되었다. 이후 18세기 말 산업 혁명의 영향으로 인쇄가 기계화되면서 대량 생산의 필요에 의해 간편하게 철사를 사용해 매는 중철이 개발되어 사용되었다. 20세기 중반에 와서는 화학 접착제가 개발되면서 실이나 철사 없이 화학 접착제만으로 책을 묶는 무선철이 개발되어 사용되었다. 이 방법은 대량 생산에 적합하여 생산 단가를 낮춤으로써 책의 대중화에 기여하였으며, 1990년대 습기경화형 우레탄 핫멜트의 개발로 책의 내구성을 더욱 강화하게 되었다. (출전: 김진섭, '책 만드는 제책')

주제

제책 기술의 등장 배경과 유형

구성

1문단	제책 기술의 등장 배경
2문단	제책 기술 유형 ① – 양장
3문단	제책 기술 유형 ② – 중철
4문단	제책 기술 유형 ③ – 무선철

한눈에 보는 지문 포인트

제책 기술의 유형 1 – 양장	제책 기술의 유형 2 – 중철	제책 기술의 유형 3 – 무선철
책의 내구성을 높이기 위해 표지에 가죽을 씌우거나 나무판을 덧대는 방법으로, 내지 묶기와 표지 제작을 따로 함.	철사를 사용해 매는 방법으로 오랜 보관이 필요 없거나 분량이 적은 인쇄물에 사용함. 펼침성과 휴대성이 좋음.	실이나 철사 없이 화학 접착제만으로 책을 묶는 방식. 자동화를 통해 단가를 낮추어 책의 대중화에 기여하였으며, 책의 내구성을 강화함.

082 정답 ③

1문단에서 제책 기술이 등장하게 된 배경을 제시하고, 책 묶기 방식의 발전 과정을 중심으로 2문단에서는 양장, 3문단에서는 중철, 4문단에서는 무선철의 제책 기술의 유형을 소개하고 있다.

오답 넘기

① 2~4문단에서 제책 기술이 시대의 변화에 따라 발전하는 과정을 제시하고 있으나 그 한계를 서술하고 있는 것은 아니며, 책의 내구성 등을 보완하기 위해 제책 기술이 개발, 발전되어 왔음을 제시하고 있을 뿐, 제책 기술의 문제점을 진단하고 보완 방안을 제시하는 방향으로 글을 전개하고 있는 것은 아니다.

② 4문단에서 화학 접착제의 발달로 무선철 기술이 개발되었다고 서술하고 있으나 이는 4문단에 국한된 내용으로, 글 전체의 내용을 포괄해야 하는 표제, 부제의 내용으로 적합하지 않다.
④ 2~4문단에서 제책 기술이 시대의 변화에 따라 발전하는 과정을 제시하며 책의 내구성 강화, 책의 대중화에 대한 기여 등으로 사회적 영향을 언급하고 있으나 제책 기술 개발의 문제점을 중심으로 내용을 전개하고 있는 것은 아니며 제책 기술의 사회적 영향이 글의 중심 내용이라고 볼 수 없으므로 표제, 부제의 내용으로 적합하지 않다.
⑤ 2문단에서 책의 내구성을 높이기 위해 양장이라는 제책 기술이 개발되었으며, 4문단에서 습기경화형 우레탄 핫멜트가 개발되면서 무선철을 이용해 책의 내구성을 향상시켰음을 언급하고 있지만, 책의 내구성 향상 단계를 중심으로 이 글을 전개하고 있는 것은 아니다. 또한 제책 기술의 등장 배경을 설명하면서 제책 기술의 필요성을 언급하고 있는 것은 맞지만 이는 1문단에 국한되는 내용이며, 제책 기술이 책의 대중화에 기여하였음을 언급하는 등 제책 기술의 의의를 제시하고 있으나 이 또한 글의 중심 내용이라고 보기 어렵다.

083 〈의무론적 관점과 목적론적 관점〉 2016년 6월 전국연합

해제

도덕적 딜레마 상황에서 개인 행위의 옳고 그름을 판단하는 기준인 의무론적 관점과 목적론적 관점에 대해 설명하고 있는 글이다. 의무론적 관점은 행위에 대한 도덕적 판단이 도덕 법칙에 따라 이루어져야 한다고 보았으며 결과와 무관하게 행위 자체의 옳고 그름에 주목한다. 그러나 두 개의 옳은 도덕 법칙이 충돌할 때 결정을 내릴 수 없다는 한계가 있다. 목적론적 관점은 오로지 최선의 결과를 가져오는 행위가 옳은 행위이며 도덕은 보다 많은 사람들에게 보다 많은 행복을 가져오는 행위라고 보았다. 그러나 똑같은 결과라도 사람마다 판단이 달라질 수 있으므로 도덕 법칙에 대해 많은 예외를 허용할 우려가 있다는 한계를 지닌다. (출전: 정성훈 외, '사람의 목숨을 살릴 수 있다면, 다른 도덕 규칙은 어길 수 있는 것인가')

주제

행위의 판단 기준으로서의 의무론적 관점과 목적론적 관점의 특징 및 한계

구성

1문단	개인 행위의 옳고 그름을 판단하는 두 가지 관점
2문단	의무론적 관점의 특징
3문단	의무론적 관점의 한계
4문단	목적론적 관점의 특징
5문단	목적론적 관점의 한계

한눈에 보는 지문 포인트

의무론적 관점의 특징		목적론적 관점의 특징
• 의무론적 관점은 행위에 대한 도덕적 판단이 도덕 법칙에 따라 이루어져야 한다는 입장임. • 의무론적 관점은 두 개의 옳은 도덕 법칙이 충돌할 때 결정을 내릴 수 없다는 한계를 지님.	↔	• 목적론적 관점은 최선의 결과를 가져오는 행위가 옳은 행위라고 보는 입장임. • 목적론적 관점은 도덕 법칙에 대해 많은 예외를 허용할 우려가 있다는 한계를 지님.

083 정답 ③

이 글은 도덕적 딜레마 상황에서 개인 행위의 옳고 그름을 판단하는 기준으로 의무론적 관점과 목적론적 관점에 대해 설명하고 있다. 2문단과 4문단에서 각각 의무론적 관점과 목적론적 관점의 개념을 서술하고, 3문단과 5문단에서 각 관점이 지닌 한계를 구체적인 예를 들어 이해하기 쉽게 설명하였다.

오답 넘기

① 행위를 판단하는 기준에 대한 두 관점을 설명하고 있을 뿐 다른 대상과 비교한다거나 어떤 사실을 설명하기 위한 가설을 증명하고 있지 않다.
② 의무론적 관점과 목적론적 관점이 지닌 한계를 설명하고 있을 뿐 일반적으로 널리 통하는 개념인 통념의 문제점을 제시하거나 어떤 주장을 내세우고 있지 않다.
④ 행위 자체의 옳고 그름에 주목하는 의무론적 관점과 결과에 주목하는 목적론적 관점을 소개하고 각각에 대해 설명하고 있을 뿐 두 관점을 절충하여 결론을 이끌어 내고 있지 않다.
⑤ 의무론적 관점과 목적론적 관점이 지닌 한계를 지적하기는 했지만 그에 대한 대안을 제시하지는 않았다.

핵심 유형 2 세부 정보의 파악

084 〈M.C. 에셔의 무한의 공간〉 2016년 11월 전국연합

해제

M.C. 에셔의 작품 세계를 조명하고 있는 글이다. 대상을 있는 그대로 재현하는 데 중점을 두었던 과거의 작가들과는 달리 현대 작가인 에셔는 기하학적 표현을 활용하여 공간에 대한 자기만의 새로운 인식을 표현하였다. 에셔는 '평면의 규칙적 분할'을 활용하여 2차원의 평면 구조를 표현하는 것에 관심을 가졌는데, 우선 새, 물고기 등 구체적이고 일상적인 사물들을 단순화하여 기본 형태로 설정했다. 그리고 이것을 반복하여 분할된 평면을 빈틈없이 채웠으며, 기본 형태를 점점 축소하거나 확대하는 과정을 반복하여 평면이 가진 무한성을 드러냈다. 이때 인접한 기본 형태들은 명도 대비를 이루며 윤곽선을 공유하면서 반복되는데, 이를 통해 에셔는 어떠한 형태들이 배경이나 사물로 인식되는 것은 절대적으로 정해져 있는 것이 아님을 드러내고자 하였다. 또한 에셔는 하나의 작품 안에서 평면과 공간을 넘나드는 순환 체계를 표현함으로써 새로운 차원을 드러내고자 하였다. 이러한 평면의 규칙적 분할과 차원을 넘나들며 순환하는 환상적 공간 구성은 오늘날 다양한 분야에 영향을 끼치고 있다. (출전: M.C. 에셔, 'M.C. 에셔, 무한의 공간')

주제

M.C. 에셔의 평면과 공간에 대한 새로운 인식

구성

1문단	과거의 작가들과 대비되는 에셔의 작품 세계
2문단	2차원 평면 분할 기법과 평면이 가진 무한성
3문단	형태들의 윤곽선 공유와 사물과 배경의 상대적 인식
4문단	평면과 공간을 넘나드는 순환 체계
5문단	에셔 작품의 의의

한눈에 보는 지문 포인트

2차원 평면 분할 기법과 평면이 가진 무한성	형태들의 윤곽선 공유와 사물과 배경의 인식	평면과 공간을 넘나드는 순환 체계
에셔는 '평면의 규칙적 분할을 이용하여 2차원 평면 구조를 다양한 방식으로 표현하였는데, 평면을 무한히 분할하는 듯한 효과를 주어 평면이 가진 무한성을 드러내고자 함.	에셔의 기본 형태들은 윤곽선을 공유하면서 반복되는데 이를 통해 어떠한 형태들이 배경이나 사물로 인식되는 것은 절대적인 것이 아니며, 어떠한 형태도 배경 없이 스스로 존재할 수 없다는 인식을 드러냄.	3차원의 형태인 원통이나 원뿔, 구의 표면을 평면 분할 기법을 적용하여 분할하기도 하고, 이를 다시 평면으로 그려내기도 함. 나아가 평면과 공간을 넘나드는 순환 체계를 표현함으로써 새로운 차원을 드러내고자 함.

084

정답 ①

1문단에서 '대상을 있는 그대로 재현하는 데 중점을 두었던 과거의 작가들과는 달리 현대의 많은 작가들은 자신이 인식하고 해석한 세계를 표현하는 것에 중점을 두었다.'라고 하였는데, 현대 작가인 M.C. 에셔 또한 '기하학적 표현을 활용하여 공간에 대한 자기만의 새로운 인식을 표현'하고자 하였다. 따라서 에셔는 과거 작가들처럼 대상을 있는 그대로 재현한 것이 아니라, 자신이 인식하고 해석한 세계를 표현하고자 하였음을 알 수 있다.

오답 넘기

② 2문단에서 에셔가 '구체적이고 일상적인 사물들을 단순화하여 평면 구조를 표현하기 위한 기본 형태로 설정'하고, 이를 반복하여 '분할된 평면을 빈틈없이 채웠다.'라는 것을 확인할 수 있다.

③ 2문단에서 에셔는 사물들을 단순화하여 기본 형태로 설정하고 '평행 이동한 후 거울에 비친 것처럼 반사시키'는 방식을 사용하기도 했음을 확인할 수 있다.

④ 4문단의 '평면 분할에서 나아가 3차원의 형태인 원통이나 원뿔, 구의 표면을 평면 분할 기법을 적용하여 분할하기도 하고'에서 확인할 수 있다.

⑤ 5문단의 '에셔의 작품에 사용된 평면의 규칙적 분할은 현재 다양한 제품의 디자인에 활용되고 있으며'에서 확인할 수 있다.

085 〈소득 분배의 불평등 측정 방법〉 2013년 9월 전국연합

해제

경제에서 소득 분배의 불평등 척도를 측정하는 세 가지 방법의 개념과 특징에 대해 설명하고 있는 글이다. '10단위 분배율'은 하위 소득 계층 40%의 소득 점유율을 상위 소득 계층 20%의 소득 점유율로 나눈 것으로, 소득 분배 측정 방법 가운데 가장 널리 사용된다. '로렌츠곡선'은 인구 누적 비율에 따른 소득 누적 점유율을 곡선으로 나타낸 것으로, 소득 분배의 불평등 정도를 그림으로 나타내 한눈에 쉽게 파악할 수 있다는 장점을 지니고 있다. 그러나 여러 나라를 비교할 때는 나라의 수만큼 곡선을 그려야 하고, 나라별 소득 분배 상태를 비교하기 어렵다는 단점이 있는데, 이를 보완하기 위해 사용되는 지표가 '지니계수'이다. '지니계수'는 소득 분배 상태를 숫자로 간단하게 나타낼 수 있는 장점이 있지만, 특정 소득 계층의 소득 분배 상태를 나타내지 못한다는 한계를 가지고 있다. (출전: 임경, '한국은행의 알기 쉬운 경제 이야기')

주제

소득 분배 상태를 측정하는 다양한 방법

구성

1문단	소득 분배의 불평등 정도를 측정하는 방법들
2문단	10분위 분배율의 개념과 특징
3문단	로렌츠곡선의 개념
4문단	로렌츠곡선의 장점과 단점
5문단	지니계수의 개념과 특징

한눈에 보는 지문 포인트

소득 분배의 불평등 정도를 측정하는 방법

10단위 분배율	로렌츠곡선	지니계수
10개의 계층으로 나눈 후 하위 소득 계층 40%의 소득 점유율을 상위 소득 계층 20%의 소득 점유율로 나눈 것	인구 누적 비율에 따른 소득 누적 점유율을 곡선으로 나타낸 것으로, '로렌츠곡선'이 대각선에 가까울수록 평등한 소득 분배를 나타냄.	'로렌츠곡선'의 단점을 보완하여 사용되는 지표로, '로렌츠곡선'이 대각선에 가까울수록 영(0)에 가까운 값을 가짐.

085

정답 ②

㉠'10분위 분배율'은 10개의 계층으로 나누어 하위 소득 계층 40%의 소득 점유율을 상위 소득 계층 20%의 소득 점유율로 나눈 것이다. 따라서 소득 분배 정책의 주 대상이 되는 하위 40% 소득 계층의 소득 분배 상태를 직접 나타낼 수 있고, 이를 상위 계층의 소득 분배 상태와 비교할 수 있다는 장점을 지니고 있다고 하였다. 반면 ㉢'지니계수'는 특정 소득 계층의 소득 분배 상태를 나타내지 못한다는 한계를 가지고 있다고 하였다.

오답 넘기

① 4문단에서 소득 분배의 불평등 정도를 그림으로 단순하게 나타낼 수 있는 것은 ㉡'로렌츠곡선'이라고 하였다.

③ 4문단에서 한 좌표 안에 여러 나라의 ㉡'로렌츠곡선'을 그리다 보면 서로 엇갈리면서 교차하는 경우가 나타날 수 있는데, 이때는 나라별 소득 분배 상태를 비교하기가 어렵다고 하였다.

④ 2문단에서 ㉠'10분위 분배율'이 소득 분배 측정 방법 가운데 가장 널리 사용된다고 하였다.

⑤ 2문단에서 ㉠'10분위 분배율'의 값이 작을수록 불평등한 소득 분배를 의미한다고 하였다. 그리고 5문단에서 ㉢'지니계수'는 ㉡'로렌츠곡선'이 대각선에 가까울수록 영(0)에 가까운 값을, 대각선에서 멀어질수록 1에 가까운 값을 갖지만, ㉠'10분위 분배율'과는 반대로 그 값이 클수록 더욱 불평등한 소득 분배 상태를 나타낸다고 하였다.

핵심 유형 3 추론 및 비판적 이해

086 〈초고층 건물의 건축 구조〉 2018년 3월 전국연합

해제

이 글은 수직 하중과 수평 하중을 견딜 수 있게 하는 초고층 건물의 다양한 건축 기법에 대해 설명하고 있는 글이다. 먼저 수직 하중을 견디기 위해서는 기둥과 기둥 사이를 가로지는 수평 구조물인 보를 설치하고 그 위에 바닥판을 놓는 보기둥 구조를 이용한다. 초고층 건물의 안전에 미치는 영향은 수직 하중보다 수평 하중이 훨씬 큰데, 이때 바람이 수평 하중의 90% 이상을 차지한다. 초고층 건물이 수평 하중을 견디게 하기 위해서는 코어 구조, 아웃리거-벨트 트러스 구조, TLCD 구조 등의 다양한 방법을 이용한다. (출전: 시공기술연구단, '초고층 빌딩 건축')

주제

수직 하중과 수평 하중을 견딜 수 있게 하는 초고층 건물의 건축 기법

구성

1문단	초고층 건물 건축 시 고려해야 하는 수직 하중과 수평 하중
2문단	수직 하중을 견디기 위해 고안된 보기둥 구조
3문단	초고층 건물의 안전을 위협하는 수평 하중
4문단	수평 하중을 견디기 위해 고안된 코어 구조
5문단	코어 구조를 보완하는 아웃리거-벨트 트러스 구조
6문단	특수한 설비를 이용하여 초고층 건물의 흔들림을 줄이는 TLCD

한눈에 보는 지문 포인트

• 수직 하중을 견딜 수 있게 하는 건축 기법

보기둥 구조	기둥과 기둥 사이를 가로지는 수평 구조물 '보'를 설치하고 그 위에 바닥판을 놓은 구조

• 수평 하중을 견딜 수 있게 하는 건축 기법

코어 구조	• 빈 파이프 모양의 철골 콘크리트 구조물을 건물 중앙에 세운 것 • 코어에 건물의 보와 기둥들을 강하게 접합함.
아웃리거-벨트 트러스 구조	• 코어 구조를 보완함. • 철골을 사용해 건물의 외부 기둥들을 둘러싼 벨트 트러스와 이를 내부 코어와 연결하는 아웃리거로 나뉨.
TLCD	U자형 관에 수백 톤의 물을 채운 것을 건물의 상층부 중앙에 설치하여 바람으로 인한 건물의 흔들림을 줄임.

086

정답 ③

4문단에서 코어 구조는 가운데 빈 공간이 있어 공간 활용의 효율성이 떨어지기 때문에 현대의 초고층 건물은 코어에 승강기나 화장실, 계단, 수도, 파이프 같은 시설을 설치한다고 하였다. 또한 5문단에서 아웃리거는 건물 내부를 가로지를 수밖에 없어서 효율적인 공간 구성에 방해가 되므로, 아웃리거를 기계 설비층에 설치하거나 층과 층 사이, 즉 위층 바닥과 아래층 천장 사이에 설치하기도 한다고 하였다. 따라서 코어에 시설물을 설치하거나 아웃리거를 특수한 위치에 설치하는 것은 모두 공간의 효율적 활용을 위한 것임을 알 수 있다.

오답 넘기

① 코어에 시설물을 설치하는 것과 아웃리거를 특수한 위치에 설치하는 것은 모두 건물 내부 공간의 활용과 관련이 있으며, 건물 외부의 미관을 살리는 것과는 관련이 없다.

② 승강기나 화장실, 계단, 수도, 파이프 같은 시설은 건물에 필요한 시설로, 이를 코어에 설치하지 않는다고 하더라도 건물의 다른 공간에 설치해야 하므로 건설 비용을 줄이는 것이라고 볼 수 없다. 또한 아웃리거를 기계 설비층이나 위층 바닥과 아래층 천장 사이에 설치하는 것도 건물의 건설 비용을 줄이는 것과는 관련이 없다.

④ 코어와 아웃리거 모두 건물에 작용하는 수평 하중을 잘 견딜 수 있게 하는 것으로, 코어의 빈 공간에 시설물을 설치하면 코어 자체의 무게가 늘어나 건물에 작용하는 외부의 힘을 잘 견딜 수 있겠지만, 아웃리거를 특수한 위치에 설치하는 것은 공간의 효율적 활용을 위한 것일 뿐 건물에 작용하는 외부의 힘을 줄이는 것과는 관련이 없다.

⑤ 코어에 시설물을 설치하는 것과 아웃리거를 특수한 위치에 설치하는 것은 모두 공간의 효율적 활용을 위한 것일 뿐, 공간의 용도 변경과는 관련이 없다.

087 〈정의로운 사회에 대한 노직과 롤스의 견해〉 2013년 11월 전국연합

해제

이 글은 '정의로운 사회란 무엇일까?'라는 논제에 대해 노직과 롤스의 서로 다른 주장을 소개하고 있다. 노직은 타인에게 피해를 주지 않는 한, 개인의 모든 자유가 보장되는 사회를 정의로운 사회라고 보았고, 롤스는 개인의 자유를 보장하면서도 사회적 약자를 배려하는 사회를 정의로운 사회라고 보았다. 이 둘의 주장은 이윤 추구나 자유 경쟁 등을 허용한다는 면에서는 공통적이나, 사회적 불평등 해결과 관련해서는 서로 다른 관점을 보인다. (출전: 던컨, '상식의 배반')

주제

정의로운 사회에 대한 노직과 롤스의 견해

구성

1문단	정의로운 사회의 개념에 대한 의문
2문단	정의로운 사회에 대한 노직의 주장
3문단	정의로운 사회에 대한 롤스의 주장
4문단	노직과 롤스의 견해의 공통점과 차이점

한눈에 보는 지문 포인트

화제 제시
정의로운 사회란 무엇일까?

⇩

'로버트 노직'의 주장	'존 롤스'의 주장
• 정의로운 사회란, 타인에게 피해를 주지 않는 한, 개인의 모든 자유가 보장되는 사회임. • 선천적 능력의 차이와 사회적 빈부 격차는 당연한 것이므로 국가의 간섭에 의한 재분배 시도에 대해 반대함.	정의로운 사회란, 개인의 자유를 보장하면서도 사회적 약자를 배려하는 사회로, 세 가지 조건(① 구성원 간의 합의 과정, ② 사회적 약자의 입장 고려, ③ 사회적 약자에게 이익의 일부 환원)을 만족해야 함.

⇩

두 가지 주장의 공통점과 차이점
• 공통점: 이윤 추구나 자유 경쟁 등을 허용함. • 차이점: 노직은 개인의 자유를 중시하여 사회적 약자의 문제에 대한 해결을 개인의 선택에 맡기는 반면, 롤스는 개인의 자유를 중시하면서도 사람들이 공정한 규칙에 합의하는 과정도 중시하며, 사회적 불평등을 복지를 통해 보완해야 한다고 주장함.

087

정답 ⑤

3문단에서 롤스는 누구나 우연에 의해 사회적 약자가 될 수 있기 때문에 사회적 약자를 차별하는 것은 정당하지 못하다고 하였다. 따라서 롤스의 입장에서 거리에서 걸인들을 사라지게 하기 위해 강제 수용소 설치를 제안하는 것은 우연적 요소에 의해 걸인이 되었을 수도 있는 사람을 차별하는 정의롭지 못한 행동이다.

오답 넘기

① 롤스가 배려해야 한다고 주장한 대상은 다수가 아니라 사회적 약자이다.
② 3문단에서 롤스는 자발적 기부나 사회적 제도를 통해 사회적 약자의 처지를 최대한 배려해야 한다고 주장하였다.
③, ④ 감정적인 차원의 문제는 롤스의 주장에 언급되지 않은 내용이다.

핵심 유형 4 구체적 적용

088 〈간의 구조와 간의 혈액 공급 방식〉 2018년 9월 전국연합

해제

이 글은 간의 기능을 소개하고, 간이 제대로 기능하기 위한 간의 구조와 혈액 공급 방식, 간의 단백질 합성과 영양소의 저장, 간의 기능을 돕는 세포 등에 대해 설명하고 있다. 간은 음식을 통해 섭취한 영양소들을 다른 영양소로 만들거나 우리 몸을 위해 저장하는 기능을 하는데, 이러한 것들이 가능한 것은 간의 구조와 혈액 공급 방식 때문이다. 그러나 간의 일부 기능은 간세포만으로 감당할 수 없어 쿠퍼세포의 도움을 받는데, 쿠퍼세포는 몸 안으로 들어오는 바이러스를 면역 체계에 노출시켜 몸이 면역 작용을 할 수 있도록 한다. (출전: 인체의 원리 편집부, '인체의 원리')

주제

간의 구조와 간의 혈액 공급 방식

구성

1문단	간의 기능
2문단	간의 구조
3문단	간의 혈액 공급 방식
4문단	간의 단백질 합성과 영양소의 저장
5문단	간의 기능을 돕는 쿠퍼세포

한눈에 보는 지문 포인트

간의 구조	• 간세포로 채워진 육각형 기둥 모양의 간소엽으로 구성 • 간소엽의 구조: 간세포, 중심 정맥, 각 모서리의 간문맥, 간동맥, 담관
간의 혈액 공급 방식	간동맥과 간문맥으로 유입되어 미세혈관인 시누소이드를 지나 중심 정맥으로 흘러 나간 후 간정맥을 거쳐 심장으로 들어감.

⇩

간은 단백질을 합성하며, 이 과정에서 생성된 암모니아를 요소로 변화시켜 콩팥으로 보내 몸 밖으로 배출하게 하고, 비타민 A를 저장하는 등 영양소 저장에 관여함.

088 정답 ④

3문단에서 시누소이드(ⓔ)를 흐르는 혈액은 대사 활동에 필요한 산소와 영양소를 간세포(ⓓ)에 공급하고, 간세포의 대사 활동의 결과물인 대사산물과 이산화탄소 같은 노폐물 등을 흡수하여 중심 정맥으로 유입된 후 다시 간정맥으로 합쳐져 심장으로 들어간다고 하였다. 이를 통해 볼 때 노폐물은 시누소이드(ⓔ)에서 만들어지는 것이 아니라, 간세포(ⓓ)에서 만들어짐을 알 수 있다.

오답 넘기

① 3문단에서 소장과 간을 연결하는 혈관인 '간문맥(ⓐ)'을 통해 들어오는 혈액은 위나 장에서 흡수된 영양소를 간으로 이동시킨다고 하였다.
② 4문단에서 간은 지방의 소화를 촉진시키는 담즙을 생산하여 담관(ⓒ)을 통해 쓸개로 보내기도 한다고 하였다.
③ 3문단에서 시누소이드(ⓔ)를 흐르는 혈액은 대사 활동에 필요한 산소와 영양소를 간세포(ⓓ)에 공급하고, 간세포의 대사 활동의 결과물인 대사산물과 이산화탄소 같은 노폐물 등을 흡수한다고 하였다.
⑤ 3문단에서 산소를 운반하는 혈액이 들어오는 간동맥(ⓑ)과 영양소를 운반하는 혈액이 들어오는 간문맥(ⓐ)은 간소엽 내부에서 점차 가늘어져 '시누소이드(ⓔ)'라는 미세혈관으로 합쳐진다고 하였다.

089 〈20세기의 공감 이론과 리버먼의 두 체계 이론〉 2017년 11월 전국연합

해제

이 글은 20세기까지 '공감'을 설명해 온 '이론–이론'과 '모의 이론'에 대해 소개한 후 이를 통합한 리버먼의 '두 체계 이론'에 대해 설명하고 있다. '이론–이론'은 마음의 작동 방식에 대한 개념적 이론을 바탕으로 논리적 추론을 함으로써 타인의 마음을 이해할 수 있다는 이론이고, '모의 이론'은 자신이 타인과 같은 상황에 처했다면 어떠할지를 상상함으로써 타인을 이해할 수 있다는 이론이다. 이 두 이론를 통합한 리버먼의 '두 체계 이론'은 사람은 모의실험으로 타인의 마음을 이해하는 '거울 체계'뿐만 아니라 마음의 작동 방식에 대한 개념적 이론을 통해 타인의 마음을 이해하는 '심리화 체계'를 모두 가지고 있으며, 이 둘은 순차적인 관계라고 하였다.

(출전: 리버먼, '사회적 뇌')

주제

공감을 설명하는 '이론–이론'과 '모의 이론', 이를 통합한 '두 체계 이론'

구성

1문단	인간 생활의 중요한 요소인 '공감'
2문단	20세기까지 '공감'을 설명해 온 '이론–이론'과 '모의 이론'
3문단	'이론–이론'과 '모의 이론'의 상호 배타적 논쟁
4문단	'이론–이론'과 '모의 이론'을 통합한 리버먼의 '두 체계 이론'
5문단	리버먼이 말하는 진정한 공감의 의미

한눈에 보는 지문 포인트

• '이론–이론'과 '모의 이론'

'이론–이론'	'모의 이론'
마음 작동 방식에 대한 개념적 이해와 논리적 추론을 통해 공감할 수 있음.	자신이 타인과 같은 상황에 처했을 경우를 상상함으로써 공감할 수 있음.

• 리버먼의 '두 체계 이론'

• 사람은 '거울 체계(모의실험)'와 '심리화 체계(이론–이론)'를 모두 가지고 있음.
• 낮은 수준에서는 '거울 체계'가, 높은 수준에서는 '심리화 체계'가 작동하는 순차적 관계임.

089 정답 ④

2문단의 '이론-이론'에 따르면 사람은 4세부터 마음의 작동 방식에 대한 개념적 이론을 갖게 되어 자기중심적으로 사고하지 않고 자신의 마음과 타인의 마음이 다를 수 있다는 것을 알게 됨으로써 비로소 타인의 마음을 이해할 수 있게 된다고 하였다. 즉 샐리의 마음에 공감하였다면 샐리의 입장에서 생각해야 한다. 샐리는 앤이 구슬을 상자로 옮겼다는 것을 모르고 있으므로, 샐리의 마음에 공감한 아동들은 샐리가 바구니에서 구슬을 찾을 것이라고 생각할 것이다. 앤이 구슬을 상자로 옮겼다는 것을 자신이 알고 있기 때문에 샐리도 이를 알고 상자에서 구슬을 찾을 것이라고 생각하는 것은 자기중심적 판단이라고 할 수 있다.

오답 넘기

① 샐리가 상자에서 구슬을 찾을 것이라고 대답한 아동들은 샐리가 구슬의 위치에 대해 자신이 본 것까지 알고 있을 것이라고 생각하는 자기중심적 사고를 한 것이므로 적절한 설명이다.

② 2문단의 '이론-이론'에 따르면 사람은 세상을 접하면서 마음의 작동 방식에 대한 개념적 이론을 가지고 이를 바탕으로 논리적 추론을 함으로써 타인의 마음을 이해하게 된다고 하였다. 이를 통해 볼 때 타인의 마음을 인과적으로 추론할 수 있다는 것은 타인의 마음을 이해할 수 있다는 것이다. 따라서 아동들은 샐리가 구슬의 실제 위치를 모르고 있다고 생각할 것이므로 적절한 설명이다.

③ 2문단의 '이론-이론'에 따르면 사람은 4세부터 마음의 작동 방식에 대한 개념적 이론을 갖게 되어 자기중심적으로 사고하지 않고 자신의 마음과 타인의 마음이 다를 수 있다는 것을 알게 된다고 하였다. 이를 통해 볼 때 샐리가 바구니에서 구슬을 찾을 것이라고 대답한 30%의 아동들은 자신이 구슬의 위치를 알고 있는 것을 샐리가 알지 못한다는 점, 즉 구슬의 위치에 대한 자신의 생각과 샐리의 생각이 다를 수 있음을 인지한 것이므로 적절한 설명이다.

⑤ 2문단의 '이론-이론'에 따르면 사람은 세상을 접하면서 마음의 작동 방식에 대한 개념적 이론을 가지고 이를 바탕으로 논리적 추론을 함으로써 타인의 마음을 이해하게 된다고 하였다. 이를 통해 볼 때 마음의 작동 방식에 대한 개념적 이론을 가진 아동들은 앤이 구슬 위치를 옮긴 것에 대해 알지 못하는 샐리의 마음을 이해할 수 있으므로, 샐리가 바구니에서 구슬을 찾을 것이라고 대답할 것이다. 이는 구슬의 위치를 상자로 옮긴 앤의 행동이 바구니에 구슬이 있을 것이라고 생각하는 샐리의 믿음에 아무런 영향을 미치지 못했을 것이라고 생각한 것이므로 적절한 설명이다.

STEP 2 실전으로 실력 키우기 본문 082~096쪽

090 ②	091 ⑤	092 ②	093 ②
094 ⑤	095 ③	096 ④	097 ②
098 ④	099 ②	100 ④	101 ②
102 ③	103 ①	104 ④	105 ③
106 ③	107 ③	108 ⑤	109 ③
110 ①	111 ⑤	112 ①	113 ②
114 ②	115 ⑤	116 ③	117 ⑤
118 ④	119 ③	120 ⑤	121 ②
122 ④	123 ③	124 ②	

090~093 〈흄의 경험론〉 2018년 3월 전국연합

해제

이 글은 경험을 중심으로 한 새로운 철학 이론을 구축하려 했던 흄의 이론을 소개하고 있다. 흄은 지식의 근원을 경험으로 보고, 인상이 없는 관념은 과학적 지식이 될 수 없다고 주장하였다. 또한 과학적 탐구 방식으로서의 인과 관계를 비판하고, 경험을 통해 얻은 과학적 지식이라고 하더라도 그것의 진리 여부는 확인할 수 없다는 회의적인 태도를 취하였다. 이와 같은 주장으로 인해 흄은 극단적 회의주의자라는 비판을 받기도 했지만 경험을 중심으로 지식 및 진리의 문제를 탐구했다는 측면에서 근대 철학에 새로운 방향성을 제시했다는 평가를 받는다. (출전: 최희봉, '흄')

주제

흄의 경험론과 과학적 탐구 방식 및 진리 인식에 대한 비판

구성

1문단	경험을 중심으로 한 새로운 철학 이론을 구축하고자 했던 흄
2문단	흄의 경험론
3문단	흄의 과학적 탐구 방식으로서의 인과 관계 비판
4문단	흄의 진리 인식에 대한 비판
5문단	근대 철학사에서 흄의 경험론이 지니는 의의

한눈에 보는 지문 포인트

흄의 경험론	• 지식의 근원을 '경험'으로 봄. • 인상이 없는 관념은 과학적 지식이 될 수 없음.

⇩

과학적 탐구 방식으로서의 인과 관계 비판	⇨	진리 인식에 대한 비판
• 인과 관계를 통해 얻은 과학적 지식은 필연적이라고 볼 수 없음. • 인과 관계란 관찰자의 주관적 판단일 뿐임.		우리는 감각 기관을 통해서만 세상을 인식할 수 있기 때문에, 경험을 통해 얻은 과학적 지식이라도 그것의 진리 여부는 확인할 수 없음.

090 정답 ②

4문단에서 '전통적인 진리관에서는 진술의 내용이 사실(事實)과 일치할 때 진리라고 본다.'라고 하였다. 즉 전통적 진리관에 따르면 사실과의 일치 여부를 통해 진리 여부를 판단할 수 있음을 알 수 있다. 진술 내용과 사실과의 일치 여부를 판단할 수 없으므로 진리 여부를 확인할 수 없다고 본 것은 흄의 입장이다.

오답 넘기

① 1문단의 '이성을 중심으로 진리를 탐구했던 데카르트의 합리론을 비판하고'를 통해 데카르트가 이성을 중시하는 관점을 취하였음을 알 수 있다.

③ 2문단에 따르면 흄은 지식의 근원을 경험으로 보고, 이를 오감을 통해 얻을 수 있는 감각이나 감정을 의미하는 '인상'과 이러한 인상을 머릿속에 떠올리는 것을 의미하는 '관념'으로 나누어 설명하였다고 하였다. 따라서 흄이 감각을 통해 얻은 경험을 중시하였음을 알 수 있다.

④ 1문단의 '이성을 중심으로 진리를 탐구했던 데카르트의 합리론을 비판하고 경험을 중심으로 한 새로운 철학 이론을 구축하려 하였다.'를 통해 흄이 합리론에 반기를 들고 새로운 철학 이론인 경험론을 구축하려 하였음을 알 수 있다.

⑤ 2문단의 '인상이 없는 관념은 과학적 지식이 될 수 없다고 말하였다.'를 통해 흄이 인상을 갖지 않는 관념은 과학적 지식이 될 수 없다고 주장하였음을 알 수 있다.

091

정답 ⑤

[A]에서 흄은 경험을 통해 얻은 과학적 지식이라 하더라도 그것이 진리인지의 여부는 확인할 수 없다고 하였다. 이는 흄이 경험론적 입장을 철저하게 고수한 나머지 과학적 지식조차도 회의적으로 바라보았다는 것을 의미한다. 따라서 흄이 근대 철학사에서 극단적인 회의주의자로 평가받는 이유는 경험을 통해서 얻은 지식조차 진리인지 확인할 수 없다고 주장했기 때문임을 알 수 있다.

오답 넘기

① 2문단에 따르면 흄은 오감을 통해 얻을 수 있는 감각이나 감정인 인상이 없는 관념은 과학적 지식이 될 수 없다고 보았다. 또한 4문단에 따르면 흄은 경험을 통해 얻은 과학적 지식이라 하더라도 그것이 진리인지의 여부는 확인할 수 없다고 하였다. 즉 흄은 과학적 지식의 진리 여부 판단에 대해 회의적 입장을 취한 것이지 인상이 없는 지식이 진리가 아니라고 판단한 것은 아니다.

② 1문단에 따르면 흄은 '모든 지식은 경험에서 나온다.'라고 주장하며 이성을 중심으로 진리를 탐구했던 합리론을 비판하였다. 즉 이성보다 경험을 지나치게 중시하여 과학적 탐구 방식 및 진리를 인식하는 문제까지도 비판했기 때문에 그를 극단적인 회의주의자로 평가하는 것이므로, 적절하지 않은 설명이다.

③ 4문단에 따르면 흄은 우리가 감각 기관을 통해서만 세상을 인식할 수 있기 때문에 세상의 객관적 모습, 즉 사실과의 일치 여부를 확인할 수 없다고 하였다. 이를 통해 볼 때 흄은 실재 세계가 우리의 감각에서 독립하여 객관적으로 존재한다고 인식하고 있으므로, 실재 세계의 모습이 끊임없이 변한다고 보는 것은 진리 여부를 판단할 수 없다는 흄의 회의적인 태도와는 관련이 없다.

④ 4문단에 따르면 전통적인 진리관에서 진술의 내용과 사실의 일치 여부를 통해 진리 여부를 판단했던 것과 달리, 흄은 우리가 감각 기관을 통해서만 세상을 인식할 수 있기 때문에 감각 기관을 통한 주관적 판단으로 진리 여부를 확인할 수 없다고 보았다. 따라서 흄은 주관적 판단으로 진리를 찾을 수 있다고 생각한 것이 아니다.

092

정답 ②

2문단에서 복합 인상은 단순 인상(단일 감각을 통해 얻은 인상)들이 결합된 인상을 의미한다고 하였다. 사과를 보면서 '빨개'라고 느끼는 것은 사과의 색, 즉 시각이라는 단일 감각을 통해 얻은 인상에 해당하므로 복합 인상이 아니라 단일 인상에 해당한다.

오답 넘기

① 2문단에서 관념은 인상(오감을 통해 얻을 수 있는 감각이나 감정)을 머릿속에 떠올리는 것이라고 하였으므로 사과를 보면서 달콤한 맛을 떠올리는 것은 관념에 해당한다고 볼 수 있다.

③ 4문단에서 흄에 따르면 우리는 감각 기관을 통해서만 세상을 인식할 수 있기 때문에 진리 여부를 확인할 수 없다고 하였다. 이를 통해 볼 때 '이 사과는 빨개.'라는 생각은 실제 사과의 색은 알 수 없고, 우리의 감각 기관을 통해 인지한 사과의 색깔이 빨갛다는 의미, 즉 '내 눈에는 이 사과가 빨갛게 보여.'라는 의미일 뿐임을 알 수 있다.

④ 3문단에서 흄은 인과 관계는 필연적 관계임을 확인할 수 없으며, 인과 관계로 판단되는 두 사건의 인과적 연결 관계를 관찰할 수 없다고 하였다. 따라서 '매일 사과를 먹으니 피부가 고와졌어.'는 시공간적으로 인접한 두 사건이 반복해서 발생할 때 갖는 관찰자의 습관적인 기대일 뿐, 두 사건의 인과적 연결 관계는 관찰할 수 없음을 알 수 있다.

⑤ 3문단에 따르면 흄은 인과 관계란 시공간적으로 인접한 두 사건이 반복해서 발생할 때 갖는 관찰자의 습관적인 기대일 뿐 필연적 관계임을 확인할 수 없다고 하였다. 따라서 '매일 사과를 먹으니 피부가 고와졌어.'라는 생각은 '매일 사과를 먹는 것'과 '피부가 고와지는 것'의 두 사건이 반복해서 발생한 경험을 통해 갖는 관찰자의 습관적 기대에 불과함을 알 수 있다.

093

정답 ②

흄에 따르면 단일 감각을 통해 얻은 인상인 단순 인상은 단순 관념을 형성하는데, 단순 인상이 없다면 단순 관념이 존재하지 않는다고 하였다. 이를 〈보기〉에 적용해 보면, 눈을 통해 느끼는 명도표의 색은 단순 인상이고, 이것을 머릿속에 떠올리는 것은 단순 관념이다. 그런데 〈보기〉에서 어떤 사람은 빈칸에 들어갈 색을 태어나서 한 번도 본 적 없지만 주변 색과 비교하여 그 색이 어떤 색인지 알아맞혔다고 하였다. 이는 눈으로 색을 보지 않고도 그 색을 머릿속으로 떠올린 것이다. 즉 어떤 사람은 빈칸에 들어갈 색에 대한 감각적 경험(단순 인상)이 없이 그 색이 어떤 색인가에 대한 관념(단순 관념)을 떠올리게 된 것이므로, 〈보기〉는 단순 인상이 존재하지 않더라도 단순 관념이 존재할 수 있음을 보여 줌으로써 흄의 주장을 반박하는 사례가 된다고 할 수 있다.

오답 넘기

① 4문단에서 흄에 따르면 우리는 감각 기관을 통해서만 세상을 인식할 수 있기 때문에 그것의 진리 여부는 확인할 수 없다고 하였다. 즉 우리는 감각 기관을 통해 외부 세계를 인식하기 때문에 세상의 객관적인 모습은 우리의 감각과 독립적으로 존재하게 된다. 따라서 '세계는 우리의 감각 기관과 독립하여 존재하지 않는다.'라는 진술은 흄의 견해에 반한다. 그런데 〈보기〉의 사례는 감각적 경험 없이 그 색에 대한 관념을 가지게 된 것을 의미할 뿐, 세계가 감각 기관과 독립하여 존재하는지의 여부를 보여 주는 것은 아니다. 따라서 해당 진술은 〈보기〉의 사례를 설명하지 못하므로 사례를 통해 흄의 견해를 반박하는 내용으로 볼 수 없다.

③ 3문단에서 흄에 따르면 인과 관계란 시공간적으로 인접한 두 사건이 반복해서 발생할 때 갖는 관찰자의 습관적 기대에 불과하며, 인과 관계가 필연적 관계임을 확인할 수 없다고 하였다. 즉 관찰과 경험을 통해 얻은 과학적 지식일지라도 그 지식이 필연적이지 않다는 것이다. 따라서 '관찰과 경험을 통해서 얻은 지식은 필연성을 갖게 된다.'라는 진술은 흄의 견해에 반한다. 그런데 〈보기〉에서 어떤 사람은 빈칸에 들어갈 색을 태

어나서 한 번도 본 적이 없지만, 주변 색과 비교하여 그 색이 어떤 색인지 알아맞혔다. 이는 관찰과 경험을 통하지 않은 것이므로, 해당 진술은 〈보기〉의 사례를 설명하지 못한다. 따라서 사례를 통해 흄의 견해를 반박하는 내용으로 볼 수 없다.

④ 2문단에서 흄은 지식의 근원을 경험으로 보고 이를 인상과 관념으로 구분한 후, 인상을 단순 인상과 복합 인상으로 나누고, 이에 따라 형성되는 관념을 각각 단순 관념과 복합 관념이라고 하였다. 따라서 '관념을 단순 관념과 복합 관념으로 구분하는 기준은 없다.'라는 진술은 흄의 견해에 반한다. 그런데 〈보기〉의 사례는 단순 인상 없이 단순 관념이 존재할 수 있음을 보여 줄 뿐, 단순 관념과 복합 관념의 구분 기준과는 관련이 없다. 따라서 해당 진술은 〈보기〉의 사례를 설명하지 못하므로 사례를 통해 흄의 견해를 반박하는 내용으로 볼 수 없다.

⑤ 4문단에서 흄에 따르면 우리는 감각 기관을 통해서만 세상을 인식할 수 있기 때문에 그것의 진리 여부는 확인할 수 없다고 하였다. 즉 우리는 감각 기관을 통해 외부 세계를 인식하기 때문에 세상의 객관적인 모습을 확인할 수 없다는 것이다. 따라서 '외부 세계가 어떤 모습인지를 객관적으로 확인할 수 있다.'라는 진술은 흄의 견해에 반한다. 그런데 〈보기〉의 사례는 감각 기관을 통한 경험 없이 관념을 가지게 된 것을 보여 줄 뿐, 외부 세계의 모습을 객관적으로 확인하는 것과는 관련이 없다. 따라서 해당 진술은 〈보기〉의 사례를 설명하지 못하므로 사례를 통해 흄의 견해를 반박하는 내용으로 볼 수 없다.

094~098 〈민법과 형법의 원칙과 절차〉 2018년 6월 전국연합

해제

이 글은 법의 일반적인 특징에 대해 소개하고 대표적인 법인 민법과 형법의 원칙 및 형사 절차에 대해 설명하고 있다. 법은 사회 구성원들의 합의에 따라 만들어지고 강제성을 가진 규칙으로 행동의 결과를 중시하고, 국민의 자유와 권리를 보호하며 최소한의 간섭만 하는 특징을 지니고 있다. 그중 민법은 사람들 간의 권리관계를 다루는 법률로, 재산 관계와 가족 관계로 구성되어 있다. 만약 동물에 의해 손해를 입은 사람은 민법에 따라 동물의 점유자에게 배상을 받을 수 있다. 한편, 범죄와 형벌을 규정하는 법률인 형법은 범죄의 행위와 그 범죄에 대한 처벌을 미리 법률로 정해 두어야 한다는 죄형법정주의를 원칙으로 삼으며, 형사 재판은 수사, 기소, 공판, 집행 단계의 절차를 거쳐 진행된다. (출전: 법무부, '청소년의 법과 생활')

주제

법의 일반적인 특징과 민법과 형법의 원칙 및 형사 절차

구성

1문단	법의 세 가지 특징
2문단	민법의 개념과 중요 원칙
3문단	형법의 개념과 죄형법정주의
4문단	수사 절차와 형사 재판 절차
5문단	구성 요건 해당성 – 동물의 경우

한눈에 보는 지문 포인트

• 민법

- 국가 기관이 아닌, 사람들 간의 권리관계를 다룸.
- 다른 사람에게 끼친 손해는 그 행위가 위법이고 동시에 고의나 과실에 의한 경우에만 책임을 짐.

• 형법

죄형법정주의	범죄의 행위와 그 범죄에 대한 처벌을 미리 법률로 정해 두어야 함.
수사 절차와 형사 재판 절차	수사 단계 → 기소 단계 → 공판 단계 → 집행 단계

• 구성 요건

인간 이외의 것들에 대해서는 법적 권리를 부여하지 않음. → 동물이 다른 사람에게 손해를 끼쳤을 경우 민법에 의해 동물의 점유자에게 배상을 받아야 함.

094 정답 ⑤

1문단에 따르면 법은 사회 구성원들의 합의에 따라 만들어지고 강제성을 가진 규칙이라고 하였다. 이때 강제성은 공공의 이익을 실현하기 위해 사회 구성원들이 동의할 때만 발휘될 수 있다고 하였으므로, 사회 구성원의 동의가 있더라도 목적이 공익과 무관하다면 강제성을 발휘할 수 없다.

오답 넘기

① 1문단에 따르면 인간은 집단생활을 하기 때문에 분쟁이 발생할 수밖에 없으며 그래서 문제가 발생하는 것을 예방하기 위해 사회 구성원들의 합의에 따라 강제성을 지닌 규칙을 만든 것이 법이라고 하였다. 따라서 법이 문제가 발생하는 것을 예방하기 위해 사회 구성원의 의사를 반영하여 만든 것이라는 진술은 적절하다.

② 1문단에 따르면 법은 국민의 자유와 권리를 보호하는데, 법이 없다면 권력자나 국가 기관이 멋대로 권력을 휘두를 수 있기 때문이라고 하였다. 따라서 법이 권력자의 권력 행사를 제한하여 국민들의 자유와 권리를 지키는 역할을 한다는 진술은 적절하다.

③ 1문단에 따르면 법은 최소한의 간섭만 하는데, 개인이 처리해도 되는 일까지 법이 간섭한다면 사람들은 숨이 막혀 평온하게 살기 힘들 것이라고 하였다. 따라서 법의 간섭이 지나치게 커지게 되면 개인이 삶을 평온하게 유지하기 힘들 것이라는 진술은 적절하다.

④ 1문단에 따르면 법은 행동의 결과를 중시하는데, 다른 사람이 행동을 평가할 수 있고 그 변화도 확인할 수 있어야 하기 때문이라고 하였다. 따라서 다른 사람들이 행동을 평가하고 그 변화를 확인할 수 있어야 하므로 법이 결과를 중시한다는 진술은 적절하다.

095 정답 ③

2문단에 따르면 민법은 다른 사람에게 끼친 손해는 그 행위가 위법이고 동시에 고의나 과실에 의한 경우에만 책임을 진다는 것을 원칙으로 삼고 있다고 하였다. 따라서 위법한 행위가 발생했을 때 의도적으로 잘못을 한 경우뿐만 아니라 과실에 의한 경우에도 책임을 물을 수 있으므로 적절하지 않은 진술이다.

오답 넘기

① 2문단에 따르면 민법에서는 개인의 사유 재산에 대해 절대적 지배를 인정하고 국가를 비롯한 단체나 개인은 다른 사람의 사유 재산 행사에 간섭하지 못한다는 것을 원칙으로 삼고 있다고 하였다. 그런데 이러한 원칙들은 경제적 강자가 경제적 약자를 지배하는 수단으로 악용되기도 하여 20세기에 들면서 개인의 사유 재산에 대한 지배는 보장되지만 이를 공공복리에 적합하도록 행사해야 한다는 것과 같은 수정된 원칙들이 적용되고 있다고 하였다. 따라서 이를 통해 경제적 강자로부터 경제적 약자를 보호하기 위해 민법의 원칙이 수정되었음을 알 수 있다.

② 2문단에 따르면 민법은 국가 기관이 아닌, 사람들 간의 권리관계를 다루는 법률이라고 하였다. 따라서 민법은 국가 기관이 아닌 사람들 간의 권리관계에 문제가 생겼을 때 적용하는 법임을 알 수 있다.

④ 2문단에 따르면 20세기에 들면서 개인의 사유 재산에 대한 지배는 보장되지만 공공복리에 적합하도록 행사해야 한다는 것과 같은 수정된 원칙들이 적용되고 있다고 하였다. 따라서 이를 통해 20세기에 들면서 공공복리에 적합하지 않을 경우 개인의 재산권 행사를 제한할 수 있게 되었음을 알 수 있다.

⑤ 2문단에 따르면 근대 사회에서 형성된 민법의 중요 원칙 중 하나는 개인의 사유 재산에 대해 절대적 지배를 인정하고 국가를 비롯한 단체나 개인은 다른 사람의 사유 재산 행사에 간섭하지 못한다는 것이라고 하였다. 따라서 이를 통해 개인이 사유 재산을 사용하는 것에 대해 국가 또는 타인이 간섭하지 못한다는 민법의 원칙이 근대 사회에서 형성되었음을 알 수 있다.

096

정답 ④

3문단에서 '죄형법정주의'는 범죄의 행위와 그 범죄에 대한 처벌을 미리 법률로 정해 두어야 한다는 원칙이라고 하였다. 즉 법률로 정해 둔 범죄에 있어서만 그 범죄에 해당하는 처벌을 내릴 수 있다는 것이다. 따라서 '법률이 없으면 범죄도 없고 형벌도 없다.'라는 말이 죄형법정주의와 관련이 있음을 알 수 있다.

오답 넘기

① 착한 사람은 어차피 법이 필요가 없는 것이고, 나쁜 사람은 또 어떻게든 법망을 피해 간다는 것으로, 범죄의 행위와 그 범죄에 대한 처벌을 미리 법률로 정해 두어야 한다는 원칙인 죄형법정주의와 관련 있는 진술로 보기 어렵다.

② 사건 속에서 보편적인 법 원칙을 발견해야 한다는 의미로, 범죄의 행위와 그 범죄에 대한 처벌을 미리 법률로 정해 두어야 한다는 죄형법정주의와 관련 있는 진술로 보기 어렵다.

③ 형법으로 인해 개인의 자유와 권리가 제한될 수 있음을 지적한 말로, 범죄의 행위와 그 범죄에 대한 처벌을 미리 법률로 정해 두어야 한다는 죄형법정주의와 관련 있는 진술로 보기 어렵다.

⑤ 법의 판단과 집행에 있어서 철학의 중요성을 강조하는 말로, 범죄의 행위와 그 범죄에 대한 처벌을 미리 법률로 정해 두어야 한다는 죄형법정주의와 관련 있는 진술로 보기 어렵다.

097

정답 ②

4문단에 따르면 수사를 개시하는 단서로는 고소, 고발, 인지가 있는데, 일반적으로 범죄는 수사 기관이 인지하는 것만으로도 수사를 시작할 수 있으나 명예훼손죄, 폭행죄 등은 수사를 진행했더라도 피해자가 원하지 않으면 처벌하지 않는다고 하였다. 따라서 명예훼손죄, 폭행죄는 Ⓐ고소가 없어도 수사를 진행할 수 있음을 알 수 있다.

오답 넘기

① 4문단에 따르면 수사를 개시하는 단서로는 고소, 고발, 인지가 있는데, 이 중 고소는 피해자가 하는 반면 고발은 제3자가 한다고 하였다. Ⓐ는 고소에 해당하므로, 제3자가 아닌 피해자가 하는 것이다.

③ 4문단에 따르면 범죄를 실행 중인 경우는 구속 영장 없이 체포 가능한데, 이 경우 48시간 이내에 구속 영장을 신청해야 하고, 법원은 신청서가 접수된 시간으로부터 48시간 이내에 구속 영장의 발부 여부를 결정해야 한다고 하였다. 따라서 범죄를 실행 중인 범인을 Ⓑ체포하였을 경우, 48시간 이내에 구속 영장을 발부받아야 하는 것이 아니라 48시간 이내에 구속 영장을 신청해야 함을 알 수 있다.

④ 4문단에 따르면 검사는 수사 결과 범죄 혐의가 인정되면 재판을 청구하는데, 이때 피의자의 나이, 환경, 동기 등을 참작하여 기소를 하지 않을 수 있다고 하였다. 따라서 범죄 혐의가 인정될 경우 반드시 Ⓒ기소를 해야 하는 것은 아니다.

⑤ 4문단에 따르면 검사의 기소로 재판 절차가 시작되면 법원은 사건을 심리하여 범죄 사실이 확인된 경우 유죄를 선고한다고 하였다. 즉 재판에서 심리를 담당하는 주체인 법원은 재판에 따른 선고를 할 뿐, 기소 여부를 결정하는 것은 검사이므로 재판에서 심리를 담당하는 주체가 Ⓒ기소 여부를 결정한다는 진술은 적절하지 않다.

098

정답 ④

3문단에서 형법은 민법과 달리 어떤 사항을 직접 규정한 법규가 없을 때, 그와 비슷한 사항을 규정한 법규를 유추하여 적용할 수 없다고 하였다. 따라서 C에게 형법 제257조 ①을 적용할 수 없다. 또한 5문단에 따르면 법에서는 인간 이외의 것들은 생명의 유무와 상관없이 모두 물건으로 보며, 그로 인해 손해를 입은 경우 민법에 따라 물건의 점유자에게 배상을 받을 수 있다고 하였다. 따라서 B가 사람을 때려 다치게 했을 경우 C는 B라는 물건의 점유자로서 민법에 따라 그 손해를 배상할 책임을 져야 한다. 형법 제257조 ①은 '사람의 신체를 상해한 자'에 관한 처벌 규정이다. C는 '사람의 신체를 상해한 자'가 아니므로 형법에 따른 책임을 질 필요가 없다.

오답 넘기

① 5문단에 따르면 법에서는 인간 이외의 것들은 생명의 유무와 상관없이 모두 물건으로 보며, 물건에는 법적 권리가 없다고 하였다. 민법 제759조 ①에서 동물의 점유자는 그 동물이 타인에게 가한 손해를 배상할 책임이 있다고 하였는데, 이는 동물을 물건으로 보고 그 물건의 점유자인 인간에게 법적 권리를 부여하여 손해를 배상하게 한 것이다. B는 법적 권리가 없는 물건에 해당하므로, 동물과 같이 법적 책임이 없다고 할 수 있다.

② 5문단에서 동물이 위법한 행동을 하여 다른 사람에게 손해를 끼친 경우 피해자는 민법에 따라 동물의 점유자에게 배상을 받을 수 있다고 하였다. 민법 제759조 ①을 유추하여 적용한다면, 물건 B의 점유자인 사람 C는 B에 대한 법적 권리가 있으므로 B가 끼친 손해에 대해 배상할 책임이 있다고 할 수 있다.

③ 5문단에 따르면 법에서는 인간 이외의 것들은 생명의 유무와 상관없이 모두 물건으로 보며, 물건에는 법적 권리가 없다고 하였다. 〈보기 2〉에서 A는 로봇같이 보이지만 법적 권리를 가진 인간이며, 세금을 내는 등 법적 의무를 다하고 있다고 하였다. 따라서 A가 사람을 때렸다고 한다면 형법 제257조 ①에 따라 '사람의 신체를 상해한 자'가 되므로 형법에 따른 책임을 져야 한다.

⑤ 3문단에 따르면 형법에서는 범죄 발생 당시에는 없었던 법이 나중에 생겨도 그것을 소급해서 적용할 수 없다고 하였다. 따라서 향후 형법 제257조에 로봇이 사람을 다치게 한 행위에 대해 로봇에게 책임을 묻는 조항이 추가된다고 하더라도 범죄 발생 당시에 해당 법이 존재하지 않았으므로, 이번 사건에 대해서는 B를 처벌할 수 없다.

099~102 〈행성의 공전과 스윙바이의 원리〉 2017년 9월 전국연합

해제

이 글은 탐사선의 속도를 높이는 데 사용하는 스윙바이의 원리에 대해 설명하고 있다. 스윙바이는 탐사선이 행성에 잠깐 다가갔다가 다시 멀어지는 것으로, 우주 탐사선이 지구에서 태양계 끝까지 날아가기 위해서는 일정 속도 이상에 이르러야 하는데, 이때 큰 추진제가 달린 탐사선을 만들 수 없기 때문에 탐사선을 다른 행성에 접근시키는 스윙바이를 이용한다. 이때, 탐사선이 곡선 궤도를 그리며 행성의 공전 방향에 가까워지면 곡선 궤도를 그리는 탐사선의 방향과 행성의 공전 방향의 힘의 방향이 같아 스윙바이에 의해 탐사선의 속도가 빨라지는 것이다. 스윙바이는 운동량 보존 법칙에 따라 이루어지므로 탐사선의 속도가 높아지는 만큼 행성의 속도가 느려지는데, 행성은 그 질량이 크기 때문에 속도에 큰 영향을 받지 않는다.

(출전: 홍준의 외, '살아 있는 과학 교과서 1')

주제

스윙바이를 하는 이유와 스윙바이의 원리

구성

1문단	스윙바이를 하는 이유
2문단	행성의 공전 방향과 탐사선 속도의 관계
3문단	행성의 중력과 탐사선 속도의 관계
4문단	운동량 보존 법칙을 이용한 스윙바이

한눈에 보는 지문 포인트

• 스윙바이의 구체적 원리

행성의 공전 방향과 탐사선 속도의 관계	탐사선이 곡선 궤도를 그리며 행성의 공전 방향에 가까워지면 탐사선의 속도가 증가함.
행성의 중력과 탐사선 속도의 관계	탐사선이 행성에 다가가면 중력의 영향으로 탐사선의 속도가 증가하나 중력의 영향권에서 벗어나면 얻은 속도만큼 속도를 잃음.
운동량 보존 법칙을 이용한 스윙바이	운동량 보존 법칙에 따라 스윙바이를 통해 탐사선과 행성이 주고받은 운동량은 같음.

099 정답 ②

이 글의 1문단에서는 스윙바이를 하는 이유를 제시하고 있으며, 2~4문단에서는 스윙바이의 원리에 대해 설명하고 있다. 3문단에 따르면 스윙바이 동안 행성의 중력은 변하지 않으며, 행성의 중력에 따른 탐사선의 속도가 변할 뿐이므로 스윙바이 동안에 행성의 중력이 변하는 이유는 이 글을 읽고 답할 수 있는 질문이 아니다.

오답 넘기

① 1문단에서 우주 탐사선이 지구에서 태양계 끝까지 날아가기 위해서는 일정 속도 이상에 이르러야 하는데, 이때 큰 추진제가 달린 탐사선을 만들 수 없기 때문에 탐사선을 다른 행성에 접근시키는 스윙바이를 이용한다고 하였다.

③ 2문단에서 스윙바이의 원리를 이해하기 위해서는 행성이 태양 주위를 공전한다는 점을 떠올려야 한다고 하였고, 탐사선이 곡선 궤도를 그리며 행성의 공전 방향에 가까워지면 탐사선의 속도가 크게 증가한다고 하였다. 즉 스윙바이를 할 때 행성의 공전이 탐사선 속도 증가에 영향을 미치기 때문에 행성의 공전이 중요하다는 사실을 2문단을 통해 알 수 있다.

④ 2문단에서 탐사선이 곡선 궤도를 그리며 행성의 공전 방향에 가까워지면 탐사선의 속도가 크게 증가한다고 하였다.

⑤ 4문단에서 운동량 보존 법칙에 따라 스윙바이를 통해 탐사선과 행성이 주고받은 운동량은 같다고 하였다. 이는 탐사선의 속도가 빨라진 만큼 행성의 속도가 느려졌다는 것을 의미하는데, 서로 주고받은 운동량은 질량과 속도 변화량을 곱한 것이므로 질량이 매우 큰 행성은 속도가 거의 줄어들지 않는다고 하였다.

100 정답 ④

2문단에서 행성의 공전 방향과 탐사선의 진행 방향이 다를 경우 탐사선의 속도 증가는 크지 않고, 탐사선이 곡선 궤도를 그리며 행성의 공전 방향과 가까워지면, 즉 탐사선의 진행 방향과 행성의 공전 방향이 서서히 같아지면 탐사선의 속도가 크게 증가한다고 하였다. 또한 3문단에서 행성에 다가가다 보면 행성 중력의 영향으로 탐사선의 속도가 증가하고, 행성 중력의 영향권에서 벗어나면 그만큼 속도를 잃는다고 하였다. 이를 ⓑ와 ⓒ에 적용하면, ⓑ는 탐사선이 중력의 영향권으로 들어가며 중력의 영향으로 탐사선의 속도가 증가하고 있는 상황이고, ⓒ는 탐사선의 진행 방향과 행성의 공전 궤도 방향이 가까워지며 탐사선의 속도가 크게 증가한 상황이다. 이와 〈보기〉의 ⓑ~ⓒ 구간의 속도의 크기에서 알 수 있듯이 속도의 크기 변화는 ⓑ보다 ⓒ가 크므로 ⓑ에서 속도의 크기 변화가 ⓒ에서 속도의 크기 변화와 같다는 진술은 적절하지 않다.

오답 넘기

① 3문단에서 행성에 다가가다 보면 행성 중력의 영향으로 탐사선이 속도가 증가하고 행성 중력의 영향권에서 벗어나면 그만큼 속도를 잃는다고 하였다. ⓐ에서는 탐사선의 속도가 일정하게 나타나므로 탐사선은 행성의 중력에 영향을 받지 않았음을 알 수 있다.

② 3문단에서 행성에 다가가다 보면 행성 중력의 영향으로 탐사선이 속도가 증가하고 행성 중력의 영향권에서 벗어나면 그만큼 속도를 잃는다고 하였다. ⓑ에서는 속도가 서서히 증가하고 있으므로 탐사선이 행성 중력의 영향권으로 서서히 들어가고 있음을, 즉 탐사선이 행성에 점점 가까워지고 있음을 알 수 있다.

③ 3문단에서 행성에 다가가다 보면 행성 중력의 영향으로 탐사선이 속도가 증가하고 행성 중력의 영향권에서 벗어나면 그만큼 속도를 잃는다고 하였다. ⓓ에서는 ⓒ에서 급속하게 증가했던 속도가 서서히 줄어들고 있으므로 행성 중력의 영향권에서 벗어나고 있음을, 즉 탐사선이 행성으로부터 멀어져 가고 있음을 알 수 있다.

⑤ 2문단에서 행성의 공전 방향과 탐사선의 진입 방향이 다를 경우 탐사선의 속도 증가는 크지 않고, 탐사선이 곡선 궤도를 그리며 행성의 공전 방향과 가까워지면 즉 탐사선의 진행 방향과 행성의 공전 방향이 서서히 같아지면 탐사선의 속도가 크게 증가한다고 하였다. ⓑ에서 서서히 증가하던 탐사선의 속도가 ⓒ에서 급속하게 증가하는 모습을 보이고 있으므로 탐사선이 ⓑ~ⓒ 구간에서 행성의 공전 방향에 가까워지고 있음을 알 수 있다.

101 정답 ②

2문단에 따르면 탐사선의 속도는 공전하는 행성의 공전 방향과 탐사선의 진행 방향이 가까워질 때 증가한다. 즉 공전하는 행성에 의해 탐사선의 속도가 빨라지는 것이다. 〈보기〉의 화살도 달리는 말에 의해 속도가 빨라지므로 달리는 말이 공전하는 행성이라고 할 수 있다.

오답 넘기

① 〈보기〉에서 어떤 사람은 말을 출발시킨 사람이다. 이를 이 글에 적용하면 행성을 공전시킨 주체에 해당하나 행성의 공전 원인은 이 글에 드러나 있지 않다.

③ 〈보기〉에서 화살은 달리는 말에 의해 속도가 증가한 대상이므로 이를 이 글에 적용하면 공전하는 행성으로 인해 속도가 증가한 탐사선에 해당한다고 할 수 있다.
④ 〈보기〉에서 정면에 있는 과녁은 달리는 말의 진행 방향과 같은 것으로 화살의 속도에 영향을 미치는 요인으로 작용하는 것이다. 이를 이 글에 적용하면 탐사선의 진행 방향이 행성의 공전 궤도가 같아지면서 탐사선의 속도가 증가하므로 이는 탐사선의 진행 방향, 즉 탐사선이 곡선 궤도를 그리며 방향을 바꾸어 공전 방향에 가까워지는 것에 해당한다.
⑤ 〈보기〉에서 옆에 서 있는 사람은 화살의 속도 변화를 관찰한 사람이다. 이를 이 글에 적용하면 탐사선의 속도 변화를 관찰한 사람에 해당하지만 이 글에는 그러한 대상이 드러나 있지 않다.

102

정답 ③

4문단에서 운동량 보존 법칙에 따라 스윙바이를 통해 탐사선과 행성이 주고받은 운동량은 같다고 하였다. 이는 탐사선의 속도가 증가하면 행성의 공전 속도가 느려진다는 것을 의미하므로 스윙바이가 행성의 공전 속도를 훔쳐 오는 것이라는 것은 탐사선이 얻은 운동량이 행성이 잃은 운동량과 같다는 것을 의미한다.

오답 넘기

①, ② 4문단에서 운동량 보존 법칙에 따라 스윙바이를 통해 탐사선과 행성이 주고받은 운동량은 같다고 하였다. 따라서 탐사선과 행성의 운동량을 계산해야 한다. 탐사선과 행성이 주고받은 운동량은 질량과 속도 변화량을 곱한 것이다. 그런데 행성의 질량이 탐사선의 질량보다 크므로 둘의 운동량이 같다고 했을 때 탐사선이 얻은 속도는 행성이 잃은 공전 속도보다 클 것이다.
④, ⑤ 4문단에서 운동량 보존 법칙에 따라 스윙바이를 통해 탐사선과 행성이 주고받은 운동량은 같다고 하였다.

103~105 〈신라 범종의 조형 양식과 계승〉

2017년 3월 전국연합

해제

이 글은 우리나라 범종의 전형이 된 신라 시대 범종의 조형 양식과 그 계승 양상에 대해 설명하고 있다. 고려 시대에는 신라 종의 조형 양식이 미약한 변화 속에서 계승되었으며, 범종이 소형화되었다. 조선 초기에는 왕실 주도로 다시 대형 종이 주조되었으나, 신라 범종이 아닌 중국 종의 주조 공법을 도입하여 중국 종의 전형적인 장식들이 나타나게 된다. 이후 불교 억제 저책에 따라 한동안 범종 제작이 통제되었다가, 16세기에 사찰 주도로 소형 종이 주조되면서 신라 종의 조형 양식이 다시 나타났으나 우리나라의 범종은 쇠퇴기에 접어 들게 되었다. (출전: 곽동해, '범종')

주제

우리나라 범종의 조형 양식과 계승

구성

1문단	우리나라 범종의 전형인 신라의 종
2문단	신라 범종의 전체적 모양
3문단	신라 범종의 구체적 조형 양식과 섬세한 문양
4문단	고려 시대의 범종
5문단	조선 시대의 범종

한눈에 보는 지문 포인트

• 신라 범종의 조형 양식

• 항아리를 거꾸로 세워 놓은 모양 • 용뉴가 한 마리의 용으로 되어 있으며 음통이 있음.	+	문양 띠인 상대와 하대, 유곽 안의 유두, 당좌 사이의 천인상이 섬세한 문양들로 장식되어 있음.

• 신라 범종의 계승

고려	조선
신라 종의 조형 양식이 미약한 변화 속에서 계승되며, 범종이 소형화됨.	중국의 주조 공법을 도입하다가, 16세기 이후 신라 종의 조형 양식이 다시 나타남.

103

정답 ①

4문단에서 고려 후기에 원나라 침입 이후 전래된 라마교의 영향으로 범자(梵字) 문양 등의 장식이 나타났다고 하였다.

오답 넘기

② 3문단에서 '신라 종의 상부와 하부에는 각각 상대와 하대라고 부르는 동일한 크기의 문양 띠가 있는데, 여기에는 덩굴무늬나 연꽃무늬 등의 불교적 상징물이 장식되어 있다.'라고 하였다.
③ 5문단에서 조선 초기에 중국 종의 주조 공법을 도입하면서 당좌가 사라지는 등 신라 종의 섬세한 장식 대신 중국 종의 전형적인 장식들이 나타나게 되었다고 하였다.
④ 1문단에서 '범종은 불교가 중국에 유입되면서 나타나기 시작하여 우리나라와 일본의 사찰로 퍼져 나갔다.'라고 하였다.
⑤ 1문단에서 신라의 대형 종은 중국이나 일본의 주조 공법으로는 만들기 어려운 것이라고 하였으므로, 신라의 주조 공법이 중국이나 일본과는 달랐음을 알 수 있다.

104

정답 ④

3문단의 내용을 바탕으로 ⓓ는 타종 부위인 당좌 사이에 있는 '천인상(天人像)'임을 알 수 있는데, 일본 종에는 천인상 없이 가로 세로의 띠만 있다고 하였다. 따라서 일본 종의 천인상 주변에 가로 세로의 띠가 있다는 설명은 적절하지 않다.

오답 넘기

① 2문단의 내용을 바탕으로 ⓐ는 종을 매다는 용 모양의 고리인 용뉴(龍鈕)임을 알 수 있다. 신라 종의 용뉴는 쌍용 형태인 중국 종이나 일본 종의 용뉴와는 달리 한 마리 용의 모습을 하고 있다고 하였다.
② ⓑ는 용뉴 뒤에 있는 음통으로, 2문단에 의하면 음통은 우리나라의 범종에서만 특징적으로 나타나는 것이라고 하였다.
③ 3문단의 내용을 바탕으로 ⓒ는 연꽃 봉우리 형상이 장식된 유두임을 알 수 있다. 신라 범종은 '단순한 꼭지 형상의 유두가 있는 일본 종이나 유두와 유곽 모두 존재하지 않는 중국 종과 차이를 보인다.'라고 하였다.
⑤ 3문단에 의하면 ⓔ는 종의 하부 문양 띠인 하대임을 알 수 있다. 2문단에서 신라 종의 몸체는 항아리를 거꾸로 세워 놓은 것과 비슷하게 가운데가 불룩하게 튀어나온 모습을 하고 있는데, 이와 달리 중국 종은 몸체의 하부가 팔(八) 자로 벌어져 있고, 일본 종은 수직 원통형으로 되어 있다고 하였으므로 적절한 설명이다.

105

정답 ③

5문단에서 조선 초기에는 신라의 대형 종 주조 공법을 대신하여 중국 종의 주조 공법을 도입하게 되면서, 신라 종의 섬세한 장식 대신 중국 종의 전형적인 장식들이 나타나게 되었다고 하였다. 따라서 조선 초기를 기점으로 '큰 변화'가 나타나게 된 이유는 중국 종의 주조 공법으로 대형 종을 만들면서 중국 종의 조형 양식을 따르게 되었기 때문임을 알 수 있다.

오답 넘기

① 불교를 억제하는 정책을 편 것은 조선 초기 왕실 주도로 중국 종의 주조 공법을 도입하여 대형 종을 주조하게 된 이후의 일이므로, 조선 초기의 '큰 변화'와는 관련이 없다.

② 고려 시대에 종이 소형화된 것은 맞지만, 신라 종의 조형 양식이 미약한 변화 속에서 계승되고 있었다는 내용이 4문단에 제시되어 있다.

④ 5문단에 '16세기에 사찰 주도로 소형 종이 주조되면서 사라졌던 신라 종의 조형 양식이 다시 나타난다.'라고 제시되어 있을 뿐, 신라 종의 복원 한계에 대한 언급은 나타나 있지 않다.

⑤ 5문단에 의하면 조선 초기에는 왕실 주도로 대형 종을 주조하였고, 신라 종이 아닌 중국 종의 주조 공법을 도입했다고 하였다.

106~109 〈철학, 욕망을 마주하다〉

해제

이 글은 욕망에 관해 탐구한 서양 철학가들의 이론을 설명하고 있다. 서양 철학에서 바라본 욕망의 개념은 다양한데, 가장 근본은 욕망을 결핍으로 보고 이를 이성의 힘으로 제어할 수 있다는 관점이다. 이를 이성적 금욕주의라고 하는데, 먼저 플라톤은 욕망이 지혜의 획득을 방해하므로 혼의 힘인 이성을 발휘해 욕망을 제어해야 한다고 보았다. 스토아 철학자 에픽테토스는 욕망은 이성으로 제어할 수 있으므로 이성과 의지를 발휘하여 몸과 마음을 갈고 닦아야 한다고 주장했다. 마지막으로 근대 철학자 데카르트는 욕망의 종류 중 자유의지에 의존하지 않는 욕망은 어쩔 수 없지만 자유의지에 의존하는 욕망은 이성과 의지로 제어해야 한다고 보았다. (출전: 조홍길, '철학, 욕망을 마주하다')

주제

이성적 금욕주의를 주장한 서양 철학자들의 이론

구성

1문단	욕망에 관한 다양한 해석
2문단	이성적 금욕주의자인 플라톤의 이론
3문단	이성적 금욕주의자인 에픽테토스의 이론
4문단	이성적 금욕주의자인 데카르트의 이론
5문단	이성적 금욕주의가 현대 사회에 미치는 영향

한눈에 보는 지문 포인트

이성적 금욕주의
• 욕망을 결핍으로 파악함. • 인간의 이성으로 욕망을 제어할 수 있다는 믿음에 근거한 사상

⇩

플라톤	에픽테토스	데카르트
욕망이 지혜의 획득을 방해하므로 혼의 힘인 이성을 발휘해 욕망을 제어해야 함.	욕망은 습관에 불과하므로 이성과 의지를 발휘해 몸과 마음을 갈고 닦으면 제어할 수 있음.	자유의지에 의존하는 욕망의 경우, 이성과 의지로 제어해야 함.

106

정답 ③

이 글은 고대부터 현대에 이르기까지 '욕망'을 주요 탐구 대상으로 삼았던 서양 철학에서 다양하게 해석되어 온 '욕망'의 개념들을 소개한 다음 그중에서도 이성적 금욕주의의 관점을 자세히 이야기하고 있다. 이성적 금욕주의의 관점을 지녔던 플라톤, 에픽테토스, 데카르트가 제시한 욕망에 대한 생각을 차례로 설명한 다음, '이성적 금욕주의는 현대인에게 욕망에 휘둘려 살지 않기 위해서는 이성을 발휘해야 한다는 것을 분명하게 보여 주고 있다.'라고 하였다. 따라서 이 글은 특정 사상을 지향한 학자들의 이론을 소개하며, 그 사상의 현대적 의미를 제시하고 있다고 볼 수 있다.

오답 넘기

① 욕망의 개념에 관한 다양한 해석은 소개하였지만 그에 대립되는 현상을 설명하지는 않았다.

② 욕망에 관한 다양한 학자의 견해를 소개하였지만, 이 글에서는 그 견해의 모순을 비판하고 있지는 않다.

④ 욕망에 관한 다양한 학자의 견해를 통시적으로 소개하고 있지만, 구체적인 사례를 제시하지는 않았다.

⑤ 이성적 금욕주의를 추구했던 철학자들의 이론을 설명하고 있을 뿐 대립하는 이론은 제시되지 않았으며 이를 바탕으로 새로운 이론을 정립하고 있지도 않다.

107

정답 ③

2문단에서 '지혜는 순수한 혼에 의해서만 획득할 수 있는데, 문제는 세속적 쾌락을 추구하는 몸의 욕망이 혼을 더럽힌다는 데 있다.'라고 하고 '심지어 몸에 대한 집착은 삶을 지속하려고만 하기 때문에, 혼이 몸으로부터 완전히 해방되는 순간인 죽음마저 마다해서는 안 된다고 강조했다.'라고 하였다. 즉 플라톤은 세속적 쾌락을 추구하는 몸의 욕망으로부터 벗어나야 순수한 혼이 되어 지혜를 획득할 수 있는데 삶이 지속되는 한 몸의 영향에서 벗어나기 어려워 지혜를 얻기 힘들다고 보고, 혼이 몸에서 분리되는 죽음의 순간을 마다할 이유가 없다고 한 것이다. 하지만 그가 죽어야만 완전한 지혜를 획득할 수 있다고 주장한 것은 아니다. 다만 현실에서는 순수한 혼으로 지혜를 획득하기가 어렵다는 것을 강조한 것일 뿐이다.

오답 넘기

① 4문단의 '그는 욕망을 무조건 나쁘다고 여기지는 않았으며', '자유의지에 의존하는 욕망 중 선한 것을 인식하고 추구해야 하는데'라는 내용을 통해 확인할 수 있다.

② 2문단에서 '이성적 금욕주의란 이성으로 욕망을 제어할 수 있다는 믿음에 근거한 사상으로, 플라톤으로부터 그 기원을 찾을 수 있다.'라고 하였다. 그리고 플라톤은 세속적 쾌락을 추구하는 몸의 욕망이 혼을 더럽힌다고 하면서 '혼이 몸의 영향에서 최대한 벗어나도록 끊임없이 수련해야 하고, 혼의 힘인 이성을 발휘하려 노력해야 한다'고 했음을 알 수 있다. 그리고 4문단에서 데카르트는 '영혼의 고유한 무기인 이성과 의지를 통해 욕망을 제어하는 습관을 들여야 한다'고 하였음을 알 수 있다. 따라서 두 사람 모두 영혼의 힘으로 욕망을 제어할 수 있다고 보았다고 할 수 있다.

④ 4문단의 데카르트의 관점에 대한 설명에서 '욕망은 다른 어떤 정념보다도 격렬하게 심장을 동요시키고, 감각을 예민하게 만드는 더 많은 정기를 뇌에 공급한다. 더구나 욕망은 쾌락을 수반하여 영혼을 크게 혼란에 빠뜨릴 수 있으므로'라고 한 것에서 확인할 수 있다.

⑤ 3문단의 에픽테토스의 관점에 대한 설명에서 '우리가 제어할 수 있는 일과 제어할 수 없는 일을 구분하여 ~ 우리가 제어할 수 없는 일은 부와

명예, 권력, 사회적 지위, 출생 등 외부의 것들이고, 제어할 수 있는 일은 욕망, 생각, 싫고 좋음 등 내적인 것들이다.'라고 한 것에서 확인할 수 있다.

108

정답 ⑤

4문단에서 데카르트는 '욕망을 우리가 현재 소유하지 않은 좋은 것과 현존하는 좋은 것의 보존을 바랄 뿐 아니라 이미 우리가 가진 나쁜 것과 미래에 닥칠 나쁜 것을 피하기 바라는 것을 의미한다고 정의하였다.'고 하였을 뿐 욕망을 나쁜 것을 버리지 않으려 하는 것으로 보았다는 내용은 나타나 있지 않다. 그리고 〈보기〉에서 맹자 역시 욕망은 경계의 대상이지만 벗어날 수 없는 것으로 보았다고 했을 뿐, 나쁜 것을 버리지 않으려 하는 것으로 보았다는 내용은 드러나 있지 않다.

오답 넘기

① 2문단의, 플라톤이 '인간의 혼은 지혜를 획득하여야 이데아, 즉 존재의 참모습을 직관할 수 있다. 지혜는 순수한 혼에 의해서만 획득할 수 있는데, 문제는 세속적 쾌락을 추구하는 몸의 욕망이 혼을 더럽힌다는 데 있다.'라고 한 것을 통해 플라톤이 욕망이 인간 존재의 참모습인 이데아를 직관할 수 없게 한다고 생각했음을 알 수 있다. 〈보기〉에서 맹자가 '수양을 하여 욕망을 제어한다면 인간의 참모습인 선을 되찾아'라고 했다는 것을 통해 맹자 역시 욕망이 인간의 참모습인 선을 가린다고 생각했음을 알 수 있다.

② 3문단에서 에픽테토스는 '우리가 이성과 의지를 발휘하여 몸과 마음을 갈고 닦으면 습관을 고치고 욕망을 제어할 수 있다'고 했음을 알 수 있다. 〈보기〉에서 맹자도 '인간이 악에 빠지지 않기 위해 수양을 하여 욕망을 제어한다면'이라고 하였으므로 두 사람 모두 꾸준한 수양을 통해 욕망을 제어할 수 있다고 보았음을 알 수 있다.

③ 3문단에서 에픽테토스는 '욕망에 사로잡혀 잘못된 판단을 하기도 하고, 때때로 좌절의 낭패를 보며 불행과 고통 속에서 살아간다'고 했음을 알 수 있다. 〈보기〉에서는 맹자가 '욕망이 선한 본성을 가려 악의 구렁텅이로 빠뜨린다'고 했다고 하였으므로 두 사람 모두 욕망이 인간을 잘못된 길에 빠지게 할 수 있다고 보았음을 알 수 있다.

④ 4문단에서 데카르트는 '모든 인간은 (욕망 등의) 정념을 통해 삶의 감미로움을 얻거나 쓴맛을 보기도 하기 때문에 정념을 지혜롭게 사용하는 기술이 필요하다고 보았다'고 하였다. 〈보기〉에서 맹자는 '욕망의 추구가 불가피하다는 점을 인정했다.'라고 하였다. 따라서 두 사람 모두 욕망을 좇는 인간의 행위는 불가피한 것이라고 보았다고 할 수 있다.

109

정답 ③

ㄴ – '나(욕망 주체)'는 자동차 자체(욕망 대상)가 좋아 자동차를 갖고 싶은 것이 아니라 '나'가 갖고 싶다는 생각, 즉 참을 수 없이 욕망하는 마음이 들었기 때문에 자동차(욕망 대상)가 좋아 보인다고 하였다. ㉮의 뒷부분에서 '이들은 욕망의 대상이 좋아 욕망이 생기는 것이 아니라 욕망하기 때문에 욕망 대상이 만들어진다고 보았다.'라고 한 것을 참고할 때 이는 욕망을 인간의 본질로 보아 욕망을 제어 · 지배할 수 없다는 ㉮의 관점에서 들 수 있는 사례라고 할 수 있다.

ㄷ – 욕망 주체인 '나'는 좋은 성적(욕망 대상)을 얻기 위해 자신과 경쟁하는 영철이(또 다른 욕망 주체)를 모방하여 그가 다니는 학원에 다니려 하고 있다. 따라서 이 사례는 욕망이 욕망 대상을 얻기 위한 욕망 주체들의 모방적 경쟁이라는 ㉯의 관점에서 들 수 있는 사례라고 할 수 있다.

오답 넘기

ㄱ – 상자를 열어 보지 말라는 엄마의 말은 반드시 지켜야 할 금기이다. 그런데 상자에 무엇이 들었는지 알고 싶은 마음을 이기지 못해 이를 어기고 상자를 열어 보겠다고 하고 있다. 따라서 'ㄱ'은 욕망이란 금기를 위반하도록 유혹하고 부추기는 힘이라고 보는 관점에서 들 수 있는 사례라고 할 수 있다.

110~115 〈거시 경제학〉

해제

통화 정책의 개념 및 일반적 정책 수단으로서 공개 시장 조작, 재할인율 정책, 지급 준비율 정책의 개념 및 각각의 특징을 설명하고 있는 글이다. 이와 함께 통화 정책의 달성 여부를 확인하기 위해 중간 목표를 설정하는 이유 및 이자율과 통화량을 중간 목표로 설정할 경우 발생할 수 있는 문제에 대해 다루고 있다. 또한 이에 대한 대안으로 명목 GDP를 중간 목표로 설정할 경우의 장점을 소개하고 있다.

주제

통화 정책의 일반적 정책 수단과 중간 목표 설정

구성

1문단	통화 정책의 개념 및 일반적 정책 수단의 종류
2문단	공개 시장 조작의 개념 및 특징
3문단	재할인율 정책의 개념 및 특징
4문단	지급 준비율 정책의 개념 및 특징
5문단	중간 목표의 개념 및 설정 이유
6문단	이자율을 중간 목표로 설정할 경우의 특징
7문단	통화량을 중간 목표로 설정할 경우의 특징
8문단	중간 목표로서 명목 GDP의 장점

한눈에 보는 지문 포인트

• 통화 정책

일반적 정책 수단	선별적 정책 수단
정책 효과가 국민 경제의 전반에 영향을 미침.	정책 효과가 국민 경제의 어느 특정 부분에만 영향을 미침.

⇩

공개 시장 조작, 재할인율 정책, 지급 준비율 정책 등을 사용하여 통화량이나 이자율을 조절함으로써 경기 안정과 물가 안정 등의 정책 목표를 달성함.

110

정답 ①

7문단에서 '1980년대에 이루어진 금융 규제 완화와 금융 혁신은 화폐 유통 속도와 화폐 수요를 불안정하게 만들었다.'라고 하였다. 이를 통해, 금융 규제를 완화하면 화폐에 대한 수요가 오히려 불안정해질 수 있다는 것을 알 수 있다.

오답 넘기

② 4문단의 '지급 준비율의 변경은 통화량에 영향을 미칠 뿐만 아니라 예금은행의 수익에도 영향을 미친다.'라는 내용을 통해 확인할 수 있다. 지급 준비율을 높이면 은행이 대출을 할 수 있는 자금이 줄어들므로 그만큼 수익이 줄어들게 된다.

③ 2문단의 '우리나라의 경우에는 국채의 유통 시장이 잘 발달되어 있지 않아 국채를 이용한 공개 시장 조작은 이루어지지 않고 있다. 대신 한국은

행이 통화의 공급을 조절하고 그 가치를 안정시키기 위한 통화 안정 증권을 발행하여 통화량을 조절하고 있다.'라는 내용을 통해 확인할 수 있다.

④ 3문단에서 '중앙은행은 이자에 해당하는 만큼 어음을 할인하여 매입한다. 이때 적용되는 할인율을 재할인율이라 하는데, 재할인율이 높을수록 이자율을 높게 받는 셈이다.'라고 하였다. 즉 재할인율이 높을수록 이자율이 높아지는 셈이므로, 예금 은행은 이자에 대한 부담이 높아지게 된다.

⑤ 1문단에서 '일반적 정책 수단이란 정책의 효과가 국민 경제의 전반에 영향을 미칠 수 있는 정책 수단'이라고 하였고 '일반적 정책 수단에는 공개 시장 조작, 재할인율 정책, 지급 준비율 정책 등이 있다.'라고 한 것에서 공개 시장 조작은 국민 경제의 전반에 영향을 미칠 수 있는 일반적 정책 수단에 해당한다는 것을 알 수 있다.

111

정답 ⑤

4문단에서 '은행의 예금 금리가 8%이고 대출 금리가 10%인 경우 지급 준비율이 10%라면 100만 원의 예금으로부터 은행은 연간 (90만 원×10%)−(100만 원×8%)=1만 원의 수익을 낼 수 있다.'라고 하였으므로 은행의 수익은 (예금에서 지급 준비율 만큼의 금액을 뺀 금액×대출 금리)−(예금액×예금 금리)라는 것을 알 수 있다.

〈보기〉에 제시된 상황을 정리해 보면 다음과 같다.

예금 금리: 7%

대출 금리: 10%

지급 준비율: 20%

예금: 100만 원

예금에서 지급 준비율 만큼의 금액을 뺀 금액: 100만 원−20만 원=80만 원

따라서 이때의 A 은행의 수익은 (80만 원×10%)−(100만 원×7%)=8만 원−7만 원=1만 원이다. 그런데 지급 준비율을 30%로 올린다면 (70만 원×10%)−(100만 원×7%)=7만 원−7만원=0이므로 은행의 수익은 0원이 된다.

오답 넘기

① 현재의 상황에서 A 은행의 수익은 (80만 원×10%)−(100만 원×7%)=1만 원이 된다.

② 대출 금리를 9%로 낮추게 되면 (80만 원×9%)−(100만 원×7%)=2천 원으로 A 은행의 수익이 줄어들게 된다.

③ 예금 금리를 5%로 낮추게 되면 (80만 원×10%)−(100만 원×5%)=3만 원으로 A 은행의 수익이 늘어나게 된다.

④ 지급 준비율을 10%로 낮추게 되면 (90만 원×10%)−(100만 원×7%)=2만 원으로 A 은행의 수익이 늘어나게 된다.

112

정답 ①

[A]에서 '통화 정책의 중간 목표로는 통화량과 이자율의 두 변수가 사용되는데, 통화량과 이자율을 동시에 중간 목표로 사용하는 것은 불가능하다. 통화량을 통제할 경우 화폐 수요 곡선의 변동에 따라 이자율이 변동하게 되고, 반대로 이자율을 통제할 경우 화폐 수요의 변동에 따라 통화량이 변하기 때문이다.'라고 하였다. 이를 참고할 때 통화량을 중간 목표로 설정하거나 이자율을 중간 목표로 설정할 때 화폐 수요 곡선에 따라 이자율이나 통화량이 달라진다는 것을 알 수 있다.

한편 〈보기〉의 그래프를 보면 세로축은 이자율을, 가로축은 통화량을 나타내며 L은 화폐 수요 곡선이다. 그리고 중앙은행은 중간 목표를 통화량 M2이나 이자율 i2 가운데 하나로 설정하려고 한다고 하였다. 그런데 화폐 수요 곡선이 L1일 때 통화량 M2와 만나는 이자율이 i1이므로 이자율을 i1으로 낮추어야 한다.

오답 넘기

② 화폐 수요 곡선이 L2일 때 통화량 목표인 M2와 만나는 이자율은 i2가 된다. 이 경우, 통화량 목표를 달성하는 지점에서 우연히 이자율 목표도 달성되었다고 할 수 있다.

③ 화폐 수요 곡선이 L3일 때 통화량 M2가 되도록 하려면 이자율이 i3이어야 한 지점에서 만나므로 이자율이 i3로 높아진다.

④ 화폐 수요 곡선이 L1일 때 이자율 i2가 되도록 하려면 통화량이 M1이어야 한 지점에서 만나므로 통화량이 M1으로 낮아진다.

⑤ 화폐 수요 곡선이 L3일 때 이자율 i2가 되도록 하려면 통화량이 M3이어야 한 지점에서 만나므로 통화량이 M3로 높아진다.

113

정답 ②

6문단에 이자율을 중간 목표로 사용할 경우에 대한 설명이 제시되어 있는데, '경기 호황기에는 이자율이 상승하는데 중앙은행이 이자율을 안정시키기 위해 통화 공급을 늘린다면 총수요가 증가하여 경기가 더욱 과열될 수도 있다. ~ 인플레이션이 심화될 우려도 있다.'라고 하였다. 이를 통해 이자율을 중간 목표로 설정할 경우 경기 호황기에 중앙은행이 통화량을 늘림으로써 경기가 과열되어 인플레이션이 심화될 수 있다는 것을 알 수 있다.

오답 넘기

① 7문단의 '통화량 중간 목표가 기대한 대로의 성과를 거두기 위해서는 화폐 수요가 안정적이어야 한다.'라는 내용을 통해 통화량 중간 목표가 성과를 거두기 위해서는 화폐의 공급이 아니라 화폐의 수요가 안정적이어야 한다는 것을 알 수 있다.

③ 5문단에서 '일반적으로 통화 정책의 중간 목표로는 통화량과 이자율의 두 변수가 사용되는데, 통화량과 이자율을 동시에 중간 목표로 사용하는 것은 불가능하다.'라고 하였다. 따라서 과거에 통화량과 이자율을 동시에 중간 목표로 사용하였다는 것은 적절하지 않다.

④ 8문단에서 '명목 GDP 중간 목표는 불안정한 화폐 유통 속도를 수용할 수 있기 때문에 경제학자들은 통화량 중간 목표보다 더 물가와 국민 소득을 안정시킬 수 있다고 주장하였다.'라고 하였다. 따라서 명목 GDP를 중간 목표로 설정하면 불안정한 화폐 유통 속도를 수용할 수 있는 장점이 있는 것이지, 불안정한 화폐의 유통 속도를 안정시키는 것은 아니다.

⑤ 8문단에서 '예를 들어 명목 GDP 중간 목표란 중앙은행이 명목 GDP 증가율 목표를 정하고 실제 증가율이 목표보다 클 때 통화량 증가율을 낮추는 것이다.'라고 하였다. 이로 보아 통화량 증가율을 낮추어야 하는 때는 명목 GDP 증가율 목표보다 실제 증가율이 낮을 때가 아니라 클 때라는 것을 알 수 있다.

114

정답 ②

㉠과 관련하여, '중앙은행이 본원 통화의 공급을 감소시키기를 원할 경우에는 재할인율을 높이는 정책을 쓴다. 재할인율이 높아지면 중앙은행으로부터의 차입 비용이 높아지므로 예금 은행들이 중앙은행으로부터의 차입금 규모를 줄여 통화량이 줄어들게 된다.'라고 하였다. 이를 바탕으로 생각해 볼 때, 예금 은행의 차입금 규모가 늘어나면 통화량이 늘어나게 되어 본원 통화가 증가된다는 것을 알 수 있다. 따라서 중앙은행이 예금 은행의 차입금 규모를 늘리는 것은 ㉠의 정책과 반대되는 경우이다.

오답 넘기

① 중앙은행이 통화 안정 증권을 발행하면 시중의 본원 통화가 중앙은행으로 유입되어 본원 통화의 공급이 줄어들게 된다.
③ 중앙은행이 국공채와 같은 유가 증권을 팔면 그만큼 시중의 본원 통화가 중앙은행으로 유입되어 본원 통화의 공급이 줄어들게 된다.
④ 중앙은행이 예금 은행에 요구하는 지급 준비율을 인상하면 예금 은행의 대출이 감소하여 통화량이 감소하게 되므로 그만큼 본원 통화량이 줄어들게 된다.
⑤ 중앙은행이 예금 은행으로부터 매입하는 어음의 할인율을 높이면 그만큼 예금 은행이 지불해야 하는 이자 부담이 늘어나므로 본원 통화량이 줄어들게 된다.

115

정답 ⑤

'감안하다'는 '여러 사정을 참고하여 생각하다.'라는 의미이다. 따라서 ⓔ'감안하여'를 '받아들여'로 바꾸면 의미가 달라진다. '받아들이다'는 '수용하다'와 바꾸어 쓰기에 적절한 단어이다.

오답 넘기

① '달성하다'는 '목적한 것을 이루다.'라는 의미이다.
② '매각하다'는 '물건을 팔아 버리다.'라는 의미이다.
③ '변경하다'는 '다르게 바꾸어 새롭게 고치다.'라는 의미이다.
④ '소요되다'는 '필요로 되거나 요구되다.'라는 의미이다. '시간이 걸리다.'는 '어떤 일에 시간이 쓰이다.'라는 뜻이므로 바꾸어 쓸 수 있다.

116~119 〈미술사 방법론 – 도상학적 방법〉

해제

미술사 방법론 중의 하나인 도상학적 방법으로 작품을 감상하는 방법에 대해 소개하고 있는 글이다. 도상학적 방법으로 작품을 감상하는 단계는 전 도상학적 단계, 도상학적 단계, 도상 해석학적 단계로 나뉜다. 도상학적 방법으로 미술 작품을 감상하는 것은 미시적인 측면에서 작품 자체만을 감상하는 것에서 나아가, 작품이 속하는 보다 넓은 지평에 대한 연구라는 의의를 지닌다. (출전: 로리 슈나이더 애덤스, '미술사 방법론–도상학적 방법')

주제

도상학적 방법으로 작품을 감상하는 방법 및 의의

구성

1문단	도상학의 유래 및 개념
2문단	전 도상학적 단계 및 도상학적 단계의 특징
3문단	도상 해석학적 단계의 특징
4문단	도상학적 방법으로 작품 감상하기
5문단	도상학적 연구 방법의 의의

한눈에 보는 지문 포인트

• 도상학적 방법으로 작품을 감상하는 단계

전 도상학적 단계	눈에 보이는 그대로 자연을 해석하는 단계
도상학적 단계	텍스트 등을 바탕으로 작품의 의미를 해석하는 단계
도상 해석학적 단계	작품의 맥락을 고려하여 작품의 의미를 종합적으로 해석하는 단계

116

정답 ③

이 글은 도상학적 연구 방법의 특징 및 도상학적 방법으로 작품을 감상하는 방법에 대해 소개하고 있는 글이다. 도상학적 연구 방법의 특징과 도상학적 연구 방법의 창시자는 1문단에, 도상학적 작품 감상의 단계는 2, 3문단에, 도상학적 연구 방법에 대한 평가는 마지막 문단에 나타나 있다. 그러나 도상학적 연구 방법의 한계에 대해서는 언급하지 않았다.

117

정답 ⑤

도상 해석학적 단계는 이미지가 만들어진 시간과 장소, 지배적인 문화의 양식이나 특정 미술가의 양식, 그리고 후원자의 요망 사항 등을 고려하여 작품을 종합적으로 해석하는 단계이다. 따라서 기원전 490년경 당시의 지배적인 문화 양식을 바탕으로 작품의 의미를 해석하는 것은 도상 해석학적 단계에 해당한다.

오답 넘기

①, ④ 텍스트에 근거하여 작품을 해석하는 것은 도상학적 단계이다.
② 작가의 의도와 관련하여 작품을 해석하는 것은 도상 해석학적 단계이다.
③ 작품에 그려진 내용만을 해석하는 것은 전 도상학적 단계이다.

118

정답 ④

㉠'텍스트'는 도상학적 단계에서 이미지의 기초가 되는 것으로, 이 단계에서 작품 해석의 근거가 된다. 그리고 ㉡'컨텍스트'는 예술 작품이 만들어진 배경뿐만 아니라 문화적 배경까지 포함하는 넓은 개념으로 도상 해석학적 단계와 관련이 있다. 미국 이외의 다른 지역에서 미키 마우스의 인기도는 미키 마우스의 문화적 배경에 해당하므로 이는 작품과 관련된 '컨텍스트'에 해당하며, 이를 통한 해석은 도상 해석학적 단계로 볼 수 있다.

오답 넘기

①, ②, ③ 다른 미술가들이 미키 마우스를 묘사한 다양한 방식, 미키 마우스의 초기 모습부터 변형되어 온 과정, 할리우드 영화 산업의 맥락은 '컨텍스트'에 해당한다.
⑤ 영화 '환타지아'는 미키 마우스에 대한 해석의 근거가 되는 '텍스트'에 해당한다.

119

정답 ③

도상학은 예술 작품을 둘러싼 예술적인 배경뿐 아니라 문화적인 배경을 고려하여 작품을 총체적으로 해석하는 방법이다. 이와 달리 프라이는 작품을 맥락에서 분리하여 순수한 형태로 보고 분석해야 한다고 주장하였으므로 작품 자체에 관심을 가져야 한다고 말했을 것이다.

오답 넘기

① 예술 작품을 둘러싼 사회적 맥락을 중시하는 것은 ⓐ의 입장이다.
② ⓑ는 미술과 삶의 차이를 강조하고 있으므로 이 둘을 불가분의 관계로 보지 않는다.
④ 예술 작품 해석의 통합적인 접근이 필요하다고 보는 것은 ⓐ의 입장이다.
⑤ 관객의 미적 반응을 고려하여 작품을 해석하는 것은 ⓐ의 입장에 가깝다.

120~124 〈비행선의 구조와 종류〉

해제

비행선은 기체의 밀도 차로 발생하는 부력을 이용하여 비행하는 항공기이다. 부력을 얻기 위한 기체로는 주로 헬륨을 사용한다. 비행선을 이루는 주요 구조는 기낭, 보조 기낭, 엔진 등의 추진 장치, 꼬리 날개에 달린 조종 장치, 사람과 짐을 싣는 곤돌라 등인데, 이 중에서 핵심적인 장치는 기낭과 보조 기낭이다. 기낭은 공기보다 밀도가 작아 부력을 일으키는 기체를 담는 주머니이다. 기낭 안에 설치된 공기 주머니인 보조 기낭은 기낭의 내부 압력을 유지하고 선체의 상승과 하강을 제어하는 역할을 한다. 비행선의 종류에는 선체 내부에 프레임이 있는 경식 비행선, 기낭이 외부 형태를 이루는 연식 비행선, 경식과 연식을 결합한 반경식 비행선 등이 있다.

주제

비행선의 구조와 종류

구성

1문단	비행선의 정의와 부력을 일으키는 기체
2문단	비행선의 주요 구조와 기낭의 특징
3문단	보조 기낭의 역할
4문단	꼬리 날개, 추진 장치, 곤돌라의 역할
5문단	경식 비행선의 특징
6문단	연식 비행선과 반경식 비행선의 특징

한눈에 보는 지문 포인트

• **비행선의 구조와 역할**

기낭	• 비행선의 핵심 장치이자, 헬륨을 담는 주머니 • 연식이나 반경식 비행선에서는 유선형 선체를 유지하는 역할도 함.
보조 기낭	기낭의 내부 압력을 유지하며 선체의 상승과 하강을 제어함.
추진 장치	프로펠러가 달린 소형 엔진을 이용해 수평 이동을 위한 추력을 얻음.
조종 장치	• 수직 꼬리 날개에 달린 방향타는 비행선의 좌우 방향을 제어함. • 수평 꼬리 날개에 달린 승강타는 비행선 앞부분의 오르내림을 제어함.
곤돌라	승무원과 승객이 탑승하는 공간

• **비행선의 종류**

• 경식 비행선	• 연식 비행선	• 반경식 비행선

120 정답 ⑤

3문단에서 '보조 기낭은 비행선의 고도를 조절하는 데도 이용된다. 팬 등을 이용해 보조 기낭에 공기를 불어넣으면 선체가 무거워져 비행선이 하강하고, 반대로 인위적으로 공기 밸브를 열어 공기를 빼내면 선체가 가벼워져서 상승한다.'라고 하였다. 이를 바탕으로 생각할 때, 보조 기낭에서 공기를 빼내어 보조 기낭의 부피를 줄이면 비행선의 고도가 높아지는 것이므로, 하나의 비행선이 상승할 경우 보조 기낭의 부피가 가장 작을 때 가장 높은 고도에 이를 것임을 알 수 있다.

오답 넘기

① 5문단에서 경식 비행선을 설명하면서 '프레임으로 구성된 선체 안에 여러 개의 기낭을 설치할 수 있어 외부 충격에서 기낭을 보호할 수 있고, 대형 비행선을 제작하기에도 유리하다. 그러나 무게가 많이 나가고 제작 비용이 많이 들어 현재는 거의 제작하지 않는다.'라고 하였다. 이를 통해 최근에는 경식 비행선을 거의 제작하지 않는다는 것을 알 수 있다.

② 2문단에서 '기낭은 연식이나 반경식 비행선에서는 그러한 선체의 외형을 유지하는 역할도 한다. 기낭의 내부와 외부의 압력차는 1/200기압으로 매우 작다. 이 때문에 불의의 사고로 기낭에 작은 구멍이 생기더라도 헬륨이 새는 속도는 극히 느려서 비행선의 안전에 영향을 미치기까지는 몇 시간 심지어는 몇 주가 걸리기도 한다.'라고 하였다. 이를 통해 연식 비행선의 선체 외형에 해당하는 기낭에 작은 구멍이 생기더라도 곧바로 비행선의 안전이 위협받지는 않음을 알 수 있다.

③ 3문단에 따르면, 비행선의 비행 고도가 높아질수록 기낭 내부에 있는 보조 기낭에서 더 많은 공기가 빠져나가게 되는데, 공기는 헬륨보다 무거우므로 기낭의 무게는 더 가벼워진다. 보조 기낭을 제외하고 계산하더라도 고도가 올라간다고 해서 기낭의 무게가 더 무거워지지는 않는다. 기낭 안에 들어 있는 헬륨의 양이 달라지지 않으므로 무게는 변함이 없으며 고도가 높아질수록 헬륨이 팽창하여 부피만 더 커질 뿐이다.

④ 5문단에 따르면, 경식 비행선은 프레임으로 구성된 선체 안에 여러 개의 기낭을 설치할 수 있기 때문에 외부 충격에서 기낭을 보호하는 데 유리하다. 6문단에 따르면, 반경식 비행선 또한 비행선에 프레임을 설치하지만, '아래쪽 부분에 비행선의 길이를 유지하면서 엔진과 곤돌라 등의 장치를 부착할 수 있는 프레임을 설치'한다고 하였으므로 이 프레임은 기낭을 보호하는 것과는 무관하다. 반경식 비행선은 기낭이나 보조 기낭 등 주 구조는 연식 비행선과 거의 동일하므로 외부 충격에 대한 기낭 보호 기능 또한 연식 비행선과 유사할 것임을 알 수 있다.

121 정답 ②

1문단에서 '고도 20km의 성층권에서는 기압이 낮아져서 1m³의 공기 무게가 90g밖에 나가지 않는다. 이는 20km 상공에서 지상에서와 같은 무게를 들어 올리기 위해서는 헬륨을 담는 주머니의 부피가 13배 이상 커져야 함을 의미한다.'라고 하였다. 이를 통해 지상에서 높아질수록 공기의 무게가 작아진다는 것을 알 수 있으며, 그에 따라 같은 부피의 헬륨일 경우 지상에서 높아질수록 부력이 작아진다는 것을 알 수 있다.

오답 넘기

① 1문단의 '부력을 얻기 위한 기체로는 주로 헬륨을 사용한다.'와 '땅 위에서 공기의 무게는 1m³ 당 1.2kg 정도인데, 밀도가 공기의 1/7 정도인 헬륨을 이 정도 부피의 아주 얇은 주머니에 넣으면 약 1kg을 들어 올릴 수 있는 부력이 발생한다.'를 통해 확인할 수 있다.

③ 3문단의 '보조 기낭은 비행선의 고도를 조절하는 데도 이용된다. 팬 등을 이용해 보조 기낭에 공기를 불어넣으면 선체가 무거워져 비행선이 하강하고, 반대로 인위적으로 공기 밸브를 열어 공기를 빼내면 선체가 가벼워져서 상승한다.'에서 확인할 수 있다.

④ 1문단의 '땅 위에서 공기의 무게는 1m³ 당 1.2kg 정도인데, 밀도가 공기의 1/7 정도인 헬륨을 이 정도 부피의 아주 얇은 주머니에 넣으면 약 1kg을 들어 올릴 수 있는 부력이 발생한다. 하지만 고도 20km의 성층권에서는 기압이 낮아져서 1m³의 공기 무게가 90g밖에 나가지 않는다. 이는 20km 상공에서 지상에서와 같은 무게를 들어 올리기 위해서는 헬륨을 담는 주머니의 부피가 13배 이상 커져야 함을 의미한다.'에서, 기체의 부피가 동일할 경우 고도가 높아질수록 부력이 낮아진다는 것과 동일한 고도에서는 기낭의 부피가 클수록 더 많은 부력이 발생한다는 것을 알 수 있다. 이를 종합하면, 비행선의 부력은 고도에 반비례하고 기낭의 부피에 비례한다고 할 수 있다.

⑤ 1문단의 '비행선은 기체의 밀도 차로 발생하는 부력을 이용'에서 알 수 있듯이 비행선의 부력은 공기와 기낭 안에 넣는 기체의 밀도 차이로 인해 발생한다. 그리고 '수소는 헬륨보다 밀도가 낮아 더 많은 부력을 얻을

수 있지만'에서 공기보다 밀도가 낮을수록 더 많은 부력을 얻을 수 있다는 것을 알 수 있다. 따라서 기낭 안에 헬륨보다 밀도가 낮은 기체를 넣으면 비행선의 부력이 더 커진다.

122

정답 ④

비행선 안에 앞뒤 방향과 원주 방향으로 격자 형상의 프레임이 없고 두 개의 기낭이 있으며, 곤돌라가 기낭 외부에 부착되어 있는 것을 고려할 때, 〈보기〉에 제시된 비행선은 연식 비행선임을 알 수 있다. ⓓ는 수직 꼬리 날개의 끝부분에 달린 방향타이다. 4문단의 '수직 꼬리 날개의 끝부분에 달린 방향타는 비행선의 좌우 방향을 제어하고, 수평 꼬리 날개의 끝부분에 달린 승강타는 비행선 앞부분의 오르내림을 제어한다.'를 참고하면, 방향타는 비행선의 좌우 방향을 제어할 뿐이지 이착륙을 제어하지는 않는다. 3문단의 '보조 기낭에 공기를 불어넣으면 선체가 무거워져 비행선이 하강하고, ~ 공기를 빼내면 선체가 가벼워져서 상승한다.'와 4문단의 '프로펠러의 방향을 아래나 위로 바꿀 수 있도록 하여 이륙과 착륙을 돕기도 한다.'에 따르면, 이륙과 착륙, 즉 비행선의 상승과 하강을 조절하는 것은 기본적으로 보조 기낭 안의 공기 양이고 프로펠러가 이를 돕기도 한다는 것을 알 수 있다.

오답 넘기

① ⓐ는 선체의 외형이자 기낭이다. 6문단의 '프레임 없이 기낭 안의 가스 압력만으로 선체의 외형을 유지하는 비행선을 연식 비행선이라 한다.'에서 연식 비행선이 내부의 가스 압력만으로 선체의 형태를 유지한다는 것을 알 수 있다.

② ⓑ는 기낭 안에 담긴 공기보다 밀도가 낮은 기체이다. 3문단의 '수소나 헬륨같이 공기보다 밀도가 낮은 기체는 고도가 높아지거나 낮아짐에 따라 부피가 팽창하거나 수축한다.'와 '비행선의 고도가 높아지면 기압이 낮아져 헬륨이 팽창하고 이에 따라 기낭의 내부 압력도 높아진다.'에서, 동일한 무게라도 비행선의 고도에 따라 기낭 안에 채워진 기체의 부피가 변화한다는 것을 알 수 있다.

③ ⓒ는 보조 기낭 안의 공기이다. 3문단의 '팬 등을 이용해 보조 기낭에 공기를 불어넣으면 선체가 무거워져 비행선이 하강하고, 반대로 인위적으로 공기 밸브를 열어 공기를 빼내면 선체가 가벼워져서 상승한다.'에서, ⓒ를 인위적으로 넣으면 선체의 전체 무게가 무거워져 비행선이 하강하게 된다는 것을 알 수 있다.

⑤ ⓔ는 조종사와 승객이 타는 곤돌라이다. 〈보기〉의 비행선은 연식 비행선이므로, 6문단의 '연식 비행선은 헬륨의 압력으로 기낭의 형태, 즉 선체의 형태를 유지하며, 기낭 내부에 있는 보조 기낭 두 개의 공기 양을 조절하여 이를 지지한다. 꼬리 날개와 곤돌라, 엔진 등의 장치는 기낭의 외부에 케이블을 사용하여 부착한다.'에서, ⓔ는 선체 외형을 이루는 기낭의 외부에 케이블을 사용하여 부착하는 것임을 알 수 있다.

123

정답 ③

3문단에 따르면 헬륨은 고도가 높아지거나 낮아짐에 따라 부피가 팽창하거나 수축하는데, 이 때문에 비행선의 선체 외형의 변형이 일어날 수 있다고 하였다. 그리고 '비행선의 고도가 높아지면 기압이 낮아져 헬륨이 팽창하고 이에 따라 기낭의 내부 압력도 높아진다.'라는 내용을 반대로 생각하면 비행선의 고도가 낮아지면 기압이 높아져 헬륨이 수축하고 이에 따라 기낭의 내부 압력도 낮아진다는 것을 알 수 있다. 그리고 헬륨이 수축함에 따라 선체의 외형을 이루는 기낭이 쪼그라들게 될 것임을 알 수 있는데, 선체 외형의 변형이 일어나면 비행 안정성에 영향을 미치게 된다고 하였으므로 이를 막기 위해 헬륨의 부피가 수축된 만큼 보조 기낭의 부피를 늘여서 기낭의 내부 압력이 떨어지지 않도록 해야 한다. 따라서 ㉠'비행선이 다시 하강하면 공기 흡입구를 통해 공기를 빨아들여 보조 기낭을 채운다.'의 이유는, 비행선이 상승할 때 보조 기낭에서 빠져나간 공기로 인해 보조 기낭의 부피가 줄어든 것을 원래 상태로 되돌리는 동시에 비행선의 고도가 낮아짐으로써 기낭 내부의 압력이 낮아져 기낭이 쪼그라드는 것을 막기 위해서라고 할 수 있다.

오답 넘기

① 비행선을 하강시키려고 할 때 보조 기낭에 공기를 불어넣어 선체의 무게가 무거워지도록 하기는 한다. 하지만 문맥상 ㉠은 비행선이 하강했을 경우, 비행선이 상승할 때 배출되었던 공기를 보조 기낭에 다시 채워 넣어 비행의 안정성을 유지하는 것이므로, 비행선의 하강 속도를 더 빠르게 하기 위해서라고 이해하는 것은 적절하지 않다.

② 공기가 헬륨보다 무거우므로 보조 기낭에 공기를 채우면 비행선의 부력이 이전보다 떨어지게 된다.

④ 비행선이 하강할 경우에는 헬륨이 수축하여 기낭의 내부 압력이 낮아지기 때문에, 내부 압력을 유지하기 위해 공기를 빨아들여 보조 기낭을 채운다. 즉 ㉠은 기낭의 낮아진 내부 압력을 높이기 위한 것으로 볼 수 있다. 그러나 이는 비행기의 고도를 회복하기 위한 것은 아니다.

⑤ 비행선이 하강하면 헬륨의 부피가 수축하면서 기낭의 내부 압력이 낮아진다. 이를 막기 위해서는 보조 기낭의 부피를 팽창시켜 헬륨이 차지하는 공간을 줄이면 된다. 따라서 ㉠은 보조 기낭의 부피를 팽창시킴으로써 기낭의 내부 압력을 유지하려는 것이지, 헬륨의 과다 팽창을 막기 위한 것은 아니다. 비행선의 고도가 낮아지면 기압이 상대적으로 높아져 헬륨이 수축하게 되지 팽창하지는 않는다.

124

정답 ②

3문단의 '비행선의 고도가 높아지면 기압이 낮아져 헬륨이 팽창하고 이에 따라 기낭의 내부 압력도 높아진다. 이때 높아진 내부 압력에 의해 보조 기낭과 연결된 공기 밸브가 자동으로 열리면서 보조 기낭의 공기를 배출하여 내부 압력을 유지한다. ~ 비행선이 다시 하강하면 공기 흡입구를 통해 공기를 빨아들여 보조 기낭을 채운다.'를 통해 비행선은 기낭의 내부 압력이 일정한 수준을 넘으면 자동으로 내부 압력을 조절하여 유지하는 장치가 되어 있다는 것을 알 수 있다. 그러나 일정한 고도를 자동으로 유지한다는 내용은 나타나 있지 않다. 3문단의 '보조 기낭은 비행선의 고도를 조절하는 데도 이용된다. 팬 등을 이용해 보조 기낭에 공기를 불어넣으면 선체가 무거워져 비행선이 하강하고, 반대로 인위적으로 공기 밸브를 열어 공기를 빼내면 선체가 가벼워져서 비행선이 상승한다.'를 보면 보조 기낭의 공기 양을 인위적으로 조절함으로써 고도를 조절한다는 것을 알 수 있다.

오답 넘기

① 2문단의 '비행선의 선체는 비행할 때 공기의 저항을 줄이기 위해 대부분 유선형을 취하는데'에서, 연식 비행선은 선체가 대개 유선형임을 알 수 있다. 그리고 〈보기〉의 '열기구는 밑부분이 뚫린 구형의 기낭, 버너, 곤돌라로 구성되어 있다.'에서, 열기구는 유선형이 아니라 구형임을 알 수 있다.

③ 4문단의 '비행선은 프로펠러가 달린 소형 엔진을 추진 장치로 이용해 수평 이동을 위한 추력을 얻는다.'에서, 연식 비행선은 수평 이동을 위한 추진 장치가 있음을 알 수 있다. 그런데 〈보기〉의 '열기구의 수평 이동은 바람을 이용한다. 공중에 뜬 열기구는 바람의 속도와 방향에 따라 흘러가는데,'에서, 열기구는 수평 이동을 위한 별도의 추진 장치가 없음을 알 수 있다.

④ 6문단의 '기낭 내부에 있는 보조 기낭 두 개의 공기 양을 조절하여 이를 지지한다'에서, 연식 비행선은 기낭 내부에 두 개의 보조 기낭이 설치되어 있음을 알 수 있다. 그런데 〈보기〉의 '열기구는 밑부분이 뚫린 구형의 기낭, 버너, 곤돌라로 구성되어 있다.'에서 열기구는 보조 기낭이 설치되어 있지 않음을 알 수 있다.

⑤ 1문단의 '비행선은 기체의 밀도 차로 발생하는 부력을 이용하여 비행하는 항공기이다.'와 〈보기〉의 '버너를 이용하여 기낭 속 공기를 가열하면 공기 분자들의 운동이 활발해지면서 기낭 속의 밀도가 바깥보다 낮아진다. 그 결과 부력이 생기면서 열기구가 위로 뜬다.'에서, 연식 비행선과 열기구는 모두 기체의 밀도 차이로 발생하는 부력을 이용하는 비행 기구임을 알 수 있다.

IV. 문법

STEP 1 기출로 유형 익히기

본문 098~107쪽

125 ④	126 ⑤	127 ④	128 ⑤
129 ①	130 ③	131 ①	132 ⑤
133 ⑤	134 ④		

핵심 유형 1 음운

125 2015년 6월 전국연합 정답 ④

'닫는'은 'ㄷ'이 'ㄴ' 앞에서 비음 'ㄴ'으로 바뀌어 [단는]으로 발음되는 비음화 현상에 해당한다. '권리'는 'ㄹ' 앞에서 'ㄴ'이 유음 'ㄹ'로 바뀌어 [궐리]로 발음되는 유음화 현상에 해당한다.

오답 넘기

① '먹물'이 [멍물]로, '중력'이 [중녁]으로 발음되는 것은 모두 비음화 현상에 해당한다. '중력'의 경우 받침 'ㅁ, ㅇ' 뒤에 연결되는 'ㄹ'은 [ㄴ]으로 발음한다는 규정(표준어 규정 제19항)에 따른다.

② '국밥'이 [국빱]으로 발음되는 것은 된소리되기, '설날'이 [설랄]로 발음되는 것은 유음화 현상에 해당한다.

③ '입는'이 [임는]으로, '막내'가 [망내]로 발음되는 것은 모두 비음화 현상에 해당한다.

⑤ '솜이불'이 [솜니불]로 발음되는 것은 ㄴ 첨가, '물난리'가 [물랄리]로 발음되는 것은 유음화 현상에 해당한다.

126 2018년 11월 전국연합 정답 ⑤

'땀받이'는 '받'의 끝소리 'ㄷ'이 연음되어 뒷말의 가운뎃소리 'ㅣ'와 만난 상황에서 구개음화가 일어나 'ㄷ'이 'ㅈ'으로 변한 것(㉡)이다. 따라서 앞의 음운만 변한 경우(ⓐ)라고 할 수 있다.

오답 넘기

① '마천루'는 '천'의 끝소리 'ㄴ'이 뒷말의 첫소리 'ㄹ'과 만나는 상황에서 'ㄹ'로 변한 것(㉠)이다. 따라서 앞의 음운만 변한 경우(ⓐ)라고 할 수 있다.

② '목덜미'는 '목'의 끝소리 'ㄱ'과 뒷말의 첫소리 'ㄷ'이 만나는 상황에서 'ㄷ'이 'ㄸ'으로 변한 것(㉠)이다. 따라서 뒤의 음운만 변한 경우(ⓑ)라고 할 수 있다.

③ '박람회'는 '박'의 끝소리 'ㄱ'과 뒷말의 첫소리 'ㄹ'이 만나는 상황에서 'ㄱ'이 'ㄹ'의 영향을 받아 'ㅇ'으로 변하고, 'ㅇ'이 'ㄹ'에 영향을 주어 'ㄹ'이 'ㄴ'으로 변한 것(㉠)이다. 따라서 앞뒤 두 음운이 모두 변한 경우(ⓒ)라고 할 수 있다.

④ '쇠붙이'는 '붙'의 끝소리 'ㅌ'이 연음되어 뒷말의 가운뎃소리 'ㅣ'와 만난 상황에서 구개음화가 일어나 'ㅌ'이 'ㅊ'으로 변한 것(㉡)이다. 따라서 앞의 음운만 변한 경우(ⓐ)라고 할 수 있다.

핵심 유형 2 단어

127 2017년 6월 전국연합 　　정답 ④

'검붉다'는 '검다'의 어근 '검-'과 '붉다'의 어근 '붉-'이 결합하였으므로 합성어이지만, '나무꾼'은 어근 '나무'에 접사 '-꾼'이 결합한 파생어이다.

오답 넘기

① '치솟다'는 '솟다'의 어근 '솟-' 앞에 접사 '치-'가 결합한 파생어이다.
② '밤하늘'은 실질적인 뜻을 가진 두 어근 '밤'과 '하늘'이 결합한 합성어이다.
③ '지우개'는 '지우다'의 어근 '지우-'에 접미사 '-개'가 결합한 파생어이고, '닭고기'는 어근인 '닭'과 '고기'가 결합한 합성어이다.
⑤ '개살구'는 어근 '살구'의 앞에 '야생 상태의', '질이 떨어지는'의 의미를 가진 접사 '개-'가, '부채질'은 어근 '부채' 뒤에 '그 도구를 가지고 하는 일'의 뜻을 더하는 접사 '-질'이 결합한 파생어이다.

128 2013년 9월 전국연합 　　정답 ⑤

'같이'는 문장에서 조사로도 쓰일 수 있고, 부사로도 쓰일 수 있다. '은숙이와 친구는 같이 사업을 했다.'에서 '같이'는 '2-ㄹ'의 '서로 함께'의 의미로 쓰인 부사이다.

오답 넘기

① '눈같이'는 그의 영혼이 눈처럼 맑다는 뜻이므로, '1-ㄱ'의 '~처럼'의 의미로 쓰였음을 알 수 있다.
② '새벽같이' 일어난다는 것은 '같이'가 '때'를 나타내는 명사인 '새벽' 뒤에 붙어 '새벽'이라는 '때'를 강조하고 있는 것이므로, '1-ㄴ'의 의미로 쓰였음을 알 수 있다.
③ '예상한 바와 같이'는 '예상한 바대로'의 의미와 동일하므로, '2-ㄷ'의 의미로 쓰였음을 알 수 있다.
④ '10년 동안 같이 알고 지낸 사이'에서의 '같이'는 '2-ㄹ'에 제시된 '서로 함께'의 의미와 동일하다.

핵심 유형 3 문장

129 2019년 3월 전국연합 　　정답 ①

ㄱ - [A]. '나는 할아버지께 선물을 드렸다.'에서는 주어가 '나는'이므로 주어를 나타내는 대상인 주체를 높이고 있지 않다. 문장의 부사어 '할아버지께'와 서술어 '드렸다'로 보아, 객체 높임만 쓰였다.
ㄴ - [B]. '할아버지께서 지금 우리 집에 계신다.'에서는 주어가 '할아버지께서'이므로 주어를 나타내는 대상인 주체를 높이고 있다. 다만 문장의 부사어 '우리 집에'는 높이는 대상이 아니므로, 주체 높임만 쓰이고 객체 높임은 쓰이지 않았다.
ㄷ - [C]. '어머니께서는 할아버지를 모시고 집에 가셨다.'에서는 주어가 '어머니께서는'이므로 주어를 나타내는 대상인 주체를 높이고 있다. 또한 문장의 목적어 '할아버지를'과 서술어 '모시고'로 보아, 주체 높임과 함께 객체 높임 또한 사용되었다.

130 2013년 11월 전국연합 　　정답 ③

ㄷ. '누나가 새 책을 샀다.'는 주어, 관형어, 목적어, 서술어로 이루어져 있는데, 여기서 관형어 '새'는 체언 '책'의 뜻을 꾸며 주는 역할을 하는 문장 성분으로, 서술어가 필수적으로 요구하는 문장 성분이 아니다. 따라서 '샀다'는 주어인 '누나가'와 목적어인 '책을'을 필요로 하는 두 자리 서술어이다.

오답 넘기

① ㄱ의 서술어 '되었다'는 '물이'라는 주어와 '얼음이'라는 보어를 필요로 하는 두 자리 서술어이다.
② ㄴ의 서술어 '같다'는 '우정은'이라는 주어와 '보석과'라는 부사어를 필요로 하는 두 자리 서술어이다.
④ ㄹ의 서술어 '부른다'는 '동수가'라는 주어와 '교가를'이라는 목적어를 필요로 하는 두 자리 서술어이다.
⑤ ㅁ의 서술어 '붙였다'는 '민수가'라는 주어와 '편지 봉투에'라는 부사어를 필요로 하며, 그 외에도 '우표를'이라는 목적어를 필요로 하는 세 자리 서술어이다.

핵심 유형 4 담화

131 2017년 3월 전국연합 　　정답 ①

'벗다'는 문맥에 따라 여러 가지 뜻을 가진다. '누명을 벗다.'에서 '벗다'는 '누명이나 치욕 따위를 씻다.'라는 뜻이다. 이때 '벗다'의 반의어는 '사람이 죄나 누명 따위를 가지거나 입게 되다.'라는 뜻의 '쓰다'가 될 수 있다. '배낭을 벗다.'에서 '벗다'는 '메거나 진 배낭이나 가방 따위를 몸에서 내려놓다.'라는 뜻이다. 이때 '벗다'의 반의어는 '어깨에 걸치거나 올려놓다.'라는 뜻의 '메다'가 될 수 있다.

오답 넘기

② 주어진 문장 '안경을 벗다.'에서 '벗다'는 '사람이 자기 몸 또는 몸의 일부에 착용한 물건을 몸에서 떼어 내다.'라는 뜻이다. 이때 '벗다'의 반의어는 '얼굴에 어떤 물건을 걸거나 덮어쓰다.'라는 뜻의 '쓰다'가 될 수 있다. 그러나 '끼다'가 '배낭을 벗다.'에서 '벗다'의 반의어라고 할 수 없다.
⑤ 주어진 문장 '허물을 벗다.'에서 '벗다'는 '동물이 껍질, 허물, 털 따위를 갈다.'의 뜻이다. 이때 '벗다'의 반의어는 '쓰다'가 될 수 없다.

132 2013년 3월 전국연합 　　정답 ⑤

남자가 엘리베이터에서 사람들을 헤치고 나오며 '자, 좀 내립시다!'라고 한 것은 자신이 이곳에서 내릴 수 있도록 좀 비켜 달라는 의도를 담고 있다. 이는 상대의 마음을 움직여 어떠한 행동을 유도하는 호소 담화에 해당한다.

오답 넘기

① 해당 발화는 대상에 대한 정보를 전달하고 있지 않다.
②, ④ 해당 발화는 말하는 내용을 수행하겠다고 약속하는 약속 담화나 심리적 정서를 전달하여 관계를 원활하게 만드는 사교 담화의 사례로 볼 수 없다.
③ 집단의 방침을 외부에 표명하는 것이 아니라, 개인적인 메시지를 전달하여 다른 사람들이 좀 비킬 수 있도록 하는 행동을 유도하고 있는 것이다.

핵심 유형 5 국어의 규범과 역사

133 2015년 9월 전국연합 정답 ⑤

나-2의 '반드시'는 소리 나는 대로 표기한 예이다. '반드시'의 어근을 '반듯-'으로 볼 경우, 여기에 '-이'가 붙어 '틀림없이 꼭'이라는 뜻의 말을 만들어 낸다고 보기는 어렵기 때문이다. 따라서 '반드시'는 소리 나는 대로 표기하도록 하고 있다.

오답 넘기

①, ②, ③ 가-1의 '어름'은 소리대로 적은 것이고, 가-2의 '얼음'은 '얼-+-음'으로 어근의 형태 '얼-'을 파악하기 쉽도록 형태소의 본 모양을 살려 어법에 맞게 적음으로써 의미 파악을 용이하게 한 것이다. 또, '어름'과, '얼음'은 모두 [어름]으로 발음되기 때문에, 발음만으로는 의미를 구분하기 어렵다.

④ 나-1의 '반듯이'는 '반듯- +-이'로 어근의 형태 '반듯-'을 파악하기 쉽도록 각 형태소의 본 모양을 적어, 뜻이 쉽게 파악된다.

134 2016년 11월 전국연합 정답 ④

현대 국어의 '것은'과 비교해 볼 때 '거슨'은 앞 글자의 받침 'ㅅ'을 이어 적은 것에 해당하므로 적절하지 않다.

오답 넘기

① '긔우니'와 같이 소리 나는 대로 이어 적지 않고 끊어 적었다.
② '홍식을'에서는 현대 국어와 같은 형태의 목적격 조사 '을'이 사용되었다.
③ 'ㆍ'는 현대 국어에서 'ㅏ', 'ㅡ' 등으로 바뀌었다.
⑤ 'ㅄ'과 같은 합용 병서는 오늘날 'ㅃ'와 같은 각자 병서로 바뀌었다.

STEP 2 실전으로 실력 키우기 본문 108~114쪽

135 ②	136 ④	137 ⑤	138 ④
139 ③	140 ③	141 ②	142 ⑤
143 ①	144 ①	145 ①	146 ⑤
147 ①	148 ②	149 ④	150 ③
151 ②	152 ⑤	153 ⑤	154 ②

135 2019년 3월 전국연합 정답 ②

〈자료〉의 1문단을 보면 '관형어는 문장을 구성하는 성분 중 하나로, 품사 가운데 명사나 대명사와 같은 체언 앞에서 그 뜻을 꾸며 주는 기능을 한다.'라고 하였다. 따라서 '관형사'는 품사의 단위이다. 또한 〈자료〉의 5문단에서 '관형사는 체언 앞에서 체언의 뜻을 꾸며 주는 품사이다.'라고 하였다. 따라서 '관형어'는 문장 성분의 단위이다. 그러므로 여학생은 '새'를 품사인 '관형사'로, 남학생은 '새'를 문장 성분인 '관형어'로 파악한 것이다.

136 2019년 3월 전국연합 정답 ④

c '남자의 친구'는 '성별이 남자인 이와 친구 관계에 있는 사람'을 의미한다. 그런데 관형격 조사 '의'가 생략된 '남자 친구'는 '성별이 남자인 친구' 또는 '이성 교제의 대상으로서의 남자'를 의미하므로, c에서 관형격 조사 '의'를 생략하면 문장의 원래 의미가 달라지게 된다.

오답 넘기

① a~d는 모두 체언 '친구'를 꾸며 주는 관형어이다. 이때 d '옛'은 관형사이자 관형어이다.
② a '고향'은 관형격 조사 '의' 없이, 체언만으로 관형어가 된 경우이다.
③ b '예쁜'은 형용사 '예쁘다'의 어간 '예쁘-'에 관형사형 어미 '-ㄴ'이 결합하여 관형어가 된 경우이다.
⑤ d '옛'은 관형사이다. 〈자료〉의 5문단을 보면, '관형사는 체언과 달리 조사와 결합할 수 없으며, 용언과 달리 활용이 불가능하다는 특성이 있다.'라고 하였다. 따라서 d '옛'은 조사와 결합할 수 없으며 활용이 불가능하다.

137 2019년 3월 전국연합 정답 ⑤

[활동 1]에 따르면, 음운 변동이 있는 음운은 '1', 없는 음운은 '0'으로 표시한다. '잡념'은 [잠념]과 같이 발음하므로 '001000'으로 표시할 수 있다. 또한 앞의 음운 'ㅂ'이 뒤의 음운 'ㄴ'의 영향을 받아 'ㅁ'으로 변한 것에서 역행 동화가 나타난 것을 알 수 있다.

오답 넘기

① '국민'은 [궁민]과 같이 발음하므로 '001000'으로 표시할 수 있다. 또한 앞의 음운 'ㄱ'이 뒤의 음운 'ㅁ'의 영향을 받아 'ㅇ'으로 변한 것에서 역행 동화가 나타난 것을 알 수 있다.
② '글눈'은 [글룬]과 같이 발음하므로 '000100'으로 표시할 수 있다. 또한 뒤의 음운 'ㄴ'이 앞의 음운 'ㄹ'의 영향을 받아 'ㄹ'로 변한 것에서 순행 동화가 나타난 것을 알 수 있다.
③ '명랑'은 [명낭]과 같이 발음하므로 '000100'으로 표시할 수 있다. 또한 뒤의 음운 'ㄹ'이 앞의 음운 'ㅇ'의 영향을 받아 'ㄴ'으로 변한 것에서 순행 동화가 나타난 것을 알 수 있다.

④ '신랑'은 [실랑]과 같이 발음하므로 '001000'으로 표시할 수 있다. 또한 앞의 음운 'ㄴ'이 뒤의 음운 'ㄹ'의 영향을 받아 'ㄹ'로 변한 것에서 역행 동화가 나타난 것을 알 수 있다.

138 2018년 11월 전국연합 정답 ④

'높이'는 어간 '높-'에 명사 파생 접미사 '-이'가 결합하여 만들어진 명사이므로, 제19항을 적용하여 어간의 원형을 밝히어 '높이'로 적어야 한다. '높이'의 경우 어근 '높-'에 '-하다'나 '-거리다'가 붙을 수 없으므로, 제23항을 적용하는 것은 적절하지 않다.

오답 넘기

① '돌아가다'는 동사 '돌다'와 '가다'가 결합한 합성 동사이다. 앞말 '돌다'의 본뜻이 유지되고 있으므로, 제15항 [붙임 1]을 적용하여 '돌아가다'와 같이 원형을 밝히어 적어야 한다.

② '드러나다'는 두 개의 용언이 결합할 때 앞말의 본뜻이 유지되고 있다고 하기 어려우므로 제15항 [붙임 1]을 적용하여 '드러났다'와 같이 표기한 것이 적절하다.

③ '얼음'은 동사 '얼다'의 어간 '얼-'에 명사 파생 접미사 '-음'이 결합한 것으로, 제19항을 적용하여 '얼음'으로 표기한 것이 적절하다.

⑤ '홀쭉하다'의 어근 '홀쭉-'에 명사 파생 접미사 '-이'가 결합하여 명사가 된 '홀쭉이'는 제23항을 적용하여 '홀쭉이'와 같이 원형을 밝히어 적어야 한다.

139 2013년 11월 전국연합 정답 ③

③의 '학생'은 '남학생'을 포함하는 말이므로, 〈보기〉에 제시된 단어의 관계 중 '한 쪽이 의미상 다른 쪽을 포함하거나 다른 쪽에 포함되는 의미 관계'인 '상하 관계'에 해당한다.

140 2018년 11월 전국연합 정답 ③

2문단을 보면, 주체 높임은 "일반적으로 서술어에 선어말 어미 '-(으)시-'가 붙어서 실현되며, '주무시다, 잡수시다'와 같은 특수한 어휘나 조사 '께서'로 실현되기도 한다"고 하였다. 그런데 ㄷ에서 형은 조사 '께서'와 특수한 어휘 '계시다'를 활용하여 할아버지를 높이고 있을 뿐, 주체를 높이는 선어말 어미는 사용하지 않았다.

오답 넘기

① 2문단을 보면, '보통 공적인 상황에서 예의를 갖추며 상대를 높일 대에는 격식체의 하십시오체를 사용'한다고 하였다. ㄱ에서 회장은 학급 회의를 하는 공적인 상황에서 '~ 시작하겠습니다'와 같이 하십시오체를 사용하여 상대인 학급 친구들을 높이고 있다.

② 2문단을 보면, 객체 높임은 "보통 '드리다, 모시다'와 같은 특수한 어휘나 조사 '께'로 실현된다"고 하였다. ㄴ에서 언니는 특수한 어휘인 '뵙다'를 사용하여 서술어의 객체인 할머니를 높이고 있다.

④ 2문단을 보면, 주체 높임에는 "높이려는 대상의 신체 일부분, 소유물, 생각 등과 관련된 서술어에 '-(으)시-'를 사용해 높임의 대상을 간접적으로 높이는 방식이 있다"고 하였다. ㄹ에서 학생은 선어말 어미 '-시-'를 사용하여 선생님의 옷을 높임으로써 선생님을 간접적으로 높이고 있다.

⑤ 2문단을 보면, 객체 높임은 "보통 '드리다, 모시다'와 같은 특수한 어휘나 조사 '께'로 실현된다"고 하였다. ㅁ에서 아들은 조사 '께'를 사용하여 객체인 아버지를 높이고 있다.

141 2018년 11월 전국연합 정답 ②

㉡에 쓰인 '버려지다'는 동사 '버리다'의 어간 '버리-'에 어미 '-어지다'가 결합한 것이다. 피동 접미사 '-리-'가 결합한 후, 어미 '-어지다'가 다시 결합한 것이 아니므로 이중 피동 표현이 아니다.

오답 넘기

① [A]를 보면, "피동 표현은 능동의 동사에 피동 접미사 '-이-', '-히-', '-리-', '-기-'가 붙거나"라고 하였다. ㉠에서 쓰인 '담기다'는 동사 '담다'의 어간 '담-'에 피동 접미사 '-기-'가 결합한 피동 표현이다.

③ [A]를 보면 "피동 표현은 ~ 일부 명사 뒤에 '-되다'가 결합하여 실현되기도 한다."라고 하였다. ㉢에서는 명사 '구조'에 '-되다'를 결합하여 주어인 '강아지들'이 행위(구조)를 당하는 것을 표현하고 있다.

④ [A]를 보면, '피동 표현을 능동 표현으로 바꾸면 문장 성분에 변화가 일어난다'고 하였다. ㉣을 '쓴다고'와 같이 능동 표현으로 바꿀 경우 '성금을 쓴다고'와 같이 ㉣의 주어가 목적어로 바뀐다.

⑤ [A]를 보면, '피동 표현이 실현되면 동작이나 행위를 당하는 대상이 주어로 나타나므로 동작이나 행위를 당한 대상이 강조되는 효과가 있다'고 하였다. ㉤은 행사를 여는 주체보다 '유기견 보호 행사'가 주어로서 강조되는 효과가 드러나는 피동 표현에 해당한다.

142 2019년 3월 전국연합 정답 ⑤

'탐구 자료' (1)~(3)의 사례를 통해 '-쟁이'는 어떤 속성을 많이 가진 사람이나 어떤 일을 직업으로 하는 사람을 낮잡아 이르는 말, '-장이'는 관련된 기술을 가진 기술자를 의미하는 말임을 알 수 있다. 따라서 '대장쟁이'는 대장일을 하는 기술자를 의미하므로 '대장장이'라고 하는 것이 맞고, '중매장이'는 결혼이 이루어지도록 소개하는 사람인 '중매인'을 낮잡아 이르는 말이므로 '중매쟁이'라고 하는 것이 맞다. 따라서 (1)~(3)의 예로 '욕심쟁이', '중매쟁이', '대장장이'를 각각 추가하는 것이 적절하다.

143 2013년 3월 전국연합 정답 ①

(ㄱ)에서 '숱한'이 [숟한]으로 바뀐 것은, 음절의 끝자리에서 거센소리인 'ㅌ'이 'ㄷ'으로 바뀐 것이므로 '교체'가 일어난 것이다. 이를 '음절의 끝소리 규칙'이라고 한다. (ㄴ)에서 [숟한]이 [수탄]으로 바뀐 것은 'ㄷ'과 'ㅎ' 두 음운이 결합하여 'ㅌ'으로 '축약'된 것이다. 이를 '자음 축약'이라고 한다.

144 2018년 11월 전국연합 정답 ①

[현대어 풀이]를 참고할 때 ㉠인 '中듕國귁에'는 '중국과'로 해석되므로 중세 국어에서 '에'는 비교의 대상이 되는 부사어임을 나타내는 조사로 쓰였다는 것을 알 수 있다. 따라서 '에'가 앞말이 장소임을 표시하는 조사라는 탐구 내용의 진술은 적절하지 않다.

오답 넘기

② 현대어 풀이를 참고할 때 ㉡의 '-ㄹ씨'는 현대 국어의 '-므로'에 해당한다. 이는 앞말이 뒤에 오는 내용과 인과 관계로 연결됨을 표시하는 어미이므로 적절한 탐구 내용이다.

③ 현대어 풀이를 참고할 때 ㉢의 '-ㄴ'은 현대 국어의 '-은'에 해당한다. 이는 앞말이 뒤에 오는 말 '백성'을 수식함을 표시하는 어미이므로 적절한 탐구 내용이다.

④ 현대어 풀이를 참고할 때 ㉣의 'ㅣ'는 현대 국어의 '가'에 해당한다. 이는 앞말이 문장의 주어임을 표시하는 주격 조사이므로 적절한 탐구 내용이다.
⑤ 현대어 풀이를 참고할 때 ㉤의 '을'은 현대 국어의 '을'에 해당한다. 이는 앞말이 문장의 목적어임을 표시하는 조사이므로 적절한 탐구 내용이다.

145

정답 ①

'사과는 먹어도 배는 먹지 마라.'에서 '는'은 주격 조사가 아니라 대조의 의미를 더하는 보조사이다.

오답 넘기

② '이며'는 받침 있는 체언에 붙어 둘 이상의 사물을 같은 자격으로 이어 주는 접속 조사이다.
③ 잘 모르는 사람을 가리키는 인칭 대명사인 '누구'에 주격 조사 '가'가 연결되면 '누구'가 영향을 받는다. 그래서 '누구'에서 '구'가 탈락하여 '누가'로 바뀐다.
④ '그는 나에게 말을 건넸다.'에서 '나에게'는 '내게'로 바꾸어 쓸 수 있다. 인칭 대명사 '나'에 '에게'가 붙으면 '나'가 영향을 받아 형태가 바뀐다.
⑤ '하고'는 체언 뒤에 붙어 둘 이상의 사물이나 사람을 같은 자격으로 이어 주는 접속 조사로 구어체에 많이 쓰인다. '와'는 둘 이상의 사물이나 사람을 같은 자격으로 이어 주는 접속 조사로 문어체에 많이 쓰인다.

146

정답 ⑤

'아이가'의 '가'는 주격 조사지만 '어른이'의 '이'는 '되다' 앞에 쓰였으므로 보격 조사이다. 따라서 ⑤의 '가'와 '이'는 각각 다른 형태소이지, 같은 형태소의 음운론적 이형태가 아니다.

오답 넘기

① '이고'와 '고'는 둘 이상의 사물을 같은 자격으로 이어 주는 접속 조사로 동일한 기능을 지닌 음운론적 이형태이다. 앞말의 받침의 유무에 따라 '이고'와 '고'가 각각 쓰인다.
② '야'와 '아'는 대상을 부를 때 쓰는 호격 조사로 동일한 기능을 지닌 음운론적 이형태이다. 앞말의 받침의 유무에 따라 '야'와 '아'가 각각 쓰인다.
③ '으로'와 '로'는 방향을 나타내는 동일한 기능을 지닌 음운론적 이형태이다. 앞말의 받침의 유무에 따라 '으로'와 '로'가 각각 쓰인다.
④ '과'와 '와'는 두 말을 같은 자격으로 이어 주는 동일한 기능을 지닌 음운론적 이형태이다. 앞말의 받침의 유무에 따라 '과'와 '와'가 각각 쓰인다.

147

정답 ①

제17항은 구개음화와 관련된 조항으로 '해돋이[해도지], 굳이[구지], 맏이[마지], 밭이[바치], 붙이다[부치다]' 등이 그 예라 할 수 있다. '밭에[바테]'는 연음하여 발음을 하는 것으로 구개음화의 예로 볼 수 없다.

오답 넘기

② '닫히다'는 [다치다]로, '걷히다'는 [거치다]로 발음된다.
③ 제18항은 자음 동화 중 비음화에 대한 어문 규정이라 할 수 있으며 '붇는[분는], 잡는[잠는]'은 그 예라 할 수 있다.
④ 두 단어가 이어진 '책 넣는다'는 [챙넌는다]로, '밥 먹는다'는 [밤멍는다]로 비음화 현상이 적용되어 발음한다.
⑤ 제20항은 자음 동화 중에서도 유음화에 대한 조항으로 '칼날[칼랄], 물난리[물랄리]' 등이 그 예라 할 수 있다.

148

정답 ②

'뛰어가다'는 우리말의 일반적인 어순과 일치하는 통사적 합성어이며 '검푸르다'는 연결 어미 '-고'가 생략된 비통사적 합성어이다. 한편 '앞뒤'는 '앞'과 '뒤'라는 본래의 뜻을 유지하며 대등하게 결합한 대등 합성어이고, '책가방'은 '책'이 '가방'을 수식하는 형태의 종속 합성어이며, '밤낮'은 '늘'이라는 새로운 의미를 갖는 융합 합성어라 할 수 있다.

오답 넘기

①, ③, ④, ⑤ '덮밥, 검버섯'은 관형사형 어미 '-은'이 생략된 경우의 비통사적 합성어이며, '손발'은 어근과 어근이 대등하게 결합한 대등 합성어이다.

149

정답 ④

(나)는 '바ᄅᆞᆯ'에 부사격 조사 '애'가 결합된 것이고, (다)는 '굴헝'에 부사격 조사 '에'가 결합된 것이다. 현대 국어에서는 '에'만 있으나, 중세 국어에서는 '애'와 '에'의 두 형태가 있어 체언이 양성 모음으로 끝날 경우에는 '애', 음성 모음으로 끝날 경우에는 '에'가 결합되었다. 그러므로 현대 국어와 달리 중세 국어에서는 체언과 조사가 결합될 때 모음 조화가 규칙적으로 지켜졌음을 알 수 있다.

오답 넘기

① 어두에서 둘 이상의 자음을 나란히 붙여 쓰는 것은 어두 자음군을 말하는데, (가)의 'ᄠᅳᆯ'에서 초성(어두)에 쓰인 'ㅼ'이 이에 해당한다. 그런데 현대 국어에서는 이런 어두 자음군이 사용되지 않는다.
② (가)와 (다) 모두 이어 적기만 사용되었다. 끊어 적기를 하려면 'ᄠᅳᆯ이'와 '굴헝에'로 표기해야 한다.
③ 현대 국어에서는 주격 조사로 '이'와 '가'가 사용되었지만, 중세 국어에서는 '이'만 사용되었으므로 현대 국어보다 주격 조사의 형태가 다양하다고 볼 수 없다. 주격 조사 '가'는 근대 이후부터 나타나기 시작하였다.
⑤ (라)의 '나모'는 'ㄱ' 곡용 체언으로서 조사와 결합할 때 'ㄱ'이 새롭게 생기며 형태가 규칙적으로 변한다. 그러나 (다)의 '굴허에'는 '굴헝'에 조사가 '에'가 결합하여 이어 적기한 것으로 새로운 음운이 첨가되지 않았으며, 형태가 바뀌었다고 볼 수도 없다.

150

정답 ③

용언이 활용을 할 때 변하지 않는 부분은 어간이고 변하는 부분은 어미이다. 그런데 어미는 다시 선어말 어미와 어말 어미로 나뉘는데, 선어말 어미는 어말 어미와 달리 활용을 할 때 형태가 바뀌지 않는다는 특징이 있다. 따라서 활용을 할 때 형태가 바뀌는 것은 어말 어미뿐이다.

오답 넘기

① 어미는 크게 어말 어미와 선어말 어미로 나뉜다.
② 선어말 어미는 문법적인 기능만 담당할 뿐 어간의 중심 의미를 바꾸지 않는다.
④ 접사는 어간에 포함되는데, 어간은 용언이 활용을 할 때 변하지 않는 부분이다. 따라서 용언이 활용을 할 때 용언에 붙은 접사는 형태가 바뀌지 않는다.
⑤ 하나의 절을 다른 절에 연결하는 기능을 하는 것은 연결 어미이다.

151 정답 ②

ㄴ의 '오다가'에서는 '-가'가 아니라 '-다가'가 연결 어미이다.

오답 넘기

① '가기'에서 '-기'는 명사형 전성 어미이고, '꺼렸니(꺼리-+-었-+-니)'에서 '-었-'은 과거 시제 선어말 어미, '-니'는 의문형 종결 어미이다.
③ '가고'에서 '-고'는 연결 어미이고, '왔네(오-+-았-+-네)'에서 '-았-'은 과거 시제 선어말 어미, '-네'는 평서형 종결 어미이다.
④ '도착하셨습니다(도착하-+-시-+-었-+-습니다)'에서 '-시-'는 주체 높임 선어말 어미, '-었-'은 과거 시제 선어말 어미, '-습니다'는 평서형 종결 어미이다.
⑤ '작은'에서 '-은'은 관형사형 전성 어미, '귀엽구나'에서 '-구나'는 감탄형 종결 어미이다.

152 정답 ⑤

'북(鼓)-복(福)'의 뜻이 구별되는 것은 'ㅜ'와 'ㅗ'의 차이 때문이다. 이와 같이 음운이 뜻을 구별해 주는 소리의 가장 작은 단위라는 것은 자음이나 모음 하나만 달라지면 뜻도 달라질 수 있다는 것을 의미한다. 그런데 같은 소리라도 한국어의 '북(鼓)'과 영어의 '북(book)'이 뜻이 다르다는 것은 음운의 특징을 설명하는 예가 아니라, 같은 소리라도 언어에 따라 뜻이 다르다는 언어의 자의성과 관련된 예이다.

오답 넘기

① 한국어는 '예사소리 - 된소리 - 거센소리'의 삼중 체계로 되어 있어 한국인에게 'ㅂ - ㅃ - ㅍ'은 '불-뿔-풀'처럼 의미가 구별되는 각기 다른 음운으로 인식된다. 그러나 영어는 '유성음 - 무성음'의 이중 체계이기 때문에 영어를 사용하는 외국인은 'ㅂ - ㅃ - ㅍ'를 구별하지 못한다.
② '눈:(雪)'은 'ㄴ+ㅜ+ㄴ'으로 나눌 수 있다. 이처럼 나누어지는 자음과 모음을 분절 음운이라고 한다. 또 '눈:(雪)'은 '눈(眼)'과 달리 길게 발음한다. 소리의 길고 짧음에 따라 의미가 구별되는 것이다. 이처럼 나누어지지 않는 소리의 길이를 비분절 음운이라고 한다. 따라서 '눈:(雪)'은 분절 음운과 비분절 음운을 모두 가지고 있다.
③ '독립'는 [동닙]으로 발음된다. 음운이 모여 발음될 때 음운의 형태가 변하는 음운 변동이 일어나는 것이다.
④ 아이가 귀엽게 말하는 '사(四)'와 성인이 말하는 '사(四)'는 물리적으로 다른 소리이다. 하지만 아이와 성인은 모두 '사'를 넷을 뜻하는 같은 음운으로 인식한다.

153 정답 ⑤

'나와 비슷한'이 수식하는 단어인 '사람'을 넣어 완결된 문장으로 바꾸면 '사람이 나와 비슷하다.'가 되므로 생략된 성분은 관형절 내에서 부사어의 역할이 아니라 주어의 역할을 하고 있음을 알 수 있다.

오답 넘기

① '이 사진을 찍은'이 수식하는 단어인 '사람'을 넣어 완결된 문장으로 바꾸면 '사람이 이 사진을 찍었다.'가 되므로 생략된 성분은 관형절 내에서 주어의 역할을 하고 있다.
② '내가 만난'이 수식하는 단어인 '남자'를 넣어 완결된 문장으로 바꾸면 '내가 남자를 만났다.'가 되므로 생략된 성분은 관형절 내에서 목적어의 역할을 하고 있다.
③ '내가 철수에게 선물한'이 수식하는 단어인 '책'을 넣어 완결된 문장으로 바꾸면 '내가 철수에게 책을 선물했다.'가 되므로 생략된 성분은 관형절 내에서 목적어의 역할을 하고 있다.
④ '그가 결혼한'이 수식하는 단어인 '여자'를 넣어 완결된 문장으로 바꾸면 '그가 여자와 결혼했다.'가 되므로 생략된 성분은 관형절 내에서 부사어의 역할을 하고 있다.

154 정답 ②

'지시'는 발화 속의 어떤 말이 다른 무엇을 가리키는 것을 의미하고, '대용'은 앞서 나온 말을 다른 말로 바꾸어서 표현하는 것을 의미한다. ⓒ에서 '네'는 이미 앞서 나온 '성호'를 대신해서 쓰고 있으므로 이는 지시가 아닌 대용에 해당한다.

오답 넘기

① '그렇지만'은 접속 부사로서 발화와 발화를 접속하는 기능을 한다.
③ '여기'는 지시 대상이 담화 속에 존재하는 것이 아니라, 발화 장면 속의 장소를 직접 가리키므로 지시에 해당한다.
④ '그것'은 앞의 '민수가 도움을 주려 한 것'을 가리키므로 대용에 해당한다.
⑤ '이렇게'는 뒤에 나오는 "저는 범인이 아닙니다."를 가리키는 것으로 뒤에 나올 것을 미리 가리키는 대용 표현에 해당한다.

V. 실전 모의고사

정답

본문 116~133쪽

155 ⑤	156 ②	157 ②	158 ③
159 ④	160 ②	161 ③	162 ③
163 ④	164 ③	165 ④	166 ②
167 ③	168 ②	169 ⑤	170 ②
171 ④	172 ②	173 ④	174 ⑤
175 ④	176 ②	177 ④	178 ③
179 ③	180 ③	181 ④	182 ③
183 ⑤	184 ②	185 ②	186 ③
187 ③	188 ④	189 ④	

155 합성 명사에서의 사잇소리 현상 탐구 정답 ⑤

'고깃국'은 '고기'와 '국'이 결합한 합성 명사로 선행 명사가 모음으로 끝나므로 음운론적 조건에 따르면 사잇소리 현상이 일어나는 것이 원칙이다. 그러나 선행 요소가 후행 요소의 재료를 나타내므로 의미론적 조건에 따르면 사잇소리 현상이 일어나지 않아야 하나 국어 화자들이 사잇소리를 넣어 발음하고 이를 표기에 반영한 경우로 볼 수 있다.

오답 넘기

① 이 글에서 사잇소리 현상은 음운론적 조건과 의미론적 조건이 적절하게 주어졌을 때 나타난다고 서술하였는데, '나무배'는 음운론적 조건은 충족하나 선행 요소인 '나무'가 후행 요소인 '배'를 만드는 재료를 의미하므로 사잇소리 현상이 나타나지 않는 의미론적 조건을 지닌다. 반면 '고깃배'는 선행 요소가 후행 요소의 용도를 의미하므로 사잇소리 현상이 일어나는 의미론적 조건을 충족한다.

② '눈비'는 음운론적 조건은 충족하나 선행 요소인 '눈'이 후행 요소인 '비'와 대등한 관계에 있기 때문에 사잇소리 현상이 나타나지 않는 의미론적 조건을 지닌다. 반면 '봄비'는 선행 요소가 후행 요소의 시간을 의미하므로 사잇소리 현상이 일어나는 의미론적 조건을 충족한다.

③ '불고기'는 음운론적 조건은 충족하나 선행 요소인 '불'이 후행 요소인 '고기'를 굽는 수단이나 방법을 나타내므로 사잇소리 현상이 나타나지 않는 의미론적 조건을 지닌다. 반면 '물고기'는 선행 요소가 후행 요소의 장소를 의미하므로 사잇소리 현상이 일어나는 의미론적 조건을 충족한다.

④ '코감기'는 선행 요소가 후행 요소의 장소를 나타내므로 의미론적 조건에 따르면 사잇소리 현상이 일어나는 것이 원칙이지만 [코감기]로 발음되어 실제로는 사잇소리 현상이 일어나지 않는다.

156 중세 국어 관형격 조사의 쓰임 파악 정답 ②

[A]에서, 중세 국어에서 관형격 조사에는 'ㅅ'과 'ᄋᆡ/의'가 있었으며, 선행 명사가 무정물일 때는 'ㅅ'이 쓰였고 유정물일 때는 모음 조화에 따라 'ᄋᆡ/의'가 쓰였다고 하고 있다. ㉠(하ᄂᆞᆯ)은 무정물이므로 관형격 조사로 'ㅅ'이 쓰여 '하ᄂᆞᇗ'로 표기하는 것이 적절하다. ㉡(거북)은 유정물이며 어말의 모음이 음성 모음이므로 관형격 조사로 '의'가 쓰여 '거부븨'로 표기하는 것이 적절하다. ㉢(사ᄅᆞᆷ)은 유정물이며 어말의 모음이 양성 모음이므로 관형격 조사로 'ᄋᆡ'가 쓰여 '사ᄅᆞᄆᆡ'로 표기하는 것이 적절하다.

157 형태소의 종류와 기능 정답 ②

서술격 조사인 '이다'는 자립성이 없는 의존 형태소이면서 문법적인 의미를 갖는 형식 형태소이다.

오답 넘기

① '맑-'은 실질 형태소이면서 자립성은 없는 의존 형태소이다.

③ ㉡에서 선어말 어미인 '-았-'은 의존 형태소이면서 형식 형태소이다.

④ ㉡에서 실질 형태소는 '경찰', '도둑', '쫓-'이며 형식 형태소는 '은', '을', '-았-', '-다'로 그 개수가 다르다.

⑤ ㉠의 실질 형태소는 '서울', '맑-', '날씨', ㉡의 실질 형태소는 '경찰', '도둑', '쫓-'으로 그 개수가 같다.

158 높임 표현 정답 ③

주체를 높이는 주체 높임법은 주체를 직접 높이는 직접 높임과 주어와 관련된 대상을 간접적으로 높이는 간접 높임으로 나눌 수 있다. ③은 주어 '할머니'와 관련된 '걱정거리'를 높이고 있으므로 간접 높임에 해당한다. '계시다'가 아닌 '있으시다'를 사용하여 '할머니, 걱정거리가 있으세요?'라고 해야 한다. '있다'가 주어를 직접 높이는 경우라면 '계시다'를 사용할 수 있다.

오답 넘기

① '선생님'에서 주어 명사에 '-님'을 붙이고, '하셨어요'에서 서술어에 '-(으)시-'를 붙이고 있으므로 주체 높임 표현이 올바르게 사용되었다.

② '어머니께서'에서 주격 조사 '께서'를 붙이고, 서술어로 특수 어휘 '계시다'를 사용하고 있으므로 주체 높임 표현이 올바르게 사용되었다.

④ '할아버지께서'에서 주격 조사 '께서'를 붙이고, '주셨어'에서 서술어에 '-(으)시-'를 붙이고 있으므로 주체 높임 표현이 올바르게 사용되었다.

⑤ '그분'을 간접적으로 높이기 위해 서술어에 '-(으)시-'를 붙이고 있으므로 주체 높임 표현이 올바르게 사용되었다.

159 담화의 맥락 이해 정답 ④

화자와 청자의 거리에 따라 사물, 장소 등을 지시하는 표현이 있는데 대상이 화자에게서 더 가까이 있을 때는 '이'를, 대상이 화자에서 멀고 청자에 가까이 있을 때 '그'를, 대상이 화자와 청자에게서 모두 먼 경우 '저'를 사용한다. 〈보기〉에서는 편의점이 화자와 청자에게서 모두 먼 경우이므로 '저기'를 사용하는 것이 적절하다.

오답 넘기

① ㉠은 앞서 언급한 '이 문제'를 대신하고 있으므로 방향이나 장소가 아닌 사물을 나타내는 표현이라 볼 수 있다.

② '그런데'는 앞의 내용과 상반되는 내용을 이끌 때 쓰는 접속 부사이며, 이 담화에서는 화제를 전환하는 효과를 주고 있다. 따라서 ㉡을 사용하여 앞선 발화의 내용을 보충하고 있다고 볼 수는 없다.

③ 화자는 '아직 배 안 고프니?'라는 말에 대해 '배고프지 않다'고 직접적으로 말하는 대신 ㉢과 같은 발화를 통해 간접적으로 상대의 제안을 거절하고 있다.

⑤ ㉤에는 이미 주어인 '네가'가 생략되어 있으며, 서술어인 '사다 줘'를 생략하여도 문맥의 흐름상 어색하지 않음을 알 수 있다.

160~164 (가) 이용악, 〈다리 위에서〉 (나) 백석, 〈국수〉 (다) 김남천, 〈냉면〉

(가) 이용악, 〈다리 위에서〉

해제

이 시는 어른이 된 화자가 가난하고 힘겨웠던 유년기의 삶을 회고하고 있는 작품이다. '국숫집 찾아가는 다리 위'라는 회상의 매개체를 통해, 화자는 아버지의 부재로 인해 가난하고 힘겨웠지만 그래도 그리운 과거를 돌아보고 있다.

주제

유년기의 삶에 대한 회고와 그리움

구성

1연	아버지의 죽음으로 인해 힘겹고 고달팠던 유년 시절의 삶
2연	국숫집 가는 다리 위에서 유년 시절을 회상함.
3연	힘들고 가난했던 유년 시절과 아버지에 대한 그리움

(나) 백석, 〈국수〉

해제

이 시는 공동체가 공유하는 음식에 대한 기억을 통해, 일제 강점기 뿔뿔이 흩어져 버린 공동체에 대한 그리움을 노래하고 있는 작품이다. 화자는 어린 시절 국수에 얽힌 추억을 통해 마을 사람들의 정겨움과 공동체적 삶의 모습을 따뜻하게 그려 내고 있으며, 이를 통해 가난하지만 소박하고 정겹게 살아가는 우리 민족의 삶을 형상화하고 있다.

주제

국수를 먹을 때의 정겨움에 대한 회상

구성

1연	국수를 만들어 먹던 공동체적 삶에 대한 추억
2연	전통 음식인 국수의 맛과 그것에서 느껴지는 반가움과 즐거움
3연	그지없이 고담하고 소박한 우리 민족의 성품이 담긴 국수

(다) 김남천, 〈냉면〉

해제

이 수필은 일제 강점기를 살아가는 글쓴이가 '냉면'이라는 소재를 통해 자신의 고향인 평안도에 대한 애정과 현실에 대한 울분을 드러내고 있는 작품이다. 글쓴이는 냉면과 관련된 과거의 기억과 평안도 지방의 풍속을 정감 어린 태도로 제시한 후, 자유를 잃고 살아가는 현실의 괴로움을 냉면을 통해 위로받고 있음을 보여 주고 있다.

주제

냉면에 대한 추억과 풍속 및 냉면이 주는 위로

구성

전반부	냉면에 얽힌 추억과 평안도의 풍속에 대한 소개
후반부	현실의 괴롭고 답답한 마음과 냉면을 통한 위로

160 작품 간의 공통점 파악 정답 ②

(가)는 '바람이 거센 밤', 몇 번이고 밝혀야 하는 '장명등', '풀벌레 우는 가을철' 등의 일상적 소재를 화자의 삶과 연결하여, 유년 시절에 대한 그리움의 정서를 구체화하고 있다. 그리고 (나)는 '국수'라는 일상적 소재와 함께해 온 공동체의 삶을 노래함으로써 '국수'를 통해 가난하지만 정겹게 살아가던 우리 민족의 삶을 형상화하고 있다. (다) 또한 '냉면'이라는 주변에서 흔히 볼 수 있는 소재에 얽힌 정겨운 평안도의 풍속을 제시한 후, 답답한 현실에서 냉면이 주는 위안에 대해 이야기하고 있다.

오답 넘기

① 과거의 삶에 대한 회상은 (가), (다)에서 두드러지며, (나)에서는 그리운 과거의 정경이 현재화되어 표현되어 있다고 볼 수 있다. 그러나 지금은 볼 수 없는 대상인 아버지에 대한 그리움이 확연하게 드러나는 것은 (가)뿐이다. (나)에 제시된 그리움의 대상인 '국수'는 현재 부재하는 대상인지 알 수 없으며, (다)에서는 글쓴이가 냉면을 먹으러 다닌다는 것에서 '냉면'을 부재하는 대상이라고 보기 어렵다.

③ 부정적 상황에 대한 슬픔을 드러내고 있는 것은 죽은 아버지를 그리워하는 (가)이다. (다)의 '모든 자유를 잃고 그러므로 ~ 우선 냉면이다.'에서도 자유를 잃고 괴로워하는 글쓴이의 정서를 확인할 수 있다. 그러나 (나)에서는 부정적 현실에 대한 절망과 슬픔을 찾아볼 수 없다.

④ 동화적이고 환상적인 분위기를 통해 화자가 지향하는 세계와 정서를 구체화하고 있는 것은 (나)이며, (가)와 (다)에서는 이러한 분위기를 확인할 수 없다.

⑤ (가), (나), (다) 모두 특정 장소와 관련된 경험이 제시되고 있다. 그러나 세 작품 모두 변해 버린 세상에 대한 안타까움은 드러나 있지 않다.

161 작품 간의 표현상 특징 비교 정답 ③

(가)에서는 밤이라는 시간적 배경이 시적 분위기를 조성하고 있지만 시간의 흐름에 따라 시상이 전개된다고 볼 수 없다. 이는 '국숫집 찾아가는' 현재의 시점에서 어린 시절을 떠올리는 2연의 내용을 통해 확인할 수 있다. 또한 (나)에는 '벌', '마을', '예데가리밭', '부엌' 등 다양한 공간이 제시되고 있으나, 화자의 회상을 중심으로 시상이 전개될 뿐 공간의 이동에 따라 시상이 전개되고 있는 것은 아니다.

오답 넘기

① (나)와 달리 (가)에서는 '국숫집 아이', '가을철', '단 하루'라는 명사 종결을 통해, 쉬지 않고 일을 해야 했었던 화자의 과거 처지를 드러내고 있다.

② (가)와 달리 (나)는 '이것은 ~ 오는 것이다', '~ 것은 무엇인가'와 같은 유사한 문장 구조의 반복을 통해 운율감을 조성하고 있다.

④ (가)는 과거형 진술을 통해 화자가 회상하는 과거의 상황을, (나)는 현재형 진술을 통해 화자가 묘사하는 대상을 제시하며 시상을 전개하고 있다.

⑤ (가)와 (나)에는 모두 감각적 이미지의 활용이 나타난다. (가)에서는 '네모난 장명등'의 시각적 이미지를 통해 과거의 장면을 제시하며, '풀벌레 우는', '곡을 했다'의 청각적 이미지를 통해 화자의 슬픔을 표현하고 있다. 그리고 (나)에서는 다양한 감각적 이미지를 통해 시적 대상인 국수의 특성을 형상화하고 국수에 대한 반가움과 즐거움을 드러내고 있다.

162 소재의 기능 파악 정답 ③

㉠은 우리 민족이 공유하는 기억과 정서를 되살리고 있는 소재이고, ㉡은 평안도 사람들의 삶 속에서 유대감과 추억을 유발하는 소재이다. 따라서 ㉠과 ㉡ 모두 공동체적 정감을 불러일으키는 소재로 볼 수 있다.

오답 넘기

① 일반적으로 국수는 국수 오리가 긴 형태적 특성과 관련하여 장수(長壽)의 염원을 담은 음식으로서의 의미를 갖는다. 그런데 ㉠은 반가움과 즐거움을 불러일으키는 존재일 뿐, 형태적 특성과 관련된 별칭이 있는지에 대해서는 (나)를 통해 알기 어렵다. 그리고 ㉡은 '명길이국수'라는 이름이 붙어 수명이 긴 삶에 대한 소망을 담아내고 있다. 따라서 글의 내용만 볼 때, ㉠보다는 ㉡이 형태적 특성으로 인한 별칭을 가지고 있다고 볼 수 있다.

② ㉠과 ㉡은 모두 그립고 정겨운 대상일 뿐, 외로운 처지를 심화시키고 있다고 판단할 근거는 찾을 수 없다.
④ ㉡은 속이 클클한 때나 화가 치밀어 오를 때 이를 풀기 위해 먹는 음식이라는 점에서 암울한 현실에 위로가 되는 대상이라고 볼 수 있다. 그러나 ㉠은 민족적 유대감과 향토적 정감을 느끼게 해 주는 음식으로 나타날 뿐이다. (나)에서 암울한 현실에 대한 언급이 제시되지 않았으므로, ㉠이 암울한 현실에 위로를 주는 대상이라고 해석하기는 어렵다.
⑤ ㉠은 발표 시기(1941년)의 시대적 배경과 관련지어 볼 때 민족 공동체에 대한 그리움과 민족적 삶의 회복에 대한 바람이 담겨 있다고 볼 수는 있으나 시의 내용만으로는 현재 상황의 변화에 대한 기대를 찾아보기 어렵다. 또한 ㉡은 때때로 글쓴이의 울분을 달래 주고 있을 뿐, 현재 상황의 변화에 대한 기대를 담고 있지 않다.

163 외적 준거를 통한 작품 감상 정답 ④

[D]에서 '이 반가운 것'은 '국수'를 가리키는 것으로, 국수에 대한 친근감과 애정이 드러나 있다. 그리고 '이 반가운 것'에 대한 설명이 이어지는데, '히수무레하고 부드럽고 수수하고 슴슴한 것'이라고 하여 생김새와 맛을 제시하고, '동티미국', '얼얼한 댕추가루', '산꿩의 고기', '탄수', '육수국' 등 '국수'에 들어가는 재료들(곁들여 먹는 재료들)을 열거하여 국수의 특징을 제시하고 있다. 이것으로 보아 [D]는 '이 반가운 것', '좋아하고' 등을 통해 '국수'에 깃들어 있는 공동체와 우리 민족의 정취를 그리고 있다고 볼 수 있다. 하지만, 민족적 삶과 유대감이 형성되는 과정 자체를 묘사하고 있다고 보기는 어렵다.

오답 넘기
① '뽀오햔 흰 김', '뿌우현 부엌', '분틀을 타고 오는 것'은 화자가 떠올리는 추억 속 장면으로, 국수가 만들어지는 과정을 감각적으로 표현한 것이다.
② '대대로 나며 죽으며 죽으며 나며 하는 이 마을 사람들의 으젓한 마음을 지나서', '이것'이 온다는 것은 '국수'가 오랜 세월 우리 민족의 삶, 민족의 정서와 함께 이어져 온 존재임을 드러내는 표현으로 볼 수 있다.
③ '그 곰의 잔등에 업혀서 길여 났다'와 '자채기를 하면 산넘엣 마을까지 들렸다는'은 설화 속에 나오는 이야기로, [C]는 '국수'가 이런 오래된 전설과 같이 내려온 토속 음식임을 보여 주고 있다. 그리고 이를 통해 국수가 우리 민족의 역사와 문화 속에서 면면히 이어져 온 것임을 환기하고 있다.
⑤ '살틀하니 친한 것'은 '이것'이 우리 민족과 친한 것이라는 의미이고, '고담하고 소박한 것'은 우리 민족의 순박한 심성과 관련된 것으로, [E]는 '국수'가 소박한 우리 민족의 삶과 심성이 담긴, 친근한 존재임을 나타낸다.

164 감상의 적절성 평가 정답 ③

다른 사람들이 담배를 피우거나 술을 마실 때 평안도 사람들은 국수를 먹는다는 것에서 평안도 사람들에게 국수는 술과 같이 괴로움을 해소시켜 주는 역할을 하고 있음을 알 수 있다. 또 그러한 심리를 평안도 사람이 아니면 이해할 수 없을 것이라는 것은 술 대신 국수를 먹는 것이 평안도 사람만이 공유하는 문화적 정서와 관련됨을 알 수 있다. 따라서 술 대신 국수를 먹는 것을 평안도 태생만이 이해할 수 있다는 것을 통해 글쓴이가 고향에 대한 그리움과 평안도 사람에 대한 유대감 등을 드러내고 있는 것으로 볼 수 있다. 그러나 (다)에는 실향민으로서의 비애감을 드러내는 내용이 나타나지 않으며 〈보기〉의 '선생님'의 말에서도 이와 관련된 내용을 찾아보기 어렵다. 따라서 고향 사람 이야기와 평안도 태생만이 그런 마음을 이해한다는 것을 실향민으로서의 비애감에서 비롯된 감상주의적 태도와 관련지어 이해하는 것은 적절하지 않다.

오답 넘기
① 뚜렷한 주관과 입장을 지닌 대가들이나 에세이를 쓸 수 있다고 말하면서 자신은 그에 미치지 못한다고 했던 작가의 태도를 볼 때, 작가가 스스로를 '무식쟁이'로 표현하는 것에는 작가의 겸손한 태도가 반영된 것으로 이해할 수 있다.
② 국수를 먹던 다양한 날들을 일일이 열거하고 있는 것에서 평안도의 풍속과 문화에 대해 작가가 폭넓은 관심과 애정을 가지고 있었음을 알 수 있다.
④ 속이 클클한 때에 불현듯 냉면 생각이 나 관철동과 모교를 찾은 작가가 친구와 만나 '냉면집'을 가는 것은 객지에서 고향에 대한 향수를 느끼는 것으로 이해할 수 있으며, 또한 속이 클클할 때 냉면을 먹는 습관으로 볼 때 현실에 대한 답답함도 복합되어 있음을 알 수 있다.
⑤ 모든 자유와 음식물을 선택할 자유마저 잃었던 것은 구속과 억압의 상황을 보여 주는 것으로 작가가 경험했던 감옥 생활과 관련지어 이해할 수 있다.

165~167 허난설헌, 〈규원가(閨怨歌)〉

해제
현존하는 최초의 여류 가사인 이 작품은 전통적 유교 사회에서 남존여비(男尊女卑)나 여필종부(女必從夫)의 사상으로 말미암아 겪게 되는 여성의 한스러운 생활과 고독을 표현하고 있다. 섬세하고 절절한 서정이 그리움과 슬픔으로 표현되는 등 여성적 정한(情恨)의 정서가 기본적 주조를 이룬다. 그러면서도 부드럽고 품격을 잃지 않는 시풍이 시적 감각을 부각하고 있으며, 이러한 이유로 여성들 사이에 널리 애송되면서 다른 규방 가사에 영향을 끼쳤다.

주제
봉건 제도 하에서의 부녀자의 한(恨)

구성

기	엊그제 젊었더니~누구를 원망하리.	세월의 덧없음과 늙은 자신의 모습 한탄
승	삼삼오오 야유원의~죽기도 어려울사.	임에 대한 원망과 애달픈 심정
전	도리어 풀쳐 혜니~구비구비 끊겼어라.	거문고를 타며 달래는 외로움과 한
결	차라리 잠이 들어~살동말동 하여라.	임을 기다리는 마음과 기구한 운명 한탄

165 표현상의 특징 파악 정답 ④

'엊그제 젊었더니 ~ 다 늙었나.', '내 얼굴 ~ 날 괼쏘냐.', '박명(薄命)한 여자야 ~ 또 있을까.' 등에서 의문형 종결 어미를 사용하고 있으며, 이를 통해 임과 만나지 못하는 화자의 그리움, 안타까움이 강조되고 있다.

오답 넘기
① '장안 유협(長安遊俠) 경박자(輕薄子)를 꿈같이 만나서', '봄바람 가을 물에 베올 사이 북 지나듯' 등에서 비유적 표현이 사용되었으나 대상을 예찬하고 있지는 않다.
② 언어유희를 사용하지 않았으며, 해학적인 상황도 아니다.
③ '죽림(竹林) 푸른 곳에 새 소리 더욱 섧다.'에서 자연물인 '새'에 감정을 이입하여 화자의 슬픔을 드러내고 있으나, 시대 상황을 비판하고 있지는 않다.

⑤ '설빈 화안(雪鬢花顔) 어디 두고 면목가증(面目可憎) 되었구나.'에서 과거와 현재를 대조하여 자신의 신세를 한탄하고는 있으나, 자신의 잘못을 정당화하고 있지는 않다.

166 소재의 의미 파악 정답 ②

〈보기〉의 ⓐ는 꿈에서라도 임을 보고자 하는 화자의 잠을 깨우는 소재로, 화자와 임을 단절하는 기능을 하는 소재이다. 이 글에서 이와 같은 기능을 하는 것은 ㉠과 ㉢이다. 돌아오지 않는 남편을 기다리던 화자가 '차라리 잠이 들어 꿈에나 보려' 했으나 ㉠이 잠을 깨웠으며, ㉢ 역시 화자와 임 사이를 가로막는 소재로 단절의 매개체이다.

오답 넘기

㉡ '견우직녀'는 칠월 칠석 일 년에 한 번씩은 반드시 만나는 존재로, 남편과 만나지 못하는 화자가 자신의 신세를 강조하기 위해 끌어들인 대상이다.

㉣ '초로(草露)'는 풀잎에 맺힌 이슬이라는 뜻으로, 화자의 눈물을 비유한 말이다.

㉤ '새 소리'는 화자의 정서가 이입되어 더욱 서럽게 느껴지게 하는 대상이다.

167 외적 준거를 통한 작품 감상 정답 ③

'아마도 이 임의 탓으로 살동말동 하여라.'에는 돌아오지 않는 임(남편)에 대한 화자의 원망이 드러난다. 즉 기다리는 임이 오지 않아서 죽을 만큼 그립고 힘들다는 의미이다. 따라서 작가가 27세에 요절했다는 〈보기〉의 내용을 근거로 '아마도 ~ 하여라.'를 작가가 자신의 죽음을 예고했다고 보는 것은 지나친 확대 해석이다.

오답 넘기

① 이 글의 화자는 돌아오지 않는 임에 대한 원망과 한을 드러내고 있으며, 이는 곧 유교적이고 가부장적인 사회에서 남편을 기다릴 수밖에 없었던 작가의 삶과 관련이 있다.

② '장안 유협(長安遊俠) 경박자(輕薄子)'는 장안의 놀기 좋아하는 경박한 사람이라는 뜻으로, 작가의 삶과 연관 지어 볼 때 남편인 '김성립'을 의미한다.

④ '군자 호구(君子好逑)'는 군자의 좋은 짝이라는 뜻이다. 당시 사회에서는 여성이 자신의 능력을 펼치기 어려웠고 가부장적인 질서에 순응해야 했던 점에 미루어 볼 때, 작가가 '군자 호구'가 되기를 원했던 데에는 이러한 성리학적 질서가 바탕이 되었음을 알 수 있다.

⑤ '박명(薄明)한 여자'에는 작가의 힘겨웠던 삶에 대한 한탄이 담겨 있다고 볼 수 있다.

168~172 〈상업 시설의 입지 원리〉

해제

이 글은 상이한 산업들의 입지와 도시들 위계 체제 발생 간의 관계를 설명하는 크리스탈러와 뢰슈의 '중심지 이론'의 핵심 개념을 소개하는 글이다. 어떤 상업 시설이 중심 기능을 유지하기 위해 필요로 하는 최소한의 수요를 공간에 적용한 개념을 '최소 요구치'라고 하며, 재화의 중심 기능이 영향을 미치는 공간적 한계를 '재화의 도달 범위'라고 한다. 상업 시설은 기본적으로 최소 요구치보다 재화의 도달 범위가 클 경우에 상설적으로 들어서며, 재화의 도달 범위보다 최소 요구치가 클 경우에는 상설적으로 들어서지 않고 정기 시장 형태로 나타나게 된다.

주제

상업 시설의 입지 원리

구성

1문단	정기 시장과 상설 시장의 입지 차이에 대한 의문
2문단	'최소 요구치'의 개념과 사례
3문단	'최소 요구치'의 변동 요인
4문단	'재화의 도달 범위'의 개념과 사례
5문단	중심 기능의 유지 조건과 입지 조건에 따라 달라지는 시장 형태

한눈에 보는 지문 포인트

• 최소 요구치와 재화의 도달 범위

최소 요구치	상업 시설이 중심 기능을 유지하기 위한 최소한의 수요
재화의 도달 범위	재화의 중심 기능이 영향을 미치는 공간적 한계

• 상업 시설의 입지 원리

최소 요구치 < 재화의 도달 범위	상설 시장의 형태
최소 요구치 > 재화의 도달 범위	정기 시장의 형태

168 내용 전개 방식의 파악 정답 ②

ㄴ. 2문단과 4문단에서 각각 '최소 요구치'와 '재화의 도달 범위'의 개념을 명확하게 정의함으로써 내용에 대한 독자의 이해를 돕고 있다.

ㄷ. 1문단의 '정기 시장과 상설 시장이 서는 곳에는 어떤 차이가 있을까?'와 4문단의 "그렇다면 '재화의 도달 범위'는 무엇일까?"에서 먼저 설명 대상과 관련된 질문을 제시한 다음 그것에 대한 답변을 하는 형식을 취함으로써 설명하려는 내용에 대한 독자의 관심을 유발하고 있다.

오답 넘기

ㄱ. 1문단과 5문단에서 정기 시장과 상설 시장이 서게 되는 입지의 차이점을 설명하고 있기는 하지만, 이를 통해 '최소 요구치'와 '재화의 도달 범위'의 관계에 따른 시장의 입지 차이를 설명하고 있을 뿐, 정기 시장이나 상설 시장의 가치를 부각하고 있지는 않다.

ㄹ. 어려운 개념이나 추상적 대상을 친숙한 대상에 빗대어 이해하기 쉽게 설명하는 방법을 유추라고 한다. 그러나 이 글에서 유추의 방법은 사용되지 않았다.

169 세부 내용 추론 정답 ⑤

5문단에 따르면, 경제 성장이 소득의 증가와 구매력 향상으로 이어졌음을 알 수 있다. 그리고 이와 관련된 변화로 인해 상업 시설이 전통적인 지역적 입지 조건에 크게 얽매이지 않고 상설적으로 들어서는 경우가 늘어나고 있음을 알 수 있다. 따라서 경제 수준이 높고 소비 성향이 강한 곳일수록 정기 시장보다 상설 시장이 들어설 가능성이 높다고 볼 수 있으므로, 이러한 곳에서 정기 시장의 기능이 강화된다는 설명은 적절하지 않다.

오답 넘기

① 5문단에 따르면, 최소 요구치보다 재화의 도달 범위가 넓으면 상설 시장이 서고, 재화의 도달 범위보다 최소 요구치가 넓은 경우에는 시장이 새로운 구매 수요자를 찾아 이동할 수밖에 없으므로 정기 시장이 서게 된다. 따라서 최소 요구치와 재화의 도달 범위의 관계에 따라 시장의 형태가 달라진다고 할 수 있다.

② 2문단의 '최소 요구치란 어떤 상업 시설의 중심 기능이 이윤을 발생시키기 위한 공간적 손익 분기점인 셈이다.'와 5문단의 '어떤 중심 기능이 유지되기 위해서는 최소 요구치가 재화의 도달 범위 안에 포함되어야 하며, 그 반대의 상황에서는 중심 기능이 유지 목적을 상실하고 만다.'에서, 최소 요구치와 재화의 도달 범위가 일치하는 지점이 손익 분기점이 됨을 알 수 있다. 어떤 중심 기능의 최소 요구치가 재화의 도달 범위보다 넓으면 적자를 보게 되고, 최소 요구치가 재화의 도달 범위보다 좁으면 이윤을 볼 수 있게 되기 때문이다.

③ 2문단의 '순이익, 즉 이윤을 따져 보려면 제품의 생산과 판매에 드는 비용을 수익에서 빼야 한다.'와 3문단의 '다른 요소의 변화 없이 상품의 생산 원가가 줄어들거나 상품에 대한 수요가 증가하면 최소 요구치가 축소된다. 따라서 대량 생산이나 재료 원가의 절감 등으로 제조 비용 자체를 줄여 최소 요구치를 줄이면'을 통해, 재화를 생산하고 판매하는 데 드는 비용을 줄이면 최소 요구치가 줄어들게 됨을 알 수 있다.

④ 5문단의 '최소 요구치가 재화의 도달 범위 안에 포함되어야 하며, 그 반대의 상황에서는 중심 기능이 유지 목적을 상실하고 만다.'에서, 재화의 도달 범위가 최소 요구치보다 좁으면 시장의 중심 기능을 유지하기 어려움을 알 수 있다.

170 구체적 상황에의 적용 정답 ②

3문단에서 재화의 가격과 수요는 대개 반비례한다고 하였으므로, 햄버거 판매 가격을 낮추면 구매자 수는 그것에 비례하여 늘어날 수 있다. 그러나 판매 가격 자체가 낮아졌으므로 구매자 수가 늘더라도 전체 수익은 거의 변화가 없을 것이며, 공간적 손익 분기점인 최소 요구치의 변화 또한 미미할 것이다. 따라서 햄버거를 생산하고 판매하는 데 드는 비용을 줄여 최소 요구치를 줄이거나 햄버거의 도달 범위를 넓히는 변화 없이는 단순히 판매 가격을 내리더라도 이윤을 내기 어려울 것이다.

오답 넘기

① 〈보기〉의 햄버거 가게는 한 달 평균 수익과 비용이 일치하므로 이윤도 손해도 보지 않는, 손익 분기점에 있는 상황이다. 따라서 최소 요구치와 재화의 도달 범위가 일치하는 입지 조건을 갖추었다고 볼 수 있다.

③ 영업 일수를 줄이면 그만큼 비용은 줄어들겠지만, 수익 또한 줄어들게 되어 이윤을 내기 어려울 것이다. 반대로 영업 일수를 늘리면 수익은 늘어나겠지만, 그만큼 비용이 증가하게 되므로 역시 이윤을 내기 어려울 것이다.

④ 최소 요구치는 어떤 상업 시설의 중심 기능이 이윤을 발생시키기 위한 공간적 손익 분기점으로, 비용을 충족할 수 있을 만큼의 판매가 이루어지는 한계 범위이다. 햄버거 가게의 하루 평균 비용이 40만 원이고, 햄버거 하나의 가격이 4천 원이므로, 하루에 평균 100개의 햄버거를 팔아야 40만 원의 비용을 충족할 수 있다.

⑤ 5문단에 따르면, 상업 시설의 중심 기능이 유지되기 위해서는 최소 요구치가 재화의 도달 범위 안에 포함되어야 한다. 따라서 어떤 상업 시설의 중심 기능이 손익 분기점에 있을 경우에는 재화의 도달 범위를 넓히거나 최소 요구치를 줄이면 된다. 〈보기〉의 햄버거 가게가 햄버거 포장법을 개선하는 등의 방법을 사용하여 햄버거의 도달 범위를 넓히면 최소 요구치가 재화의 도달 범위 안에 포함되게 되므로 가게의 수익이 지금보다 늘어날 수 있다.

171 인과 관계, 상관관계 파악 정답 ④

5문단에 따르면, 과거에 특정 지역의 구매 수요자가 충분하지 않을 때는 새로운 구매 수요를 찾아 이동했기 때문에 정기 시장이 섰지만, 오늘날에는 경제 성장으로 인한 소득의 증가, 통신과 교통, 배송 수단의 발달 등으로 인해 지역적인 제약에서 벗어나 상업 시설이 입지하는 추세이다. 또한 구매 수요를 찾기 위해 적극적으로 이동하는 것은 정기 시장이 서는 원인이므로 상업 시설이 새로운 구매자를 찾아 이동하는 것을, 정기 시장을 찾아보기 어려운 이유로 이해하는 것은 적절하지 않다.

오답 넘기

① 5문단에 따르면, 정기 시장은 재화의 도달 범위보다 최소 요구치가 넓은 경우에 서게 된다. 정기 시장을 찾아보기 어렵다는 것은 달리 말하면 상설 시장이 대부분이라는 의미이다. 그런데 사람들의 소득이 증가하여 소비자들의 구매력이 높아지면 동일한 상품의 최소 요구치가 이전보다 줄어들게 되므로 상설 시장이 들어설 수 있는 조건에 부합한다.

② 교통이나 배송 수단의 발달 등으로 재화의 도달 범위가 늘어나면 최소 요구치가 재화의 도달 범위 안에 들어오게 되므로 상설 시장이 들어설 수 있는 조건에 부합한다.

③ 3문단에서 상품의 생산 원가가 줄어들거나 수요가 증가하면 최소 요구치는 축소된다고 한 내용에서, 상품의 생산 원가가 줄어들면 궁극적으로 총비용이 줄어들게 되므로 최소 요구치가 이전보다 축소됨을 알 수 있다. 그리고 대량 생산 등으로 제조 비용을 낮추어 최소 요구치를 줄이면 상황을 호전시킬 수 있다고 한 내용에서 대량 생산이 이루어지면 개별 상품의 생산 원가는 이전보다 낮아지게 됨을 알 수 있다. 따라서 대량 생산으로 인한 생산 원가의 하락은 상설 시장이 들어설 수 있는 조건에 부합한다.

⑤ 도시 지역은 소규모 읍 · 면 지역보다 인구가 많다. 이는 시장에서 파는 상품에 대한 구매 수요가 많아 최소 요구치가 줄어듦을 의미하므로, 상설 시장이 들어설 수 있는 조건에 부합한다.

172 어휘의 문맥적 의미 파악 정답 ②

ⓐ와 ②의 '두다'는 '시간적 여유나 공간적 간격 따위를 주다.'의 뜻으로 문맥상 의미가 가장 가깝다.

오답 넘기

① '생각 따위를 가지다.'의 의미이다.

③ '사용하지 않고 보관하거나 간직하다.'의 의미이다.

④ '일정한 곳에 놓다.'의 의미이다.

⑤ '행위의 준거점, 목표, 근거 따위를 설정하다.'의 의미이다.

173~175 작자 미상, 〈홍계월전〉

해제

이 작품은 조선 후기의 여성 영웅 소설로, 홍계월을 주인공으로 내세워 가부장적인 봉건적 사회에서 주체적인 여성의 활약을 그리고 있다. 남성 주인공보다 우월한 능력을 지닌 홍계월이 시련과 고난을 극복하고 주체적인 여성으로서 나라를 구하고 남편인 보국으로부터 인정을 받는다는 내용을 담고 있다. 남성 중심의 가부장적인 사회에서 여성으로서의 한계를 극복하고 나라와 조정에 공을 세워 황제로부터 인정을 받는다는 점에서 봉건적 가치관에 맞서는 여성 의식을 보여 주고 있다.

주제

여성 영웅으로서 홍계월의 시련과 영웅적 활약

구성

발단	하늘에 죄를 지어 지상의 명문 홍무의 딸 계월로 태어남.
전개	정사랑의 반란으로 부모와 헤어짐.
위기	• 여공의 도움으로 죽을 고비를 넘김. • 국난을 평정하고 공을 세움. • 병이 든 계월을 어의가 진찰하는 과정에서 남장한 사실이 발각됨.
절정	황제의 주선으로 결혼한 계월과 보국이 갈등함.(계월이 보국의 애첩인 영춘을 죽임.)
결말	국난을 극복하는 과정에서 계월의 능력을 인정한 보국과 대대손손 부귀영화를 누림.

전체 줄거리

명나라 때 자식이 없어 걱정하던 홍무 부부는 뒤늦게 계월을 낳는다. 어렸을 때부터 비범한 능력을 지닌 계월은 정사랑의 반란으로 부모와 헤어져 지내다, 죽을 위기에 처한 상황에서 여공의 도움으로 살아난다. 그 후 계월은 여공 아래에서 평국이라는 이름으로 지내며 보국과 함께 수행하다 과거에 장원 급제하고, 나라에 국난이 일어나자 대원수로 참전하여 중군(부원수)인 보국과 함께 국난을 극복하고 공을 세운다. 병이 들어 어의가 계월을 진찰하는 과정에서 여성임이 드러나지만, 황제는 그 재능을 아껴 계월을 재신임하고 보국과의 결혼을 주선한다. 남성 우월 의식을 가진 보국은 계월과 첩인 영춘 문제로 갈등이 극에 달한다. 국난이 다시 일어나 계월과 보국은 전쟁에 참전하게 되고 그 과정에서 보국은 계월의 능력을 인정하여 계월과 화해하고 대대손손 부귀영화를 누린다.

173 인물의 말하기 방식 파악 　정답 ④

[A]에서는 과거에 대한 솔직한 고백을 통해서 남장을 하게 된 이유를 밝히며 죄를 청하고 있는데 반해, [B]에서는 몸에 든 병과 전일의 깊은 정을 생각하여 죄를 사하여 달라고 애걸하고 있다. 따라서 [B]에서는 [A]와 달리 인정에 호소하여 위기를 모면하려고 하고 있다.

오답 넘기

① [A]는 계월이 천자께 상소를 올려 죄를 청하는 대목으로, 남장을 한 이유를 요약적으로 고백하고 있을 뿐 자기 능력을 과장하거나 상대를 업신여기는 부분은 찾아볼 수 없다.

② [B]에서 보국은 군법으로 엄하게 벌을 내린다는 평국에게 자신의 처지를 하소연하여 위기를 벗어나려 하고 있으므로 대결 의지를 드러내고 있다는 설명은 적절하지 않다.

③ 상소문에서 계월이 천자와의 친분을 내세우고 있지는 않다.

⑤ [A]에서는 불행한 상황을 가정하고 있지 않으며, [B]에서는 불행한 상황(죽음)을 가정하고는 있지만 연민에 호소하는 의도로 사용된 것이지 상대의 각성을 촉구하려는 의도는 아니다.

174 인물에 대한 평가의 적절성 파악 　정답 ⑤

계월은 보국이 애첩 영춘과 주야로 풍류를 즐기고 중군으로서의 역할을 제대로 하지 못하고 있다며 꾸짖고 있다. 이로 보아 계월과 보국이 영춘으로 인해 갈등하고 있는 것이지, 보국이 영춘과 갈등하고 있다고 할 수 없다.

오답 넘기

① 계월이 상소문에서 '수중고혼이 되올 것을 여공의 은덕으로 살아났'다고 한 것으로 보아 여공이 계월을 위기에서 구해 준 적이 있음을 알 수 있다.

② 보국이 계월에게 욕을 당했다고 억울해하는 것에 대해 여공이, '내 며느리는 천고의 여중군자'라는 말로 이해하는 모습을 보이므로 여공은 계월을 며느리로서 흡족하게 생각하고 있다고 할 수 있다.

③ 계월은 보국에게 애첩인 영춘과 풍류를 즐기고 군사로서 역할을 하지 못하는 것에 대해 꾸중을 하고 있지만, 사실 여기에는 부부가 되기 전에 원수의 지위를 이용해서 남편의 애정 행각을 사전에 방지하고자 하는 의도가 담겨 있다. 따라서 혼인을 앞둔 계월이 보국으로 하여금 다른 여자에게 관심을 갖지 않도록 하기 위해 주의를 주고 있다는 이해는 적절하다.

④ 계월은 대원수라는 지위를 이용해서 중군인 보국을 혼내고 있다는 점에서 적절한 감상 내용이다.

175 외적 준거를 통한 작품 감상 　정답 ④

계월이 남복을 벗고 여복을 입는 것은 여자라는 사실이 드러나서 천자께 죄를 청하고 여자로 돌아가 생활하겠다는 태도로 볼 수 있다. 이것은 계월이 여자로서의 한계를 느끼는 대목이지, 사회 활동의 반경을 넓히겠다는 의도가 있는 것은 아니다.

오답 넘기

① 천자가 상소를 읽고 벼슬을 거두지 않는 태도로 보아, 계월의 능력을 인정하고 있음을 알 수 있다. 특히 반적을 소멸하고 나라와 조정을 안보를 지킨 충신이라고 계월을 칭찬하는 부분을 통해 계월이 충신으로서 나라와 조정에 공을 세웠음을 알 수 있다.

② 계월은 상소문에서 '여자의 행색을 하여서는 규중에 늙어 부모의 해골을 찾지 못함이 되옵기로' 남장을 했다고 밝히고 있다.

③ 〈보기〉에서 계월이 여성임이 밝혀지면서 능력 있는 여성을 인정하지 않는 사회 질서와 갈등이 생긴다고 하였으므로, 가부장적인 사고방식을 가진 보국이 계월의 능력을 인정하지 않는다면 새로운 갈등이 생길 것임을 알 수 있다.

⑤ 천자는 계월이 여성임을 알고도 벼슬을 거두지 않고 재신임하는 것으로 보아 성별이 아닌 능력으로 인물을 평가했음을 알 수 있다.

176~179 이효석, 〈메밀꽃 필 무렵〉

해제

이 작품은 과거의 추억을 간직한 채 살아가는 장돌뱅이의 삶과 애환 및 인간이 지닌 근원적인 애정을 다룬 현대 소설이다. 토속적인 어휘 구사와 서정적이고도 낭만적인 묘사로 한국 단편 소설의 걸작으로 평가되고 있다. 이 작품은 메밀꽃이 흐드러지게 핀 달밤을 배경으로 하여 두 개의 사건을 중심 축으로 하고 있는데, 하나는 허 생원이 회상하는 과거의 추억이고 다른 하나는 등장인물들이 봉평 장에서 대화 장으로 옮겨가는 과정과 관련된 현재의 사건이다. 이를 통해 인간의 근원적 유랑의 삶과 인간의 혈육에 대한 애정을 보여 주고 있다. 특히 달밤의 산길을 배경으로 아버지와 아들이 상봉하는 모티프를 아름답게 묘사하고 있다.

주제

떠돌이 삶의 애환과 육친의 정

구성

발단	장돌뱅이인 허 생원이 봉평 장에서 동이라는 장돌뱅이가 충줏집과 수작을 하는 것을 보고 화를 내며 쫓아버린 후 바로 화해함.

전개	다음 장터로 가는 길에 허 생원, 조 선달, 동이 세 사람은 동행하게 되고, 허 생원은 오래 전 추억을 이야기함.
절정	동이가 자신의 어머니에 대한 이야기를 하고, 동이 어머니의 친정이 봉평이라는 이야기를 들은 허 생원은 개울을 건너다가 발을 헛디뎌 물에 빠짐.
결말	허 생원은 동이의 등에 업혀 개울을 건넌 후, 동이가 자신과 같은 왼손잡이라는 점을 발견함.

전체 줄거리

장돌뱅이인 허 생원은 힘겹게 모은 재산을 노름으로 탕진하고 자신과 반평생을 같이 지내온 나귀를 데리고 조 선달과 함께 봉평장에 가는데, 그곳에서 충줏댁과 수작을 부리는 동이를 보고 질투와 분노로 동이의 뺨을 때리며 쫓아낸다. 이후 허 생원의 나귀를 괴롭히는 장터 각다귀들을 쫓아내는 데에 도움을 준 동이와 함께 봉평장을 떠난다. 허 생원은 달밤의 메밀밭 길을 걸으며 성 서방네 처녀와 맺었던 짧은 인연을 들려주고 동이는 아버지를 본 적도 없는 자신의 처지와, 그런 자신과 함께 어머니가 의부로 인해 갖은 고생을 했던 이야기를 들려준다. 서로 얘기를 주고받으며 냇가를 건너던 도중에 허 생원은 발을 헛디뎌 물에 빠지지만 동이가 그를 구해 업고 걸어간다. 이때 허 생원은 동이의 어머니의 고향이 봉평임을 알게 된다. 허 생원은 동이의 어머니가 있는 제천으로 향하기로 결심하고 깊은 밤의 어둠 속에서도 동이 역시 자신과 마찬가지로 왼손잡이임을 알게 된다.

176 서술상의 특징 파악 정답 ②

윗글은 허 생원의 과거 삶을 이야기하는 부분에서는 '드팀전 장돌이를 시작한 지 이십 년 ~ 장에서 장으로 돌아다니게 되었다.'와 같이 한두 개의 문단으로 요약적으로 서술하고 있고, 현재 허 생원, 조 선달, 동이가 함께 밤길을 걸어가는 과정에서는 그 장면을 구체적으로 묘사하는 장면적 서술을 보이고 있다.

오답 넘기

① 이 글은 요약적 서술과 대화 위주로 되어 있고, 독백적인 어조는 나타나지 않는다. 또한 허 생원과 동이의 사연 중심으로 전개되고 있으므로 현실과 단절된 주인공의 의식 상태를 서술하고 있다고 보기 어렵다.
③ 이 글의 시점은 전지적 작가 시점이므로, 특정 서술자가 서술하는 것이 아니다. 그리고 여러 인물에 대해 일정한 거리를 두며 논평하고 있지 않다.
④ 처음부터 끝까지 일정하게 전지적 작가 시점이므로, 공간에 따라 서술자를 달리한다는 설명은 적절하지 않다.
⑤ 이 글에는 두 가지 사건이 결합되어 제시되고 있는데, 과거의 봉평과 현재의 밤길로, 다른 장소에서 벌어지는 사건이다. 그러나 과거의 사건이 허 생원과 동이의 대화 등 중간 부분에서 넘나들면서 제시되고 있으므로 시간의 흐름이 역전되어 전개되는 역순행적 방식으로 되어 있지는 않다.

177 외적 준거를 통한 작품 감상 정답 ④

'밤중을 지난 무렵인지 죽은 듯이 고요한'에서 정적인 이미지가, '나귀들의 걸음'에서 동적인 이미지를 드러내고 있는 것은 적절하다. 하지만 이것들의 결합이 장돌뱅이의 생기 넘치는 삶을 표현한 것이 아니라, 아름다운 달밤에 길을 걷는 세 사람의 모습을 서정적으로 묘사하는 것이라고 볼 수 있다.

오답 넘기

① '보름을 가제 지난 달'은 객관적 정보를 전달하는 표현이고, '부드러운 빛을 흐붓이 흘리고 있다.'는 달빛에 대한 주관적 생각을 전달하는 표현이다. 이 표현들이 조화를 이루어 서정성을 부각하고 있다.
② '달밤'의 노란색과 검은색, '메밀밭'의 하얀색, '콩 포기와 옥수수 잎새'의 푸른색, '붉은 대궁'의 붉은색 등의 다양한 색채를 활용하여 작품의 공간적 배경인 밤길을 아름답게 묘사하고 있다.
③ '짐승 같은 달의 숨소리가 손에 잡힐 듯이 들리며', '피기 시작한 꽃이 소금을 뿌린 듯이'와 같은 참신한 비유를 통해 달밤의 서정적인 분위기를 묘사하고 있다.
⑤ '붉은 대궁이 향기같이 애잔하고'에서는 시각과 후각이 어우러져 있으며, '방울 소리가 시원스럽게 딸랑딸랑 메밀밭께로 흘러간다.'에서는 청각이 시각으로 전이되어 있다. [A]는 여러 감각이 뒤섞인 이런 서정성 짙은 표현을 통해 인물이 느낀 달밤의 흥취를 개성적으로 제시하고 있다.

178 소재의 의미 파악 정답 ③

㉢은 성 서방네 처녀와의 아름다운 추억을 떠올리는 낭만의 공간이다. '조 선달은 친구가 된 이래 귀에 못이 박이도록 들어 왔다. 그렇다고 싫증을 낼 수도 없었으나, 허 생원은 시침을 떼고 되풀이할 대로는 되풀이하고야 말았다.'와 "달밤에는 그런 이야기가 격에 맞거든."이라는 허 생원의 말을 통해 알 수 있다. 따라서 이 길이 유랑과 방황의 공간이라는 설명은 제시된 부분과 맞지 않는다.

오답 넘기

① ㉠의 '장에서 장으로 가는 길'은 '장돌이'로 살아온 허 생원이 생활하는 곳이므로 허 생원의 삶의 여정을 의미한다.
② ㉡은 모든 것을 다 잃은 허 생원이 길가에서 팔지 않은 나귀를 끌어안고 울면서 스스로의 처지를 인식하던 곳이므로 다시 '장돌이'를 해야만 하는 허 생원의 처지를 위로하는 공간이다.
④ ㉣은 길이 좁아 일렬로 가야 한다. 그래서 앞에 있는 사람과 뒤에 있는 사람의 거리가 멀어 말소리가 확적히 들리지 않는다. 동이가 허 생원의 이야기를 들을 수 없다는 점에서 거리감이 존재하는 공간이다.
⑤ 허 생원은 과거에도 '장돌이'의 삶을 살았고 앞으로도 '장돌이'의 삶을 살 것이라고 말한다. 그리고 그러한 허 생원의 삶은 장터에서 장터로 이어지는 길에서 이루어진다. 그러므로 ㉤은 허 생원이 '장돌이'로서살아왔던 과거와 현재가 연결되고 있음을 드러낸다.

179 사건 전개의 특징 이해 정답 ③

이 글의 중심 사건은 허 생원이 성 서방네 처녀와의 과거 추억을 떠올리는 것이다. 허 생원과 성 서방네 처녀의 만남과 사랑은 과거에 일어난 하나의 사건이다. 그런데 소설에서 하나의 사건이 이루어지기 위해서는 앞뒤의 맥락이 이어져야 한다. 즉 개연성이 존재해야 하는데 이러한 개연성을 부여하는 요소가 ⓐ~ⓒ이다. 성 서방네 처녀는 아무 이유 없이 물방앗간으로 나온 것이 아니라 집안 걱정을 하면서 물방앗간에서 울고 있었던 것이다(ⓒ). 허 생원도 아무 이유 없이 물방앗간으로 간 것이 아니라 객줏집 토방이 더워서 목욕하러(ⓐ) 온 것이고 옷을 벗기에 달이 너무 밝아 물방앗간으로 들어간 것이다(ⓑ). 그래서 허 생원은 성 서방네 처녀를 만나게 된 것이다. 이렇듯 ⓐ~ⓒ는 사건 전개에 개연성을 부여하고 있다.

오답 넘기

① ⓐ~ⓒ를 통해 작품의 결말을 암시했다고 할 수 없다.
② ⓐ~ⓒ는 독자의 궁금증을 증폭시키는 것이 아니라 궁금증을 해소할 수 있는 단서이다.
④ ⓐ~ⓒ에서는 익살스럽고 풍자적인 요소인 해학적 성격을 부여하지 않고 있다.
⑤ ⓐ~ⓒ에 이어지는 내용이 '이럭저럭 이야기가 되었네'인 것으로 보아 인물 간의 새로운 갈등을 암시하는 것은 아님을 알 수 있다.

180~183 〈사이펀의 원리〉

해제

이 글은 사이펀의 원리를 간단한 실험을 통해 알기 쉽게 설명하고, 사이펀의 원리가 적용된 일상생활의 사례로 화장실의 변기를 든 후, 변기에 사이펀의 원리를 적용한 이유를 설명하고 있다. 중심 화제에 대한 개념 정의를 내린 후, 2, 3문단에는 제기한 질문에 대한 답을 찾아 나가는 방식으로 서술되어 있다는 점에서 특징적이다.

주제

사이펀의 원리

구성

1문단	'사이펀'과 '사이펀의 원리'의 개념
2문단	사이펀의 원리를 이해하기 위한 실험 소개
3문단	사이펀의 원리 적용
4문단	사이펀의 원리가 적용된 일상생활의 사례

한눈에 보는 지문 포인트

사이펀의 원리	
1단계	2단계
압력의 이용: 사이펀 관 내부의 압력을 대기압보다 낮게 만듦.	물의 속성 이용: 물의 응집력과 인력이 강한 속성에 따라 물이 계속 흐름.

⇩

- 일상생활에 적용된 사례: 수세식 화장실의 변기
- 사이펀의 원리를 적용한 이유: 하수관에서 올라오는 악취를 막기 위해

180 내용 전개 방식 파악 정답 ③

이 글은 1문단에서 '사이펀'과 '사이펀의 원리'의 개념을 제시하고 2, 3문단에서 간단한 실험을 예로 들어 대상을 상세하게 설명하고 있다(ㄷ). 또한 2문단에서 '물이 차 있는 ~ 옮겨 담을 방법은 무엇일까?'라는 질문을 던지고 2, 3문단에 걸쳐 이 질문에 대한 답을 찾아가며 사이펀의 원리를 알기 쉽게 설명하고 있다(ㄴ).

오답 넘기

ㄱ. 이 글에서는 설명 대상을 친숙한 사례에 빗대서 설명하는 유추의 서술 방식은 사용되지 않았다.

ㄹ. 4문단에서는 사이펀의 원리가 적용된 일상생활의 사례로 수세식 화장실의 변기를 들고 있지만, 이를 체계적으로 분류하여 제시하고 있는 것은 아니다.

181 핵심 정보의 이해 정답 ④

[A]를 통해 볼 때, 사이펀 관 내부로 물이 흘러내려 가게 된다면 응집력과 인력이 강한 물의 속성으로 인해 위쪽 컵의 물은 모두 아래쪽 컵으로 흐르게 될 것이다. 따라서 〈보기〉의 계영배도 그림 (다)의 상태가 되면 수면에 작용하는 압력이 사이펀 관 내부의 압력보다 높아져서 술이 아래로 흐르게 된다. 그리고 일단 술이 사이펀 관을 따라 아래쪽으로 흘러내리게 된다면 물의 속성으로 인해 잔 속의 모든 술이 빠질 때까지 계속 흐르게 된다. 따라서 그림 (나)에서의 위치까지 수면이 낮아지면 더 이상 술이 아래로 빠지지 않는다는 ④의 설명은 적절하지 않다.

오답 넘기

① 그림 (가)와 (나)의 상태는 [A]의 컵 수면을 누르는 대기압과 연결관 내부의 압력이 같은 상태에 해당한다.

② [A]에서처럼 연결관 아래쪽에서 공기를 빨아들여 수면에 작용하는 대기압보다 연결관(사이펀 관) 내부의 압력을 작게 만든다면 그림 (가)와 (나)의 잔 속의 술은 모두 아래로 흐르게 될 것이다.

③ 그림 (다)에서 술잔의 술이 아래로 빠져 흐르게 하는 일차적인 힘은 [A]에서 설명하고 있듯이 사이펀 관의 내부 압력보다 수면을 누르는 압력이 크게 된 것이다.

⑤ [A]에서 설명하고 있듯이 압력 차이로 인해 술이 일단 아래로 흐르게 되면, 그 이후에는 응집력과 인력이 강한 물의 속성으로 인해 술이 아래로 빠져나가게 되는 것이다.

182 구체적 사례에의 적용 정답 ③

㉠은 화장실 변기에 사이펀의 원리를 적용한 이유로, S자 모양의 사이펀 관으로 설계된 변기 안의 물이 하수관에서 올라오는 악취를 막은 것임을 설명하고 있다. 따라서 이와 같은 이유로 악취를 막기 위해 S자 모양의 사이펀 관을 설치한 사례로는 ③의 싱크대와 세면대 아래에 설치한 S자 모양의 배수관이 적절하다.

183 세부 정보의 확인 정답 ⑤

2문단을 보면 컵 속의 물 분자들은 정지 상태이므로, 이를 관을 통해 아래의 빈 컵으로 흘려보내기 위해서는 어떤 외부의 힘이 필요하다고 하였다. 따라서 ⑤와 같이 위쪽 용기에 담긴 물을 외부의 힘 없이 아래쪽 용기로 흘려보내는 방법은 없다고 할 수 있다.

오답 넘기

① 1문단에서 '사이펀'과 '사이펀의 원리'란 무엇인지에 대해 설명하고 있다.

② 4문단에서 사이펀의 원리가 일상생활에 적용된 대표적인 사례로 수세식 화장실의 변기를 들고 있다.

③ 4문단에서 수세식 화장실의 변기가 하수관에서 올라오는 악취를 막아 주는 이유는, 변기에 항상 물이 차 있게 함으로써 이 물이 아래쪽 하수관에서 올라오는 악취가 집 안으로 들어오지 못하게 막는 역할을 하기 때문이라고 하였다.

④ 3문단에서 '일단 컵 턱을 넘어가 아래쪽으로 떨어지기만 한다면 응집력과 인력이 강한 물 분자의 속성으로 인해 위쪽 컵의 물이 없어질 때까지 계속 물은 관을 따라 흐르게 될 것이다.'는 부분에서 답을 찾을 수 있다.

184~189 〈산수화에 내재된 자연관과 점경 인물〉

해제

이 글은 유불선 사상에서 비롯된 동양의 자연관이 우리나라의 산수화에 미친 영향을 점경 인물을 중심으로 설명하고 있다. 유불선 사상에서 비롯된 동양의 자연관은 인간을 자연과 더불어 지내야 하는 존재로 인식한다. 인간과 자연의 조화와 합일을 지향하는 사고는 선비 계층이 그린 산수화에도 반영되어 있는데, 자연을 중심으로 하되, 그것과 조화를 이루는 인물을 그려 넣어 자연과 인간의 조화를 추구한 것이다. 특히 산수화의 점경 인물을 인물 자체의 정신성이나 목적성이 두드러지지 않도록 그림으로써 그림 속 자연을 돋보이게 하면서도 자연과 조화되게 그림으로써 산수화를 통해 자연과 인간이 하나가 되어야 한다는 선비들의 정신 세계를 잘 보여 준다.

주제

동양적 자연관이 산수화의 점경 인물에 미친 영향

구성

1문단	유교의 자연관 – 천인감응설
2문단	도교의 자연관 – 무위 자연론
3문단	불교의 자연관 – 연기 법칙
4문단	산수화에 반영된 동양의 자연관
5문단	선비들이 산수화를 통해 구체화한 자연주의적 삶
6문단	산수화 속 점경 인물의 역할과 의의
7문단	점경 인물을 표현하는 방법

한눈에 보는 지문 포인트

동양의 자연관	• 유불선 사상에서 비롯됨. • 인간과 자연을 더불어 지내는 존재로 인식함. • 자연 공간을 인간이 귀의할 안식처로 생각함.

⇩ 산수화에 반영

산수화 속 점경 인물	인간을 자연의 일부로 표현하여 자연 공간을 부각함.

184 핵심 정보 및 내용 전개 방식 파악 정답 ②

1~3문단에서 유불선 사상에 들어 있는 자연관을 각각 설명한 다음, 4문단에서 이를 종합한 자연관을 제시하고 이것이 산수화에 반영되어 있음을 밝히고 있다. 그리고 5문단에서 선비들이 산수화를 즐겨 그린 이유를 동양의 자연관에 기반하여 설명하고, 6문단과 7문단에서 산수화에 나타나는 점경 인물은 인간이 자연과 조화를 이루어야 한다는 인식이 반영된 결과임을 설명하고 있다. 따라서 전체적으로 동양 사상에 나타난 자연관과 그것을 기반으로 한 산수화의 특징을 설명하고 있다고 할 수 있다.

오답 넘기

① 동양의 자연관과 관련지어 산수화를 설명하고 있으나 산수화의 개념이나 유형에 대해서는 언급하고 있지 않다.

③ 1~4문단에서 동양의 사상들에서 공통적으로 나타나는 자연관을 설명하고 있기는 하다. 그러나 그것의 사회적 효용에 대해서는 언급하지 않았다. 유불선에서 공통적으로 나타는 자연관이 산수화에 반영되어 있음을 설명하고 있다.

④ 1~3문단에서 동양의 종교로 볼 수도 있는 유불선 사상이 지닌 속성을 자연을 대하는 태도 중심으로 분석하고 있기는 하다. 그러나 그 각각의 속성이 산수화에 어떻게 형상화되었는지, 그 방식을 소개하고 있지는 않다. 유불선 사상에 공통적으로 나타나는 자연관이 산수화에 미친 영향을 분석하고 있을 뿐이다.

⑤ 산수화의 표현 기법으로 볼 수 있는 점경 인물을 그리는 방법에 대해서는 언급하고 있으나 그런 표현 기법이 정립되는 과정을 살피고 있지는 않다.

185 세부 정보의 파악 정답 ②

7문단에서 산수화 속에 가옥이나 절, 정자 같은 인위적인 건물이 점경 인물과 함께 등장하기도 한다는 것을 알 수 있다. 그러나 이런 건축물은 모두 점경 인물의 상황을 부연 설명하기 위한 의도로 그려진 것으로, 인간이 자연의 일부라는 인식을 강조하고 있는 것은 아니다.

오답 넘기

① 5문단의 '현실 세계를 떠나면 또 다른 이상을 추구하였는데, 그것은 바로 자연주의적 삶이었다.'와 '산수화에 등장하는 인물은 대개 은일(隱逸) 선비, 신인(神人)이나 도인(道人) 같이 재야 인물이 주를 이루었다.'에서 확인할 수 있다.

③ 4문단의 '선비들은 이런 사고를 바탕으로 인간이 자연의 섭리에 순응할 수 있는 길을 끊임없이 찾았다.'와 5문단의 '자연주의적 삶에 대한 선비들의 이상은 그들이 그려 내는 산수화를 통해 구체화되었다.'에서 확인할 수 있다.

④ 1문단의 '동양에서는 인간을 자연과 더불어 지내는 존재로 보고, 자연 공간을 인간이 귀의할 안식처로 여겼다. 이런 자연관은 유불선(儒佛仙) 사상에서 비롯된 것'에서 확인할 수 있다.

⑤ 5문단의 '작가의 분신으로 볼 수 있는 이들은 감상자로 하여금 그림 속 경치를 유람하도록 만드는 매개체 역할을 한다.'에서 알 수 있다.

186 구체적 상황에의 적용 정답 ③

7문단에서 '화면 전체의 흐름은 자연 중심이며, 점경 인물은 자연과 일치되어 호흡하는 관계로 나타난다.'라고 한 내용으로 보아, <보기>의 그림은 내금강 만폭동 계곡이 중심이 되며, 점경 인물은 자연의 일부로서 자연과 조화를 이루는 존재로 표현되었음을 알 수 있다. 즉 점경 인물은 그림의 중심이 아닌 자연 공간을 부각하기 위한 일부로써 그려진 것으로 화면 전체의 흐름은 만폭동 계곡에 맞춰지고 있다.

오답 넘기

① 6문단의 '점경 인물은~자연 공간을 돋보이게 하는 역할을 한다.'를 통해 볼 때, <보기>의 산수화는 작게 그려진 인물들로 인해 만폭동 계곡의 공간감이 더욱 두드러지고 있음을 알 수 있다.

② 7문단에 따르면, 점경 인물은 지나치게 정교하게 그리면 안 된다. 이는 점경 인물이 그림 전체에서 두드러지지 않고 핵심 대상인 자연 경관과 조화를 이루게 하기 위해서이다. 따라서 점경 인물의 이목구비가 뚜렷하게 드러나지 않는 것은 화가가 의도적으로 그렇게 묘사한 것이라고 볼 수 있다.

④ 6문단의 '점경 인물은 그림 속 정경에 정취와 생동감을 부여'한다는 내용과 7문단의 '자세나 표정으로 자연과 하나가 될 때 진정한 점경 인물로서의 역할을 다하는 것이다.'라는 내용으로 보아, 만폭동 계곡을 가리키며 감탄하고 있는 인물은 인물이 가리키고 있는 곳, 즉 '너럭바위에서 물이 넘칠 듯이 흐르는 만폭동 계곡'을 부각함으로써 생동하는 만폭동 계곡에 대한 감탄의 정서를 느낄 수 있게 하고 있음을 알 수 있다.

⑤ 4문단의 '동양의 자연관은 자연과 인간 간에 주객(主客)이 구분되지 않는 합일을 지향한다'라는 내용과 선비들이 이러한 자연관에 입각해 산수화를 그렸다는 것에서 선비들이 그린 산수화에서는 천인 합일을 지향했음을 알 수 있다. 그리고 6문단에서 '선비들이 산수화에 이러한 점경 인물을 그린 근본적인 이유는 인간이 자연과 조화를 이루는 대상이라는 인식 때문이었다. 다시 말해 그림 속에 자연만 존재해서는 완전하지 못하다고 여기고 점경 인물을 그려 넣은 것이다.'라고 하였으므로, 천인 합일의 관점에서 산수화에 점경 인물 없이 만폭동 계곡만 그렸다면 완전하지 못한 그림이라는 평가를 받았을 것임을 알 수 있다.

187 인과 관계, 상관관계 추론 정답 ③

<보기>는 인물과 자연이 조화를 이루도록 그려야 한다는 내용으로, 그림 속

의 산수와 그 산수 속의 인물을 서로 어울리게 묘사하는 방법을 설명하고 있다. 따라서 산수화에서 인물을 그림 속 자연과 어울리도록 그리는 방법을 설명하는 데 활용하기에 가장 적절하다.

오답 넘기

① 이 글에는 서양의 산수화에 대한 설명이 전혀 나타나지 않으며, 〈보기〉도 인간과 자연이 조화가 되도록 그려야 한다는 내용이므로 〈보기〉의 활용 방안으로 적절하지 않다.

② 〈보기〉의 내용을 산수화에서 점경 인물이 지닌 미적 측면의 역할을 설명하는 데에는 활용할 수 있으나, 산수화에서 점경 인물이 지닌 비중을 설명하는 데 사용하는 것은 적절하지 않다.

④ 〈보기〉에 선비들이 산수화를 중요하게 여긴 이유와 관련되는 내용은 나타나지 않으므로 적절하지 않은 활용 방안이다.

⑤ 〈보기〉는 점경 인물과 상응하는 대상에 대해서가 아니라, 점경 인물 자체를 그려 넣을 때 자연과의 조화를 고려해야 한다는 점을 언급하고 있다. 따라서 점경 인물을 상응하는 대상과 함께 그려 넣어야 하는 이유를 설명하는 데 활용하기에는 적절하지 않다.

188 정보 간의 공통점과 차이점 파악 정답 ④

인위적 노력으로 자연의 이치에 순응하려 한 것은 도교가 아니라 유교이다. 2문단의 '인간 역시 천지 만물의 일부이므로 인위적인 목적의식을 버리고 무위로써 저절로 생성 · 변화하는 자연의 이치에 순응해야 한다.'에서, 도교는 인위적인 목적의식을 버리고 인위를 가하지 않으며 자연의 이치에 순응하는 삶을 추구했음을 알 수 있다. 이와 달리 1문단의 '이런 자연관은 인간이 도덕적 수련을 통해 자연과 하나가 되는 천인 합일(天人合一)의 경지에 대한 추구로 이어졌다.'에서, 유교는 자연의 이치를 깨닫고 하나가 되기 위해 인위적인 노력(도덕적 수련)이 필요하다고 보았음을 알 수 있다.

오답 넘기

① 1문단의 '우주 질서의 근원은 형이상학적 하늘에 있으며, 자연에서 일어나는 모든 현상은 의지를 지닌 하늘의 지배에 의한 것이다.'에서, 유교는 자연을 변화시키는 절대적 존재로 하늘을 상정하고 있음을 알 수 있다. 그런데 3문단의 '모든 사물이 사물로서 존재하게 하는, 어떤 변치 않는 본질적 실재가 있다는 사고를 부정한다.'에서, 불교는 자연을 변화시키는 절대적 존재를 인정하지 않음을 알 수 있다.

② 1문단의 '사람은 하늘과 감응하는데, 그 모든 행위에는 하늘의 상벌(賞罰)이 뒤따르며'와 '하늘이 자연 현상을 통해 사람에게 바른 도리를 상징적으로 알려 준다고 본다.'에서, 유교는 자연의 변화 양상에 도덕적 의미를 부여했음을 알 수 있다. 그런데 3문단에 따르면, 도교는 자연의 변화를 도의 작용 원리로 인식할 뿐이지, 그것에 도덕적 의미를 부여하지는 않았다.

③ 3문단의 '양자는 평등하게 공존하며 상호 인과적으로 영향을 주고받는 이이불이(異而不二)의 관계이다.'에서, 불교는 인간과 자연이 서로 인과적인 영향을 미친다고 인식함을 알 수 있다. 그런데 2문단에 따르면, 도교는 인간을 천지 만물의 일부로만 볼 뿐이지, 인간이 천지 만물에 영향을 미친다고 보지는 않는다. 자연을 천지 만물을 발생시키는 원리로 보더라도 마찬가지이다.

⑤ 1문단의 '유교, 불교, 도교를 막론하고 인간과 자연의 합일을 인생의 궁극적인 목표로 추구하였다.'라는 내용을 통해, 유교, 불교, 도교 모두 인간이 자연과 조화를 이루며 합일되는 경지를 이상적인 경지로 생각하였음을 알 수 있다.

189 세부 내용 추론 정답 ④

3문단의 '점경 인물은 그림 속 풍경에 정취와 생동감을 부여하고, 자연 공간을 돋보이게 하는 역할을 한다. 선비들이 산수화에 이러한 점경 인물을 그린 근본적인 이유는 인간이 자연과 조화를 이루는 대상이라는 인식 때문이었다.'를 근거로 할 때, 점경 인물 자체의 정신성이나 목적성이 부각되어서는 안 되는 이유는 점경 인물은 그림의 중심이 되는 자연을 부각하는 역할을 하는 동시에 자연과 인간이 조화를 이루어야 한다는 화가의 생각을 반영하고 있기 때문이라고 추측할 수 있다. 이는 7문단의 '자세나 표정으로 자연과 하나가 될 때 진정한 점경 인물로서 역할을 다하는 것이다.'라는 설명에서도 확인할 수 있다.

오답 넘기

① 6문단에 따르면, 점경 인물을 작가의 의도가 투영된 분신으로 볼 수 있다. 그러나 이런 점과 점경 인물 자체의 정신성이나 목적성이 부각되어서는 안 된다는 것은 직접적인 관련이 없다. 6문단의 '선비들이 산수화에 이러한 점경 인물을 그린 근본적인 이유는 인간이 자연과 조화를 이루는 대상이라는 인식 때문이었다.'를 볼 때, 점경 인물 자체의 정신성이나 목적성이 부각되어서는 안 되는 이유는 그렇게 되지 않으면 그림의 주 대상인 자연과의 조화가 깨어지기 때문이라고 볼 수 있다.

② 점경 인물의 정신성과 목적성이 부각되지 않게 표현하는 것은 인간과 자연이 조화를 이루는 경지를 보여 주기 위한 것으로, 자연 공간에 내재된 법칙과 질서를 보여 주기 위한 것은 아니다.

③ 점경 인물은 산수화의 중심이 되는 자연 공간의 정취와 생동감, 공간감을 부각하는 역할을 한다. 그렇기 때문에 산수화에서 점경 인물 자체의 정신성이나 목적성을 드러내지 않음으로써 자연 공간을 더욱 풍부하고 깊이 있게 표현할 수 있는 것이다. 따라서 자연 풍경을 객관적이고 사실적으로 보여 주기 위한 목적에서 점경 인물 자체의 정신성이나 목정성을 부각하지 않는 것은 아니다.

⑤ 이 글에 그림의 의미에 대한 다양한 해석과 점경 인물의 관계를 언급한 내용은 나타나지 않는다. 5문단에 따르면, 점경 인물은 그림 속 풍경과 조화를 이루면서 그림에 정취와 생동감을 부여하고, 자연 공간을 부각하는 역할을 한다.

MEMO